小说月報

原创版

2022年精品集

《小说月报·原创版》编辑部 /编

天津出版传媒集团
百花文艺出版社

图书在版编目（CIP）数据

小说月报原创版 2022 年精品集 /《小说月报·原创版》编辑部编. -- 天津：百花文艺出版社，2023.1（2023.3 重印）
ISBN 978-7-5306-8437-5

Ⅰ. ①小… Ⅱ. ①小… ②编… Ⅲ. ①中篇小说-小说集-中国-当代②短篇小说-小说集-中国-当代 Ⅳ. ①I247.7

中国版本图书馆 CIP 数据核字(2022)第 217881 号

小说月报原创版 2022 年精品集
XIAOSHUO YUEBAO YUANCHUANGBAN
2022 NIAN JINGPINJI
《小说月报·原创版》编辑部　编

出 版 人：薛印胜
选题策划：汪惠仁　韩新枝
责任编辑：刘升盈　张　烁
装帧设计：郭亚红
出版发行：百花文艺出版社
地址：天津市和平区西康路 35 号　**邮编**：300051
电话传真：+86-22-23332651（发行部）
+86-22-23332656（总编室）
+86-22-23332478（邮购部）
网址：http://www.baihuawenyi.com
印刷：天津新华印务有限公司
开本：787 毫米×1092 毫米　1/16
字数：471 千字
印张：29
版次：2023 年 1 月第 1 版
印次：2023 年 3 月第 2 次印刷
定价：68.00元

如有印装质量问题，请与天津新华印务有限公司联系调换
地址：天津东丽开发区五经路 23 号
电话：(022)58160306　邮编：300300

目录

爱情投资模型

云　舒

一

我是在购买车位的时候接到老七的短信的。老七短信说，她回来了，方便时要跟我见一面。我手机里没有存老七的电话，更不用说微信了。看到这条信息后，我回复：跟一个不择手段上位的人没啥好谈的。然后把这个没有标注名字的手机号码拉进了黑名单。此时我前面刚办完手续的郝如意并没有走，而是热情地帮我选择了她旁边的一个车位。

那是两年前的一个凌晨，也可以说是午夜。我为了买地下车位在售楼部的大厅里排队，这种场面大家应该不陌生，但我还得重复一下。我头一天跟何大明说起买车位时，何大明说没有那个必要吧。他拿腔拿调地说，第一你们是别墅区，每家门前都配有两个车位，基本满足需求了；第二别墅入住率低，地下车位又多，即便买也不用排队。我这个人耳朵根不软，比如说每一笔投资，我都要反复论证。我反对投研团队跟风，我跟他们讲，价值、价值，那些真正有价值的潜力股才是我们需要关注的、投入的、长期持有的。哎呀，又走偏了，我总是三句话不离投资，仿佛感情和生活也适用这个理论一样，但实际上除了投资，我在其他方面都很失败。

就拿车位这个事说吧，后来我才发现，排不排队意义都不大，就是多走几步少走几步的事。可是当那个卖给我房子的小伙子说如今车位比车贵，车越来越多，车位却越来越少，而且好位置就那么几个时，我就又决定去排队，而且我还想让何大明去帮着排队。一是我实在没有别人可以支使，二来我把排队上升到了对我俩关系的考验上。不怕你笑话，我都四十岁了，看投资时机有一套，看人却不行。于是我就按照自己筛选股票的程序，建造了一个模型，把职业、学历、长相等等要素输入其中，把日常交往当成软指标备注。我的助理阿萍说，哪有十全十美，半称心、半如意就不错了，何况老天已经给了你一个穿越牛熊的火眼。但我还是不甘心，我近乎洁癖地追求完美，在时间深处坚守，就如我选股后的坚持，期待时间和坚持能给我丰厚的回报。

何大明没有接电话，只回了一个“在开会”。再接到他的电话就是晚上了，我们彼此在嘈杂声中辨识着对方的声音。他在高铁站，他说邯城的公司出了点儿问题，他要连夜赶过去。

因为心里有事，也因为心里有气，虽然早早洗漱，却睡不着。这时售楼员又打来电话，提醒我已经有人来排队了，在他跟我通话时，手机里不时传来椅子的拉动声和其他售楼员与客户的寒暄声。我像看到一只股票的启动，立即翻身起床，果断奔向湖畔别墅售楼部。夜晚的快速路上，丰田霸道划开灯光，像短跑选手一样乘着夜风撒欢儿狂奔。我顾不上看两旁的风景，尽管此时我耳边又回响起何大明感叹快速路两侧高楼上流光溢彩美景的啧啧声。那是我第一次带何大明去别墅的路上，那天也是这样一个午夜时分，我们在万象城吃完日料，喝了一杯清酒的他和我掏心掏肺，说喜欢陶渊明的生活。我一激动，就拉上他去看我新买的别墅，停车后他还吻了我。但真正进到别墅里，借着天上的月光和小院里暧昧的地灯，我想再次依偎在他怀里时，他却突然蔫下来。他推开我说，这么近的楼间距，私密性也太差了。我说这就算不错的了，楼间距近一些，就可以多出几栋，这是开发商盈利的定律。说话间，河对面有个女人“Lucky、Lucky”地召唤她的猫，声音脆脆的，但却透着刀刃般的锐利。我对何大明说，都说养动物的人性格温顺，看来我的邻居脾气不太好。何大明特别认真地点点头说，邻居很重要，不如趁着还没入住把这房卖了吧，再说我那里也有房。直觉告诉我何大明不喜欢这别墅。如果是王宏伟，我肯定会打破砂锅问到底，但对于何大明，我还是忍住了。我和何大明还没有到心心相印的地步，就像那天我跟我的助理阿萍说的那样，都这个年纪了，哪里还能奢望真正的爱情。这不，关键时刻还要靠自己。想到这，心就黯淡下来，油门也就放缓了，仿佛那些流光溢彩也倏忽不见了。

有些事不禁念叨，就在这时，小夜曲被电话截断，何大明说自己刚处理完公务，问我睡了没？我抱怨，没那么好命，这会儿正在去抢车位的路上，然后就挂断了电话。小夜曲又开始回旋，我却期待它再次被截断，但一直到停车，我期待的声音没有出现。现实就像这个初冬的夜晚一样，风不刺骨，但显然是凉薄了。

售楼员把我迎进大厅向我表功，再晚来一会儿队伍就会变成长蛇阵，还好，还能排到蛇脖子上。说话间又来了一位男士，售楼员热情地唤他白大哥。这个白大哥表情不太友好，嘴里嘟嘟囔囔的，显然对自己的位置不满意。我看出白大哥想和我搭讪，但我不愿和他搭话，我不喜欢牢骚满腹的人，他们即便不把你带沟里，也会让你莫名其妙地生出怨天尤人的情绪。

我不愿回头，就伸着脖子默数前面有多少人，这时我才看清我前面是一个干净利落的女性，如果不是那个慵懒的丸子头，我一定会把她当成女领导或女企业家。排在前面的她也恰巧回头看蛇尾，一副姣好的面孔却拧巴在一起，把妩媚中透着的伶俐冻成了窗户上的冰凌花。看上去她年龄和我相当，只是眼角的细纹比我多。阿萍总是说，用多好的护肤品也比不上美容觉的功效，想必深更半夜来排队的应该也是不得已。突然间心里涌出惺惺相惜的感觉。在我胡思乱想时，她回头对我说，没想到起个大早还赶了晚集。那声音很熟悉，干脆利落间藏着锋芒，以至于让我怀疑她是不是在和我说话，让我怀疑今晚这队排得值不值，也让我在脑海中搜寻这声音在哪里出现过。

恍若梦中的我没有接她的话。不接她话也不是对她有啥意见，而是因为我又陷入弃之可惜食之无味的境地，我想自己对何大明是这样的感觉，何大明又何尝不是如此呢？我想像姑娘时代一样被人放进心窝里，最起码是捧在手心里，但自己知道那是痴人说梦，就如此刻，为了一个车位，就不得不放弃美容觉来排队。在我习惯构建的那些模型中，那些来排队的有年轻的、有年长的，也有年龄相当的，但除了我和前面的她，都是一水儿的男性。

这时听到她又说了句，你是四号的业主吗？我本来是不愿跟一个陌生人聊天的，但在那个夜晚，除了聊天好像也没有什么别的选择。只有聊天，我才不至于和那些男士一样靠在椅背上打呼噜流口水。我吃惊地问，你咋知道？她说她家虽然和我家不是一条街，但我们两家却是串糖葫芦似的前后排，装修时她看到过我。说到这里，我脑子里突然闪现出几个月前河对岸那脆生生中裹挟着刀片的声音，我不由得再次辨识她的声音，依然清脆，但没有了刀片的锋利，以至于让我不得不怀疑当时的听觉。她问我，你家几辆车呀？我本来想说两辆，但还是尴尬地说，一辆。后面的大哥皱了皱眉，估计是嫌我们聒噪了。他插嘴道，抢生意都抢到这儿来啦！

她白了一眼后面的大哥，说，嫉妒了？刹那间她声音里又透出寒光。我可不想还没搬进来就和邻居搞不团结，我错开话题问后面大哥，您高就？

后排大哥脸上瞬间扬起胜利者的旗帜。他问我知道BBA不？说实话，我当时还真没反应过来。他见我摇了摇头又说，就是BBA汽车销售服务公司，就二环边上那个，离咱们小区近得很。你的车以后可以到我那里保养维修，我保证给邻居们最好的服务，最低的价钱。说完还加了我的微信，让我在备注里标上BBA白永刚。

我不好意思地笑了笑说，BBA就是宝马、奔驰、奥迪吧，可惜我开的是日本车，都不好意思与你们为邻。

这时前面的她扭过头，不仅扭头连身子也转了一百八十度。她说，你不服小日本不行，人家的车出厂后，不开个十年八年绝不把你扔在半道上。然后看了看我说，我也是做汽车维修保养的，如意汽车公司，你下回去保养找我，我免费给你做车内清洁。

我笑了笑说，哦，我有印象，就二环边上那个。白永刚说，对，我家隔壁的程咬金。看着两个人剑拔弩张，我赶忙说，咱们小区的业主岂不是太方便了。我当时就是那样想的，也许是信息量太大，也许是夜深脑乱，反正那一日我又说了一句不该说的话，我说，你俩一个日系、一个欧系，如果联手就可以通吃了。

他俩笑了笑，但笑意里满是尴尬。

前面的她也加了我的微信，我才知道前面的她叫郝如意。我和郝如意是邻居，又都是女性，话题自然就多起来，但我们都小心回避着敏感问题，尽管两个人心里都猜测对方的情况。是单身？是离异？还是其他？不然这种事怎么也轮不到一个女人深更半夜来排队，何况是买得起别墅的女人。我几次试探着把话头往那边引，但郝如意都是装傻充愣地避开，反而是从我嘴里不断地套着各种信息，比如我原来住哪里？对今年经济形势的分析？她说远亲不如近邻，近邻不如对门，我俩就相当于门对门了，打开窗户就可以聊天，还说从我的丰田霸道上就可以看出我的品位。

这时半沉睡状的白永刚突然睁开眼睛，然后重重吐了一口气说，如今新能源汽车上市了，外面就停着我的玄驹，智能、环保，大妹子可以考虑买一辆哈。我问，你也代销玄驹？

白永刚说，那倒没有。新能源汽车前景好，但市场认可还需要一段时间，等成熟起来再说吧。不过我真是觉得大妹子的气质和玄驹般配。我笑了笑，心想这个白永刚看着憨厚，其实也蛮有眼光的。

郝如意在前面哼了一声，然后对我说，玄驹确实不错，但你可别现在买，一旦升级换代完成，价格也就下来了，等那时再换车也不晚。

我已经明白他俩的关系了——同行是冤家。夹在中间的我拿定主意，只点头、摇头，绝对不再说一句话。

二

那天虽然把老七拉进了黑名单，但这件事却扎在我心里了。我一遍遍告诉自己，千万别拿别人的错误惩罚自己，但心里就是放不过自己。老七的影子、老七的气息时不时就在眼前晃，晃得我心烦意乱的。我觉得老七就是我的克星，收到那条短信后的两个月，我工作不顺利，生活也不顺利，可以说万事不如意。装修好的别墅和新买的车位也受牵连被打入冷宫。其间白永刚和郝如意都给我发过微信，热情邀请我去保养车辆。郝如意还给我免费办了一张会员卡，卡内附赠了五百元现金。后来我才知道，那天买车位的业主人手一张这样的卡。

我说过，我喜欢搭建模型，将各种信息分门别类地输入模型，用理性对冲感性。但模型却在我和何大明的关系上出现了严重偏差，数据指向他是与我一起过好后半生的最佳人选，但我内心却激动不起来，那个晚上何大明的冷落让我心凉。我等着他的解释，等着他求我原谅，等着他说从今以后他就是我的依靠。可他没有，不仅没有，他反而矜持起来，偶尔一个电话，也只是例行公事的问候。

我是个高傲的人，不然我也不会与王宏伟离婚。我和王宏伟是大学同学，恋爱三年、婚姻维持七年，而且我还为他生了一个虎头虎脑聪明伶俐的小王子。我们那个家是个让人羡慕的家庭。那时王宏伟在省政府政策研究室，不算热门，但位置却重要，他写的有关行业经济、地方经济发展的报告常常被写入省发展规划。我在省财政厅，工作上压力不大，还挺受人尊敬，下面的人来了也"领导、领导"地叫着我们，让我心里很受用，不像现在我的神经天天绷得紧紧的，不仅要跟着股市上下折腾，还要给客户赔笑脸。那时小王子在省直第一幼儿园，接下来还会进最热门的中山路小学，也就是说我不用为择校发愁。亲戚朋友都羡慕我，我也觉得自己是个幸福的女人。

在毕业五周年的聚会上，我俩都是被羡慕被祝福的对象。只有老七打横炮，说些不着调的话。比如她突然向王宏伟发难，我入学时是你先接的我，也是你跑到窗户下喊我的名字，惹得那些男生女生误会，我至今落单你有责任的。大家一听就"哦哟、哦哟"地齐声叫，还有这一出，快说说，快说说，我们的白马王子怎么惹我们的七仙女了？王宏伟一脸无辜地冲老七"啊"了一声。老七说，你装什么糊涂？那天去蓝屋也是你带着我去的，可是你却给石媛媛续杯，你老实交代，是不是石媛媛说了我的坏话？我说，在蓝屋之前我和王宏伟没有说过话，你找不上对象是因为你眼光高，像王宏伟这么老实的也只有我收留了。老七说，就你伶牙俐齿，三说两说就把王宏伟忽悠了，不然……大家起哄，看不出来呀，王宏伟也会唱这一出？

本来就是玩笑，大家哈哈一乐就过去了，可王宏伟非要急赤白脸地解释。他对老七说，我接你是偶然，我还接过李晓、程红、王芳华呢，我去窗户下喊你，是忘了告诉你在哪儿买饭票。从来不肯认输的老七怎么会认头呢，她继续问，为啥你单单带我去蓝屋？说这句话时，其实已经不是平常的问答，而是一脸严肃的质询了。我当时有一丝不舒服，但也没多想，反而跟大家一起说，党的政策你是知道的，坦白了吧。王宏伟拍着脑袋想了想，然后才说，好像是在操场偶遇，记不清是你问我还是我问你晚上有啥活动，然后就一同去了。大家又是一阵大笑，说王宏伟记得这么清楚，一定是欲盖弥彰吧，快说说当年抛弃老七选择老六的心路历程。王宏伟的窘态让我是又生气又心疼，我不能让王宏伟丢我的脸，于是我一把将王宏伟推到后面，对大家说，不带这么捉弄我们的，谁不知道鬼精灵老七眼光高，心里惦记的是留学生楼的"洋鬼子"。大家依然是一通大笑。李晓说，这倒是真的，咱们宿舍就老七整天一股洋人香水味儿。

没想到老七却突然翻脸，她说，我就知道你们在背后编派我。说完，眼泪就噼里啪啦砸向大家。李晓说，都是玩笑，你这样我们以后还怎么开玩笑，还怎么聚。后来虽然没有再争执，但气氛却像冻住了一样，酒没有了味道，话也少了起来。回家的路上我审问王宏伟，问他是不是对老七动过心、动过情？王宏伟说，酒桌上我说的就是实话。你也知道，我对气味敏感，就冲那一点，我也不会喜欢她呀。他说的那一点把我逗乐了，我说这倒也是真的。后来想到那次聚会我就后悔，后悔自己没有足够的防范意识，忘记了还有饥不择食一说。

后来，我也不知抽了哪根筋，但细想想应该是毕业五周年聚会上老七提到蓝屋，是蓝屋又把我拽到了别处。

我是从县城考出来的，上大学前并没有喝过咖啡，我不清楚后来若干年迷恋咖啡，是不是想把之前的缺憾都弥补回来。第一次遇见王宏伟是在我们校园的蓝梦咖啡屋。蓝梦咖啡屋每周六都举办什么读书会、股市沙龙等活动。那天的股市沙龙上，我对主持人的悲观情绪提出了相反的意见。我说股市之所以一路下跌，是因为中国的投资者还不成熟，大家跟风炒作，重题材、轻价值，一个重组就能让亏损的公司连续几个涨停，反而是那些成长性好、有价值的企业被错杀。只有回归价值投资，股市才能健康发展。那时我作为一个新生，确实有初生牛犊不怕虎的劲头。我之所以讲这番话，一是我确实是那么想的，二是当时主持人讲完后，出现了冷场。沙龙有个规矩，发言者可以得到免费咖啡一杯，我讲完后也不看主持人脸色，悠然取了平生第一杯咖啡。后来王宏伟又为我续了一杯。王宏伟是我们经济系的白马王子，学习好、长得好、家世也好。他的那杯咖啡没让我清醒反而让我沉醉，再后来校园里就多了一对情侣。从某种意义上说，蓝屋的那杯咖啡就是我们的媒人，但没想到七年后，还是咖啡导致了我们婚姻的破裂。世间的事情就是这样轮回，不然也不会那么多人喊着“成也萧何，败也萧何”了。

那天，我在王宏伟拎回家的咖啡盒里翻出了两万元钱。我和王宏伟绞尽脑汁也想不起来这盒咖啡是谁送的。王宏伟说前几天参加一个行业经济研讨会，有几个企业家都带着咖啡到他房间坐了坐，他总不能每个人都问一问吧。我一边批评他马大哈，一边说千里之堤溃于蚁穴，这次是两万，将来没准儿就是十万、百万、千万。这么一想，我就后怕，仿佛那两万已经裂变出千万。我便萌生了辞职跳槽到证券公司的想法，其实从前几天同事搬离政府宿舍住进窗前有水系的商品房时，我就开始心动了。

在我辞职的问题上还是费了一些周折的。首先是王宏伟不同意，尽管当时没有干部家属不许经商这说法，但他认为他有能力让我和王子过上幸福生活，他不同意我再去冒险，尽管我在大学期间获过模拟炒股大赛的冠军。其次是公婆不同意，公婆都是政府机关的老领导，循规蹈矩一辈子，瞪着眼睛问我没受啥刺激吧，不然怎么大白天说胡话，自己砸金饭碗呢？他们还联合我的父母来轮番劝我。本来辞职的事只是商量、只是念头，被他们这么一说，我就反复论证，越论证就越觉得该辞。我说大学毕业时就不该进机关，当时好几家证券公司找我，如果那时进了证券公司，我们早就财务自由了。母亲放出狠话说，你放着好日子不过，非要作，是想作死呢？总之我是冒天下之大不韪离开的财政厅，我们厅长也惋惜地说，下半年就要机构改革了，可惜，可惜了。

如今想想确实是可惜了。但可惜的不是职务，而是家庭。我只能说是自己犯了方向性的错误。可惜的是当时我并不这样认为。我从财政厅出来到证券公司任职，用老七的话说，一个抓权、一个挣钱，天下的好事我们都占了。如今想来真的不可能事事如意，如果时光倒流，我绝不会从财政转到证券，但世上没有如果。

我和王宏伟都是学投资的，我们也曾坚信我们的恋爱婚姻就是投资学中的“时间的玫瑰”。只要选择一条踏实而长久的路，严格执行自己的策略，不贪不惧，就能享受到复利带来的收益，收获时间带来的玫瑰芬芳。我不知道是我们运气差，还是生活注定要跟“时间的玫瑰”开个玩笑，一次蚜虫的肆虐、一场冰雪的摧残，就折断了它的枝干。

我到金城证券的一年后，王宏伟到距离金城百公里的邢州挂职副市长。公婆让我再次辞职，带着王子一同去邢州。我和王宏伟都觉得没有那个必要，再说王子马上就要上小学了，邢州的教育怎么能和金城比，更不用说中山路小学差不多就是全省最好的学校了。我母亲也再次过来劝我，说女人再怎么折腾也折腾不出花来，相夫教子才是最重要的。母亲还提醒我，我们这个岁数还是多在一起好，不然生出什么事端后悔都来不及。我说我还是坚信我和王宏伟的感情的，再说有组织管着他，一周七天，不是还有两天能在一起吗？如今我收入高了，也就不会心疼扔在路上的那点儿钱了。母亲说那你可不许偷懒，每周一一闭市，你就赶紧往邢州赶。

但那一周股市大跌，我没有心情去邢州和王宏伟团聚，也爽了邢州同学的约。那天在酒桌上，先是老七问我为什么不来，我说这不正好给你个机会吗；再是李晓埋怨我不够意思，她说同学们给你们祝贺，你却爽约；再后来，我分别向每个人解释一遍，也轮流道了一圈儿的歉。同学们都说你不来，就让王宏伟替。我说对，就让他全权代表。本来是闹着玩的话，谁知王宏伟动了真格。散场时，老七又打电话说，你家王宏伟太认真了，实打实替你喝，都喝吐了，怎么办？我说，能怎么办，你帮我送回去呗，我还说记着给他倒杯蜂蜜水。后来，我给王宏伟打电话，王宏伟不接，过了一会儿再打，还是不接。我只好给老七打，谁知老七也不接。那时我满脑子都是雷，我想会不会摔倒了，还是遇到了什么意外，还是……越想越害怕，越想越放心不下，索性爬起来开着夜车往邢州奔。但当我打开门后，看到的却是他和老七搂在一起的丑态，闻到的是满屋子狐臭。

老七有狐臭，香水就格外浓，大学时我和老七是上下铺，也就是说我是最直接的受害者，但我也知道这不是老七的错，先天的东西是无法选择的。我能看出老七对狐臭敏感，我也看到老七在尽力掩饰，比如她可以不买肉菜，不穿时髦的衣服，但一定要买法国香水，我甚至觉得她之所以去留学生公寓为留学生辅导中文，也是一种掩饰，以至于李晓她们都说老七沾染了那些洋臭。但我知道那不是沾染，而是她与生俱来就有的一种疾病。我把这秘密保守了四年，只和王宏伟一人说起过。王宏伟去邢州挂职时，我还开了句玩笑。当时他说你和王子过来吧，这样我才安心呢。我说为了给领导留个好印象，留个你踏实在邢州干工作的印象，就要牺牲我和王子？王宏伟脸一红说，也不是。我说那是啥？怕老七她们把你抢了去？说完我嘿嘿一乐又说，你若喜欢闻那臭胳肢窝味，你就尽管闻。没想到一语成谶，王宏伟还真把那股臭味带回来了。

如今我已经财务自由了，但财务自由并不能弥补生活的缺憾。所以当王子告诉我，奶奶天天都在给他找新妈妈时，我才觉得自己这样太亏了，于是我也开始见男朋友。何大明是省保险公司的财务总监，前妻带着儿子出国后就不肯再回来了。后来我才知道何大明是我助理阿萍的前姨父，阿萍说她不愿肥水流外人田，让我好好珍惜。母亲也劝我，人无完人，差不多就行了，过日子理性比感性更重要。

和何大明谈对象，更多的是我想让大家看看，我依然还有寻找幸福生活的能力。李晓见过何大明后就说，行呀老同学，怪不得你牛，都这岁数了，还能PK掉小姑娘，好好珍惜吧。李晓的话本来是夸赞，但却让我心里五味杂陈，我想起多年前她总说我亏，总是劝我睁一只眼闭一只眼算了，她说你没看出来呀，老七就是看着你过得舒服，你若离婚，岂不是中了老七的计。当时我也是年轻气盛，想着手里有王子，想着让王宏伟一遍遍道歉，然后再一次次追我，让我在老七面前、在同学们面前再骄傲一次。可王宏伟没有。婆婆在事后认真地跟我谈了一次，婆婆说，这种事人家都是捂着、藏着、掖着，你可好，闹得惊天动地。如果你还顾及王子、顾及王宏伟的声誉和前途，你就闭嘴。大事化小小事化了，当然回家怎么罚他怎么骂他都行。你自己的丈夫，他是什么样的人你心里应该有数，别说没有，就是有也是酒后一时糊涂，也是因为你不在身边。婆婆那语气、那样子分明就是我做错了什么。她给了我两个选择，要么调到邢州去好好过日子；要么离婚。前提是不管怎么选都要先闭上嘴巴，不要再嚷嚷这件事。我后来确实没再提这事，但事情就像风一样早就在金城和邢州刮过。邢州市委给了他处分，王宏伟从副市长降为市长助理。被处分后的那个周日，我们一起回婆婆家，婆婆问我，你满意了？我说没有满意。王宏伟问，那你还想怎么样？我说离婚。他说，好。

三

老七的那条短信就像种在我心里一样，我放不过去，也放不过自己。我满脑子想着和老七见面后的情景，我一会儿想着带何大明在她面前再炫耀一回，一会儿想着让她看我即将进入掌管百亿基金序列的高光时刻。老七的短信让我忘了一个优秀基金管理人首先要管理情绪、敬畏市场，在任何情况下都不能掺杂一丝一毫的个人感情。因为有了其他因素的介入，数据模型就会指向另一个方向。

当年老七让我遭遇了婚姻的滑铁卢，如今老七人未到，一条短信就让我遭遇了投资的滑铁卢。购买车位后的第二天，我看着阿萍和投研团队提交的股票池报告，在求胜的诱惑下把港股和美股调到了核心池。

其实我是不该调的。先给你们介绍一下我的投资策略吧，我之前讲过，我喜欢时间换空间，相信时间的玫瑰。但也有一套严格的筛选体系，所以我总跟何大明说，散户不要炒股，你把钱交给专业的人，专业的人办专业的事，不然所有的投入都是交学费。因为专业投资是团队，是一个体系。比如我们金城基金，我管理近百亿资金，有近二十人的投研团队，我们通过量化指标筛选股票、债券、货币基金放到观察池，再根据观察和深度评估挑出有潜力的，然后再长期跟踪、优中选优，选出核心池产品，最后再结合资金面、政策面才能适时跟进。

我后来一直想如果没有那条短信，我绝对不会脑袋发热，但事实是，在深夜我收到了老七的短信。之前阿萍和投研团队都看好美股和港股，说那是价值投资，是股票洼地。也不是我对洼地和价值不感兴趣，是因为左侧洼地有时就是一个填不饱的坑，我的客户和投资人不会给我三到五年时间，他们更看重买入就涨。所以多年来我一直坚持右侧交易，就是等政策明朗再追加投资。那天我买完车位回到办公室，脑子就有点儿晕，进入投研工作群，一屏又一屏各家机构对美股港股的看多，让我的坚持开始松动。大盘指数一路狂飙，资金成交量价齐升。但我还是很理智地说，留下三分之一的仓位继续回购国债吧。阿萍站着不动，她说上周我们投进核心池的股票发挥作用了，一周就涨了6个点，这两天每天都有一两个点，照这样下去，年关即便回调，也有安全垫了，但若一路上扬，年底我们就能闯入前百了。

她说的前百是基金排名，去年我们差两名，其实去年我们进前五十都有可能，但因为我的保守，半仓操作，回撤少，盈利也就打了折扣。她的意思和她的心情我当然明白，今年进了前百，助理就升任项目经理，她就可以管理一只基金了。但我还是不愿冒险，毕竟这是真金白银，不能冒进。我坚持说不能进了，即便短期没有利空，也要考虑获利筹码。阿萍说好吧，但在走出房间前她又停下了，她说，我小姨昨天从美国回来了。我没等她说完，就抢了她的话，正好我就把你小姨夫还回去。

阿萍说，这不是你的风格，看来你俩是真对上眼了。我小姨是和他的外国老公一起回来的，这次回来就是处置房产，她要用变现的资金配置美股、港股。

我想何大明这个骗子，昨晚肯定是见他的前妻去了，编什么邢州公司出了点事。想到这里，我有些赌气地对阿萍说，那你可以考虑去给你小姨当个理财顾问。

阿萍说，我可闻到了酸味。你放心，何大明不走，我也不会走，我们都是你的铁杆粉丝。你不知道，当年何大明对我小姨多好呢，分手后人家也没说她坏话，对我依然还是当个外甥女看待，可她呢，天天说人家坏话，说人家肚子里都是弯弯绕。我姥姥骂她，美国佬不绕，就是把她的钱都骗去投资了。我跟你说就是让你心里有数，毕竟我小姨也是做投资的，人家对市场的分析咱们可以借鉴。

阿萍走后，我开始研究。不熟的不做，这是我给自己定下的规矩，我对美国和香港市场看不准，不应该去凑那个热闹，但下午闭市后，我看到排名前十尤其是我们对标的公司也投了港股美股后，就不淡定了。于是我就把阿萍和投研团队召集来开会，最后大家达成一致，把美股港股从备选池调进核心池，也就意味着明后天操盘手可以择机建仓了。

那天晚上下班回家，何大明依然没有联系我。本来这种情况过去也有，但那天晚上我却失眠了，我像个小姑娘一样猜度着他这样做的原因。我昨天就一夜没睡，今天再这样熬下去会出问题，出了问题我跟前连个端茶倒水的人都没有，于是就吃了两粒酸枣仁胶囊，逼迫自己入睡。就在这时，郝如意微信语音我，她说，有一个业务扩张的机会，她想布局新能源汽车板块，但自己吃不准，想咨询一下我这个投资专家的意见。我一听到板块，就笑了，但我没笑出声。我顿了顿说，从市场分析看，新能源是未来发展方向，但也存在一个问题，"时间的玫瑰"既要选好品牌，又要用时间换空间。她说我也是这样想的，你这样一说我心里就踏实了。末了她还力邀我去她店里给车做个保养。

放下电话后，我就想郝如意这个女人还真是不简单，不管嘴巴像不像刀子，看市场却锋利。昨天白永刚劝我买玄驹电车是假，跟郝如意抢生意是真，只是没想到却提醒了郝如意，让郝如意萌生了增加新能源汽车的想法。这样一想，我就又想起白永刚，想着他们这个赠送、那个打折的，为了我这样一个小客户都争，遇见大客户还不打得头破血流。就这样又胡思乱想了半宿，快要入睡时，王子的老师又从国际学校打来电话，通知我小王子突发高烧，已经送到中心医院了。我翻身下床，再次驾车狂奔在夜深人静的城市街道上。

在距离中心医院只差一个红绿灯的十字路口，闯红灯的宝马撞在我丰田霸道的右侧车门上，我的车门像瘪了脸的老妪，宝马的头上也开了花。我没好气地想说两句，可宝马司机却没下来。我气鼓鼓地上前敲门、敲玻璃，车上的人趴在方向盘上一动不动。我以为司机受了伤，就连忙打了急救电话。这其间各种不好的念头一个个闪来，我又气又怕又急地砰砰拍打着车门，里面依然没有一点儿动静，直到一辆奔驰停在我身边。

我做梦也想不到，从奔驰上下来的竟然是白永刚。白永刚显然也看清是我，他一个箭步蹿过来说，石妹子，这是大水冲了龙王庙呀。一边说，一边敲开车门，把司机从车座上揪下来，然后再麻利地把司机推进奔驰。白永刚说，孩子小，一会儿警察来了就说是我的责任，我负全责。他这样一说，我才想起自己还没有报保险，也没有报警。一听我没报警，他高兴地拍着手说，自家人就不那么麻烦了，咱家干啥的，开修理厂的。

我顾不上和白永刚攀扯，啪啪拍了几张照片，自己有个底，也提防他耍滑，然后按他说的把一切交给他处理。我赶到医院时，王子已经在输液了。老师说是肺炎，没有耽误，而且王子的病情也没有那么严重。但我还是把工作交代给阿萍，请了假，专心陪王子。短短半个月，等王子康复回到学校时，不仅"茅指数"大跌，而且美国和香港股市也成交量萎缩。我们辛苦大半年的盈利眼睁睁就蒸发掉了。这种情况让穿越过牛熊市场的我感到了山雨欲来的危机，我想割肉出局，等到底部再杀入，可团队是一片反对的声音。确实没有一个大咖能摸准市场的脉搏，除了坚持好像也没有什么别的选择，大家的意见是，既然看好这个板块，就要坚信时间里终能开出玫瑰来。但坚持又何尝不是一种煎熬。

处在煎熬中的我嘴上开始冒水泡。从小到大，我一着急，火就上右嘴角，轻则几个小白泡，一周就消弭了，重时则一夜间裂变，从右嘴角开始，小变大，少变多，挑破一个长俩。我带着水泡迎来了新年，旧的一年就这样过去了，排行榜没有出来，这一年的收成让最后几天给扯了后腿，我们都知道出来了也不会如意，也不会榜上题名。阿萍和投研部的人都躲着我，他们不愿听我的唠叨，因为每天的例会我都会拿这次投资说事，眼快嘴快的阿萍也总是混在人群中匆匆离开，仿佛多待一分钟股市就要跳水。

我叫住了阿萍，想问问她小姨走了没有，我想把她引到之前的路上，让她主动和我说一说她小姨和何大明。但阿萍就是不提私事，只是重复"趋众心理"害了她，明明知道"二八定律"，却不知不觉被大众的声音迷惑。我看着她在那里教科书般检讨，心想市场太强大了，大到可以改变一个人的习惯，可以改变一个人的命运。那么聪明的阿萍在市场面前乱了方寸，她没有联想到我想听的，就连我自己也在市场中乱了阵脚，以至于我突然放弃了自己的原则，没有任何征兆地直接问了一句，你小姨走了吗？

看着缓过劲儿来的阿萍，我后悔极了，但话已出口，覆水难收。我只能任由自己的形象在她面前坍塌。阿萍像之前一样嘴角一弯说，早走了。我哦了一声，心想人都走了，何大明怎么还不阴不阳的。正思忖间，阿萍又说，等春节后，行情如果好转，我就想办法让小姨他们买些咱们的私募。我又哦了一声，我知道阿萍在宽慰我，在竭尽所能地弥补过失。

市场能等，可我和何大明不能这样等下去，处在市场煎熬中的我尤其想要他的态度。但怎么要是艺术，我不能像早晨冒冒失失问阿萍一样问何大明。一直到中午我也没有想到好办法，就在我的思绪于脑回路间绕来绕去时，郝如意来了个电话。她说，晚上请我到她家吃饭。一是她今天搬家了，二是她一再夸我对市场看得准，想让我为她的新规划提提建议。她的恭维让我很受用，我也想和邻居搞好关系，于是半推半就说了一句，在家不太方便吧。她说暖房当然要在家了，你正好过来认认家门，没准儿你看看夜景就着急搬过来了。其实那会儿在心里我是答应了她的，但在回复时我还是给自己留了点儿余地，就像犹豫不决只进行半仓操作一样。我说如果没有特殊情况，我就过去。

但事情往往总是这样，你若心里有事，事情就像商量好一样比着抢着来你这儿争宠。当我订了鲜花去赴郝如意之约时，何大明给我打电话，让我晚上陪他走个场。那语气就像领导给手下安排工作，透着招之即来的从容。他那良好的自我感觉让我不爽，我决定打击他一下，就和盘托出了郝如意之约。他果然像被热水烫着一般开始吸溜嘴，而且是一边吸溜一边急吼吼地说，不妥、不妥、不妥。那语气仿佛我到了悬崖边上，我感到了他用力往回拽我的喘息。我很享受他着急的样子，在那一刻，我感觉到一丝温情，感觉到心中块垒咔嚓咔嚓地开始松动。等他说完今天安排的这个场就是想给我一个惊喜后，我毫不犹豫地放了郝如意的鸽子。

何大明给我的惊喜确实不小，我和他走进世纪大饭店时，幻想着他安排的求婚仪式，房间挂满彩色气球，圆桌上是九十九朵玫瑰，音乐响起，他单膝着地，给我的无名指戴上鸽子蛋。这是我和他之前说过的少女梦，虽然是二婚，但我心里还住着一个少女。我几乎就看到那个场面了，但当我身临其境跨过门槛时，白永刚仿佛突然间飞来的一只黑天鹅，让我从云端跌落到现实。

白永刚一定是看到了我脸色的变化，他说这个世界真是小，今天我刚要通知你取车，何总就带着保险员来巡视，一眼就认出了你的车。我看了一眼何大明，心想你不是向来标榜公私分明吗？还没等何大明说话，白永刚又说，何总不关心车怎么样了，先问人伤着没，那神情仿佛谁动了他的心头肉。何大明一副大哥的做派摆摆手说，别肉麻了。然后对我说，你呀，以后有事情，第一时间跟我说。

那顿饭本来很夹生，但白永刚是调节气氛的高手。白永刚说我和何大哥是多年的兄弟，远亲不如近邻，你有什么事就支唤老弟一声。我笑了笑，心想这一下就大哥变小弟了。白永刚还说，我前几天已经搬进新房了，你把钥匙给我，我让你弟妹每天去开窗通风，你也好早点搬过来。我看看何大明，何大明说通风可以，搬就没必要了。我们上班都卡点，还是住市区方便些。白永刚说你们搬过来试一试就知道了，虽然距离远，但一出门就是快速路，比之前时间还短呢。我看看何大明，他自顾自地喝着蘑菇汤，仿佛白永刚的话就是一阵风，让他自己刮去吧。

我早就想搬家了。之前我一直顾忌何大明的感受，此时是他的好兄弟递来了梯子，我就有理由顺着爬，我说那我也选个日子，不然白交物业费了。白永刚像捡着宝似的连忙说，太好了，太好了，仿佛说迟了宝贝就会掉到地上。

那一晚，何大明送我到家后，就赖着不走。我说今天太阳从哪边出来？还是你的太阳已经走了？他说我就知道阿萍嘴碎。人家不远万里回来一趟，我总要尽尽地主之谊吧，就见了一面，饭都没吃。说完叹了一声，我以为他遇见什么难事了，没想到他是卖关子，他说我们老总明年就到站了，在这个节骨眼儿上我就想多担当一些。我想说这是好事呀，你该高兴才是呢，别说男人，就是女人在机会面前也会凡心荡漾。可看到他愁眉苦脸的样子，我隐约生出一丝异样的感觉。我想起了当年同样的情景，不同的是王宏伟在我面前掩不住的高兴。我还劝他有点儿城府，别都流露在脸上。

我知道何大明有城府，就像阿萍说的，哪个成功的男人没有城府呢？其实那时我是该为他高兴，也该为自己高兴的，因为他再提一级，就超越王宏伟了。我又想到我们的关系，他在关键时刻和我保持距离，是真的忙还是考验？这让我想到了震荡洗盘，我觉得我和何大明就像股票拉升阶段的筹码，我不知道震荡过后，我们彼此会不会被当作浮码被洗掉。

四

其实，我还是在意何大明的，我甚至想为了他就不搬了，不只是因为母亲唠叨,更多的是我想让老七看看,七年后的我依然是让她羡慕嫉妒的对象。但当我征询意见时,何大明并没有反对,他说搬就搬吧,总闲着也不是个事,只是我最近忙,不能帮你了。还说,让白永刚帮帮我。我说了声好,然后又给郝如意发了微信,我想她即使不一定激动万分,也会热情地说一句欢迎。可事实上她就回了个"好"。我心里不舒服,但想到跟她也没有太多交情,也就没往心里去。

搬家那天,我按照白永刚说的,八点前在自家小院里放了两挂鞭炮,红彤彤的两挂鞭还没全部从竹竿落到地面,物业巡逻车就风驰电掣般赶到了,二话不说,拿着灭火器就一顿猛喷,白花花的泡沫给喜庆打了折扣。

白永刚立马撸起胳膊叫停物业人员。物业人员为难地往对面看看,我隐约看到对面窗户上映出一张似曾相识的面孔。

物业人员理直气壮地说,市里有通知,春节期间不允许放烟花爆竹。白永刚说这可是三环外呀,我搬家时就这样放过,昨天邻居搬家放了整整六挂呢。你们看人下菜碟?

物业人员倒也干脆,直接说是有人举报。

嘿,你跟我说是谁?谁这么各色?我拉住白永刚劝道,好了好了,管她谁呢,炮还真放对了,把那些妖魔鬼怪都赶走了。咱们大喜的日子不能让别有用心的人坏了咱们的喜庆。我一边大声说一边往对面瞟。按我们这儿的习俗,搬家当天要发一盆面,包子、馒头、烙饼都行,晚上大家暖房时吃,当然还要有别的配菜。我搬家前是通知了郝如意的,我想既然是邻居,而且自己上次又爽了人家的约,不如趁搬家一并补上。因为这一出,我也就没再叫她。

在家聚餐是有些难为我,菜还好说,从业主餐厅叫,可包包子、烙大饼我都不在行。白永刚说这不叫事,他媳妇一个人就能搞定。到了下午他又从公司叫来几个人帮忙,还自作主张买了蔬菜、水果、肉食和海鲜。看着他越俎代庖地在那里指挥这个安排那个,我突然觉得这个家好像不是我的。本以为他是个大大咧咧的人,没想到他心还挺细,居然忙中偷闲解释道,我大哥忙,你可别怪我大哥哈。

股票的涨跌都是有原因的,白永刚这样帮我显然是看在何大明的面子上。可何大明向来公私分明,为何非要把白永刚介绍过来,是想到我一个人住这么大的房子,找个兄弟帮衬,还是……就在这时,白永刚的媳妇喊我去看看如何摆盘，白永刚说我这个媳妇就是笨，说好菜品她负责。我说嫂子才不笨呢，要长相有长相，要身材有身材，还做一手好家务，你就偷着乐吧。

白永刚说，乐，是乐极生悲吧，不给我找麻烦我就阿弥陀佛了。又说，还记得那个开修理厂的吗？说着瞟了一眼河对岸，撇着嘴叹了口气，前几天，那女人在业主群里给自己打广告，恨不得把邻居的车都弄到她家维修保养。本来她修日系，我修欧系，井水不犯河水，可她却总找事。看着我一脸疑惑，他继续解释，我也就给咱们BBA车行来了个软广告，我说"术业有专攻"，我们车行只修高端车。有个开奔驰的业主就在群里和我聊，然后我就跟人家谈妥了，当然其他业主也有咨询的。邻居嘛，同等情况下，肯定是选邻居更放心，何况咱们小区好多业主早就是我们的客户。可我那傻媳妇在遛弯儿时竟然和那个女人搭讪，居然对人家说，其实我家啥车都修，前几天还给你修了霸道呢。那个女人就私下里造我的谣，说我们是挂羊头卖狗肉，挂个牌子为了多收钱。若不是奔驰车主跟我说，我还蒙在鼓里呢。

他一口一个"那个女人"，让我听着不舒服，可反过头来想，郝如意今天这一出也着实让我不舒服，但我不想和她针尖儿对麦芒儿。邻居嘛，对脾气、合得来就多来往，不喜欢就擦肩而过。白永刚确实是个聪明人，看着我不接话茬儿，就又起了个话题。他说，你们做投资的对市场分析透彻，都说未来是新能源的天下，可是我心里还是没底。说到市场，我就来了精神，不看在他和何大明的情分，就是看在他帮我忙前忙后的分上，我也想给他出点儿主意。我说，新能源汽车是个方向，节能减排是大势所趋，未来潜力巨大。你可以在稳定现有市场的基础上再添加一个新能源板块，比如早些和厂家联系做个代理。

白永刚说，前几天何大哥也说过这个事，但我问了几个代理商，目前要销量没销量，要技术没技术，产品更新换代快，引进远水还需要考虑。他又问我，从投资者的角度看，新能源电动汽车玄驹和希冀哪一个市场前景更好？

我知道他在筛选代理产品，但投资和市场是两码事，投资看的是未来收益，代理产品还是要看市场空间，我说新能源肯定是发展方向，具体到品牌，还是你们行业中人看得准。

何大明回来时，菜已经做好，我正在白永刚媳妇的指导下烙饼。白永刚媳妇说别的都可以，就是这个不能替，她又解释说只有我自己做才能"发"。等我们坐到餐桌前时，两个人明显在议论对面的郝如意。何大明说，前几天还假模假式请吃饭，今天就下狠手，这样也好，省得石嫒嫒被她蛊惑。我说，谁，除了你谁还蛊惑得了我。大家哈哈一笑，但我知道他们说的是郝如意。

晚上何大明刚要和我温存，也就是在我俩兴致盎然时，一声婴儿般的叫声传来，何大明瞬间就蔫了。他懊恼地打了一下自己，抱歉地说这破身体，一喝酒就出问题。我拍拍后背安抚他说，是你最近压力太大了，其实我知道他是对环境过敏，每次来别墅，他都像丢了魂一样。

喵，喵，喵，外面的声音越发瘆人，我寻声拉开窗帘，两束蓝光像鬼火一样射来，我不由得打了个激灵，若不是何大明搂住我，说不定我就摔倒了呢。何大明拉上窗帘说，是野猫。那个美好的夜晚就这样被野猫搅和了。

后来我才知道，那不是野猫，而是郝如意家养的猫。但我不知道家猫为什么那个时刻出来捣乱。我愤愤地跟白永刚说起这事时，白永刚也没了主意。他说，姐，咱们小区没有不让养小动物的规定，不过家猫一般不出家门呀，估计是看着你家搬家偷跑出来的吧。确实如白永刚所说，第二天、第三天那猫都没有再出来捣乱。再后来我发现一个规律，只要何大明过来，猫就偷偷从家溜出来，仿佛那猫就是寻着何大明的气味来的。

春天来了，园区里的迎春、玉兰、山杏、桃花一茬茬开放，惹得人春心荡漾，让我忍不住想起当年和王宏伟在花树下的美好时光，那些美好昙花一现后，便是更多的惆怅。我想有机会和郝如意缓和一下关系，和她的猫咪也搞好关系，为何大明铺铺路，毕竟猫咪的寿命有十几年呢，我们总不能因为一只猫影响了幸福生活吧。真是想什么就来什么，这天晚上下班后，我刚停下车，就看到郝如意的车也进来了。我想起早晨阿萍给我车里放了一盒咖啡，就想找出来送给郝如意。等我伸着胳膊从后座拿起咖啡时，就看见一个瘦弱的男子跛着脚过来，此时郝如意已经打开后备箱，整理着里面的东西。她看见跛脚男子后埋怨说，让你等着，你就是不听话。跛脚男子搓搓手，嘿嘿一乐，也不说话，探过身拎了一袋青菜、一袋水果，还要再拎鸡蛋时被郝如意制止了。跛脚男子看着郝如意关上车门，就转身往回走。郝如意快步追了上去，又是抢水果，又是抢蔬菜地秀恩爱。

我像被定住了一般没有下车，直到他们进了电梯。眼前的场景既熟悉又陌生，让我眼里雾气蒙蒙，如果不是男子跛脚，我差不多就认定那就是多年前的我和王宏伟了。

五

再后来，我都有意避开这样的场景。虽然打交道不多，但我知道我和郝如意的性格一样，骨子里都有一股霸道劲儿，只是她的霸道透着娇嗔，也恣意着小女人的幸福。我常常想，这是个什么结构的家庭呢？是因为她老公宠着她，还是因为她老公太软，需要她顶着这个家？她怎么会嫁给一个跛脚男人？我一次次在脑海里想着这家人，我甚至后悔当初爽了约，不然也许我们会成为朋友。

这天白永刚敲门，请我去他们家吃饺子。正犹豫间，何大明来电话说晚上加班就不回来了。我不知道何大明加班是真是假，但知道何大明不愿来别墅这边。于是我带着瞬间蹿出来的孤独感去了白永刚的家。

我曾经问过何大明，怎么和土财主成了哥们儿？何大明说是多年的工作关系，如今因为我才跟白永刚走得近了些。白永刚家的装修风格土得不能再土了，他自豪地说，深红的门窗能辟邪，金色圆顶是官帽，然后又指了指墙上的木雕四扇屏，问我看出了啥？我扑哧一笑说，梅兰竹菊四君子。他说果然厉害！然后又问还看出了啥？

我瞅了瞅，也没有什么特别的，就是木料好了些，乍一看是紫檀，但谁家会把紫檀镶在墙上？但我明白他炫耀的目的，就说是红木呗，白老板够“沉”的。“沉”是我们金城的方言，是富的意思，但比富更多了一层瓷实。白永刚很受用地哈哈大笑，笑完依然故弄玄虚让我再看。这时白永刚的媳妇出来和我打招呼，她说，何大哥那天来时一眼就看出来了，“虚心竹有低头叶，傲骨梅无仰面花”。

白永刚骂她，就你话多。他们后来说什么我没记住，但我心里突然有些难过，何大明什么时候来的？我怎么不知道？如果何大明去别的地方不告诉我，我没意见，可来湖畔别墅、来白永刚家应该跟我说一声呀。那顿饭我吃得寡淡无味，春天新鲜荠菜的味道一点儿都没吃出来。我几次想问问何大明几时来的，但看着他媳妇一副受气的样子，就不想再给他们找麻烦。

从白永刚家出来时，白永刚的媳妇要送我，她说也不是专程送，就是习惯每天晚上散散步。白永刚龇着牙喊，这大雾霾天，你就找死吧。我说白总你可不能大男子主义，有话和弟妹好好说。白永刚这才挤出一丝笑容说，愿意怎么疯就怎么疯吧。

不知是心理作怪还是被白永刚影响的,我这才意识到霾依然罩在头顶,仿佛多吸一口都要损伤多少细胞。但我还是忍不住问白永刚媳妇,你和何大明熟悉? 她说,多年的朋友了,这个房子还是他帮我们选的呢。对了,好像你的南邻居也认识他,选房那天,我们本来要选你家那个街区,但看到你那南邻居后,老白就变了卦,说挨着河边蚊子多,又重新选了北区的。我"哦"了一声,心想选房时我还不认识何大明,不然他也不会让我选河北岸的,也许根本就不让我买这个小区的。白永刚媳妇确实话多,没等我问,她就说何总人可好啦,可帮我家老白了。但你说这么好的人咋就得罪了南岸那个女人? 老白说搬家那天那女人不是故意给你找麻烦的,而是冲着何大哥去的。老白媳妇还安慰我,说邻居还是要搞好关系的,让我主动给人家说句好话,谁也不会打笑面人,和气生财嘛。

说话间就到我家门口了,我说就不留你了,等到周末,我请弟妹来家喝咖啡。白永刚媳妇有些激动,但还是嘱咐我,千万别把我们的话说给何总,也别说给老白。我说白弟妹放心,我这人就一样好,嘴严。

那一夜我翻来覆去睡不着。何大明和白永刚好也正常, 但为什么要瞒着我? 还有何大明和郝如意是啥关系? 为啥他一来郝如意就放猫出来捣乱? 我想问问何大明,可我始终没有找到合适的机会,其实也不是没有找到机会,是我已经学会向生活妥协了。我不知道这是我的悲哀还是我的幸运,我只知道时间可以改变一个人。如果七年前我懂得这些,拿出对何大明包容的十分之一对待王宏伟,我们的生活就会是另一个版本。

六

外人都羡慕我的成功,羡慕我拿得起放得下,其实午夜梦回时,我还是放不下七年前那个小家的。有几次我在送王子和接王子时,都希望碰到王宏伟,希望他为我的咖啡续杯,希望我会像过去一样沉醉。但每次他都不在家。因为背着处分,他在邢州原地待了五年。李晓告诉我,王宏伟还是和上学时一样老实,活儿都是他干的,荣誉却是其他领导的。就拿招商引资来说吧,他一遍遍跑到深圳,每年都把邢州籍的那些企业家请到邢州来,让人家看家乡,让人家传经验,就是不提投资。三年后,有一个世界五百强的老板终于被感动了,在邢州建了分厂,然而站在签约仪式上的却是分管招商工作的副市长。若不是市委书记到企业调研知道这些后，王宏伟还不知道要在助理位置上待多少年呢。去年，王宏伟调回金城当副市长后，我在一个会议上看见他，台上的他比以往瘦了，也更有激情了，但我也在他的两鬓看到了白发。我问王子，爸爸忙什么呢？王子说，能忙啥呀，忙工作呗，估计也忙着找新妈妈。我看见奶奶拿了一大摞照片让爸爸选呢。李晓劝我，主动找王宏伟谈一谈，毕竟有王子。我嘴里说，好马不吃回头草，心里还是期待婆婆或者是王宏伟能抛个橄榄枝。但他们都没有，不仅没有，婆婆还开始嫌弃我了。王宏伟回来后，我再去接送王子时，婆婆门都不让我进，她总是慢悠悠地说，就不留你了，一会儿宏伟的对象还要来呢。母亲说我，你就是要面子，主动认个错，你婆婆那人看在孩子面上也不会为难你。我说错的是他，凭什么让我低头。再以后，我不等婆婆说，我先说，我得赶快去讲座，那些股民就等着听我分析呢。

我之所以这样说是因为我知道婆婆的性格。婆婆是把事业看得很重的人，王宏伟、王子有点儿小成绩她出门买菜时腰都会变直，而且还会在和别人聊天时主动把话题引到她儿子、孙子身上。如今她的邻居有好几位都在我们证券公司开户，而且还有好几个人跟我套近乎，让我提供内部消息，让我指点股票操作。我说这些，就是变相刺激她，告诉她，如果我变回她的儿媳妇，她的腰板会更直。但婆婆不上当，她说快去吧，快去吧，可别让大家都炒成股东就行。因为有婆婆的"鞭策"，我就更加谨慎，但我还是错误估计了老七的杀伤力，这不，老七人还未到，一条破短信就打破了我的工作和生活。

春节后的市场，没有利好也没有利空，市场进入了温暾水箱体。市场可以等，但我们不能等，因为我们掌管的金城基金已经开始萎缩，市值缩水波及投资人的信心。我们当时设置这只基金时只有一年的软封闭期，也就是说一年后就没有申赎费用了。但在非正常情况下，投资人可以赎回，只是多个手续费。晨会后，阿萍说有个机构客户怕市值再跌，坚持赎回，让我出面做做工作。我又梳理了一遍基本面，一向抱着积极心态的我也有些动摇了，我总不能拍着胸脯打包票吧，再说市场谁又能说得准。

阿萍担心机构客户赎回的消息一旦传出去，就会产生多米诺骨牌效应。我说，我知道，但我们也可以营销几个客户进来，这个点位总比年前低吧，此时入市，风险会小一些。阿萍说道理是这个道理，但股票基金和房子一样买涨不买跌，人性的弱点谁也克服不了。我说死马当活马医吧，比如说你小姨，比如说世纪股份。我还说把投研团队也撒出去,他们的嘴能忽悠。

阿萍走后,我也开始在通讯录中寻找目标客户,翻了一遍都是老客户,让他们此时加仓只会起反作用。我忽然想起湖畔业主群,那个群里都是有钱人,白永刚和郝如意他们能发广告,能做宣传,我也可以呀,不仅这个群,我在同学群也发了同样的链接。我把我们的产品和对后市的研判附上,特别说明,如果你给我三年时间,我给你百分之五十的回报。阿萍又来提意见,她说人家都信誓旦旦三年翻番,咱们才百分之五十,怎么能营销出去?我说那咱们三年的平均业绩就是百分之五十,总不能只说大年不说小年吧?

网撒出去了,效果并不好,每日依然是负增长。一周后,基金规模缩水三成。我知道到了五成就要有人出来喊话了。我想我买哪门子别墅呢,这个别墅是不是不吉利呀,先是投资失手,再是我和何大明之间出了问题。于是我就想干脆把别墅卖了,把钱跟投在基金上。

我把别墅挂在房屋中介的当天，白永刚就来我家。他问我为什么要卖别墅。我当然不能说要自己跟投基金了,我只说和对面犯冲。白永刚说我猜就是这个原因。然后他来到晾台上,在窗户左右两侧挂了两个小镜子。我说这不好吧,镜子反光,那女人伶牙俐齿的,我可不愿再找麻烦。白永刚说白天镜子吸阳,她不在家,晚上看也看不见,先把"妖"镇住再说。走前又说,你可别动哈,吸阳就是把她的运气和财气都吸到咱家来。我笑了笑说,好吧。心想反正一有下家我就出手了。

第二天下班后,我还特意到晾台上看了看,镜子还在,泛着明亮的光,顺着光看去就是郝如意家的厨房。跛脚男人在掌勺儿,郝如意在洗草莓,一个与王子年龄差不多的大男孩跑过来，跛脚男子马上关火，双手在围裙上快速擦一下,拿起肉串递到男孩嘴里,男孩叼着肉串要跑,被郝如意一把拽回来,跛脚男人再次关火,一颠一颠地过去把男孩从郝如意手中解救出来。正在这时,门铃响了起来,从那一遍又一遍的急促里,我就知道又是白永刚。我不想下楼,也不想再和他掺和,就原地站着,这时突然看到郝如意的猫蹿出来冲我"喵"了一声。我跟着猫的身影才注意到她家北晾台上支起了两个竹竿,竹竿上挂着两个黑色的垃圾袋。风一刮,垃圾袋哗哗作响。

我急忙把白永刚叫进来,让他看看这是什么名堂。白永刚说,就知道那娘们儿会弄鬼,她这是反吸收。不过这也没用,你看我带啥来了?

我带了两尊石狮子。白永刚说着又拿出强力胶，然后在晾台栏杆下的缝隙处一左一右摆了两只小狮子。白永刚拍拍狮子头，像个凯旋的将军调侃说，这回她铁定看不到，原来咱只要她运气、财气，这回要她命。我说那你快把狮子拿下来吧，我可不想惹出人命官司。白永刚说，人家都跟你在那儿张牙舞爪开了，你还矜持。再说不也就是那么一说嘛，还真能要命呀！我想想也是，也就没再坚持。

七

母亲总说卤水点豆腐，一物降一物，说我放着王宏伟不原谅，和何大明又拿捏着，十全十美的人和事哪里有？我说再等一等，出一家门进一家门不容易。母亲说，等也要积极等呀，不努力，啥也等不来。我笑着揶揄老母亲，太对了，不然怎么说高手在民间呢，你这人生经验也是投资理论，我记下了。

如今想想，在何大明的问题上，我确实被降住了。尽管我想在老七面前把何大明带出来装门面，可他总是关键时刻掉链子，比如我让他陪我去营销他的好兄弟白永刚时，他第一次说开会、第二次说陪领导。我说，你有什么就直说。他就真说了，他说我的基金营销和他们的保险营销一样，事是个好事，但总让人觉得是骗钱。他还叮嘱我，不要给自己人、给身边人推介，那样会让人家有杀熟的感觉。他这样一说，我的心就凉了半截，把之前去BBA营销的计划全盘推翻了。我想还是把房子卖了自己跟投吧，从某种意义上说，我跟投也能坚定一下投资者的信心。

那天我是准备好了要回家的，房屋中介说有个客户要看房，那个客户看上了我们小区的别墅，可是目前房源少，房屋中介提示我把价格咬紧了。我扑哧一笑，想起登记时跟他说过，如果卖个好价钱，我给他提成，看来钱真能使鬼推磨呀。此时穷途末路的我似乎看到了柳暗花明。可念头刚一闪，阿萍就匆匆跑过来说，她小姨要跟我通个话，谈谈投资的问题。我想这必须谈呀，地球那端的钱也是钱呀。

和专业的人打交道就是痛快。阿萍的小姨很痛快地同意投我们的基金，她说她看好国内市场，目前这个弧形底做得很实，后续就等题材和时机了。她还说，她看好碳中和与新能源板块。我知道她在套我的投资方向，为了让她放心，也为了验证我的观点，我和她交流了调整仓位，下一步重点买入锂电池、新能源汽车比如玄驹股份的想法。她说这也是她想说的。我们谈得很愉快，仿佛多年的朋友。后来我们又谈了诸多细节，直觉告诉我，阿萍的小姨是个知性而又爽快的人，应该很好相处，那么她和何大明分开，仅仅因为喜欢国外的生活？我刚一分神，对方像有心灵感应一样就退出了三方通话。我拿不准是不是自己出了问题，就问阿萍，阿萍说没有。我正想着该不该回拨过去再客气一番，越洋电话又再次打了进来。阿萍的小姨说，石总，如果方便我有几句话想和你单独说说。

我一边说方便，一边示意阿萍出去。电话那头说，我家阿萍心气儿高，不过孩子还是个好孩子，你多关照。我连忙点头说，您尽管放心，她跟了我这么多年，再淬炼一下就可以自己担纲了。

那头又说，这个我放心，今天一视频，我心里就有底了。我要说的是另一件事。我是想说，我真的祝福你们，但如果将来你和何大明有什么问题，千万别埋怨阿萍。

我刚缓过神来，想追问一下，但那头却果断地说，石总，该说的不该说的我都说了，只是提个醒，说不准你真能拿住何大明呢。

募集资金带来的快乐就这样被抵消了，那一晚本来心里就有了疙瘩，再加上窗外的野猫叫春，我数羊、数星星、数有几个板块，有多少只股票，等我差不多把四千多只都捋个遍时，还是没有一点儿睡意。我调出玄驹的走势，这时，突然蹦出一条消息，玄驹准备增发。玄驹增发意味着它要技术更新，要在全国大范围建立销售和服务体系。我快速整理了我们的资料，向玄驹公司董事办提交了拟参与定项增发的报告。我知道如果不是市场低迷，定增轮不上我们，但问题是大家都不看好后市，新规出来以后，机构参与定向增发也只能打九折，而且半年后才可以抛售。如今那些大基金都盯着锂电池、芯片等，也不一定看上玄驹这样刚起步的新能源汽车。数据模型里显示，能参与定向增发是大概率事件。如果这样，那么目前手里的资金就不能再投出去了，我又给阿萍发了一个邮件，让她明天先做国债回购。办完这些后，我真的困了，第二天醒来时已是上午十点。我打开手机，有阿萍打来的十几个未接电话，我知道她是问我今天为啥不投。

我的投资习惯是看早盘，如果早盘大跌就考虑择机加仓，早盘大涨就择机减仓。但看到大盘翻着跟头下跌,我又怀疑此时参与定增风险是不是太大了?是不是应该择机补仓?大盘让人纠结,决策更是多了不确定性。我又是模型,又是K线,又是政策面地逐一分析,想得到一个理性的结论,但结果也是复杂的,那些附加条件再次在肯定与否定之间游弋,把我带入了迷宫。其实投资和其他事情一样没有多复杂,复杂的是人,是好多事情被人为地搞复杂了。

这时,郝如意的猫喵的一声就蹿出来了,我下意识地打了个寒战,心想这个郝如意怎么此刻没去上班?我想惹不起总躲得起吧。刚要转身,就听对面传来男人的声音,我知道那是郝如意的跛脚男人在说话。他轻轻地喊了一声,北岸的邻居留步。

我不想留,但脚却如有魔力般迈不开。跛脚男人说,北岸邻居,抱歉呀,我马上把这些拿下来,也请您多包涵哈。他说完就把竹竿放平,把黑塑料袋取了下来。在这个男人伸手够塑料袋时,那个竹竿绊了他一脚,他哎呀一声摔倒在地上,这时只见对面的男人从裤管里拽出一个假肢,然后扶着栏杆站起来。我真是吓呆了。男人说,没事,没事,你回去吧,只是麻烦你方便时把小镜子摘了吧。

扑通一声,一尾红色鲤鱼跃出河面,然后又快速跳入河中,在那一圈圈波纹里,有一片粼光特别刺眼,我知道那是小镜子反射的。我什么也没说,站在椅子上把小镜子取了下来。从反光中我看到跛脚男人笑了笑,那笑容也似曾相识。

喝了咖啡,又经历了这一场,午觉是没得睡了。我把玩着小镜子梳理我和何大明的关系,也想着郝如意和这个男人的关系。我想郝如意脾气那么急,不会是被那硬邦邦的假肢刺激的吧,又想,这个郝如意也挺不容易的。这时中介来电话说要看房,我说我不想卖了。中介说不卖也行,但这个客户之前都约了好几次了,还是让先看看,没准儿价格合适你又想卖了呢。我说,好吧。大约是下午五点,中介带着客户来了,看到那个客户的一瞬,我们两个都怔住了。

石媛媛。老七像在宿舍时一样伸开双臂说。

我后退一步说,魅惑男人没够,还来狐媚我呀。

老七尴尬地垂下手臂,低下头说,哎,我先看看房再说行吗?我说不行,这房我不卖了。你喜欢二手货,可以到别人那儿淘去,别老到我这儿找便宜。

中介看着我俩说,卖房买房要理智,她出好价钱,你也有好预期,多好呀。

我说，你听不懂她听得懂，这房就是我卖，她敢买吗？

老七把中介叫到一边，然后把中介送走了，中介临走时老七还说，你放心，绝对不会飞单。我顺势要往外推她，她却转身坐到了沙发里，然后对站着的我说，你闹够了没有？跟你说过多少回了，我们比窦娥还冤。

我哼了一声，以我的性格是要赶她出门的，但凡事都有个坚持，老七这些年来总是通过各种渠道说自己冤枉，为了证明这冤，她还出国了。她走前来找我，我当着阿萍的面把她关在门外，她到了国外又给我打长途电话，我听到是她，“啪”的一声就果断挂掉了。没想到如今她依然鬼一般撞进来。我不说话，就像当年在邢州撞见她和王宏伟一样。她不值得我费口舌，我只用两只眼睛向她喷火。老七没有像以往那样落荒而逃，也没有用手捂脸，甚至眼皮也没眨一眨，依然淡定从容，仿佛做错事的是我。

她说，我们是不是可以好好谈一谈，比如王宏伟，比如这房子，比如我们之间的事？

我冷笑了一声说，王宏伟和我没关系了，房子我不卖了。我们之间，从你钻到王宏伟被窝里那天我们就是陌路人了。看在我们上下铺你熏了我四年的分上，你快点儿离开吧。

老七的脸色一下就变了，她恶狠狠地说，本来我还在犹豫，看到你在这里后，这房子我买定了。我说我不卖。老七说你不卖有人卖。然后她哼了一声向我示威，我就明说吧，我在国外又动了一次手术，这回臭胳肢窝彻底根除了，我知道王宏伟还单着，我要继续追他，要让他对我负责。

八

老七走后我的心就乱了起来。客观地说，像我这样在资本市场搏击的人，最忌讳的就是受情绪左右，不管是生活还是投资，追涨杀跌轻易割肉都是不理智的。比如当年割掉王宏伟就是错误的操作，尽管我一直不肯承认。王宏伟依然在我的“自选”里，但他不是股票，我和他的感情也不是资本交易，说拿回就能拿回的。正在我胡思乱想时，对面的猫又蹿到窗台上拉着长音叫唤。跛脚男人匆忙走出来，歉意地冲我这边拱拱手，把猫吆喝回去。当时我坐在客厅的沙发上，再加上室外和室内光线的差异，我相信那个角度他看不到我。

第一次看到跛脚男人和郝如意在一起时，我有一丝惋惜，仿佛鲜花插在牛粪上，这些日子看到对面灯影里的烟火气，跛脚男人敦厚善意，小男孩的顽皮，郝如意的伶俐，让我眼前固定的幸福模式波动起来，虽然各项指标参差不齐，但绝对是一条牛市红线。有这一家人参照，我越发觉得自己往谷底跌，而且没有止跌企稳的迹象。

我约何大明晚上见面，我迫切想找个人说话，也迫切想把自己和何大明的关系再确认一遍。我明白，目前何大明是我补仓止跌的唯一选择。

果然何大明带来了好消息，他说今天总公司领导找他谈话了。我知道谈话的意思是他的事八字有一撇了，如果考核和民意测验不出问题，他就胜出了，那么何大明的级别就比王宏伟还要高一个格。这对我来说绝对是利好，这个利好在一瞬间消弭着第一段婚姻的阴霾，也提振了我的士气，我恨不能此刻就挎着何大明的胳膊从老七面前飘然走过。

那一晚，我和何大明都很兴奋，何大明说等正式任命后，就和我领证，他就搬到别墅来。我想问他你不怕猫了？但我还是没问，仿佛我一问，何大明就会从我身边飞走一样。何大明喝着红酒，我品着咖啡，尽管内容不同，但并不影响我们频频举杯。我们仿佛走在时光的红地毯上，从老七的羡慕眼神里走过。咖啡的氤氲和红酒的醇香在房间里流淌，泛着十几年前蓝屋的味道，让我沉醉，若不是何大明的突然发问把我拉回到生活的轨道上，我真会借着这缕炊烟飞入云端呢。他像突然想起什么一样问我的基金怎么样了？我定定神说，在市场低迷时只能如履薄冰。本来我是不想说工作的，但也不知哪根弦搭错了，居然跟他说阿萍的小姨投了我们的基金。何大明笑了笑说，如果她投，那就证明你们的基金有潜力。我笑了笑说，这是夸我还是夸阿萍的小姨?

何大明怔了一下转开话题，他说之前你让我帮着寻找投资客户，我一直拉不下面子，如今我也想开了，正常的投资，正规的渠道，他有需求，你有产品，也是可以试一试的。我疑惑地看着他，从他的眼神里确认着这些话的真伪。何大明说BBA在寻求合作，要卖出一部分股份，那些闲置资金总不能在账上趴着吧，举贤不避亲，双赢才是硬道理。再说这需要你自己去营销，我只是提供个信息。

你知道我这个人，一听到投资，眼睛就放光。我说，虽然目前市场不太好，但正是入市的好时机。

那真是一个美好的夜晚，那个夜晚，我眼里雾气朦胧，何大明也含情脉脉。

不能不承认，事业的激发在两个成年人生活中的分量，是不是交易并不重要，重要的是这交易让日子更加光鲜，我们相约等何大明正式上任后就去办手续。

第二天白永刚就来找我。我跟他讲投资如果是长期持有，要有风险意识，当然我也把我们过往的业绩给他看，说实在的，我们的业绩还是可圈可点的，三年平均下来增长百分之二十左右。白永刚说他一切都听哥哥嫂子的。我心里一热，知道何大明是为我拉客户，虽然只有区区两千万，但在这样市场低迷的时候，无异于雪中送炭。

大概是白永刚买基金的一周后，那天下班我刚把车停好，郝如意就从车里面钻出来。不知道是用力过猛还是天气凉，郝如意还没开口就咳起来。我躲在车里想等着她走后再出来，谁知，她却上来敲我的玻璃。我装作在车里整理东西，然后才急忙打开车门出来。我刚想开口，就被她剧烈的咳嗽挡回去了。我赶忙上前为她拍背，她挥挥手说，让你看笑话了。这时就看见她的跛脚男人来接她，男人从口袋里拿出一个水杯，拧开盖子，递了上来。我羡慕地说，你就幸福吧，我才狼狈呢，进进出出连个端茶倒水的都没有。郝如意和跛脚男人都笑了笑，郝如意说你若不嫌弃，就到我家来吃饭吧。跛脚男人也红着脸说欢迎。我不奢望和邻居做朋友，而且看起来郝如意的脸色那么难看，我就说不打扰了。跛脚男人说，如意难得请人来家里，再说我们是想咨询你一些投资的问题。我疑惑地看了一眼郝如意，想从那脸上看到答案。郝如意脸上什么也没有，她只是反问我，不会是又有约吧？我想起半年前的那场爽约，就尴尬地笑了笑跟着他俩走了。

一进门，那只猫咪就蹿了出来，郝如意伸出手，猫咪就跃到她身边舔她，郝如意俯下身子温柔地对猫咪说，Lucky，这是邻居姐姐，以后要友好呀。还没等她说完，Lucky就一脸谄媚相地冲我喵喵两声。我尴尬地笑了笑说，我怕猫，怕狗，怕所有的小动物。郝如意说，你得尝试和动物交朋友，其实小动物最懂人心也最分好坏了。说完又叮嘱Lucky，只许远远地看，不许骚扰姐姐。我笑了笑没说话，心想一只猫，又不是孩子，它懂个屁呀。

接下来，跛脚男人给我们倒了鲜榨果汁和一杯化橘红水。我和郝如意喝了一杯水的工夫，跛脚男人就把饭端上桌了。有水煮虾、清蒸鱼，还有上汤白菜、西兰花等两个小菜。郝如意说也没提前准备，但我看着那架势就是有备而来。

郝如意夹了几只虾放到我的盘子里说，先吃这个，补充蛋白质还不长肉。

跛脚男人说你们趁热吃，灶上还煲着银耳羹呢。郝如意一把扯住他说，你先别走，咱们仨喝点儿红酒。趁跛脚男人拿酒时，郝如意问我，我家男人不错吧。我说，你聪明，找了个暖男。郝如意说，你只说对了一半，他还是个才男。我说，看出来了，玉树临风文质彬彬。郝如意笑了笑说，给你如何？

我没想到她开这种玩笑，忙不迭地说好呀，好呀。郝如意说，那就一言为定，绝对比你那三脚猫强。她这样一说，我就觉得不对劲了，我说你认识何大明？她说岂止认识，但话到这里，她突然咳嗽起来，再之后我想问，但终究是没能开口。跛脚男人急忙给她倒了一杯化橘红水，我也说咱们就以茶代酒。郝如意说，不行，你第一次来我家，必须上酒。

我们三个叮叮当当干了几杯，我看出每干一杯，跛脚男人的眉心就拧一下。他既不想破坏气氛，又恨不能快点儿结束。我挡住了郝如意倒酒的手，说酒也喝了，咱们又是邻居，之前有什么不妥你们多担待，之后就不用客气了。郝如意拍了一下我的手说，我果然没有看错。然后话锋一转说，明天，明天我就去你那里认购两千万私募。

我说，基金有风险，投资需慎重。郝如意说，白永刚的为人我看不上，但他做生意还是一把好手。然后她又问我，白永刚是不是投了两千万？我问，你怎么知道的？她笑了笑说，他老婆告诉我的。我还知道这几天指数又跌了，我明天买比白永刚低几个点吧。我没有笑，而是认真地跟她讲，投资不是赌气，也不是跟风，是要自己真的看好认准，而且指数有可能还要下跌，说不准后天，又有邻居抄了你的后路呢。

郝如意说，我不是赌气。从买车位时我就关注你们的基金了，只是我最近忙着扩大店面，再加上市场总是不见底，就一直等着。我说，你可以呀，还知道市场底？她笑了笑说，那天夜里排队时，你说目前是政策底，政策底出来后还要确认市场底，市场底反复确认后才能止跌呀。我再次睁大了眼睛看着这个邻居，这种话是我和大家谈论市场时常说的，但并没有几个人上心，没想到她却记下了。投资是好事，但把邻居发展成客户，还不是我所愿意的。我说你们做商业的需要资金周转，一旦投资，不是说赎回就赎回的。郝如意说，放心，这是我和老公的私房钱。说完她又咳嗽起来，看着她要把肺咳出来的样子，我不忍心再多坐下去了，尽管我想问问她和何大明的关系。

我把阿萍的电话给了她，抱歉地说明天我要去外地上市公司调研。其实我是可以晚去一天的，但潜意识里我还是想躲开她。

回到家时，我在金城晚间新闻里看到了王宏伟，王副市长带领招商引资团考察玄驹汽车公司。在屏幕上我还看到两个熟悉的面孔，一个是何大明，一个是老七。何大明的保险公司和玄驹相关，但老七呢？即便是她追求王宏伟，也不能在大庭广众之下无所顾忌吧。屏幕上老七春风得意，一直抬着手臂左右忽闪着为王宏伟一行介绍。她在屏幕里肆无忌惮地看着我，我知道她就是让我看，向我宣告她的臭胳肢窝彻底好了，因为她知道我关心每一个上市企业的动态。想到玄驹的出身，想到老七在国外闯荡的几年，想到从学生时代她就认死理，我明白了。老七应该是和玄驹一起杀回来的，她不仅要王宏伟，还想要市场。

我把玄驹的相关信息全部调出来，逐一分析，除了前几天玄驹高调宣传智能驾驶系统和降价策略外，今天又发布了在国内市场全面布点的招商信息。我梳理了一下思路，一是我投新能源板块投对了，如有可能，我们还要再追加投资；二是谁能拿下玄驹代理权，谁就等于打开了未来的盈利空间；三是金城稍具规模的汽车销售服务公司有二十多家，白永刚的BBA和郝如意的如意应该都是早就有准备的，这样一想，那两千万的基金也就能解释通了。为了在竞争中胜出，他们还会追加投资，因为玄驹看服务能力和市场调研，更看资金实力，机构投资资产是资金实力和眼光的最好背书。按说基金规模扩大是好事情，但我的心里却有些失落，心想世界上真没有无缘无故的爱。

九

一连几天我们的基金开始快速拉升，阿萍说照这个架势，年底进入百强就指日可待了。这时白永刚又找我说要追加投资。我知道两周后玄驹就要开标了，为了保险起见，他想再追投一千万。我提醒他，这几天连续上涨，在高位要有风险意识。白永刚说，赌一把吧，舍不得孩子套不住狼。我知道这样一来BBA就比如意公司的投资多了一千万。其实在白永刚来之前，郝如意也打过电话的，她说是不是可以追加一点儿。我说也可以，但市场瞬息万变，如果长期持有，应该没问题，短期确实有追高的风险。

在市场快速拉升和下跌时，我都习惯屏住气息盯盘，何况如今我什么杂念也没有了，那些天除了接了老七一个电话，我几乎隔绝了和外界的一切联系。

老七问我和BBA公司的关系，我说无可奉告。老七并不生气，她说她是对事不对人，但BBA确实不错。她说这些时，我就明白她准备选择BBA，但这和我有什么关系呢。于是我说，你有的是手段，只是不知道这次又要作什么妖。

老七说，我从来就没作过妖，倒是你总是怀有小人之心。算了，我只是告诉你，我做的一切都是围绕市场，没有个人感情，当然同等条件下，可以考虑互惠互利，我看得出保险公司的何总偏爱BBA。

我不知道她知道多少，但有一点是肯定的，王宏伟知道我和何大明谈恋爱，老七也就知道了。她在向我卖人情，不管我接受不接受。我气鼓鼓地说，你少来，少拿何大明来寒碜我。然后就啪的一声挂断了电话。

那一刻我特别后悔，后悔没有告诉郝如意追加投资，没有告诉郝如意她是人家的分母。其实当时按我和郝如意的约定，如果回调，就再追加一些投资。这对她对我都是好事，但也许是郝如意家的幸福画面刺激了我，我并没有通知她。

两周后，我和团队都觉得新能源板块企稳，还有上升空间时，阿萍问是不是给客户提个醒。我知道阿萍是憋着劲儿做大，憋着劲儿往基金管理人奔。我点了头，市场好时确实是扩容规模的好时机。但出乎意料的是，白永刚和郝如意都没有追加的意思了。我仔细一问，才明白原来BBA和玄驹签了协议，郝如意虽然没有拿下与玄驹的合作，但就她那好胜的性格不会轻易认输，她不可能看着隔壁红红火火，自己只守着一个饱和的市场，她一定早就有安排，比如可以和国内新能源汽车希冀谈合作，总之在事情没有明朗的时候，她是不会追加投资的。

转眼到了秋天，市场也和季节一样迎来了收获的时节，那些数据也仿佛树叶一样涂上了金色。周五那天收盘后，看着飘红的数字，阿萍提醒我当初答应规模超百亿后请投研团队吃大餐。我说那就今天。还是老规矩，阿萍他们喝酒，我喝咖啡。多年来，要盯盘、要分析、要煎熬，我不敢让神经放松，哪怕片刻。为此，母亲批评我，王宏伟也批评过我，但我知道自己戒不掉咖啡了。不知是心里的苦胜过了咖啡，还是已经适应了咖啡，当年的咖啡加糖加伴侣都觉得苦，如今一杯接一杯啥都不加，却如白开水一样。看着大家举杯欢庆的样子，我心里却突然一紧。我想告诉大家，其实不是我们有多大本事，是市场给了我们机会罢了，而且市场瞬息万变，没有落袋，谈不上安全。但看着年轻人自信的笑脸，我不愿扫大家的兴，心想还是等到例会再说吧。

咖啡喝多了也会醉，就像琴弦绷太紧了会断一样。我有些头晕，我知道自己又喝咖啡喝醉了，好在不是酒醉，我还能开车回家。谁知刚要下车，我就腿一软，摔了个倒栽葱。偌大的车库，除了昏暗的灯光就是我自己的影子，一瞬间，我悲哀地想站起来，可右脚就像抽了筋骨一样着不了地。我坐在地上揉着右脚，等着缓冲之后的努力。这时，郝如意的跛脚男人扶着她进来了。我想站但还是没站起来。郝如意一边扶我一边问，要紧不？我说你们忙你们的，把我放到车上缓一会儿就好了。

郝如意却坚持把我送回家，她让我把腿平放在沙发上，然后又指挥跛脚男人回家取了虎牌万金油，把我安顿好后才离开。我问她，这深更半夜的你们有急事？她咳了一声说，刚才雷暴预警，我们想去公司看一看。我说秋天都是绵绵细雨，不会有事的。郝如意说她们公司扩建后，还没有经过排水试验，再说他们和BBA就隔着一堵墙。我笑了笑说，你怕他往你这边抽水呀。郝如意笑了笑说，那倒不至于。

那一宿雨确实下得挺大，早晨就在朋友圈里看到各种晒照片，什么平安立交桥告急，什么中山路路口水没脚脖子了，什么南二环要划船了等等，然后是一条条秋汛预警。但这些跟我无关。我们湖畔虽在水系北面，但高出堤坝二十余米，再者水系已经提闸，也就是说，家里安全得很。单位更不用说，我们在十几层的写字楼上，没有水漫金山的可能。我的脚依然肿胀，但已经不那么疼了。我打开电脑，整理分析各种数据，那些基金经理都说不用择时，做时间的朋友。但我从不那样认为，我保守，求稳，时刻关注市场，时时准备撤离。我看到一条有关玄驹的负面新闻，一玄驹车主开启自动驾驶系统后，撞进路边商店，车主和玄驹公司各执一词，玄驹公司说是车主操作有误，车主说是车载系统有缺陷。负面新闻往往是引起股价下跌的导火索。我想问问白永刚玄驹公司对此事的态度，便在微信上给他发了个表情，但等了许久，也没有回复。

十

周一例会，我把自己的意见阐述了一遍，一是连续上涨，从技术层面上看要回调了，二是如果负面新闻有发酵的态势，我建议可以先出一部分。阿萍和投研团队都说量价双高，还有上升空间，玄驹应该是能看到翻番的，而且阿萍还调出我们对标的明星基金公司的持仓报告，二季度大家都增加了新能源占比。在数据面前，我只好保留了自己的观点。

晚上浏览新闻，我被那条玄驹自动操作持续发酵的新闻闹得坐卧不安。按以往惯例，我该去玄驹公司做个调研，毕竟持有了他家那么多股票，但这次我竟然没去，自我检讨有盲目自信也有回避老七的原因。这个老七，就是我宿命的天敌，只要她一出现，我就会乱了方寸，不然我和王子、王宏伟也会有对面三口一样的画面。想到这里，我不由自主地往对面望了望，但对面没有灯光。我想也许这个点，他们一家人在公园里散步，雨后空气凉爽宜人，去山顶数星星也说不定呢。

我等呀等，伸着脖子等着看对面的灯光，就像等着看星星一样。但那一晚，我没有看见星星。第二天，我特意看了看，对面还是黑着灯，我想发个微信问一问，但点了几次还是撤回了。心神不宁的我一边到楼下散步，一边向郝如意家张望。这时，听见一个女人问，这几天怎么不见你邻居？另一个说，她得了肺癌。然后说，其实呀，三年前体检她就查出来结节了，我家李大夫让她住院手术，她没当回事。我想生老病死是不可回避的问题，癌症也是见怪不怪了，其实什么还不都是一样，比如资本市场，看着风和日丽，说不定后一秒就有哪只股票暴雷。我不想听她们八卦，就转过身看夜幕中的月季，那一抹倔强的红，让深秋的夜晚饱满起来。

前几天下雨，她还跑到公司去搬沙袋，被雨浇病了，去医院一查，唉，结节变成癌了。那个女人的声音还是击破了我的耳膜，雨和沙袋就像两条新闻俘获了我的神经，我像审视一只股票一样竖起了耳朵。

你说这人是图啥呢？她就是太爱争强好胜了，那个病十有八九是累出来的。

是呀，女人再厉害也争不过男人。车王没争上，命都快丢了。不过听李大夫说，是中期，还有手术的可能。

“车王”一词犹如惊雷，让我准确地辨识出那个生病女人的信息。在小区里，大家都不愿暴露信息，比如那天我看到金城银行的王行长，我们俩都点个头，算是心照不宣打个招呼。其实像我们这样的人很多，虽然都在业主群，但都潜在水里，不像白永刚和郝如意，高调地亮身份，高调地拉客户，仿佛生活中就为了一件事，把那些做“吃、喝、住”生意的都比下去。

回家后我看看对面，那熟悉的灯光依然没有出现。第二天闭市后，我给郝如意发了微信，果然她说在医院，我提出去看看她时，她说不太方便，但她说想请我帮个忙，让我帮着留意一下有意向并购的客户。我心想，这还用找，现成的就有BBA呀。可我没说，我觉得我的手还没有那么长，我和郝如意的关系也没有好到那一步。但不说并不等于我心里不想，那几天我心里总是想着一句话：只有共同的利益，没有永远的敌人。我想周末问问何大明的意见，没准儿就能套出他和郝如意的关系。但还没等到周末，事情就有了变化。

老七进来时，我正在给阿萍下指令，我让她在集合竞价时低一个点卖出一半。但老七连门都没敲就进来了。我说见过脸皮厚的，没见过这么厚的。她说，行了行了，我认输可以不？我说这不是你的风格呀，老七说我今天没心情跟你斗嘴，我是求你帮忙来了。

我说，你一个炙手可热的总监，我能帮上啥忙？放假消息，把你们的股票炒起来？还是跟你做个老鼠仓，毁了自己的饭碗？

老七说，都不是，是想在合规的红线内，把白永刚的投资赎回来变现。我说，咱俩都是学投资的，本人提交申请，简单得很，不存在帮忙一说。

老七说，关键是白永刚不愿意赎回。需要你劝劝他。

我冷笑了一声，你们才是合伙人，我有什么资格？告诉他明天股市大跌吗？

老七说，我知道他听你和何总的，你们劝劝他，不能只顾自己的利益，要识大体顾大局。

我说，急火火赎回就是顾大局了？你又要什么花样？

老七问，你不知道？白永刚的店被水淹了，也就是说我们新上的那些车全部被泡了。我想筹集一些资金修车，然后降价出售，把损失降到最低，这也是唯一的办法。

我真没听说，但马上就明白了。我说，招商是你做的，业务是他做砸的，你们是一条船上的呀。

老七说，可白永刚不这么想，他总想把损失转嫁出去，先是找保险，可这个新扩建的场地没有上场地保险。

我说怎么可能没上场地险？这是常识。我想说他和何大明那么好，可后半句我咽下去了。

老七说，我们都忽略了。左侧的BBA有场地险，但右侧新扩建的玄驹没来得及上。白永刚说钱都去买基金了，想着卖了这批车就上，他也没有料到。

我说，他大意、他糊涂，那你呢？你不会也忙着追王宏伟忽略了上保险吧？

老七说，我还真是忽略了。可是即便上了也不一定能赔，表面看是排水系统倒灌引发的，实际上是我们施工中的隐患，我们急着一炮打响旺季营销，没等到验收就开业。再说涉及市政就涉及王宏伟，我不愿看着王宏伟再为这事受牵连。

我听明白了，她是想用白永刚的投资来弥补这个亏空，若是我也不愿意呀。要么老七自己拿钱和白永刚一起填这个漏洞，要么往总部报，一旦上报，就会被追责。我没有点破老七，她出不出钱、不被追责跟我没有关系，但我心里不舒服的是她竟然这么护着王宏伟。想到这里，我就给了她一句，你倒是蛮心疼王宏伟的，但是老天有眼呀。

没等我说完，老七一甩门走了。

她走后，我像投对了股票一样兴奋。我看了一眼大盘，又调出新能源板块看了看，大部分依然是上涨，兴奋之余，我给郝如意打了个电话，把白永刚的事情给她讲了。没想到郝如意却一反常态地说，白永刚那个人是可恶，但那些车还真是可惜了。又说，其实那天她看到排水口倒灌了，后悔当时只顾着往自己那边堆沙袋，没给他打个电话。说完还叹了一口气，怪自己不该意气用事。我哦了一声，问了问她的身体，她说，还要感谢这场秋雨，不然她就不会发烧，不发烧就不会去医院，不去医院就发现不了这个肿瘤，还好还能手术。我说，那你的店还往外盘不盘?她说，不是盘，是找个合作方。我笑了笑说，其实BBA是个不错的选择，墙一拆，就两家变一家，只是目前他们损失了很多。郝如意笑了笑说，好是好，可是太熟悉了，熟悉得都没了感觉。最后她又给我戴了高帽，她说，你熟悉资本市场，帮我选个合作方吧。我说，好，就怕到时候你从手术室出来，又斗志昂扬地不肯放手了，她说，嗯，还真说不定。

我这个人是不爱管闲事的，但一涉及资本市场我就来精神。企业的并购也是我们的业务之一，但这几年我的主要精力放在私募基金管理上，如今郝如意的业务送到了手里，我就开始两眼放光，于公于私我都要先问问白永刚。

我瞄了一眼今天的新能源板块，依然是一路高歌。股票一好，我的心情就大好，我想趁着这好运给白永刚打个电话，可刚拨通号码，门口就响起铃声，白永刚变戏法儿般闪了进来。我说，今天也许是出货的好机会，如果你用资金，就先赎回一部分。

他问，那个女人找你了？一瞬间我以为他指的是郝如意呢，因为他总是“那个女人、那个女人”地说郝如意。我就说，嗯，她想把公司盘出去。白永刚急了，凭什么，虽然我持股百分之四十五，但我不同意，她也休想。我说你还持着如意公司的股份？

白永刚说，没有呀。看着他呆呆的表情，我才发现自己理解错了，我说，你们的齐总监确实来过，她让我赎回你的基金。

哼，本以为她和市政府关系好，能享受一些政策，谁知她还要牺牲我们的利益为政府埋单。白永刚气呼呼地说，我不仅不赎回，我还再追加一部分，一分钱也不给她留。然后又问，我刚才没听错吧，如意公司要盘出？

我说，我一直觉得你们合作是个双方受益的事情。

白永刚又哼了一声说，不可能。那个女人也挺不是东西的。又说，我大哥怕你硌硬，才没告诉你，其实我们三人早就认识。白永刚看着我的表情欲言又止。我开玩笑说，有啥硌硬的，即便好过也都过去这么多年了。白永刚说，既然你知道，我就跟你说了吧，你也好提防着点儿。当年我和那个女人都在金城汽车厂，厂里效益不行，我们新分来的几个人就停薪留职办了个汽修厂，那时公车有定点维修，私家车还少，生意只能勉强维持。还记得八年前那场洪水吧，我们有辆正在修理的车被泡，挣的钱还不够赔的呢。那会儿我大哥正和她搞对象。说完，他看看我，又顿了一下说，我大哥仁义呀，见我们愁成那个样子，就提出来做个现场，变通一下为我们办点儿理赔，减少一点儿损失。可那个女人不同意，不仅不同意，还把这事捅了出去，大哥也被停职了。我一生气就出来另起炉灶了，后来我才知道，她是攀上那个车主了，那个车主不仅没让她赔，还给她投了一笔钱。不过老天有眼，那个男人后来出了车祸，少了一条腿。

我哦了一声说，其实她也没有错，错的是你大哥。

当时管理不规范，保险员和修理厂搞个小动作也是正常的，再说那些车辆都上着保险呢。我大哥还不是为了她好。白永刚说完又看了我一眼说，大哥是个好人。

我说，那这次，你大哥不能变通吗？

白永刚说，如今都规范了，我倒是想呢，比如说我们BBA展位就有场地险，打个擦边球也未尝不可，可那个女人比当年的郝如意有过之而无不及，我们怕井绳呀。

我笑了笑说，你这个大哥关键时刻还不糊涂，你们要感谢郝如意呀，要不是当年，如今你们还不知捅多大娄子呢。

白永刚一边苦笑，一边搓着两只胖手说，都怪我，想着一促销，就一下子都卖出去了，哪承想还有秋汛一说。然后他又说，我的BBA好好的，真是昏了头了，非要和玄驹合作，本来是想跟那个女人争一把，这回却让她看笑话了。

我说，看来你是误解她了，我把那天郝如意的话说给了他。白永刚问，她真的是那样说的？我说是，然后我又把郝如意生病的事情也告诉了他。我还没说完，白永刚就急了，他问真的？我说真的。白永刚二话不说，拉着我就往家走，他说，快，快，咱们赶快把你家晾台上的狮子敲下来，不然真会要她命呀。

往下敲石狮子时，郝如意家的猫又溜出来喵喵叫，白永刚第一次温和地喊，Lucky，Lucky，咱们不叫哈。我问白永刚你认识Lucky？白永刚说咋不认识，这猫是我大哥送给郝如意的。我再看那猫，果真就不叫了，但它一直盯着我俩，我不知道它是留恋还是嫉恨。

白永刚走前，我问他是否想找一家公司合作？白永刚苦笑了一下说，这次招商把同行都得罪了，这个时候，人家都等着看我笑话，等着我倒闭，谁会这个时候接盘呢？我笑了笑说，说到接盘，我倒是有个心得，在低位接盘应该是不错的选择。比如Lucky的主人，她一直想进军新能源呢。

十一

金城当年冬季第一场小雪那天，何大明正式走马上任了。值得欣慰的是，他坐到总经理办公室里第一个电话是打给我的，他说明天就和我一起去把证领了。

那个上午，大盘依然震荡，但交易量很大。阿萍拿着投研团队的报告进来，我知道他们还是想追加玄驹。但我却不愿下这个指令，我知道投资要克服个人情感，玄驹是玄驹，老七是老七，我不能将它们混为一谈，但从情感上，我却放不过自己。我说，咱们再看看，再看看。

下午收盘后，我早早回到家，把羊肚菌、松茸、鸡腿菇等泡发，想着煲一锅素佛跳墙为何大明庆祝。也许是我长时间不做，也许是我根本就没掌握要领，不是火大溢出来，就是温暾暾不打滚，煲了三个小时，一点儿香气也没有。我突然想起七年前王宏伟给我写过要诀，我把火关到最小，然后去地下室的箱子里翻当时的本子。正当我一页页寻找时，门铃响了起来。

我不予理会，何大明有电子锁的密码，至于其他人，当然没有什么比煲汤更重要了，我不想让这个美好的夜晚被打扰。但铃声一直在响，响得我不得不去开门。

让我没想到的是，站在门外的竟然是老七。我说，王宏伟早就让给你了，又来作什么妖？

老七哭着说，你快跟我去趟医院吧，王宏伟他出车祸了。

我被老七爆出的惊雷击中，直挺挺定在了门口，脑子里一片空白，心却是被刀绞的感觉。我想说，那个男人跟我还有关系吗？你们终于作出事来了，可那一刻，受伤的却是我，伤得我什么也说不出来。我们赶到医院时，医生正在找家属签字，婆婆的头摇得像个拨浪鼓。

老七说，如果截肢，他怎么当市长？

婆婆说，你们再找专家想想办法，有没有更好的方案？

医生说，目前情况看，保守治疗危险系数太大了。

断臂求生。那一瞬间，我的脑子里突然就长出了这四个字。我推开老七，也推开婆婆，在家属一栏签下了王子和自己的名字。

王宏伟被推进手术室后，婆婆狠狠瞪了我一眼，仿佛我是在落井下石，抑或是我在谋害她的儿子。我转过身时，老七抓住了我，她不是征求意见，而是倒打一耙，石媛媛，你就别作了。

我冷笑了一声问，是我把你们作到一起的吗？

老七说，还真是。可惜至今王宏伟不肯就范，就是醉着还说“老七有臭胳肢窝”。

我熟悉，这是我的原话，是我当年和王宏伟调侃时说的。当年我和王宏伟搞上对象后，就惹了众怒，只有老七还搭理我。不过老七也说我，不该这么高调地和王宏伟出双入对，如果再高调，说不准全院的女生都要和我为敌呢。在她的劝说下，我稍微收敛些，也为了避人耳目，看电影时就带上她，当然是我坐中间。王宏伟有些不满意，说我带个电灯泡，就不怕他移情老七。我说不怕，然后我做了一件不厚道的事，我告诉王宏伟，老七有臭胳肢窝。我知道老七特别在意这件事情，所以她每天喷法国香水。我们宿舍除了我，别人都以为她是哗众取宠，只有我知道她是为了遮掩。我作为她下铺的舍友也一直保守着这个秘密。我也不知道怎么就在王宏伟面前出卖了老七的秘密。毕业后，老七虽然分回老家刑州，但只要来省城，就住在我们家，和我们两口子走得比较近。每次老七走后，我都有事没事问王宏伟，当年想没想过移情老七，王宏伟就会摇摇头说，老七有臭胳肢窝。想着想着我就扑哧一下差点儿笑出声来，显然此刻笑太不合时宜了，我及时转化成冷笑对她说，知道有臭胳肢窝还往人家身上扑。

老七说，石媛媛，你知道我为什么扑？就是因为你总说我有臭胳肢窝，我的事是不是你说出去的？弄得我连个对象也搞不成。我说，你的狐臭味三里外都能闻见，还用我说？老七说，你知道我上大学前是做了手术的，只是没那么彻底，该洗澡时才臭。然后她叹了口气说，这个我就不跟你掰扯了，谁知道你都那么幸福了，还往别人的刀口处撒盐。有一天在你家厕所，听见你们两口子在客厅编派我，我当时那个气呀，愣是在厕所蹲了半天。其实每次去你家，我可注意了，去之前洗，晚上还洗，不可能还有味道。我想起来是有那么一回，王宏伟一进门就问，老七来了？我笑着说，就你鼻子灵，闻到臭胳肢窝味了？那之后好像老七还真没再来过。不过也不可能再来了，因为没多久王宏伟就去邢州挂职去了。

我居高临下地盯着老七，看她能不能说出花儿来。

老七继续说，王宏伟来到我们这儿挂职，我是又高兴又嫉妒。高兴的是又多了一个同学，嫉妒的是好事都让你们两口子占了。那天同学们为你们俩祝贺，你偏偏耍牛，说好来又不来，故意想引起大家重视。你家王宏伟又实在，就替你喝呀喝，喝着喝着就醉了。这事不赖我，赖就赖你自己。他喝多了，人家都抢着送他，他说不用，非让我送。同学们也说，太晚了，一个女同学不方便，没办法跟石媛媛交代。你知道王宏伟说啥，他说石媛媛才不怕呢，老七有臭胳肢窝。

我一生气就扶着他上了楼。

那你也不该上床，是他拉你的？

不是，上楼后他一仰就睡了。如果他真和我说说话，可能也就没有后来了，可是他理都不理我，简直就把我当成空气。我一生气就亲了他，他居然推我，嘴里还嘟囔着“老七有臭胳肢窝”。他这样一说我就更生气了，一生气，就躺在了他身边，我想就这样熏着你。我知道你第二天要来，你来后肯定能闻到我的气味。我想躺一会儿就去冲个澡，然后就回家，谁知躺着躺着他就过来搂我，搂着搂着就睡着了……

十二

玫瑰需要时间，圆寂却是刹那。

仅仅两周，当大家都沉浸在风和日丽的亢奋中时，股市就掉头杀跌，尤其是前期涨幅过大的股票。一向坚持价值投资的我，被概念先行带入了误区，忽略了玫瑰成长中的蚜虫和冰雹。其实在王宏伟出车祸后，我就该及时抛出手中的玄驹了，哪怕是先避避风头也好，但我第一次忽略了这个利空消息。王宏伟的车祸是去调研玄驹被泡车辆现场时发生的，他的车是进门时被使用无人驾驶技术的玄驹试驾车迎面撞上的。

手术后的郝如意前来赎回基金，这些基金都是在公司名下，她要提前做个切割，然后把公司盘出去，然后和她那个跛脚男人去山里生活。我明白她的意思，但目前不是赎回的时机，我劝她再等一等，或者可以找个公司合作，不一定非要卖掉。郝如意笑着摇摇头，我只好满怀歉意地答应她尽快找个合适价位赎回。

我不知道是因为老七的话还是因为王宏伟的车祸，我和何大明的证一直没领，母亲催过我几次，又说了一通夜长梦多之类的话。李晓也劝我慎重，陪伴自己后半生的人一定不要选错。

做了半辈子投资的我却不知道该怎么选了，但我期待风和日丽。

【作者简介】云舒，女，原名张冰，中国作家协会会员，河北文学院签约作家，毕业于中国人民大学金融学院和河北大学作家班。出版长篇小说《女行长》，作品散见于《小说选刊》《小说月报·原创版》《长江文艺》《北京文学·中篇小说月报》《长城》等，中篇小说《凌乱年》曾获中国作家鄂尔多斯文学奖。

名字

辽京

一

它没有自己的名字，也不知道自己住的这栋楼会在深夜突然倒塌，几分钟后，地震的消息已经在网上传遍。它睁着一只眼，另一只眼被眼屎糊住了，费了些力气才睁开。周围一片黑暗。对一只猫来说，这并不算真正的黑暗，只需要一点儿微光，它就能看清周围的一切。那些人类制造的物件，猫已经习惯的墙壁、地板、瓷砖、沙发、桌椅、电视机等，每一件都支离破碎。它稍微挪动下身体，就碰上一根断掉的椅子腿，断开的部位露着尖锐的毛茬儿。

猫小心地站起来，仔细观察四周。几个小时之前它还被女主人放在膝头，轻轻地抚摸，温柔地呼唤，它习惯了这些爱抚，不以为意，甚至有些厌倦，渐渐地闭上了眼睛。深夜，四周传来无数咯啦咯啦的响声，像千万只老鼠在墙里挠着，它懒洋洋地睁开一只眼睛，紧接着便是轰然一响。

到处都是裸露的钢筋头，一块块裂开的混凝土。一栋楼房像支离破碎的骨肉，许多人的家被毁掉了。猫自然不会有什么伤怀的故旧之情，在人编出来的动物故事里，猫都是孤独又自私、神秘又无情的形象。对它来说，主人的抚爱常常像一阵骚扰，它不会表达，也不会反抗，只会耐心地承受，作为一只温顺的纯种短毛猫，这就是它来到这世上的意义。优胜劣汰，它们被一代代地挑选，被人挑选毛色最漂亮的，眼睛最大最圆的，性情最温顺的，人们像木匠细细打磨一件家具那样完成这个过程，只不过这过程长达成百上千年。最后它们被挑选出来，作为家中一件精美雅致的陈设，只要躺着就完成了使命。

现在，主人消失了，一切都消失了。它伏低了身子，钻过一道横下来的大梁，什么地方汩汩流着水，水声将它吸引过去，紧接着一股浓重的腥味像倒掉的墙壁一样压过来。两个人在低声说话。

“银行密码是……”一个人低声说，声音像被大风吹散的蜘蛛网似的，稀薄喑哑，“740923。”他说。那个女人的声音听起来比他好一些，虽然虚弱，犹带着一丝强硬的怒气：“她的生日？”

男的不说话了，发出嘶哑的呻吟，女的接着说，仿佛要把一辈子没说完的话都倒出来：“你用她的生日当密码，你连我的生日都想不起来，我过生日你连一束花都没送过。她叫什么名字？”

男人用力地吸气，他被压在一块混凝土下面，下半身已经隐没不见，猫听见的并不是水声，而是流血的声音。他的脸向上，眼睛睁得很大，又重复了一遍：“740923。”

女的还在骂，但是骂声渐渐小了，哭声渐渐大了，她也被压住了一条腿。“我要银行密码有什么用？”她哭着说，猫从她身边匍匐而过，越过一堆瓦砾，绕过一堵墙——原来是另一户人家，进入一个房间。

不同的楼层堆叠在一起，废墟就像迷宫一样，是无论如何都走不出去的。它脚下踩到一处柔软的地方，是一个沙发的软垫，亚麻质地，粗糙，还是干净的，没落上灰尘，它试探着卧下，蜷起身子，眯起眼睛，好像什么都没改变。幻觉只持续了几秒钟，它就迅速地起身跳开，刚好躲过一根突然倒下来的房梁，压住了那一角干净的沙发。它惊魂未定，向前跑了几步，睁大的圆眼睛宛如烛光。它路过一些人类的身体，他们已经发不出声音，只剩下余温。很快，它就适应了新的环境，在砖石瓦砾中寻摸出一条隐约的小路，恰好供一只猫行走。

又一户人家，一个三角形的空间，一个小女孩安稳地睡在床上，被子盖得严严实实，被面上干干净净。它跳上去，小心地不踩到小女孩的身体，她均匀地呼吸着，四周一片宁静，房间的这个角落完整地保留了下来，小女孩翻个身，继续睡。床头柜上放着一杯水。

猫再次蜷卧下来，这里随时有再次坍塌的可能，但目前还是个安乐窝。柔软的床，还带着一点儿洗衣液的味道，小女孩枕头边放着一只玩具猴。那种不祥的咯啦咯啦的声音又响起来了，猫警觉地站起身，那阵响声过去了，房间安然无恙。

它口渴了，小心地跳到床头柜上，把头伸进杯子里喝水。它决定把这里当作一个据点，接下来再去外面转转，看哪里有能吃的东西，它已经迅速地适应了新的环境，回归一只猫的本性，为了觅食独自游荡。

在一间厨房的残迹中，它发现了一些泼洒出来的牛奶，从纸盒里渗透出来，它伸出舌头，一点点地舔舐。这里还有洒出来的大米、面粉、青花瓷的碎片、钢化玻璃的碎片、翻倒的铁锅和钢铲，出事的时候，有人正在炒菜。

半夜炒菜，多半是个孤独的人。它踩到一片没来得及熟透的生肉，生肉上裹了一层尘土，它低头嗅嗅，放弃了，从出生起它就没吃过生肉，怕有寄生虫、细菌、病毒，它的主人有洁癖，吃苹果都要用开水烫过一遍，再剥皮切块，用小叉子扎着吃；还有平整的餐桌上罩着小格子桌布，桌布上面有餐垫，餐垫上面还摞着圆圆的茶杯垫，最后再放上一只装苹果的玻璃碗，每一样都精巧细致，玲珑剔透。它看不懂人类的这些烦琐，餐桌布置得像动物做窝一样，层层叠叠，猫只需要一个干净的猫碗就行了。它并不知道自己也是这烦琐生活的一部分，纯血统名猫，每根毛发都是被代代筛选过的。

但是猫那远古的野性并没有完全消失。它轻巧地跃过一根钢筋，看见一个人躺在一片屋顶上，眼睛亮晶晶的，看上去十分清醒。它走上前，发现他张着嘴，眼睛一动不动地盯着上方，一处漏水的管子，水正滴在他嘴里，攒足一口，就吞咽一下。水不紧不慢地滴下来。他的下半身完全掩埋在一片碎水泥中，看不见了。

它转身离开那个挣扎求生的人，同时感到一股饥饿感隐隐地升起来。猫没有时间概念，确切地说，它什么概念也没有，只有落入眼中的一个个画面。现在它的目标更明确了：食物、水。

它走进一个昔日的三口之家，客厅的地板像一张揉皱了的废纸，到处都是扭曲的。它蒙昽地看见两个头颅，几声呻吟，玄关台上的金鱼缸碎了，金鱼散落在各处，它伸出爪子拨弄一下，鱼翻了个身，一动不动。呻吟声更大了。

一个女人低声地叫："桃子，桃子！"她身上没压着什么东西，但是倒在地上，仿佛受了伤，她缓慢地转动身体，胳膊撑着地面，努力着坐起来，第一次失败，第二次失败，第三次终于成功了，她坐在地上，一脸迷茫，卷曲的头发上沾满了灰。猫从她身后绕到身前，将她吓了一跳。

桃子没有回应。她又开始叫："程晖？程晖？"程晖应该是她丈夫的名字，声音在空洞里来回撞击，她坐着的位置曾经是他们的卧室，程晖可能已经被埋到了下面，也可能是她自己被埋到了下面，各个楼层混杂在一起。

程晖也没有声音，她木然地坐在那里，伸手摸了摸猫的后脖子，它的毛浓密厚软，像丝滑的毯子，然后她再次尝试着站起来，重新适应自己的身体和四肢。猫走过来蹭着她的小腿，感受着人类的体温。她弯下腰，摸着它的背，慢慢地尝试新动作，然后再次呼唤："桃子！桃子！"

它再次逃开了，离开那个伤心的画面，跳进下一个频道。周围的色彩渐渐明媚起来，天要亮了，不知不觉，它已经走进了楼层的上半部分，遇到一处完好的飘窗。这里原本是一间书房，书架倾倒了，各种各样的书籍到处散落，地板翘起来顶在倾斜的墙上，它小心地穿行，最后跳到一摞硬皮书上，飘窗的一角朝向外面，一缕早晨的阳光透进来了，将这里蒙上一层熹微的深蓝色。

二

雨从早晨下到傍晚不停。三号楼的大门前，出入的人开始越来越多，新装的门禁锁又坏了，因为总是有人没带门禁卡，或者懒得把门禁卡拿出来刷，喜欢生拉硬拽，或者让门长时间开着，用一块砖头或者灭火器来抵住，这样谁也不必多费事了。很快，门禁锁就坏了，形同虚设，一拉就开。

这栋楼是一室一厅或者两室一厅的公寓，住的全是租户。房子盖得像模像样，租房子的人想不到这其实是违章建筑。印象中的违章建筑总是盖得横七竖八，歪歪扭扭，有碍观瞻，而不会像三号楼这样漂亮齐整。其实这栋楼跟最初批下来的规划图完全不是一回事。他们按期缴纳房租，并不知道真正的房东是谁，只有一个物业管理公司的员工出面收钱，收钱后开一张潦草的手写收据，大家叫他"老刘"。平常，老刘就坐在一楼的便利店里，跟店主有一搭无一搭地聊天。

这里租金便宜，虽然位置偏僻，周围很多平房，是所谓的"城中村"，但是交通便利，附近还有幼儿园和小学。沈婷婷大学毕业后就住在这里，一开始找人合租，后来薪水涨了，就一个人住，她有洁癖，跟合租的室友总是合不来。

猫是去年买来的，花了她大半个月的工资，卖家给她发了一张血统证明的扫描件，真假难辨，但是小猫的确是可爱健康的，她坐地铁带它回家，把它装在一只前面开窗的猫包里，它吓得不敢向外看。从地铁口出来，要走一段还没修完的土路，尘土飞扬，小猫感受到她胸口的温度。没多久它就被放出来，或者说被主人从背包里倒了出来，接触到一块柔软的布料，一只草编猫篮，就此安顿下来。

很快，它就融入了沈婷婷的生活。婷婷的起居像时钟一样准确无误。每天早晨六点起床，用买来的吐司面包当早饭，或者用牛奶冲速食麦片，往一只粉红色的双格瓷碗里添加猫粮和清水。出于一种奇怪而不安的心理，她没有给小猫起名字，而是像叫一只流浪猫一样叫它“咪咪”。婷婷经常带朋友回家，吃火锅、聊天，猫最喜欢其中一个叫花姐的女孩，她是婷婷的同事，花姐每次来都给它带好吃的，鳕鱼罐头或者肉干，婷婷出差或者回老家的时候，花姐时常上门照顾它。

有时候，花姐也留下来过夜。那天，花姐来了，吃晚饭之前，她们为一件小事起了争执，拌嘴的声音听在猫的耳朵里，就像一阵时缓时急的雨。它蹲在窗台上，看着外面飞来的鸽子，婷婷会在空调外机上撒一些大米，吸引路过的鸟，让猫看着取乐。猫看得心痒难耐，俯下身体，细小的肌肉都绷紧了，蓄势待发。玻璃外面，鸽子沐浴着阳光，啄着大米，时不时整理羽毛，神态悠然，吃饱了便振翅飞走，在空中抡圆了翅膀。猫痴痴地看着，一直到鸽子消失在远处的高楼之间，她们的争执还没停止。

婷婷抱着双膝坐在沙发上，用手揪着睡裤的边，把一根线头越拉越长，最后用力扯断了。花姐走进厨房。回家的路上她们买了不少东西，晚饭吃火锅，花姐在厨房洗洗切切，婷婷叫一声“咪咪”，猫跳下窗台，走过来跳进她的怀里。

等待火锅汤滚的时候，花姐说：“给它起个像样的名字吧。”

“起了名字，就要养它一辈子，”婷婷说，“我保证不了。”

花姐夹了几片土豆扔进汤里：“你总是拿电影台词当信仰。”

“汤都没开呢。”婷婷要拦着她。

“先煮着。土豆多煮一会儿不怕。”

“我妈身体不好，”沉默了一会儿，婷婷说，“你都知道的，别逼我了。”

花姐点了点头。土豆沉在锅底，她用汤勺把它们搅上来。

“他们的意见一点儿都不重要，你明白吧？”

花姐没说话。

汤终于滚开了，尚未解冻的肉片被丢进去。

外面的雨还在下。婷婷不肯关窗，想让摆在窗台上的那两盆绿萝沾沾雨水，绿萝的枝蔓垂向地面，婉转曲折得像一本长篇小说。火锅咕嘟咕嘟冒着泡，两人对坐，猫趴在另一张空椅子上，眯起眼睛。

门外传来轻轻的敲门声，婷婷去开了门，是邻居家的小女孩，婷婷不知道她的大名，只知道小名叫“桃子”。桃子手里抱着一只棕色的玩具猴。

“家里又吵架了？”婷婷让桃子进来，桃子向花姐问好，管她叫“花花阿姨”。

花姐给她找出一盒苹果汁，她却盯着花姐杯子里泛着泡沫的啤酒，问：“这个可乐怎么是黄色的？”花姐便给她尝了一口，桃子苦得脸都皱起来了，说：“这个可乐是苦的呀！”花姐哈哈大笑。

婷婷嗔怪道：“你怎么给小孩儿喝酒？”

“尝一口没关系。我弟弟三岁就喝白酒了，我爸爸拿筷子头蘸了往他嘴里抹！”花姐说着，把杯子里剩下的啤酒喝干，又拉开一罐。

桃子吃过晚饭了。通常，她父母的吵架都是在吃晚饭的时候开始，先拌几句嘴，越说越生气，声音渐高，桃子在这时候就会安静地离开客厅，回到房间，抱起她最爱的玩具猴，偷偷跑去婷婷阿姨家。婷婷阿姨从来不会大声说话，花花阿姨也非常和气，桃子喜欢跟她们俩待在一起。跟她们待在一起，像浸泡在一整罐香甜的花蜜里。

她抱着玩具猴出了门，把那些争吵一把关在身后。苹果汁很甜，猫咪很乖，只可惜没有名字。花姐帮她打开了电视，找到动画片，桃子一边喝果汁一边看《小猪佩奇》——佩奇的家，佩奇的爸爸妈妈，真令人羡慕啊。

花姐把涮好的肉夹给婷婷。从小到大，她一直是照顾人的那一个，在家帮忙照顾弟弟，现在照顾婷婷。婷婷性格安静，有点儿洁癖，花姐第一次来她家时，就被整个房间的一尘不染震惊了。

“我家从来没这么干净过，”她说，“我弟弟把所有的东西到处乱扔。”

她开始谈论她的弟弟,从他穿开裆裤的时候开始,她弟弟喜欢吃的东西,喜欢玩的游戏,喜欢看的漫画书。家属院里放露天电影,她抱着她弟弟去看,弟弟被音响吓哭了,她又把他一路抱回去。他捣乱,她整理,吵吵嚷嚷,一地鸡毛。上高中之后,花姐去住校,终于松了一口气,一开始弟弟每天都给她打电话,跟她聊学校的事,说一说喜欢哪个女生,不喜欢哪位老师,他对姐姐说的话比对父母说的多得多。花姐高考的前一天,弟弟来学校看她,给她带了一大包零食……现在弟弟也念大学了。婷婷截住她的话头:“你怎么一直说你弟弟啊?”

花姐脸红了,跟婷婷在一起,她不好意思谈论自己,她说话很少用“我”来开头,仿佛一谈到自己,就控制不住地要泄密,在婷婷面前泄密。

在家的时候,花姐和弟弟总是喋喋不休,讨论或者争吵,她以为亲密的家人就是这个样子,直到遇到婷婷,婷婷平常的话很少,她觉得两个人在一起不用说那么多。起初花姐以为她太冷淡,后来渐渐适应了,有了默契,一起少言寡语也很舒适。她们常常一起窝在沙发上看电影,一言不发地度过整个晚上。

火锅汤越煮越浓,花姐忍不住盛出一碗喝,婷婷告诉她这个汤很不健康。花姐从不在意这些。两个人在很多事情上的看法都完全相反,却相处和谐。火锅汤要不要喝,空调要不要整夜地开,花要早上浇还是下午浇,要不要再来一罐啤酒,能不能在床上吃东西……她们花费了不少时间和精力,磕磕碰碰,跌跌撞撞,温柔而有些疲惫地面对彼此,渐渐习惯了不再为小事争论。

动画片播了一集又一集,都看过好几遍了,小猪佩奇的故事,桃子永远也看不腻。花姐往火锅里面最后下了一把挂面,本来她们打算吃完火锅,出去看一场电影的零点首映,但是桃子来了,按以往的经验,她妈妈很晚才会来接她,带着红肿的眼睛,顺便数落女儿几句。桃子不愿意回家,对这个年纪的女孩来说,在别人家过夜就像一场奇异的冒险,尤其是婷婷的家,是她向往的那种女孩子的房间,像动画片里一样,可爱的猫咪,柔雅的色调,餐桌和茶几上都铺了蓝色的小格子桌布,沙发上盖着乳白色的罩巾,婷婷尽力地使这个家看起来像家居杂志里的样子,塑料花盆外面套着浅黄色的小泥盆,原色软木做的茶杯垫。她四处搜罗自己喜欢的小物件,像只小鸟似的一点点填满自己的家,花姐第一次来就被满目清新的女性气息迷住了——从前她睡觉的枕头边上,常常扔着她弟弟的臭袜子,漫画书和篮球一起散落在地上。

这是一个堆满了形容词的房间。花姐每周过来两三次,做饭,吃饭,一个喝啤酒，一个喝果汁，一起看电影。第一次在这里遇见桃子，花姐教她玩翻绳的游戏，一截毛线绳绕在两只手上，翻出各种花样，桃子的手指细巧，笑起来露出门牙的缺口。

“这么早就换牙了？真棒。”花姐说。

“摔掉了，”桃子说，“妈妈说新牙会长出来。”

“怎么摔的？好惨。”花姐问。

“磕在我们家的电视柜上面。有一个尖角。”桃子说。

婷婷给她们端来水果，花姐又陪桃子下跳棋，每一局都故意输，让桃子耍赖，桃子每次跳出一条长长的曲折的路线，就开心地哈哈大笑，向后倒去。婷婷则喜欢给桃子梳头发，编辫子，有一次在桃子头顶上盘出一个桃心形的麻花辫，非常别致好看。花姐从来没有蓄过长发，看见她的手艺，就说自己也要留长头发。

后来，她的头发已经过肩了。桃子的新门牙一直没有长出来，她父母依旧经常吵架，对桃子来说，婷婷阿姨家像一个美妙的花园。花花阿姨不在的时候，婷婷阿姨会陪她看动画片，或者教她背古诗，写月亮的，写花的，写雪的，写鹦鹉和美人的，字句她不太懂，相互照应的音节像在做游戏，押中的韵脚就是猜中的谜底。婷婷阿姨还会织东西，桃子着迷地看着她织长长的彩色毛围脖儿，看着花花阿姨终于戴上了那个毛茸茸的围脖儿。

花花阿姨会玩的游戏就更多了，象棋、扑克、跳棋、翻绳或者捉迷藏。桃子喜欢藏在床底下，每次都藏在同样的位置，而花姐每次都假装找不到，翻遍其他每个小角落，直到桃子自己哈哈笑着爬出来。

那些温存的夜晚像一摞圆润的白瓷盘子，洗得干干净净，闪闪发光，整齐地码放在桃子的记忆中，于是她常做梦，梦见那些甜美和温柔。房子倒塌的时候，她甚至都没有惊醒。

三

李思进从地铁口走出来的时候，雨还没有停，他撑起一把湿淋淋的伞，慢悠悠地往回走。即便下雨，也不用急着回去。儿子去上大学之后，他们的生活节奏一下子放缓了，从前要围着儿子转，现在儿子不在家，剩下他和爱生两个人。

爱生最近脾气阴晴不定，他劝她去医院看看，结果把她惹得更生气了。

她的情绪不像年轻时，来得快，去得也快，吵一架很快和好，而变成了一种低沉的、绵延起伏的怨气，一座怨气之山。爱生下班比他早，一般都是她做晚饭。前不久，一天晚上，两个人正在吃饭，她突然对李思进说："明天开始你做饭吧。"

"为什么？"李思进觉得很诧异。

"我做饭做了几十年，"她用很平静的语气说，"不想进厨房了。一进去就头疼，心烦。"

他一时错愕。在他看来，爱生爱做家务，非常喜欢厨房。漂亮的锅铲、外形奇怪的烧水壶、很贵的铸铁锅，冰箱上盖着的钩花罩子，拉得平平整整，窗台上一排小盆绿植。怎么看都是热爱生活的贤惠女人。

"你最近怎么了？"李思进问，"你要不要去医院看看啊？更年期的毛病。"

这句话惹怒了她，她站起来走进卧室，把门一关。李思进对着饭桌发呆，这个女人他好像越来越不认识了，总是没事找事。他把餐桌收拾干净，洗了碗，沏上一壶茶。电视开着，电视总得开着，不然家里就显得特别冷清，需要增加一点儿声音。

自从儿子上学走后，虽然没有说什么，他就很有默契地搬去儿子的卧室了，两居室，两个人一人一间，室友似的，正好，两个人都舒服宽敞。爱生睡眠不好，晚上困得早，夜里常醒，现在她可以毫无顾忌地半夜躺在床上看电视剧，看综艺节目，不用怕有光亮会影响身边的人。困了她就把手机一扔，接着睡。

李思进回到家，把雨伞撑在地板上晾着。看看冰箱里有什么菜，打算随便弄弄，爱生发微信说晚上要加班，不回家吃饭——那就更简单了。他煮了一盘速冻饺子，就在厨房里站着吃完。看看外面雨也停了，推开窗户，晚上空气清新，想下楼走走。他在一楼的便利店里买了烟，跟老刘聊了几句，除了收房租，老刘平时还负责清扫楼道，很和气的一个人。

两个人到外面抽烟，老刘说他今天肩背特别难受，好像被什么东西抓着往上提，紧巴巴的。李思进告诉他附近有家按摩馆不错，点3号技师，手法很好。老刘说明天再去，今天晚上想早点儿睡觉。一提到她，李思进自己倒有点儿想去了。

老刘抽完烟就回去了，平常他睡在一楼的一间小屋里。李思进独自走到按摩店，3号正在忙。他进去打了个招呼，3号对他笑笑，说后面还有客人预约，让他明天再来，明天晚上给他留个时间。

除了他和3号，没人知道他们原是初中同学，中年相逢，十分感慨。李思进在她这里充了会员卡，没事就过来按一按，聊聊天，是生活中的调剂，或者一味调料。3号离了婚，女儿也工作了，用她的话说，现在就是这辈子最自由的时候，一个人吃饱全家不饿，社保她自己交，再过几年就可以领退休金了。

她的手指力透肌肉，澎湃而不失温柔的力量如波浪般奔涌，又疼又轻松，经她一按，身体像清扫过的房间那样焕然一新。他伸展四肢来享受这份清新，就像躺在爱生刚刚整理过的床铺上一样。爱生，这名字就像从海底打捞上来的一件古物，披满了淤泥、藻类和锈迹，此爱生非彼爱生了，她从一个爱笑的年轻姑娘变成了一只行走的火药桶，李思进觉得唯有自己始终如一。3号技师要他转过身来，脸朝上，开始一寸寸地揉捏他的胳膊。

爱生表态之后，果然不再做晚饭了。一开始李思进很生气，就在外面餐馆吃完了再回来，爱生也是一样，她在外面吃完晚饭，逛逛街或者看场电影，除此之外没有一丁点儿不正常的样子，好像家里没人做晚饭是古往今来天经地义的事情。李思进指责她，她的理由只有一个，我给你们做了几十年的晚饭，现在儿子离家了，该轮到你了吧。

不得已，他开始学着做点儿简单的东西，煮面条、煮水饺、炒青菜、炒肉丝，一开始只买现成加工好的肉丝，后来自己也会切了，刀工还算过得去。渐渐地花样越来越多，厨艺水平很快超越了爱生，厨房的样子也渐渐地变了。他把随手用的东西都摆在台面上，并在窗台上摆一盘蒜，加一层浅浅的清水，种出蒜苗，还买了两盆随手掐下来就能吃的小红辣椒。到处乱糟糟的，但是他觉得很方便，甚至爱生实在看不下去，要动手收拾厨房的时候，还被他拦住了。

他钻研菜谱，手机里下了好几个跟做饭有关的App，讲究码盘的色调搭配，要有红有绿，有素有荤，从这件事里发现无穷的乐趣，简直人生第二春。饭菜做好了，摆在桌子上，等爱生回家的工夫，他就拍张照片，发给3号技师。在他的通讯录里，她也叫“3号”，一个冷冰冰的工作号码。

“什么时候能尝尝你做的饭。”3号说，转到另一侧，开始捏另一条胳膊。

“你不忙的时候。”

“我白天都不忙。”

"白天我上班,你哪天想来,我就请个假。我们单位管得松。"他快退休了,领导对他睁只眼闭只眼。3号说得对,现在就是人生最自由的时候。"下周四吧。下周四是你生日吧?23号,我记着。"

3号一下子停住了手里的动作,两个人默默无语了很久,记忆在呼啸。说好了,下周四,他要请一天假,邀请3号到他家来吃午饭。她上午来了,留到下午才走。当天晚上,地震就发生了。

四

秀泽生小孩的那年,流行用食品给孩子起小名,小饼干、小苹果、小糯米、小木耳,她管女儿叫"桃子",桃子又香又软,抱在手里,像抱着一小朵云彩。桃子的奶奶从老家过来帮忙,老太太脾气很好,人也非常勤快利索,在外人看来,是一位挑不出毛病的好婆婆。秀泽很感谢她,非常感谢,除了感谢还是感谢,别的话通通咽回肚子里。

休产假的时候,除了给桃子喂奶、哄睡、洗澡、抱着她在屋里转来转去,秀泽最喜欢做的事就是去菜市场买菜。离家六公里,有一片很大的农贸市场,她坚持要去买菜,不让婆婆帮忙,骑一辆共享单车,去的时候轻轻松松,回来的时候车把上挂满了东西。

天气好的时候,蹬上自行车,感觉回到了上学的时候。有时候,她故意绕远路,骑进路边的浓荫,像钻进一床清凉的薄被。她时常骑到人行道上,对着行人放肆地按铃,然后从他们身边疾冲过去。遇到红灯,她会老老实实地等,但是如果没有汽车经过,她也会无所谓地快速闯过,扎进另一段树荫。

自行车骑着轻巧,秀泽心里涌起一阵欢快的节奏,轮子转了一圈又一圈,好像把阳光都卷进来了,卷进滚动的车轴,让它发出咯啦咯啦的笑声,秀泽短暂地忘记了桃子、桃子爸爸、桃子奶奶、桃子的早教老师——不停地发微信劝她再买一个优惠的大课包,本月特惠,过时不候。她考虑了几天,还是付了款。

骑自行车的时候,她把这些全都抛在脑后。菜市场越来越近了,她记得出门前奶奶告诉她要买什么,有几样东西,她已经想不起来了。管它呢,她想,把自行车停在路边,走进菜市场,迎面一堆小山似的红灿灿的蜜桃、粗而长的青杧、玻璃球大小的紫葡萄,无穷无尽的色彩和甜美,李子的颜色那么端庄好看,使她看了以后,很想去买一件李子色的毛衣。

她买好几种水果,再去买带鱼和青菜,带鱼是为了下奶,青菜是为了餐桌上不得不有点儿绿色,她从小就不爱吃青菜。还有奶奶要买的东西,什么来着?秀泽想不起来了,她在市场里逛了一圈儿,在一排胖头鱼的鱼头前面停下来,那鱼头被砍下来不久,鱼鳃还在微微颤动。她看着那鱼,鱼也看着她,眼神交汇。她让卖家称了一只鱼头。

回家的路上,她照常骑着自行车,车把上挂着重物,没有刚才那么灵活。骑着骑着,她突然觉得左边的袋子里有东西在动,她以为是自己的膝盖不小心碰到的,于是将袋子的位置挪了一下,可是在拐一个弯的时候,那个袋子里又有东西在动,发出窸窣的声响。

她想,可能是那个鱼头,神经反射,过一会儿就不动了,于是没有理它。到了家,她走到楼门前才突然想起桃子奶奶要她买的东西是南瓜和苹果,给桃子做辅食用的,她忘了个干净,只好去家附近的超市买,可两样都不怎么新鲜。

她拎着几大袋食品回了家,一开门就听见桃子在哼哼唧唧地哭,她最擅长这种哭法,音量不大,气韵悠长,在不大的屋子里回荡。奶奶抱着孩子在屋里转悠,她是个小个子的老太太,圆脸,头发不多,向后梳得整整齐齐,盘成核桃大的一个浓黑的发髻,头发十天一染。桃子奶奶不到六十岁,非常勤快爱干净。来的第一天,就把家里的边边角角都擦抹一遍,所有奶瓶用蒸锅蒸一遍,倒扣晾干码好,地板拖得能照出人影,就像吹过了一阵有魔法的风,所过之处,窗明几净,秩序井然。起初秀泽很是庆幸,有了这么好的帮手,奶奶平常话不多,家务活儿全包,没什么可挑剔的。但后来,秀泽也不清楚自己为什么开始讨厌她,奶奶越好,手脚越利索,秀泽就控制不住地越讨厌她。

希望她离开,希望她不要整天那么自在,笑眯眯的,秀泽一边暗暗地想,一边为自己的想法感到羞耻。

一天晚上,她忍不住跟程晖说:"让妈回去吧,我自己一个人也可以。"

"你一个人不行,"程晖说,"你连饭都不会做。"

"我可以学。"

"别闹了,"他说,"连我都不想吃你做的饭。再说你下个月就要上班了。"

待在整洁明亮的家里,她觉得自己一无用处,只能出去买菜。她把买来的东西放进厨房,鱼头倒进水槽,一动不动,看来是死透了。她伸手触了一下鱼的脸，突然间它又急促地呼吸起来，她害怕地尖叫一声，奶奶走进来，问她怎么了？一惊一乍的。

看见那个鱼头之后，奶奶笑了，又是那种轻轻的嘲笑。秀泽觉得胸中有什么东西正在翻滚上升，是产后抑郁吗？奶奶检查了她买的南瓜和苹果，说不新鲜，问秀泽是从哪里买的？秀泽说，就是从大市场买的呀。

“不是吧，你看这两种袋子都不一样，”奶奶指着装南瓜和苹果的塑料袋说，“大市场用的不是这种袋子。”她把袋子翻过来，袋子上印着超市名字。

秀泽脸红了，越来越红，她不说话了，默默走出了厨房，来到卧室，桃子刚刚睡着了，双手握成拳头放在脸的两边，嘴角挂着一滴晶莹的口水。

她爬上床，睡在桃子旁边。奶奶推门进来，说：“你看，这袋子里还有超市的小票呢，还说是从大市场买的。说谎呀。”用的一种开玩笑的语气。秀泽一动不动，装睡着了。

在吃晚饭的时候，饭桌上奶奶又对程晖说了一遍这件事，秀泽一语不发，尽快地吃完。程晖最后评论说：“你到哪儿买菜都行，不用撒谎，这么大的人了。”

秀泽说：“我忘了，到楼下才想起来。”

“家务都不用你干，就买菜这点儿事都记不全。一孕傻三年。”程晖评论道。

睡前，秀泽洗完澡，站在浴室的镜子前面。怀孕到后期的时候，有人说她鼻子变大了，脸变宽了，变得斑斑点点，这些她从镜子里都看得清清楚楚，被别人指出来的时候，还是一阵瑟缩，好像自己有碍了观瞻。她觉得自己变成了一件移动的公共展览品，进公司不到半年就怀孕，领导没说什么，她自己都觉得惭愧。可那真的只是意外呀。

她伸手拂抹镜面上的雾气，看着自己的脸从中一点点显现出来，脸还是宽的，鼻头也没有缩小，湿头发一绺绺地披在肩上，显得稀稀拉拉。奶奶的脚步声靠近了，又走远了，秀泽第一百次下决心要让奶奶回老家，不管奶奶有多好，能帮多少忙。她必须走。

奶奶在秀泽家里一直住到桃子三岁。桃子刚满三岁的时候，有一天奶奶在做饭，桃子在客厅里不小心摔倒了，磕在电视柜的尖角上。出事后，奶奶独自回了老家，跟儿子和儿媳再也没见过面。

秀泽变得暴躁，摔东西，骂人，尤其是对桃子的奶奶。

他们气势汹汹，泪水涟涟，仿佛不如此就没办法继续过下去，整座楼都知道他们家爱吵架，一吵起来惊天动地，没完没了。每逢此时，婷婷就会听见有人轻轻地敲门，抱着玩具猴的小女孩怯生生地站在门外。桃子可爱无边，像活在电影里的天使般的小女孩。

五

外面的天空夹在似亮非亮之间，昏暗中夹杂着一缕天光，渐渐地开始有了一些声响，有组织的救援开始了。猫轻轻地叫了几声，转身回到黑暗中，凭着本能，它找到那间唯一保存完好的房间，小女孩还在安静地睡觉，床头柜上摆着一杯水，水面上浮着一层灰尘。

猫低下头去喝水，喝个不停，却越喝越渴，仿佛这水是火焰烧成的。杯子空了，它觉得浑身里外都要沸腾了，不由得焦躁起来，纵身跳上跳下，最后来到床上，挨着小女孩的身体躺卧下来。它感到一阵奇异的清凉，小女孩身上散发着一种安宁的气息，猫忍不住用额头贴上她露在睡衣外面的细弱的手腕。渐渐地猫也睡着了，等它醒来时，小女孩正把它抱在怀里，轻轻地抚摸着它的皮毛，就像她平常做的那样。在婷婷阿姨家，桃子最喜欢跟猫一起玩。

猫爪子轻轻钩住她的睡衣，在轻薄的纱布上留下看不清的小洞。桃子轻轻拍打它，让它不要伸出指甲。她在它耳边咕哝着说着什么，它听不懂，只听得懂那种温柔的语调：不要害怕，一切都很好，比从前更好。

桃子的爱抚让猫想起了它的主人，她们在哪里呢？桃子仿佛读懂了它的想法，她从容地下了床，穿上拖鞋，猫一下子认出了那双粉色的拖鞋，是婷婷专门给桃子准备的——桃子每次来的时候，总是匆匆忙忙地忘记穿鞋，光着脚。

“走，咱们去找婷婷阿姨和花花阿姨。”桃子边走边说，猫老实地跟在她身后。她轻巧地穿行在阴暗的废墟之中，熟悉得仿佛这里是自己的老家。她灵活得像个虚飘的影子，哪儿都阻挡不了她，哪儿都伤不了她。她的家，她的游乐场，她的天堂。

她们经过那个被压在混凝土下面的中年男人，他不再说话了，张着嘴一动不动地看着上方，爱生还在哭，一边哭一边念，“740923”“740923”，怕自己忘记似的，那是一个没有名字只有数字代号的女人的生日。他的存款都在里头。桃子轻车熟路地找到一条极窄的缝隙，用猫都看不清的速度钻了过去，等它到跟前时，发现那宽度根本进不去。

桃子在另一边呼唤它：“没事，挤过来就行了。”它试着把头伸进去，一点点地试探，缝隙随着它身体的前进而渐渐变宽，变明亮，甚至变得暖和起来。它弓身向前一跃，似乎又回到记忆中那个熟悉的地方——熟悉的人、声音和灯光。

它看见桃子笑眯眯地坐在沙发上，手里抱着她的玩具猴子，玩具猴子穿着牛仔背带裤，看上去有点儿脏了。婷婷走过来，说：“咱们帮小猴子洗个澡吧，再洗洗衣服。”桃子点点头，婷婷打了一盆水，放在地上，水里面泛着白色的洗衣液泡沫。

“把它泡在里面。泡进水里，不要让它漂着。”

猴子和它的牛仔裤分开了，都进了洗衣盆，桃子伸手去玩水，细腻的泡沫沾在她的手指尖上，花姐过来帮忙一起洗，她告诉桃子，怎么轻轻地揉搓，婷婷坐在沙发上，继续织那条长围脖儿。猫对那团巨大的毛线球着了迷，它用爪子轻轻一拨，毛线球就无声地滚落在地板上。毛衣针有规律地上下摆动，转圈，停止，再摆动，转圈，停止，像钟摆一样有着稳定的节奏。围巾的图案是完美的菱形花纹，没头没尾，无穷无尽，婷婷一开始织东西，就织得停不下手，仿佛身边的时间都随之缓慢下来。玩具猴子湿淋淋地出水，被轻轻地拧干，用毛巾包起来吸水，最后用吹风机吹回了蓬松。

“对了，它叫什么名字呀？”帮小猴子穿背带裤的时候，花姐问。

“它没有名字。”桃子说，脸色忽然变得苍白，神情恍惚起来，眼神变得空荡荡的，仿佛落进了另一个世界。

“给它起个名字嘛。”

“我不知道，它没有名字。”她低声说，把玩具猴子紧紧抱在怀里。

“那我给它起个名字，好吗？”花姐说。

桃子愣愣地望着花花阿姨，活泼爱笑的花花阿姨，安静温柔的婷婷阿姨，她们那么好，那么美，那么善良和气。她们只会爱，数不过来的爱，什么烦恼都没有。

“不能随便起名字，”桃子说，“有了名字，就要永远照顾它。你们的猫都没有名字。我不行啊，我做不到啊——”

“那就永远照顾它嘛。”花花说。猫猛地伸出前爪，踢了毛线球一下，它一下子滚到花花和桃子中间。

婷婷抬起头来看着她们,说:“起了名字,它才是你的,不然不算数,谁都可以带走。”

桃子一下子搂紧了玩具猴子。

“我给婷婷阿姨起过一百个名字。”花姐笑眯眯地说。

“那你怎么从来不叫？叫一遍让我听。”

花姐果然开始列举,奇怪的名字,意义含混的昵称……越来越不像话了,婷婷红了脸,把脸埋进没织好的毛围脖儿里,闷住自己的笑声,脸上发烫,像熟透的虾。

桃子听着听着也笑起来:“你给她起了这么多名字，就一百辈子也得在一起呀。”她看看怀里的玩具猴子,说:“就管你叫毛球吧。毛球？”玩具猴子一声不吭。猫轻轻地叫了一声,它误会了,以为叫的是自己,自己从此有了名字。与此同时,她们都听到了一阵奇怪的响声,咯啦咯啦,好像拳击手上台前,用力活动自己的关节。她们侧耳听着,听见一道巨大的裂缝从遥远的地方奔袭而来,不由分说地割裂了所有。来不及多说一句话,所有人便湮没在漫天的灰尘里。

最后一刻,毛球惊恐地从沙发扶手上跳下来,随即失控地坠落,落进一个深而黑的地方。起初它觉得是坠落,出于本能调整四肢落地的姿势,倏忽又觉得像在上升,在一个封闭的地方来回颠簸,像被关在一个瘪掉的皮球里,又像是在胎儿的胞衣里,那胞衣怎么也挣不破,它的四只脚伸不开,拢在胸前。它觉得到处黏糊糊的,一只眼睛被什么东西糊住了,睁不开,透过眼皮它感受到一点儿光,半透明的红色,血的颜色,体液混合的颜色,拨弄它身体的手指甲的颜色。它是这一窝中最小最弱的一只,经验丰富的猫贩子一眼就看出这只小的品相不行,卖不上价钱,不过血统证书很容易造假,其余就看它的命,看它将来会遇见什么样的主人。

【作者简介】辽京,毕业于北京外国语大学,曾供职媒体。出版小说集《新婚之夜》、长篇小说《晚婚》。

假如生活欺骗了你

杨小凡

1

扫过健康码，测过体温，雷言顺着箭头指示的方向急急地寻找八号厅。

温缓跟在后面，高跟鞋叩击路面的声音有些凌乱和急促。她嗔怪地说："急慌得跟打仗一样，晚不了！"

"还有三分钟就开演了！"雷言放慢一些脚步说。

进入八号厅，雷言很意外。偌大的放映厅里零散地坐着几个人，大屏幕上正在播放影视公司的广告。

今天是七夕，中国的情人节，这个点应该有一些男男女女来看电影啊。雷言得意地对温缓说："今天，我们几个包场！"

"这种片子，年轻人根本不看的！"温缓答了一句。

今天是《八佰》上映的第二天。雷言认为观众会很多的，尤其晚上七点四十这一档，应该正是高峰期。他一周前就谋划了，精心调了班，计划在今年这个七夕节给妻子一个惊喜：请她看场电影，然后在木兰文化广场的且坐斋吃顿饭。

他觉得自己欠温缓的太多了，结婚七年来，节假日很少有时间陪她。但这也是没有办法的事，干了刑警就没有自由、时间，有时甚至生命都不是自己的了。这时，前妻史莉的影子突然从他脑海里一闪而过。唉，不想这些了，今天应该是个高兴的日子，看电影！

电影开始了。战败的国民党军队混乱地退出上海，日军快速向城里推进，来自湖北的新兵队向上海赶来……配乐把气氛渲染得十分紧张。一声炮响，温缓紧张地握住雷言的左手。雷言抬起右手，把温缓的瘦手压在自己的两手之间。

雷言看得很入神，温缓看得很紧张，两个人手握着手，都盯着银幕。温缓的气息一会儿急一会儿慢。她被这狙击的场面和情节吸引。不知不觉间，两个多小时过去了。

他们走出放映厅，下到一楼大厅，走出大门。雷言掏出一支烟点上，深吸了一口，然后说："缓缓，我在且坐斋订好了位子，咱去吃饭！"

温缓突然想起女儿豆粒，就说："闺女还在家呢！"

"没事，老妈不是在家嘛，我提前安排好了。今晚你就放心吃吧。"雷言径直向广场中部的且坐斋方向走去。

且坐斋是这里最有情调的特色餐厅，以特色徽菜为主打，外加时尚果蔬和面点，不提前两天预订是订不到位子的，更不要说有情调的小包厢了。雷言一周前就让小邹帮他在手机上订了。小邹大学毕业，刚入刑警队两年，是真正的时尚青年。

雷言点了臭鳜鱼、毛豆腐，温缓点了两个素菜和一份黄精鸽子汤。下过单后，四色果盘和一壶祁门红茶很快端上来。雷言给温缓倒了一杯茶，然后笑着说："这徽菜啊，严重'好色'、轻度'腐败'，红茶是绝配，可煞荤清油！"

"这啥话到了你们男人嘴里就变味儿了！"温缓嗔笑道。

这时，雷言的手机突然响了。

干刑警这行，最怕手机突然响。他迟疑了几秒钟，迅速掏出手机，一看是局长的电话，下意识地坐直了身子，说："局长，您吩咐！"

房间不太隔音，外面的声音有些乱。雷言把手机贴在耳边，一边听一边说："好！好的。我马上出发！"

放下电话，雷言立即站起来。他不好意思地说："缓缓，我不能陪你吃了。齐家寺出人命案了，局长让我立即到现场去。啊，对了，你把菜打包带回去吧！"说罢，他急急地走出房间。温缓长长地叹了口气，把杯中的茶一饮而尽。

坐上小邹的车，雷言就开始给已到现场的秦山林打电话。

秦山林是齐家寺的辖区派出所所长。齐家寺在城西十公里涡河北岸。电话里，雷言先安排秦山林封锁现场，然后让秦山林报告案发现场的有关情况。

秦山林对情况还是相当熟悉的，他说："死者叫孔令白，是一个月前刚退休的男性教师，妻子在城里带孙子，他一个人住在村里。村民反映没听说他跟谁有过矛盾，死时手机落在地上，家里也没有被盗的迹象，院子大门敞开着。报案人李凤是晚上九点半左右到他家时发现的，初步判断遇害时间为……"

雷言听到这些，意识到这不像是流窜作案，极有可能是熟人作案。他部署道："立即封锁出村的道路，严防村里人出去！同时通知镇里和村里的干部马上到现场。"

人被害无非这么几种情况：因财、因仇、因情。从秦山林的话里初步判断，这三种情况对于死者孔令白来说似乎都不太可能。从事刑警工作二十二年了，雷言经手的命案也早已过百，经历让他明白，作为刑警有时最不可靠的就是经验。在这方面，他是伤过心的。

八年前的阴历八月十六晚上，他的前妻史莉被人割喉致死。一时间全城轰动。案子是当时的副局长亲手抓的，他既是受害人家属，又是怀疑对象。唉，那件事真是不能想，都过去八年了，雷言还没有真正从那件事中走出来。

不想了，不想了！雷言点上一支烟，把车窗按开一条缝。外面风吹进来，啊，已经有些凉了。

雷言赶到齐家寺已经是晚上十点半了。

这是一个不到两百人的小村庄。涡河从村前流过，村西是一条干沟。村东头的宋沟与涡河相连，沟的水面有两丈左右宽，一座小型节水闸控制着水量。村子北面是一望无边的玉米地。村子的院落由西向东排列，南北每排三到四户，总共四十几户人家。此时，村里有五六家亮着灯，人们都围在孔令白家的院子前和村街上。

孔令白家在村西头把边儿，前面是河岸，开阔平坦。两米左右的院墙内，正房三间带檐廊，西边两间偏房，东边是一间厨房；大门朝南，有一座简单的门楼。孔令白是坐在院子里的藤椅上被害的，手机丢在右手下方的地面上。

雷言围着孔令白的尸体走了两圈，又围着院子走了一圈。

他边看边想，从现场看并没有打斗的痕迹，死者是坐在椅子上被锐器刺穿脖子左侧动脉流血过多致死的。由于天黑,即使在强光的照射下,也不能提取足痕。看来,现场只有天亮后再细勘了。

于是,他把派出所的人分成两组,一组封堵村子路口不准人出去,另一组由村干部带领,挨家挨户登记每户人员具体情况。然后他又把刑警队的人分成四组:一组由副队长叶鸣带领把守现场,研究侦查方案;一组由他自己带队询问报案人;另外两组,分别对村里人逐人进行走访和面谈,查找线索。

安排完毕,雷言和小邹在村主任郭万明的带领下来到报案人李凤家里。

入村的路是上面给修的水泥路,到每一家的路还是土路,走在上面高高低低的,有些不平。路边的杂草丛中,不时有猫和老鼠窜出来,又消失在另外的草丛和柴垛间,偶尔有条狗汪汪汪地叫几声,栖在树枝上的鸡,咕咕地叫着,扑棱棱飞到另外的枝头。深夜的村庄,显然更加破败和荒凉。

郭万明一边走,一边介绍着李凤家的情况。

李凤今年五十一二岁,她丈夫叫孔德化,人有点老实,小时候感冒打针伤了脑子,头有点向右歪,村里的人都叫他“愣鹅”,也有人叫他“老愣”。他爹原来是生产队队长,也算体面人物,就连哄带骗地把李凤给娶了回来。李凤吃得胖,脸也不白,家里穷,没读过书,大字不识一个。她嫁给孔德化后,生了一男一女两个孩子,女孩子三岁时得急症死了,儿子初中毕业后外出打工,后来娶了邻村一个叫素的女孩。素小时候父亲就死了,家里也穷,不然是不会嫁过来的。嫁过来之后,她生了一个儿子。儿子四岁时,她外出打工跟一个南方人跑了,自此再也没有回来。

现在,孔德化住在前院,给儿子看家,兼带孙子,李凤一个人住在自己家。据说,两年前,李凤跟河南的一个四十多岁的光棍汉住了半年,后来又突然回来了。现在她还时不时要跟孔德化离婚,说不要齐家寺这穷家破院,不回来了。

雷言他们来到李凤家里,她正躺在床上玩手机。

这让雷言有些意外:一个五十多岁的农村妇女,这么晚了还在玩手机。

李凤见警察和村主任郭万明到家,显然有些紧张。她急忙从床上下来,不知道说什么好。

雷言、郭万明在堂屋的两个塑料方凳上坐好,小邹坐在桌子左边的破椅子上,准备记录。李凤有些紧张地坐在床沿上,看着眼前这三个人。

雷言看着李凤说:“你别怕。如实说说情况吧。”

李凤更加紧张,不敢看雷言,而是盯着郭万明说:“说啥? 我真不知道他咋死的。我看见他时,他和椅子都倒在地上。我叫了几声,他不应,用手机一照,见他不出气了,吓得我赶紧跑了出来。”

“你别紧张。雷队长问什么,你如实回答就行了!”郭万明边掏烟边说。

“你几点去老孔家的?”

“九点多吧。”

“具体几点?”

“记不清了,反正是九点多。”

“你去他家干什么?”

“去让他帮我修手机。”

“修手机? 你的手机怎么了?”

“抖音玩着玩着就打不开了,也不能视频了。”

雷言没想到,眼前这个五十多岁的农村妇女还玩抖音,还会跟别人视频。他觉得事情可能更复杂。

于是,他又接着问:“你找孔令白修过几次手机?”

“那记不清了。我以前不会玩手机,都是他教我的。手机不能玩时,我都去找他修理。他是老师,能着呢。”说到手机,李凤慢慢地有些放松了。

“上一次你找他修手机是啥时候?”

“记不清了。有十来天了吧,”李凤停了一下,又接着说,“我这手机是杂牌的,便宜,老是出毛病!”

这时,雷言的手机响了……

2

孔德昌接到警察的电话,得知他父亲遇害了,两腿就筛糠一样地抖个不停。

他想从沙发上站起来,试了几次,腿还是发软。妻子问他怎么了,他的嘴唇哆嗦了几下,突然哇的一声哭起来。母亲毛爱芹听到哭声,赶忙从房间里出来,大声说:“德昌,哭啥? 这三更半夜的!”

“我爸被害了!”孔德昌扶着沙发,终于站了起来。

“啊!”毛爱芹倚着门框向下滑,最终瘫软在了地上。停了两三分钟,她突然两手拍着地板，抽泣着说："他是作死啊！上回我回家就感觉这个死鬼要出事。"

孔德昌的妻子最冷静。她问孔德昌是谁打来的电话。孔德昌说是警察打来的，要我和妈立即回去配合调查。见孔德昌魂不守舍的样子，她说："事儿已经出了，我拉你们回去！"

毛爱芹听说要回去，就去她住的房间收拾东西。她把衣服一件一件地往包里装，装好后又开始收拾孙子的衣服。孔德昌进来说："妈，你这是干啥？还能住家里啊！"

"不得住些天吗？总得把你爸埋了再回来吧。"毛爱芹又哭了起来。

"走吧，走吧！案子不破，下啥葬啊。"孔德昌带着哭腔说。

毛爱芹坐在车上，三个月前她回村里的情景浮现在眼前。

春节孔令白是来城里过的。由于突然而来的疫情，全城封闭，过了正月十五孔令白才回到村里。他嫌在儿子这儿憋屈得慌，非要回家不可。他回村后，毛爱芹由于要带孙子，不能外出，就没有回去。一直到麦黄梢，她才坐城乡公交车回了趟齐家寺。

那天中午，她回到家里时，孔令白正在屋里翻箱倒柜地找衣服。

见妻子突然进屋，孔令白吓了一跳。"你这个老太婆怎么回来了！孙子呢？"

"这是我的家，我咋不兴回来了！"毛爱芹看着被翻乱的衣服，有些生气地说，"你这是找啥啊？"

"我那套西服，你给我放哪里了？"孔令白有些着急地说。

毛爱芹狐疑地看了看孔令白，没好气地说："这穿单褂子的季节，你找它干啥？"

"有用场。我要上最后一节公开课！"

"年前不是就不上课了吗？眼看着下月就要退休了，还上哪门子课！"

"最后一课，你懂吗？我人生的最后一课。"孔令白有几分得意和自豪地说。

毛爱芹不识字，但她对丈夫上课还是十分支持的。孔令白家以前是地主，他只上完初中，就没有再被推荐上高中。七十年代末，孔令白本来考取了一所大学，可由于政审没过，最终还是落选了。据说，他气了一年多。后来，公社有位领导听说他成绩不错，就让他当了民办教师。虽说是民办教师，但他书教得顶呱呱的，教的学生都考上了中专、高中。后来，他还成了乡里的优秀教师。

孔令白心高，但他毕竟是地主成分的人，所以一般人家的闺女不敢跟他结亲，别人给介绍过来的女子要么长得丑，要么年龄大，他又不肯委屈自己，这样拖来拖去，就拖到了二十七八岁。这个年龄在那时的乡下就算大龄了，他成了开瓢嫩、吃菜老的葫芦。

毛爱芹当姑娘时长得双眼叠皮、杨柳细腰，也算是方圆十里之内的漂亮女子。但她右腿比左腿长了一点点，走起路来左腿有点跛。农村人娶媳妇，长得漂亮固然重要，但腿脚不灵便也是大忌，娶媳妇不能只看长得好看，还得要能打能跳，割、搂、锄、耙都会才行。她也是高不成低不就，一拖也拖到了二十五六岁。后来媒人就把她说给了孔令白。两个人一见面，你情我愿地投了缘。

毛爱芹嫁过来后，孔令白对她很好。放学后，就到地里干农活儿，加上民办教师十几元的工资，小两口日子过得比村里人稍微鲜亮些。孔令白白天教书、干农活儿，晚上就不停地看书，他一心一意想考试转正，成为正式的教师。

这一点，毛爱芹是支持他的，冬天夜长，他要看书晚了，她就给他加顿饭。虽然只是煎两个荷包蛋或是下碗面条，但孔令白心里却美滋滋的。每每加夜餐后，两口子都会云雨一次。毛爱芹喜欢孔令白，一是他讲卫生，身上没有异味，更重要的是他是文化人，花样多，嘴又甜，有时边做边给她讲一些古人行房的事。当然，她最喜欢听他说那些羞得让她脸红的情话。

夫妻床上的事儿就是小猫吃鲜鱼，越吃越馋，越吃越黏。儿子孔德昌上初三那年，孔令白考上了县教师进修学校，他进城学习两年后就会成为正式教师。这下，孔令白高兴得逢人就递烟，进家就笑得合不拢嘴。毛爱芹却心里有些害怕，她担心孔令白进了城后被其他女教师勾走了魂。

女人都有自己的小心思和小智谋。毛爱芹的智谋就是要求孔令白每周六放学后必须回家。理由也是硬邦邦的：儿子正在读初三，做父亲的每周都要回来关心儿子的学习。其实，毛爱芹的私心是每星期都要和男人做两回，至少也要一次。再嘴馋的猫，吃饱就不会偷嘴了；再有力气的牛，累趴下了就不想再犁地了。

毛爱芹的苦心没有白费。孔令白两年读下来没有一点花花事，一心一意在她身上。

后来，毛爱芹发现丈夫慢慢地变了。确切地说应该是十年前，他就不怎么碰自己了，别说十天半月，有时一个月都不碰一下。有时，她主动撩他、求他，也是浮皮潦草地三五分钟就马放南山了。谁说五十岁就不行了，三十如狼四十如虎五十还能敲破鼓呢，毛爱芹就常常指鸡骂狗地敲打孔令白。

现在，村里的男人都出去打工了，留在家里的小媳妇一个个都像发情的母猪一样，女人主动上赶着找男人的事多了去了。毛爱芹整天担惊受怕地看着孔令白的一举一动。

五年前，孙子出生了。毛爱芹不去城里看孙子不行啊，她狠了狠心还是去了。狗打秧子猫叫春，就是那点进进出出的事，随他去吧。说是这样说，可她每次回村听到一些风声，都要跟孔令白明里暗里吵一架。听到风声不一定来雨，但是无风不起雨也是老话儿。抓贼抓赃、捉奸捉双，毛爱芹抓不到实据，也就只好在心里生闷气、瞎嘀咕。

毛爱芹觉得，孔令白的死跟女人有关。不然，上次他怎么突然找西装，穿的衣裤挺括，精神比他们结婚时还焕发呢。但这是不能对警察说的啊，人都死了，要真是为了床上那点事，那儿子、孙子、她和儿媳妇的脸往哪搁呢？人喜欢啥就会死在啥上面，老孔啊老孔，你要是真的是为那点事死的，我都不会再掉一滴眼泪了。

毛爱芹虽说是这么想，但车子到了自家院门口时，她还是哇的一声大哭起来。

凌晨五点半了，夜色即将褪去，东方灰亮。

雷言问过毛爱芹话后连抽了两支烟。他确实有些累了，毕竟过了四十岁，一夜熬下来，确实有些头晕脑涨的。

让他失望的是，他从跟毛爱芹和她儿子孔德昌两个多小时的谈话中并没有得到有价值的线索。他们确实不太了解孔令白在村里的情况，虽然每天都通个电话或视频一会儿，但那都是围绕着孙子的。其他方面，他们并没有多深的沟通。事实也许就是这样，现在子女与父母真正深入沟通的确实不多，两口子真正了解对方内心的也不太多。

雷言掐灭了烟，想躺在车上休息半个小时。

他刚刚眯了十几分钟，手机响了。技侦组有了消息：从手机后台的数据热点分析，春节以后，孔令白除了跟他儿子、儿媳联系多点之外，联系最多的就是他所在学校的校长孟维三！

雷言命令说："立即把孟维三找过来！"

说罢，他又询问其他组摸排可有线索，现场勘察准备好没有。

这时，东方的天空泛起一片片红云，树上的小鸟叽叽喳喳叫了起来。

太阳就要出来了。

3

大马中学在齐家寺北面，也就四里多路。

撤区并乡前，这里是大马乡乡政府所在地。自从大马乡被撤后，这里的烟叶站、粮站、乡政府等院落，先是空了十几年，等有些房子倒塌了，就或卖或租地给了个人，建起来大大小小六七家金刚石压片厂。原来的乡政府改成的东方金刚石厂最大，大马中学就与这家厂隔着一道墙。

刑警队副队长李想和队友的车子离学校还有一百多米时，就看到孟维三站在校门前了。

本以为孟维三在县城的家里，电话打过去才知道，他在学校看校。现在教育局要求学校每天二十四小时有人值班。

孟维三把大门推开，李想的车子开了进去。

学校不算小，有二十亩地的样子。最北边是一座两层教学楼，看样子建的时间并不长，也就七八年的样子；教师办公室在大门南边，是两排八十年代的红砖起脊瓦房；操场的外面还有二十多间红砖瓦房，应该是学生宿舍、食堂。操场是绿色塑胶跑道，跑道四周被一尺多高的杂草包围着。

孟维三显然对孔令白的死感到特别意外。李想刚下车，他就问："孔老师真死了？"

"他不死，我们找你干吗？"李想盯着孟维三看了几秒钟，又说，"到会议室吧。有些事想找你了解一下。"

孟维三看了一眼教学楼，说："我回办公室拿钥匙。"

"那好吧。我们等你。"李想说罢，就向教学楼的方向走去。

李想的电话打来的时候，孟维三还没起床。听说孔令白被害，孟维三猛地坐起来，这消息对他来说太突然了。孔令白办完退休手续才一个月零几天，怎么就遇害了呢？

孔令白是孟维三的老师，从初一到初三的语文都是他教的，而且还是他初中三年的班主任。那时候，孔令白还没有转正，但他教的语文课在城西六七所中学里都是出了名的。

孔令白教学十分认真,对学生因材施教,尤其作文课上得最有特色。每次布置完作文题后,他都要详细讲解写作要点,而且每次都会写一篇模范作文。作文讲评课上,他把写得好的和差的作为典型例文加以分析,还把自己写的读给学生听。大多数学生都怕写作文,可他教的学生却都喜欢写作文。

会议室紧挨楼梯的右边,是教室改的。门打开,孟维三见会议桌上一层灰尘,不好意思地说:"前段时间疫情,老师都在家上网课,这会议室有几个月没有人进来过了。"说罢,他从墙角的脸盆架上取下毛巾,在空中把上面的土甩了甩,赶紧擦会议桌和椅子。

学校变成这个样子,孟维三是真没有想到。

二十世纪九十年代,他在这里读书时,初一到初三有十二个教学班。那时没有教学楼、实验室、电教室,却感觉满满的都是学生。后来,学生越来越少,从十二个班减到六个班,从六个班减到现在只有三个教学班。让他更想不到的是,现在初一、初二、初三三个年级只有七十五名学生,而教师和教职工却有二十八人。成绩好的学生去城里上了私立中学,更多的学生退学了。农村人讲求实际,十六七岁就跟着父母出去打工。农民有农民的思维:现在就是上了高中、考上大学,毕业后一样找不到什么好工作,还不如早打工、早挣钱、早找对象结婚划算。

办公桌和椅子擦好后,李想和队友坐在对门的一面。晨光从窗户射过来,越过孟维三的头顶,李想看到光柱里飘浮的微尘。

"孟校长,我们想了解一下孔令白的情况。比如,他与其他老师有没有过矛盾,有没有过什么异常的表现。"李想掏出一支烟,对着孟维三扬了扬,"你抽烟吗?"

"我不抽的。也没给你们准备。"孟维三满怀歉意地说。

李想笑了笑,把烟点上,说:"不好意思,我一夜没睡了,这会儿有点困。"

孟维三开始回忆。

孔令白性格很温和,平时说话细声细语,从没跟哪位老师吵过架,甚至没听说过他跟谁红过脸。孟维三师专毕业后被分配到这里,他与孔令白由师生变成了同事。孔令白每次跟他说话时都是先叫孟老师。孟维三听不习惯,说了好多次不让喊他孟老师,就叫维三或者小孟。孔令白总是笑着说:"你是老师了嘛,再叫你的名字怎么合适。"这样一来,孟维三对孔令白更加尊重了,两个人也经常聊聊天。

后来，孟维三当了校长，他希望孔令白能当教导主任。但是孔令白没有同意。他说，我当了一辈子教师，就是想上好每一节课，再说了，我这性格也不适合当主任的。孔令白给孟维三详细聊过自己的性格。他说，他家原来是地主成分，小时候经常看到自己的父亲被村里人斗来斗去，连家里的狗都被欺负得夹着尾巴顺墙根儿走。从小他都是小声说话，从没有跟谁争吵过。再后来，他当了民办教师，虽然课教得好，但是，在公办教师面前总觉得低人一等，这是一辈子都改不了的。

孟维三把这段往事给李想他们讲了。李想听后说："这么说，他应该不会有什么仇家的。"

"他绝对不可能是被仇杀的！"孟维三语气肯定地说。

李想又点上一支烟，然后说："你回忆一下，他这一两年可有什么异常？"

孟维三边想边挠着头皮说："没有什么异常啊！"

"不急，你再认真想一想！"做记录的另一名警察说。

孟维三把孔令白这几年的事像放电影一样在脑子里快速过了一遍。

孔令白这几年情绪似乎有些低落。孟维三曾经找他聊过。每次他总是叹气，原因很简单，一是学生越来越少，不久的将来学生可能还没有教师多，这学校像啥呢？二是能听出来他对退休是有些焦虑的，感觉教了一辈子书，现在身体好好的，马上没有课上了，这接下来的岁月干啥呢。别的老师都想早退休，他却跟别人想的不一样。

有一次，他说现在一月工资五千多块，加上年终奖、绩效奖、餐补等，一个月能拿到七八千元，就教这么几个学生，真是对不起这些钱。学校里的教师基本都住在县城，学校集中排课，其他教师两三天才来学校一次，他却天天都来学校。

他对学校是真有感情。年前，他听说几所学校要进行公开课比赛，就专门找到孟维三，要求在退休前能上堂公开课，也算是对自己这几十年教学的一个总结。对了，从答应了这节公开课后，他确实有些变化。

想到这里，孟维三对李想说："想起来了，要说异常，得从公开课说起。"

天亮了，技侦人员开始勘验孔令白脖子上的伤口。

伤口在脖子的左侧，他是被利器穿透动脉血管而死的。穿孔不到一厘米，像是飞镖穿刺而过。现场除了李凤的足痕，没有再提取到别人的足痕，初步判断，飞镖是从五米外射过来的。后来，果然在孔令白身后一米五远的地方找到支细细的飞镖。

雷言立即在现场召开分析会。

这是他们从来没有见过的案例，用这种凶器的人，一定是专业人员，甚至是专门练过飞镖功夫的，不然，这么远的距离，能射这么准，而且力度又这么大，一般人是绝对不可能做到的。从作案时间和作案现场看，凶手事前一定对孔令白的住处和活动规律非常熟悉，极有可能是仇家，或者是被人雇来的。

案情变得更加复杂。

从初步了解的情况看，孔令白为人和善，不可能有非要他命的仇家，但凶手显然也不是为财而来，这究竟是怎么回事呢？雷言一边让大家继续讨论，一边让大家安排各自手底下的线人迅速查找会掷飞镖的人。同时他又安排一组人去找县武术家协会会长锁长乐了解相关情况。

刑事案件往往都这样，山重水复得让人不知所往。

这时，雷言想起他的前妻史莉被害一案的破案经过。史莉在气象局工作，平时接触的人极有限，从颈部被割的伤口看，专案组判断极有可能是因雷言而被报复。当时，全面排查了经他手被抓的所有人，半个月都没有结果。正当案件侦破毫无头绪时，凶手黄小磊却投案自首了。这是所有人都没想到的：黄小磊是县医院的牙科医生，史莉因去看牙与之相熟，后来竟发展成情人关系。据黄交代，是史莉纠缠不休，他才动了杀人的念头。

每想到这些，雷言都觉得无地自容。平时，他根本没有觉察到史莉的变化，从她安安稳稳的表现上说，她怎么也不可能成为黄小磊的情人。但是后来雷言也想通了：那是因为自己的职业。他常常半夜不归，有时案子来了，甚至十天半个月都不回家。对于女人来说，寂寞是最可怕的，也是最容易导致移情别恋的。

想到这些，雷言下意识地想到了温缓。于是他掏出手机，给温缓发了条信息：缓，案子还没有头绪，你一个人辛苦了。爱你的言！

4

确定作案动机，是排查和寻找凶手的关键。

孔令白为什么被刺，凶手的作案动机又是什么？从各组调查的情况看，孔令白不可能是因财被害，也不存在仇杀的可能，情杀似乎也不太可能。

但是，从近几年农村发生的命案的情况看，因婚姻问题（尤其是婚外情问题）而出现的命案还真不少。由于成年男子基本都进城打工了，留在乡村的女性可分为四个年龄段：六十岁以上的居村养老，五十至六十岁的在家带孙子孙女，三十岁左右的陪子女读书，三十岁以下的则是刚结婚生子尚未外出。而留在乡村的男性比女性少多了，每个村除了老龄男人外，留下来的便是村干部、做生意的能人、在周边工厂或县镇有工作的。留守女性长期没有男人陪伴，精神上的寂寞和身体方面的需要都是她们出轨的内因。加上留在村里的年轻男性多是混得不错的，经济宽裕，愿意给女人花钱，有些女人就不会拒绝。

雷言心里一直觉得孔令白之死不可能与情有关。这是警察的一种直觉。但直觉有时恰恰会把案件侦办引入歧途。八年前，他前妻史莉被害一案就是一个例子。当时，专案组和他自己凭直觉判断，极可能是曾经被抓的嫌疑人报复作案。但是，他怎么也没有想到史莉是因情被杀。

尽管如此，雷言还是没有忽视自己的直觉，他安排各摸排组重点摸排齐家寺出轨男女出轨的对象，尤其是孔令白接触过的女性。

但是，各种消息反馈回来，村里人对这些事都缄口不谈，或者矢口否认村里没有过这种事。案情进入了僵局。

正在这时，县网信办冯平给县公安局打来电话说，此案已被群众用抖音和快手等媒体平台上传到网络，要求公安局立即正面回复。

局长接到电话后，亲自给雷言打电话了解案情。得知案件侦办进展不顺，局长命令抓紧破案，并报请市局立即支援。

半小时后，县公安局发出案情通报：

7月25日晚9点30分左右，我县清涧镇齐家寺村村民孔某在家中遇害。孔某今年61岁，系大马中学退休教师。案件正在紧张调查中，我局将及时向社会通报案情进展。请广大群众不要信谣传谣。

市局刑警支队队长裴楠来到现场，简单听过雷言的案情汇报，立即提出：先让村民辨认凶器，同时通知市县两家武术协会的人来辨认。要从凶器入手确定嫌疑人！

村干部召集村民来到村委会，一一进入会议室进行辨认。开始的二十几个人都说没有见过那枚飞镖，当孔飞的奶奶看到那枚飞镖时，她突然浑身发抖，嘴唇哆嗦着说不出话来。

雷言叫人倒了一杯水，一边安抚着她不要着急，一边说："你认识这个东西？"

孔奶奶直直地盯着桌子上的那枚飞镖足有两分钟，突然哭出声来："俺的傻飞飞啊！"

雷言看看村干部，村主任说："飞飞，是她孙子！"

孔奶奶情绪终于平复下来，她说从昨天傍晚，就没有看见孙子孔飞了。但她确认孔飞有这个东西。

这时，一直坐在那里没有说话的裴楠给雷言耳语了一下。雷言立即安排小邹把孔奶奶先带离现场控制起来。他要与裴楠布置抓捕方案。

裴楠说，分成五个组：第一组，迅速启动拦截和协查方案，到周边路口、车站、码头堵截；第二组，上技侦手段，从天眼录像查找孔飞的离村时间和方向，调取孔飞的手机，通过定位系统寻找他的下落；第三组，准备抓捕，调六十名警察分成四队各带警犬待命；第四组，从后台调取孔飞手机中的资料，查找他的联系人及掌握他的生活动态；第五组，立即从孔奶奶入手，尽可能多地排查孔飞的联系人，了解其生活状态。

确定了嫌疑人，案子侦办的方向就明确了。

雷言有些兴奋，没想到换一个思路，案情就发生了逆转。按照裴楠的命令安排妥当后，他亲自负责询问孔奶奶。

孔奶奶在一位女警察的陪护劝说下停止了哭泣。

这时，雷言也从村主任那里弄清楚了孔飞的基本情况：孔飞，2004年9月9日生，在他两岁半时父母离异，后母亲嫁到江西；父亲长期在无锡打工，自从2008年冬与人结婚生子后，每两三年回来一次，平时偶尔寄点儿钱，孔飞跟着爷爷和奶奶生活。孔飞八岁才入学，在大马小学断断续续读完六年级，两年前到大马中学读了七年级，只读了一学期就退学了；他爷爷六年前脑梗，病后只能坐，不能行走，需要人照顾；家庭十分困难，2015年被列为贫困户，半年前刚脱贫，但依然享受扶贫政策，家里的生活在村里属于较差的……

雷言一边听着村主任的介绍，一边在思考和叹息。

孔飞是典型的农村留守少年，尤其是父母离异，他被丢给爷爷奶奶，加上他爷爷生病卧床，又是贫困家庭，一般来说，这样的孩子心理都受过很大的伤害。但他为什么会对孔令白起了杀心呢?这将是下一步要重点搞清楚的作案动机。雷言觉得，这个案子可能并不像想象的那么简单，背后一定隐藏着许多秘密。

孔奶奶年龄并不算大，只有六十三岁，但从她那苍老的脸和白发看，七十岁都不止。可见，生活的艰辛和家庭的不幸，让她过早地衰老。

雷言来到孔奶奶的屋子里，他尽量表现得轻松，声音和蔼地说："奶奶，您别怕，虽然这个飞镖是您孙子的，但我们也不一定认为人是他杀的，有可能是别人拾到这东西呢。"

孔奶奶听雷言这样说，眉头又舒展开来。看来，她心里不那么绝望了。

雷言见她神情发生了变化，又开导说："孔飞差两个月不满十六岁，即使是他作的案，也不承担完全刑事责任！"

雷言之所以这样说，是为了打消孔奶奶的思想顾虑，以便她能放开地讲。

听到面前的警察这样说，孔奶奶心里有些放松了。

她首先想到的是自家与孔令白的关系。

孔令白与孔飞的爷爷是同辈分的，两家还用同一个祖坟地。从她嫁过来后，就没有见两家发生过矛盾。不仅如此，听说以前村里人斗孔令白的父亲时，他们家都躲在后面。她听老伴儿说过，孔令白家对他家有恩，以前他种孔令白家的地，一亩地一年只收他三十斤麦子。一直到现在两家的关系都很好。他儿子和媳妇离婚后，孔令白还给孔飞买过几次衣服；孔飞七岁那年，孔令白专门找到家里，拎着个新书包，说给孔飞报过名了，让他去学校上学。

孔奶奶想，孙子肯定不会跟孔令白做仇敌的。他平时那么关心孔飞的学习，有几次孙子想退学不去时，都是他过来一次一次地劝说。孔飞平时也从没说过孔令白的不是。有一天，孔飞在涡河里扎到十几条鱼，还亲自拎着两条大的送给了孔令白。

想到这些，孔奶奶心里放松了不少。她相信自己的孙子，不会是害死孔令白的坏人。这时，她开口对雷言说："我孙子肯定不会干出这种事的！"

雷言见孔奶奶主动开口了，就引导她说："您先说说他最近几天的事，他都干了什么，昨天是什么时候不见的？"

孔奶奶开始回忆起来："昨天傍晚，飞飞到涡河里扎鱼，他扎了三条斤把重的鱼，把鱼放在厨屋里，就坐在院子里玩手机。我问他晚上想吃啥，他嘟哝了一句‘随便’，就拿着手机出去了。我做好鱼后，千等万等，等不到他回来，叫了几声，没有答应，我也没在意。平日里他也这样，有时在外面玩到半夜才回来。”

雷言见孔奶奶停了下来，就问：“您是几点睡的？”

孔奶奶想了想，说：“俺吃了点儿东西，又扶老头子解了手，收拾好东西就睡了。还没睡着，就听有人拍门。开门才看到有两个警察进来了。他们问问家里的情况就走了。那时候我还不知道孔老师死了呢。”

“您当时为啥没有给警察说孔飞不在家？”雷言追问道。

孔奶奶有些害怕了，她想了一会儿说：“那两人没问，我也没想起来。”

雷言有些懊悔，如果昨晚就发现孔飞失踪，可能案子就已经破了。他又叹了口气，点上一支烟，接着问：“您能确定从昨天到现在，您再也没有看到过孔飞？”

孔奶奶坚定地说：“俺咋敢瞒你们，真没看到过他！”

雷言想了想，换了一个话题问：“说说您孙子扎鱼的事吧。他从什么时候开始扎鱼的？他一个小孩能扎到鱼吗？”

问到孔飞扎鱼这事，孔奶奶心里是自豪的。这是他们孔家祖传的本领。

孔奶奶说孔飞小时候就跟着老伴儿在涡河里扎鱼，说起来……

5

雷言一步一步引导着孔奶奶，他要尽可能多地了解有关孔飞的事。

这时，小邹急匆匆进来了。他贴在雷言耳边兴奋地说：“雷队，嫌犯出村的方向确定了！裴队长请你现在过去。”

雷言给看护的女警察使了个眼色，立即起身往外走。

裴楠正在电话中指挥说：“请求立即调市县特警队、刑警队、治安队不少于两百人，到清涧镇、朱集镇围捕，同时通知两镇书记，让村镇干部组织群众参与围堵！”

雷言听他这口气，肯定是给市局刘局长打电话。

调动这么多人，不仅要局长同意，还要请示市政法委和市长、市委书记。见雷言进来了，裴楠用眼神打了个招呼，继续说：“局长，现在嫌犯极有可能躲在大片的玉米地里，不仅要拉网式围捕，同时要防备他逃脱，建议立即发布悬赏通告，发动群众！”

电话打完后，裴楠对雷言说：“天网图像追踪显示，孔飞于昨晚十点四十三分在离齐家寺西边五里路的张阁庄村口出现。根据时间推断，案发后，他立即逃离了村子；调取周围五公里的天网录像查看，到目前为止他也再没有出现，可以判断他是有意躲开每个村口和路上的摄像头，从庄稼地里逃离的。”

“他现在的位置确定吗？”雷言急切地问。

“我们判断，他现在极有可能就在朱集镇北的一大片玉米地里！”裴楠喝了一口水，又接着说，“他出现的地点离这里十二公里，与河南省的鹿邑县交界，极可能顺着庄稼地逃到河南。我现在去现场指挥围捕，你继续留在这里指挥协调那几个组。”

说罢，裴楠急忙上车，离开了村支部。

其实，雷言也想立即到现场去。

现在，他们应该包围了那片玉米地，正全力围捕。

雷言是在农村长大的，对农村的庄稼是十分了解的。现在玉米籽已长成，正是灌浆成熟的时候。这个季节，地里种的绝大多数是玉米，只有少量的芝麻和红薯，庄稼又都被树林和杂草围着，极易藏身。稍有不慎，犯人就会在庄稼的掩护下逃走。所以，现在最迫切的任务不是继续调查，而是全力抓捕。

他虽然这样想，但裴楠毕竟是市局的领导，只有服从。雷言又吸了一支烟，他要让自己镇定下来，考虑一下如何调整工作方向。

雷言点着第二支烟后，刚吸了两口，突然想到孔飞是不是带了身份证，身上或手机银行卡里有没有钱。如果他带了身份证，身上有钱的话，就有乘车远逃的条件。他下意识地看了看手表，现在已经十点二十分了，离案发时间已经过去十三个小时了。天黑之前如果不能归案，他就极有可能趁夜色逃到河南省，那就失去了最佳抓捕时机。

想到这里，他快步来到孔奶奶屋里。

看到孔奶奶正呆呆地坐着，他小声地问道：“您孙子的身份证在哪里？”

孔奶奶愣了一下，摇摇头说：“不知道啊。他平时都放在自己床头的那个小柜子里。”

“好，那我们一道去找找！”雷言边说边向看护的女警察使了个眼色。

女警察明白了雷言的意思，架着孔奶奶的一只胳膊，小声地说：“我们过去吧！”

孔奶奶上警车时，两腿直打战。她是第一次坐警车，显然十分害怕。女警察用力往上一推，加上雷言用力拉了一下，她才上去车。雷言和女警把孔奶奶夹在中间，这样坐是防止意外发生的最好办法。

车子开动了。雷言试探着问孔奶奶："您平时可给孙子钱？"

孔奶奶看了看雷言和女警察，说："从去年春上，俺家里的扶贫卡都交给他了。他是个好孩子，从不乱花钱。用钱的时候，都是他去镇上的银行取。"

啊，雷言心里咯噔一下。这么说来，孔飞手上是有钱的！

到了孔飞的家，雷言径直走进孔飞的那间屋子。

这是一间西屋，里面放了一张床、一个课桌和一把绿漆斑驳的椅子，床头上果真有个两尺多长的小箱子。

见箱子上了锁，雷言让孔奶奶找钥匙。孔奶奶说她不知道，钥匙都是孙子自己放的。雷言已经等不及了，他对孔奶奶说："那现在只得硬打开了！"

箱子打开，里面是十几本课本，课本下面是一个绿塑料皮的日记本，在日记本里夹着一个银行存折，但是并没有找到孔飞的身份证。这时，雷言长叹了一口气。从这些迹象判断，孔飞行凶像是预谋好的，逃走时带了身份证。很显然，如果他是有预谋作案，事前一定想到了如何逃脱，甚至规划好了逃跑路线。

雷言心里越来越沉重。

他虽然只有十六岁，但他身上有钱，带着身份证，极有可能是已经逃脱。现在最要紧的是立即启动通缉、协查，通过身份证和路口、车站录像排查他的踪迹。

想到这些，雷言立即拨通了刘局长的电话。刘局长并没有同意雷言的推断，他认为既然孔飞没有在齐家寺周边村庄和道路的监控中出现，就说明他并没有跑远；何况他是一个十六岁的孩子，极有可能作案后由于害怕，躲在了玉米地里。现在，最紧急的是不能失去在玉米地里追捕的机会。

雷言想了想，也觉得刘局长的判断更有道理。这样看，即使孔飞躲起来也躲不了太长时间。但他转念一想，心里又有些担心。这么大一个孩子，胆子不会太大，他如果害怕了，现在地里的机井到处都是，要是跳了井，这案子还是结不了。

正在雷言担心孔飞跳井时，正翻着日记本的小邹突然说："雷队，你看这日记！"

雷言接过日记本，小邹说："你看这篇！"

我喜欢她，虽然我知道这是不可能的，但我拒绝不了。她的眼神，她身上的味道，我看到闻到就心跳得厉害。现在半夜了，我心里像猫抓的一样想她，我多想让她再抱我一下，让我闻闻她身上的味道，挨着她棉花一样软的身体！

她现在对我冷了，我去她家里，她也不理我。都是这个人从中作乱。我想，她肯定是跟他好了。她为什么说变就变，就跟这个老头子好了呢！我要警告这个老头子！

在手机上看了那种事，我心跳得厉害。手机上的男人如果是我，女的是她就好了。我真想啊。可是，也许现在她正与那个老头子睡在一起呢！如果是这样，我非得狠狠地警告这个老头子不可。

你要是不喜欢我，你为啥那天抱我、亲我？你让我尝到了好，又把我甩在空中了。这一切都是因为那个老头子吗？他能给你钱，我今后也能给你钱。钱是最坏的东西，他靠工资在庄上找过好多女人了……

雷言看着孔飞的日记，心里基本清楚了：孔飞日记里说的这个老头子，肯定是孔令白。那个“她”又是谁呢？孔飞为什么会爱上这个“她”？这个“她”一定是村里的女人。

现在对案情的推断应该很明朗了：孔飞爱上的这个“她”不再理孔飞了，跟孔令白好上了。所以，孔飞心生杀意，把孔令白射死了！

雷言一边看日记，一边做着推理。

这时，侦察队员燕华打来了电话。

燕华在电话里说，通过后台分析，孔飞是个典型的“手机少年”，他的抖音号上粉丝有十二万之多，而且互动频繁。

雷言立即让燕华他们到这边来，共同研讨。

燕华他们向这边赶来的时候，排查组又讯问到一个情况：李凤说，孔飞曾用飞镖射过她家的狗。

李凤被带过来后，雷言直接问道：“你详细说说这件事。”

昨天晚上李凤就被雷言讯问过一次，算熟悉了一些，没有那么害怕了。她有些生气地说了起来："去年夏天的一个晚上，俺家的黑狗突然从外面怪叫着跑回来。见它在院子里用力甩着头，不停地大叫，俺吓坏了，以为它得了重病。这狗不停地叫，叫到半夜就不叫了。俺一看，它卧在地上死了，脖子旁边淌了一摊血。俺当时就想，肯定是孔飞这孩子干的！"

"你怎么确定就是他干的？你当时咋没有去找他？"雷言问道。

李凤想了想，然后说："俺见过他用弓箭在村外射野鸡。狗出事前几天，俺才跟他奶吵过架。他肯定是报复俺！"

雷言想了想，又问道："你跟他奶因为啥吵架？"

李凤看了看雷言，想了十几秒钟，才小声地说："她奶嚼舌头，说俺跟人家好。"

啊，雷言认真地看了看面前的李凤，心想她现在这个模样，还会有男人找她吗？这样想着，就又问："无风不起浪吧。她咋不说别人呢？"

李凤有些生气，愤愤地说："她是欺负俺！欺负俺男人半傻。"说着说着，她竟哭了起来。

正在这时，燕华他们赶到了。

雷言让负责记录的警察先把李凤控制起来。

燕华坐下来，边打开电脑边说："这个孔飞注册的抖音号叫'扎鱼少年'，经常直播在河边扎鱼。他有十二万粉丝，而且回复很多。初步看，有不少人与他有联系！"

雷言立即想到，这样的话，如果他逃出去了，会有许多藏身之地。以后抓捕就更困难了。

电脑打开后，燕华调出视频。

视频上显示出孔飞在扎鱼，他手握两米多长的扎子，木杆直径有两厘米的样子，头上有个十厘米长的铁锥……

6

雷言分析着孔飞的手机资料，心里还是有一分担心。他担心抓捕的方向搞错了。

孔飞手机里保存在云端的资料很多，要认真梳理。从这里的信息，可以找出他这两年的生活轨迹。为什么他的手机信号一直没有出现呢？雷言还是觉得，现在查找他的手机信号才是最紧要的。只要找到了他的手机信号，他所躲藏的地点或逃跑的路线就清晰了。这样在玉米地里的搜捕，似乎有点儿不靠谱。但是，刘局长和他的判断不一样，他必须听从刘局长的安排，这是他心里不太舒服的地方。

有许多案件并不是按正常逻辑走的。仅仅因为查看到一次录像，就能断定他在玉米地里吗？一点点误判，都可能失去抓捕的好机会。

雷言给裴楠打了电话，问现在搜捕的情况。

裴楠说："这边乱哄哄的，我一两句话也给你说不清楚。你安排好那几个小组的工作，可以到现场看一下。"

雷言召集三个组的小组长，再次明确任务方向。

第一组，继续从孔飞手机的云盘资料里查找分析所有内容。尤其是要找准最近一段时间他跟哪些人联系最多，对联系人的具体位置要搞清。这些人的所在地，极有可能会是孔飞逃匿的地点。同时，要争取从上述内容中找到最近一段时间他内心的变化，也许从这些内容里可以分析出他作案的动机。从日记中推断，他对孔令白下毒手并非激情犯罪，极有可能是预谋已久。如果是预谋，那他就有可能做好了逃跑准备。雷言说："我不太相信在玉米地里能抓住他，可能他已经逃脱出去了。"作为技术组，必须要有不放过任何疑点的精神。

第二组，立即开始对村民进行走访，确定孔飞日记里的那个"她"是谁。这个特别关键，孔飞之所以对孔令白作案，起因就是由"她"而起。从日记内容看，这个"她"的年龄应该是成年女性。孔飞既然心里暗恋"她"，并与"她"有过亲昵行为，这个"她"年龄应该在二十岁到四十岁之间，年龄太小，不可能孔令白也喜欢"她"；太大了，孔飞不可能暗恋上"她"。要把排查重点放在四十岁以下妇女身上。

第三组，要立即请求省公安厅和电信局支持，重点搜索孔飞的手机信号。从现有的资料看，孔飞是个手机控，他不可能不带手机。那么，他的手机在哪里？为什么没有信号？这是两个必须找到的答案。如果找到了他的手机，那就可以搞清楚他的定位，这对抓捕和后续的案件侦破是关键的一环。

安排完毕之后，雷言让小邹发动车，他们赶往齐家寺。

现在，搜捕的范围已在齐家寺周边的村子全面展开。朱集镇和与之相邻的清涧镇，由干警分组带领，村镇干部带领群众配合，网格化搜寻和守候。每一组五至八名干警，带领十几个村镇干部和村民，对每一块玉米地进行拉网式搜索。警车在村路上闪着红灯，发着刺耳的鸣叫，围观的老人和孩子散布在每一条路上。

雷言看到这情形，觉得这样做可能是不行的。这么深的玉米地，这么大的范围，嫌疑人随便藏在哪里，都是不容易被发现的。更何况从案发到现在快二十四个小时了，而且，经过了一个晚上，他不太可能还藏在玉米地里，极有可能已经逃走了。

现在太阳已经偏西，再过两个多小时，天就会黑下来。夜里，即使干警不撤，守在各个路口，嫌疑人如果想逃走，借着玉米地的掩护也是十分容易的事。

雷言从车子上走下来，几个村民就围上来看热闹。雷言问一个老大爷："大爷，您认识这个小孩子吗？您觉得他能逃到哪里去？"

老人摇着头说："那咱哪能认识，现如今同一个村的小孩都认不全。"

"您觉得这孩子可能藏在玉米地里吗？"雷言又问道。

老人笑了笑，有些不以为然地说："嘿，他要逃早逃到百里开外了。这都一天一夜时间了，他会蹲在地里等你们抓？看你们这惊天动地的，咋想的。"

旁边的一个老头儿插嘴说："你们别说悬赏五万，五十万也抓不到影子。他敢杀人，就不会躲地里等你们抓。你们一天抓不住，俺倒是一天担忧，说不定他从哪里冒出来再杀人，那麻烦可就大了。"

听着老人们的议论，雷言更坚定了自己的推断：孔飞肯定不在玉米地里了！

于是，他掏出手机给裴楠打通了电话。

电话接通后，雷言说了自己的想法和村民的议论。裴楠说现在找不到他的具体位置，只能这样搜捕。刘局长刚才又在电话中布置了夜里的防控安排，有些干警也怀疑搜捕的办法是否可行。听两个镇的干部说，两个镇共有土地近九十万亩，三分之一种的是玉米，三分之一种的是中药材，现在植株都在一米左右高，这么大的范围，要每块地都搜索不太可能。再说了，即使都搜一遍，那人是活的，他极有可能从这块地跑到那块地。但是，现在又不好收队，只能再坚持一夜看看。也许，他会在夜里出现。

雷言叹了口气。他也没有确切的办法，万一孔飞就藏在玉米地里呢？现在，他已不像前些年那样冲动了，有时候跟领导的意见不一样的想法多了，不仅出力不讨好，而且会引起领导的反感。想想这些年，他早应该被提支队长的，副支队长都干了五年，依然没有把“副”字去掉，这跟他好表达自己的想法是有关的。想到这里，雷言对小邹说：“回去，看看我们那几个组可有突破。”

小邹发动车后说：“雷队，我觉得这样是抓不到人的，方向可能错了。我判断，这个孩子应该是逃出了我们的视线范围。”

听过小邹的话，雷言没有马上接腔。他点上一支烟，连吸了三口后才说：“你别觉得。没有抓到人之前，我们所有人的判断都可能正确，也都可能不正确！”

雷言到了村支部，孟维三已在村支部里等着了。

现在，雷言想了解孔飞手机中存的关于孔令白那堂公开课的情况。孔飞为什么会直播孔令白那堂公开课？他直播孔令白讲课时，两个人应该是没有矛盾的，而且两个人的关系应该还不错。不然，他就不会帮他直播。那么，他们的矛盾应该是在这以后，这就是说孔飞发现那个“她”与孔令白相好的时间应该是在这之后。由此就可弄清楚孔令白与那个“她”是从何时好上的。

孟维三现在还是想不通，孔飞为什么会杀孔令白。

根据他的回忆，孔令白对孔飞很好。孔飞退学时，孔令白多次到家里找过他，希望他能继续把初中读完。孟维三也从没有看出孔飞对孔令白有敌意。就从那堂公开课直播说起吧，当时还是孔飞主动提出来的。

孟维三详细地给雷言复述着那堂公开课的前前后后。

孔令白主动向孟维三提出，他在退休前要参加教育局举办的公开课比赛。孟维三答应了他，并给他在县教育局报了名。这样做，一是想圆孔令白一个心愿，二是他的课讲得好，是极有可能获奖，为学校争光的。作为校长，又作为孔令白的学生，孟维三对这堂公开课也特别重视。他与孔令白商量后，选定讲语文教材七年级下册的《假如生活欺骗了你》。

这是一篇很不好讲，但处理好了又极易出彩的课文。孔令白做了认真的准备，孟维三也从网上找了一些关于这篇课文的课件，供孔令白参考。没想到的是，新冠肺炎疫情从春节开始，一直到四月份都没有消除，教育局通知取消了这次公开课比赛。孔令白听到这个消息十分失望，眼看着离退休还有一个月，这精心准备的最后一课讲不成，他心里十分不甘。

有天晚上，孔令白来到学校找孟维三说这事儿。孟维三无奈地说，现在学生都在线上上课，学校只有他和几个老师守校，这堂公开课是上不成了。孔令白很想讲这节课，他说能不能让他在教室里把课讲了，传到网上去，就当给学生再上一堂网课。孟维三也觉得这个想法可行,就同意了孔令白上网课,但对于直播他弄不好。这时,孔令白想到了孔飞。他说:“现在小孩子比我们玩手机玩得好,我见过孔飞这孩子直播扎鱼,很多人看呢。”

孟维三他们就商定找孔飞问问。没想到打通孔飞的手机后,他十分乐意,当即就说定了第二天上午到学校来。那天晚上,他们聊得很开心,孔令白十一点多才走。

讲课那天上午,孔令白特别重视,穿上了西装,系上了领带。虽然教室里只有孟维三和孔飞两个人在听,但从他讲课的激情里可以看出,他面对的仿佛是成千上万的学生。孟维三说:“讲到最后,当他朗诵完‘一切都是瞬息,一切都将会过去;而那过去了的,就会成为亲切的怀恋’时,眼泪顺着两颊流了下来。”

孟维三回忆说:“那天直播后,他看了孔飞的手机,有两万多人在线呢。”说到这里,孟维三再次强调说:“他怎么会杀孔老师呢? 我真的想不明白。”

雷言从孟维三的回忆中并没有找到想要的东西。这堂课的直播,并不能证明那时孔飞没有与孔令白产生矛盾,也就是说,不能证明孔令白与那个“她”没有发生暧昧关系,或者说即使发生了,孔飞并不知道。当然,也极有可能孔飞是知道了,但他故意没有表现出来。

天暗下来了。

村支部的大喇叭一遍遍地播放着孔奶奶带哭腔的声音:“飞飞, 你出来吧——上面说了,你年龄小,出来不会被法办的……”

雷言听着这凄惨的呼叫声,心里很不是滋味,整个胸膛都被塞得满满的。怎么会发生这样的事呢?

如果不是父母离异,外出打工,这么一个十六岁的孩子怎么会杀人呢?

雷言点着烟,一口接一口地吸了起来。

7

另一组在走访过程中,把焦点很快集中到春分身上。

有七个村民反映,春分经常到孔飞家,也有人看到孔飞几次去春分家。而且,有一天中午,孔飞拎着一条鱼进了春分家。这样看来,孔飞日记里那个“她”极有可能就是春分。春分的老公孔祥在南京打工,十几天前因疫情解封了,她带着孩子去了南京。

雷言和裴楠通过电话商量了一会儿，决定一方面调查春分与孔飞的关系、孔令白与春分的关系，另一方面要快速锁定春分的行踪，随时准备去找春分。

燕华再次去询问孔飞的奶奶。

孔奶奶见到燕华他们，比上一次更紧张。她是担心孙子孔飞现在不知逃到了哪里，要是抓住了是不是真的要偿命。当燕华问她，春分是不是经常到她家里来时，她却答非所问地说："飞飞是个苦孩子啊。"她一边用手擦着眼泪，一边重复着："飞飞真是个苦命的孩子。"

燕华见没法问下去，就顺着她的话说："奶奶您别急，您说说孔飞是咋苦命的？"孔奶奶的情绪稍平缓了一些，就絮絮叨叨地想到哪儿说到哪儿。

孔飞刚过了三岁，他妈就与他爸离婚了，从此再没有回来过。孔飞的爸爸要打工挣钱，一直也没有回来，后来就与一个打工女在打工的地方结了婚，又生了一个女儿。孔飞从小跟着爷爷和奶奶长大。到了七岁那年，还是孔令白亲自到他家，把他领到学校去的。孔飞在一年级到三年级时，成绩都很好，每学期都拿奖状。孔奶奶说到这里，脸上有些满足和自豪的样子，这种表情只停了几秒钟，又立即暗淡了下来。

她说，由于孔飞爸妈不在身边，村里的孩子从小就欺负他，他的胆子特别小。上三年级的时候，班里有一个同学的彩笔丢了。老师让学生在班里找，找了很长时间没有找到。这时，孔飞吓哭了，班里的学生就一致说是他偷的。老师问他时，他光是哭就是不说话。后来，老师领着他来到家里，他爷爷听说他在学校偷了别人的笔，拿起院子里的树枝就往他身上抽。孔飞突然大声说："我没偷！就是没偷！"

"没偷你哭啥？"爷爷生气地问道。孔飞说："我没有爸妈，咱家穷，他们怀疑是我！"老师看到这种情形，也觉得可能不是孔飞偷的，就安慰了几句走了。第二天，孔飞说什么也不去上学了，一直拖了一个星期再也不愿意去学校。后来，还是孔令白来到他家，说那个同学的彩笔找到了，是另一个同学用过装书包里了。这样，孔飞才答应去上学的。

孔奶奶一口气说出这些话，情绪平定了不少。这时，燕华就把话题引到春分身上来。

提起春分，孔奶奶的眼神似乎有了光。她不知道春分和孔飞之间的事。她说，春分是一个好媳妇，整天奶奶、奶奶不离口地叫她。自从进了齐家寺，她与孔奶奶就有缘分，时常到她家里来，有时还帮孔飞洗洗衣服，收拾院子里的东西。“家里做了好吃的东西，她总是端过来一碗，让俺和老头子尝尝。俺家要是做个像样的饭，也叫飞飞给她送去点儿。人不就是这样吗，你敬我一尺，俺敬你一丈。”

孔奶奶说到这里，眼泪突然掉了下来。她说，这老天爷真不公平，好人就没有好命。你说春分这媳妇多好啊，可偏偏生了个哑巴，从南到北城里城外看了好几年，还是没治好。飞飞就经常到她家，跟那个不会说话的小孩玩儿。按辈分，飞飞叫春分嫂子，飞飞就经常到春分家帮她看着那孩子。

燕华听出来了，孔奶奶再说还是这些话。看来，想从她嘴里套出春分与孔飞更多的事也不太可能，她说的都是鸡毛蒜皮的小事。于是，她决定暂时结束对孔奶奶的问话。

从孔奶奶家出来，燕华就给雷言打电话报告这边的情况。

雷言的手机接通了，那边是乱哄哄的声音。从手机声音里，燕华听出雷言所在的地方场面很混乱。难道是抓住孔飞了？燕华的心跳加快了。

这时，雷言说："这边出事了，一个七十多岁的老头儿晕倒在玉米地里了，村民正闹事呢！"

"啊，这么大年纪的老头儿咋晕倒在玉米地里了？"燕华不解地问。

"你别问了，继续调查春分和孔令白的关系。我和裴队长正处理这边的事。"雷言大声安排后就挂断了手机。

下午时，燕华才知道事情的真实情况。为了尽快抓到孔飞，早上公安局又增加了赏金，抓到孔飞的奖励十万元。这时，村民们才被真正动员起来，男男女女都拥进玉米地里，一块地一块地搜索。

齐家寺西边的唐楼村，一个七十四岁的老头儿也加入了搜捕的人群。上午十点多钟，太阳光已经很毒了，玉米地里的气温已经有三十六七摄氏度。这个叫唐仿仁的老人，本来身体就不太好，他在玉米地里找了四十多分钟后，竟突然晕倒了。村民们把他从玉米地里抬出来，放到地头的树下，用手一试，竟没有了呼吸。

裴楠接到报警时，就立即安排，要求救护车一定要把人立即送到医院。可是救护车赶到的时候，人已经没有了呼吸。现场的干警给裴楠打电话报告情况，裴楠当即说："一定要把人抬到救护车上带离现场！即使真正救不过来，以后也好处理！"

干警明白裴楠队长的意思，但已经晚了。唐仿仁的儿子和儿媳赶到现场，说什么也不让往救护车上抬。村民们也跟着起哄："人都死了，是要拉走火化吗？"

一会儿，又赶过来十几个干警，但村民们来得更多。无论怎么说，就是不让把人抬到救护车上。雷言来到现场时，这里已围了一百多人。在这种情况下，与村民硬来是不行的，必须立即把村镇干部找来，由他们出面处理。

村镇干部赶到时，村民聚集得也更多了。一条两里多长的机耕路上挤得满满的都是人，黑压压的，如一条蠕动的长龙。

最怕的这种次生事件还是发生了。现在，一方面要抓捕孔飞，另一方面又要处理这起突发事件。裴楠给市局刘局长汇报商量后，决定抓捕方案一刻不能停止，唐仿仁中暑死亡这件事，从公安局再抽几个人，配合村镇干部处理。

雷言接到指令后，又立即回到村支部，继续指导他所带的那三个组开展工作。

对村民的走访，收获并不大。相反，从众多村民的口中，走访组听到的却是对孔令白和春分的正面评价。

村民们都说孔令白当了一辈子老师，对谁家都好。平时谁家有什么事都喜欢找他帮忙，他从来没有拒绝过谁。几十年来，他一直文文气气的，穿着寡净，见谁都打招呼，也不跟人乱开玩笑，跟年轻的媳妇更是不拉不扯，清清白白的。

至于问到他与春分的事，大家都说没看到过啥不一样。也见他去过春分家，但是，他谁家都去过，谁有事他都去帮忙。尤其是正在上学孩子的家，他是经常去的。去问问作业情况，去说说孩子在学校的情况。几十年了，真没听说过他与哪个女人有过花花事。

说到春分，村里老人都说这媳妇命不好。她生的儿子又白又胖，本来咿咿呀呀地想说话了，有一次发烧，去镇医院打了两次针，从此再没有学会说话。听说是打庆大霉素打聋了。十聋九哑，他当然就学不会说话了。她丈夫孔祥就与她生分了，一年也不回来一趟。

按说春分还不到三十岁，正是地肥水汪的年纪，咋不再生一个呢？村民都觉得是孔祥不喜欢她了，甚至有人推测说孔祥在外面找没找女人都不一定。

当询问到村里有没有男女相好的事，没有一个人回答。倒是有几个五六十岁的妇女笑着摇头，不做回答。再问下去，有人就说，现如今你情我愿的，丈夫媳妇都常年不挨边，鸡猫狗猪你追我咬的，年轻女人又没上锁，要说都能守住肯定难。

但是，燕华询问李凤时，却得到了不同的说法。

李凤确实比其他女人老实些，或者说有点儿憨，用村民的话说，少半叶子肺，有点儿半精不傻的。她显然对孔令白和春分有意见，甚至是有些过节。

她说，从去年开始，她就觉得孔令白跟过去不一样了。以前，孔令白对她很热情的，手机坏了，半夜里去找他，他都不烦，仔仔细细地帮着修。这两年他变了，有时九点多打他的电话都关机了；到他家去找时，大门他锁得紧紧的，叫也叫不开。手机关了，门锁了，谁知道能干啥呢？李凤的话语中透着愤愤不平。

说到春分，李凤撇着嘴说："这小媳妇长得标致，那身子，那腰，像大闺女一样细，俩眼睫毛听说都是假的，妖着呢。"

显然，李凤对春分很有成见。

燕华就说："听话音你不喜欢春分？"

"我就是不喜欢她那个妖样子。迷过少的迷老的，村里就数她最妖。"

接着，李凤又说了春分的一件事。

她说："有几个月了吧，就是春三月里，那天晚上月亮挺高的，圆圆地挂在天边。那天晚上，俺的手机黑屏了，打孔令白的电话，他关机了。我想这才八点多，不该睡呀，过一会儿又打，还是不通。一直打了好几次，最终都没有通。那天晚上，俺特别想看抖音，也睡不着，就上孔令白家去了。他家的门锁着，叫也叫不应，俺就站在门外等了一会儿。后来，俺想，平时见他去过春分的家，该不是又去她家了吧。这样，俺就像被鬼指使的一样，挪脚去了春分家。"

"到了春分家一看，她家的门也锁着。俺在门前站了一会儿，就走了。可是，刚走十几步，就听到她家的门开了，俺赶紧躲在一棵树后。接着一个男人出来了，从背影看，这人就是孔令白。"

"你说的是真的吗？"燕华听李凤这样说，突然兴奋起来。

"你们是公安局的，俺敢说瞎话吗！"李凤的头扭向左边，很生气的样子。

8

李凤说的情况很重要。

如果是真的话，那么就可以断定孔令白与春分是有那种关系的。按照这个逻辑推理下去，孔飞射死孔令白就成立了。从孔飞的日记里看得很清楚，他爱恋着春分。对一个十几岁的少年来说，最不能忍受的就是对方对自己的冷落。这里面最主要的是孔令白，如果不是孔令白与春分好了，她是不会突然远离孔飞的。

雷言把询问的内容报告给裴楠后，专案组经过商量，决定立即派人去南京找春分问话。

只要找到春分，更多的事情就会浮出水面。春分对抓捕孔飞极有价值，如果孔飞逃到了外地，她也许能提供孔飞逃跑的落脚点。但是，刘局长认为，围捕孔飞的行动仍要继续进行。现在，出城的路口、车站都封锁了，他应该是还没有逃出焦城。

到南京找春分这组干警，进展很顺利。

四个小时后，小邹打电话向雷言报告，春分的手机信号固定在江北大学城的一处出租房里，没有移动。雷言下令，立即带人！人带到后，联系辖区派出所，在派出所里就地询问，并随时通报询问情况。

春分丈夫孔祥租的是民房，在紧挨大学城西面的一个村庄里。

这个村庄是在拆迁片区的最西边，村民当初为了能多得拆迁赔偿面积，院子里都搭满了简易的房子。从院门进去，像进了防空洞，不见一丝阳光。

当干警突然出现在这里时，春分正在床上躺着，外面坐着一个四五岁的男孩。男孩见有人过来，惊恐地站起来，啊啊地向春分的床边走去。

春分翻身起床，哆嗦着说："你们找谁？"

"别怕，我们是焦城公安局的。你叫春分吗？"

"是的。"春分手按着床沿站起来，声音抖得更厉害了。

"你丈夫孔祥呢？"

"他出车去了。"

春分扯了扯有些向上皱的白地红花褂子，才慢慢地镇定下来。

"有件事想找你了解一下情况。你跟我们走一趟。"为了尽量不引起春分的恐慌，燕华一边微笑着说，一边摸了摸旁边男孩的头。

到了派出所询问室，春分的身子还不停地抖动。

燕华倒了一杯水递过去，然后开口说："孔令白前天晚上死了！"

"啊？死了！"春分端着纸杯的手晃得厉害，水都洒出来了。

“是的。他被人害死了。我们找你,就是想了解一下你与他的关系。”燕华平静地说。

春分合上张开的嘴,又过了一会儿,才小声说:“我跟他没啥关系。”

“这个你就不要隐瞒了。那么多人为什么单来找你?如实说,对你有好处。”

这时,春分突然哭了。声音一顿一顿的,惊恐中带着颤抖。燕华递给她两张抽纸,说:“这可是在公安局,不说肯定是不行的。”

过了十几分钟,春分最终开口了。

她承认了自己与孔令白的关系。她说孔令白是个好人,对她一直很好。尤其是从一年前开始,他常到她家里来,劝她把儿子送到聋哑学校去。他说,现在国家有政策,农村的聋哑孩子上学可以免费。虽然孩子哑了,但在那里可以学到知识,同样可以从小学学到初中、高中,而且还可以考特教大学。

“开始的时候,我有些拿不定主意。后来,他说多了,我又上网查了查,觉得他说得有道理,就决定让儿子去上县里的聋哑学校。可我跟丈夫说时,他不仅不同意,而且还骂我,说不让我听孔令白的话。我心里很委屈,越想越想不通:人家是为咱好,你不让儿子去上学就算了,为什么还要骂人家呢。他越是这样,我就越觉得对不起孔老师。”

说罢,春分用两个手掌捂住脸,哭出声来。

燕华说:“你不要哭了,事已经发生了,哭也解决不了问题。”听到燕华这样说,春分止住了抽泣。这时,燕华问:“你丈夫孔祥知道你与孔令白的事吗?”

春分镇定了一会儿,肯定地说:“他不知道俺俩好的事。”

“你再仔细想想,他真的不知道你与孔令白的事吗?”

春分想了想,说:“他不让我跟孔老师来往,说他为什么对我家孩子这么关心?现在这年月,谁还无故帮助谁,肯定是对我有想法。我觉得,他心里怀疑我们之间有事,但是我俩本来就没在一起过几次,他肯定只是怀疑。”

“那你为啥来南京?是你丈夫叫你来的吗?”燕华继续追问。

“半个月前,他打电话让俺娘儿俩来的。他说打听到南京这边有家医院,治聋哑很灵的。我就带着孩子来了,”春分说罢,突然想起了她的儿子,便又四处张望着说,“我儿子呢?”

燕华说:“在旁边屋里,警察叔叔带着他玩儿呢。”

“你们来半个月了,去过医院吗?”

“没有。他老是忙，天天出车，两天白班一天夜班地倒换。白班到夜里十点交车，夜班早上八点交了车，回家倒头就睡。我也问过他去医院的事，他说还没找好人，挂不上专家号。”

春分说到这里很生气。她是为这些天一直没带儿子去医院而生气。

燕华的电话响了。她起身出去接电话。

这时，小邹接着问话。他说：“春分，说说你与孔飞的事吧！”

听到孔飞的名字，春分先是一愣，连忙说：“我跟他能有啥事？”声音虽然不大，但小邹还是听出了春分的慌乱。

“有啥事？你自己应该清楚。这是在公安局里，你要知道，只有如实说，对你才有利。”小邹盯着春分的眼睛一字一句地说。

春分躲闪着小邹的目光，声音突然变大了：“他还是个小孩，跟我没有啥关系！”

小邹却压低了声音说：“告诉你吧，孔飞就是杀死孔令白的犯罪嫌疑人，现在已经被我们抓到了。我们找你，就是要了解你们三人之间的关系。”

春分显然是被小邹这番话击晕了，她突然愣在那里，像个木偶一样，没有了表情。几分钟过后，她突然双手捂脸大哭起来。

燕华进来后，递给春分两张纸巾，让她擦脸。她没有接。这时，燕华说：“你就如实说吧，孔飞的日记都在我们手上呢。”

“孔飞还记了日记？我跟他并没有什么过分的事啊。”春分想，没有事就是没有事，如果不如实说，还真的会被怀疑有事呢！

春分边抽泣边讲述她与孔飞的关系。

她说她与孔飞真的没有发生过什么事。以前，孔奶奶对她很好，她就常到孔飞家去帮着做点儿提手垫脚的事。有时包了饺子啥的就端过去一碗，让孔奶奶和孔爷爷尝尝。两家关系好了，孔飞就常来她家玩儿，有时帮她看着儿子。后来孔飞不上学了，来的次数就多了。孔飞在村里也没有人一起玩儿，就喜欢到涡河里扎鱼，时不时拎来一条两条的。

说到扎鱼，春分想到一件事。她说：“孔飞平时不仅喜欢去河里扎鱼，现在村里人都出去打工了，荒地多，地里的野鸡、野兔子也多，他还喜欢用弓箭射野鸡和野兔。孔奶奶就骂他，说他不学好，他就把弓箭放在俺家里。这样就躲过了孔奶奶。”

春分想了想，又说："孔飞平时见村里人都不打招呼，他到俺家却像换了个人一样，嫂子长嫂子短的叫得很亲。时间长了，我也就把他当亲兄弟一样。俺们之间真的没有发生过其他啥事。"

见春分不往深里说，燕华就引导说："春分，你现在要说实话。如果你们之间没有什么特殊的关系，比如男女之间的那些事，他怎么会在日记里说那些话呢?"

春分并不知道孔飞在日记里写了什么。经燕华这么一说，她觉得那次的事是瞒不住了，事已至此，就只有如实说了。再说了，就是说出来，也没有啥见不得人的。

春分想了想说："我全说。"

据春分说，她与孔飞真的没有发生过关系。只是在去年秋天的时候，他们有过一次拥抱。那天早上，她与儿子突然都发起了高烧，本来想起来去医院的，但浑身酸疼得厉害，就一直躺着。下午两三点钟的时候，孔飞到她家来玩儿，见她娘儿俩都发着高烧，就要用电动三轮车拉他们去镇医院。春分不想去，说什么也不起来。孔飞拗不过她，就去镇上的药店买了药回来。

春分说，孔飞那天很细心，像个大人一样。药拿回来了，又烧水，水凉了一会儿，他用嘴试了试水温，把药和水端过来。自己和儿子吃过药，孔飞并没有离开，而是坐在屋里守着他们，说再不退烧，就一定得拉到医院去。

晚上七点钟的时候，春分儿子的烧退了，啊啊地比画着要吃东西。春分的热还没有退完，身子酸疼得不想动弹。孔飞看出来了，就去给他们下了挂面。

挂面煮好后，孔飞盛了两碗端过来。他先喂了春分的儿子，孩子吃完后就睡着了。这时，孔飞又端起碗来喂春分。春分坐起身子，接过碗要自己吃，孔飞坚持要喂她。喂了几口后，春分还是接过了碗，自己把剩下的吃完了。春分说："那天看孔飞把碗接过去，放到桌子上后，我心里突然想，他要是个大点儿的男人多好！这时，孔飞让我赶紧躺下，我歪在床头看着他，想再坐一会儿。孔飞走过来，抱住我的膀子要我躺好，我心里一热，泪水就流了下来。突然，孔飞就抱住我，头抵着我的脸，不肯松开。我开始是一惊，后来就伸出两手抱住他的后背，俺俩就这样抱在了一起。"

春分说："我们就那样抱过一次。"后来，孔飞再来她家时，她就看出了他眼神里的不一样，她自己也心跳得厉害。后来她多次想，孔飞还是个十几岁的孩子，坚决不能发生什么。就这样，她有意疏远孔飞。春分说，拒绝孔飞来的那些天，她心里很空，无着无落的那种空。

也正是在这之后，孔令白走进了她的生活。

“去年春天的一个下午，孔令白放学后回到村里，又顺道到了我家里。他说，已经与聋哑学校联系好了，如果要去就得赶快报名。那天，我把丈夫不同意孩子去的事，还有不让跟他来往的事跟他说了。孔老师很生气，气得脸都白了。当时，孩子睡着了，我们俩就坐在屋里说话，我越想越伤心，就哭了起来。他站起来，走到我身边递给我纸，让我擦泪。我当时脑子像不听使唤了一样，就一下子拉住了他的手……”

燕华听完春分的讲述，直觉告诉她，春分交代的是真的。

9

燕华继续询问春分的时候，小邹的手机响了。

雷言在手机里对小邹说：“让燕华继续对春分进行询问，你立即与当地警方联系，查找春分的丈夫孔祥，务必找到他。”

小邹想问为什么这样安排，雷言声音坚定地说：“这是命令，立即执行！”

小邹挂断了手机就找到当地派出所所长，把情况做了报告。这个姓赵的所长很是支持，拿起电话就跟区刑警队报告。这时，雷言又打通了小邹的手机，让赵所长接电话。雷言跟他说：“案情可能发生了变化，根据我们的判断，疑点正向孔祥身上转移。现在要尽快对孔祥的手机定位，对他实施控制。”

其实，在小邹他们刚到南京后不久，案情突然就发生了逆转：孔飞的手机定位在无锡一家网吧。

得知这一消息后，市局刘局长判断，最大的嫌疑人孔飞既然已经在无锡，就没有必要再继续在玉米地里围捕了，他立即命令停止在玉米地里的围捕。同时，刘局长安排人打电话请求无锡警方协查，迅速控制孔飞。

孔飞很快被无锡警方控制起来。焦城的警察还没有赶到，裴楠委托无锡警方先行对孔飞进行突审。通过突审发现，孔飞对孔令白死亡一事好像并不知情。他交代，自己的手机在离开焦城时就丢了。据他回忆，极有可能那天晚上坐船出村时掉河里了。来到火车站时，发现手机没有了，可火车就要开了，他也只得上车。他到无锡后，本来想跟父亲联系一下，但很久没有联系，手机丢了，记不住号码。他身上只有几十块现金，于是就进了网吧。在网吧，他用自己的微信号联系到一个无锡的网友，向他借了钱，第二天才补的手机卡。

从这些情况初步判断，孔飞也许真的不是凶手。

那真正杀死孔令白的又是谁呢？雷言在赶往无锡的路上不停地想。

从小邹反馈过来的信息看，春分承认了她与孔令白的关系，可以据此推断春分的丈夫孔祥有知情的可能。如果他对春分与孔令白的相好知情，极有可能会产生报复之心，那么，他射杀孔令白的嫌疑就不能排除。虽然从飞镖上判断孔飞嫌疑最大，但是，现在孔飞在无锡这么镇定，说明他作案的可能性不大，因为按常理说一个十几岁的孩子杀人后不会那么镇定。

那么，如果不是孔飞作案，春分的丈夫孔祥就是重要的嫌疑人。于是，雷言立即命令技术组查找孔祥手机的定位和移动轨迹。

信息很快反馈过来：通过手机定位查证，从案发到现在，孔祥的手机一直在南京，并没有来过焦城！

雷言接到焦城那边反馈过来的信息，一时产生了疑惑：如果是孔祥作案，他的手机怎么会显示其一直在南京？难道他有两部手机，或者故意没有带手机？

随着现在智能手机的普及以及各种知识在网上的传播，有些反侦察的小技巧被一些人知道，这为破案增加了难度。也许，孔祥知道一些这方面的知识，故意不带手机。这样一想，雷言觉得孔祥的嫌疑更大了。于是，他立即命令技术组扩大对孔祥手机流调的时间段，把他半年来的手机移动轨迹全部找出来。

给技术组做了安排后，雷言又给在南京的小邹做了安排，让他先行控制孔祥：控制住他，这个案子离侦破成功就会更进一步。

十几分钟后，后方技术组反馈过来消息：手机流调显示，半年来，孔祥先后五次回到过齐家寺。

雷言看到这个消息，压在心上的石头终于落了地。

看来，孔祥谋杀孔令白是有预谋的。不仅如此，他觉得孔祥是有反侦察能力的。案发那天他回齐家寺没有带手机，给警方留下他一直在南京的证据；同时，他也没有开自己的出租车，而是另租了车。事发半个月前，他把春分和儿子叫到南京来，是想避免由春分引起警方的注意。更费心机的是，他竟然用孔飞常用的那种飞镖射杀孔令白，这是要把警方的注意力转移到孔飞身上。

雷言到南京时，孔祥已经被控制起来。小邹他们找到他时，他的出租车正跑在中山大街上。

在江下区刑警队，雷言见到了孔祥。孔祥一脸无辜，很是镇定的样子。

雷言盯着孔祥，一连抽了三支烟，并没有发话。他在暗中观察孔祥表情的变化。当雷言点着第四支烟时，孔祥沉不住气了，脸上浮现出一层慌乱的神情。

这时，雷言开口了：“七月二十五日你在哪里？都干了什么！”

孔祥见雷言开口说话，眨了一下眼，长出了一口气，心里猛地一松。

雷言当然看出了他神情的变化。就故意压低声音说：“把那天到过的每一个地方，做过的每一件事、每一个细节，都说清楚！”

孔祥是有心理准备的。他说头天开的夜班车，二十五日一直在家休息。他妻子春分可以做证。说罢，就再不开口了。

雷言给小邹使了个眼色，小邹立刻明白雷言的意思，转身出了门。

雷言又点上一支烟，冷笑了一下，说：“把你在家休息的所有细节说一遍！”

“在家睡觉还有啥细节？”孔祥表现得一脸不解。

雷言盯着他说：“比如几点进家，进家都干了什么，几点睡的，睡的方向，床上有什么东西，上了几次厕所，几点醒的等等。把所有的细节都讲一遍！”

孔祥没想到雷言会这样问。但他很快就镇定了下来，按照时间顺序边想边说。

孔祥说完停了下来。他望着雷言，是在猜想雷言接下来还要干什么。

这时，雷言又说：“把刚才说的再重复一遍！”

孔祥疑惑地看了看雷言，不情愿地又重复了一遍。

这时，雷言突然厉声说：“再说一遍！”

孔祥愣了一下，立刻就反被动为主动地质问：“我都说两遍了，还要说什么！”

雷言猛地拍了一下桌子，盯着孔祥的双眼，一字一句地说：“你现在是嫌疑人，必须按要求接受调查！”

孔祥的心里显然是乱了，头上竟渗出一层汗来。

其实，他不知道这是雷言询问的手法。一个人对自己做的事如果说了假话，只要连续重述三次，最多七次，漏洞自然就会出来。

此时孔祥说话已经不自然了，说一句想一句，慌乱让他的语速越来越慢。

这时，小邹回来了。他对雷言耳语了几句。小邹说完后，雷言却突然笑了。他指着孔祥说："你以为你心机用尽就能蒙混过去?！二十五日早上回家后，你把你妻子和儿子支到老乡的住处去喝喜酒，这样可以让妻子证明你确实早上回家休息了。你又故意把手机留在家里，造成你并没有外出的假象！是不是这样？"

孔祥更慌了，一时不知如何回答，干脆闭口不言。

经验告诉雷言，孔祥快崩溃了。他就又冷笑着说："现在是大数据时代，有手机定位、有影像追踪，你每一天的行踪我们都清清楚楚！"

"说，这半年时间，你为什么五次回到齐家寺！"雷言的目光犹如利剑直指孔祥的眼睛。

孔祥与雷言对视足足有两分钟，突然低下头来："我交代……"

雷言离开南京时，突然想起孔令白上公开课时讲的那首诗《假如生活欺骗了你》。于是，他随手给温缓发了条微信：

假如生活欺骗了你
不要悲伤，不要心急
忧郁的日子里需要镇静
…………

【作者简介】杨小凡，1967年生于亳州，中国作协会员，曾在《收获》《人民文学》《当代》《十月》《花城》等多家刊物发表作品四百余万字，多篇小说被《长篇小说选刊》《小说选刊》《小说月报》《中篇小说选刊》《北京文学·中篇小说月报》等刊物转载，入选各种年选本上百篇；出版长篇小说《酒殇》《窄门》《天命》《楼市》，中短篇小说集《药都人物》《欢乐》《流逝的面孔》《虞美人》《总裁班》《某日的下午茶》等22部，作品曾获中国报告文学奖、安徽省政府文学奖、《中国作家》优秀作品奖、首届鲁彦周文学奖、《山花》小说双年奖、《小说选刊》最受读者欢迎奖、冰心图书奖等，创作电影剧本两部。

总有春光堪回首

余　耕

一、赵桂玲

1

每天得闲时候，我就会想起老钱那只大手。老钱的手不仅大，且宽且厚还有肉。这样一双大手，抬桌子搬花盆还行，拿刀切菜就显得有些滑稽，可老钱做菜做得比我好吃。老钱捏着笔写字的时候，尤其不谐调，形似张飞绣花。可他是纺织厂厂长，得天天签字，不知道别人看着他是不是也觉得滑稽。有一年夏天，新疆的供货商来青岛，给纺织厂送棉花样品。在供货商面前，纺织厂是甲方，各地供货商都要巴结纺织厂进他们的棉花。老钱是个礼数周全的人，对乙方从来不怠慢，当然要尽地主之谊宴请新疆供货商。供货商是带着老婆一起来的，老钱也赶了一把时髦，让我一起出席晚宴。按照青岛人的规矩，宴请进行到一半时，就得把主宾喝趴下。待到晚宴结束，供货商已经趴在螃蟹壳和蛤蜊壳上呼呼大睡。供货商的老婆不喝酒，与甲方得体应酬着，最后还不忘给主陪、副陪等人送上一份伴手礼。伴手礼是新疆特产的坚果大杂烩，从外包装看上去，是大枣、核桃、葡萄干之类的。回家的路上，我拎着那箱新疆特产就觉得异样，大枣核桃葡萄干不应该有那么重的分量。回到家里，我赶忙打开伴手礼礼盒，里面居然码放着整整齐齐二十万元现金，还有一只和田玉手镯。半醉着的老钱见到钱，立刻酒醒了。不由分说，老钱把二十万元现金和和田玉手镯塞进他的挎包，蹬上自行车出门，一直蹬到黄海饭店，去找供货商归还现金和手镯。说真心话，我当时的心情很复杂，因为我们家的存款总共不到两万元。二十万元能让我们家发生翻天覆地的变化，至少可以把我们两室一厅的房子装修一下，把厨房和卫生间贴上高档瓷砖，把客厅和卧室包上实木墙围，还能换一台大屏幕彩电、一个双开门大冰箱……将来甚至可以送女儿芳芳出国留学。老钱顶着个厂长的虚名，从来不敢收受一分钱贿赂。我总觉得，老钱不贪污不受贿不是因为廉洁，他只是胆子小。工会给纺织厂运动会采购奖品的时候，人家送我一台微波炉作为回扣。我把这事儿跟老钱说了，他装作没听见，也没有吭声。我猜测着，这事儿不需要他承担责任，所以他就接受了。这些年来，他唯一一次利用职权，就是默认工会主席把我从车间调到工会。我答谢工会主席请客的时候，老钱为了避嫌，推托说自己牙疼，没有参加宴请。

两个钟头后，一身大汗的老钱回来了，说把钱还给人家了，但是把和田玉手镯带回来了。老钱说，供货商快要给他跪下了，央求他收下手镯，说和田玉在他们新疆不值钱，让我戴着玩。老钱还说，新疆供货商压根儿就没有喝多，他刚才是在装醉。

青岛那个时候流行金手镯，不管粗的细的，有钱人家老婆的手腕上都有一个。老钱用他那双大手拍着我的手说，桂玲，等纺织厂改制后，我名正言顺拿高薪的时候，就给你买一个金镯子。听老钱这样说，我知道眼下是戴不上金镯子了。买不起金镯子，戴个玉镯子出门，翠芬和娜娜肯定会笑话我。翠芬是工会副主席，她丈夫下海经商五六年了，搞鲍鱼育苗生意，虽说赚的是辛苦钱，可人家翠芬可以大大方方地戴金镯子。娜娜是刚刚调来工会的新职工，她爸爸是市计委主任，不仅戴着金镯子，还骑着80型摩托车上下班。

老钱大概看出来我心情不好，他用那只大手掏出和田玉镯子，讨好地给我套在手腕上。玉镯子油亮亮的，像根烤软了的白蜡烛，看着就不如金镯子那么带劲儿。我晃了晃手腕上的玉镯子，赌气地撸下来，扔在人造革沙发上，瓮声瓮气地说，圈口大了，我不戴。老钱赔着笑脸，捡起玉镯子，使劲地套在自己手腕上。他还举着左手对我说，看看，是不是比金镯子显得上档次？

第二天早晨，我在厨房里熬小米粥的时候，听到老钱在洗手间里叫嚷。老钱脾气好，结婚十五年了，很少听见他这么大声说话。我顾不上沸滚的小米粥，赶忙跑进洗手间，看到老钱脸色涨红，正在使劲地往下撸和田玉手镯。老钱的喊叫声把芳芳也吵醒了，我们娘儿俩像拔河一样，也没能把老钱手腕上的玉镯子拔下来。眼看着上班时间到了，老钱真急了，他甚至找来锤子要把玉镯子砸碎。说真心话，我还是挺喜欢这只和田玉镯子的，那种油亮亮的奶白色看上去很舒服。昨天晚上的气儿，跟金镯子和玉镯子没有关系，我心疼的是那二十万块钱。老钱看出我的不舍，最后，他扔下锤子，脱下短袖T恤，换上一件长袖衬衣上班去了。那天早晨，老钱前脚出门，我和芳芳后脚就笑得瘫在地上。可不是嘛，一个糙老爷们儿戴着一只玉镯子出门上班，想起来就能让我们娘儿俩乐上半天。

上班后，我溜出工会，偷偷跑到老钱办公室，我看到他衬衣袖子里面鼓鼓囊囊的，发现他又在玉镯子上缠了好几层绷带。老钱还不忘叮嘱我，别人如果问我手腕上的伤，你就说我在厨房里剁排骨，不小心伤到手腕了。我再次把眼泪笑了出来，我对老钱说，我偏不说你剁排骨，我说你要割腕自杀。

那一回，老钱偷偷摸摸戴了一个礼拜玉镯子，也穿了整整一个星期长袖衬衣。星期天的时候，我妹妹来我家，她给老钱的手涂上香油，用一根尼龙线才把玉镯子“背”了下来。老钱长舒一口气，像是摘掉脖子上的枷锁，还请我和妹妹、芳芳去中山路吃了一顿麦当劳。

我现在能想起来的，都是开心的事儿。也有很多狗撕猫咬的糗事儿，我已经开始选择性遗忘。少年夫妻走过来的人，哪一对没有过急赤白脸的日子。年轻时候越是撕咬厉害的，晚年也越发相互依赖。都说少年夫妻老来伴儿，我和老钱撕过咬过甜蜜过，就在我们需要相互依赖做伴的时候，他却走了。老钱走得很是突然，他得了肺癌，从发病到走也就一年时间。递茶喂饭端屎端尿的日子，加起来也不超过半年，我还没有伺候够他，老钱就走了。往后的日子，我没了伴儿，脑子里只剩下老钱一双大手。老钱临走的时候，那双大手上的肉没了，干枯得像两只大鸡爪子。他用干枯的大手摩挲着我的后背，是我们俩最常见的肢体交流方式。以前，我难过的时候，老钱会摩挲我的后背。给我道歉的时候，他会拍打我的后背。晚上睡觉痒的时候，老钱还会帮我挠后背。挠后背的时候，他先是用手指划拉。待我说用点儿力，他才会改用手指甲。最后，老钱还会用手掌把我的后背摩挲个遍，有时候还能把我摩挲睡着了。回想起来，老钱真是个好男人。

2

老钱走得早，跟两件事相关联：一是纺织厂改制，二是我们女儿芳芳的情感问题。

纺织厂股份制改革是老钱一直期待的事儿，他说改成股份制，大伙儿就能多发点儿钱。那些日子，老钱像是打了鸡血一样，天天晚上开会到深夜，还跑去上海和深圳取经。等到改制确定实施的时候，老钱却被边缘化了，他没有成为股份公司的董事长，却变成没有任何实权的顾问。纺织厂里还有一大批没有进入董事会的“老人”，他们鼓动老钱找上级反映问题。老钱耳根子软，觉得老人们受到不公待遇，也为自己的处境愤愤不平。在老钱的暗中支持下，这些不得势的老人开始上访，并在纺织厂门口静坐示威。

我心里清楚，老钱的心境很是纠结。他不想出面，是因为他想保住“顾问”的位置，将来至少还能在股份制的盘子里分一杯羹。他暗中支持老人上访，是因为觉得自己应该来主持股份制改革的大局。我当时劝说过老钱，让他不要患得患失，要么踏踏实实做好自己的顾问，要么坦坦荡荡站出来反对。老钱用他的大手摩挲着我的后背，说明刀明枪站出来也干不过人家，据说空降而来的董事长是一个副部长的女婿。我说，干不过人家就老老实实做顾问。老钱说，纺织厂耗费他半生心血，如今变成顾问，心有不甘。那一段时间，老钱的性情也变得飘忽不定。他的同党有时候会到家里来汇报工作，老钱前一天还鼓动同党要闹出一点儿动静，第二天又会换一个口吻，说咱们思想陈旧，应该把股份制改革这盘棋让给年轻人来下。已经是工会主席的李翠芬听不下去了，她指着老钱的鼻子斥责道，你这算是什么态度，喝了阴阳尿了，今天唱红脸，明天唱白脸。我当时也跳了起来，以牙还牙指着李翠芬的鼻子回击，你不要凭着老公能挣几个臭钱，就对老钱逞威风，有本事你冲着副部长女婿骂。李翠芬白了我一眼，说这是领导层在讨论纺织厂未来的百年大计，你就是一个以工代干的办事员，没资格插嘴。

这段糟糕的时光大概持续了一年半，纺织厂那帮闹事的老人被彻底淘汰出局，老钱的顾问也被解聘，跟我一道成了下岗职工。在这期间，还出了一段插曲，李翠芬被股份公司招安，成为人力资源部部长。据其他老人传说，是李翠芬出卖了老钱，并把老钱他们商量好的对策透露给股份公司。有一位老人质问过李翠芬，李翠芬矢口否认自己主动“投诚”，而是股份公司派人“策反”了她。那位老人朝着李翠芬啐了一口，说自己主动不要脸和别人让你不要脸都是不要脸。那天晚上，老钱一个人窝在家里喝闷酒，我陪着他喝了两瓶青岛啤酒。酒喝多了之后，我们俩回到卧室抱头痛哭起来。直到芳芳敲卧室的门，我们俩这才止住悲恸。

接下来是一段更为糟糕的时光。老钱整日里长吁短叹，一脸惨淡相。有时候，男人的内心是脆弱的，远不如女人有韧劲儿。我先老钱一步从我们两口子失业的阴霾里走出来，每天拖着他出门散步，不管他愿不愿意。我们从栈桥走到鲁迅公园，再从中山公园绕回西镇。老钱也渐渐适应了失业生活，他不再抗拒，甚至还主动买来四根登山杖，因为我们俩打算去爬崂山。有一回，我和老钱走野路爬崂山，我们俩从北九水进山，往南一直穿越到大河东水库，走了整整一天。那天傍晚回到家里，我倒在床上便睡着了。芳芳放学回家都没吃上饭，自己跑到楼下吃了一斤虾肉锅贴儿。我一觉睡到半夜，醒来后发现老钱不在床上。我走到客厅，看到老钱正在餐桌上写东西。看见我出来，老钱赶忙收起稿纸，还试图藏起来不让我看到。我抢过他手里的稿纸，才发现老钱在写告状信，主要是揭发高官权贵利用股份制改革中饱私囊。原来，老钱一直没有放下，是我把事情想简单了。

站在老钱的角度想一想，这事儿的确不容易想通。本来好端端一个纺织厂厂长，大半生尽职尽责，没有收受一分钱贿赂，挨到股份制改革却把自己改成下岗职工。这事儿落到谁的头上，都不好受。作为老钱的老婆，除了全力支持他，我还能做什么。接下来，我陪着老钱打印复印揭发材料，然后去上级部门递交材料。我们两口子东奔西走，整整忙了三年，唯一争取到的，就是把纺织厂的下岗职工问题解决了，全部按照退休工人待遇发放补贴。至于老钱的待遇和职位问题，上级部门推给股份公司，而老钱与股份公司的关系势同水火，就算是让他重新回到公司管理层，他也无法开展工作。想到这一层，老钱首先蔫了。

在跟公司折腾的这些年间，我们两口子忽略了芳芳，她变得越来越叛逆。高三最后一个学期，她甚至自作主张不参加高考了。芳芳有她的理由，说自己的学习成绩在班里垫底，去参加高考也是自取其辱。芳芳还说自己已经拿到高中毕业证，将来随便找个工作能养活自己就行了。那些日子，老钱脾气变得越来越坏，他骂了芳芳几句，说她不求上进连个大学都考不上。芳芳也不示弱，说爸爸妈妈从来没有过问她的学习成绩，现在凭什么要求她考大学。芳芳还说，你们两个都没有读过大学，有什么资格要求我必须读大学。最让老钱伤心的，是芳芳说他越混越没落，从厂长混成下岗职工，害得她在同学面前都没有面子。老钱气愤不过，挥手扇了芳芳一个耳光。芳芳扭身跑出家门，在外面住了将近一年。那一阵子，我和老钱四处找芳芳。后来，从芳芳的高中同学那里打听到，她跟一个叫屠志强的小混混儿住在一起。这个时候，我才回忆起来，以前好像听芳芳说起过这个名字，他们俩应该是同学。我们最终找到屠志强家里，看到两条胳膊上满是文饰的屠志强。屠志强对我和老钱倒也恭敬，一口一个叔叔阿姨地叫着，还给我们让座沏茶。待我看到头发染成五颜六色的芳芳时，我差点儿没有认出我的女儿。后来我才知道，这种色彩花哨的发式叫"杀马特"。芳芳不肯跟我们回家，说家里没有爱没有关怀，让她觉得冰冷无情。芳芳还说，她不想跟我和老钱做家人。听完芳芳这些浑话，老钱气得当场晕倒了。

老钱蔫了，不仅仅是精神蔫了，他的身体也跟着出了问题。老钱先前时不时头晕憋气，我催促他好几回去医院检查，他始终不当回事。直到老钱开始发烧，烧到第三天的时候，我和妹妹妹夫才把他送去医院。一个星期后，检查结果出来了，老钱已经是肺癌晚期。

3

我习惯性地依赖着老钱，可当老钱确诊是肺癌晚期之后，我居然没有流一滴眼泪。家里当时有十一万块钱存款，我把九个存折全都揣在身上，准备倾家荡产为老钱治病。我不相信青岛医生的诊断，于是，我带上钱和老钱去了北京。北医三院的诊断结果跟青岛一样，也是肺癌晚期。我跪在主任面前，仍旧没有掉眼泪。我跟主任说，您不给老钱做手术，我就在这里跪到老钱死。主任扶我不起，干脆坐下。他对我说，我可以给你丈夫做手术，但是手术做了也是白花钱。我说癌细胞还没有扩散，做手术就有活下去的希望。主任说，扩散是早晚的事儿，何苦让病人活遭罪呢？我说遭罪是病人的事儿，跟您主任没关系。主任叹一口气说，你这是自私，为了日后给自己一个交代，并不是真心为病人着想。我说，我说不过您，反正您得给我老公做手术，您不答应我就跪在这儿。

最终手术还是做了，医生说手术做得很成功。我也不清楚医生说的“很成功”是指什么，病灶切除得很彻底？癌细胞不会再扩散？我不想问那么清楚，“很成功”三个字至少能支撑我过好几天心情舒畅的日子。治疗癌症第一步是手术切除，第二步便是放化疗。在癌细胞和放化疗的共同作用下，老钱渐渐瘦脱了相，脸颊陷了进去，眼窝眍了进去，头发大把大把脱落。就连那双且宽且厚还有肉的大手都干枯了，干枯得像两棵即将死去的树。

给老钱做最后一期化疗的时候，芳芳来北京了。她剪掉杀马特发型，留了一头短发，而且已经怀孕了，并且执意要生下这个孩子。我当时真如五雷轰顶，因为芳芳才刚满二十岁，她自己还是一个孩子。一个二十岁的未婚女孩怀孕生孩子，在青岛会被人笑掉大牙。老钱还这么年轻就得了绝症，女儿未婚怀孕还要把孩子生下来，这让我日后还怎么出门见人。先前我只是担心街坊四邻会给我扣上克夫的帽子，现在，李翠芬和娜娜她们会给我扣上另一顶帽子，说我教子无方。甚至还能说出更难听的话，说有其母必有其女。做女人，得处处跟别的女人一样才好：一样的平庸，一样的八卦，一样的虚伪，一样的世俗。你比别的女人强了，别的女人会嫉妒，给你编派各种版本的荒淫无道；你比别的女人差了，别的女人会瞧不起，各种嫌弃不屑和冷漠。芳芳要是真的把孩子生下来，我还真不如跟着老钱一道去了省心……唉！

我按下怒火，苦口婆心地做芳芳的工作。芳芳延续着叛逆期的骄横态度，说她如果把这个孩子做掉了，将来也没有脸去见屠志强。原来，屠志强参与黑社会争夺地盘，在一场群殴事件中身中十几刀，送到医院的时候，血已经流干了。芳芳原本是要去医院堕胎，可屠志强意外死亡，她居然横下心来要给屠家留下一根苗。屠志强是独生子，听说芳芳要把肚子里的孩子生下来，屠母求之不得，当着芳芳把好话说了一箩筐。这件事情，我本来打算瞒过老钱，不想让他平添烦恼。可芳芳日渐隆起的肚子，任谁都能看出来是怀有身孕。老钱不病痛呻吟的时候，便会不停地叹气。

从北京回到青岛，老钱进入癌症患者三部曲的第三部——中医保守治疗。给老钱做手术和放化疗，已经花掉我们家所有积蓄。第三部的中医疗法，我只能卖掉房子。一般的中草药不贵，可是治疗癌症的中草药都是天价。每一碗黑色汤药喝下去，老钱都忍不住打冷战，他说他宁愿去吃屎喝尿。我也有些动摇，犹豫要不要继续让老钱喝下那些又难喝又昂贵又不知道疗效的中药汤。每当我动摇的时候，我就会想起老中医家里那些癌症患者送的锦旗，挂满整整两间屋子。外屋的电视机里还循环播放治愈后的癌症患者给老中医下跪的录像。我期待着老钱也能成为其中的一员，到时候，我肯定会跟老钱一样给老中医下跪感谢。

家里的房子卖掉后，我和芳芳借住在妹妹家一栋闲置房里。起初，老钱坚决不同意卖房子，他说自己白忙活一辈子，说什么也要给我和女儿留下一处挡风避雨的地方。人到了这个时候，已经无法自主命运，更何况是卖房子。卖掉房子搬家那天，我突然间有一种体会，觉得人生没有什么是不可舍弃的，包括即将离开的丈夫，还有已经卖掉的房子。

老钱终究还是走了，走得那么不甘又那么随意，这大概就是佛家常说的无常。老钱生病治病期间，我没有流过一滴泪。老钱走之后，我痛哭一场，把我这些年来承受的压力全都化成泪水，释放出来。先走的人是有福气的，因为另外一个人还能为他操持后事。剩下的人，虽说还有子女可以依靠，可在精神上终归还是孤单了。孤单的时候，我就会想起老钱的大手，是饱满有肉有温度的大手，摩挲着我的后背，也安抚着我的心。弥留之际，老钱用他干枯的大手抚摸着我手腕上的和田玉镯子，说他对不住我，到最后也没能让我戴上金镯子。老钱还说我比他坚强，他说自己是个懦夫，是人生的失败者。老钱最后不忘叮嘱我，让我帮着芳芳把孩子带大。

老钱走了之后，我开始信佛了。除了天天烧香磕头拜佛，初一十五还要吃斋诵经，有时候还去寺庙做义工。为了进出寺庙方便，我办理了居士证，成为一名虔诚的佛教徒。人这一辈子，终归是要信点儿什么，哪怕是信神信鬼信因果报应，至少能帮自己稳住心神。有老钱的时候，我信老钱。老钱走了，我这心里空落落的，所以我就选择信佛了。我对佛教一知半解，只知道佛教徒要做善事，因为佛教讲因果轮回报应，这辈子行善，下辈子才能得好报，子孙后代才能不受牵连。

老钱“三七”祭日那天，芳芳生产了。前一天晚上芳芳就开始宫缩，我赶紧打车把她送进医院待产。一晚上无事，第二天，我早起赶往墓地。我提着一只大挎包，里面装着老钱喜欢喝的青岛啤酒，还有他爱吃的蜜三刀。

墓地里的墓碑竖得密密麻麻，像是电视上的多米诺骨牌，我真担心一块墓碑倒下就能砸倒整个墓园的墓碑。我把吃的喝的全都摆放在老钱的碑前，犹豫了好长时间我该不该把青岛啤酒打开洒在地上。我还偷偷点上香，也烧了纸钱。来到墓地后我才发现最应该带来的是一块抹布，因为墓碑上满是尘土。最后，我打开青岛啤酒倒在墓碑上，用我的围巾把墓碑擦拭干净，墓碑上老钱的照片才露出笑脸。

我从墓地心急火燎赶回医院的时候，孩子刚好生出来。芳芳生下一个女孩，足有六斤四两，跟芳芳出生时候的体重差不多。看见芳芳生了个女孩，屠志强的妈妈二话没说，黑着脸就离开了。从此，我们钱家跟屠家再无任何交集和瓜葛。

4

关于贝贝姓屠还是姓钱，我跟芳芳争执了半年。我觉得屠志强他妈不是个东西，芳芳一个黄花大闺女为屠家生了个孙女，她就翻脸不认人，孩子凭什么还要姓屠。孙子是人，孙女就不是人了吗？芳芳不这样认为，她觉得自己是为屠志强才生下的贝贝，跟屠志强他妈没有关系，所以，贝贝还得姓屠才好。我们娘儿俩也算是倔到一块儿了，从此以后，我管贝贝叫钱贝贝，芳芳管贝贝叫屠贝贝。可我忽略了去派出所报户口的事儿，芳芳找她当警察的同学帮忙，偷走家里的户口本，去派出所给贝贝登记上了屠贝贝。屠贝贝就屠贝贝吧，孩子是芳芳生的，我有什么办法。

贝贝越长越漂亮，她不仅乖巧懂事，还能唱歌能跳舞。从幼儿园开始，贝贝的业余生活就是上各种文艺补习班。为了培养孩子的艺术特长，我和芳芳没少为她花钱。我的退休金不多，维持我们三个人的生活都难。所以，在贝贝一岁半的时候，芳芳就出门挣钱了。起初，她跟朋友小金合伙开一辆出租车，芳芳白天开，小金晚上开。加上芳芳赚的钱，我们勉强够给贝贝支付各种培训班的费用。在我们这个只有三个女人的家庭里，贝贝成了家里唯一的希望。我和芳芳达成默契，为了贝贝将来能够出人头地，我们俩不惜一切代价。

我已经看出来了，无条件的奉献和付出，就是我这辈子的命。

说实话，在芳芳成长最关键的时刻，我和老钱是缺席的。虽然我们一家三口没有分开过，但是，我和老钱的注意力都在忙活自己的工作上，忽略了对芳芳的关注。其实，那个时代的父母大都如此，觉得孩子不缺吃不缺喝，冬天冻不着夏天热不着，就是尽职尽责的父母了。从芳芳身上可以看到，我和老钱的确做得不够好，我们对女儿的精神世界几乎一无所知。基于此，在贝贝的成长过程中，我绝不能再犯同样的错误。因为芳芳还没有长大，或许她还不懂如何做好一个母亲。

贝贝的学习成绩不太理想，从小学到中学，一直都是班里的中等生。中等学习成绩很难考上大学，这让我心里很着急。我是初中毕业生，芳芳是高中毕业生，贝贝说什么也得是个大学生。贝贝如何提高学习成绩我帮不上忙，只好更加尽心地做好后勤工作。我把早餐的小米粥改成鲜牛奶，据说牛奶补钙，尤其是对青少年。我坐公交车跑到沙子口码头上买鱼，老师说要让孩子多吃鱼，说是吃鱼补脑子。沙子口码头上的鱼比菜市场上便宜得多，遇到不愿意贪黑的商贩，还能捡到大便宜。有一回，我守着一个鱼摊到傍晚，鱼贩子瞧出我的心思，可他终究没有熬过我，最后把一堆鮟鱇鱼全卖给我，我才花了一百块钱。算下来合两块多钱一斤，比蔬菜还便宜。鮟鱇鱼的样子很丑，可是鱼肉很鲜嫩，而且还有好大的鱼肝。小孩子吃了鱼肝能明目，老人吃了鱼肝能养护心血管。我拎着两大袋子鮟鱇鱼，吃力地往公交车站走。就在这个时候，芳芳给我打来电话，心急火燎地问我在哪儿。原来，贝贝忘了带钥匙，放学回家进不了门就在街上溜达，结果被几个小流氓骚扰。幸亏有两个银行里的保安出面，才把几个小流氓吓跑，并把贝贝送去派出所。贝贝哭着给芳芳打电话，芳芳开着出租车正在崂山里面拉客人。接完芳芳的电话，我顾不上坐公交车，只能打车前往派出所。

经历了这件事情之后，我和芳芳都意识到，贝贝已经长成一个亭亭玉立的少女，她更加需要我们的保护。贝贝读小学的时候，都是我负责每天接送。读初中之后，贝贝说自己长大了，反对我接送，我这才作罢。但是，从那天开始，我这个当姥姥的又恢复接送贝贝上下学，不管她是不是反对。那天晚上，芳芳也做了一个决定，不再开出租车了，她想在家附近的中山路开一家服装店。芳芳已经开了九年出租车，赚了不少钱，我们还在大窑沟买了一套两居室的二手房。房子虽说小了点儿，但是毕竟距离贝贝的学校近。这些年来，家里的花销、贝贝上培训班、买房子都是靠芳芳开出租车赚来的钱。我跟我妹妹聊过这事儿，妹妹说开出租车赚不了这么多钱，她担心芳芳是不是在外面干别的事儿。我和妹妹分析半天，也没有分析出头绪。妹妹说，芳芳岁数也不大，长相又标致，还是应该趁早找个男人结婚。这也是我的想法，我也这样劝过芳芳。芳芳说，就算是找个男人结婚，肯定也是拖家带口的男人，把两家人硬生生凑到一块儿过日子，这辈子就别想再安生了。我如果继续劝说，芳芳就会发脾气，质问我为什么不去找个老头儿一起过日子。

5

芳芳的服装店开业了。为了省钱，芳芳自己装修店面，三面墙壁粉刷得像狗啃过一样高低不平。芳芳说，所有门店的墙壁都很平整，她就要个不平整的，还在墙壁上挂着打成卷的藤条、麻绳，甚至还挂上一扇老式的榆木窗棂。这些破玩意儿都是她从二手货市场上买来的，便宜倒是便宜，可我觉得不像是个服装店。芳芳雇了个叫小水的姑娘看店，她自己全国各地跑着进服装。遇到芳芳出差，我买菜的时候会顺便去服装店里瞅一眼，我担心小水偷奸耍滑。店里的服装款式都挺好看，除了那种带破洞的牛仔裤。小水说，在所有服装里卖得最好的就是带破洞的牛仔裤。现在的年轻人真是奇怪，宁肯衣不蔽体，非要花钱买一条破牛仔裤穿，这到底是什么心思？

女大十八变，贝贝越来越漂亮了，就算是穿着肥大的校服走在街上，也能惹得坏男人们盯着看。贝贝读高二了，学习成绩还是没有起色，芳芳只好给她找家教补习文化课。再过半年就要进行艺考，贝贝不光要补习文化课，还要练功和巩固艺术专项特长。贝贝准备报考表演艺术专业，第一志愿是中国电影学院，第二志愿是国家戏剧学院，据说这两所专业院校招生才是真正的千军万马过独木桥。芳芳从朋友那里打听到，要想考上这两所顶尖的表演专业学府，必须去北京找更专业的老师进行辅导。于是，高二的暑假，她带着贝贝去了北京。托朋友关系，她找到业内一位表演专业教授办的辅导班，一天课程的辅导费是五百块钱。一个星期之后，芳芳给我打电话，说是自己一个人吃不消，让我也跟着去北京给贝贝做饭。接到芳芳的求助电话，我没有丝毫犹豫，即刻收拾行囊，把家里的油盐酱醋花椒辣椒八角大料全部收拾打包，甚至还把冰箱里的冷冻鲅鱇鱼也装进保鲜盒，一起带到北京。

到了北京，才知道首都的消费水平有多高。我们三口人租了一间地下室，厨房、浴室和卫生间都是公用的，因为我们要在北京待三个月。我们租住的房子距离辅导班上课的地方很近，租住地下室的人有一多半都是外地陪孩子来上辅导班的。出租的地下室没有冰箱，我把从青岛带来的鲅鱇鱼分给其他租户，并教她们如何烹饪鲅鱇鱼。那几天，整个地下室里都飘着鲅鱇鱼的腥香味道。我跟这些家长很快熟络起来，因为我来北京的时候忘记带锅了。熟络之后，我就能借他们的锅来用，省下一笔买锅钱。芳芳每回都嫌我跟人家说得太多，说我不注重隐私，没有界限感。我不认同芳芳的说法，我说的都是普通的家长里短，我一个六十岁的人难道还不知道什么该说、什么不该说吗？芳芳很是生气，说贝贝爸爸去世这事儿就是隐私，就不该跟别人说。我说我只说贝贝爸爸去世了，没有说他为什么去世的，我有我的分寸。就在我和芳芳争吵的时候，贝贝阴着脸端着洗漱盆走进房间，轻声说道，求你们小点儿声吧，现在整个地下室的人都知道我爸爸死了。

湖北的岳飞扬妈妈告诉我一个消息，给培训班的安教授六十万元，他能够让考生过艺考的面试。岳飞扬妈妈还说，文化课成绩过不了，一分钱不退。如果文化课过了，艺考分数不过，他退一半钱回来。我把这个消息告诉芳芳，问她要不要走送钱这条道。芳芳听后，她把贝贝的一沓复习资料狠狠地摔在床上，说不送，让贝贝凭实力考试。

第二天晚上，上完辅导课回来，芳芳就改口风了，她问我要不要考虑卖掉青岛的房子，给安教授送六十万元“保险费”。我犹豫了片刻就同意了卖房子，因为这个房子本来就是芳芳花钱买的。令我没想到的是，贝贝站出来反对卖房子。芳芳问她为什么反对，贝贝拉长俊美的小脸，说她万一考不上怎么办，一家人连个住的地方都没有了。芳芳对贝贝说，那你就要使出全身的劲儿，争取考上。贝贝说她已经很努力了，可是艺考运气成分很重要，万一自己是那个运气不好的呢。芳芳的态度越发强硬，她对贝贝说，你要有信心，你凭的是实力，不是运气。贝贝说她如果有实力，就更不需要送钱了。芳芳说竞争太残酷了，有实力也要再加一道保险。

孩子终究做不了大人的主，芳芳回青岛后，只用了三天时间就把房子卖了。

6

老天爷不负勤快人，在我们娘儿仨的共同努力下，贝贝终于如愿考上了国家戏剧学院。进了这所大学就等于成名一半，贝贝这么漂亮，成为章子怡第二算什么，我家贝贝肯定会超越章子怡，成为国际大明星。为了保护好贝贝，我和芳芳决定去北京陪读，绝不能让好树苗长歪了。家里没有男人，底气就少三分。好在芳芳的性格随我，我们娘儿俩骨子里都有一股不服输的劲头儿，就算是家里缺了男人，我们的日子过得还是蒸蒸日上。我劝过芳芳很多回，让她再找个男人帮衬着过日子。芳芳说她照顾贝贝一个人就够辛苦了，不想再找个男人来添麻烦。贝贝现在考上了好学校，我又劝芳芳该考虑自己的感情生活。芳芳这回更干脆，说天底下哪个男人愿意来背负三个人在北京四年的衣食住行。芳芳的话有道理，如今年轻人的感情明码标价，他们只为值得的人付出感情。在对待情感婚姻方面，芳芳这一代远不如我和老钱那一代。我们那个时代的男人还算仗义，他们有担当，也不吝啬付出。

当然，不能因为情感婚姻一概否定时代的进步。贝贝这代人，就是时代进步的最大受益者。贝贝从小过着衣来伸手饭来张口的日子，不像我们小时候，吃不上穿不上，物质生活匮乏得像个乞丐。可贝贝还是不知足，她竟然反对我和芳芳陪她去北京读大学。自从我们决定去北京陪读后，贝贝俊俏的小脸儿就拉得老长，脸色比那些没考上大学的同学还难看。她毕竟还是个孩子，对妈妈和姥姥的一片苦心不理解。我和老钱忽略了芳芳的成长，芳芳的遭遇就是我们做父母的失职。我错过了芳芳，绝不能再错过贝贝。在贝贝最需要呵护的时候，我一定要在场。

距贝贝学校开学还有半个月，我们一家三口就到了北京。在一栋旧居民楼里，我们租下一套一居室，这里距离贝贝的学校不到三站地。接下来的几天，我和芳芳开始布置新家。贝贝住卧室，我和芳芳住客厅。客厅里有一个折叠沙发，打开是一张双人床。虽说每天收放折叠沙发费劲儿，可是想到两居室比一居室的价格贵一倍，就算是麻烦点儿也值得。对于全新的北京生活，芳芳是这样规划的：贝贝负责完成学业，我负责生活料理，芳芳负责打工赚钱。

因为只有高中学历，芳芳只能应聘去一家餐厅当服务员。餐厅服务员的月薪只有三四千块钱，支付房租都不够。干了半年之后，芳芳也没能干成餐厅的领班，月薪还是四千五百块，也堪堪只够房租钱。贝贝已经长成大姑娘了，她有很多固定花销，仅仅是化妆品每个月就得一两千块钱。我的退休金，在北京只够买菜买主食，想买一点儿海鲜和牛肉都得精打细算。每个礼拜去菜市场，我几乎能把整个菜市场转遍了，就为了买到新鲜又便宜的蔬菜。有一天，住一楼的裴大姐说五棵松的菜市场价格便宜，我便打听着找到五棵松菜市场，芹菜、芸豆和西蓝花果然便宜不少。再后来，我还摸到新发地果蔬批发市场，这里的水果和蔬菜都是批发价，就是路远了点儿，来回跑一趟总共要倒六回公交车。

从住的地方去新发地也可以乘坐地铁，两头坐五站公交车，省时也省力。但是，乘坐地铁不能享受老年人免费乘车优惠。我一到北京就去派出所办了暂住证，办下暂住证来就能去办理老年人乘车证，每天乘坐公交车能省下不少钱。每回去新发地，我尽量多买一些食材，因为这一趟跑下来，我的血压一晚上都降不下来。从青岛带来的降压降脂药已经吃完了，在北京的医院开药享受不了医保，吃那么贵的降压药，我的血压只怕是会越来越高。

7

有一天，我误打误撞走进胡同里的一座寺庙。这所寺庙隐蔽在市井深处，从外面压根儿看不出宝相，也看不出庄严。如果不是门口的牌匾上写着“悯慈庵”三个字，我还以为这里是某个王府的深宅大门。悯慈庵异常清冷，也不卖门票，只有几位师父和一些居士在寺里操持。前些年，我已经在青岛的湛山寺皈依，我从卡包里找出我的皈依证，寻到一位左脸颊有一块红痣的师父问道，我可不可以进去看看？师父很是和善，口诵佛号双手合十，说是欢迎有缘人前来随喜。悯慈庵里很是幽静，徘徊在寺庙里，让人很难相信这里身处闹市。我当即就喜欢上了悯慈庵，这大概就是佛家所谓的缘分。我再次寻到左脸颊有红痣的师父，问道，我以后可不可以来寺庙做义工？我的普通话说得不好，怕师父误以为我是来北京旅游的，赶紧接着解释道，我是青岛人，在北京陪外孙女读大学，外孙女考上了国家戏剧学院，是表演系，我住的地方离悯慈庵很近，我可以每天都过来。

就这样，我在北京也有一处安放灵魂的地方了。此后，我差不多每天都去悯慈庵，打扫卫生、看守香火、接待居士、诵经礼佛，有时候也会帮着做做素斋。每次轮到我在大殿看守香火的时候，趁着大殿里没有人，我都会为观世音菩萨磕一百零八个头，一直磕到腰膝酸软。我进过无数寺庙，还从来没有一个人在大殿上磕头礼佛过。如今，我的造化能够让我独自占有整座大殿，这就如同观世音菩萨只接待我一个人，只过问我一个人的疾苦。因此，我磕头的时候，不仅心要虔诚，一跪一拜一磕头都做到一丝不苟，唯有心诚才能感动观世音菩萨，保佑贝贝将来能够成为国际大明星，让我和芳芳早日脱离苦海……

贝贝住校，只有周末才回家。平日里，芳芳中午不回家吃饭，我正好在庙里吃素斋，省了钱，做了善事，也安了心。下午四点左右，我去菜市场买菜，回家做好饭,芳芳也就到家了。因为要去悯慈庵做义工,就没有那么多时间跑新发地买便宜蔬菜了,这事儿让我纠结了好一阵子。还好,不久之后,我发现了一个买到便宜蔬菜的窍门儿。

租住的小区里开了一家蔬菜店,店里为了吸引顾客,打出不卖隔夜菜的招牌。蔬菜店从晚上七点开始,每过一个小时,蔬菜就降价两折。于是,每天晚上等芳芳吃完饭,我洗好餐具收拾好厨房,就跑到蔬菜店里,坐等着蔬菜打折。我一个无事可做的老太太,能为家庭多省一分是一分。蔬菜店里晚上打折的规则是这样定的:晚上七点打八折,八点打六折,八点半打五折,九点打四折。蔬菜店晚上九点半关门,关门前,所有的菜都是两折卖。晚上七点后,蔬菜店里熙熙攘攘都是小区里的老头儿老太太,他们都是瞄着打折蔬菜来的。因为人太多,甚至影响到了正常买菜的年轻人。蔬菜店的经理也没办法,规则是他制定的,他就得承受规则带来的后果。有时候,店里的人实在挤不开了,经理也会出面,劝说大家到店外等。开店的张嘴往外撵人不容易,大家都会觉得脸上无光。住对门的柳大爷一边往外走,一边嘟囔,到你店里来的就是上帝,往外轰人是什么道理,有失体统!不满归不满,大家毕竟都从蔬菜店得到了实惠,只好阴沉着脸散到店外去等。等待过程中,不时有人进店察看一下自己想买的菜还剩下多少。大家之所以七点钟就去蔬菜店,是因为有些菜品量少,眼看着等不到九点半的两折,就只好提前下手,买到六折五折菜也是赚了。

周四去蔬菜店前,我都会在微信里问一下贝贝,想吃什么菜?贝贝对我每回的询问很是不耐烦,大多时候她都只回复两个字:随便。有一回,贝贝回复了五个字:吃回锅芹菜。贝贝这样的态度,让我心里很不舒服。我放弃了熟悉的生活环境,为了她跑到北京来陪读,搭上我的所有时间和所有退休金,换来的竟然是她对我的爱搭不理。如果养成这样的不良习惯,以后如何跟其他影视明星相处,如何应对各路媒体记者?即便是在我和芳芳的看护下贝贝没有负面的男女关系问题,也会被媒体嘲讽是没有素质、没有教养。

到了蔬菜店,我先去看了一眼芹菜,还剩下四扎,只有一扎还算水灵。我看了一眼时间,才七点半,距离两折还有两小时,这期间如果有人进来买芹菜,肯定会把那扎水灵的挑走。前后思量有十分钟,眼看着有一个刚刚下班的女孩走过来,眼神瞄向芹菜,我赶紧抓起那扎水灵的塞进塑料袋里。接下来,我拎着这扎水灵的芹菜,在狭小的蔬菜店里足足晃悠了两小时,最终买到了两折菜。

8

芳芳最近有些奇怪，变得话越来越少。她先是辞去了餐厅服务员的工作，注册了外卖骑手。芳芳说送外卖虽然辛苦一点儿，但是比在餐厅里赚钱多。贝贝的开销越来越大，除了高档化妆品还要穿名牌衣服背名牌包。如今的孩子，都是没心没肺的主儿，买个包花两三万块钱都不眨眼，也不想想自己的妈妈要接多少单外卖才能赚回来。我已经感受到了经济压力，因为芳芳有时候还问我要钱。说是借钱，其实就是要钱，我们三个人是同一个经济体，哪有什么借贷归还一说。我的退休金本来只够我们三个人吃饭的，芳芳问我要钱，我只能从口粮上节省了。现在，家里买米都是买两种，九块钱一斤的五常大米是给贝贝吃的，三块五一斤的普通大米，是我和芳芳吃的。如此一来，电饭锅要蒸两次米饭，电费又要多费一倍。后来，我灵光闪现，想出一个妙招儿：从超市里花两块钱买了一个铝质饭隔，用钳子把饭隔规整成合适尺寸，放在电饭锅里间隔两样大米。我的手工饭隔不能做到完全隔离，吃米饭的时候经常能嚼到筋道十足的米粒，那个感觉挺好的，就像小时候吃萝卜馅包子咬到一粒肉丁。电饭锅隔离做到了，接着又出现另外一个问题：好大米和普通大米的吃水不一样。好大米吃水少，普通大米吃水多。水放多了，影响贝贝的米饭的口感。水放少了，我和芳芳就得吃夹生米饭。我反复试验着放不同规格的水量，终究难以平衡两种大米的吃水量，最后也只好放弃试验，煮饭的放水量以五常大米为准。因为贝贝正在长身体，我和芳芳每个礼拜吃两天夹生饭算不了什么。好在贝贝已经读大三了，明年进入实习期就能接戏了，我和芳芳的苦日子也就熬到头了。

周五下午，我从悯慈庵出来，看到路边一男一女两个环卫工人在聊天。两个人看上去都有六十岁左右的样子，女的操一口山东口音，正跟男的唠家常。我禁不住好奇，停住脚步，问那个女的，大妹子你多大岁数？那女的迟疑一下，大概也听出我的山东口音，她说自己五十九岁。我又问道，你们环卫工人一个月能挣多少钱？男的是河南口音，他说一天早晚干八个小时，一个月三千块钱。女的补充说，要是礼拜天不歇双休日，能拿到四千块钱。我接着问，我今年六十二岁，环卫局还要我这个岁数的吗？男的摆了摆他黢黑皴裂的手，说六十岁以上的不要，语气里带着年龄优势的自豪感。

我迈着轻快的脚步，一路小跑地回家做饭。一路上，我打定主意，我要去环卫局扫大街，一个月多赚四千块钱为芳芳减轻压力。环卫局不招收六十岁以上的老人，但我有办法，悯慈庵赵居士的丈夫是环卫局的一个处长。我跟赵居士很聊得来，她说她丈夫就负责招聘和管理环卫工人。通过赵居士做丈夫的工作，我去环卫局扫大街应该不是什么问题，我毕竟才六十二岁，比规定的岁数只大两岁。一想到下个月就有四千块钱进账，我今天多买了一盒带鱼段。我还把电饭锅的铝质饭隔去掉，焖了一锅五常大米饭。我特意给芳芳打电话，让她晚上回家吃饭，我们一家青岛人好久没有吃鱼了。芳芳最近不怎么回家吃饭，因为要随时随地接单，肚子饿了就会在外面胡乱对付一口。

9

用了整整一个礼拜时间办理完手续，我终于穿上了红黄马甲，变成北京的一名环卫工人。但是，令我没有想到的是，我上班第一天就惹出了大麻烦。

到环卫局报到后，我被分配在第九组。第九组的组长姓马，马组长说上面有人关照我，给我分一个活儿轻省的路段。我当时眼眶子发热，差点儿落泪，心里十分感激赵居士和她的丈夫。马组长分配完工作，我们一众环卫工人便推着工具车上工。找到我负责的路段，顿时傻了眼，这段路的活儿压根儿就不轻省，马路两侧全都是厚厚的落叶，看上去至少有十天半个月没打扫。我心里没有抱怨，兴许是马组长搞错了。即便是没有搞错，我能得到这份工作，也该珍惜、知足。于是，我便撸胳膊挽袖子清扫起来。地上的落叶很厚，扫不到十米远，树叶就装满一车子；两个小时扫了不到一百米，我已经推走了十车树叶，累得我浑身冒汗。仅仅是累也就罢了，我一边打扫还一边遭人嫌弃，尤其是一些年轻人，他们应该是跟贝贝相仿的年纪。我知道社会上有职业歧视，所有人都瞧不起环卫工人。于是，我置若罔闻，闷着头只管扫我的大街。几乎没有午休，也没有吃午饭，我整整干了十个钟头，我负责的路段才只清扫了一半。看看时间差不多了，我赶忙赶回环卫局的存车处，换好便装回家做饭。今天是周六，贝贝还要回来吃饭。这一顿饭，做得也是心不在焉，炝炒芹菜都忘了放盐。贝贝吃了两口就把碗筷扔下，说不合她的胃口。这个丫头越来越挑食，经常晚上在外面吃饭，也不通知我一声，害得我白做饭了。我今天没有心思跟贝贝说教，因为我心里一直装着那半条还没有打扫的马路。今天是我第一天上班，不能连工作都完不成，万一被马组长知道了，汇报到赵居士的丈夫那里，我多没面子啊。匆匆收拾完碗筷，我便出门了。芳芳背起送餐的保温箱，也要出门。她问我，是去菜店买打折菜吗？我说是，便跟芳芳一起下楼。突然，我想起一件事，我问芳芳，人家送外卖都把保温箱放在后车座上，你怎么背在身上？芳芳犹豫了一下，说道，我换了一辆能折叠的电动车，没有后座，只能背在身上。

这天晚上，我一直干到后半夜，终于把我负责的路段清扫干净。就在我坐在路边歇息的时候，突然感觉一阵头晕，晕到我不得不就地躺在马路牙子上。望着北京深秋的夜空，看不到一颗星星，大城市里的现代人真是可怜。青岛有秋老虎，我小时候没有电风扇，青岛人在秋天的晚上都会在街道上乘凉。波螺油子的路面上摆着马扎和小板凳，我爸爸会指着夜空里的星星给我讲故事。爸爸的故事不太多，所以会把同一个故事反复讲，例如牛郎织女的故事。爸爸说，那三颗连成一条线的星星是牛郎星，中间大一点儿的星星是牛郎，两边小一点儿的星星是牛郎和织女的两个孩子，牛郎用一条扁担挑着两个孩子，所以才会连成一条直线……故事听到这个时候，我和妹妹就睡着了，爸爸妈妈分别把我们姊妹俩抱上床。

在马路牙子上躺了足有半个钟头我才慢慢缓过来，我知道这是疲劳过度引起的高血压导致的。我已经有两年多没吃降压药了，青岛的医保买不了北京的药，为了省钱，我只能仰仗佛祖保佑。深夜时分，我拖着疲惫的身子回到住处，发现贝贝已经睡着了，而芳芳还没有回来。这么晚了，难道还有人叫外卖吗？心里想着芳芳，我便沉沉睡去。

第二天早晨，我看到芳芳已然睡在我身边，不知道她是什么时候回家的。我没有惊扰芳芳，起身去厨房做好三个人的早餐。我喝了一碗白粥后，就悄悄掩上房门，赶去环卫局存车处。我刚刚走进院子，就看见马组长双手叉腰，冲着几个环卫工人发脾气。看见我之后，马组长一脸怒气，问我，为什么把银杏树叶全都扫光了？我当时就愣住了，我来环卫局不就是扫树叶的吗？马组长说市民给区长热线打电话，投诉我们环卫部门清扫景观道的银杏树叶。原来，那条道路属于景观道，每年秋天要等所有银杏树叶落光之后才能清扫。看来人家说是照顾我没有错，那条路整个秋天才需要清扫一次。这事儿不能怪我，谁让他们事先没有跟我讲清楚。马组长听我辩解，他更加来气，说这条景观道的银杏树叶已经保留二十几年了。最后，马组长用羞辱的口气训斥我，你是刚到北京的吧？山东土老帽儿！

马组长一生气，给我换了一条路，这条路两侧都是国槐和杨树，每天早晚要清扫两次。

10

北京的春天来得真早，用师父的话讲，一夜之间，满城春色。

自打成了环卫工人，我去寺庙的时间少了，毕竟是六十多岁的人，精力有限，实在顾不过来。高血压时时困扰着我，头晕的时候，我不得不在街边的长椅上躺下歇息。在长椅上也不敢躺太久，万一被马组长看见，我超龄的事儿就露馅儿了。被环卫局辞退是小事，万一连累到赵居士的丈夫，我的罪过可就大了。想到这些，我赶紧从长椅上爬起来，接着扫我的大街。北京的街头多是杨树和槐树，春天一来，杨絮满天飞，就算是一天二十四小时不回家也清扫不干净。真是奇怪，北京城为什么要栽种杨树，如果全都种银杏树该多好，秋天一来，北京就变成一座金色城市，那才是首都该有的气派呀。这事儿，让我联想到小时候妈妈经常念叨的一句俗语，说是桃三杏四梨五年，憨蛋才种白果园。妈妈解释说，桃树三年结果，杏树四年结果，梨树五年结果，只有银杏树（青岛人称银杏树为白果树）要十年才能结果，所以只有很傻的人才会栽种银杏树。

打开保温杯，我坐在长椅上喝了一口水，一辆黑色轿车停在我面前，马组长从车窗里探出头来，冲着我嚷嚷道，赵桂玲你坐着喝工夫茶哪，今天晚上全体加班，这条路上不能留下一点儿垃圾。我赶忙站起身来，问马组长，这条路是不是又要过外宾？马组长冲着我挥挥手说，你一个扫马路的打听那么多干什么，好好干你的活儿就是了。说完，马组长从车里递出一个塑料袋来，说今天是端午节，环卫局请大家吃粽子。我负责的这条马路经常过外宾专车，所以也就经常加班。真想不到，外国元首来访能影响到我的工作。我每回想到这种因果关系就觉得神奇，加班的时候也不觉得难熬了。等我以后回到青岛，可得把这事儿跟我那些没见过世面的姐妹们说道说道。

想到贝贝马上就要毕业，很快就能拍戏赚钱了，我心里就会踏实很多。四年来，虽说日子过得辛苦，可毕竟把贝贝这棵小苗培养成了树，一棵没有长歪的树。树只要不长歪，成材是迟早的事儿。贝贝将来成了大明星，记者采访她的时候，她肯定会感恩姥姥的付出。那个时候，我和芳芳应该回到青岛了，就算是在电视机里听到贝贝说这番话，我这个当姥姥的也知足了。时至今日，芳芳和贝贝都不知道我在扫马路，她们以为我每天早出晚归是在悯慈庵做义工。逢有加班的时候，芳芳问我怎么半夜才回家，我都说是寺庙里有活动。其实，芳芳也一样，她肯定也有事儿瞒着我。以前，她送外卖，工作到晚上八点就回家了。最近多半年以来，芳芳经常在凌晨两三点才回家，我不相信两三点还会有人叫外卖。为此，我问过芳芳，是不是在外面做别的事情？芳芳大概知道我指的“别的事情”是什么，她苦笑着摇摇头，说她如果能干别的事情就不会像现在这么辛苦了。我又问她，你以前都是上午十点出工，现在怎么下午才出工？芳芳说晚上点外卖的多，不用像白天那样耗时间。自打被我盘问过之后，芳芳开始像以前一样上午十点出工，但她还是会在凌晨以后回家。直到有一天，我扫马路的时候，看见躺在长椅上睡觉的芳芳。折叠电动车被链锁锁在长椅上，芳芳枕着保温箱睡得很香，口水都流到了地上。我穿着环卫工人的红黄马甲，没敢叫醒芳芳。我走到马路对面的饮品店，给芳芳买了一杯超大杯的热焦糖玛奇朵，轻轻地放在长椅上，悄悄推着清扫车走开了。那一刻，我断定芳芳晚上肯定还在外面做别的事情，自从我怀疑她之后，她便上午出门，出门后就找地方补觉。芳芳在外面到底做什么事儿？她应该不会干那种不体面的事儿，芳芳压根儿就不是那种人。

11

深夜十一点半，终于又清扫完一遍负责的路段，我感觉身上已经冒汗了。就在我推着清扫车往回走的时候，一团杨絮扑面而来，沾到我汗津津的额头上。我看了一眼马路，刚刚清扫过的路面上又落下零星的杨絮团，这玩意儿怎么没完没了呢？就在此刻，我突然觉得一阵眩晕，紧接着腿脚酸软。我想伸手扶住清扫车，可我的右手不听使唤。待我想伸左手的时候，我的整个身子就像一条从晒衣架上飘落的裤子，软塌塌地伏在了地上。我的心头涌起一股不祥的预感，还有一种濒死的恐惧感。医生曾经警告过我，让我必须按时按点服用降压药和阿托伐他汀。可是，青岛的医保不能享受北京的福利，药店里的阿托伐他汀五十二块钱一盒，一粒药合七块钱，穷人哪里吃得起。在青岛开药倒是能走医保，可是医生一次最多开一个月的药，我总不能一个月回一趟青岛开药吧，高铁来回一趟票价就是一个星期的菜钱。

躺在冰冷的马路上，我用左手掏出手机，想给芳芳打个电话。找到芳芳的电话号码后，我又犹豫起来：芳芳若是正在派送外卖的路上，她怎么来管我？她来管我，就会耽误送外卖，就会遭客户投诉，平台就会扣她的钱……再说了，芳芳真的来了，我扫大街的事情也就暴露了。就在我犹豫的当口儿，马路上走过来一对年轻情侣。女的俯下身来，问我怎么了。我说我头晕，躺会儿就好了。男的问道，要不要给你叫救护车？我摇了摇头。我可不想叫救护车，我听环卫局的工友说过，救护车的费用很高，比租最好的商务车的价格还要高好几倍。这对小情侣扶起我，把我架到路边的长椅上，这个长椅就是芳芳睡过觉的长椅。我坐在长椅上大口喘息着，感觉右半拉身体越来越僵硬，身子不由自主地滑落到地上。我听到女的对男的说，赶紧打120叫救护车。接着，我便失去了意识。

等我醒来的时候，先是听到救护车的警笛声，发现自己躺在救护车上。唉……到底还是叫救护车了，这一趟不知道要向我收多少钱。救护车里有一个女医生，她看我睁开眼，问道，你感觉怎么样？我说，我觉得不太好。女医生说，你不要睡觉，跟我讲话，现在已经上西直门桥了，马上到医院。还没等我讲话，我就觉得救护车在急刹车，接下来车子便不动了。女医生抬起头来，问司机，怎么回事？司机说道，前面的路虎车走得好好的，突然撞到护栏上，幸亏我躲闪及时。

这个时候，我已经不像先前那么惊恐了，只是担心明天外宾车队路过时，马路上飞着一团团杨絮会不会抹黑北京的形象呢？这一回，不再是外国元首影响我的工作，而是我这个小地方来的老年妇女没有完成工作，影响到国家的外事活动。这事儿要是细究起来，我年龄作假就败露了，势必连带赵居士的丈夫……这可如何是好？还有，今天晚上贝贝和芳芳回家见不到我，肯定会着急地四处找我，我扫大街的事儿也就包不住了。最近，贝贝回家也很晚，说是见导演，跟导演吃饭说戏。有一回，贝贝比芳芳回家还晚。我跟芳芳说过，最近贝贝应酬太多了，是不是该给她上上紧箍咒了？芳芳说，贝贝已经长大了，应该有一些应酬，这是演艺行业里不可避免的。人家当妈妈的这样说了，我这个当姥姥的也不好多管多问。接下来，我又想起小时候在屋外乘凉的秋夜，脑海里还浮现出父亲把我背在后背上回家的情景。其实，我大多数时候都是装睡，装睡就是为了能伏在爸爸温暖的后背上回家。

我太累了，眼皮涩涩的，日子就像麻药一样，让人一点儿一点儿失去知觉。我要紧紧箍住爸爸的脖子，回家，睡觉，好满足啊。临睡前，我听见医生说，普通的老年中风，不严重……

二、屠贝贝

1

从我记事的时候开始，我听到的最多的话就是"贝贝要努力，不要辜负妈妈"和"贝贝要加油，给姥姥争口气"这两句，这两句话二十年如一日在我耳边回荡着，我的降生似乎就是为了成就另外两个女人的虚荣心。这两位女性其他的唠叨则是随机的，但是内容大抵相似，都是鞭策、激励、督促之类的，偶尔夹杂着妈妈从手机上学到的心灵鸡汤话语。理智告诉我，要对妈妈和姥姥心存感恩，因为她们做的一切都是为了我好。姥姥能做一星期不重样的菜，而且她能够满青岛转悠着买到最便宜、最新鲜的食材。我们家餐桌上划分出两个区域：一个区域是剩菜剩饭，是姥姥吃的；另一个区域都是现做的新鲜饭菜，是我吃的。妈妈可以兼顾两个区域里的饭菜，她如果夹剩菜夹多了，姥姥也会制止，说剩菜里有亚硝酸盐，不健康。所以，我看到姥姥只吃剩菜剩饭的时候，我心里会有一种在给姥姥下毒的罪恶感。以世俗的眼光看，妈妈和姥姥对我360度无死角的呵护，简直让我幸福到爆。可是谁也不会想到，姥姥周到的膳食，加上妈妈随时随地的心灵鸡汤，早就导致我营养过剩，我吃着想吐，听着想死。

姥姥一直称呼我是"世纪宝宝"，她总觉得我应该与众不同。她每回说"世纪宝宝"的时候，语气里都洋溢着神圣感，尤其是对外人说的时候。当我问姥姥"世纪宝宝"与普通宝宝有什么不同时，姥姥也说不出个所以然来。她沉默一会儿才对我说，世纪宝宝一百年才有一个。我纠正姥姥，说不是一个，我们全班都是世纪宝宝，全世界有几亿个世纪宝宝。我还对姥姥说，时间如果以百年计，任何一年出生的宝宝都是一百年才有一拨。姥姥大概觉得我说得有道理，话锋一转，说姥姥总给你做鱼吃，你的脑瓜子就是聪明。姥姥说这话的口吻，仿佛是我能够发育出大脑，都得归功于她给我做鱼吃。

其实，姥姥最大的特征是焦虑，凡事都能看到最坏的一面。例如，有一次开家长会，老师说我最近上课不安心，姥姥听到后，便觉得我早恋了，早恋肯定影响学习，影响学习肯定考不上大学，考不上大学肯定要去打工，一个长相俊俏的打工人只能被老板……姥姥似乎已经看到流氓恶霸强抢民女的画面。姥姥不仅自己焦虑，她还要制造焦虑气氛，让我妈妈跟着她一起焦虑。她会对我妈妈添油加醋地描绘我如何上课不安心，最终要达到我妈妈如果再不出手制止，我便跌进万劫不复深渊的效果。

至于我妈妈，我甚至有点儿害怕她，因为她比姥姥还让我头疼。在她没有新的心灵鸡汤灌输给我的时候，她会不住地给我下达生活指令，诸如“手机距离眼睛远一点儿，手机看得是不是太多了”“走路要挺胸抬头，要有艺术范儿”“走路要轻盈，不要拖着脚后跟走”“刚才见了李叔叔为什么不微笑”“同学叫你，你不要那么大声回复，要矜持要有淑女状”……等到有了微信之后，我妈妈最热衷的便是晒她和我的自拍合影。她可以一口气拍上上百张跟我的合影，从中挑出我们俩全都露出八颗牙齿的微笑，然后发到朋友圈里，等着看朋友们赞美“呀！简直是姐妹照啊”，之后她才假装谦虚地回复“皮肤不行了”。其实，我妈妈的皮肤非常好，细腻得像少女一样富有弹性。妈妈虽然长得很漂亮，可是她不可爱，她的严厉淹没了她身上的温度。所以，当我受委屈的时候，我都不知道该向谁去倾诉。

我读初中二年级的时候，有一次忘了带钥匙，偏巧赶上姥姥去沙子口码头买鱼。进不了家门，我只好在街上闲逛，居然遇到了朱涵同。朱涵同是我的小学同学，他初中转学去了开发区的中学。在小学期间，我就能感受到他对我有好感。可那回见面的时候，他竟然对着我油腔滑调说一些不三不四的话，惹得与他一起的三个男生哄笑不止。我当时有些恼怒，就不想再理会朱涵同，可他带着三个小伙伴一直尾随着我。走到泗水路的时候，幸亏被两个保安发现了，才把朱涵同他们赶跑，并把我送去了派出所。派出所的警察询问我的时候，我把朱涵同揭发出来，据说警察后来去了朱涵同的学校，他还因此受了处分，好像是留校察看。这件事情在我心里留下了阴影，一直到上大学后，我读过一些心理学方面的书，才明白朱涵同其实没有什么恶意，只是那个年龄的小男孩不知道该如何向自己喜欢的女生示好。唉，也不知道朱涵同现在怎么样了，那次因为我受到的处分会不会影响他。

通过这件事，妈妈会不厌其烦地叮嘱我，说现在的社会风气不正，不要跟任何男生来往。妈妈训斥我的时候，姥姥会时不时插嘴，要我从妈妈身上接受教训。闻听此言，妈妈把矛头迅速转向姥姥，并控诉姥姥和姥爷自私，说他们只顾着自己的工作，才导致她早恋早生孩子……

于是，妈妈便跟姥姥吵了起来。从她们俩争吵的内容，我能判断出，妈妈在我这个岁数已经开始了早恋。怪不得妈妈那么早生下我，她那个时代难道不知道使用安全套吗?

初中三年级的时候，便有男同学开始给我递小纸条，说一些情啊爱啊之类的话。我对这些男同学没有丝毫兴趣，他们都是一些小屁孩，又丑又傻又幼稚，根本配不上我。我虽然不喜欢这些我看不上的男同学，但是我喜欢收到他们写的情书，谁让我是校花呢。一直到高三那年，令我心动的男孩终于出现了。他叫王宇豪，是前一年没有考上大学，今年插班进来的复读生。王宇豪长得很像蔡徐坤，不仅长得像，身高也跟蔡徐坤差不多。进入高中后，男同学就像是集体发情了一样，我隔三岔五就能收到男同学的情书或小礼物。有一天，我还收到过一部苹果手机。最新款的苹果手机让我很是心动，因为我早就想换掉已经用了三年的小米手机。可是妈妈说什么都不让我收手机。我说，我不知道是谁送我的，所以不知道该把苹果手机退还给谁。我说的是实话，我的确不知道是谁送我的苹果手机。那天早晨，我走进教室打开课桌，就看到了没有拆封的苹果手机。因为没有找到小纸条，所以，我只好举着手机大声问道，这是谁的手机?教室里四十多双眼睛齐刷刷地看着我和我手里的苹果手机，男生的眼神里是钦佩迷惘困惑，女生的眼神里是羡慕嫉妒恨。最终也没有人认领手机，所以，我也不知道是哪位献的殷勤。最后，我只好听妈妈的话，把苹果手机交给班主任老师处理。

其实，我最期待的是收到王宇豪的情书，可他整日里一副心无旁骛读圣贤书的样子，压根儿就没有理会过我。班主任老师大概怕影响我，始终没有告诉我是谁送我的苹果手机。既然不知道是谁送的，我权当是王宇豪。因为王宇豪的家境应该不错，他用的就是最新款的苹果手机，穿的也是复古限量版的耐克鞋。把苹果手机交给老师后，我留意观察王宇豪整整一个星期，他看我时的眼神竟然有些慌乱，甚至还有些脸红。于是，我十分笃定，苹果手机是王宇豪送的。送这么贵重的礼物，为什么不给我写几个字呀，男生真是笨啊！我退还礼物，王宇豪会不会误会我不喜欢他呢?我觉得有必要向王宇豪解释一下。于是，我第一次给男生写了小纸条，解释妈妈不让我收受男生的贵重礼物。我在小纸条里做了暗示：虽然退还了苹果手机，但是不影响我们做好朋友。我担心王宇豪理解成礼貌性敷衍，又在小纸条里赘述道：从你进入我的视野那天起，我便注意到你了，你长得好像蔡徐坤，他是我最喜欢的艺人……

2

海参大概是世上最难吃的海味。姥姥每周去一趟沙子口码头，一次买回来够吃一个星期的新鲜海参和鮟鱇鱼。鮟鱇鱼是我们三个人吃的，但是，海参只有我一个人吃。因为姥姥听一位老中医说过，青岛连续五年来的文理科高考状元，都吃过他家卖的海参。面对金钱考量的时候，姥姥总是能够保持清醒，不轻信，不盲从。姥姥嫌老中医家卖的海参太贵，她就每周一趟跑沙子口码头，而且买的是新鲜海参。姥姥的这个做派，很像是去实体服装店试完衣服，扫码服装吊牌后去网购。妈妈的服装店倒闭，就是因为姥姥这种人太多了。新鲜海参有特点，那就是又腥又硬又咬不动。海参的功能，就是让我对早餐丧失了兴趣。如果每天早晨仅仅是吃新鲜海参，或许会让我好受一点儿。比吃新鲜海参还让我倒胃口的是姥姥和妈妈的循环唠叨。姥姥说她拖着风湿老寒腿，忍受着肩周炎，从沙子口码头背回来的海参，我怎么还会嫌弃腥硬咬不动。这样的低质量唠叨毫无逻辑，难道姥姥背回来的是鹅卵石，我也得咽下去吗？姥姥本来在厨房里唠叨，她为了强调后面唠叨的内容，特意走出厨房站在我的跟前，说她一个月的退休金刚刚够她跑四趟沙子口码头，还唉声叹气，说海参越来越贵。

在姥姥打嗝的间隙，妈妈适时插进话来。妈妈不像姥姥，把海参和鮟鱇鱼的价格说得那么笼统。妈妈像个称职的会计，说这个星期的英语辅导费九百块、数学辅导费七百块、舞蹈课八百块、表演课一千六百块……朝晖透过阳台玻璃上"五子登科"的剪纸照射进来，洒在妈妈的脸上，也把她喷涌而下的唾沫星子照耀得缤纷闪亮，大部分落进我面前的海参汤里，让我丧失了最后一点儿胃口和耐心。于是乎，我在两个女人的循环唠叨中，背负着好几千块钱债务逃离家门。那个时候，考上大学，远离我生命里的这两个女人，成了支撑我活下去的信念。在我的眼里，姥姥和妈妈就像是两个赌徒，她们押我将来会成为女明星。于是，她们倾其所有，甚至不惜赌上自己的生活和我们唯一栖身的房子。想到这些，我非但不再有感恩之心，甚至还对她们生出怨恨。我最亲近的两个人，让我背负着莫大的压力。我经常会想，如果我爸爸还在，他会不会改变我目前的处境？都说父亲疼女儿，我相信如果爸爸在世，我的状况肯定不会像现在这么糟糕。对于爸爸，妈妈几乎从来不提及，我都是听姥姥说起的。姥姥说爸爸是一个混社会的小痞子，早早就把妈妈给祸害了。姥姥还说爸爸这种人是来讨债的，说我妈妈前世欠了爸爸的债。对姥姥的这种说辞，我心里很是反感。有时候，我会为爸爸妈妈辩解，说妈妈在家里得不到爱才会早恋。说到这些，姥姥便不再诟病爸爸，她心里应该觉得我的话有几分道理。

读高三的时候，我大部分时间在北京上艺考的辅导班。这些辅导班大都有相关院校的老师参与，辅导老师对每个学生家长说着几乎一样的评语：你的孩子非常优秀，我已经很多年没有见过这么有潜质的好苗子了，如果不出意外，这孩子经过四年科班学习，将来肯定会成为第二个章子怡。妈妈和姥姥就是被这样的话术蛊惑了，为了不让我“出意外”，她们毅然决然地卖掉青岛唯一的房子。可不是嘛，成为章子怡第二，青岛的一套房子算什么，就算是一套别墅也不在话下。其实，我当时听到这些话术的时候，也禁不住怦然心动。

因此，临近高考的时候，我开始发奋努力地复习功课。在学习方面，王宇豪给我很多帮助，甚至还能和我分享他高考的心得和经验。在他侃侃而谈时，我无限崇拜地注视着他，发现他的双眸熠熠发光，那是一个少年最纯真最美好的高光时刻吧。王宇豪向我描述着心中的圣殿，而我跟他一起仰望苍穹。偶尔对视时，看到他嘴角上翘的弧度，心中便如小鹿奔过潺潺小溪时激起水花四溅。

我还当面向他解释没有收受苹果手机的原因，王宇豪有些羞涩，他慌张地把话题岔开。我这才发现，原来他也像很多这个年龄的男孩子一样幼稚，一样不知所措。那天黄昏，我们俩约在操场的樱花树下见面。王宇豪岔开话题后，他往前助跑几步，跳起来抓住樱花树旁边的单杠，“呼呼呼”连续做了几个引体向上。在那个初春傍晚，我们俩依靠在单杠边上，一边说话一边望着彼此的眼眸。如今想起来，那是我今生凝望过的最干净最清澈的眼睛。我们俩不知道怎么越靠越近，后来，王宇豪吻了我。那一刻，一股超强电流瞬间走遍全身，我披着火光奔跑在小溪边，色彩就跟宫崎骏动画里的一模一样。一不小心，我便失足落进溪水里。我感觉到溺水一般的窒息，头脑里一片空白，嘴里只有吐出来的气泡，没有一丝丝进去的气体。直到王宇豪松开我的身体，拍了拍我的脸蛋，我才猛然清醒过来。“哗啦！”一下子，我从溪水中探出脑袋。睁开眼，我发现我和整个世界石化一般定格，随风摇落的樱花花瓣缤纷成唯一动态……

最后，是姥姥叫我的声音才把我唤回人间。原来，姥姥在学校门口接我下晚自习，直到同学们都走光了，她才找进教室，找到操场上。姥姥说把她吓坏了，她以为我被坏人带走了。这就是我姥姥，遇事总往最坏处想，她能把我生命里最美好的一天想象成地狱。

高考结束第二天返校,同学们叽叽喳喳相互比照高考答案。参照王宇豪的答案,我知道我的分数肯定远超艺考分数线,心中顿时坦然。王宇豪也很满意,他觉得他的分数人大保底没问题,也有搏一把进北大的可能。离开青岛,离开妈妈,离开姥姥,还有什么能比这个更让我开心呢。我已经按捺不住了,想约王宇豪一起去毕业旅行。王宇豪似乎有些犹豫,但他还是答应了。这个时候,班主任老师走过来,把那部包装完好的苹果手机交给我。班主任老师说她始终没有调查出是谁送我的苹果手机,所以最终还得由我来处理。我欣然接过手机,怪不得一说手机的事儿,王宇豪的神态就不自然,原来老师不知道是他送给我的,所以也没有把手机还给王宇豪。此刻不同了,我和王宇豪算是男女朋友,男朋友送女朋友一部手机实属正常。我开心地撕开苹果手机的包装,掀开盒盖后,发现里面竟然有一张纸条,我心里的甜蜜快要溢出胸腔。在心里,我一直嗔怪王宇豪不给我写情书,原来他早就想对我表明心迹,是我拒绝了。还让我奇怪的是,他是怎么把纸条塞进完好的包装里的?我打开纸条,看了一眼站在我面前的王宇豪,他的脸涨得通红,男生就是这么幼稚又局促。我打开纸条,上面的字迹很是潦草,潦草得甚至有点儿丑陋:

贝贝:

上回把你弄哭了,我很难过,送你一部手机,算是我向你赔礼道歉。

朱涵同

那一刻,我的脑袋嗡嗡作响,等我抬起头来,王宇豪已经消失得无影无踪。

很多年之后,如果回忆起我的初恋,在我脑海里浮现出来的人依然是王宇豪。虽然,他骗走了我的初吻。可是,他毕竟是第一个让我心动的男生。

3

接到录取通知书那天,我兴奋得快要晕过去。试问,哪一个十八岁的女孩不想成为章子怡第二呢?拍戏、剧组、红地毯、镁光灯、巴黎影展、戛纳电影节……我未来世界的大门正在打开,我的身边再也不是妈妈和姥姥,而是助理、保镖和经纪人。一个干涩的声音把我从红地毯拉回到高三的教室,王宇豪一脸歉意地站在我面前，向我表示祝贺。我淡淡地道一声谢谢，让自己保持着波澜不惊的神情。王宇豪说他被人大新闻系录取了，还说人大距离我的学校不远，以后可以经常去看我。我不想跟欺骗我的男生多说一句话，便收拾起背包，骄傲地走出教室。未来世界的大门正在打开，以后哪有时间让你去看我，哼！

回到家中——其实是小姨姥姥的家。卖掉房子后，我们三口又搬进姥姥妹妹的那处房子里。当着我和小姨姥姥的面，姥姥说过无数回，将来等贝贝成了大明星，给小姨姥姥在青岛买一套大别墅。有了这个似是而非的许诺，我们三口人便心安理得地在小姨姥姥的房子里白住了多半年。瞧见了吧，我还没有到北京，身上已经背负两套青岛别墅的债务了。回到家中，妈妈和姥姥张罗了一桌子海鲜，还有我最喜欢吃的梭子蟹。因为接到录取通知书的时候，我已经打电话告知妈妈了。我心里清楚，妈妈和姥姥背负的心理压力不比我小，让她们尽早知道我被国戏录取，她们的心理压力也能尽快得以释放。就算是我的肩膀稚嫩，但是看到妈妈和姥姥替我负重，我还是于心不忍。说真心话，我能够考上国戏，幸亏有妈妈和姥姥的辛勤付出。基于这一点，我还是应该感谢我的两位亲人，她们也是我仅有的两位亲人。

妈妈接过我手里的录取通知书，眼角眉梢都是笑意，她举着通知书跑到阳台上，说是要看看清楚。姥姥已经为我剥出一碗梭子蟹肉，让我去洗洗手赶紧来吃。我十分讨厌姥姥给我剥蟹肉，因为掰、咬、扯、抠梭子蟹，也是吃蟹的乐趣之一。姥姥总是剥夺我吃梭子蟹的一半乐趣，她还自以为是，说我咬梭子蟹没准会划伤自己的脸，做大明星最重要的是保护好自己的脸。去年冬天，有一回姥姥给我剥蟹肉，还被蟹钳拐了一颗牙齿下来。姥姥满嘴是血，染到雪白的蟹肉上，搞得我整个冬天都不想吃梭子蟹。姥姥凑热闹，也跑去阳台上跟着妈妈看我的录取通知书。吃完一碗蟹肉，我听见阳台上传来抽泣的声音。我赶紧跑去阳台，看到妈妈抱着姥姥，两个人正在相拥而泣。我忍不住走上前去，抱着妈妈和姥姥，三个人在阳台上一起哽咽。

姥姥率先止住眼泪，说今天是个开心的日子，让我和妈妈赶紧进客厅吃饭。妈妈擦干眼泪，抬起头来对我说，她和姥姥刚刚做了一个决定，要去北京陪我一起读完四年大学。

闻听这个消息，我就像一个精疲力竭攀上悬崖的人，转瞬又被推下悬崖。脱离妈妈和姥姥的束缚，是支撑我走到今天的信念。可妈妈和姥姥的决定，就如同一个噩耗，又把我送回到地狱。妈妈的理由很充分，说我太漂亮容易被社会上的坏人盯上。我几乎用怒吼的音量喊道，我在学校读书，不接触社会。妈妈说，学校里也不全都是好人，学校里也有坏老师和坏同学。姥姥在一旁帮腔，说是她和妈妈要在我成为明星之前，全力保护好我。我说我进入大学，而且年满十八周岁，已经是一个成年人，我知道该做什么不该做什么，我不要妈妈和姥姥再为我付出了。姥姥摇了摇头，说女人只要没有结婚就还是孩子，需要大人保护。我说你们如果非要跟着我去北京，我就不上了。妈妈解下围裙，说她和姥姥现在寄人篱下不是长久之计，在青岛或者北京都是同样要租房子住。我说北京租房子贵，你们去了北京怎么支付房租？怎么维持生活？妈妈说，我可以去北京打工，那么多北漂都能生存，我哪里比他们差？

妈妈和姥姥要去北京陪读，对于我来讲不亚于五雷轰顶。更让我不能接受的是，她们俩做出这个决定的时候，压根儿无须经过我的同意。对于妈妈和姥姥来说，我就像是家里的那个拖把，什么时候扔掉换新的，她们压根儿不需要跟拖把商量。

4

在学校的靓男美女堆里，我的漂亮毫不起眼，我再也不是中学里那个骄傲的校花。最初考入国戏的兴奋劲儿消失得无影无踪，取而代之的是无尽的失落。这种感觉就像是一只金刚鹦鹉飞进孔雀群里，金刚鹦鹉与孔雀拥有相同的五彩斑斓和亮丽，只是孔雀稍微扇动一下翅膀，人们便看不见金刚鹦鹉的身影。在青岛的麻雀群里，我作为金刚鹦鹉积攒起来的自信和骄傲，在我进入争奇斗艳的孔雀群后变得浅薄又可笑。我在想，当年我看麻雀们时的眼光，就是现在同学们看我的眼光。这股失落情绪困扰我足有半年时间，半年之后，我在北京动物园里终于找到我失落的原因。那天，我看着一只正开屏的孔雀踱着方步，以骄傲的姿态环顾四周。但是，当我看到孔雀头的时候，觉得还不如一只公鸡的头好看。一只长相不如公鸡的孔雀为什么那么骄傲？还不是因为一身漂亮的羽毛，它用五彩斑斓的羽毛吸引着异性的视线，也让异性忽略了它的长相。可不是嘛，羽毛是鸟类的衣裳，我的失落不就是源于我的服装嘛。

我的那些女同学大都家境优渥，穿一水儿的顶级名牌服装，甚至还有高级定制服装。而我的所有服装全部来自网购，网购时我还要比较价位，找出全网最低价。如今的艺人全都靠包装出道，包装的重中之重就是衣着服装。演艺圈里看重的奢侈品牌，不是一般家庭能够供得起的，遑论我这样的单亲家庭子女，我的妈妈只是一家湘菜馆的服务员。既然不能奢望名牌服装，我只好在化妆方面下功夫，每天在网上浏览大量的化妆品信息和化妆技艺。虽说女性化妆品也分等级，但即使再贵，其价格也只是顶级品牌服装的零头。

在接下来的寒假里，我细心研究了淡妆，也就是如何化出浑然天成自然美的妆。经过反复实践，我摸索出一套适合自己脸蛋的化妆术，看上去真的像是素面朝天，但是妆后的面庞更显青春和自然。在春节后的新学期里，我以全新淡妆入校。不露痕迹的素淡妆容，配上我略显质朴的服装，一个浑身散发清纯自然美的贝贝现身学校，果然吸引了不少男同学的目光。自此，我上了化妆瘾，不在脸上折腾一个小时，我都不敢出门示人。有一回，我逛街的时候把化妆包弄丢了。第二天，我没敢去学校，赶紧戴上口罩和棒球帽上街买化妆品。即便是把脸遮得很严实，我仍旧觉得自己像是赤裸着身体走在街上，因为我忘记戴墨镜了。

随着化妆技术日臻成熟，我也重新找回自信，与同学们的交流和沟通逐渐增多。有一回，我们班七八个同学约好出去吃饭，一进那家餐馆我便呆住了，因为我妈竟然在这里打工端盘子。妈妈看见我也是一愣，她随即走开，去服务别的餐桌。接下来，整整一晚上，妈妈再也没有多看我一眼。那天晚上，我食之无味，甚至都不知道吃下了什么东西。我时不时扫一眼端着盘子从我身边走过的妈妈，她的鼻尖和额头上闪着油汗混合的光亮，眼角眉梢挂着下垂的倦意。她时不时拢一把齐耳的短发，把散落的发丝别到耳朵后面，接着收拾杯盘狼藉的餐桌。我很难想象妈妈此刻心里在想什么，是啊，她会想些什么呢？我正想着妈妈会想些什么时，便听到我身边的女同学薛紫涵的尖叫声，我扭头一看，发现妈妈端着一大份剁椒鱼头站在一旁，忙不迭地向薛紫涵道歉。原来，妈妈端着剁椒鱼头路过时，不小心把剁椒鱼头的汤汁溅到薛紫涵的博柏利风衣上。薛紫涵举着她的风衣袖口，在我妈妈脸前晃着，厉声叫嚷道，你怎么那么不长眼，这件风衣你赔得起吗！妈妈竟然不会做别的辩解，只会一个劲儿地道歉，平时训斥我的“风采”全无。我妈妈也真是的，偏偏招惹薛紫涵。薛紫涵是我们的班花，也是全班同学争相巴结的对象，因为她认识好几个制片人，是我们班目前唯一上过戏的人。这一刻，我简直尴尬到天上了，窘到连一句劝说的话都讲不出口。

幸亏李伯言从中说和，把气呼呼的薛紫涵按下，并把我妈妈支开。我随着薛紫涵木然地坐下，像个木头人一样神情呆滞。也许是发现我的神态异常，李伯言对我开玩笑，指着远处的妈妈对我说，那个服务员长得还挺漂亮，真的很像你妈妈。那一刻，我不知道自己脸上呈现出什么样的神情，只觉得两颊发热，恨不得即刻逃离这家餐馆。

第二天是周六，早晨我低着头走出房间，低着头吃早餐，自始至终都没敢看我妈妈的脸色。好不容易吃完早餐，就在我低着头准备出门的时候，妈妈对我说，你们学生真敢花钱，昨晚一顿饭吃了一千三百多块，你以后还是少参加同学的饭局，我们湘菜馆从来不洗蔬菜的。我站在门口，转回头来对妈妈说，北京城里有那么多餐馆，你难道就不能换一家干吗？妈妈有些生气，把碗筷敲得山响，冲着我嚷嚷道，我打工赚钱供你上学，你嫌妈妈端盘子给你丢人了？我怕你觉得尴尬，我都没有上前跟你说话，你倒好，还怪罪我……

姥姥果然没有让我失望，她从厨房里走出来“补刀”，说如果不是我妈妈在餐馆打工，一家人都要睡大街上。我忍不住反驳说，我可以住校，你们俩尽可以回青岛。说完，我便推开房门，从两个女人的唠叨声中逃离。

5

读大三的时候，便有同学开始接戏。我们班班花薛紫涵已经上过一部电视剧和两部网剧，都是女二号女三号的重要角色，她是我们班最火的一个。大概出于嫉妒，同学之间开始流传关于薛紫涵的八卦，说她跟某制片人上床，所以才会片约不断。还有人说，这个时代资本才是王道，只有财大气粗才能从孔雀群里脱颖而出成为凤凰。薛紫涵就是我们表演班的凤凰，一只年少得意的凤凰，同学们都想跟凤凰搞好关系，期待着她能带着自己上戏。某天，薛紫涵果真带来一个好消息，说是她即将出演的一部电视剧招聘女三号，她跟演员副导演打好招呼，下午专门面试班里的女同学。于是，众孔雀们赶紧洗头、化妆、挑衣服，然后再去打印简历，准备下午前去面试。下午，同学们刚要结伴出校门，便遇到了郭思璐。郭思璐说她上午出去办事，就近去面试了，结果发现剧组已经内定了女三号，害得她大老远白跑一趟。众孔雀闻听，顿时泄了气，蔫头奋脑地回到教室继续上课。晚上，从剧组回到学校的薛紫涵大发脾气，说是她为同学们争取到机会，同学们却放了演员副导演的鸽子。同学们解释说，是听郭思璐回来说剧组内定了女三号，大家才没去的。薛紫涵顿觉脸上无光，她问道，郭思璐在哪儿？我说，郭思璐家里有事儿，下午请假回家了。一周后，薛紫涵所在的剧组开机，郭思璐成了那部戏的女三号。直到这个时候，孔雀们才恍然大悟，惊呼江湖套路深。

大三的下半学期，我们宿舍里发生了一起失窃事件，顿时把宿舍里的六个女生全都裹挟进来。其实，自从大二以后，薛紫涵就很少住校，她说自己在外面租房住。学校规定学生必须住校，每天晚上都有值班老师查夜。薛紫涵因为经常上戏，学校便对她网开一面。有天晚上，薛紫涵盛装走进宿舍，说是刚刚参加完一个影视圈大咖的聚会。作为女生，我们心里都很清楚，薛紫涵之所以今天跑回宿舍睡觉，目的就是向我们这些鹦鹉炫耀，并接受鹦鹉们的追捧。那天晚上，薛紫涵到其他女生宿舍挨个儿显摆完了，直到后半夜才回来卸妆洗漱。第二天早晨，薛紫涵突然尖叫起来，说她价值三十万元人民币的钻戒不见了。在同学中已经成名成腕儿的薛紫涵自带一股威严，她把宿舍门关上，用半带威胁的口吻说，这枚钻戒是一个重要的大人物送她的，如果找不到的话，她不会善罢甘休。郭思璐与薛紫涵的关系最为亲密，她在一旁帮腔道，钻戒肯定还在这间宿舍里，如果没有人主动交出钻戒，那就只能搜每个人的橱柜箱子了。为了摆脱嫌疑，我们余下的四个女生只能交出钥匙，任凭薛紫涵和郭思璐搜查我们的私人物品。折腾了两个多钟头，我们四个女生的私人物品被翻了个底儿朝天，仍旧没有找到薛紫涵的钻戒。在搜查过程中，我的私人物品是最少的，可是薛紫涵和郭思璐却用了最长的时间来搜查，她们俩把我每一件衣服的口袋都翻过来检查，甚至把我胸罩的夹层也掏出来。郭思璐用不屑的口吻讥讽说，居然用这么厚的垫子。对此，我很是气愤，低着头嗫嚅道，如果钻戒真的在这间宿舍里，只有郭思璐的橱柜没有搜查，谁敢保证不是她做的手脚。

众人的目光一起转向郭思璐，她的脸瞬间涨得通红。薛紫涵对她说道，为了避嫌，你也把橱柜打开吧。郭思璐一直都以薛紫涵最亲近的闺密自居，此刻，听见薛紫涵要搜她的物品，顿感颜面扫地。她狠狠地瞪了我一眼，很不情愿地打开橱柜，让薛紫涵搜查。钻戒的确在我们宿舍里，但不是在郭思璐的橱柜里，而是在下水道里。没错！是我干的。早晨我进卫生间的时候，看到薛紫涵落在洗漱台上的钻戒，我坐在马桶上犹豫了五分钟，直到有人敲门催我，我站起身来，把那枚钻戒扔进洗手盆的下水管。我这样干的理由有两个，一是薛紫涵经常嘲讽我是“无产阶级”，二是她在湘菜馆对我妈妈说过更难听的话。

整个宿舍被细细地翻找了一遍，仍旧没有发现钻戒的踪影。薛紫涵赤裸裸地威胁道，看在我们是同学的分儿上，我不想把事情搞大，但是你们非跟我过不去，我只能选择报警。说罢，薛紫涵的眼神扫过我们五个人，她见我们没有动静，便拨打了110报警电话。听说是价值三十万元的偷窃案，警方还挺重视，不多时便呼啦啦拥进宿舍七八个警察。接下来，警察找我们每个人分别谈话。大家都没有偷钻戒，心里很是坦荡，谈话很快结束。三名留在宿舍里勘查现场的警察，没多久便在下水管的U形管处发现了钻戒，一场闹剧就此收场。一位警官当着宿舍全体女生的面，把钻戒还给薛紫涵，并用戏谑的口吻说道，你们不愧是演员，一枚价值几百块钱的莫桑石戒指搞出三十万块钱的大场面。

6

周末是我最难熬的时刻，因为我要回去面对两个老女人的唠叨。想起姥姥和妈妈，这两个女人是我最亲近的亲人，同时也是我最厌恶的女人，对她们的厌恶程度甚至超过对薛紫涵和郭思璐的。因为薛紫涵和郭思璐只是招我恨，而姥姥和妈妈让我绝望到想轻生。但是，姥姥和妈妈又是可怜的，她们对我的付出无私且忘我，无私到眼里只有我，忘我到可以作践自己。妈妈很早就转行送外卖了，也许是担心在餐馆打工再遇见我和我的同学，那样的尴尬令人窒息。最近，网上总有新闻说某某外卖小哥因劳累过度猝死，我有些担心妈妈，她用一单单外卖供养着我“轻奢”的求学生活。“轻奢”不是我的本意，是妈妈非要把我送进这个奢靡的圈子。我绝大多数同学的家庭都是非富即贵，所以他们才能上辅导班，请家教，给老师送钱。若论家庭状况，如说生活是一片大海的话，那么我只适合乘坐一条小舢板，去附近的海岛上兜兜转转。妈妈的野心是被她的虚荣心撑大的，她非把我送上演艺圈这条大船，结果只是为了一张船票就卖了我们家的房子。船上都是体面人，容不得一个乞丐混在其中。所以，我必须像个体面人一样装扮自己，而保全我的体面的办法只能是妈妈起早贪黑地不停接单。我并非不体谅妈妈和姥姥，为了让我出人头地，她们几乎倾尽所有。大二之后，同学们纷纷出镜，即使不能像薛紫涵那样拍剧拍电影，至少也拍过广告做过平面模特儿，大大小小都算个收入。我的同学大都不计较酬劳，只要能够上镜，因为他们有强大的家庭做后盾。据说李伯言家里有矿，每一次出镜的酬劳他都会转送给副导演。因此，班上除了薛紫涵，就数李伯言出镜最多。我不一样，我争取上戏就是为了赚钱，以便帮助妈妈和姥姥减轻生活压力。可我越是计较酬劳，便越是接不到戏，甚至连做平面模特儿的机会也没有。最近，班上有两个女同学开始做抖音直播，貌似收入还不错。因为这两个女同学的家庭状况跟我差不多，"差不多"是我目测评估得出的结论，因为同学们对这个事情很是敏感。家庭经济条件好的同学会不自觉地炫耀，平日里吃喝穿戴花钱如流水，一眼就能看出来。经济状况不好的同学也会竭尽全力置办一两件名牌装束，但是大都忌讳谈论自己的家庭。就像我，至今没有同学知道我妈妈在北京送外卖，曾经在湘菜馆打过工，还把菜汤溅到薛紫涵的博柏利风衣上。

初秋的一个傍晚，在从食堂回寝室的路上，一个留长发的中年油腻男人拦住我。他自称导演，叫刘哲，正在筹拍一部玄幻网剧，说我很适合其中一个角色。听说有戏拍，我禁不住兴奋起来，再看眼前的中年男人，已经不像刚才那般油腻了。刘哲导演说剧组在北七家那边一个酒店里，问我愿不愿意现在过去试一下镜。我忙不迭地答应着，问刘导要不要回寝室换一件衣服。刘导上下打量着我，说剧组有古装，要换古装试镜。就在我犹豫的片刻，我看见薛紫涵和郭思璐从食堂走过来，因为担心她们俩入了刘导的法眼，我赶紧答应去试镜。坐上刘导的本田CR-V，我略感失望，北京的导演至少得是"BBA"这个级别才靠谱吧。CR-V开到一家经济型酒店门口，刘导招呼我下车。经济型酒店也不奇怪，据说剧组住的都是很便宜的酒店。我跟在刘导身后，进了五楼一间客房，房间里还有两个男人，看上去神色有些诡异。刘导向我介绍说，这两个男人是剧组的主摄像。留着小胡子的男人举起手机，笑着对我说，我是主摄，他是副摄。接着，主摄和副摄哈哈大笑起来，这笑声让我顿时紧张起来。刘导制止了两个人，让他们去拿戏服来。不一会儿，副摄拎来一个纸袋，递给我让我抓紧时间换衣服。刘导说，换好衣服叫我们一声，我们就在隔壁。说完，三个男人关上房门，走了出去。我的心越发忐忑起来，虽然没有进过剧组，但是我觉得这里没有丝毫剧组的样子，而且两个摄像看上去就不像是好人……我赶紧关好房门，掏出手机拨通李伯言的电话，把这里的情况向他简单描述了一下。李伯言说肯定是骗子，让我把定位和房间号发给他。李伯言叮嘱我说，你假装配合一下，我立刻带兄弟们过去营救你。

接下来的事情，果然如李伯言所料，三个男人露出流氓色相。他们先是敲门，问我换好衣服没有。我说，我还没有换衣服。他们问，为什么还不换衣服？我说，这件纱织衣服又薄又露又透，穿上会走光。刘导说，这是剧情决定的，你作为一个演员，连这点牺牲精神都没有吗？听我没有作声，刘导又催促道，你抓紧时间，我们后面还有试镜的演员等着呢。我说，你们让其他演员先试镜吧，我再做会儿思想斗争。刘导说，那好吧，你先把门打开。我迟疑着要不要开门，估计李伯言他们已经在路上了，我能多磨蹭一会儿是一会儿。此刻，敲门声又加剧了，震得我心脏跟着敲门声一起跳动。看来实在推托不过，我才走过去，把房门打开。刘导和主摄像、副摄像三个人拥进门来，脸上都挂满不耐烦的神色。刘导收起先前油腻的笑容，蛮横地训斥道，你这是在耍我们，这样的性格不适合做演员，只配去做“小姐”。主摄像抓起床上的纱衣，甩在我的脸上，让我现在即刻换衣服。副摄像打开手机，好像已经开始拍摄。我从未遇见过这样的情形，我的心里害怕极了，恨不得像只海葵一样蜷缩起来。我也清楚，我越是害怕退缩，对方就越是会肆无忌惮。我强作镇静，举起手机来，对他们三个人说，你们要是敢胡来，我就打110报警。我的话音刚落，主摄像一把夺去我的手机，并把我推倒在床上。我终于忍不住了，我的眼泪涌出眼眶那一刻，我禁不住放声大哭起来。我用双手捂住眼睛，最终，我还是像海葵一样，选择了蜷缩。我的哭喊声没有招来怜悯，我感觉到有人开始撕扯我的衣服，我腾出一只手来，紧紧护住我的胸口。此时的我，已经觉得浑身乏力，心里只能祈祷李伯言快点儿到来……

我的这个念头还未从心头落下，便听到一声巨响，应该是房门被大力撞击开的声音。我睁开眼，果然看到李伯言带着一群男同学冲进房间。天哪！此时这群男同学真像是我的亲人，包括我平时不待见的焦勃。同学们不由分说，对着房间里的三个男人一顿拳打脚踢，打到三个人跪地求饶。在拳来腿往中，我吃惊地发现焦勃居然文身了，两条胳膊上文着两条青黑色的龙。李伯言伸出手，制止了出手最狠的焦勃，指着床上衣衫不整的我对刘导三人说，这是我的女朋友，你们说吧，今天这件事情如何了断。刘导擦了擦嘴角的血，问李伯言，你说怎么了断？李伯言说，公了，现在就打电话报警，把你们交给警察处理。私了，你给我女朋友赔偿二十万元精神损失费。刘导忙不迭地说，私了私了，但是我们身上没那么多钱。李伯言掏出手机，对刘导说，扫我的收款码。最后，经过一番讨价还价，刘导支付了五万块钱。

那个周末，我请男同学们去酒吧，一晚上花掉两万多块钱。这个情景如果让我妈妈看到，她一定会认为我疯了。

7

我们班的毕业作品是一部四幕话剧《多余的人》，故事讲述一对情侣大学毕业后准备结婚，女一突然告诉男一自己喜欢上一位高富帅，准备跟随高富帅移民美国。男一痛苦万分，但是为了成全女一，他还是支持女一的选择，因为女一一直想出国深造，而他没有能力帮助女一完成梦想。女一离开后，男一痛不欲生，工作生活搞得一团糟，精神也陷于抑郁。此刻，女二来到男一身边，而女二曾经与女一是闺密，也是男一的大学同学，三个人大学期间也是最要好的朋友。接下来的情节便是女二帮助男一走出阴霾，半年后，男一和女二步入婚姻殿堂。一年后，女二已经怀孕。某日，女二打来电话，让男一到医院去一趟。男一赶到医院时，发现女一到了弥留之际，原来，女一压根儿就没有去美国，她在得知自己罹患癌症时，不得不动员闺密女二，让她帮助男一渡过此劫……

按照话剧排演规律，所有角色都有AB两个人选。薛紫涵担纲女一A，郭思璐则是女一B，李伯言出演男一A，焦勃是男一B。而我幸运地得到女二A的角色，其他同学各司其职出演不同角色。彩排到紧要关头时，传来一个爆炸性消息：某豪车品牌准备在中国建厂，需要拍摄一条纯中国风格的广告，希望找到一个清纯的中国女性来代言。厂商甚至连广告脚本都已公布出来：一中国女子从总裁手里接过车钥匙，豪车以无人驾驶模式行驶在美国的西海岸，该女子在途中要弹奏琵琶……

为此，我们表演系的女生全拼了，薛紫涵甚至花费巨资请来东田造型的首席发型师。我对这次选拔也是跃跃欲试，足足用了半天时间为自己化妆，其间还改了一次妆容。选角之日，国戏大院里流光溢彩，香艳夺目。而命运之神这次青睐了郭思璐，大概是她那张高颧骨的脸更符合西方人的审美吧。薛紫涵虽然没有被选中，但是也被列为一号备选。毕业大戏中，郭思璐是薛紫涵的备选，而在这次国际广告的拍摄中，薛紫涵却成了郭思璐的备选。能够入世界一流大公司的法眼，而且是一条面向全球发布的广告，郭思璐很是兴奋。接下来，郭思璐开始办理签证，因为这条广告需要去美国拍摄。办理签证时出现麻烦，美使馆以有移民倾向为由拒签了郭思璐的第一次申请。由于这次拒签，再次前往美国拍广告的时间与我们的毕业演出起了冲突。郭思璐前去请假，学校领导不予批准,并明确表示,没有毕业作品将不准毕业。前些天还志得意满的郭思璐顿时泄了气,看谁都不顺眼,甚至还跟第一闺密薛紫涵怄气。薛紫涵倒是很大度,不仅不与之计较,还苦口婆心劝慰郭思璐,并且动员全寝室女生游说郭思璐。游说内容大概就是要以艺术为重,一条十秒钟的商业广告怎能抵得上一部国戏史上最重要的毕业话剧的分量,不管是为了前途,还是为了艺术,都应该拒绝这次广告拍摄。

种种压力之下,郭思璐妥协了,她拒绝了这次国际广告拍摄的邀约,开始投身毕业话剧排练。就在《多余的人》最后一次带妆彩排时,薛紫涵突然失踪了,学校最后不得不报警。经过警方调查,发现薛紫涵已经于前日出境,飞赴美国。接下来的事情尽人皆知,薛紫涵代替郭思璐接下了广告。广告播出的那天,正巧赶上学校发放毕业证书,薛紫涵因为没有参加毕业大戏演出,没有拿到毕业证。当然,薛紫涵也没有来领取毕业证,大概在她决定接广告的时候,就放弃了毕业证。

表演系的分手饭吃得有些压抑,因为大家不知道该如何安慰郭思璐,也不知道该怎么评判薛紫涵,只能云山雾罩地说一些"苟富贵,勿相忘"之类的不着边际的话。四年的学习生涯,让我大开眼界,也让我大失所望。我觉得,时光就像一块抹布,只会越用越脏,我原先以为抹布能擦掉灰尘,其实,它只是把经过的地方沾染上了它本身固有的脏。我还觉得,旗鼓相当的人很难成为朋友,因为大多数人只肯帮助远不如自己的人,或者去巴结远比自己强大的人。想来也是,同处起跑线的人,又有谁会舍弃自己的前途为竞赛者助力呢?

分手饭吃到最后,男同学们开始表演醉酒,对着心仪的女生说疯话。焦勃甚至脱光上衣,露出健美的肌肉,单腿跪在郭思璐面前,说是等他拿到影帝之后就会迎娶她。郭思璐也被焦勃逗笑了,她为自己的无名指戴上一枚易拉罐铁环,说她已经答应焦勃的求婚了。男同学们在北七家营救我的那天晚上,我看到焦勃裸露的文身,还为他这身肌肉可惜,谁知道是化妆班的同学给焦勃贴的文身贴,旨在扮黑社会吓唬那三个骗子。在那次营救行动中,李伯言还当着众人的面说我是他的女朋友。我知道这是恐吓三个骗子的戏言,但我听着心里还是蛮甜蜜的。我不排斥做李伯言的女朋友,不仅不排斥,我还在心里殷切期待了许久。但那次营救行动过后,李伯言对我再也没有任何表示。我想李伯言心里也许从未想过这件事,他当时只是逢场作戏。

同学们大都喝多了酒，最终还是有人把话题引到薛紫涵身上。李伯言感慨道，现实远比戏剧丰满，这才是真正的毕业大戏。这样的结果，是薛紫涵早已预见的。我不知道薛紫涵挣扎了多久才做出这个选择，我想如果换作是我，没准也会做同样的选择，因为我比薛紫涵多了一层生存需求。所以，我没有指责薛紫涵，而且我觉得以后也不能随便指责一个人，因为我们永远不知道另外一个人经历了什么。

8

临近毕业那段时间，我问妈妈，我马上毕业了，你们什么时候回青岛？妈妈说不着急，等我接到戏，找到工作，能够养活自己的时候，她们就回青岛。我说，有很多人毕业三五年都接不到戏，甚至有些人一辈子都拍不上戏，难道你们要在北京陪我一辈子吗？

因为有了北七家那次不爽的经历，我对于所谓上戏的“机会”又多了几分谨慎。于是，在整个大四的实习期里，我没有接到过任何戏，哪怕是个跑龙套的角色。无数次，我梦见自己进了剧组，还成了驻组演员，但我总是把事情搞砸，不是忘了化妆就是穿错了服装。有好几回，我都是从梦中吓醒的，醒来之后我还能感受到自己的尴尬。看来，我的演艺之路注定不会一帆风顺。

在没有戏拍也不用上课的日子，我只能漫无目的地在街上溜达。从琉璃厂的古玩店到西四的胡同，从使馆区的咖啡店到三里屯的酒吧，这些地方的摄像头都曾捕捉过我无所事事的身影。端午节那天，我正在街上闲逛，突然看到我的姥姥，她身着环卫工人的红黄马甲正在低头扫马路。天哪！我妈妈在送外卖，我姥姥在扫大街……即便是我将来成名成腕儿了，这两件事情如果传出去，我在演艺界还怎么混啊！

我怔怔地立在原地，在距离我姥姥二十多米远的一棵杨树后面。姥姥往前清扫一段，再回来推着车往前走一段。她佝偻着腰身，每个动作都处于慢放模式，不再像她在厨房里那般淡定自若，更不像唠叨数落我时那般居高临下。泪水模糊了我的眼睛，透过蒙眬泪眼看着姥姥越走越远，我竟没有勇气上前问候她一声。时常听姥姥说起她在寺庙做义工的事，原来她每天起早贪黑出门，是在扫大街。大概是妈妈送外卖支撑不了三个人的生活，姥姥才来扫大街的。平日里，我只听到她们唠叨物价贵、房租贵，但从未问过每个月的花销是多少……

其实，我知道妈妈和姥姥很辛苦，但是她们同属于情商较低的那种人，她们用唠叨抵消了付出的辛苦，还让我心生厌恶。

就在此刻，我的手机铃声响起，是李伯言打来的电话，他说帮我找到了一个上戏的机会，导演已经答应见我。李伯言补充道，今天晚上导演和投资方有一个饭局，导演让我过去参加饭局。既然是同学介绍的，肯定是靠谱的事儿，我想都没想便一口答应下来。挂了电话，我急忙往家里赶，因为我要洗澡、化妆、换衣服。我在心里暗暗祈祷着，一定让我得到这个上戏的机会，那样的话，妈妈和姥姥就可以解脱出来，她们也能安心回青岛了。

饭局安排在大董烤鸭店，一大桌子坐满十几个人，我只认识李伯言一个。李伯言隆重推介了我，并介绍我认识了蔡华导演，一位文质彬彬的学院派导演。李伯言介绍投资方潘总的时候，站起一位矮胖的中年男人，他费力地转动着他粗短的脖子，同我握手的时候居然用手指在我的掌心里挠了几下，让我顿觉恶心。在座的还有几位年轻漂亮的女孩，我猜应该也是四处寻找上戏机会的小演员。有漂亮女孩的饭局总会很热闹，大家不停地离席去给蔡导和潘总敬酒，还要说一些肉麻恭维的话。坐在我身边的李伯言碰了碰我的胳膊，让我过去敬酒。我趴在李伯言耳边，小声控诉了潘总刚才的小动作。李伯言说，小地方来的土鳖，调情手段就这么低级，你捏着鼻子忍着恶心过去多敬几杯酒，帮着蔡导拿下这个投资，以后就不愁没戏拍了。我深知这个机会难得，尤其是我这种没有任何资历的素人，抓住了机会就等于把控了命运。依照李伯言的指点，我陪着矮胖粗短的潘总干了六杯茅台酒，并把恭维他的话说到自己都脸红。潘总对我似乎颇有兴趣，握着我的手不肯松开，只是这回没再挠我的手心。茅台酒喝到第五杯的时候，潘总踮起脚尖，伏在我的耳旁，嘴唇几乎触碰到我的耳郭，低声说道，用什么演员，导演说了不算，投资方才有决定权。我明白潘总的意思，于是，我又给他斟满第六杯酒。端起酒杯，潘总大声说道，贝贝长得很像我的初恋女友，我想跟贝贝喝交杯酒，大家觉得怎么样？除了那几位漂亮女孩外，在座的其他人一起鼓掌称好。于是，我忍着更强烈的恶心，跟潘总喝了交杯酒。我见过很多在饭局上要求喝交杯酒的男人，我猜测这种男人很擅长意淫，就像我眼前的潘总。在众人的欢呼声中，潘总再次踮起脚尖，小声对我说，一会儿饭局结束了，去我的私人会所唱会儿歌。我想有这么多女孩做伴，就算是去私人会所也应该没有大问题。我没有拒绝潘总的勇气，就算我恶心到想去洗手间呕吐，就像我三年前在湘菜馆里没有勇气认我的妈妈，就像我今天下午在大街上没有勇气叫一声姥姥……我忍住眼里的泪水，冲着潘总点了点头。

在大董烤鸭店门口，参加饭局的人相互道别，我才知道，潘总只邀请了我一个人去他的私人会所唱歌。在这一瞬间，我的脑海里蹦出无数个“不”字，因为我清楚今天晚上会发生什么。我的这个“不”字一旦说出口，就等于我拒绝了这个机会，这一点我心里也很清楚。不行！我实在说服不了自己，何况还是在李伯言知情的情况下，如果仅仅是逢场作戏搞暧昧，我还能应付。就在我内心千回百转的时候，一辆路虎越野车开到我面前。潘总伸出手为我拉开后车门，又用他肥胖的小手做了一个请上车的手势。还没等我将拒绝的话说出口，李伯言走过来拍拍我的肩膀，轻松且认真地叮嘱道，陪着潘总好好唱歌，唱得开心哟。

望着李伯言转身离去的背影，一时间我心中竟然涌起一股纷繁复杂的情绪，其中包含着失望、委屈、悲愤、孤独、无助……我不再想那么多了，在我钻进越野车的同时，我用手擦去脸上的泪水。潘总随后跟着钻进车，越野车随即开上了路。潘总打了一个响亮的饱嗝，握住我的手说道，贝贝放心好了，今天晚上只要让我开心，这个戏的女二号就是你了。我麻木地回道，谢谢潘总。我的话音刚落，潘总就把他硕大的脑袋凑过来，要亲我。就在这时，越野车突然一个急刹车，我和潘总的身体同时前倾，不得不扶住前排座椅后背，才让身体找到平衡。潘总生气地骂道，你这个代驾会不会开车，当心我投诉你！代驾司机没有吱声，继续往前开车，平稳地驶上西直门立交桥。潘总再次回过头来，对我说道，一般人进不了我的私人会所，一会儿到了那里你就知道了，知道什么叫作奢华，什么叫作成功的人生。见我没有反应，潘总又问道，你现在有没有期待马上进入我的私人会所呢？我说，很期待，我更期待分享潘总成功的经历。潘总哈哈大笑，伸手揽住我的脖子说道，今天晚上要跟你分享的不仅仅是我成功的经历，还有你意想不到的惊喜呢。顺着潘总胳膊上的力道，我俯倒进他的怀里。紧接着，我感觉到潘总的另一只手伸进我的胸口，我下意识地紧缩着肢体，但是我没有用手去阻挡。突然，我感觉身体失重，紧接着传来一声沉闷的声响，我和潘总双双撞向前排座椅，顿时感到一阵头晕目眩。眩晕中，我看见路虎车旁有一辆救护车，正闪烁着刺眼的蓝光划过……

三、钱芳

1

我承认,我骨子里有反叛精神。用爸爸的话说,我头上长有反骨。其实,反骨也好,反叛精神也罢,这些性格特征与我纤弱的身材恰好成反比,我的外表不仅不像女汉子,甚至还有几分林黛玉般的娇弱。然而,就是我这副"弱柳扶风"的腰身,却常常作"狮子吼"。

读初中三年级的时候,年轻气盛的英语老师以侮辱性语言训斥我的同桌屠志强,我便拍案而起,与英语老师据理力争。这件事情最后闹到校长那里,以英语老师向屠志强道歉结束。自此之后,屠志强成了我的死党,我成了英语老师眼里的"死人",他再也没有跟我说过话,也不再批改我的英语作业。英语摸底考试的时候,刚刚开考十分钟,屠志强正在抄我的英语答卷,可英语老师居然以我作弊为由没收我的考卷,还在我的英语考卷上打了零分,并把我驱逐出教室。我站在教室外手足无措时,屠志强走出教室。我问他,你怎么也出来了?屠志强笑着说,我主动要求英语考试得零分,出来跟你做伴。随后,屠志强带着我去五金店买了一把钳子,回到学校停车处,把英语老师的摩托车能看见的线和输油管全部剪断。后来,我和屠志强除了赔偿修理摩托车的全部费用外,每人还多了一个留校察看的处分。

读高中之后,我和屠志强便不在一个班上课了,但是我们俩还经常在一起玩儿,同学们都说我们俩在谈恋爱。我对恋爱这事儿似懂非懂,但心里清楚我喜欢跟屠志强待在一起。也许是到了青春期的缘故,我叛逆的节奏越发紧密,差不多每个星期都要折腾点儿事儿出来。只有我惹出事端,爸爸妈妈才会关注我,才会给我"擦屁股",不然他们俩只知道忙自己的工作。后来,我发现他们不纯粹是忙工作,即便是不忙工作的时候,他们也会忽略我的存在而沉浸在他们两个人的世界里。我爸爸是纺织厂厂长,在青岛也算是个有头有脸的人物,平时饭局应酬多,他几乎每回都带上我妈前往。于是,在这个家里,我一个人待着的时间很多,也很长。有时候,我会觉得我在这个家里显得多余。一想到自己是多余的,眼泪就会流下来,那一刻风过窗前,夜空中飘落下雪花。在这个孤独的冬夜，我会想起卖火柴的小女孩最后冻死在冰雪街头。我还会想起阴暗森林里失去庇护的白雪公主，不对，白雪公主身边还有七个温暖的小矮人。我的小矮人在哪里？是屠志强吗？

如果没有我，爸爸妈妈肯定活得比现在还要有滋有味，至少在他们俩出门的时候不用例行公事般地叮嘱我好好复习功课，也不用隔三岔五地跑学校给我“擦屁股”。

高考前夕，看着那些被父母督促逼得喘不上气来的同学，我心里满是羡慕。高考是大事，也是人生的重要节点，而我的父母却在忙活纺织厂改制的事情。别看我整天惹事，我的学习成绩一直还不错，在高三年级里也算得上中上水平，只要运气不是太差，考不上好的大学，读二流大学还是有把握的。偏巧在这个时候，出现一起“黑天鹅”事件，就此改变了我的人生轨迹。

高三下半学期，我们班里来了一个插班生，名字叫余昊水。据说余昊水的爸爸是个当官的，这一点从以严厉著称的班主任对待他的和蔼态度上就能看出来。余昊水长得细皮嫩肉，刀条一样的鼻梁上还架着一副玳瑁眼镜，正是我讨厌的男生长相。可这个余昊水偏偏喜欢跟我搭讪，每天都会有意无意找我说话，说的也是一些我没兴趣的话题。余昊水跟我讲话，被前来找我的屠志强看见过好几回。屠志强也反复问过我，是不是喜欢余昊水？看到屠志强吃醋的样子，我心里顿觉甜蜜。为了让这份甜蜜感持久一些，我故意对屠志强模棱两可地说，谈不上特别喜欢，但是也不讨厌。青春期的孩子都有些古怪，而且言行不一致。我心里明明很讨厌余昊水，却对屠志强说我不讨厌他。

有一天中午，我正在去食堂吃饭的路上，余昊水追上来问我，你爸爸是不是在纺织厂当厂长？我点点头，问余昊水，问我爸爸干吗？余昊水笑了笑，接着问道，纺织厂是不是正在改制？我又点了点头，很不友好地说，你打听这事儿干吗？没等余昊水的话说出口，屠志强突然冒出来，对着余昊水的脸便猛击一拳。余昊水的玳瑁眼镜跌落在地上，鼻子嘴巴一起往外汩汩流血，鲜血在他白嫩的脸上显得有些刺眼。接下来，余昊水被送去医院，检查下来倒也无大碍。可屠志强却没有那么幸运，他在毕业前夕被学校开除，连参加高考的机会都失去了。出了这档子事儿之后，我很是自责，责怪自己没有对屠志强讲实话，导致他因嫉生恨。屠志强落到今天这个下场，我应该负多半责任。学校宣布开除屠志强的第三天，我也宣告辍学，以这种极端方式昭示自己的仗义。我辍学一个月后，我的爸爸和妈妈才知晓此事。他们知晓此事越晚，我心里越是怨恨他们。爸爸大概是从学校了解到了我的情况，回到家里狠狠地训斥了我。那天晚上，我积攒已久的情绪也爆发了，甚至讥讽我爸爸在纺织厂改制中出局是越混越差。这句话应该是戳到我爸爸的痛处，他怒吼一声，扇了我一记耳光。这是我爸爸第一次动手打我，这一记耳光把我扇出家门，我随后便跟屠志强同居了。

在我住进屠志强家第二天，他告诉我一个信息，说余昊水的爸爸是发改委的副主任。屠志强还说，我爸爸纺织厂的改制就是发改委牵头搞的。

2

两个月没有来例假，我才知道自己怀孕了。我和屠志强都才二十岁出头，怎么会要孩子呢？屠志强说如果是个男孩就生下来，而且他们家三代单传，他妈妈也希望有孙子抱。我问过朋友，肚子里的孩子至少要五六个月才能识出性别，而五六个月的孩子只能做引产，对身体伤害比较大。我把这些顾虑告诉屠志强，他似乎也没有完全做好做父亲的心理准备，最终勉强同意我做人流手术。我们俩商量明天去市立医院做流产，因为屠志强的舅妈在市立医院妇产科当护士。主意已定，心情顿时明朗起来。屠志强说，明天就要做流产手术，今天请你吃顿好的补补身体。屠志强带我去了海天大酒店，中午吃了一顿五星级自助餐。我问屠志强，你最近花钱大手大脚的，哪里来的钱？因为没有找到工作，我们俩一直住在屠志强家里，过着啃老的日子。屠志强最近整天在外面瞎忙叨，经常后半夜才回家，问他干什么去了，他总说跟朋友们在一起做生意。我问他，是什么朋友？做什么生意？他说，是道上的朋友，都很有背景。至于做什么生意，屠志强不肯向我透露，这让我隐隐觉得不安。我不喜欢屠志强跟一些不三不四的人混在一起，但是我又希望他能够赚钱，赚到钱就可以出去租房子，不用在他们家看他妈妈的脸色。屠志强的妈妈很强势，在家里说一不二。屠志强的爸爸算是半个读书人，他去世得早，家里留下很多书，可屠志强和他妈妈都不读书。上个月，我帮屠志强的妈妈收拾整理家务，她叫来一个收破烂儿的，要把屠志强爸爸的书全都当废纸卖掉。我有些于心不忍，想留下几本书给屠志强当个纪念，便从中挑选出《简·爱》《飘》《傲慢与偏见》和《安娜·卡列尼娜》，因为我知道这些书都是世界名著。屠志强的妈妈把《安娜·卡列尼娜》从我手中夺回去，说这本书分量重，能多卖点儿钱。

自助大餐还没有吃完，屠志强接到一个电话，脸色顿时严肃起来，跟对方说他马上赶过去。我对屠志强说，我支持你做生意赚钱，但是不要跟烂人混在一起，也不要做犯法的事情。屠志强对我很有耐心，但顾左右而言他，说等他赚到足够的钱，就跟我一起开夫妻店做生意。说完屠志强在我的额头上亲吻了一口，便急匆匆地走了。没想到，这竟然是他给我的最后一吻。屠志强一夜未归，第二天一早醒来，我给他打电话，他的手机一直无人接听。到了中午时分，屠志强的电话打了进来，而打电话的人竟然是警察，让我去医院的太平间一趟。我已经预感到了什么，那种感觉有些麻木，麻木到出租车司机问我去哪家医院，我想了半天才说出去市立医院。屠志强的妈妈早已吓得浑身瘫软，在医院太平间门口看见警察，就放声号哭起来。屠志强身上被人捅了六刀，其中一刀刺中肝脏，失血过多导致休克性死亡。杀死屠志强的凶手没有找到，但是据警方说，屠志强的死亡涉黑涉毒。

料理完屠志强的后事，我才得知爸爸罹患绝症，而且已经去了北京治疗。接二连三的沉重打击，让我的神经变得愈发麻木，我浑浑噩噩地过了一个星期，做了一个重大决定，我要把肚子里的孩子生下来。屠志强的妈妈得知这个决定后，抱着我号啕大哭，说我是个活菩萨。前几天，在屠志强刚刚离世的时候，她话里话外骂我是扫帚星。从扫帚星到活菩萨，才过了一个礼拜的时间，这是跨越式涅槃吗？

涅槃后第二天，我便去了北京。爸爸忽略我的成长，我却不想缺席爸爸的送别。我收拾好自己的物品离开屠志强家的时候，我知道自己再也不会回来了。我把《简·爱》《飘》《傲慢与偏见》三本书一起带走，因为留下来也会被屠志强的妈妈当废品卖掉。

3

爸爸去世二十一天后，我的女儿出生了，我给她取名叫贝贝。当医生告诉我生下的是女儿时，我心里极度失望。我执意要生下这个遗腹子，就是想生个儿子，给屠志强留下个传宗接代的根儿。母以子为贵，青岛人很看重生儿子。小时候，爸爸妈妈听见谁家生了儿子，脸上就露出一副羡慕的神色。屠志强的妈妈听说我生了个女儿，脸色比刚出生的女儿的脸色还难看，她转身离开医院再也没有出现过。我想我在屠志强妈妈那里又从活菩萨变回了扫帚星。那一刻，我非但没有难过，我的倔脾气反而被激起。女儿怎么了？女儿就该死吗？大家不都是女人吗？我暗下决心，一定要把女儿培养得出人头地，让屠志强的妈妈后悔一辈子。在我怀孕期间，我把从屠志强家带走的三本书读完了。斯嘉丽使我有勇气独自把孩子养大，可伊丽莎白和简·爱又让我的女性意识开始觉醒，让我觉得最初要生下这个孩子的决定太草率了：付出这么多仅仅是为一个男人传宗接代。作为男人天敌存在的女人，不仅要时刻提防来自男人的伤害，还要为男人传宗接代的执念奉献子宫。当然，也有不以子宫论英雄的雄性，例如我爸爸，即便妈妈生下了我，他还是深爱着妈妈，没有觉得“皇位”旁落他人。自从父亲去世后，妈妈眼睛里的光泽变了，以前自信、犀利、无所畏惧的光变暗淡了，最后暗淡成柔和的、不再伤人的、略带讨好的光。就像一头老迈并伤残的母狮，失去狮王庇护后，生怕被狮群遗弃，不得不对其他狮子温柔以待。我想，这也许就是我们所有母狮的命运，从身为雌性混沌的原罪走向清晰哀伤的死亡，路过人间只为奉献子宫。

全新生活就这样开始了，我把懊悔埋进心底深渊，像斯嘉丽一样扛起生活的全部重担。我用母乳喂养贝贝一年后，便给她断了奶，因为我要挣钱养家。我没有人脉，家里也没有后台，赚钱谈何容易。我甚至想去批发一点儿女性发卡和发饰头绳，在路边摆个地摊。城阳有很多韩国人开的工厂，生产发卡和发饰，据说在大商场里卖得很贵。我不想去大商场里租赁柜台，一是租赁费贵，二是担心被同学们看到。说起同学，我忽然想起了小金，他是我的高中同学。在我们读书的时候，小金就开始倒腾小买卖，做黄牛倒卖足球票，批发假耐克鞋卖给同学。小金没考上大学，高中一毕业就买了一辆出租车，算是我们同学里的有钱人。小金约我在昌乐路一家馄饨馆里见面，他说这里是他跟朋友交接班的地方。原来，小金和一个朋友合伙开出租车，一人白天开，一人晚上开。小金说出租车的管理费太贵，一个人开等于给出租公司打工，挣不着钱。我们俩正说着话，小金的合伙人来了，说他爸爸给他在制药厂找了一份工作，他下个月就要去厂里上班，不能再跑出租车了。我对小金说，我去考个驾照跟你合伙跑出租车吧。小金说，开出租车很辛苦，女人撑不下来的。我说，从今天开始，你就拿我当男人吧。

两个月后，我拿到了驾驶执照，开上了出租车。我白天开，小金晚上开。刚刚学会开车，还挺上瘾的，我一天可以开十四个小时。一个月下来，刨去管理费和加油费，赚了三千多块钱，交房租和买奶粉足够。为给爸爸治病，原先的房子卖了，我们一家三口一直住在小姨家的房子里。虽说是妈妈的亲妹妹，但是也不能长期白住人家的房子。按照市场上的租房价格，我每个月给小姨交一千块钱的租金。小姨不肯收，争来让去半天，最后，小姨答应每个月收八百块钱。

贝贝完全交由我妈妈看管，很多时候，我交班回到家，贝贝已经睡了。早晨，贝贝还没有醒来，我已经出门去接小金的班了。有一回，贝贝半夜醒来喝奶，我抱起她喂奶的时候，贝贝哭个不停，直到我妈妈接过去，她才止住哭声。妈妈无奈地苦笑道，贝贝已经不认得你，拿你当生人了。听妈妈这样说，我有些心酸，可是生活所迫，我只能接受现实。

4

诚如小金所言，开出租车是个辛苦活儿，最初的驾驶乐趣很快被日复一日的劳累消磨殆尽。小金还说过，拉的客人多了，什么奇葩货色都会遇到。果然，我先后遇见要赖拒付车费的，还遇见两口子在我的车里打架打碎车窗玻璃的。最让我生气的，是经常遇见对我打歪主意的男乘客。有一天下午三点多钟，我在闽江路拉上一位醉醺醺的中年男乘客。中年男人上车后，就开始吹嘘他是某某局的科长，管得着我们出租车。我说我遵纪守法，你们管不到我的头上。中年男人看了一眼副驾驶台上的登记信息，信息全都是小金的。中年男人说，车人不符，我就可以扣留你的车。我强压着火气说，出租车的份子钱太高了，一个人跑车等于给出租车公司打工，连自己都养活不了。中年男人说，份子钱高低我管不着，车人不符我管得着，你把车停下。我把车停靠在路边，扭头看着中年男人，等着他的下文。中年男人的脸被酒精刺激成猪肝色，他堆起一脸猪肝色的淫笑，不怀好意地把脑袋凑过来说道，你也可以陪我玩一玩，咱们就算是朋友了，以后我也会罩着你。我的右手握紧变速杆，像是要抽出一把利剑，劈开眼前这张猪肝色的丑脸。我听小金说过，出租车违反管理条例会被扣留一个星期，一个月等于白忙活。

我耐着性子不敢发作，问中年男人，怎么玩？中年男人指了指车后座，说现在流行车震，我们到后面玩玩车震吧。我既悲愤又心酸，我想我无论如何都不可能做出这种事情来，可我一时间又不知道该如何摆脱眼前这个流氓。就在此刻，我的手机响了，是小金打来的电话。我看着副驾驶座位上的中年男人，含混不清地对小金叙述着遭遇，说有人查到我车人不符。小金很是机灵，他从我吞吞吐吐的言辞里猜测到我的境遇。小金压低声音说道，我现在问你问题，你只回答是或不是。小金问道，对方现在坐在你的车里，只有一个人，是不是？我说，是的。小金接着问道，对方没有穿制服，是不是？我说，是的。小金又问道，对方喝酒了，想要流氓是不是？我回道，是的。小金说，你不要慌乱，在驾驶座下面有一个微型录音机，你说你刚才已经录音了，现在就开车去纪委举报他。挂了电话，我伸手果然摸到了座位下面的微型录音机。按照小金的指点，我掏出录音机，对中年男人说道，我把我们俩的对话全程录音了，现在去你们单位还是去纪委？中年男人愣怔片刻，脸上的猪肝色变成绛紫色，泛着愤怒并惶恐的光。接着，中年男人眼中戾气闪烁，劈手便来抢夺我的录音机。幸亏有小金提前叮嘱，我早已打开车门，并闪身蹿出车外，高高举着录音机对着路边的行人高声叫嚷道，歹徒抢劫出租车啦！

中年男人随即下车，快步绕过出租车，用绵软的声调央求道，求你了，是我错了，你把录音带给我，我付钱，你要多少都行。我说可以给你录音带，我也不要钱，我们跑出租车的不容易，你以后别找我们麻烦就行。

中年男人乖顺地点点头，伸出两只手来，做祈求状。我把录音带取出来，在交给中年男人前，按照小金的指点，我对中年男人说，你拿着录音带立刻走人，不许回头看我的车。你只要回头，我立刻打110报警。就算你拿走我的证据，单位也会追究公职人员中午喝酒的事儿。中年男人㞞到了极点，他接过录音带，头也不回径直往前走去，一边走一边撕扯出录音带里的磁带条，一直走到下个路口拐弯处，再也没看见他的身影。我长嘘一口气，瘫坐回驾驶座，把出租车拐向另一个岔路口。接下来，我没再拉活儿，而是把车开到大麦岛的海边，趴在方向盘上，一直哭到天黑。

其实，这次经历不算什么，接下来的遭遇，才是更倒霉的。

那一天，上午我刚刚出车就接到一个大活儿，三个年轻小伙子雇车去临沂。小金叮嘱过我，尽量不要接外地的活儿，女人开出租车出市区不安全。我看三个年轻人面相还算和善，其中一个文质彬彬戴着眼镜，我便放松了警惕。因为是长途活儿，我们议价，总计九百块钱，先预付五百块钱，到达目的地后再付四百块钱。谈妥之后，我们一行四人上了路。路上，我给小金打了电话，说是接了一单去临沂的活儿，晚上很晚才能回来。小金问我拉的是什么人，我说都是好人，让小金放心。

时值初秋，高速公路两边的杨树叶渐渐泛黄，火炬树则早已火红如染。我驾驶着绿色的出租车，在红黄相间的幔帐里一路穿行向前。车厢里，眼镜男和留小平头的男子一路上都在跟我说笑，天南海北地瞎扯。另外一个男子偏胖，年龄也稍大，看上去有三十岁出头的样子，只有他面色凝重，几乎不参与我们的话题。坐在副驾驶座位上的眼镜男，不时地回头看一眼胖子男，让他讲个笑话。胖子男哼唧半天，说他不会讲笑话，只会讲黄段子。眼镜男和小平头立刻起哄，让他讲黄段子。

旅途上的光阴，就在这样的闲扯中悄然流逝。中午时分，我们在高速公路休息站一人吃了一碗泡面。因为考虑到他们是我服务的客人，我为他们三个人的泡面买了单，包括每人两个卤蛋和一根香肠。吃完午餐继续上路，我们于下午四点整赶到临沂。偏巧这三个人不住市里，而是住在距离市区较远的山里。等我把三人送到目的地，天色已经擦黑。在一条僻静的山路上，眼镜男让我停下车。我问道，到地方了吗？我问完之后，三个人全都默不作声。眼镜男突然伸出手，关掉出租车引擎，并拔出钥匙扔出车窗。然后，三个男人推开车门撒腿就跑，把我一个人独自扔在荒山野岭中。当然，他们没有给我付车费。

5

贝贝长得漂亮又可爱，精致的五官像是玉雕出来的，还有象牙一样的皮肤，简直是一个水灵的小仙女，人人见了都喜欢她。贝贝从小显露出表演天赋，小学五年级参加学校的话剧演出，在《白雪公主与七个小矮人》中扮演白雪公主，赢得全校师生一致好评。那一年的暑假演出季，贝贝像一颗冉冉升起的童星，不间断地出现在青岛当地的电台、电视台和报纸上。没错，贝贝就是我们家最亮的那颗星星。

俗话说得好，台上一分钟，台下十年功。这些年来，姥姥带着贝贝满青岛跑，参加了吹拉弹唱、舞蹈、朗读等各种才艺表演辅导班。与各种文化课的辅导班相比，才艺表演辅导班的价格几乎贵出一倍。进入这个圈子才知道，穷人家很难培养出演艺人才，因为承担不起基础的培训费用。

随着贝贝的培训费用越来越高，开出租车赚来的钱渐渐入不敷出。迫不得已，我加入了黑出租车的行列。走出这一步，也是小金帮我下的决心。他说，正规出租车司机每天累死累活都在为出租车公司打活儿。可对于跑黑出租车，我心里没有底，我觉得这不是一条正路。我还在犹豫的时候，小金就把出租车转让出手了。三天后，小金在二手车市场上给我打电话，说他通过朋友找到两辆桑塔纳车，都是五六成新，没有出过大事故。既然小金下了决心，我也没有更好的生计，便跟着他买下一辆二手桑塔纳车，开启了跑黑出租车的生涯。

跑黑出租车的路数跟跑出租车完全不同。每天上午，我们把车停靠在长途汽车站附近，然后走进车站拉客。拉客比拼的是眼力见儿，得一眼判断出是来青岛旅游的外地客人，还得是容易糊弄的主儿。攀谈上之后，要掏出一张青岛旅游地图，询问客人都想去哪里玩儿，然后连车带导游报价给客人。报价只有底线，上不封顶。我们的底线是三百块钱，低于三百块，去掉油钱和工夫钱就无利可图了。小金的一个朋友曾经拉过三个宁波人，报价一千元，还价给八百元，算是黑出租车里的天价了。大多数出门旅游的人，提防心都很重，生怕上当受骗。于是，作为女性的优势便凸显出来，我几乎每天都能拉到包车的客人，有时候甚至被同一拨客人连续包车两天或三天。

不管是包车两天还是三天，都比不过拉客人去崂山的肥活儿。去崂山旅游得买门票，一人六十块。时间久了，每个跑黑出租车的司机都跟检票处混得很熟，可以不买门票带客人进山，但是要给检票处的人好处费。如此一来，拉上四个客人进崂山，不仅能赚到路费，还能赚到二百四十块门票钱。如果客人是出手阔绰的主儿，还可以把崂山的海鲜介绍给他们，争取把客人拉到景区的餐馆里就餐，至少能够拿到餐馆50%的餐费提成。有的餐馆提成甚至到了80%，其宰客力度是肉眼可见的狠。

有一天，我拉到三位进崂山的客人。偏巧我倒霉，赶上我熟悉的检票员都轮休，只能由客人亲自买门票进山。没有赚到门票钱，我只好游说客人去餐馆吃海鲜。三位客人似乎对旅游地区的伎俩谙熟，说他们随身带了食品，绝不会进旅游景区里的餐馆。没有赚到进山门票钱，也没有赚到餐费提成，我只好在景区里等待出山的客人租我的车，如果车子放空回城，今天就亏大了。把车开进停车场，太阳把驾驶室晒得热烘烘，我落下四面车窗玻璃，半躺在驾驶座位上闭目养神。不知不觉中，我便沉沉睡去，等我醒来时，已是下午四点钟了。四点钟的崂山景区变得冷冷清清，与熙来攘往的上午相比，简直就是两个世界。今天运气实在太差了，看来只能放空车回城了。就在我要启动汽车引擎的时候，忽然发现对面还停放着一辆马自达越野车，挂着临沂的汽车牌照。数年前的阴影一直在我心里挥之不去，开出租车这些年来，我只要看到临沂牌照的车辆就会心生不快。这一刻，一个罪恶的念头在我心里升腾起来。我从汽车脚垫下面取出一根烤肉串用的铁扦子，这是我平时防身用的。铁扦子后端被圈成扁环状，便于用手把握，平时放在脚垫下面以备不时之需。我走到马自达越野车旁，看到车里和四周无人，便把铁扦子用力扎向轮胎，随后传来“扑哧”一声响动，轮胎迅速瘪下去。我悄悄回到车里，脑补着车主更换备用轮胎的画面，心里有快意恩仇的舒爽感。对啊，车主换上备用轮胎就解决问题了，只不过是耽误一点儿时间而已。于是，我再次下车，走到越野车旁扎破了第二条轮胎。就在我要转身离去时，听到身后传来说话的声音，果然是临沂口音。我赶忙把手中的铁扦子扔进灌木丛里，转头看到两男两女说着话走过来。我装作接听手机的样子，若无其事般地走开了。一位女士突然叫喊起来，说两条轮胎瘪了。一位男士骂起来，说是肯定被人扎了轮胎，要不怎么会两条轮胎都瘪了。一时间，四个人没了主意，只在原地骂骂咧咧。我回到车中，启动引擎准备离开。也许是发动机的声音提醒了他们，一位留着长发的男士朝着我飞快地跑过来，我心里顿时紧张起来：难道他们觉察出是我干的？

那位男士非常绅士，跑到我的车前，笑容可掬地问道，这附近有没有修补轮胎的地方？听到长发男士的询问我才放松下来，说十公里外的沙子口镇上才有补胎的汽修厂。长发男士面露难色，接着问道，你能不能拉上我们的两条轮胎去汽修厂帮我们补胎？我迟疑着没有作答。长发男士说，我们可以付钱给你，你看多少钱合适？做贼心虚，我其实没有赚钱的想法，只想赶紧离开。长发男士接着问道，给你两百块钱，够不够？我说，够了，你们现在也饿了，我可以拉你们到前面的餐馆里用餐，你们吃完饭，轮胎也差不多补好了。

那天晚上，当我把修补好的轮胎送回去时，餐馆老板又给了我四百六十块钱餐费提成。装好轮胎后，长发男士又给了我一百块钱，说是感谢费。接过那一百块钱时，愧疚之情弥漫于我的脸上，我感觉到耳根子都在发热。是啊，我在临沂的遭遇，与眼前的四个人又有何相干？

6

扎轮胎这件事，在我心里翻来覆去折磨我许久，我觉得自己已经快变成另一个人了，一个让自己讨厌的人。有一天，我把这件事坦白给小金听，小金听完愣了片刻，然后拍着我的肩膀大声叫好，说我真是一个天才。我说，我是带着赎罪的心情说这件事情的，你怎么还能夸我是天才？小金说，扎一条轮胎是损人不利己，扎两条轮胎不仅能赚钱，还能收感谢费，不是天才是什么？自此之后，我经常听到崂山景区停车场里有外地车辆轮胎被扎的事儿，而且都是扎两条轮胎。一直到停车场装满监控摄像头，这种事儿才得以杜绝。

这一年的暑假，青岛旅游进入高峰期，外地人潮水般地涌入青岛，市区沿海一直到崂山全线塞车。一个周六的中午，我拉上两名进崂山旅游的西宁客人，途经大麦岛的时候发现一辆挂着临沂号牌的旅游大客车停在路边。我鬼使神差般停下车，走过去询问大客车司机是否需要帮助。大客车司机说他们是临沂某镇办企业的员工，原本打算进崂山旅游，可是听说进山门票一人六十块钱，觉得太贵了，他们停在路边正在商量要不要去崂山。出于对上回扎轮胎的愧疚，我对大客车司机说，我带你们进崂山吧，每人收你们三十块钱进山票钱，怎么样？大客车上的人商量片刻后，同意跟我进崂山，条件是过了检票处才能给我钱。我爽快地答应了，开着我的桑塔纳车在前面带路，把这辆临沂大客车带进了崂山。大客车上四十九人，我总共收了一千四百七十块钱，给检票处的人分了五百块，我的纯收入将近一千块钱。自此之后，我不再去长途客车站拉客人，只在进崂山的公路上找外地来的大客车。多数大客车不会在公路上随便停车，我便拉来小金做搭档，经常上演“公路截车”。小金的车技比我好，他负责超越大客车并截停，我负责跟大客车上的人进行交涉。国庆节当天，我和小金总共截停十六辆外地大客车，成交了九辆，一天赚了将近一万块钱。

我叮嘱过小金，不要把这个赚钱的方式透露出去。小金拍着胸脯子向我保证，说是打死他都不会说出去。但是，我和小金同时退出长途客车站的竞争，又有熟人经常看到我们俩在公路上截停大客车，同行们瞬间明白了我俩的勾当。接下来，在进入崂山的公路上，经常上演《速度与激情》，交通事故频发。此举还被相关管理部门识破，景区管委会联合执法部门开始打击新型的车匪路霸，抓获扣留了很多黑出租车。风声稍紧的时候，我便不再出车，还劝小金金盆洗手，不要再冒险。小金说这是个一本万利的买卖，值得冒险。此后不到一周时间，小金便在截车现场被抓获扣留，并处两万块钱罚金，缴清后才把被扣留的车辆开回来。

我原本就觉得开黑出租车不是一条正路,值得庆幸的是我及时收手了。如今,经济上稍微宽裕,我决定开一家服装店,做正经生意。在执行力方面,我更像一个雷厉风行的男人,只用了一周时间,我就在中山路租下门店,并开始装修。一个月后,我的服装店热热闹闹地开张了。

7

贝贝读高中了,她已经出落成一个亭亭玉立的美少女,每回陪她出门,她都能招惹来不怀好意的目光。我叮嘱我妈,要看紧贝贝。我妈点点头,说她绝不会让贝贝重蹈我的覆辙……话说到这里,我跟我妈免不了一场口舌之争,然后各自摔门而去。其实,我妈说得没错,我也同样是担心贝贝早恋。我就是在高中时期与屠志强相爱的,高中还没有毕业就同居,第二年就生下贝贝。据我妈反映,她已经成功地扼杀了贝贝的一次早恋。我妈说话喜欢夸大其词,她经常把自己描绘成这个家庭的保护神,说如果没有她,我们家早就万劫不复了。每到这个时候,我就会反唇相讥:你怎么没有保护好我?

很多时候,我会自我怀疑,我真的爱屠志强吗?他已经离开我十八年了,现在想起来,屠志强的样子很模糊。模糊的不仅仅是他的样子,连他的性格和喜好,我甚至都不熟悉。年轻时候的爱情真盲目啊!我也不会让贝贝重蹈我的覆辙,我绝不会答应贝贝在三十岁以前结婚。贝贝生就是做明星的材料,明星要照顾粉丝的情绪,怎么可以在三十岁以前结婚。

我的服装店原先雇用过两个小姑娘,都是高中毕业后就出来打工,也都早早开始谈恋爱。我给她们提出过忠告:这个年龄不要恋爱,因为她们还不知道自己想要什么。那个叫小水的姑娘听话,很快跟她的男朋友分手了。另一个叫小云的姑娘有点儿倔,爱上一个有妇之夫,这种爱情除了偷情的刺激,陷得多深痛苦就有多深。他们偷了半年情分手了,小云姑娘寻死觅活闹腾好几天,最后把工作辞掉了。其实,我本来也要辞退她,因为我的小服装店已经雇不起两个员工了。这两年网购越来越普及,实体店十有八九倒闭,我的服装店也是苟延残喘,除去房租和两个姑娘的工资,几乎赚不到钱。大多数人来到店里只是试穿,然后记下款式和型号,再去网上搜同款购买。用前些年跑出租车赚的钱,我买了一套二手商品房,剩下的钱全部投资服装店。如果没有更好的商业模式出现,我的服装店关门是迟早的事儿。

随着贝贝高考临近，花钱的地方越来越多。我陪着贝贝到北京接受艺考辅导，每堂辅导课都价格不菲。为了提高艺考的保险系数，我不得不卖掉青岛的二手商品房，给神通广大的安教授送上六十万“保险费”。卖房子办过户手续，是小金陪我去的。小金说我不是在培养孩子，而是在拿孩子赌博。小金说得没错，我已经陷入“贝贝要成为明星”的执念，就像我当年执意要生下贝贝一样。小金劝我不要卖房子，他说可以借钱给我。我不想借小金的钱，因为我心里对这场赌博的输赢没有底。而且，这些年来，小金向我求过两次婚。最后一次求婚，我答应了小金，条件是等贝贝成为明星。

贝贝终究没有辜负我的辛苦，她如愿考上了国戏表演系。在贝贝接到录取通知书那天，我和妈妈经过简单商量，决定陪着贝贝一起到北京读书。因为贝贝将来要成为大明星，我有责任保护好她。

8

我放下爱情，放弃婚姻，抛开自己的生活，几乎把自己半辈子人生全都给了贝贝。可我觉得，我和贝贝的距离越来越远。如今的孩子都染上白眼狼的气质，不管父母为孩子付出多少，都换不来他们的满意。我跟很多家长交流过，他们孩子的状态跟贝贝差不多，甚至有的孩子还离家出走，原因是自己在家里快被逼疯了。时代真的变了，我们那一代根本得不到父辈的关照和爱护。于是，我的同辈们大多数接受教训，给予自己的孩子无微不至的关照，却换来更多的冷漠和抵触。

贝贝跟我交流不多，她的性格偏内向，这一点不像我，更不像她爸爸。我们的矛盾发生在贝贝收到录取通知书那天，她得知我和姥姥要去北京陪读，便开始爆发了。贝贝一边哭一边说着气话，说她努力考上大学，就是想摆脱我和姥姥的控制。这句话让我很伤心，姥姥也一样不理解。这些年来，我和我妈妈的所有心血都用在了贝贝身上，到头来，她竟然要努力摆脱我们……贝贝难道一点儿都不体谅一个单身母亲的艰辛吗？贝贝说她体谅我，也心疼姥姥，但她不想要，更不会为此感动。贝贝对姥姥说，你不懂爱，也没有给过妈妈爱。贝贝接着又对我说，你没有得到过爱，所以你不知道怎么爱。我驳斥贝贝说，我对你好就是爱。我妈妈也附和我的观点，说她对我和贝贝好，就是对我俩的爱。

贝贝最终没有拧过我和姥姥，我们一家三口去了北京，开启了全新的生活。

北京的生活成本很高,我必须出去赚钱,不然我们三个人会坐吃山空。青岛的服装店半年前就关门了,我们家等于失去了所有经济来源。在北京的出租房里刚刚安顿好,贝贝去学校报到,我便出门去找工作。我的高中毕业文凭,在北京这样的大都市里只能在底层找工作。即便是一份底层工作,我也足足费了三天时间才在距家不远的一家湘菜馆里面试成功。在湘菜馆做服务员,试用期月工资只有三千五百块钱,还不够交房租的。蚊子也是肉,总比我待在家里闲着好。我是一个努力上进的人,凭我的工作能力和半老徐娘的姿色,三个月后干到领班不是问题。当上领班,就能拿到五千五百块的月薪,抵销房租还略有盈余。

人生不如意十有八九，我在湘菜馆里干了半年，只拿到转正的服务员工资,每个月四千五百块。领班是一个比我年轻也比我漂亮的女孩,据说是老板的小情人。如此看来,我在这家湘菜馆干到领班是件遥不可及的事儿。就在我准备另谋出路的时候,发生了一件令我意想不到的事情:贝贝和她的同学来湘菜馆吃饭。那天晚上的境况实在尴尬,我和贝贝都没有勇气相认打招呼。不敢相认也就罢了,我还把菜汤弄到了贝贝同学的衣服上。那个女同学对我出言不逊,贝贝不仅没有出来阻止,她的身体语言还告诉我:她站在女同学那边。那天晚上,我的心里五味杂陈,酸涩到落泪。正如贝贝事后对我说的话,北京那么大,你为什么非要在这家餐馆端盘子?

9

于是我加入了送外卖的行列。据说外卖小哥队伍里,还有十几万本科毕业生,甚至还有研究生。送外卖是一个全靠自律的工作,只要咬牙坚持接单,每个月都有一万块出头的收入。最多的一个月,我挣了一万三千一百块。可令我寒心的是,我干了一年多外卖,贝贝才想起来问我一句:送外卖是不是很辛苦?那天是周日,我早晨起来,穿上公司统一配发的制服准备出门。贝贝拦住我,说她想买一套卫衣,向我要两千块钱。我问道,网上的卫衣也就一两百块钱,你怎么要两千块钱?贝贝说她要一套斐乐卫衣,最便宜的需要两千块钱。我说,你现在还是学生,为什么非要穿名牌?贝贝说,同学们都穿这个品牌,我也不好意思穿得太寒酸。我暗自叹口气,说,我给你微信转账。说完,我背上保温箱推开门。贝贝在我后面问道,送外卖是不是很辛苦?那一刻,我的眼泪涌出眼眶。我没有回答，只是把防盗门轻轻关上。

贝贝的开销越来越大，因为她要购买高级服装和化妆品，时不时还要买个名牌包。其实，我能理解这些开销是必须的，所有明星都需要外在的包装。我让贝贝走上这条明星之路，我就得咬牙支持她。为此，我又兼职了一份工作——做代驾。做代驾不像做服务员和送外卖那么简单，要经过各种考核和审查，考核、审查通过后还要接受培训。经过一个月的考核、审查和培训，我终于拿到代驾资质。送外卖的时候，我骑的是一辆带后座的电动车，后座上可以绑保温箱。做代驾不能骑那么大的电动车，必须是可折叠的小型电动车，这样才能放进代驾车辆的后备厢。为了不增加开销，我去二手车市场卖掉大电动车，加了三百块钱换了一辆可折叠的小电动车。换车后，送外卖的保温箱无处安放，我只能背在后背上。背着保温箱送一天外卖，到了晚上，两个肩膀酸痛难忍。可我不能休息，因为晚上是代驾高峰，代驾要比送外卖赚钱多。兼职后的第一个月，我的收入超过两万块。我妈是我们家的财务总管，我把两万块钱交给她的时候，她的眼光有些诧异。妈妈问我，这个月怎么收入这么多？我不想让妈妈为我担心，因为她总说我脸色不好看，让我每周休息一天。我敷衍着妈妈，说这个月接单多一些，也就挣得多。

代驾的确是一个辛苦活儿，每天晚上都要干到后半夜。一次代驾接到一位女士，去西五环的远洋山水小区。那位女士酒喝多了，上车便开始睡觉，到了远洋山水小区后死活叫不醒她。我们平台有规定，必须把醉酒的客人送到家才算结单。女客人叫不醒，我只能在小区门口陪着。最后，小区的保安实在过意不去，通过物业查找到车号，才找到女士家的门牌号。这一单从接单到结单，整整用了四个小时，我回到家里，天已经蒙蒙亮。有一天晚上，我代驾去了怀柔，回程走到半路上，电动车没电了，我只能蹬着小电动车赶路。蹬到枯柳树环岛，一辆出租车在我身边停下来，司机问我是不是回城，我喘着粗气冲着出租车司机点点头。司机说，你上车吧，我载你回城。我说不用了，打车回城等于这一单白干了。出租车司机说，咱们晚上干活儿的相互帮衬，你象征性地给我十块钱吧。坐进出租车里，身体虽说很疲惫，但心里还是温暖了很多。

我接到的最远的单，竟然代驾跑到沈阳。那天晚上，我在大董烤鸭店门口接了单，客人喝了酒，因为有急事必须当天晚上回沈阳。跟客人商量好后，我先开车回家放下折叠车和保温箱，然后再送他去沈阳。因为担心吵醒妈妈，我没有进门，只是将电动车和保温箱放置在走廊里就下了楼。沈阳的客人很绅士，不仅帮我搬电动车和保温箱，还主动支付了我回北京的高铁票，让我心里很是受用。一路上很顺利，把沈阳的客人送达目的地，我当天便乘坐高铁回到北京。那天，我回到家，看见妈妈脸色不好看，她质问我昨天晚上去了哪里。我已经身心俱疲，只想躺下睡觉。妈妈却不依不饶，追问我是不是在外面做什么见不得人的事儿了。我抱起枕头和被子，躲到贝贝卧室的床上。关门的时候，我已经睁不开眼了，对妈妈说，我接了一个很远的单子，求你别唠叨了，让我睡会儿觉吧。

10

送外卖的时候，偶尔路过家门口，真的很想回家睡一觉。到北京四年了，除了有一回感冒发烧，迷迷糊糊地昏睡了两天外，清醒的时候，我几乎没有睡过一个懒觉。好在贝贝马上就要毕业，毕业后就有戏拍了，她距离成为明星越来越近。等到那个时候，我一定要昏天黑地地睡上一个星期的觉。就贝贝的成长之路来说，我算是看见曙光了，是的，我应该让自己放慢脚步，别再像以前那么拼命了。想到这里，我停下电动车，放下保温箱，坐在路边的长椅上歇息。不远处的灌木丛里，一株玉兰花已经露出白嫩的花苞，北京的春天到了。一阵困意袭来，我躺在长椅上，头枕着保温箱合上了眼。在北京的街头，我居然做起了白日梦，梦见贝贝穿着红艳艳的晚礼服，走在红地毯上，四周全是闪光灯和尖叫声。我夹杂在贝贝的粉丝中，使劲地挥动手臂，嘴里喊着贝贝的名字。贝贝冷艳的眼神扫过我，像是不认识我一样，一转身继续往前走去。我在梦里寻思着：你当年读书的时候跟同学在一起不认妈妈也就罢了，如今成了大明星还不认妈妈！这么一想我就来气了，忍不住使劲喊道：贝贝，我是你妈！

这一声喊完，我也把自己给惊醒了。醒来后，我发现脑袋边的长椅上竟然有一杯星巴克咖啡，我摸了一把还是温热的。我抬头望向四周，大街上都是行色匆匆的人。端起咖啡，我“咕咚咕咚”喝下两大口，是我喜欢的焦糖玛奇朵。喝咖啡的时候，我的眼角是湿润的。这些年来，我见过很多人渣，也遇到过很多温暖，我想这也许就是很多人的人生，泪水伴着甜蜜，绝望里交织着希望。

端午节到了，我本想休息一天，一家人好好过个节。贝贝现在处于毕业实习阶段,她没有找到拍戏的机会,整天闲在家里。早晨,我征求妈妈和贝贝的意见,要不要一起过节。贝贝说她晚上有个饭局,不能在家过节。妈妈说寺庙里有活动,也不能在家过节。既然她们两个都有事儿,我也只好继续出去送外卖、做代驾,每逢节假日都是我最忙的时候,也是最赚钱的日子。

端午节那天的白天,我接了27单,除了9单饮品和美食,其余单子都是送粽子,一直送到晚上十一点多。因为是端午节,平台当天对派送粽子的单子每单补贴三块钱,所以我那天没有着急去跑代驾。

送完最后一单粽子,我刚打开代驾平台的接单提示,便有一个大董烤鸭店的代驾派单,是送客人去西四灵境胡同。我如约赶到大董烤鸭店停车场,从服务员手里接过车钥匙,这是一辆路虎车。这些年来,我几乎开遍了所有豪车,路虎当然也不在话下。我把工作台布铺进后备厢,然后把我的折叠电动车和保温箱放进去。路虎车主的后备厢里放着两箱茅台酒,还有五六条中华牌香烟,这些奢侈品几乎是所有豪车的必备品,我也是见怪不怪。

待我把车开到大董烤鸭店门口时,看到了出乎我意料的一幕:贝贝和一群男男女女站在门口。我赶紧在心里祈祷,千万别让贝贝看到我。其实,我的担心有些多余,晚上车外的人很难看清车内的人。看到客人们纷纷散去,一个矮胖的中年男人拉开路虎车右后车门,居然伸手让贝贝上车。贝贝似乎有些迟疑,但她还是上了车。天哪,怎么会有这么巧的事情!我端盘子做服务员的时候,赶上贝贝和同学去我打工的餐馆吃饭;我做代驾的时候,赶上贝贝和她的朋友上了我代驾的车……我甚至都忘了公司的培训规定:要向客人问候,还要提醒客人系好安全带。还好,贝贝和她的朋友都没看我。这很正常,大部分客人都不会多看代驾一眼。为了避免尴尬,我始终没有出声讲话,只是按照平台导航路线开车。让我奇怪的是,现在已经是晚上十一点半,贝贝不回家去灵境胡同干什么?

就在这时,我从后视镜里看见那个矮胖的男人把身体靠近贝贝,并对贝贝说道,贝贝放心好了,今天晚上只要让我开心,这个戏的女二号就是你了。贝贝非但没有反感,反而对矮胖男人说,谢谢潘总。贝贝说完,那个潘总就把脑袋凑过去,他居然要亲贝贝的嘴。我赶紧踩了一脚刹车,才阻止了潘总亲到贝贝,当然也换来潘总一通训斥。我没有道歉,也没有开口说话,继续往前开车,按照导航路线开上西直门立交桥。这个时候,潘总再次把头凑向贝贝说道,一般人进不了我的私人会所，一会儿到了那里你就知道了，知道什么叫作奢华，什么叫作成功的人生。

贝贝这次没有做任何回应。潘总接着问道，你现在有没有期待马上进入我的私人会所呢？贝贝说，很期待，我更期待分享潘总成功的经历。潘总哈哈大笑，伸手揽住贝贝的脖子说道，今天晚上要跟你分享的不仅仅是我成功的经历，还有你意想不到的惊喜呢。

听到这里，我全身的血液涌上头顶，我心中的怒火像是要把全身的热血点燃。就在今天早晨，贝贝说有应酬的时候，我还在自责：我没有能力帮助女儿进剧组拍戏，她自己努力寻找机会，我应该全力配合并支持。但是，我绝不允许女儿通过这种方式换取拍戏的机会，绝对不可以！女儿被我们好好地保护了二十四年，凭什么被这个猪头祸害。就在此刻，我从后视镜里看到潘总把贝贝搂进怀里，另一只手则伸向贝贝的胸口……我再也来不及做任何思考，因为怒火已经把我的血液煮沸。我咬紧牙关，把方向盘迅疾打向右边，路虎车庞大的身躯撞向水泥护栏。“砰砰砰”数声响动，车内的安全气囊瞬间打开。我瞥了一眼后视镜，后座上猪头一样的男人松开了贝贝，两个人被前排座椅的靠背弹回到后座上。我长长地嘘出一口气，感觉浑身瘫软，是啊，我太累了。不远处的后方，一辆闪烁着蓝色警示灯的救护车疾驰而来……

【作者简介】余耕，祖籍青岛，中国作家协会会员。早年从事专业篮球训练，后转行进入新闻界，在北京做记者十余年。自不惑之年开始职业写作，先后创作长篇小说《德行》《当心你的狗》《古鼎》《如果没有明天》《耳房》，中短篇小说《魔伽吒》《笑苍山》《临摹》《寻亲记》《我是夏始之》《我是余未来》，等等。长篇小说《金枝玉叶》在掌阅付费读者评分高达9.2分；都市荒诞喜剧小说《如果没有明天》获第十七届百花文学奖，根据该小说改编的话剧《我是余欢水》在北京繁星戏剧村上演三百余场，改编的超级网剧《我是余欢水》成为现象级短剧，引发社会广泛热议。

黑眼睛的帕鲁佐

韩梦泽

引子

若不是到了这把年纪又饥饿难耐，谁又会去做那种事呢？可能有的会，但帕鲁佐绝对不会，就凭其出身和所受的教育，打死他也不会去干偷食的事儿。可凡事总会冒出意外，尤其是这种意外被当作一项使命的时候，就显得极其讽刺，甚至最终变成理所应当的事情。

帕鲁佐去偷食，只是为了活下去，非常单纯，而活下去却并非是他的使命。这话听起来有些辩证的味道，不过此种哲学也仅对极少数人有效。正如他的朋友“墨子”经常说的：我活着不是为了活着而活着，而是为了与你朝夕相处一起唱歌。

事件的起因是这样的：由于走了太远的路，又迷失方向，帕鲁佐的身心状态极其不好，眼前经常出现一阵阵的眩晕，感觉自己随时都会倒毙在路旁。每次默念着“可能快到了”之后才有了那么一点儿力气站起来，继续走上这条无边无际的路，但他坚信，所有的路都会有尽头。

在他经过某个小镇的时候，忽然被一股气味吸引，脑子里筛选了一番后做出久违的判断——香肠！于是便顺着那股迷人的香气找了过去。这几乎是出于本能的选择，但他却并未因此加快脚步，甚至还在一个僻静的角落偷偷撒了泡尿。

香肠就挂在店门口，长短不一，质地各异，不过每根都色泽鲜艳、饱满充实，散发着致命的诱惑。店主瞅了帕鲁佐一眼，没理会，继续为面前的几名顾客服务。他的手指也像香肠那么粗壮，但是极为灵活，切割、称重、包装一气呵成，让所有人都很快乐。

帕鲁佐规规矩矩地排在队伍后面，不时伸长了脖子向半空里张望，猜测着哪一根会属于自己，并努力地控制住吞咽口水，他可不想表现得那么毛躁。不过等终于轮到他了，却发现自己受到了截然不同的待遇，店主只是扫了他一眼就转过头去，并没有做出任何指点和询问。

帕鲁佐耐心等了片刻，不知该怎么做才好，直到又来了几名顾客，他也觉出自己碍事就连忙闪开，悄无声息地排到队尾去。这一次他没有再去关注那些悬挂在半空里的香肠，而是留心其他人会怎样做，并最终意识到问题的本身是因为自己“没钱”。

这显然是目前没办法解决的事情，尽管他过去也曾摆弄过大捆大捆的钞票，可眼下必须做出选择，是转身走开还是主动取用？他需要一个指令。

几分钟后，帕鲁佐终于自己给自己下达了指令，这真是一个不同寻常的感受，以至于在瞬间产生出某种强烈的自责，责备自己过去太养尊处优了，饭来张口的日子实在是太久了。不过，就在他跃起的同时，也为这个行动找到了充足的理由，是的，他不能饿死，他得活下去，而且他应该有这个资格。

帕鲁佐的衰弱并未干扰其偷食的准确性，可就在得手之际也察觉到一股危险的力量袭来，就听店主大吼一声：“狗东西你还明抢啊！”紧接着劲风直扑脑后。对于帕鲁佐的突发行为，这位店主也始料未及，恐怕在他整个香肠售卖生涯中都是首遇，最初他还真有着那么一点儿恻隐之心，打算在适当的时机碰上一位不那么计较缺斤短两的顾客，就顺手割下一小截儿丢出去，毕竟总被个乞丐般的家伙堵在门前，多少会影响点儿生意，可万万没料到，自己的好心等不来对方的耐心，反而被扯走了一整根！于是他的愤怒立刻化作一场暴力，顺手抄起一根木棒就打。

不过这一棒有失准头，被对方闪避开，抡了个空还险些从台阶上跌下去，他怒骂道：“狗东西别跑！站住！”

如果帕鲁佐就这样跑掉，便不会发生后面的灾难。可让人意想不到的是，他忽然停住了，并老老实实地交出了战利品。

作为一只训练有素的老警犬，他被“站住”这个词瞬间击中，尽管不是来自主人，却依然选择接受这一指令。于是他乖乖地吐出了香肠，并做出了后退半步的动作，只是忍不住又伸出舌头舔舐了一下。要在以前他这样做的时候，老安总会发出笑声，然后便会补上一句“吃吧吃吧”，他就可以放心大胆地享用。可在今天，事情似乎发生了逆转。

店主趁机再次挥出了木棒，劈头盖脸地砸下去。然而这只可怜的老狗却依然能躲避开来，侧向一跃，仅仅击中了后胯。

帕鲁佐发出一声惨叫，随即在地面上痛苦地翻滚，当发现对方又冲了上来，这才忍痛爬起，一瘸一拐一路哀嚎地朝远处跑了。对于这样处境的狗来说，那几乎是致命的一击……

一、残酷世界

帕鲁佐的父亲是一只来自意大利的德牧犬，作为两国警队之间的友好使者被当成礼物送到中国，可能正是因为“礼物”的价值淹没了“使者”的身份，导致其后半生都活在意想不到之中。

这只德牧犬先是被送往警犬繁育中心充当一条种犬，却很不成功，没能为该中心带来优良的警犬后代，具体什么原因谁也说不清楚，只好归结为水土不服。然后也就不被重视了，终日被关在栅栏里发呆。有经验的训导员就说，这狗没毛病，就是想念以前的主人了。

想念归想念，总不能再把礼物退回去，于是使者也就成了囚徒，看谁的眼神都浑浑噩噩的，叫人不待见。然而有一天它遇见了一只狼青犬，终于发生了爱情。这只来自昆明的母犬名叫露西，刚被送来的时候也和未来老公一个脾气，蔫了吧唧的，直到它们邂逅，一见钟情，两条同病相怜的犬总算找对了另一半。饲养员见这俩狗眉来眼去遥相呼应的样子，自然也有意撮合，于是乎露西顺利怀孕并产下四胎。不过因为是初产，只活下来一只幼犬。为了隆重起见，饲养员还从网上查询了一批意大利的人名，经过呼唤尝试，最终定下叫帕鲁佐。

帕鲁佐继承了两条狼犬的外貌特征，可性格却是迥然，一生下来就显得活泼好动，第九天便睁开了眼，开始到处爬行并认真地打量这个世界。人们吃惊地发现，他竟然长了一双黑色的眼睛，实属意外，与人对视之际又异常专注，很容易对其萌生出某种无法回避的亲切感。饲养员瞅着帕鲁佐说："嗨！小家伙——欢迎你来到这个残酷的世界！我当然希望你很优秀，但是作为警犬，你越优秀就会面对越大的危险，祝你这一生好运！"

没有谁会拒绝美好的祝福，可现实往往又一厢情愿，幸福大多来自继承，否则就得靠自己去拼。他显然要选择后者。帕鲁佐可谓开局不利身世凄苦，还未出生父亲就死了，知情人都说不该把使者和露西分开，但是繁育中心也有自己的管理办法，虽然显得不太通人情。而露西似乎也不是个合格的母亲，把幼崽带到三个月大就忽然消失不见了，为这，人们还加高了围墙。自此，孤苦伶仃却满是憧憬的"小黑眼睛"就被当作公共宠物给予优待。

作为狼犬，不能指望靠撒娇卖萌混完一生，大约半年后帕鲁佐已经成了一只体格健硕的大狗，不单是犬舍显得狭小，连院子也快容不下他，没奔跑几步就要撞到围墙上，各种局促和憋屈。又过了一年，饲养员都想跟他保持距离了，因为哪怕是一次简单的拥抱，帕鲁佐都能造成压倒性的优势，饲养员动不动就会被撞翻在地，更甭提那些恶作剧式的偷袭了，实在是让人难以招架。饲养员只好经常板着脸吼他，甚至关禁闭。每到这时，帕鲁佐就备感委屈，趴伏在地，黑色的眼睛也变得黯然无光。

最难挨的还是一个个漫长的黑夜，他竖起耳朵倾听整个世界，院墙外面充满着神秘的声音，让他无法安睡。三十米外的一只蛐蛐儿显然是转移了阵地，一百米远的两只田鼠正在窃窃私语，一千米开外的那条公路上有辆卡车疾驰而过，发出古怪的轰鸣声。还有更远的，天空中有翅膀拍击气流的声音，那一定是某只夜莺或者雉鸟正在飞翔，飞到它们想去的任何地方。

几个月后的某天，帕鲁佐终于遇见了自己真正意义上的第一位主人，那是一个名叫安康的武警战士。安康一眼就瞅准了帕鲁佐，并惊喜地喊："看啊！它的眼睛是黑的！非它不可了！"

帕鲁佐也很喜欢安康，打老远就能闻到他身上有一股简单的气味，不像另外几个武警队员浑身弥漫着烟草和汗水的味道。因此，他很顺从地被安康套上了项圈，并客气地舔了舔对方的手，然后便乖乖地跟着他离开了繁育中心。

走出大门的时候，帕鲁佐头也不回，其他犬多少会有几分留恋，反复回望呜呜不已，他却昂首挺胸步履矫健，闪着黑曜石般的眼睛对新生活充满了好奇。

此后的日子基本都处于高度紧张状态，繁重的训练外加无休止的命令，让某些警犬苦不堪言，尤其那条名叫“大头”的马犬，甚至出现抵抗情绪，拒绝服从指挥不说，还朝它的主人狂吠，龇牙咧嘴地露出凶相。这让那名训导员郁闷不已，多次扬言要把它送回去。

安康就找了个时机，带着帕鲁佐走过去安慰，他说：“听话的狗未必是聪明的，而真正聪明的一定会有个性，你说呢？”

训导员沮丧地说：“敢情你找到一条好狗，我可没那么幸运。”

安康笑道：“拉倒吧你！这跟幸运不沾边儿吧？关键还是要看你的付出，千万不能把狗当成宠物、仆人或者什么工具，而是应该把它当作你的兄弟或者战友，要不然我们和马戏团有啥区别？”

帕鲁佐也说：“对的啊！老安就是拿我当朋友的，信任最重要！”

训导员听不懂帕鲁佐的话，咂巴着嘴说：“行吧，我再试它几天，再不行我就放弃。”

帕鲁佐担心大头真的被遣返回繁育中心，那将会是一场灾难，至于具体是什灾难，他并不清楚，但隐约能感觉到后果一定很严重。因为就在不久前，警队里资格最老的墨子曾经对他谈起过这件事，那条七岁的史宾格犬是这样说的：“老弟，我必须告诫你一件事，要相信自己的直觉和选择，要信任你的训导员，把他当成哥哥一样对待，因为我们是警犬，是要去战斗的，战友之间怎么可以少得了信任呢？如果你无法忍受这里的训练和命令，那么你还能去哪儿呢？离开了人我们啥都不是，不被尊重不受保护，更谈不上荣耀。据我所知，繁育中心还有个后院，里面都是退伍的老犬，他们年龄大了，可以不再工作，可我们呢？我们有资格住进去吗？你还年轻啊老弟，所以你最好能听懂我说的话。”

帕鲁佐想，如果大头被遣送回去，当然不可能就此开启退休生活，更不可能被重新编入幼犬的行列，那么他还能去哪儿呢？训导员说了“要放弃”，那一定是最糟糕的结局。他无法想象自己如果被放弃，之后将会面临什么，离开警队离开老安吗？他真的不敢去想。

为此，他忧心忡忡地找到大头，打算做一次像样的心理疏导工作，如同墨子对待自己那样。他说:“大头,你很想回去吗?”

大头似乎明白对方的来意,反问道:“你那么卖力地训练不累吗,兄弟?”

帕鲁佐点头说:“累是肯定的,不过我确实想跟你聊聊。”

大头百无聊赖道:“那你就聊好啦,不过我要提前给你表个态,如果你接下来的话题不能引起我的兴趣,我可就当耳旁风啦!”

帕鲁佐盯着对方说:“好的,没问题,我会尽力让你有兴趣听下去。”

大头笑道:“你可真是个自大狂!请问你哪里来的自信呢?是不是来自那位大叔?”

帕鲁佐顺着对方的目光看去,墨子正从远处经过,并朝他们这边投来匆匆的一瞥,于是试探着问:“他已经找你聊过了?”

“是的,苦口婆心哪!”

“我们也是为了你好……”

“打住!千万别这么说,我才不相信有谁会真心为了我好,你们不过是他们派来的说客而已,何必把自己放在道德的高地上去指责别人?”

“你……”帕鲁佐一时语塞,竟不知道接下来该从何谈起。

大头笑呵呵道:“老弟呀,人各有志不可强求,这个道理你也要懂,别那么天真好不好?”

“我天真?此话怎讲?”

“老弟呀,你想过没有,他们人类养我们做什么?还不是看重我们的能力!咱们身上有着他们没有的东西,嗅觉、听觉、视觉、速度、力量还有感知力,所以他们才肯分出一点儿食物给我们,好让咱们继续卖命罢了,有句极难听的话你知道不——狗仗人势!这不是笑话嘛,我们比他们要强得多得多,凭啥还要倚仗他们?所以老弟你最好回去好好想清楚,这一生到底应该怎么度过,是被人蒙骗着卖苦力还是追求自由自在的生活?”大头的神色既充满轻蔑又饱含着某种恳切,使得面部表情异常古怪。

帕鲁佐怔怔地瞅着对方侃侃而谈,心底升起一股莫名的反感,他克制了一下才说:“我觉得彼此信任最重要,只有做到了信任就能够彼此忠诚!”

大头轻嘘了一声,不屑道:“信任?他们连自己的同类都不信任,又怎么会对我们忠诚?他们其实只要求我们无条件地忠诚,等咱们老了不中用了,就会一脚踢开,你居然连这一点都看不透啊!算了,不聊了,道不同。”

“但是我和老安是绝对相互信任的！我敢保证！”帕鲁佐固执地反驳道。

“算了吧！假如老安也能跟你一起钻火圈跳障碍啥的，那么说不定我还愿意信一下，可你应该知道，那不会发生。”

帕鲁佐不甘心道：“墨子那么老的资格，应该比咱们看得明白吧？他可不是这么讲的。就算你不肯相信人类，也总该相信自己的同类吧？”

大头无声地打了个哈哈，阴郁道：“那个老家伙早就被洗脑了，一辈子活在幻觉里出不来啦，我真心希望你能牢记我的话，好好想想吧，独立思考真的很重要，再会了老弟！”

帕鲁佐望着对方的背影说：“或许你说的也有你的道理，但是你别忘了我们是警犬，这是我们的职业，既然是职业就该有最起码的操守。”

大头停下，慢慢地回过头来吐出三个字：“职业病！”

二、谁知我心

然而，接下来的几天大头仿佛变成了另外一条狗，居然开始努力训练了，着实叫人费解。起初帕鲁佐还以为他是良知发现内心觉醒，后来才慢慢察觉出问题所在，原来大头正在酝酿着一场越狱。

其实，大头的秘密计划几乎众所周知，说是秘密也只是对人类来讲，反正他们又无法沟通，不会发生泄密的问题。他通告了所有的犬只，希望能找出志同道合者，仅把帕鲁佐和墨子排除在外，毕竟这两个家伙简直冥顽不化，居然肯为统治者充当说客。

那次对话之后，帕鲁佐曾主动求教于墨子，希望他俩能共同找出大头的心理症结，再商议如何化解。墨子仔细听完了他的叙述，表情很是淡漠，显然并不意外。他对帕鲁佐讲：“大头也没什么不对，任何生物都渴望自由的生活，这难道有什么问题吗？”

“可是……”

墨子抬手阻止了对方，继续说道：“可是问题在于，我们犬类已经和人类相处几万年了，我们很难离开他们，这是事实，这是写进我们骨髓里的事实，是没有办法的事啊！人类在驯化我们祖先的过程里，刻意删除掉他们的野性，给他们吃谷物和熟食，同时又选择性地为我们保留下来一些他们认为有用的技能，这听起来当然很不公平，甚至自私残酷，但是你想过没有，要是从另外一个角度来看，他们的所作所为至少能让我们的族群得以繁衍，而且相当成功。”

帕鲁佐若有所思地点了点头，听对方继续说下去。

“对于这个问题其实我思考了很久，当然也得益于向前辈们的请教。我来问你，你说这个世界上什么物种最成功？我可以直接告诉你，小麦、水稻、猫，还有我们！这四大物种是最成功和最伟大的，因为人类需要它们就努力培育和保护它们，以至于只要有小麦和水稻的地方就不会让杂草出来竞争，只要有猫和我们的地方就极少会有危险的天敌，随着人类的不断繁衍扩张，我们也在不断壮大种群，你说是不是这样？”

帕鲁佐连连点头，显然对方的话深奥有理不容置疑。

“可能我说的也未必就是真理，这与我的智慧和眼界有关，但是我就是这样看待世界的，而且至今也没有谁能就此做出有力的反驳，所以我认为这些道理或许对你也有些用处，当然判断权最终在你。”墨子的谦虚里带着自信，想了一下又补充说，“我们的祖先应该是狼，或许还有一部分是狐狸，但是现在狼和狐狸加起来也没有我们多，全世界的野生犬科动物加起来也未必比我们多！所以说人类其实是在有意无意间帮助了我们，对不？”

“墨子你懂得真多啊，让我十分受益，非常感谢！”帕鲁佐由衷表达了相识的荣幸之后，又眨巴着黑眼睛好奇地问，“不过刚才你说，人类与我们友好相处了几万年，这既然是写进我们骨髓里的事实，那么大头为啥还要反对呢？”

墨子慵懒地一笑说：“因为我们毕竟还保留下一点儿野性嘛，骨子里多少还是渴望回归自然的吧，尤其是像我们这样的工作犬，身上保留的野性会更多一些，难免要让某些家伙蠢蠢欲动。”

“但是你认为我们行吗？哦，我不是说我们……具体来说，大头如果离开了这里，离开了人类，他能回归自然吗？能活下去吗？”

墨子认真审视着对方的表情，好一会儿才说：“行是行的，但是很难，也不乐观，当然这也要因人而异，像那些宠物犬基本没戏！像我们这些喜欢人类的工作犬也很困难，而像大头那样的或许还是有些可能的——哎，你不会有什么非分之想吧？”

帕鲁佐急忙摇头说：“我怎么会那么想呢？我很喜欢老安的，从来没想过和他分开！对了，我还想问你一件事。”

“说。”

“一辈子当中,有什么事情是比自由更重要的呢?”

“当然有啊,让我想一下。”墨子思忖片刻做出回答,“第一个是信仰,为了信仰可以抛弃生命!第二个是生命,为了生命可以忍辱负重。第三是亲友。第四才是自由,至少我是这样认为的。”

帕鲁佐追问:“那么墨子你呢?你的信仰是什么?”

墨子平静地答道:“我信仰人类,因为他们是我们的造物主。”

目送墨子离去,帕鲁佐陷入一场自我问答之中。他相信墨子说的一切都发自真心,和所有的犬一样,大家即便念头不同,可不会对谁撒谎,因为没那个必要。狗和人的区别也在于此,因为少有选择,所以才会行动果断。他试着把同样的问题放在自己身上,却蓦然发现答案是不同的,如果老安遇到危险,他肯定会立刻冲上去保护他,毫不犹豫甚至不惧生死,但这似乎不是信仰而仅仅只是责任。墨子说信仰人类,那么他就会保护所有人,至少是所有好人吧,而自己呢?似乎只想保护老安一个,其他人并没那么重要。如此看来,自己是不在乎什么造物主的,那么信仰又是什么呢?一个可以为之抛弃生命的信仰究竟是什么呢?想来想去,思想的小船却始终无法靠岸,再用力划几下桨,竟然迷失在一片雾一样的世界里去了。

午休的时候,所有警犬都在院子里各自晒着太阳,唯独有三条狗聚拢在墙角的阴影里,似乎嘀咕着什么,而且还不时地观察某些训导员。

帕鲁佐忍不住竖起了一侧的耳朵,眼睛却还眯着。

那三个家伙,其中两个分别是“赛虎”和“赛豹”两兄弟,他们都是体格强悍的罗威纳犬;另外一个则是比较年长的“天线”,他是号称“全队大哥”的杜宾犬。

赛豹说:“反正我是想好了,再怎样也要试一试!”

赛虎顾虑道:“如果失败了呢?我是说被抓回来,该多丢脸……”

赛豹说:“丢脸?傻瓜才怕丢脸!难道失去自由不是最丢脸的事吗?”

天线说:“被抓回来也不算多丢脸,反正人类也会原谅的,最多给关几天禁闭而已,其实最大的问题是一旦被抓住一次,以后恐怕就再也没机会了。”

赛虎说:“对的,我其实就是这个意思!”

赛豹压低声音讲:“所以我们一定要计划好,确保万无一失呀。”

赛虎说："这个可就难啦，以前咱们外出执行任务的时候，都是靠训导员们策划抓捕方案咱们才能成功的啊，可现在要是失去了人类的智慧，光凭咱几个能成吗？"

赛豹不屑道："你除了说泄气话还会干啥？"

天线在一旁冷峻地说："实话实说，成功率的确不高，而且这个成功率还要分为两部分：第一，是能不能跑出去的问题；第二，是跑出去之后能不能生存的问题。"

帕鲁佐没有听到他们最初讨论的话题，到现在才彻底明白过来，于是忍不住睁开一只眼睛，偷偷打量过去。

赛虎说："就是嘛，逃出去就很难了，逃出去之后咱们该咋办啊？自然界里有食堂吗？要是找不到水源又该咋办？要是生病了又该咋办？"

赛豹瞪着哥哥说："你要是这么想，干脆就别跟着我们了！你这思想纯粹就是公子哥儿一个！"

赛虎不高兴地说："我是公子哥儿？呵呵！我上次拉练可是跑了全队第二名，你呢？有没有勇气说出自己的成绩？"

赛豹定睛喝道："我确实跑不快，但我敢跑出去！你呢？"

天线长叹一声说："别吵吵！内部要团结，团结才是力量。"

赛虎认可道："对，对！团结就是力量，这力量是铁，这力量是钢……"

就在这时，大头从一侧靠了过来，上来就问："老几位都考虑好了吧？"

赛豹答："都考虑好了！反抗专制，坚决不当人类的奴隶和爪牙！"

赛虎也说："我听组织上的安排。"

天线却说："嗯……我还要考虑考虑。"

"啥？"赛虎吃惊地问，"咋刚才说了半天，原来您老人家还没想好啊！"

赛豹也很吃惊："大哥，咱不带这样的行不？"

帕鲁佐差点儿笑出声来，急忙闭上眼睛，继续假寐。

大头冷笑道："果然不出我所料，不过那也没什么，您可以接着考虑，一直考虑到退休也挺好。"

天线尴尬道："几位老弟，我跟你们的情况不一样啊。首先我没你们年轻，体力不行，老寒腿最怕冷，外加心脏也不好，出去之后很难适应环境，肯定会给大伙儿添麻烦，这是事实吧？其次我离退役也没两年了，如果再因为这个被抓回来，退休待遇肯定是没了，这晚年还怎么安度啊？说到底，还是岁数不饶人，唉……”

赛虎点点头说：“这个倒也是实在话。”

天线连连叹气说：“我要是再年轻两岁该多好，二话不说肯定跟大家走。”

赛虎半取笑半劝诱道：“老哥，那你可就真没机会啦！你不是一直想找一位迷人的边牧姑娘为伴嘛，一起放羊一起流浪……”

大头摆摆手说：“道不同，不必多言，咱们剩下的兄弟继续谈，谈点儿务实的。”

天线听出送客的意思，也不好意思再待下去，只得起身说：“那么我就提前预祝大家出逃顺利，到了外面开心快乐、万事如意、心想事成！”

赛豹挥挥手说：“谢了，回见！”

赛虎纠正道：“不是回见，应该是永别！”

天线沮丧道：“我虽然不能跟兄弟们一起出发，但是我的心将会与你们同在，毕竟我也是渴望自由的啊！好吧，我走了……”

大头忽然喊住了他，态度不失温和地说：“老哥，我们会把你的梦想带到辽阔的大草原的，只希望我们如果有什么需要的时候，你在力所能及的情况下可以提供些帮助最好。最后也提前祝愿你的退休生活健康快乐、多彩多姿。”

“好，好的。”天线眼圈儿一红，欲言又止，然后就失魂落魄地走了。

三、自由之路

此后数日，帕鲁佐都在偷偷留意他们三个的行踪，每次看到密谋现场，便会在一个较远的位置侧耳倾听，不断地收集材料，考虑对策，同时希望这些家伙能够幡然醒悟，悬崖勒马。

不过好景不长，他的刺探行为终于被大头察觉，虽说告密这种事不会发生，可越狱者们还是在心理上感觉不适，于是但凡在准备开小会之前都会朝帕鲁佐的方向远远地丢来一句辱骂：“傻狗才偷听！”

他被搞得灰头土脸，只得溜达到更远的地方，耷拉下耳朵，反思自己是不是“出镜率”太高了。不过帕鲁佐的感知能力很强，通过连日来的侦查，他已经预感到大事件很快就要发生。赛虎赛豹两兄弟似乎也顾不上掩饰，时常互相击掌盟誓，激动得浑身颤抖。

帕鲁佐终于忍不住要去检举，他不在乎那三个家伙的去留，但是很在乎全队的荣誉，一旦发生出逃，岂不是要造成军心涣散的局面？为此他主动找到老安，希望对方能理解自己的心事。

帕鲁佐说："老安，有件事我想对你说，这件事很严重！"

安康抚摸着他的脖子问："你怎么了兄弟？"

帕鲁佐答："有三个人想逃走，哦，不是人，是狗。"

安康好奇地问："你不舒服吗？"

帕鲁佐答："我肯定不舒服，我担心这会影响团队的士气。"

安康笑眯眯地问："是不是最近训练有点儿猛，让你吃不消了？"

帕鲁佐摇头说："老安，你能不能认真听听我说的是啥？你可不笨啊！"

安康起身说："这样吧，我先带你去看看医生！"

帕鲁佐无可奈何地跟着老安走向队医室，头一次觉得他俩之间竟然存在着难以逾越的障碍，那是跨物种的沟通障碍，真是郁闷，尤其这种感觉一旦萌生就挥之不去，让他心里格外难受。

队医翻来覆去地为他进行检查，帕鲁佐起初还耐住性子配合，后来就开始唠叨："你们有完没完啊？我啥事都没有！问题不是出在我身上！"

队医说："应该没什么问题，顶多就是消化不良吧，这样，我给你开两片药。"

安康高兴地说："好，那我就放心了！"

帕鲁佐说："我可不放心！我不吃药的啊！"

队医又问："它能直接吃药吗？"

安康坏笑道："估计还不行，没事，我偷偷喂给它。"

帕鲁佐铁青着脸说："我倒是要看看你怎么偷偷喂我！"

等回到犬舍，安康就快步走向了食堂，不大会儿的工夫返回，手里还多了一根香肠。帕鲁佐嗅了嗅，鸡肉的，一口吞下。

安康很开心，拍拍他的脑门儿说："真乖！"

帕鲁佐说："他们就要逃走了，你能不能想想办法啊？"

安康点点头说："晚安，老伙计，明天见！"

帕鲁佐望着老安的背影，连连摇头：人是不能指望了，有些事情必须靠自己。于是一个念头便涌上心头,然后使劲呕了一下,把药片啐了出去。

次日早饭,就听大头低声说:“兄弟们都吃饱喝足,今天要赶很远的路呢。”

赛虎赛豹一起点头回应:“好的!”

天线忍不住说:“我都替你们激动啊,兄弟们一路顺风!”

墨子吟诵道:“我活着不是为了活着而活着,而是为了与你朝夕相处一起唱歌。”

赛虎一怔,问:“老哥,你在说啥呀?”

墨子闭目养神道:“自己体会。”

赛豹解释道:“他是在祝福咱们以后自由自在地生活和唱歌,吃吧吃吧!”

赛虎狐疑道:“是吗?”

天线蓦然涌起了几分伤感,把食盆推开说:“我吃不下,我不吃了,你们多吃点儿吧,路上艰险。”

赛虎说:“好嘞!那我替你吃掉好了!”

大头叮嘱道:“待会儿你们哥儿俩都跟紧点儿,留心听我的命令。”

帕鲁佐听了浑身一震,心里怦怦直跳,他努力控制住自己的紧张情绪,却又忍不住开始热身,摩拳擦掌弓腰耸肩。

早饭后,武警队员们都集结在大院广场上,准备听队长训话。帕鲁佐知道,等训话完毕就要开始一天的训练了,而往往在这个时候管理最为松懈,院门是敞开的,只有一个执勤站岗的士兵。如果不出所料,大头他们应该会抓住这个时机。

队长的声音开始回荡在院子里,所有人都很是肃穆,连风都不刮了。

大头朝天线递了个眼色,天线愣了一下,不过很快就进入工作状态。他先是快速打开自己的栅栏门闩,然后便开始依次打开所有的门,同时低声道:“最后的机会,自己把握!”

所有的警犬都拥进走廊里,为首的大头第一个摸到犬舍门口,向外张望了一下,说道:“愿意跟我走的兄弟,这就一起走,但是必须小心!不愿意走的等会儿要靠你们来帮忙了,拜托!”

很多警犬都发出了呜呜的声音,既紧张又充满祝福。

“走!”大头率先钻出了门,顺着围墙朝大门口绕去,赛虎赛豹兄弟紧随其后。三只警犬蹑手蹑脚，依傍着墙边的花草和树木无声地向自由之门迈进。此刻，战士们都在聚精会神地听队长讲话，没有人注意到犬舍这边的动静。帕鲁佐吃惊地望着眼前发生的一切，忽然大声说："必须阻止他们！"

然而，他刚要冲出去报警，身体就被多只利爪按住，天线在他耳旁告诫道："我劝你还是老实点儿，小朋友！要懂得成人之美的道理，否则可别怪大家不讲情面了！"

帕鲁佐万万没有想到，居然所有的同伴都不肯站在自己这边，放眼望去，面前全是凶恶的眼神和锋利的牙齿，仿佛只要自己稍一反抗就会被瞬间撕成碎片。无奈之下他不得不求助于墨子，眼下恐怕只有这位"权威人士"能够帮他主持正义了。他低吼道："墨子！墨子！"

然而墨子却对眼前的一切并不意外，他朗声说道："小老弟，今天在场的每一个兄弟都是曾经一起战斗过的伙伴，是出生入死的交情，大家愿意帮助他们实现心愿这没什么不对，做兄弟就是要相互成全的！所以你可以选择不去帮忙，但是绝不能捣乱，懂吗？要给自己将来留条后路，懂吗？"

"原来你才是幕后主使……"帕鲁佐的话还没说完，嘴巴就被一只大脚按住，只听天线说道："行动！"

所有犬只一齐拥出，在大院里四处奔跑。战士们都眼睁睁瞅着，却没有人敢违抗军令，迈步出来阻止。直到队长醒悟过来并发出了号令——赶紧关上大门！谁的狗谁负责追回来！

可是为时已晚，门外站岗的士兵尚未做出反应，三条狗已经冲了出去。大头一马当先，既紧张又兴奋地呼啸道："快跑啊——跟紧我！"

"站住！赛虎——赛豹！"两名训导员飞快地赶来，试图用平日的口令约束住他们的伙伴。结果还是奏效的，赛虎赛豹两兄弟不约而同地停下。大头回头一看，怒吼道："傻瓜！再不跑就来不及啦！他们会用电棍收拾你！"

赛豹清醒过来，招呼自己的哥哥："快走吧！"

赛虎却说："不！我不走了，要走你们快走吧！"

"啥情况？"

"我忽然想明白了墨子刚才说的那句话，我离不开他，真的，你快走吧！"赛虎说完就转身朝自己的训导员奔去。

"懦夫！妇人之仁！"赛豹一边骂着一边朝大头狂奔的方向追了过去。

此后数日，警队大院的上空都被阴云笼罩，压抑的气氛弥漫在每个角落。队长已经派出几拨人外出寻找了，但一无所获，大家都认为是管理上出现了疏忽，导致警犬受惊出逃，又慌不择路难以返回。只有大头的训导员不这么想，他觉得这就是一场预谋，但是没有人信服他的观点。

不单是人，警犬们也都是一个个无精打采的。有些是因为悔恨自己当初为啥没能下定决心一起出逃，临门一脚了却又瞻前顾后。有些是因为真的后怕，然后暗自庆幸没脑子一热跟着跑掉。还有些则是替故友担心：天知道他们现在是死是活？只有帕鲁佐和大家想得不一样，他尚未从“信仰”的问题中挣扎出来，却又陷入“后路”的困惑里去。墨子所说的后路到底是什么呢？为何他当初是反对出逃的，却又在最后时刻提供了援助？他是不是也有自己的后路呢……

不过他和墨子还是进行了一次直接而坦率的交流，墨子解释说自己真的不是什么幕后主使，天地良心。帕鲁佐点头表示认可，也摆明了自己的观点，即阻拦不等于捣乱，告发也不等于出卖，成全兄弟前更要看清后果。墨子默然无语，最后才说：“假如有一天你有什么事情需要我帮你成全，我还是会那么做的。”帕鲁佐心里盘问：这就是你的后路吗？明知不好不对的事也要去成全？还是嘴上说一套，实际又是另一套啊——不过这些尖锐的容易让对方尴尬的追问，他并没有说出口，全噎在喉咙深处了。

他彻夜无眠，思前想后，觉得伙伴之间也存在难以沟通的事，尽管同类方便交流，可语言这东西似乎具备着两种能力，一种是为了理解，一种是为了误解。还不如和老安来得简单。

一下子跑丢两只良种工作犬，造成的后果可想而知，大会上队长当着全体战士和警犬的面严厉地训斥了那两个倒霉蛋。他说，培养一只警犬需要花费大笔资金，那都是老百姓纳的税，所以狗丢了等于就是对不起人民群众的贡献。再者一只警犬的工作能力抵得过五六名武警队员，那么两只就相当于损失了一个班的战士，如同一个哨所被连窝端了，这是非常巨大的损失！是非常严重的事件！

这番话说得所有人都心里直打鼓，头冒冷汗，却让警犬们很是激动，纷纷昂首挺胸目光如炬。不过任谁心里都明白，大头也就算了，毕竟是新驯犬，赛豹就不一样了，那可是战功卓著的防暴骨干。它的丢失不仅让其训导员伤心不已，还遭受株连，他一边掉眼泪一边写检讨，其实他哪里知道自己的老伙计现在可开心了，跟着大头兄弟成功地逃离了这片区域，隐匿到广阔的山野里，打算开始全新的生活，自由自在，终老林泉。

当然想法归想法，现实归现实，多年之后当它有幸再次见到帕鲁佐的时候，又该是怎样一种场景呢？这自然是后话。

四、别离开我

警队里的生活日复一日，年复一年，说枯燥吧也对，毕竟就那么一排犬舍、一幢矮楼和一个大院，冬去春来都是那几张老脸。说充实吧也有道理，毕竟偶尔还能接到任务，外出征战，某些工作既刺激又危险。

帕鲁佐永远也忘不了自己第一次出任务，那是受训的第二个夏天，安康为他穿上了警犬背心，脖锁铁链也换成了皮条，和其他警犬一样焕然一新整装待发，别提多神气了！队长发令之后，他们全都跳上了防暴车，然后就风驰电掣地冲进浓雾般的夜色里。帕鲁佐不知道将要去哪儿，但是已经预感到特殊使命的降临，因为老安也很紧张，能听到他沉重的呼吸和有力的心跳。武警战士们这次也都不同以往，一个个披挂整齐，装备精良，荷枪实弹，有自动步枪、霰弹枪、冲锋枪、防暴盾牌，还有破门锤，让人不难想象随后将要出现怎样的复杂局面。

帕鲁佐嗅到了枪膛里的硝烟味，那并不陌生，在以往的声光训练中，他已经能够适应所有武器发出的轰鸣声，尤其老安大腿上的那支手枪，别看不大却威力十足，可以啪啪啪地速射，特别适合近战。他把头贴近安康，忍不住深深吸了一口气，享受着弹夹里面的味道，那是金属和火药的混合物，是暴力和正义的承载体，就像一颗颗随时能够启动的流星，瞬间变成电光石火，炽烈无比，总之这味道让他陶醉。

安康抚摸着帕鲁佐的脖颈，又俯身在他耳边轻声说："别紧张啊老伙计。"

帕鲁佐抬头瞅着对方，靠在车窗上的老安显得很是帅气，透过忽明忽暗的光线，他头盔下的年轻面孔白皙俊朗、棱角分明，在有节奏的晃动中愈发显出一种不真实的光影效果。以至于多年以后，每当年老的帕鲁佐回想起这一幕，都觉得那是一幅美丽绝伦的画面……

他们在一条崎岖的小路旁停下，所有的战士都静悄悄地下了车，在领队的指引下缓缓前行。虽然有些风，可空气依然闷热，帕鲁佐觉得那件背心实在是太累赘了，如同给自己包裹上一圈炉火，要不是正在执行特殊任务，他肯定要向老安提出反对意见。

大约走了十分钟，不远处出现了一处院落，藏匿在密林之中，隐约可见里面还亮着灯光，只不过有些昏暗。领队示意大家停下，然后做出手势，于是大家兵分两路，一队主攻正门，另一队则绕向屋后。安康牵着帕鲁佐一步步靠近院门，他们旁边则是其他两名队员，分别带着天线和赛虎。

在距离目标不足几十米的地方，院子里忽然传出狗的叫声，显然对方也设置了哨兵。帕鲁佐分辨了一下，应该是两只狗在预警，甚至可以听到它们绷紧着铁链的声音。领队伸出两根手指，下达了强攻的命令。

一名战士挥动破门锤，只一下就撞开了院门，天线第一个冲了进去。与此同时赛虎也紧随其后，帕鲁佐刚要向老安做出申请，忽然感觉脖子上瞬间一松，皮绳已然释放。

天线面对两只猎犬发出低吼："想活命就给爷闭嘴！"

这招还真是管用，在天线威严的身姿和气势下，那两个哨兵登时就丢掉了锐气，低声呜咽着趴伏在地。可就在此刻，屋门被踢开了，两名彪形大汉一前一后冲了出来，领头的右手持短枪，左手拎着一根棒球棍，后面那个则端着一杆长长的猎枪，来势汹汹，看样子是要来一场生死之搏。

赛虎毫不犹豫地飞扑上去，一口就咬住为首那人的右臂，顺势一甩，便将对方掼倒在地。不过这名悍匪并未因此束手就擒，用力挥起棒球棍朝警犬脊背砸去，赛虎闷哼了一声却不撒口，反而收紧了下颌，于是在赛虎惊人的咬合力下，那人的前臂桡骨被瞬间咬碎，他忍不住怪叫一声："啊——快把这破狗干掉！"

那名持猎枪的同伙急忙端起了枪，但又不敢轻易开火，生怕误伤了自己人，毕竟这一人一犬正在缠斗。

天线大叫道："帕鲁佐！还愣着干什么！"

就在这时，一声轰响，猎枪枪口喷出了耀眼的火焰，无数爆裂的钢珠一起向赛虎身上飞去。由于距离过近，那股强大的气流直接把赛虎掀翻，他的身体如同一捆稻草似的被抛到半空。

但赛虎依旧没有松开牙齿，只是感觉自己像被无数钢针刺破的皮球，气血疯狂外溢，无法遏止。

天线不顾一切地凌空跃起，死死咬住那杆猎枪，然后拼命扭动身体，试图让对方脱手，却一时难以奏效。

眼前的一切只不过发生在三四秒间，帕鲁佐这才意识到自己的迟疑，他猛地扑了上去，准确地叼住那只扣在扳机上的手，稍一用力，对方的腕子就断裂了，血液喷溅到帕鲁佐的嘴里，如同咬开了浆果。

接下来，局面得到有效控制，战士们冲到近前将敌人捕获，埋伏在屋后的人也已破窗而入，并制服了房间内的最后一名歹徒。

帕鲁佐被重新系上绳索，情绪还依然激动不已，浑身发颤地走来走去，直到听见一声哭喊："赛虎——你怎么啦！你没事吧……"

赛虎蜷缩在自己主人的怀里，奄奄一息，嘴里不时冒出一股一股的鲜血，第一次感觉到无力和绝望，好像随时都要向着那个深渊坠去。他不甘心，却也逐渐变得释然，挣扎了一下才说："我不怕，但是你要抱紧我……"

回程的路上，车厢里异常安静，除了道路上的颠簸，再无一丝声响。赛虎已经被抱上了救护车送往医院，大伙儿都在默默祈祷，尽管也知道那没什么用。帕鲁佐不敢和任何人对视，生怕看到怨恨的眼神，明明一次看似成功的抓捕行动，谁能想到竟会是这样暗淡地收场。

回到警队，天线终于打破了沉默，一边走一边自言自语道："我并不想怪谁，可我还是忍不住生气。要是今天换成赛豹在，结果肯定不是这个样子；要是当初赛虎也跟着大头他们跑了，结果也不是这个样子。"

他的话获得了几声应和，显然大家都有情绪。

帕鲁佐羞愧难当，忍了又忍才说："我没想获得谁的原谅，是我的错，我当时真的慌了，到现在我都不知道该怎么才好……"

天线叹了口气说："唉！谁都有第一次，新手当中半数以上都会出现各种各样的毛病，只不过有些还不算严重，有些就算严重又未必碰上复杂的任务，可是今天偏偏让赛虎赶上了，算他倒霉啊。"

帕鲁佐再也忍不住了，眼泪滴滴答答。

墨子抬头看了看满天的繁星，说："每一次悔恨，都会让我们更完美。"

次日一早，队长才从医院赶了回来，他似乎一夜都没合眼，瞳孔附近布满了血丝,不过有些人却从中看到了希望,纷纷围拢上去打听赛虎的消息。

几分钟后,安康大步流星跑进犬舍,一见面就喊:“它还活着!”

帕鲁佐吃惊地爬起来,分析着对方眼睛里的光芒。

安康打开围栏,蹲到帕鲁佐的面前,用难以抑制的喜悦说:“赛虎挺过来了!它可真是好样的!”

帕鲁佐也兴奋了,急忙问:“赛虎没事啦?”

安康说:“经过一整夜的抢救,赛虎已经暂时脱离危险了,不过仍需要各种治疗,队长说要再等几天才能知道准信儿,毕竟它的伤实在太重,十几处中弹,幸好有防刺背心减弱了力道,可还是被一颗钢珠射穿了肺叶造成致命伤,万幸送医及时,万幸年轻结实,我相信它还能创造奇迹!”

所有的警犬似乎都听懂了,一起发出欢呼声。帕鲁佐激动地扑进老安怀里,用力摩擦着呜咽道:“以后我再也不会让他受伤啦……”

安康拍打着帕鲁佐的脊背,感叹道:“不过,我估计赛虎也无法回来再和我们一起训练了,听说它的前爪被打断了肌腱,很难恢复成以前的样子,应该会提前退役。”

帕鲁佐听懂了对方的意思,眼睛里便噙满了泪水。

墨子在一旁劝慰道:“能捡条命就是万幸了,提前退役也没啥不好,反正我也快了,到时候一块儿去住养老院吧。”

天线也说:“我应该比你还早,那就让我先去陪着赛虎兄弟好了。”

两个月后的一天下午,有辆面包车停在了警队院外,车门一开,跳下来一只胖乎乎的大狗,执勤的战士忍不住发出惊叫:“是赛虎回来了!”

赛虎一瘸一拐地走进大院,眼睛里闪烁着复杂的幸福,像个死里逃生的伤兵重返老连队,既兴奋又孤傲。

整个警队逐渐沸腾起来,人喊犬吠,赛虎被所有人团团围住,又摸又抱。不过在帕鲁佐眼里,赛虎似乎并不开心,他仅仅表现出久别重逢的那种喜悦,却没有彻头彻尾的欢乐。

墨子慨叹道:“怕是要告别了。”

果不其然,警队当天就举行了一场隆重的欢送仪式,给赛虎系上了大红花,还拍照合影。队长宣布:“退役命令——警犬赛虎,黑色罗威纳防暴犬,成功履行了保卫国家的神圣使命，经上级批准，退出现役！它是无言的战友，是一名合格的武警战士，更是全队的骄傲，它的功勋我们将永远铭记！因公负伤后要给予特别嘉奖，提前光荣退伍并享受退休待遇，立正——敬礼！”

警队的全体官兵一齐列队在国旗下，向赛虎行了军礼，庄严又肃穆。可赛虎却不肯离去，趴在地上东张西望连连呜咽，直到被人硬牵着送进车里。

帕鲁佐伤感地说：“他的训导员今天不在，太可惜了。”

安康也惋惜道：“偏巧他这两天请假回家探亲，队长已经打过电话通知了，不过看样子是来不及见最后一面了。”

天线大叫一声：“立正！向咱们的兄弟致敬！”

面包车启动了，一溜烟地朝前疾驰，所有人聚集在大院门口，目送一位战友的离开。却在这时，有人发出了一声呼喊——回来啦！

赛虎的训导员急匆匆地沿着大路走来，与面包车擦身而过之际，猛然看到了自己的老伙计，就丢掉了提包转身开始追赶。赛虎隔着后窗玻璃拼命喊叫，终于让这辆车停了下来。

赛虎跛着腿奔向了自己的主人，然后一头扎进对方的怀里，像个孩子一样反复纠缠。训导员则一屁股坐在了地上，用力搂着自己的爱犬，百般爱抚，良久之后，四目相对无声无息。等到面包车再次远去，他索性蹲在原地号啕大哭……

五、最后时光

此后连续很多天，帕鲁佐都少有食欲，每次碰见那名训导员便会无声地靠拢上去，舔舔对方的手和鞋子，他非常理解那种思念，却又力所能及至此。

安康发现自己的老伙计瘦了，有些担忧，想了很多办法也未见起色，于是就把这件事汇报给队长。队长为此还专门开了个会，毕竟帕鲁佐现在已然是绝对骨干，它如果出了什么状况，肯定会影响到其他警犬。有人提议说，可以考虑暂时换个环境，比如给它放个假啥的。队长认为有理，就批准安康带着狗出去玩几天。

帕鲁佐毫不知情地上了汽车，开始还以为是要出任务，就懒洋洋地去叼背心，不料老安却说：“咱们去旅旅游吧，你觉得怎么样啊老伙计？”

帕鲁佐看出对方眼睛里闪动的光彩，便使劲摇起了尾巴。

两个伙伴驱车驰骋了整整一天，跑了足有上千公里的路，直到深夜才在一个河谷边停了下来。安康显然是累坏了，他看看漆黑的窗外说：“明天咱再玩吧。”他跳下车，活动了一下腰腿，然后吃了几片饼干，又喝了半瓶水，就趴到后排座椅上沉睡了过去。

帕鲁佐却毫无倦意，对陌生的环境充满了好奇，侧耳倾听，附近有一条小河正在流淌。

他瞅了老安片刻，就小心翼翼地打开了副驾驶的车门，然后轻飘飘地跳了出去，触地的一霎感觉脚底一颤，竟然满是鹅卵石，这可真是个有趣的地方！于是他便开始了愉快的探索之旅。

他先是在汽车周边逡巡，而后不断扩大这个半径，并最终直达水边。河水清澈甘冽，略有寒意，帕鲁佐喝了几口，顿感通体舒畅。沿着河岸徘徊了两圈儿，发现了一处浅滩，他干脆迈进水里溯溪而上，几分钟后便在另一侧成功登岸。

这一段的河岸环境迥然不同，到处长满了蒿草和灌木，成群的萤火虫悠闲地飞舞，与漫天的繁星连成一片。帕鲁佐用力呼吸着新鲜的空气，感觉整个身体都变得异常轻盈绵软，仿佛随时都能飘浮起来。他漫无目的地缓缓走着，让欢蹦乱跳的水珠不停地冲撞到腿上脸上，带来一阵又一阵醉人的微凉，于是他的心里便绽出了一圈儿又一圈儿的涟漪。

此时明月高悬，银色的光芒洒满整个苍茫大地，远处的山峦上飘浮着一层雾气，像是悬浮的湖，氤氲袅袅，让人猜不透峰顶高到了哪里。在山脊的一侧，是无尽的松涛，郁郁漆漆，深邃神秘，唯有猛兽才会在此纵横驰骋。

帕鲁佐意外地发现，有种力量正从身体的某个角落中崛起，无法抑制无可回避，且不断升腾膨胀直到血脉偾张。随即这股力量又开始收缩汇聚，并在胸腔里飞速旋成一团火球，瞬间煮沸了血液。此后一发不可收敛，澎湃的热浪开始在身体里咆哮，疯狂的激流冲撞着四肢粗壮的血管，让每根鬃毛都躁动无比。终于，他用一种极不舒服的姿势昂起了头，向着那皎洁的星球发出了嚎叫。

那叫声在山谷中游走，回旋往复，涤荡着每个缝隙和角落，穿透了所有的蛮荒和阴郁，仿佛是在宣告一位君主的来临，又像是一个巨人踏足处女之地……

次日清晨，安康带着一脸惊讶走下了车，真没有想到这里的景色如此之美，除了不远处的公路，再无半点儿人工雕琢的模样，眼前的一切就像几万年前人类最初到达时的情景，不用细心体会便能感受到勃勃生机。

他舒展了几下腰身，开始寻找帕鲁佐，放眼望去却没有它的踪影，只好提高了嗓门儿呼唤。不多时，就听见极远的地方传来了回应，努力看去，这家伙竟然站在对岸的山顶上，蹦蹦跳跳地发出犬吠，像是在吆喝自己过去。

安康只好卷起裤管涉水过河，然后穿过茂密的植被朝坡地上走，大约一个小时后才抵达山顶。帕鲁佐举行了简短的欢迎仪式，随即就坐在老安的身旁一起观看这片广袤的原野。山顶并不大，也不高，但是视野极好，可以俯瞰整个谷地。

时值九月，这里已然提早入秋，不同种类的树木呈现出墨绿、浅褐、金黄、紫红等颜色，且层次分明，像是神的调色板。再向远眺望，目力所及之地便是巍峨的雪山，雄浑庞大，气势非凡，初起的太阳已经颇具能量，慷慨地释放着来自1.5亿公里外的耀眼光束，将群峰上的积雪辐射成大气的粉红色。

安康不觉自言自语道："等到退休的时候，能来这里定居就好了。"

帕鲁佐也说："那咱们一起来，说定啦。"

安康想起了什么，就问："昨天半夜我好像听到狼叫了，也不知道这里是否安全，你有啥发现没有？"

帕鲁佐眨巴着黑眼睛说："老安，你是不是也快退伍了？"

返回警队后，帕鲁佐确实恢复了神采，随时保证出勤不说，而且总是作为主力。每当犯罪分子试图逃跑的时候，他就会飞奔上去毫不犹豫地将对方击倒，然后露出锋利的牙齿予以警告。每当有歹徒试图暴力相持的时候，他就会释放野性发动雷霆一击。通常来讲，在这样一条强悍的狼犬面前，任何反抗都是徒劳的。

他与老安的合作近乎完美，屡次获得嘉奖，警队上下没有人会质疑这种默契，直到天线退役的那天，这条大哥级的杜宾犬也由衷地吐露出心声，他说："老弟啊，我认为你应该有资格接我的班了，以后兄弟们就靠你了。"

帕鲁佐不想每次送别都伤感，于是微笑道："你就放心好啦，到了那边替我给赛虎也带个好啊！"

天线离开的时候，同样恋恋不舍，但是作为曾经的统帅，还是要努力保持好风度。他先是在犬舍里巡视了一圈儿，对那些新来的犬加以鼓励，又走进办公楼的大厅，找到自己的照片，端详良久。最后它独自出现在训练场上，大吼一声，从头到尾把所有的障碍都跨越了一遍，这才慢慢地朝大门口走去。

大约又过了一年，同样的场景再次发生，这次轮到了墨子。作为警队最老的成员，他的资历比队长还久，无奈12岁的高龄已经让这条史宾格犬历尽风霜，要不是缉毒搜捕工作的特殊需要，恐怕早已离开。

当训导员把墨子的肩背标识从背心上逐个撕下去的时候，他始终努力配合着姿态，不让自己瘦小的身体发生摇晃，可在帕鲁佐眼里，墨子正经历着撕心裂肺般的疼痛。整个过程如同目睹一名老兵被剥夺走一块块的勋章，寂静无声，凄凉无比。好在队长最后给他脖子上挂了一块金色的奖牌，他这才激动地流下了热泪。

墨子不无遗憾地讲："我有高于人类1200倍的嗅觉，只可惜岁月不饶人呀，目前只剩下1199倍啦，咱队里的要求是差一点儿都不行，所以我只能离开。"

帕鲁佐一边送行一边说："见好就收吧老哥，你永远都是我们的榜样！特别是你当年说的那句话，能让我们记一辈子，是啥来着？"

"我活着不是为了活着而活着，而是为了与你朝夕相处一起唱歌。"

"对的，就是这句！"

"可惜我和你们不一样，你们都有固定的搭档，最多也就两任，而我都不知道换过多少搭档了，不过我还是最想念第一个，也不知道能不能再见到他……"

看老朋友如此黯然，帕鲁佐只得安慰道："其实只要心里都能想着对方，就已经很好了。"

墨子意味深长地说："这话也对，所以我也想提前把这话送给你，再过个一两年你恐怕也要退役了，到时候可别怪老安不来看你啊！人类和我们不同，他们这一生事情太多太多，顾不过来的，而我们却要把自己的一生都交给他们。"

帕鲁佐目送墨子上了汽车，心底一片茫然，他回过头去，看到安康正望着自己，目光中似乎埋藏着什么，不免暗暗忧心。

汽车开出去很远了，墨子才回过神来，觉得自己是有思想的，不该陷入非理性的状态中，于是便自我勉励说：值得了啊，马上就要开始舒服的退休生活啦，哈哈……然后，就开始没完没了地掉眼泪。

后面的日子，帕鲁佐格外珍惜与安康相处的时光，不管是在训练的时候还是出勤的路上，他都要找寻各种机会和对方亲昵，老安经常没脾气地管他叫“绊脚的小奶狗”，可在内心深处，这名武警战士也充满了未知的彷徨。

队长找过他了，告知退伍的日子已经进入倒计时，所剩无几，但问题是如何让这场分别更稳妥些。如果按照惯例来办，任何人都清楚将会发生什么，甚至比预想的还要严重。毕竟安康是队里为数不多的志愿兵士官，一任到底，和帕鲁佐朝夕相处了五年，这份感情甚至超越了一般意义上的人类之间的情谊。老安深知自己无法去面对那双黑色的眼睛。

但是日子并不会因为煎熬而变得缓慢，一天一天地消失，就算套上铁链皮条也扯都扯不住。最终，他做出了一个近乎残酷的决定。

队长吃惊地问：“你真的想好了？不辞而别？”

安康点点头说：“考虑很久了，好像也只能这样吧。”

队长思忖片刻才说：“好吧，那就在内部给你搞个荣退仪式得了，只不过这样的话对帕鲁佐来说真的很难接受，但是好像也没有别的办法……”

安康忽然问：“我听说退役的警犬是可以领养的，那么队长，我能不能过两年把它接走呢？”

“当然可以！只要符合相关条件就没问题，尤其像你这种情况的应该更没问题了。如果你真想这样的话，我会提前通知你，嗯！这才是最好的结果。”

六、漫长旅途

两天之后，帕鲁佐才察觉出了问题：老安忽然不见了，难道是请假探亲去了吗？抱着残存的希望又等了几天，他才意识到让人心碎的事可能发生了，于是他找准了个机会跑进办公楼里，沿着走廊寻找老安的照片，只要在岗的就会有。

走出来的时候，他感觉浑身无力，仿佛被整个世界抛弃了。老安不必这样的啊，根本没这必要！帕鲁佐其实早就想好了，真到了分别的那一天，他不会让老安难受难堪，他不会跳到汽车发动机盖上阻拦，不会像赛虎那样纠缠不休，也不会像天线那样恋恋不舍，更不会像墨子那样装出笑脸——他会平静地跟老安告别，然后守住彼此的承诺，让时间去战胜一切。

毕竟，以帕鲁佐的理解，这并不是什么天塌下来的问题，都是武警战士，与人狗无关，到了退伍的年龄还是要离开的，就算不舍，就算心酸，也要面对的，不是吗?

老安一定发生了什么特殊情况，如果他能不辞而别，那么谁又敢相信未来之约呢? 帕鲁佐在记忆中搜索，终于翻出一个案例，曾经有个战士就是因为犯了错误才离开的! 如果老安也是这样的话，那就没可能再来接走自己了，对吧?好像是这样……

帕鲁佐不想采取率队出逃的极端方式，那样影响太不好了，会给年轻的警犬们做出极不光彩的榜样，于是他决定找一个出勤的机会偷偷消失。

这个机会并不难寻，因为作为大龄犬，帕鲁佐已经从防暴岗位上撤下来，目前担任的差事是搜捕。大约一个星期后，他真的在一场追逐任务中成功地脱离了队伍，一口气跑出五公里，钻进了树林深处，然后忍饥挨饿了三天才悄悄地离开了这片土地。至此他才终于理解了墨子关于“后路”的提醒，队长派出了好几组警犬来找他，均无功而返，还不是因为大家心里保守着那层默契? 否则任何一只年轻的史宾格犬都能在20公里的范围内将他挖出来。为此，帕鲁佐从踏上旅途的第一天起就心怀感恩。

凭借上次“旅游”的记忆，他有信心找到那个山谷，同时相信老安一定会在那儿等着自己，这早就是约好了的事，无须怀疑。

此后的一年里，但凡是见过那只老犬的人都不会相信，一条狗竟然会有如此坚定的执念，竟然会不知疲倦地奔走和找寻，无论走错了多少路，它都能顺利地返回上一个正确的原点，然后朝着下一个可能的方向再出发。匪夷所思。人们只会相信那是一条附近村落里走失的土狗，正急匆匆地寻找自己的家门。

这天午后，帕鲁佐在途经一个集市的时候忍不住停下脚步，想了一下，还是决定进去碰碰运气。他悄悄地在各种货摊后面行走，寻找任何可以果腹的东西，但是收获甚微。尽管一直夹着尾巴保持低调，可仍是遭受了几枚石块的射击，正在心灰意冷之际，他忽然发现不远处有一个巨大的帐篷，里面传出敲锣打鼓的杂乱声音，但是吸引他注意力的是，在一张广告牌上贴满了图片，有小丑、白马、山羊，还有狗。再靠近些发现，那狗分明就是赛豹!

他的心瞬间狂跳起来，难道竟然会在这样一个陌生的地方碰到老相识吗?

会不会搞错？不行，一定要去探探究竟！

帕鲁佐绕来绕去，终于在马戏团帐篷的后面找到了赛豹，最初他差点儿没认出对方，围着铁笼仔细打量了一圈儿，这才验明正身。赛豹确实沧桑了许多，而且似乎一直睡不醒，可能已经习惯了被围观的生活，因此对笼子外面的动静充耳不闻。直到帕鲁佐轻声呼唤他的名字，赛豹——赛豹！他才猛然睁开了眼，怔怔地瞪着面前的空气，只是迟迟没有转过头来。这个名字已经太久没人叫过了，而今骤然响起简直如遭电击。那可是当年警队里公认的如雷贯耳的名字！赛虎赛豹两兄弟，威猛无敌，只要他们一出场，多少犯罪分子腿都软了。

过了好一会儿，赛豹才回过神儿来，想要看看到底是在做梦还是真的来了哪位故交，他一个滚儿爬了起来，吃惊道："帕鲁佐！怎么是你？啊呀……"

帕鲁佐靠近了栏杆，亲切地说："是我啊！你还好吗我的老朋友？"

赛豹擦了把眼屎仔细打量了对方一番，心情立刻好了许多。帕鲁佐显然也是逃出来的，又脏又瘦，肋条都清晰无比，而且颇有几分老态，于是说道："嗨呀！也谈不上好与不好的啦，凑合混呗！也就算是衣食无忧罢了，反正都这把年纪了，很多事都能看得开啦，嘿，你怎么样啊？怎么忽然出现在这里？"

帕鲁佐就简单地把自己的经历述说了一遍，但是对一路上的遭遇只字未提，最后他说："赛豹，你难道就想这么下去了？一辈子关在笼子里？当初从警队里跑出来的时候你可是希望获得自由的啊！"

赛豹脸色一窘，叹息道："往事不要再提了嘛，曾经还是年少无知啊……不过嘛现在也挺好的了，至少不用担心吃了这顿没下顿，嗨！你是不知道哇，当年我和大头跑出来以后那叫一个惨！想起来就心酸，那他妈哪是狗过的日子啊！"

帕鲁佐瞅着对方身上穿的小花裙，好奇地问："他们为啥给你穿这个？"

赛豹没脾气地苦笑道："你问我我问谁去？居然给咱这纯爷们儿穿公主裙也是醉了，我猜就是图个噱头吧，达到个反串的艺术效果。不过嘛也无所谓啦，啥都看得开了。哎，对了，我哥现在咋样了？"

帕鲁佐答："赛虎在我出来之前就退役了，因公负伤警队给了特殊嘉奖和照顾，他现在应该在养老院和墨子、天线他们一块儿过清闲日子呢。"

赛豹咂巴咂巴嘴说："不错不错，都不错，都挺好。"

帕鲁佐关心地问："你现在是不是还要经常演出？身体能吃得消吗？"

这话显然刺痛了赛豹，他努力控制住即将爆发的情绪，缓了一下才说："勉勉强强吧，幸亏还有当初警队里训练的老底子，毕竟咱基础素质摆着呢，要不然真有点儿撑不住了，岁数大了，唉！刚来的时候想简单了，草率了，万没料到这演艺圈儿水那么深。”

帕鲁佐点点头又问：“那你不想再找个出路吗？如果你想重新换个生活，比如……比如和我搭伴去找老安，他一定会收留咱们的。”

赛豹没搭茬儿，只是拍了拍铁笼，摆出一个无可奈何的表情。

帕鲁佐仔细打量，发现了那只锈迹斑斑的铁锁，忽然莞尔一笑道：“这个应该不难，我的牙口估计还行。”

“千万别！”赛豹慌忙拦住了对方，又马上意识到自己的举止有点儿夸张，就委婉道，“我知道你行，其实……我也行啊，那锁头就是个摆设而已，一拽就开，只不过我并不想那么做，也没理由那么做。”

“哦，我明白了。”

谈话一时陷入了僵局，赛豹觉得自己应该做点儿什么打破尴尬，同时尽尽地主之谊，于是他从肮脏的食盆里叼出一截骨头递给对方，随即大方地讲：“拿着吧老弟，想来你这一路也是够辛苦的，出门在外的日子我懂。”

帕鲁佐点点头接了过去，一时便涌起了他乡遇故知般的感慨。

赛豹瞅了瞅空荡荡的食盆，忽然猛地一脚踢飞，发出一连串刺耳的声响，他在那响声里朗然说道：“堕落呀堕落！想当初爷在警队的时候吃的是啥？精品的牛肉！新鲜的猪肉鸡肉！水果蔬菜都管够！还经常洗澡，洗完了还有人给按摩！您再瞧瞧爷现在！”

帕鲁佐知道他是真情流露，但又无法安慰，只得发出几声哼哼以示赞同。

赛豹忽地扑到铁栏上，用力靠近对方说：“老弟啊！我佩服你也羡慕你，但是我做不到了，我废了！如果说有什么心愿的话，那只有一个，就是想再回咱们警队看一眼，就一眼！”

帕鲁佐放下骨头，抬起头再去看的时候，发现赛豹已经老泪纵横，泪珠顺着栏杆源源不断地流淌下来，打湿了公主裙。他急忙劝慰道：“老哥！你别这样啊，男儿有泪不轻弹，要不你还是跟我走吧，趁现在！咱们可以一块儿回去看看……”

赛豹忽又破涕为笑道：“俱往矣！嗨，我先警告你啊，等会儿该我上场了你可不许偷看，我怕你笑话我，听到没？”

帕鲁佐彻底蒙了，搞不清对方这是什么精神状态。就听不远处的一匹白马说:“我早就说他神经了,希望你能支持我的观点。”

“闭嘴吧老驴!”赛豹威胁道,“再敢胡说八道,下次等你驮着我的时候给你背上撒尿!”

“我错了。”白马继续低头吃草。

正要告别,帕鲁佐忽然又想起一件事情,就问:“老哥,大头咋样了?你们啥时候分开的啊?”

赛豹神色一闪,随口答:“他好得很,野外生存能力又强,咱可比不了,只能给人家拖后腿,唉!我们逃出来不到半年就分开了,我猜他应该占山为王了吧。”

“哦,是这样……”

见老战友要走,赛豹忍不住吆喝了一声:“你等等!”

“啥?”

“嗯……刚才那些话是他交代我的,说要是哪天碰见了老相识就让我这么说,其实……”赛豹噎了一下,索性和盘托出,“其实他比我还要糟,在树林里饿得实在受不了,就去偷袭野猪窝,原本打算逮个小猪,结果碰上了大的,那大猪少说也有三百多斤,大头哪里打得过?等他受伤回来基本废了,后来又硬扛了两天两夜就死了,是疼死的。”

“啊?原来是这样。”帕鲁佐心里也是一酸,虽然他对大头没啥好感,可毕竟他俩是从小一起长大,又一起从繁育中心去的警队,如今听到这样的悲剧难免有些痛惜,就不免自言自语,“可怜的大头,想不到野猪那么厉害呀。”

赛豹叹气道:“野猪是咱们的世仇,别说大头一个,加上我也不行啊!听马戏团里的哥们儿议论,一头成年野猪敢和七八条狗对战,还不落下风,所以呀老弟,你以后一定多加小心,一旦闻到它们的气味,千万绕开走啊!”

帕鲁佐点点头,告辞离开。

赛豹在背后远远地解释说:“我是不想撒谎才告诉你的,其实这样做也对不起大头的嘱托,毁了他的一世英名。唉,所以今后你要是碰上咱们的老相识,尽量还是不要把真相说出去,好吗?当然,决定权在你,再见啦老弟……”

帕鲁佐离开了马戏团,离开了集市,朝下一个村镇走去。自由到底是什么呢?逃离了警队和集体,就可以获得自由了吗?显然并不是这样,要不是和老安的约定,他是绝不会独自跑出来的,而在这一年多的风餐露宿中全无半点儿自由可言。因此可以这么讲，能和喜欢的人在一起，才是真正的自由，哪怕要过最糟糕的生活。一阵风卷起大量的尘土，遮蔽了他的视线，帕鲁佐摇晃了一下，决定继续走下去。

七、萍水相逢

因为偷食香肠事件，帕鲁佐的旅途被无限期地搁置了。眼下，他成了一个彻头彻尾的乞丐，终日躺在小镇的街口。

那一棍子打得实在太狠，胯骨断裂，根本无法行走。也幸亏流落在人类聚居区，要是扔到荒郊野外怕是早就死了。他只能依靠一个善心的老太太为生，可以每天多多少少地拿到一点儿食物，保证自己获得呼吸下去的能量。

一天早上，他忽然被大雨浇醒，为了维持仅有的体温，不得不挪动残破的身躯寻觅一个可以躲避的地方。当他艰难地钻进一间废弃的仓房时，吃惊地发现已经有人占据了这儿，一个破衣烂衫的老头儿正用一双犀利的眼睛盯着自己。帕鲁佐不禁打了一个冷战，他知道有些人是可以把狗做成食物的。

老头儿瞅着面前的这条老狗忽然笑了，勾勾手指说："愣着干啥，进来吧，来！"

帕鲁佐很担心，但也没得选择，如果对方冲过来，他连逃跑的能力都没有，犹豫了片刻，他才把外面那半截身子拖进屋来。

"过来，过来呀，到我这边来！"老头儿眉开眼笑，用手掌拍打着地面。

不管是善意还是恶意，帕鲁佐都不敢拒绝，只好打着哆嗦爬过去，在相距一米左右的地方停下，等候接下来的命运。

老头儿忽然伸出一只手，敏捷地按住他的脑袋，随后用力捏了捏，若有所思道："还行。"

帕鲁佐有生以来第一次感到强烈的恐惧，如果趁对方不备反咬一口的话可能会给对方造成一些伤害，但随之而来的必定是灭顶之灾，因为他已经看到老头腰侧别着的一把短刀，透过刀鞘还可以闻见一股难闻的血腥味。

老头儿发现了他脖子上的项圈，意外道："原来你是一条军犬！"

帕鲁佐纠正："不，我是警犬。"

老头儿神秘地一笑说："可是你好像并不那么聪明，难道你没有发现什么奇怪的事吗？”

帕鲁佐愣住，吃惊道：“原来你能听懂我说的话……”

“何止是能听懂，我这不是还能和你交流吗？”老头儿眨巴眨巴眼，得意地说，“不单是狗，我懂兽语，能跟很多动物对话，当然必须是有灵性的。”

帕鲁佐的恐惧感瞬间消失，好奇地问：“那你是做啥的啊，老人家？”

“别说我老，我不爱听！难道你喜欢别人叫你老狗吗？”

帕鲁佐不好意思地摇摇尾巴，还顺势舔了一下对方的手腕。

老头儿说：“我是个猎人，从小就喜欢和各种动物相处，常年住在深山老林里，慢慢地可能就通灵了，说来也很奇怪。”

帕鲁佐彻底放心了，猎人绝不会伤害猎犬，说不定还能当个伴儿呢，说不定还能帮我找到老安呢……

老头儿果然说：“你虽然岁数不小了，可应该还能干点儿活儿，比我那两只狗强多了。这样吧，从今儿个开始你就跟着我吧！”

帕鲁佐用力点点头，忽然想起了什么，就站起身踉跄着走了两步。

“我知道你有伤，早看见了，那应该不是啥大问题，等雨停了咱就回去，我给你治好。”

下午的时候，他们走进了密林，帕鲁佐像个幼犬一样坐在背篓里不时好奇地东张西望，猜测着即将开始的新生活。

快到茅屋时，老远就听见有两只狗在高谈阔论，还带着一点儿口音。等进了院子，帕鲁佐被放了下来，这才看清楚那两个同伴。

面前的两个家伙岁数也不算小了，多半已经过了中年，胡子拉碴毛发凌乱，还都挂着长长的眼屎，非常不讲究。帕鲁佐主动做了自我介绍，希望能获得接纳。不过对方的反应着实让他有些意外。

为首的是一只体型硕大的长毛狗，说话颠三倒四云山雾罩，显然心智未开。他说：“我叫藏獒，是一只罗汉犬，你很像我邻居家的那只小母鸡呀！”

帕鲁佐纳闷儿道：“你好你好。”

另外一只小黄狗解释道：“他叫罗汉，是只藏獒犬，他说啥你都不要介意，随便听听就完了，可能他以前的邻居总把鸡放在背篓里吧。”

帕鲁佐尴尬地一笑：“原来如此，以后请多关照。”

小黄狗继续说:“我叫老张,是田园犬,以后有啥不清楚的就吱声!”

罗汉插嘴道:“这个乡巴佬好像是城里来的。”

老张点头:“听人家说话那么斯文客气就应该是城里的,对不?”

帕鲁佐矜持地说:“工作需要而已。”

罗汉摇摇脑袋说:“臭屁!身上的虱子比我还多。”

之后,帕鲁佐在剧烈的疼痛中接受了治疗。猎人先是让他站起来,而后瞅准角度用力拉扯那条伤腿,正骨入位,同时还吆喝着:“好样的!你可真是好样的!”

帕鲁佐控制不住,发出惨叫,却依然选择配合。

罗汉注视着这一幕问:“他叫个啥?”

老张答:“他那么疼能不叫嘛!”

罗汉点点头:“哦,想起来了,他叫帕鲁佐。”

猎人利索地用布条和木板给帕鲁佐的胯骨做了固定,随后拎起背篓说:“你先这么养着吧,别乱动,我去给你搞点儿草药来。”

大约两个月过去,在猎人和草药的帮助下,帕鲁佐终于站立起来,可以在院子里自由溜达了,虽然还有些隐痛,但情绪总算恢复如初,于是他试探着申请一份工作。老张也认为不该养闲物,毕竟冬天就要到了,需要尽量储备食物。

猎人望着两只跃跃欲试的狗说:“那就明天吧,明天你们俩跟我进山,罗汉负责看家。”

罗汉点头说:“我去和猫头鹰聊天。”

次日晨雾还未消散的时候,他们就动身朝山梁上走去。老张欢快地跑在前面,回头介绍说:“翻过这座山就是猎场了,希望今天运气好能逮住只大黄羊!”

猎人背着筐子,手里握着竹枪,情绪也很好,还对身后的帕鲁佐说道:“今天露一手啊,让我们也看看你的本事。”

帕鲁佐担心自己的体能尚未恢复又缺乏野外狩猎经验,于是含糊答道:“希望猎物多些就好了。”

结果半天下来才逮住两只草兔,还都是老张叼住的,帕鲁佐很是羞愧,盼望能撞上只山鸡啥的好挽回些颜面,于是竖起耳朵仔细听风,希望能从气流中剥离出一些有价值的信息。但是空气中混杂了太多的声音,无数昆虫鸟兽都在制造动静，又被风带来带去的更难确定。他提醒自己务必要专注，务必要拿出警犬的真正实力来，给他们看看什么才叫受过训练的。

慢慢地他开始有了感觉，能够从众多琐碎的信号中分离出某个特殊频率，从蛛丝马迹般的微弱气味中筛选出那个异类，然后凭借直觉一步步追踪过去，果然就有了发现。一只旱獭正在晒太阳，肥大的身体在草丛中逐渐清晰，完全不晓得危险正在靠近。帕鲁佐猛扑过去，可前爪刚接触到对方的一霎就被对方灵活地摆脱了，那旱獭发出惊叫，身体一扭便钻进洞里，竟然还很从容。

帕鲁佐失望不已，抬起前臂看了看爪缝间的绒毛，用力嗅了嗅留下记忆。老张跑了过来，笑道："你抓了个毛啊！"

"确实是毛。"

忽然远处传来猎人的呼喊："快来看——有个大家伙！"

他俩跨过土丘跑过去一看，都呆了。

一头体型巨大的狼赫然站在那儿，灰白色的鬃毛已经奓起，上唇外翻露出锐利的长牙，嘴里还不断发出低沉的咆哮，像是要随时发动一次攻击。

老张沮丧道："这有啥好围观的，快跑都来不及！"

帕鲁佐提醒："别担心，你看它的脚被夹住了，动不了的。"

老张立刻来了精神，试探着靠近几步说："嗨——山妹！怎么这么不小心啊！"

帕鲁佐疑惑地问："啥？你叫她山妹？"

"对啊，这是头母狼你没看出来？"

"哦，是啊……"

"原单位的生活太单调了对吧？"

"这个嘛……"

猎人却喃喃道："西北狼，多少年都没见到过了，看样子还是条孤狼，难得难得，只可惜那条腿不知道还能不能保住。"

帕鲁佐也靠近了些，仔细打量对手片刻却又不敢多做对视，因为那双眼睛狰狞冷酷叫人不寒而栗，最后还是把目光落在她的腿上。那条后腿修长矫健，只是多了一只生满铁锈的捕兽夹，显得异常突兀。

老张又走近了两步，嬉皮笑脸道："山妹，多大岁数啦？有没有……"

"滚开！土狗！"母狼忽然发出咆哮，同时向前龇出利齿。

老张慌忙后撤，险些被自己绊倒，不高兴地说："臭娘儿们还挺凶哎！"

帕鲁佐惊讶地对猎人说："她也会说话！"

母狼发出讥讽："这也值得大惊小怪，每一条鱼每一朵花都会说话，只不过有些人白白长了耳朵。"

猎人点了点头，对帕鲁佐说道："这条狼说的话我不是很懂，过去从来没这样接触过，但是我不想伤害它，还想救下它，你来帮我传递善意吧！"

帕鲁佐为难道："就怕她也不肯相信我的话。"

猎人却说："善意只要发自真心，它一定会信，这是一头很有灵性的狼，只要你真心想搭救它，你的善意就能准确传达。"

帕鲁佐思索片刻，认为自己确实很想救下对方，尽管它显得异常凶恶，随时都会施展致命一击，不过也能理解：强敌环伺之际又不能逃走，似乎只能这样。于是他坦然靠近，在对方扑咬不到的地方翻身躺倒，露出脆弱的腹部，然后就这样慢慢挪动过去。

老张惊叫道："它毕竟是狼！留神给你开膛破肚！"

八、亲爱的你

一寸寸靠近，直到母狼的脚下，帕鲁佐最后索性闭上眼睛听天由命。他能听到对方强而有力的心跳，也能闻到散发着浓烈气息的陌生身体，近在咫尺，头一次体会到恐惧至极也是一种诱惑，疯狂到底更是一种从容。

但他还不够理解，原来悲剧才是灵魂中最大的憧憬。

母狼俯视着他问："是什么给了你这样的勇气？是聪明还是愚蠢？"

帕鲁佐睁开眼睛仰望了片刻，深知危险并未过去，对方已经弓腰耸肩凶相毕露。可奇怪的是，自己竟然从这种架势中发现了野性之美。

猎人也把心提到了嗓子眼儿，深知只要任何一方稍有误判就会立刻血溅当场，这么一条结实的成年狼可以不费吹灰之力撕碎帕鲁佐的喉咙，居高临下，连躲避的机会都没有。于是他把竹枪抛向远处，缓缓地发出咒语一般的歌吟："你们是这里真正的主人，亘古未变。你们是最坚韧的精灵，生生不息。你们结伴同行在高山上驱逐雪豹，跋涉溪流在峡谷里击败黑熊。你们是夜月之狼，能轻易打开智慧和勇气的宫殿……"

随着那吟唱声在风中回荡，猎人已经来到狼的身边，缓慢蹲下身子并轻轻打开了那只兽夹。

母狼怔了片刻，随即矫健地一跃，又顺势跑出去一段路，然后转身停下，再次打量他们。

猎人吆喝："你很幸运！这只兽夹的绷簧生锈没劲儿了，所以你的腿应该没啥事，在下个月圆之夜就会痊愈的，你走吧！"

帕鲁佐也向前迈出几步摆出送行的样子，却不知道该说点儿什么，直到看着她的背影隐入草木深处，倏地不见。

第一场雪飘落的时候，帕鲁佐终于提出了告别，他说感谢猎人的收留和治疗，给了自己第二条命，但是他的余生都要留给一个叫安康的人，并确信那个人还在等着自己，他已经耽搁了很久，老安一定很焦急，很痛苦。

猎人点点头表示理解，其实早就知道会有这么一天，只是没想到来得竟如此之快。原本希望帕鲁佐过了冬再走，可猎人深知思念的煎熬要比严冬更难过，所以他不会阻拦，并预祝他们早日重逢。同时他也要感谢帕鲁佐，帮助自己和两条狗储备了足够的过冬食物，受过训练的警犬就是与众不同。

老张和罗汉一直送出去很远，一路上鼻涕眼泪的，让本来就很邋遢的两张面孔变得越发滑稽。帕鲁佐最怕分别，自己总要成为安慰的一方，明明心里一样的难过。回想起那段朝夕相处谈笑风生的野居时光，他隐隐觉得这才是自己想要的日子，只不过因为那个特殊的约定，他没有继续奢侈下去的时间了。

此后数月，走走停停，却始终走不出一块区域，闹不清是因为大雪覆盖地貌还是记忆力下降，反正就像迷宫一样难觅出处。他只得在这片数百平方公里的土地上盲目地兜圈子，以至于后来发现，几乎每块有标志性的岩石下面都留下了不止一次的尿迹。于是他决定不走了，等候春暖花开。

好在他经过那么一段狩猎生活的锻炼，基本还能维持生存，当这块区域内的松鸡、雪兔快被捕食一空的时候，冰雪终于开始消融。

帕鲁佐嗅到了春天的信息，猛然意识到迷失此地竟另有缘故，不免有些紧张和不安。他经过慎重考虑，决定先去干一件要紧的事情。

第一只从冬眠中醒来的旱獭刚钻出洞口，懒腰还没伸直就被帕鲁佐叼了去，有了这份沉甸甸的礼物，再封闭的心也说服不了空虚的胃。于是在黄昏之前，他们还算顺利地见了面。他呈上了礼物，问："你叫什么名字啊？"

她答："央金。"

他望着她那锐利至极的牙齿说："我们或许可以成为一对，你说呢？"

央金心里很矜持，表面上却冷冰冰道："你不过是一只狗啊！"

帕鲁佐不以为然道："可我比你更懂人类啊，难道你见过有哪一只狼在这方面比我还强吗？"

央金微微一笑道："爱情就像蜂巢里的蜜，你可以品尝甜美，也会面对针刺。"

帕鲁佐不甘心，但也找不到像样的话去撩拨对方，只得摇头摆尾地在附近小跑了几圈儿，跑完之后又凑过来说："搭伙过日子还不行？"

央金懒得理睬，走开了几步，卧倒下来。

帕鲁佐讪讪地问："那你究竟喜欢什么样的呢？"

央金答："我就像河流里的石子，一辈子都在等着那个人把我捡起。"

帕鲁佐抓耳挠腮道："我觉得自己更像个石头！"

央金轻叹道："那好吧石头先生，我先睡了。"

帕鲁佐郁郁寡欢地说："你能睡得着才怪。"

央金自言自语道："我问过火狐，她说我会遇见一个过路的歌者，他还是最勇敢的猛士，名叫颇章。"

帕鲁佐沮丧道："你们这儿净是些什么奇怪的名字啊。"

央金嘀咕："你不是也一样？帕鲁佐，呵！"

午夜，月亮穿破云层露出幽蓝色的光芒，瞬间笼罩了天与地，四下里一片沉静，无边无际，连风都睡了。帕鲁佐漫步走上山巅，仰望那诡异的月光，慢慢地从心底升腾起一股无法抑制的渴望，这渴望直抵咽喉，让他别无选择不可回避，终于忍不住发出一声长啸。那啸声悠长凄厉，似曾相识又始料未及，他很惊诧这竟然是自己发出的呼号，好像与上一次迥然不同。于是他又一次长啸，那呜呜声便不绝于山谷了。

不知什么时候，身边蓦然多了一个身影，他扭头看去，就撞上了央金那清澈的目光……

几天之后，帕鲁佐还是忍不住提出告别，他说必须要见到老安，哪怕只是一面，等完成了那个约定就立刻回来。

央金点点头说:“我会向神山做出祷告,希望它能给你一颗金子般的心。我也会去找圣河许下心愿,在最后一朵金露梅凋谢之前,你就会回来。”

安康最近几天总感觉心神不宁，想来想去应该不是因为快要当父亲的缘故,他是个做事有条不紊的人,特别能够接受琐碎和麻烦的考验,可那又是为了什么呢？直到有一天和同事闲聊,对方说起从网上看过的一篇文章,是关于爱犬寻找主人的。同事问:“老安你不是以前也养过警犬吗？真应该去看看那个帖子,说不定能给作者提供点儿建议呢。”

下班的路上,他忍不住给警队拨了个电话,带着愧疚和忐忑打听帕鲁佐的现状。新任队长说还有点儿印象,随即查看了工作纪要,就开始责备他:“你不是说等个一两年就来接走它吗？这都快三年了才想起来？你那狗估计早就退役了！”电话被生硬地挂断,安康想再打给繁育中心,可又一时找不到号码。

其实他没忘掉那件事，刚退伍回来就开始琢磨，始终等着队长的电话通知。后来交了女朋友,也谈起这事,但是对方怕狗,坚决反对,就慢慢被搁置下来。眼下,安康只想获得帕鲁佐的确切消息,希望它还健在就好,以后找个合适机会一定去看看它的退休生活。

几分钟后手机忽然响起，这次队长的语气舒缓了些，他说方才查阅了档案,帕鲁佐已经跑丢了两年多,没走正常的荣退手续,之所以没通知安康,应该是前任领导怕他伤心。

老安心里登时就乱了,路过一个网吧的时候便快步走了进去,他开了台电脑认真搜索许久,终于找到了那篇名为《泪目！老警犬还在那个地方等你！跪求转发扩散》的帖子。

那名驴友写道:我们一行几个徒步爱好者于今年夏天进入甘南地区,景色就不用提了,一辈子也忘不了,但是更难忘的却是那只老警犬！它对人类有亲近感,也对一些口令有明显的回应,脖子上还有专用项圈,所以我们断定它是警犬。最初相遇的时候是在一座小山顶上,它老实地趴着,我们都以为它的主人应该也在附近。可半个月后当我们再次经过那里的时候,它竟然还在！还在同一个位置趴着！因此我们相信它在等自己的主人回来,他们一定是走散了。它已经非常衰老瘦弱,可是痴心不改,任凭我们怎么想带走它都做不到！我们也毫无办法,只能把多余的食物留给它了,同时发到网上,希望大家可以帮忙转发，直到它的主人能够看见为止。衷心祝愿奇迹发生，祝愿它能在有生之年和思念的人重逢！

安康在帖子下面看到了帕鲁佐的照片，忍不住一把抱住了电脑屏幕，旁若无人似的涕泪横流。

帕鲁佐放弃了下山的念头，不吃不喝，等候死亡的降临。他不是盼死，而是怕一旦下去就再也没有力气返回，那样的话如果老安来了，就找不见他了。

他已经没有半点儿精神，连呼吸都似乎不受控制，全凭一阵阵的风灌进鼻孔，让他的肺被迫翕动。中午的时候，太阳很温暖，他在半梦半醒间仿佛回到了繁育中心，回到了第一次见到老安的场景中。老安身上的气味很简单，不像其他几名战士满身的汗味烟味，于是他们就彼此接纳了对方……

入夜，空气变得幽凉，帕鲁佐努力蜷缩起来，维持着腹部最后一点儿温度。他又把警队的生活回想了一遍，即使有些情景已经多次出现也不觉得乏味，而每当想起一个新的画面，他就能在心底燃起微弱的火苗。那次，老安还以为能偷偷骗自己吃药呢，结果……

当晨雾缓缓散去的时候，初起的太阳已经颇具能量，慷慨地释放着来自46亿年累积的耀眼光束，将群峰上的积雪辐射成大气的粉红色。帕鲁佐瞥了一眼这个世界，无声地垂下了耳朵。

老安，我不行了；央金，我走了。

尾声

“帕鲁佐！你别走，我是安康！”

帕鲁佐浑身一震，睁开眼睛吃力地问：“这肯定不是做梦，对吧？”

“对！肯定不是！不信你可以舔舔我的手。”安康赶了两天的路，已经疲惫至极，伸过去的手都在发颤。

帕鲁佐舔了一下，眼睛忽然湿润了，喃喃道：“谢谢你找到我。”

安康禁不住把帕鲁佐的头搂在怀里，哽咽道：“以后就不会了，我保证……”

帕鲁佐感觉到了对方胸口的温暖，呜呜了两声，自言自语道：“我也会保护你的，老安，我也保证。”

安康将随身携带的药片和水一一掏出来，依次喂给他，指望这些能量能帮助老伙计渡过难关。果然，帕鲁佐恢复了一点儿活力，幽幽道："昨天晚上还想起你喂我吃药的事。"

安康从头到脚抚摸着他，忽然意识到了什么，便伸手去解除那只项圈，随后给帕鲁佐看了看嗅了嗅，便使劲朝远处扔去。帕鲁佐条件反射似的要去追寻，却根本没那份力气，后来似乎懂了，就摇起了尾巴。在他的理解中，此刻的重逢就是一生的圆满，此处就是路的尽头，那些曾经数不清的牵挂和旅途上的所有艰辛，就此全部归零。

安康最后说道："老伙计，我们走吧，我带你回家。"

帕鲁佐注视着不远处的那朵金露梅，最后一片花瓣正摇摇欲坠，他挣扎着说："这里就是我的家，你走吧，忘了我。"

安康哭泣道："帕鲁佐！咱们是生死之交，我怎么会忘了你？"

帕鲁佐鼓起最后一点儿气力说："忘了我，你就不会难过。"

几年之后，在甘南辽阔的土地上，出现了几头与众不同的狼，它们从不靠近人类的牲畜，远离炊烟升起之地。它们出奇的强壮敏捷，罕有对手且耐力十足。它们在比肩白云的高原上飞驰，围捕快如疾风的黄羊。它们穿越冰封大地，机警地绕开偷猎者的陷阱，毁掉一个又一个兽夹。它们敢于横跨汹涌的溪流，追踪猎物进入下一片牧场。它们还会在寂静的山谷里向月亮致敬，于暗夜中昂起轮廓清晰且孔武有力的头颅，发出悠远不绝的吟唱，仿佛是在告诉这个世界，它们就是这草原之神。

它们都有一双黑色的眼睛。

【作者简介】韩梦泽，1974年生人，从事过多种职业，2000年起开始业余写作，曾在多个文学期刊发表小说三十余篇，入选各类精品集，若干作品被《小说月报》《中华文学选刊》转载以及被改编为影视剧，出版图书九部，累计创作约四百万字。曾获得第十五届《小说月报》百花奖。热爱摩托车旅行，行程近五万公里。现就职于河北大学图书馆。

沉默的传菜生

赵文辉

一

宋少华来“韩家厨房”应聘那天，正赶上老笨叔在挨训。老笨叔五十老几的人了，却像个犯错的小学生一样绞着手指头，目光躲躲闪闪，无处着落。

训斥他的是“韩家厨房”老板韩胜利，一个心思缜密又很会来事的老江湖。已经有了孙子的韩胜利长得很年轻：一头乌亮的头发，一副整齐得令人难以置信的牙齿，每天在厨房进进出出，皮鞋和裤腿居然见不到一点儿油渍——韩胜利是一个很讲究的人。不知怎么回事，老笨叔总能惹起他三倍的怒火，不断触碰他的逆鳞。那天也是，从垃圾桶里捡出一包西兰花梗茎后，韩胜利再次震怒，大声吼叫：“给你说过一百遍了，不能扔，不能扔，你耳朵塞驴毛了！”

老笨叔脸红脖子粗，一个劲儿点头：“老板，我错了。”韩胜利确实交代过他，那些西兰花切除的梗茎削皮后切成薄片，足可以同白花芥蓝以假乱真，作为清炒木耳的配料也是妙不可言，再保守一步也能用到职工餐里。韩胜利以前在一家大型酒店干过几年行政总厨，节约成本很有几下子。他叹一口气，瞅着眼前这个跟他年龄差不多的落魄男人没成色的模样，摇摇头说：“你呀你呀，叫我怎么说你呢？手慢，脚慢，还经常忘事，你对得起自己的名字吗？”

老笨叔是两个月前来应聘的,当时店里正好缺一个打荷工。作为一名二十世纪八十年代的小中专生,他原来在供销社下边的轧花厂上班,供销社取消后下面的企业也都倒了。那些眼巴巴盼着能干到退休,然后过上有保障晚年生活的供销社职工,一夜之间全成了断奶的孩子。下岗这些年,老笨叔一直找不到一个像样的工作。这是他的第七份差事,工资不算高,管吃管住,也说得过去。老笨叔非常在乎这次机会,干啥都很卖力,就是做不成个模样,面对淀粉袋子的封口线束手无策,先揪死这头接着又揪死那头,弄得满头冒汗还是解不开;除了手上不离创可贴外,还不断招来大厨徐小胖的责骂。有一回,做烧茄子的时候,老笨叔递番茄酱慢了(那种铁罐包装开起来相当麻烦),暴脾气的徐小胖等不及,手中的炒勺带着热油在老笨叔头上猛然一敲,一股子白烟"吱"一下冒起来。这些年来,老笨叔对这种粗暴的对待已经非常有经验,也没觉得这么一下有多痛苦,接下来该干啥还干啥,没事人一样。

这时,前厅经理带着一个年轻人来找韩胜利,说是应聘传菜生的。"回头再说你的事。"韩胜利瞪一眼老笨叔说,老笨叔把头垂得更低,像个犯人一样。

厨房门口晕黄的灯光下,一个精精神神的小伙子站在那里:微黑的皮肤,乌亮的眸子,不太张扬的飞机头,脑袋右侧两道清晰的闪电刻痕,头皮很白,整个人很清爽。韩胜利点点头,开始问他一些基本情况,这是招聘少不了的程序:

"姓名?"

"宋少华。"

"多大了?"

"十七周岁。"

"干过传菜没有?"

"在'三锅演义'干的就是传菜。"

"为啥不在那儿干了?"

这个叫宋少华的小伙子怯怯地笑了,挠了挠后脑勺,很不好意思地回答:"传菜部人多,老板说需要走一个。"

韩胜利一听,心里马上冷笑一下,望着宋少华嘴唇一圈毛茸茸的轻黑想,胎毛还没干哩,也敢在老江湖面前说瞎话。最后他还是决定把宋少华留下来试试,大后天预定了三十多桌婚宴,正是用人的时候。

这年头,找个靠谱的传菜生真不容易:年富力强的嫌工资低,养活不了一家老小；年龄大的踏实能干，却一个个老眼昏花，看不清机打菜单上面的字，要是再跌一跤就更不合算；来应聘的小年轻倒不少，就是干不长，难听话一句都不能听，不是炒他们鱿鱼就是他们炒韩胜利鱿鱼。还有的干得好好的突然就没了影，穿着工装就失踪了，工资也不要。

韩胜利一想起这些来来往往走马灯似的传菜生就来气：曾经有一个一米八的“大虾米”，吃饭用汤盆盛，见了肉走不动，传菜时却有气无力，每次只端一道菜，多放一只空盘子都会提出抗议；那个小胖子与他截然不同，恨不得一回端一桌菜，吭哧吭哧，好几回下楼梯连托盆带菜直接扣到客人身上；还有一个干活儿勤快也能吃苦的“塌蒙眼”，表现确实不错，在韩胜利庆幸自己这回烧了高香的时候，客人来找他投诉，他们看见“塌蒙眼”在监控盲区偷吃“腰果虾仁”，令人无法忍受的是这家伙居然直接把嘴拱进盘子里。韩胜利不止一次叹气：现在的年轻人，真是一茬不如一茬！谁知那个“大虾米”被辞退时很不服气，反过来教训韩胜利：“你必须知道，我们天天靠‘大话西游’‘王者荣耀’这些层出不穷的游戏打发日子，要是把时间都用在功课上，早就坐在清华大学的教室里了，谁还来这儿受你的气！”

二

“韩家厨房”生意一直都不错，在县城里也是远近有名，这个韩胜利搞餐饮还真有两下子。当年他是从采买干起的，知道里面的深浅，每天自己去菜市场，谁也别想碰这差事。行政总厨没有聘请人，他一天到晚泡在厨房里，谁想偷懒，谁想偷吃东西，谁想偷懒省事少走一道工序，谁挨训了想把香油顺着下水道倒掉，门儿都没有。闭店卫生更是细致，标准近乎苛刻：不锈钢抽油烟罩一尘不染，能当镜子用；炒锅一个个精神抖擞地立在灶台上；炒勺全向一个方向置放，锃光瓦亮。排水沟能有多干净呢？他不止一次带领厨师们直接从里面舀水喝！县里好几个抖音账号播过这段视频，为此收获了一大批粉丝。要不是那些传菜生拖后腿，他还真敢开通直播了。韩胜利在营销上也总是高人一筹，他跟饭店所在地的村干部、社区经理和安置区几个老总打得火热，谁家有个红白喜事他第一个到场，听说还让闺女在村主任那儿认了干爹。一个月关一天门，外出尝菜，返回后每个厨师必须开发两道新菜，然后以推新菜的借口，把这些老总们请来品鉴,厨师长一脸恭敬地站在旁边,做洗耳恭听状。那种仪式感让这些人感到很有面子,一个个心甘情愿,卖力为"韩家厨房"介绍客户。

那天的婚宴预订桌数是三十三桌,走菜时突然加到三十六桌,还有临时来的几桌零点,厨房一时压力很大。一开始是做不出菜,后来出菜速度跟上了,上菜速度却跟不上,传菜部不锈钢平台上炒好的菜堆得跟座小山似的。对讲机里不时传来前厅经理的告急声:"老板老板,桌上都吃空了,主家发火了!"一向沉稳老练的韩胜利额头上冒出了汗珠。他开始变得狂躁,冲几个临时招来传菜的大姐吼起来:"能不能快点儿!""能不能多端几个再走!"她们也是不在乎力气的老实人,只是不认菜不熟悉房间号,用她们自己的话说是摸不着东南西北。韩胜利一吼,她们越发紧张,不是把一楼的婚宴菜端到二楼喜面桌上,就是端着菜楼上楼下转几圈儿没人要,还有一个把几盆"山菌烩丸子"扣到了楼梯上。场面一度混乱不堪。

"全砸了,全砸了!"就在韩胜利对"全盘战役"失去信心的时候,一个冷静、矫健的身影引起了他的注意。别人一趟,他能跑两趟;别人一托盘四份"清蒸鲈鱼",他盘子摞盘子,硬是放到十二份。韩胜利不敢相信自己的眼睛,传菜部原本堆积如山正在变凉的大盘小盘仿佛动画片里的积木一样越来越少。前厅经理只顾操心上菜,再也腾不出空儿呼叫老板了。这个半路杀出的年轻人干起活儿来真不含糊,最后走汤时,他一托盘六盆"米酒小汤圆",上下楼梯健步如飞,汤汁在汤盆中激烈地晃荡,却无半滴溢出。这功夫,还真不多见!

那天,宋少华家里有点儿事,来报到时正赶上走菜高峰,他让前厅经理找了一件旧工装换上就上阵。韩胜利喜出望外,他在心里迅速算了一笔账:这个年轻人展现的速度和力量,不亚于半部传菜梯!以一抵十有点儿夸大现实,以一抵三可一点儿不掺假。中午下班的时候,他叫住宋少华:"年轻人,要是咱饭店天天这么忙,你能受得住吗?"

宋少华正从更衣室拖着一只条纹拉杆儿箱出来,他抓了抓后脑勺,有点儿羞涩地回答:"老板,在'三锅演义'之前我还在一家婚礼主题酒店干过一年,比咱饭店大三倍,早练出来了。你瞧——"说着他屈起右臂,拉住韩胜利的手放在上面。韩胜利感到石头疙瘩一样坚硬的肌肉胀满了手掌。他非常满意地点点头,当即修改了宋少华应聘时谈好的工资额度。他许诺的数字正好被路过的老笨叔听见,老笨叔惊讶得差点儿喊出声来。

韩胜利叫住老笨叔说："赵习快，你带宋少华去寝室吧。哦，对了，还有几张空床？"

"就剩一张了。"

"谁的房间？"

"我。"老笨叔回答完，突然有点儿激动。这个年轻人今天的表现他也看见了，他一下子就喜欢上了宋少华——这孩子身上有股实打实的力量。

三

自打宋少华来到"韩家厨房"，托盘、传菜柜和传菜部墙砖上的黑泥不见了，调料碟、大汤勺、篦子、酒精锅仿佛被施了魔法一样，找到了自己的位置。"工具不回家，我就不回家"，传菜部叫喊了几年的口号，有一段时间还被做成烫金字挂在最醒目的位置，终于第一次被宋少华执行到位。

宋少华是个闲不住的人——干完本职工作后，帮前厅服务员扫地，替砧板工择菜，和洗碗阿姨一起洗小件餐具，眼里啥时候都有活儿，一会儿都不消停。要是一连几天大包桌下来，宋少华早来晚归，像个上足了发条的机器一样，回到寝室腰都直不起来了。好几回，老笨叔看在眼里，疼在心上，笨手笨脚地装一个热水袋，让宋少华翻过身去，敷在他疼痛的部位。有些时候，宋少华正泡着脚就打起了轻鼾，老笨叔不忍心叫醒他，喊别的厨师帮忙，把他抬起来小心翼翼放平到床上。老笨叔满脸疼爱，像是面对一个熟睡的婴儿一样轻手轻脚。被子被拉到脖子根，宋少华全然不知，继续打着鼾，眼睫毛还时不时颤动一下。

两人闲聊的时候，会说起各自的家庭和经历，更多的时候，宋少华只是一名听众。老笨叔当过棉花检验员，说起在轧花厂收棉花的辉煌往事，两眼都放光。一到收购旺季，各村支书、会计排着队请喝酒，棉花贩子也会光顾他的家门，整箱酒整条烟往家搬。二十世纪八十年代，轧花厂也有过一段疯狂的岁月。听到这里，宋少华总是点点头说："我那时候还没出生呢。"

有一回，他突然想起一件事，调皮地问老笨叔："叔，他们为啥都叫你老笨叔？"

问完就把头埋在枕头里，咯咯笑起来。他是故意逗老笨叔开心的。老笨叔也笑了，他喜欢这种没大没小的气氛，这孩子没把自己当外人。"唉，老叔笨呗，做啥都不成个样儿。”老笨叔叹一口气，反问道：“少华，你知道叔的小名叫啥吗？”

宋少华抬起头望着他，两只眸子很明亮，脸上写满了好奇。

“肉蛋，小学四年级作业本上写的还是赵肉蛋。班主任比我更讨厌这个名字，征得俺老爹同意后就给我改了，赵习快。我可辜负了他们对我的希望。”老笨叔一边讲，一边在那令人宽慰的黑暗中做着手势。

“肉蛋，赵习快。赵习快，肉蛋。”宋少华在床上咯咯笑得停不下来。

那时候，老笨叔还不知道徐小胖又去找韩胜利给他种蒺藜了。徐小胖脸上飘着一团怒气，说这个老赵比猪还笨。打荷要的是眼疾手快，他可好，徐小胖炒好菜一个漂亮的急转身，勺子却被迫悬在空中——盛菜的盘子还在挑选中。糖醋里脊、烧茄子、飘香羊排……那么多过油菜都需要提前打糊，方法还不一样，老笨叔愣是生粉和淀粉分不清，教过他几遍，脆皮糊一次都没有成功过。徐小胖最后下结论，前厅上不去菜跟老笨叔有直接关系。韩胜利叹了口气说：“人也不懒，就是太笨。让他干到月底吧，发过工资走人。”

老笨叔听到了风声，感觉天昏地暗，一连几天茶饭不思，下班就钻进被窝，唉声叹气。宋少华问他是不是哪里不舒服，他摇摇头。宋少华上街买来一兜香蕉和丑橘，剥了一根香蕉：“叔，吃点儿水果吧。”

老笨叔望着宋少华，望着那根香蕉，眼睛瞬间潮湿起来。他吸溜一下鼻子，控制住没让眼泪掉下来，心说自己的孩子要是这么体贴自己，该有多好。他就一个女儿，职高毕业后去旅行社带团，整月不来一个电话，他在微信里跟她打招呼，也是几天不见回复。

走投无路的老笨叔悄悄去一家输送海外捕鱼工的中介机构填了表，又去县医院做了阑尾切除手术，心想：也许漂泊的渔船才是自己的归宿。要是能狠狠挣一笔钱，也算值得——女儿谈了男朋友，打算明年出嫁，嫁妆总不能一点儿不送吧？这些年，他可是一个子儿也没攒下。

那天忙得差不多了，韩胜利把老笨叔叫到吧台，准备给他结算一下工资。尽管心里有准备，老笨叔还是很紧张，额头上爬满了密密匝匝的汗珠，两只手不住地颤抖，怎么都写不好自己的名字。

忽然，门口一阵骚动，韩胜利看见散台区有几桌客人站了起来。起因是一位年轻妈妈拉着两岁的孩子找卫生间，或者打算去店外的悬铃木树根处把事情解决掉，谁知孩子没憋住，直接蹲在大堂里把问题解决了。那可真不是个“解决问题”的地方！嘴里还啃着肉块儿的客人纷纷放下筷子，露出不满和无奈的表情。那个年轻妈妈一时很紧张，抱歉地望着大家，打算用手中的餐巾纸去处理地上的东西。“别管它！服务员是干啥用的！”一个高嗓门儿阻止了她。大家寻声望去，一个大腿肚、双下巴、发髻高绾，脖子和手腕处金光闪闪的女人从楼上下来，走路非常有力，高跟鞋仿佛要把地板戳出几个窟窿似的。她一边抱怨饭店二楼为什么不设厕所，一边拽起她的孙子就走。服务员和客人都不说话，他们的目光却在交流同一个想法：瞧吧，有这样的言传身教，要不了多久，那个年轻妈妈也会变得跟她一样跋扈无礼。

韩胜利非常生气又不能发作。这个女人他记得，老五理发店老板娘，他去那里刮过脸。她在理发店里可会笑了，见了顾客像见了亲爹亲娘一样。一到饭店就成了另一张面孔，对服务员非嚷即骂，仿佛吆喝牲口似的。奇怪的是，结账时她总是抱怨“菜贵不好吃”，却又隔三岔五的出现在“韩家厨房”。韩胜利望着那个难题，觉得这个女人真是不可思议。服务员都在退却，没有人愿意主动去处理这个难题。客人纷纷抗议，把怒气撒向饭店，有人提出退餐，如果饭店不能马上把那个问题处理掉的话。韩胜利很窝火，他一个大老板，有头有脸的人，总不能……

是时候了！老笨叔果断站了出来，一边对自己嘟囔了一句什么，一边抓起吧台上的抽纸盒，神色凝重地朝那个难题走去。

四

日子过得好快，宋少华来“韩家厨房”一年出头了。工资又涨了一级，还被提拔成传菜部部长。韩胜利不止一次当面鼓励他：当前餐饮行业人才奇缺，好好干，将来熬个前厅经理不成问题。韩胜利一直有个疑问：这么好的传菜生，打着灯笼都找不到，“三锅演义”咋舍得放他走？答案只有一个，老板的脑袋让驴踢了。

一个从“三锅演义”跳槽过来的服务员“揭发”了宋少华：“少华就是个闲不住，在那里除了传菜，不是自己的活儿也抢着干，歇一会儿就像犯罪一样。他呀，是自己把自己累跑了！老板哪舍得放他走！”这个叫艳红的女孩儿是个自来熟，没几天就把自己融进了“韩家厨房”，她跟谁都能搭上话，碰见喝多酒的客人也不怯场，啥都敢说。从她嘴里大家还知道，宋少华在“三锅演义”有一个别致的绰号：停不下来。

有人逗艳红：“你跟随宋少华来到‘韩家厨房’，你俩是不是有啥故事？”

“啥故事也没有，赶巧碰到一块儿，可别瞎猜，”艳红急忙撇清自己，又说，“好朋友不假，少华这孩子懂得照顾人。”

“韩家厨房”生意好，拖台的事时有发生。那些“屁股沉”的客人还真叫人受不了。有一回一桌四个中年人，上午十点来一直坐到晚上下班还没走。那一段时间，也是巧了，轮到艳红值班她就能“中奖”。这个乡下来的女孩儿可不是个善茬儿，脾气发作起来也是不顾后果的一个人，尽管进城几年了，年轻和时尚的面具下仍然藏着乡村粗粝的本质。过了午夜，那桌客人的椅子依然不动，隔一会儿加几瓶啤酒，“山药炖土鸡”加汤加了七次。艳红上啤酒时“咚”的一声，客人瞪她一眼后又继续深入探讨他们的话题：新冠肺炎疫苗两针和三针哪个效果好？

其中一个客人问她有没有扑克，他们想换个方式把杯里的啤酒处理掉。

艳红张口就说：“没有，现在谁还兴玩儿那个！”

那个客人很生气：“你是不是烦我们，想撵我们走！”

艳红绷着脸不说话，客人追问一句，她却转身离开了房间，房门还被砰地一下带上。这一桌客人全站了起来。幸好宋少华闻声赶来，叔长叔短地叫了一圈儿，答应马上拿一副扑克来，事情才没有往下发展。自从艳红来“韩家厨房”上班后，念及一起在“三锅演义”干过，宋少华每次都留下来陪艳红值班，最后跟她一起收桌。

一副新牌到位后，宋少华又给他们换了一壶热水。他见一个胖子在笨手笨脚地洗牌，半天都均不开，就自告奋勇要帮他们。胖子点点头：“这孩子多懂事，回头给你们韩老板反映反映，给你多发点儿奖金。”宋少华嘴角带笑，一边说谢谢，一边将扑克牌抛起又接住，抽出来分成两沓，接着一桌客人都瞪大了眼睛：扑克牌在少华两只手里弯成弦月状，稍停片刻后，它们发出“咻咻”的响声，相互飞进对方的阵营，如此几回，一副新牌就洗开了。

一会儿，做东的那个胖子提前出来结账，看见艳红在接电话。一个闺密打来的，问艳红结束没有。闺密肯定喝多了，在手机里吼叫她们都快喝死了，等艳红来给收尸。艳红根本没有发现身后站着人，嗓子里全是怒气：“一桌傻×，白酒喝完又要啤酒，咕嘟咕嘟灌灌滚蛋吧，还要了一副扑克，准备熬到天明了！”

这一桌客人当场就炸了。宋少华替艳红挨了几老拳，那桌客人仍不罢休，最后韩胜利出面才扑灭这场火，灭火的代价让他心疼了半个月。

“韩家厨房”自有它的高压线，韩胜利是不允许员工触碰的。宋少华来替艳红求情，韩胜利拍拍他的肩头说：“少华，别的事我都能答应你，往外撵顾客这种行为我是不能容忍的。”宋少华还想再坚持一下，艳红拽住他就往外走：“此处不留爷，自有留爷处。犯不上给他说好话！”

韩胜利气得直翻白眼：“姑娘，嘴巴干净点儿！以后还要嫁人哩！”

宋少华被拽到店外，艳红还不松手，呼出的热气直扑他的脸颊：“少华你也走，跟我一起离开这个鬼地方，你答应不答应我？”

宋少华知道艳红在气头儿上，他还想劝她：“韩老板待我不薄，换个地方我还得从头干起。要不，等韩老板气儿消了，你去给他赔个不是？”

“切，我才不会低三下四去求他！”一脸满不在乎的艳红死死盯着宋少华，“我要你答应我——我可以做你女朋友。”

宋少华像被噎了一下，他可不敢乘人之危。艳红被彻底惹恼了，这女孩儿发起威来简直像一头母狮子。她当场删除了宋少华的微信，发誓下辈子都不会再跟他做朋友。

五

那天，韩胜利脑子里灵光一闪，老笨叔又被留了下来。打荷、配菜这些技术活儿确实不适合，正好洗碗工走了一个，老笨叔就补了缺。

有时候，老笨叔会摸着肚子上的疤痕庆幸“劫后余生”，从此也把“韩家厨房”当成自己的家，拼了命去维护。要是碰上节假日这样的旺季，他会跟宋少华一样，像个陀螺似的停不下来。洗碗间的盘子堆积如山，韩胜利雇来的帮工却让他一个个儿撵跑了，他说这点儿活儿还不够塞牙缝的，他是真的想替老板省工资。除了洗碗，他还跟韩胜利一起去市里进菜，天不亮就起床，到菜市场后照看车辆，捎带验货。之前都是传菜生和学徒工去，每天一大早，正在酣睡的年轻人不定哪一个会被韩胜利从被窝里拎出来，极不情愿地揉揉眼，从床头插座上拽下正在充电的手机，打着哈欠迷迷糊糊坐到副驾驶座上。这些90后大多是夜猫子，不到后半夜不会上床，“宁愿三岁没娘，不愿五更起床”，深睡中被韩胜利从被窝里拎出来，简直忍无可忍，却又敢怒不敢言。一路上都在打瞌睡，头一点一点，到菜市场的时候仍然是满脑子糨糊。自从老笨叔自告奋勇充当这一角色后，这些孩子一下子解脱了，为此他们凑份子专门请老笨叔吃了一顿“西部大盘鸡”。饭桌上一个个儿举起酒杯敬老笨叔，叔长叔短地叫。好多年没有享受这种待遇的老笨叔一激动多喝了几杯，也是不胜酒力，最后被孩子们喊着“一二三”抬回了寝室。

艳红事件后，晚上再出现客人拖台，韩胜利不放心，亲自留下来监督，因为事后他找到那桌客人，无论如何道歉，人家都表示再不会踏进“韩家厨房”半步。“老板，你回去睡吧，我年纪大了，瞌睡少，叫我陪他们吧。”老笨叔又自告奋勇，韩胜利有点儿不放心，一再交代他：“客人要啥都得满足，得罪一桌会影响一大片。”老笨叔点点头：“放心吧老板，俺会把他们当成亲舅来俺家一样。”

往往零点过后，拖台的客人们仍然没有结束的意思。老笨叔楼上楼下不停地跑，替服务员往返吧台拿酒水、送加菜单，他还提醒服务员对顾客要热情，不能烦人家。老笨叔一天只睡四五个小时，依然像打了兴奋剂一样。前厅服务员没有一个不喜欢老笨叔的：“老笨叔，快来快来！”这边话音未落，那边又有人叫：“老笨叔，你在哪里？”

有时喝多的客人要出酒，走不到呕吐池“二寸水泵”就开了；还有上回那个被人牵着到处找卫生间的小孩子，类似的事时有发生。这一切，都离不开老笨叔了。要是他现在辞职的话，全店的人都会出来替他说话。

还有一次，老五理发店那个老板娘过生日，一个大难题横在服务员面前，见多识广、经验丰富的韩胜利当时也束手无策。一想起那天是自己出马解决掉了这个难题，老笨叔心底就会陡升一股豪气：我赵习快也有派上用场的时候！

登记本上平时写的是“老五理发店”，这回不知谁心血来潮写上了她的名字——金小妹，一个娇气、讨喜却与本人实际容貌存在天壤之别的名字。她订的888雅间，桌子是一张豪华大台，能容二十四人就餐，电动转盘，中间放了一只硕大的仿真台花。金小妹一家老小，理发店员工，几个亲戚，坐了满满登登一大桌，就这样还不停撤椅子加小凳，最后硬是挤下二十八位。那天的金小妹双腮潮红，不时举起酒杯，接受大家的祝福和夸赞。

其实生日宴从一开始就不顺利。十点钟的时候金小妹给吧台打电话交代把空调打开,888房间装的是大马力空调，开机后只需十几分钟就能把人从夏天带进秋天。看台的服务员请示韩胜利,韩胜利对这个金小妹很不耐烦,又不能拒之门外,其实他一直在忍她,干餐饮不得不这样。他坚决不让开这么早,服务员问:“什么时间开?”

“提前十分钟。”

“咋能知道她什么时间到?”服务员以为老板藏有高招。

“凭感觉,一个成熟的服务员应该具有这种判断能力。跟平时一样,一桌客人坐下来,第一时间就能判断出主宾,确定哪个是头客,这都得凭感觉。”韩胜利除了长得周正、年轻,衣着整洁,还生了一条能说会道的舌头。平时总以智者自居,鄙视手下人的智商,擅长话中有话,给别人挖坑让你往里跳。不止一次,在店外跟人提起他的厨师:“嘿,厨子都是粗人下材,三天不敲打就没了规矩。”

那个服务员可作了难,也没办法,隔一会儿,她就跑到店门口张望一番,看看那个大腿肚子女人出现没有。快十二点的时候,她去了一趟卫生间,就那么一会儿,金小妹到了。一见空调没开顿时火冒三丈,劈头盖脸就是一顿吵:“让你们提前开空调,开空调,为啥不开!”她把慌慌张张跑来连说对不起的服务员一把扒拉到一边,伸出胖指头狠狠戳向空调触摸开关,“嘀嘀嘀”一口气把温度调到最低挡位,感觉还不解气又戳了几下。

金小妹点的是十人套餐,服务员提醒她不够吃,她一瞪眼:“不够吃我们不会加菜?不说话能把你当哑巴卖了!”服务员吓得不敢再吭声。果然,菜上一个光一个,桌子上显得空空荡荡。金小妹一个劲儿嚷嚷:“不实惠,‘韩家厨房’真不实惠!下回再也不来了!”不得不加菜的时候,她专拣菜谱上没有的菜点。服务员一趟一趟往厨房跑,询问厨师能不能做。听说做不了“小米炒山豆角”和“地皮菜炒鸡蛋”,金小妹把菜谱一摔:“要啥啥没有,这饭店迟早得关门!”

服务员提醒她今天推出了两道特价菜,“肉丝带底”和“一品豆腐”。金小妹白眼儿一翻,说:“就这俩菜吧。”

服务员交代厨师好几遍:这一桌不好伺候。大家小心加谨慎,还是一个劲儿地被鸡蛋里挑骨头:“椒香小黄鱼”腮里有一条白色的肉线,金小妹一口咬定是寄生虫,退了。“粉蒸萝卜丝”表现出了超乎预料的柔韧性,拉了几下都没拉断,金小妹怀疑萝卜是假的,也退了。韩胜利在厨房黑了脸:他妈的萝卜才几毛钱一斤，我犯得上造假！大鲤鱼吃得只剩鱼头了，说腥气味儿大，也要退菜。韩胜利鼻子差点儿气歪，坚决不退。早上进的活鲤鱼，他心里有底。不少鱼贩子推销钓鱼爱好者的战利品，他一概拒收，再便宜也不要。钓鱼池多是封闭性死水，含氧量低，营养缺乏，那里生长的鱼背部乌黑发硬，土腥味很大，放多少料酒和葱姜蒜大料也是白搭。韩胜利可不会在食材上犯这种低级错误。

服务员回包间一说，金小妹把筷子往桌上一扔呼一下站起来，双手撑住桌面，裸露的手臂上两只金镯子落在手腕处。服务员第一次发现这个女人两眼之间距离有点儿远，怒气在她脸上飘着："滚，叫你们老板来！要不我立马给食监所打电话投诉你们！"

食监所一来事儿可就多了，条条例例的东西太多，开饭店的都发怵。为了平息投诉，他们总是不问青红皂白先打饭店一顿大板。韩胜利只得认倒霉，金小妹再一次大获全胜。

"肉丝带底"做好了，飘着葱油和姜末混合的香味。金小妹手中的筷子伸过去，光滑的粉皮夹住掉下来，夹住又掉下来，筷子追着盘子跑，最终还是没能夹住。粉皮仿佛逗她玩儿似的。偏偏一个缺心眼儿的理发师没忍住扑哧一下笑出了声。金小妹恼羞成怒，脸臊得像猪肝，双手死死拽住正在运转的电动转盘，咬着牙憋着一口气，硬是把"肉丝带底"又拽了回来。电动转盘咯咯吱吱响了一阵儿，突然一下子安静下来。

正好服务员没在场，金小妹用筷子点着大家的脑袋："谁都不准多嘴！"

服务员一进来金小妹就嚷嚷转盘不会转圈儿了。服务员关电源，重启，试了几次，转盘纹丝不动。金小妹的大嗓门儿随即炸响："不会转圈儿我们咋吃饭，让我们从转盘上爬过去？"

服务员赔着笑脸，说她可以把菜调换位置。其实生日宴已近尾声，桌上全是空盘子，很少有人动筷子。金小妹哼了一声，不依不饶："告诉你们老板，今儿这转盘不会转就别想让我给你们结一分钱！"

韩胜利打发一个懂点儿电工知识的厨师去看了看，电源没问题，齿轮坏了，牙口都崩掉了。那个厨师当初参与了这台大桌的安装，他提醒韩胜利："人工的话也能让它动起来。"韩胜利脑子灵活，主意说来就来。

听说老板叫自己，老笨叔小跑着来了。韩胜利深情地瞅着老笨叔，拍拍他的肩膀说："这回店里遇到了百年不遇的难题，还得老将出马啊！"老笨叔感到了信任的力量，挺直腰杆儿，冲韩胜利拍拍胸脯说：“放心吧，老板，店里的事比天都大！”

老笨叔跟着那名厨师来到888包间，打开餐桌维修口，丁点儿犹豫都没有，俯身钻了进去。很快，转盘重新启动起来，只是没有原来那么匀速和流畅，每隔一会儿，桌子底下会砰的响一声。

一直到金小妹一家用餐完毕，老笨叔才从那个逼仄的空间里爬出来：工作服已经湿透，仿佛从水里捞出来一样，头发一绺一绺地贴在额头上，膝盖部位沾满了灰土。宋少华不知从哪儿听说了，过来搀住老笨叔，埋怨道：“叔，你咋不叫我一声？”老笨叔摇摇头，呼吸有点儿困难：“你叔要是连这点儿小事都完不成，不真成一个废物了？”他让宋少平搀着满店找韩胜利，他要亲自给韩胜利汇报，却高低不见人影。韩胜利早回家睡他那雷打不动的半小时午觉去了。

金小妹一家收拾好剩余的生日蛋糕，陆续往外走。到门口了，金小妹忽然停下来，转身用手机对准服务员说：“饭菜不行，服务不行，转盘半路不会转圈儿，这顿饭吃得真憋屈。我得发个朋友圈说叨说叨。”

服务员一听气得嘴唇发抖，脸色煞白，她长这么大还没遇见过这么难缠的人。

六

忽然有一天，韩胜利办公桌上放了一份辞职报告，字体歪七扭八，跟它主人的长相、穿戴可不是一个风格。韩胜利一惊，检点自己哪里做错了，这部“传菜梯”居然要远走高飞。“少华，要是你觉得工资低的话……”韩胜利给自己配备了十分真诚的表情，用试探的口吻对宋少华说。

宋少华一脸不好意思，连连摆手说：“不是的老板，你给的工资真没啥说的，谁都知道是全县最高传菜工资，知道你器重我……”宋少华欲言又止，把要说的话咽了回去。

韩胜利很郁闷，找来老笨叔，饭店上下都知道老笨叔跟宋少华关系不一般。“老赵，你去问问宋少华，为啥执意要走？是不是别的饭店老板要挖墙脚儿？好好跟他谈谈，想尽一切办法留住他。”韩胜利几乎以命令的口吻给老笨叔下达了任务。过后他又突然担心宋少华真的听从老笨叔的挽留不走了，那样的话,他这个老板也太没面子了。

在一家红火的街边大排档,老笨叔和宋少华一边剥着带皮花生和毛豆,一边等待烧烤出炉。在这里,他们能够吃到按规定宰杀的牛羊肉,新鲜又有保证。毛豆花生好像一直是烧烤的绝配,还有那道放了芝麻酱的炒素拼(面筋、腐竹和素肠),老笨叔能为它干掉一头大蒜。喝到一半的时候,宋少华说了真话:“叔,我知道你对我好,老板开的工资也不低,我舍不得离开‘韩家厨房’……”

十八九岁,技校上了一半,没找到一件自己愿意干上一辈子的事情,其实宋少华心里也很迷茫。他和老笨叔都清楚,传菜生到大堂经理,之间的路程漫长得让人害怕,即使干上大堂经理又能如何?很多成功的厨师和大堂经理,不还是在给人家打工,一个小县城的白领,工资又能高到哪儿去?饭店高管的最终出路,都是选择自己开饭店,又都是因为资金问题,千篇一律地从苍蝇小馆儿做起。

宋少华家里的条件根本不允许他走这样的路。妈妈是一位勤劳而正直的独身女人,依靠打零工把他和妹妹养大,却没能力给他置房买车,将来结婚恐怕也得靠自己奋斗。总不能在廉租房里迎娶新娘吧?妈妈一直在攒钱,想补办一份社保手续,补缴金额和滞纳金一个劲儿增加,从最初的四五万涨到十几万。她经常叹息,对身边办过社保手续退休的熟人羡慕不已。宋少华一直想帮助妈妈实现这个愿望,作为自己成年后报答妈妈的第一份礼物。他打算去深圳那家著名的公司,听说那里的工资加班费高得吓人。

讲完这些,宋少华眼睛里开始噙满瞬间而来的泪水。老笨叔假装没看见,把目光投向正在忙活的烧烤师傅:一只新鲜的羊腰从冰箱里拿出来,外面包着一层网状板油,对半切开后,那条白色的筋被烧烤师利索地挑出来扔掉。老笨叔举起手里的啤酒伸向宋少华:“干,跟叔再干一杯!”然后一仰头喝光了杯里的酒,他知道自己嘴笨,找不到安慰的话。虽然已经入冬,这家大排档生意依然火爆。两人好大一会儿都不说话,只是抢着给对方的一次性杯子注满麦黄色的液体。一直到长条桌上密密麻麻摆满了空酒瓶子,两个人才大吃一惊,他们不相信都是自己喝光的。

老笨叔大着舌头喊店员过来,让把不锈钢盘里面的两根羊肉串和一根板筋拿去热热,多放些孜然面儿。它们已经冰凉,不锈钢盘里面多了一层白色的凝脂。“别热了,叔,我吃不下。”宋少华望着老笨叔,尽管喝了酒,他的眼睛还是那么清澈，一如既往的纯净和真诚。

老笨叔扫了店主的微信二维码，要在平时，宋少华会借口上厕所偷偷把账结了。今天他不会跟老笨叔争，老笨叔说这是壮行酒。一边离开大排档，宋少华一边问："叔，我走了，你会不会想我？"

老笨叔鼻子一酸，泪差点儿掉下来："傻孩子，你说呢？叔咋会不想你？"

宋少华伸手挽住了老笨叔的胳膊说："叔，我能靠靠你肩膀吗？我从记事起都是妈妈一个人照顾我，五岁那年爸爸说去外地打工给我买一个掌上游戏机，一去就再没回来。我一直想找个肩膀靠靠，喊一声爸——"宋少华呼出的白色雾气悬浮在湛蓝夜色中，仿佛永远不会消失。

老笨叔转过头去，摸了摸宋少华的头，看见一张被泪水打湿的脸在路灯下闪闪发光。

七

"韩家厨房"那台用来排烟的风机确实有些年头了，里里外外沾满了油泥，启动一次，整个楼板都会颤动一下。幸亏是挂在店外，要是在室内的话，那可真受不了。它出现故障后，先后找来几拨儿维修工，都是瞅一眼掉头就走，没有人愿意钻进那油乎乎的机壳里。韩胜利不得不从市里厨具城叫来一个油烟设备供应商，他本来是想换一台新风机，报过价后韩胜利又犹豫了。

老笨叔盯着这台风机转悠了足足两天，他想试一试能不能让它重新转起来。老笨叔找来一件厨师淘汰下来的旧工装，韩胜利安排两个厨师给他打下手。风机门的六个螺丝拧下后，老笨叔吸气收腹，试了几次才把自己塞进机壳里。老笨叔几乎忘了，在轧花厂时自己还干过加工组组长呢，鼓捣过的风机少说也有二十几台。今天能派上用场让老笨叔很兴奋。干到后半夜，那两个厨师打着哈欠不耐烦地冲老笨叔叫喊："下来下来，困死了！你不睡大家都不能睡，修好老板还能给你发奖金不成？"有个厨师一扭头，吓了一大跳：韩胜利表情模糊地站在黑暗中，牙齿湿湿地发着光。他站在那里不知多久了。

风机开始轰隆隆重新运转时，天色已经大亮。"算算吧，一大笔银子呀。"那个油烟设备供应商报价时脸皮可厚着呢。

这之后韩胜利越发离不开老笨叔了，他像在荒山里发现了一截老崖柏。老笨叔现在一个人干着三个人的差事，洗碗、采买，还兼顾捅捅下水道换换水龙头。两年了，厨师和服务员工资都涨了几次，老笨叔还是原地不动。徐小胖是个唯恐世界不乱的家伙，用韩胜利的话，“是条喂不熟的狗”，他不止一次鼓动老笨叔写辞职报告：一辞职老板就会给你加工资。老笨叔摇摇头，这种激烈的手段他很反对，不过说的次数多了，他也动了心思，鼓足了勇气去找韩胜利。谁知，见了韩胜利却高低张不开嘴。没涨工资，他还是盼望饭店生意红火，脏盘子越多，他就越兴奋。要是一连几天没有包桌，他会无精打采，吃饭时瞅瞅这个看看那个，都不好意思盛第二碗。老笨叔会一遍遍去吧台打听，这两天有人订桌没有。

老笨叔不提工资的事，韩胜利也不提。韩胜利已经离不开老笨叔，他用老笨叔用上了瘾。老笨叔是个老实人，他希望通过付出和节俭存点儿钱，过上有尊严的生活：换一个比现在稍微大点儿带暖气的房子，给已到谈婚论嫁年龄的女儿分期付款买一辆国产轿车，能有人上自家的门——每年春节，几个外甥总是放下年礼就走，不愿在他家吃饭。他们把二舅家当成了终点站，二舅有一个往死里挣钱的石料厂，腰粗得很，说话嗓门儿贼大。

无论怎样，老笨叔总算拥有了一个长期稳定的工作。用大堂经理艳红的话说，只要老板不撵老笨叔，老笨叔是永远不会说走的。

艳红又回到了“韩家厨房”，她是自己主动找上门来的。有那么一段时间，韩胜利心血来潮，想加强一下前厅力量，打出了高于其他饭店一倍工资的招聘广告。韩胜利有点儿不想接纳艳红，这个丫头的驴脾气真不是闹着玩儿的。艳红拽着韩胜利的胳膊叔长叔短地叫，说以前那都是年龄小不懂事，现在谁还会干那种傻事。“我手里还有一批客户，可以介绍他们来咱饭店吃饭！”艳红很有把握地说，韩胜利动了心。现在年轻服务员太难找，都是些四五十岁的大姐在服务客人。一个饭店的前厅，就像公园的四季，不能总是秋天和冬天，没有一些花花草草是不行的。

韩胜利惊奇地发现，两年不见，艳红好像换了一个人，竟然变得如此丰满动人。一件展示完美曲线的包臀裙和前厅经理夏天穿的那种半截袖西装，露出一大截光滑的腿，她还知道怎样用那种低领打底衫来增加自己的魅力。艳红转身离开时，韩胜利控制不住地打了个寒战，以前的怨气都烟消云散了。

艳红没有说大话，找她订餐的人真不少。这两年她走过不少地方，长进还真不小。那家会所她待的时间最长,认识的都不是一般人。冲着她来的老板们从来不问菜价,什么贵什么有档次就点什么,韩胜利不失时机地更新了零点菜谱,上了十几个毛利高得吓人的高档菜。艳红的自来熟派上了用场。跟客人总是有说有笑,说到兴奋处还会意想不到地在客人肩上来一巴掌。客人都不恼,甚至很喜欢这种没大没小。也有些客人会悄悄伸出手,轻轻触碰包臀裙的裙边。艳红好像浑然不知,该说说,该笑笑。

有一次艳红来厨房送空盘子,徐小胖在她身后悄悄伸出手,谁知艳红猛地转身,打掉了那只咸猪手:"你想干啥!"艳红杏眼圆睁,不像是假生气。徐小胖讪笑着,心底却埋下了怨恨。之后,老笨叔经常听到一些风言风语:艳红生日那天,吧台收到五份蛋糕、两份鲜花;艳红经常下了夜班出去,要么很晚回来,要么第二天早上回来,接送她的都是县里数得着的好车。大家免不了在底下窃窃私语,内容都是艳红"八小时之外"有着怎样不为人知的生活。

好几回,老笨叔想向她打听宋少华的消息,张张口又咽回去了。艳红已不是以前的艳红,韩胜利把她宠成了一枝花。从领班提成经理后,她脾气也变大了,逮着谁都敢教训。老笨叔一个洗碗工,在她眼里更不是个什么,平时见了她打招呼,老是爱搭不理。

宋少华一走就是两年,老笨叔不时会想起他,那种牵肠挂肚的想,好像是自己的孩子出远门儿似的。一开始,他俩经常在微信里聊天,宋少华有一个一看就能叫人记住的昵称:"你是猴子请来的救兵吗?"他时不时把在深圳的新见闻和新鲜劲发发朋友圈,还是那种励志的口气。他也会在老笨叔的朋友圈留言点赞,跷大拇指,充满了激情。老笨叔很惭愧,朋友圈里除了饭店要求转发的新菜和促销活动,没有他自己的一点儿生活。老笨叔觉得自己活得很失败,根本不配发朋友圈。

慢慢地,联系就少了,有时候老笨叔跟他打招呼,几天都不见回复。老笨叔想,可能是忙的缘故吧,宋少华好像说过他们基本上没有星期天。

八

在一次婚礼结束后,一个中年女人来厨房找老笨叔。在写着"厨房重地,顾客止步"的指示牌前,这个清瘦白净、衣着朴素的女人笑吟吟地望着老笨叔,手里捏着几个空饮料桶。不用问，准是拿回去装大米过夏的，据说这是防止大米生虫的好办法。她一张口，露出两排整齐雪白的牙齿："我是少华妈妈，他经常说起你。"相对于她的身材来说，衣服太过于陈旧和廉价，真是委屈了自己的主人。

在这样一个大方俊秀又比自己年轻许多的女人面前，老笨叔不觉生出几丝拘谨："少华真是个好孩子，百里挑一的好孩子！他去南方后我俩一直保持联系，后来不知为啥他就不回复我了。朋友圈好像很长时间没有更新。"

"少华从南方回来有一段时间了，一直在家里闲着，说要沉淀沉淀，他现在可成熟了。我还想让他来'韩家厨房'上班，他跟这里有感情。"女人用征询的目光看着老笨叔，等待着答复。老笨叔一下子激动起来，还有一点点慌乱："可中！可中！老板前一段时间还跟我念叨起少华，说要是少华在，传菜这一块儿他该省多少心。好几回大包桌不顺利，都是传菜部拖了后腿。我敢保证，老板会一百个同意。谁不知道，像少华这样的传菜员，打着灯笼都找不着！"

几天后，宋少华果真来了。他骑了一辆新买的电动车，护膝部位装了一款样式别致的棉挡风。还是那款飞机头，那两道闪电刻痕，除了脸上多出几粒粉刺外，跟离开时一模一样。老笨叔高兴得一个劲儿搓手，跑出门外，像个孩子一样蹦到电动车前，用一根指头点着宋少华："嘿，你是猴子请来的救兵吗？"

在场的人哗一下全笑了。宋少华却绷着脸，理都没理老笨叔，眉头紧锁的样子大家从来没有见过。

没几天大家就发现，宋少华像变了一个人，特别不爱说话，一整天难得开几次口。以前那个机灵勤快、讨人喜欢的传菜生不见了，取而代之的是另一副模样：行动迟缓，丢三落四，慢慢吞吞得让人上火——即使传菜台上炒好的菜堆成小山，他都不会快走一步。那天，艳红跟他打招呼："嘿，宋少华，你这部'传菜梯'终于又回来了，欢迎你！"他翻翻白眼儿，艳红期许的热烈场面并没有出现。老笨叔怀疑宋少华是不是把艳红忘了，忍不住问他："你不记得她是谁吗？你俩都是从'三锅演义'过来的。"宋少华认真地想了半天，点点头。老笨叔松了一口气，继续问："她叫啥名字？"

"她呀……"宋少华想了半天，"是个爱罚款的娘儿们。"

老笨叔一愣，看得出宋少华不像在开玩笑。艳红一脸的笑说没就没了，她很生气地走了。

宋少华的记忆真的出了问题。韩胜利不相信。那天,他让宋少华端了一份“藤椒龙利鱼”送到九号台。宋少华下到一楼转了一圈儿又端回来,站在韩胜利跟前不说话。韩胜利以为菜品出了问题,问他,他半天才回答:“几号的菜呀?”老笨叔在一旁也看见了,心里很吃惊,感到问题确实严重。他又马上否定自己,极力说服自己这不是真的:这孩子在跟老板开玩笑哩!他肯定藏着一手哩!

韩胜利也不相信这是真的,他对这部“传菜梯”充满了期待。他决定跟宋少华好好谈谈,看看他葫芦里到底卖的什么药。让那恶作剧早点儿收场吧,去南方待了两年,这小子居然学会冷幽默了。

在韩胜利办公室,宋少华手里端着一杯香气扑鼻的正山小种,眼睛无辜地盯着韩胜利那张滔滔不绝的名嘴。韩胜利嘴上功夫确实名声在外,用徐小胖的话说:死蛤蟆也能说出四两尿。

韩胜利对自己那条能说会道的舌头很自信,一定会让宋少华幡然醒悟,再次为“韩家厨房”一展身手。韩胜利说得口干舌燥,杯子里早空了,他在等着宋少华给他加水。他抽出一支烟,要搁以前,准会有一只冒着火焰的打火机伸到那根烟下面。他耐心地等待着。

宋少华的眼睛忽然眨了眨,像是要开口说话,韩胜利按捺不住惊喜,心说浇水总算看见花了。

“你有塞耳朵的东西吗?”宋少华不像跟他开玩笑。韩胜利大吃一惊,接下来发生的事让他张大了嘴巴:宋少华居然从老板桌上的抽纸盒里抽出两张纸,捏成团,紧紧堵住了两只耳朵。

第二天,受韩胜利的安排,老笨叔去了一趟宋少华家,想探个究竟。这几天发生的事情越来越让人担心。就在前一天,宋少华突然举着一根紫茄子问另一个传菜生:这是什么玩意儿?老笨叔在一旁看见,心都碎了。

少华的妈妈正要出门,她穿了一件义工穿的红马甲。老笨叔不知道,县里新时代文明实践中心有一场献爱心活动在等着她。她有点儿不大情愿地给老笨叔让座,又倒了一杯开水:“对不起,我不喝茶,少华也没学会抽烟。”

“大妹子,我想给你说说少华的事。”老笨叔本想开门见山,又怕她接受不了。

“少华怎么了?”

“他从南方回来,是不是跟以前不大一样了?”老笨叔只得拐弯抹角地给她讲了少华的反常表现。少华妈迷茫地看着他，满腔的忠厚老实："我只是觉得他这次回来话明显少了，更依赖我……好像又回到了中学时代，不，是小学时代……"

老笨叔瞅了一眼这个简陋的家：电视机、沙发、茶几有些年头儿了，乍一看像是从二手市场淘来的。墙根儿的涂料有不少地方已经起皮，松软得一磕就会脱落。刚才，他费了老大劲儿才找到这个小区——全县第一批廉租房。他试探着问："咱们要不要去医院看看，给少华检查一下？"

"检查什么，他能吃能喝的。"少华妈好像不愿意与老笨叔深入探讨这个问题，她不时掏出手机摁亮屏幕。她在看时间。

老笨叔只好告辞，少华妈长出一口气，像是突然解脱了似的。她有点儿不好意思，说："义工中心今天这个活动比较重要，市里文明办领导也要来。"她和老笨叔一起下了楼，没等走几步，她就迫不及待地跨上电动车，说："对不起，我已经迟到了。电视台还要采访义工代表，定的我发言。"她说完这句话，脸也红了，笑笑，往前走了。

不久后，宋少华一连七天不见来上班，老笨叔打电话问他妈，说是遇到一点儿麻烦。正要去他家里，他又来上班了。问他这几天上哪去了，他用手比画着，脸憋得通红："去一个管吃管住的地方，妈妈给我送的被子牙刷，给了一个农民伯伯六百块钱。"老笨叔越听越觉得不对劲，他突然发现宋少华那只挥舞的手掌不对劲，一根指头肿得像根胡萝卜似的。

老笨叔坐不住了，决定再次去宋少华家里问个明白。

九

韩胜利也很着急，他提出跟老笨叔一起去摸摸底。

一进门他就觉得这个女人脸熟。

起初少华妈还很平静，给他俩让座，倒水，像上次一样抱歉地说："少华不吸烟，也没学会喝茶。"老笨叔想知道宋少华的指头是如何变成胡萝卜似的，那七天究竟去了一个什么地方。少华妈先是犹犹豫豫，开始讲述那天的遭遇。少华去了一个洗浴中心洗澡，花光了一个月工资，回家被她训了一顿，少华第二天又去那个洗浴中心讨说法，被一个上了年纪的看门人驱赶……讲着讲着，少华妈突然泪流不止，歇斯底里般吼叫起来："为什么！为什么倒霉事都叫我们碰上！他只不过想多挣点儿钱，给我买社会保险，才去了南方，那家著名的大公司，你们都知道的！叫人加班加不到头，他一到那儿就说自己喘不过气。我真傻，我该立即叫他回来的。"韩胜利起劲儿地听，慢慢懂了，似乎找到了宋少华变化的根源。

少华妈满脸泪水，老笨叔却找不到什么东西递给她。她起身去了卫生间，韩胜利和老笨叔都听见了她擤鼻涕的声音。老笨叔腹中充满寒气，在南方，少华究竟遭遇了什么？生活肯定粗暴地对待过他，那又会是怎样的粗暴，对于一个孤身打拼的孩子？

少华妈返回客厅坐下来，鼻头红红的，叹一口气："你上次问我为啥不去医院给他检查。不是不去，我们家一分钱存款没有，我去咨询过，市里那个医院很多项目不在居民医疗保险报销范围。他们瞎收费。我也领他去找了心理咨询师，一次收费三百块，他们说一个疗程需要三个月时间。我在超市拿点儿工资，除了供他妹妹上学，还要照顾俺娘家爹。"

说着说着，她又抽泣起来，双手捧住脸，两只肩膀不住地颤动着。

老笨叔上下打量这个一贫如洗的家，再次感到腹内充满寒气。她和自己一样，是这个社会最庞大的下层土壤，没有能力完成他们经济上的义务和道德上的职责，在很多事情面前，只能干瞪眼。上次去县医院做阑尾割除手术，他想找个人跟他一起去，女儿在电话里说她在丽江带团，赶不回来。进手术室时他身边一个人都没有。手术第二天老婆出现在病房，她可是个大忙人，在一个闺密开办的饮料厂做出纳。闺密经常带着她做美体吃西餐，跟旗袍协会去"美丽乡村"走秀。她一直把自己当成了闺密那个圈子里的人，这个错觉让她陷得不浅。她不止一次奚落老笨叔："老赵，这辈子你啥时候放过一个响屁？"而且从不分场合。要是老笨叔一个月不回家，她保证不会给他打一个电话发一个微信。这次她很赞成老笨叔的想法，认为出海捕鱼是个好主意。老笨叔以为她来接自己回家休养的，谁知坐了不到一个小时她就走了，说需要去办税大厅报一个表，人家催她几次了。一走就再没回来。

老笨叔笨头笨脑，啥安慰话都不会说，韩胜利屁股底下早就长了钉子一样，借口说中午有包桌需要去厨房督战。从宋少华家出来，下楼的时候，韩胜利回头瞅瞅，确信少华妈没有跟在后边，他迫不及待地告诉老笨叔："我认识她，她以前在我供职的那家大酒店客房部上班,布草间归她管。她没有认出我,我当时还不是行政主厨。”

韩胜利说这女人年轻时长得可真好看,不知有多少男人见她都迈不动步。她那口子也是干餐饮的,一个十分出色的面点师。这个女人心眼儿太实,在布草间,和她一个初中同学发生了不该发生的事。那个家伙以梦中情人的名义利用了她,取得了他竞争对手在酒店开房的证据,成功扳倒了对方。之后就把她的手机号删除,不再理她。当时这事闹得太大,纪委来调查的时候,里面有关细节都传开了。一次不检点给她打上了永久的烙印。那个面点师非常爱面子,他比少华还能干,本来活得很有尊严。他对她的过去表现出一种强烈的、永不满足的好奇,他要求她交代所有的细节,但是他没有能力摧毁她的过去,也没有能力战胜自己。最终,他还是过不了这个坎,只好选择了不辞而别。韩胜利陈述这一段往事时,声音低沉,用词准确。平时他喜欢看电视栏目《真相》,不自觉使用了那个主持人的口吻,还咬文嚼字的。

“你看出来没有?她现在活得很迷茫。可是据我所知,她一辈子都在忏悔,对任何异性的帮助都敬而远之,”韩胜利开着他的别克,一路上嘴都没停一下,“她从我们酒店出来后去了另一家酒店,还是客房部。她管理布草真有一套,干净工整得无可挑剔。鉴于她的能干和出色表现,春节的时候,经理给她单独发了一个红包,也不多,两百块钱。她吓坏了,把红包放到总台再没有来上班。弄得那个经理很窝火,她真是想多了。那个面点师带走了这个女人的全部活力,她像缺水的花儿一样干枯了。”

在别克宽大舒适的副驾驶座上坐着,老笨叔一路上都扭扭捏捏。他感觉自己没有福气坐这么好的车,又是老板亲自驾驶。后来,他被少华妈的遭遇吸引住了,不住地叹气。他忽然想起了什么,担心地望着韩胜利:“韩老板,你不会……”

韩胜利两只眼睛盯着前方的路,没有回答。他双手紧握方向盘,因此关节发亮,自信的表情浮现在脸上,似乎掌控着一切。

老笨叔的担心并非多余。傻乎乎的宋少华很快被人领着去吧台结清工资,不锈钢碗筷装进一只打包袋里,工装被当场收回。韩胜利是个十分精明的人,让他专门去做慈善他不会拒绝,报纸电视网络一宣传,无形中给“韩家厨房”做了一场广告。可是让他收留这部报废了的“传菜梯”,门儿都没有。这一辈子,他韩胜利啥时候做过赔本买卖!

十

老笨叔有事没事就爱翻看女儿的朋友圈，从前是QQ空间。看着女儿天天更新图片，天南海北地抒情，什么“五百里滇池奔来眼底”“我从远方赶来，赴你一面之约（中国·腾冲）”……看着看着老笨叔就笑了：女儿真长大了，一个人带着几十号人的旅游团满世界飞！要是看到“注定是场硬仗”“搬砖结束，不开心”“呕吐，肚疼，一天都不想吃东西”这样的句子，老笨叔就会茶饭不思，平添许多担心，好几次看着看着居然抹起眼泪。

有一天，他在女儿朋友圈看到一个新中式婚礼快剪，女儿好像在里面闪了一下。他也没在意，以前经常在朋友圈看见类似的视频，闺密出嫁女儿多次担任伴娘，鲜花、炮车、手杖花、婚礼堂、腾飞的气球……他老是觉得女儿比新娘要好看。他也盼着有一天女儿穿上婚纱，在T台的开始部分，他牵着女儿的手，郑重地把她交给她选中的那个小伙儿。他恨自己没本事，这些年没攒下几个钱，每月还要交付老婆和他的社保金，老婆是跟她一起从轧花厂下岗的。女儿一直想要一辆红色的轩逸，他从不敢答应她。出嫁那天，他计划送她一条四叶草金项链，克数可不能太少。

一连几天，女儿的朋友圈都在播放与这场婚礼有关的图片和视频。他越看越觉得不对劲，女儿什么时候成了这场婚礼的主角？他一次次辨认，主角真不是别人。女儿找的对象不是本地的，信阳市光山县，以前说过结婚的时候只去两桌人，主要亲戚去。老笨叔疯狂地翻看微信和通话记录，希望找到一条漏看的信息，与这场婚礼有关。他彻底失望了。这件事就像一道巨型闪电击中了老笨叔，他一连几天都吃不下饭，又一次自卑得恶心，感到自己活得毫无意义。

那一段日子，老笨叔对生活失去了信心，活得浑浑噩噩。“韩家厨房”发生了一件大事，大家都疯了一般议论，就连韩胜利这样聪明绝顶的人也没有想到。老笨叔却两耳不闻，平静得像失去了知觉。直到他和韩胜利一齐被邀请参加艳红和宋少华的订婚宴，他还是没从伤心中走出来——既没有表现出吃惊，也没有表现出欣喜。

那天让韩胜利吃了一惊的是，老五理发店那个大腿肚子女人也出现在现场，作为娘家人的代表。“转盘事件”给“韩家厨房”留下了很深的阴影，所有人提起这个金小妹都发怵。艳红喜滋滋地给大家介绍:“这是俺姑。”

少华妈坐在桌子最边上，碰见这种场面有点儿胆怯，赶紧点点头说:“就是,长得多一样！”

金小妹毫不客气地瞪她一眼:“一样个头！她姓孙,我姓金,街坊姑,知道不？”

大家都一愣,齐齐看着艳红,不知道她叫来个街坊姑有啥想法儿。艳红并没有表现得有多难堪,服务生涯早把她一张脸锻炼得能抵挡千军万马。她一把挽住金小妹的胳膊:“小妹姑对我最好了,比俺亲姑还亲,以后谁敢欺负我,得问问俺小妹姑答应不答应！”

“谁敢！”金小妹又一瞪眼,老笨叔看见少华妈的手颤了一下,伸出去的筷子又缩了回去。少华坐在她身边,一脸无辜地望着大家,目光纯净,纯净得叫人心疼。他衣着整洁,又新潮又上档次,据说这一段时间,艳红一直在照顾他。艳红逢人就说,做人总得讲点良心,少华当初对她那么好,天天陪她值班。每当说到那次事件中宋少华挡在她前面挨了几老拳,艳红眼圈儿就红了。少华妈也被感动了,心说:老天有眼啊,想不到俺少华还有这么一段姻缘。

那天点了满满登登一桌菜,只要服务员推荐特色菜,金小妹就点头:来一个。韩胜利胃口也很好,吃得满头冒汗,他并不是一个特别注意吃相的人。他提出要跟金小妹碰三杯,金小妹一口应了。三杯酒倒进一只碗里,一口干了,金小妹用餐巾纸抹抹嘴:“我不爱喝小杯酒,太费事。”接着她拿起酒瓶站了起来说:“我代表艳红娘家人敬大家一圈儿。”

所有东西一扫而光后,艳红开口了:“我怀孕了,已经两个月了。”又说,肚里的这个小孩儿是宋少华的,他们同居很长时间了。她问宋少华怎么办。宋少华有些拘谨地看着大家,两只手不住地搓捏着,认真想了想回答艳红:“这个需要问我妈妈。”

金小妹“噗”一口把吃进嘴里的东西又吐了出来,笑得全身肌肉都跟着抖动,用筷子点着宋少华:“问你妈,问你妈,你可真逗啊！”

宋少华很认真地望着金小妹,弄不懂这个女人在说什么。韩胜利和老笨叔一点儿都不觉得可笑,平时在厨房,会有人拿宋少华开玩笑:“少华,打算找个什么样的对象啊？”

“这个需要问我妈妈。”

每次少华都会这么回答他们，他们会继续问:“少华，你自己没有个标准吗？”

回去的路上,韩胜利对老笨叔说:“老赵,你咋看这件事？”老笨叔天天过得糊里糊涂的,不知道应该如何回答:“老板,艳红也有她善良的一面,可能属于那种刀子嘴豆腐心的女孩子。再说,少华犯病也只是一时,以前他多能干,配艳红也够了。”

韩胜利一脸高深莫测,笑了笑,啥也没说。

十一

艳红和宋少华很快举办了婚礼，那迫切之势，像是过了今天就没明天似的。婚礼在“韩家厨房”一楼婚礼堂举办,给人留下深刻印象的有两件事:那天宋少华的飞机头理得有点儿短,露出了白色的头皮,在司仪的引导下,他一本正经地完成了全部仪程;金小妹作为娘家代表出够了风头,还把两条红地黄字的横幅扯到婚礼堂最醒目的位置——

“拉个横幅告诉你,闺女说啥就是啥！”

“再拉个横幅告诉你,天大地大俺闺女最大！”

挂标语不是金小妹的原创,人们佩服的,是她的胆量和那股子胡闹劲儿。

老笨叔衣服上挂了一朵小红花,作为贵宾出席了他们的婚礼。进入敬茶环节,少华妈泪光闪闪,幸福来得太突然,她连思考的时间都没有就直接进入新生活轨道。她真的没有准备好。起初,她既喜又忧,发愁全套婚礼下来那笔费用,借了一部分,缺口还不小。艳红拿出一个存折,把余下的事全包了。拍婚纱照,定司仪,布置新房,都是艳红带着少华完成的。婚庆车队清一色“大奔”,头车是一辆“凯迪拉克”,又一次证明了艳红的社会能量。鉴于艳红的大堂经理职位,饭店的几个婚庆合作人都很配合,摄像师音响师主动提供免费服务,他们只要了一盒喜烟作为利是。

定菜的时候闹出点儿不愉快,不过韩胜利自始至终没有表露出来。韩胜利一开始显得很大度,对艳红说:“瓜子、糖、饮料全送,到最后结账按十送一优惠。人有个远近,秤也有个高低,咱自己的事就得特殊对待。”艳红问他能不能调换几个菜?韩胜利大手一挥道:“这事你说了算。”韩胜利有一种把握:遇见熟人或者下属，自己越大方，他们越不会过分。很多时候，员工家属在本店用餐后问他能不能打折，他总是很有气势地对人家一挥手：“你做主，结多少都行。”越是这样，人家越不好意思少给，顶多去掉一个零头。

这回碰见一个不客气的，他失算了。艳红定了一个最低标准，把“红烧鲤鱼”换成“黄花鱼”，“山菌炖豆腐”换成“金汤肥牛”，“醋泡花生”换成“美国大杏仁”，“海带排骨”换成“飘香羊排”。韩胜利到厨房一看单子，脸唰地一下变了，龇牙咧嘴的，好像被凉菜老大那把月牙形的雕刻刀挖去一块肉似的。

徐小胖悄悄凑过来，小声问：“老板，用不用把辅料加大？肥牛换成鸭肉那种？”徐小胖不止一次对艳红鲜红的嘴唇、闷青色的头发和低得很危险的领口充满幻想，投过去一种鉴赏家的冷冷目光，他一直没死心。关键是艳红从来没把他这个大厨放在眼里，怨恨就一步步加深。

韩胜利一愣，果断地摇摇头，拒绝了徐小胖的馊主意：“正常走菜，食材不变。”他十分清楚，不管客人如何换菜，如何搞价，成本增加多少，包桌菜量都不能减少：一场婚礼几百人参加，要是吃不饱，不实惠的名声马上就会传出去。口碑比什么都厉害。

另一方面，韩胜利也不想得罪这个大堂经理，她在引客方面确实无人能比。去年新冠肺炎疫情发生后，餐饮业受到前所未有的冲击，不少饭店没能扛过去，“阵亡”的消息三天两头传来。“韩家厨房”能够安然无恙，流水与往年相比竟不相上下，韩胜利心里有底，知道是谁的功劳。除了老板们来捧场，不少机关单位也很给艳红面子，把培训、年会一类的工作餐安排到“韩家厨房”，疫情期间他们还接了几个大单子——盒饭式值班快餐。韩胜利通过电脑做过分析，艳红拉来的单子占到营业额三分之一，还是毛利率最高的那一部分。艳红对自己的巨大力量并不知道，她只顾陶醉于韩胜利开出的高工资和特许的某些权力。

婚事办完后，艳红提出让宋少华重返“韩家厨房”，韩胜利没有拒绝。老笨叔更是欢喜得要命，像个孩子似的拉住宋少华的手，摸摸他的头又摸摸他的脸，吃饭的时候，两人又拱到一块儿。

可能是那件事的打击，老笨叔瘦了不少，胡子拉碴的，一下子老了许多。好几回，吃饭的时候，筷子竟从手里掉下来。早在几年前，老笨叔就感觉到自己的身体在走下坡路。这半年多经常头昏、腿软，一连几天包桌下来，身体像散了架一样，有时候，回寝室的路漫长得可怕，只有扶着楼梯栏杆才能上到四楼。晚上留下来陪服务员值班，眼皮子总是不听指挥，自顾自打架，像跑长途的大车司机一样，他全靠一支接一支的香烟来提神儿。好几回，睡魔犹如骤雨般袭上身来，刚才还点头应承着服务员，转眼间身子就从椅子上向前栽下去，夹在两指间的香烟也掉在地上。旁边的服务员看到，老笨叔先是一惊，又睁开眼来，去捡掉在地上的烟屁股。

有一次，老笨叔直接栽到地上，一小截儿烟灰跟着落下来。过了一段时间，老笨叔还趴在地上，没去拾那半截香烟。服务员从房间出来，觉得不对劲儿，叫了半天老笨叔，他眼睛也没睁开。他嘴边的地板上，有一摊不带酒味的呕吐物。

老笨叔被送到县医院急诊室，核磁共振报告出来，冠状动脉血栓堵塞和脑血管出血，当时他的血压蹿到了两百四。

对劳动法颇有研究的韩胜利吓了一跳，是在工作时间出的事，他脱不了干系，老笨叔要是认真的话，够他喝一壶。思忖再三，韩胜利决定变被动为主动，先交了一部分住院费，又决定派一个员工照顾老笨叔。艳红提出让宋少华去，他跟老笨叔有感情。韩胜利看见这部报废的“传菜梯”心就烦，一口答应了。

在急诊病房里，几瓶液体输入身体后，老笨叔的血压降到了正常数值，人也苏醒了。闻信而来的老婆还没有进门就用火急火燎的声音喊着老笨叔的小名：“肉蛋！肉蛋！你吓死我了！”然后扑到病床跟前，搞得跟临终告别似的。这个女人过于关切的口吻里透出几丝掩盖不住的表演成分，让屋里的人险些起一身鸡皮疙瘩。

见家属接上头儿，韩胜利带着艳红离开了，留下宋少华帮助照看病人。那个女人把他俩一直送到院子里，热情得让人受不了。她返回病房时，只剩下老笨叔一个人，液快输完了，宋少华去叫护士。老笨叔看见自己老婆在他脱下的衣服里飞快地翻找着，身份证、银行卡都被掏出来装进她的坤包里，她又俯下身小声问：“你微信里还有多少钱？密码还是闺女的生日吧？”

老笨叔轻轻闭上了眼睛，他真想永远失去知觉。

十二

一周后老笨叔就出院了，医生建议他下支架，他摇摇头，问主治医生：“要是不下支架是不是就活不成？”医生被他问得一怔一怔的，弄清他的用意后耐心解释了一番，最后说："也有保守疗法成功的，坚持用药，饮食清淡，加强锻炼，定期复查。"老笨叔发现自己走路没有以前利索了，不过也没有像他见过的中风者那样变得嘴歪眼斜，他两条胳膊还能抬起来。主治医生提醒他："你恢复得非常理想，这是身体给你敲了一次警钟，往后可得小心。只要是第二次进来的，就没有这么幸运了。"

老笨叔出院后来找韩胜利，韩胜利吓了一跳，第一次在下属面前表现得很慌乱。他扶老笨叔在沙发上坐下，又把一杯热水端到老笨叔手里，然后用试探的口吻问老笨叔下一步有何打算。韩胜利的眼神透出不曾出现过的谦卑，心里却在急剧地思谋对策。

老笨叔没有回答他，问他有没有香烟，这几天憋坏了。韩胜利一边找烟一边问："医生没有让你戒烟？"老笨叔嘴角抽动了一下，笑得有点儿苦："抽了一辈子，哪儿能一下子戒掉？要是真断了烟，说不定死得更快。"韩胜利赞成老笨叔的观点："对，对，凡事都有个过程，一下子戒掉反而不好。"

老笨叔说他的腿脚没有以前灵活了，饭店的活儿怕是干不成了。他住院期间，几个发小来看他，一个在高速公路承包工地的发小提出让他去看工地，鉴于他的身体原因，到时候只让他上白班。老笨叔还有四年才到退休年龄，他要不去挣钱，这几年的社保就得中断，再说，没有收入的话他吃啥喝啥。

韩胜利长长出了一口气，拉开的抽屉又悄悄合上了。这两天他一直担心老笨叔出院后继续在"韩家厨房"上班，起草了一个一次性了断协议，打算把老笨叔住院期间的费用拿出来，再送他一个月工资。他把按指头印儿的印泥也准备妥当了，还请教了一个当律师的亲戚，协议反复推敲过。看来，抽屉里的这些东西派不上用场了。

正说着话，艳红来了。今天是宋少华的生日，晚上下班后她打算去吃火锅，问韩胜利有没有时间。艳红扭过头，也向老笨叔发出邀请："老笨叔也参加吧，借这个机会给你压压惊，祝贺你康复得这么快！"宋少华这几天在医院端屎端尿，像个亲儿子一样陪着自己，几天都没睡一个囫囵觉，还着凉了，咳嗽得不轻。老笨叔心里热热的，有点儿心疼。他点点头说："我去，我去。"

准备离开时，老笨叔忽然想起一件事："噢，对了。"他哆哆嗦嗦地从衣兜里摸出一沓东西放在老板桌上，又说："这是你替我垫的住院费，韩老板，你真是个好人。"

说罢，跟艳红一起往外走。

韩胜利像被人打了一巴掌，脸热得滚烫，这一瞬间他忽然觉得自己真不是个东西。他撵到门外，两人打架一样，才把那沓钞票装进老笨叔的兜里。

"三锅演义"营业到凌晨两点，艳红和宋少华又是这里的老员工，他们才选择在这里过生日。除了韩胜利，艳红还邀请了两个闺密。

少华妈没有来，她在家吃过晚饭了，再说，明天还要早起去山区一个贫困户家送温暖——义工协会每月一次的重头戏。

男人离家出走后，她铁了心要为他苦守一辈子，拒绝了所有异性的帮助、关心和试探，以此忏悔和赎罪。她仇视同学聚会，从不给陌生男人留联系方式，对所有男人都保持着高度警觉，取消了一切社交。有一段时间她空虚得要命，不知道该何去何从。她也想过一走了之，去一个没人认识她的地方，了却残生。可是她走不了，她舍不下两个孩子。一次偶然的机会，她接触到这群红马甲，一下子找到了自己的寄托。开始以一种过火的热情投入新的生活，她为留守儿童收集捐赠物品，为清洁工熬爱心粥。很多次，面对那些失去父母的孤儿，不顾其他义工的劝阻，她把口袋里仅剩的一点儿钱拿出来。她是那种面对黑暗时点燃蜡烛的人，却没有能力为自己驱逐黑暗。每次上电视，义工会长都让她作为代表接受采访，上级领导来调研时也让她出面接待，她身上那种与生俱来的真诚无法复制，人又很上相，是义工中心的佼佼者。

艳红的两个闺密一看就是那种比较放得开的女孩儿，又很时尚，她们对白酒没有提出推辞。韩胜利喜欢跟女人喝酒，又是这么年轻养眼的女孩子，喝着喝着头就大了，舌头也有些打结。也是心情好，他很想在两个女孩儿跟前表现表现，先给宋少华发了两百元红包表示祝贺，又转过去对老笨叔说："老赵，你我共事一场，有情有义，你这次离开'韩家厨房'，我也没啥送你，五百元路费，算是我的一点儿心意，好不好？"

艳红不吱声，她太了解韩胜利了，只要一喝多就给员工发红包，第二天酒醒了再千方百计要回来，或暗示人家月底会从工资里扣掉。那两个女孩儿端起杯敬他，说她们没福气，没碰上这么有情怀的老板。韩胜利已经醉眼蒙眬，说她们只要愿意来，"韩家厨房"的大门随时为她们敞开。他挡开两个女孩儿举过来的酒杯："你俩别一直劝我喝，今天的主角还没喝一口酒呢！"

"可不是，寿星一杯也没喝。"她俩马上左右围住宋少华，把酒杯戳到宋少华下巴处，说："姐夫，祝你寿比南山，福如东海！"

宋少华害羞地往外推酒杯，说自己这两天有点儿咳嗽。两个女孩儿不依不饶，一个拽住他的耳朵，另一个捏住鼻子，不容分说，直接把酒灌进了少华肚里。艳红在一旁哈哈笑着："你姐夫可没量，醉了你俩负责给我背回家。"

老笨叔也哈哈笑着，心里一个劲儿为宋少华高兴：脑子出了毛病，还能娶一房媳妇，媳妇又不嫌弃他，天天把他收拾得整整齐齐，今天又专门给他张罗生日宴，说明心里真有他。

接着唱生日歌，许愿，切蛋糕。一个女孩儿冷不防抬手就给宋少华糊了一脸，另一个拽住韩胜利耳朵也给他糊了一脸，两人闹得暴风雨似的。"三锅演义"的服务员急得直跺脚，一趟趟跑进来提醒她们，不能往墙上抹，墙纸没法洗。

正闹着，门突然开了，少华妈上气不接下气地闯了进来，手里举着两片铝箔包装的白色药粒说："少华还没吃药，我给他送来了。"

韩胜利一把抢过来："啥药，我瞅瞅。"他瞅了一眼艳红说："不是给少华加油用的吧？"真是一喝多就没大没小了。谁知接下来他脸色唰一下变了，酒杯也碰翻了，他一脸郑重地问少华妈："谁给你开的药？这两天吃过没有？"韩胜利问过又马上后悔了，责问自己是不是在狗拿耗子。

"下午艳红带他去的医院，说原来的药不管用，咳嗽不见好，换个医生看看。"少华妈扭头望着艳红，生怕自己说错了，"艳红也是盼少华好得快点儿，说陡病要陡治……"

艳红把手里的蛋糕放下："没事，没事，开回来还没吃哩。"接着她拉过一把椅子，又吩咐服务员加一套餐具，再把菜谱拿过来。她在努力表现得镇静，想把大家的注意力转移到饭局上。

老笨叔觉得空气里有什么不对劲，刚发病的他脑子有些迟钝，他瞅瞅这个又瞅瞅那个，半天才想起从韩胜利手里要过那两片铝箔。

十三

那天，从心理咨询中心出来，两个人有说有笑，居然像从校门走出来的中学生一样勾肩搭背，兴奋地打着手势。这是几个月后的事情了，老笨叔执意把宋少华带进了这里，一个下巴颏儿发青的心理咨询师成功地找到了宋少华心中的魔：在深圳那家公司，有一天深夜，宋少华加班回到寝室，看到一个工友企图用啤酒瓶碎片割腕，另一个工友在一旁热心地指点："应该横着切，再深点儿才能找到动脉血管。"黎明的时候，企图自杀者没事，那个指点者却成功切开了手腕，把自己变成了一摊污血。宋少华当时吓傻了，公司对他和其他几个目击者进行了一个月的封口训练才放他们出来。那种封口训练太可怕，好多人都崩溃了。尽管这件事后来被捅了出来，公司相关人员受到了处理，但给经历者留下的阴影却很难一下子抹去。咨询师对自己很有信心，说找到病根儿就能对症下药，两个疗程保证能让宋少华恢复正常。老笨叔毫不犹豫地预付了第一个疗程的费用。

他住院期间，这个孩子笨手笨脚地给他倒尿，打水，喂他吃药。有一回半夜醒来，他看见少华坐在床边默默地流泪，自己一只手被少华紧紧攥着。尽管他跟这个孩子没有一点儿血缘关系，可他俩心灵之间已经架设了一道桥梁，一个站到桥这头，另一个在那头就能感觉到。他不能接受的另一个事实是，住院期间，女儿自始至终没有出现。老婆解释说是她不让女儿请假的，她在替女儿开脱。"小小年纪，一个人在外面带团，挣俩钱容易吗？她要有个当官爸爸、有钱爸爸……"老笨叔听到这句话总会羞愧地用被子蒙住脸。不过，女儿还是打过几个电话过来。有一回，老婆以为他睡着了，声音压得很低，他还是隐约听到了，"一个中风，全家发疯""不行送他去养老院"……全是这类对话。这一场病痊愈后，家在老笨叔心中只成了一个痛苦的代号。

今天是第二个疗程的开端，心理咨询师仿佛更有把握。在超市上早班的少华妈也来了，他们三个人沿着人行道往前走。

今年打春早，太阳很亮，很有力量，照在身上热乎乎的，绿化带里的报春花攒了一冬的劲儿已经开始发芽，花蕾鼓凸着都快要爆了。老笨叔欣喜地告诉她，少华现在能听进他的话，已经有了重新工作的打算。老笨叔准备给他发小儿打电话说说，把少华带到工地去。老笨叔一脸欣慰，要知道，以前就是磨破嘴，少华对他的开导也是无动于衷，甚至不是他想象的左耳进右耳出，而是压根儿就没从任何一只耳朵听进去。

年前那件事发生之后，少华妈就把老笨叔当成了亲人。要不是老笨叔一个人跑去刑警队报案，自己还傻傻地把艳红当大恩人一样供着……有一天半夜醒来，冷汗把被子都湿透了。

那天在“三锅演义”，老笨叔跌跌撞撞把少华妈从包间拽出来，少华妈极力要从他手掌里挣脱，他的力气却出奇的大，全然不像一个大病初愈的人。老笨叔询问那两片铝箔的来历，脸色阴沉得可怕。头孢，白酒，两个女孩儿疯狂地劝酒……脑子刚出过问题的老笨叔不得不使劲地想，才把所有环节连到一块儿。他说：“大妹子，虽说我中了一次风，脑子不大好使，分辨好坏人的神经还没有完全坏死！”少华妈不相信，把头摇得像拨浪鼓：“赵哥，咱可不能没良心，人家艳红不嫌咱少华有毛病，倒贴钱嫁过来。你不知道她对少华多体贴，带少华去看医生，睡觉前热牛奶一热就是两盒。对了，她还给少华买了保险，说怕少华再碰见洗浴中心那种事。”

老笨叔越发紧张：“啥保险？”

“不知道。”

“你家里没有保险单？”看来事情真没有那么简单。

“没有保险单，我听见保险公司的人对艳红说现在都是电子保单。保险公司的人来俺家办的手续，拿手机对着少华录了一下午，就那几句我都记住了：‘是，确定，我同意。’少华一直在重复，老是通不过。”少华妈描述着，央求老笨叔道：“赵哥，你别多想了，她还怀了少华的孩子，咋会？再说，成为一家人多不容易。”经过岁月的侵蚀，这个女人就剩下善良了，老笨叔知道要说动她，工程会很浩大。

老笨叔连夜去了刑警队，他不知道自己哪儿来的勇气。从刑警队出来，他又想到当初自己被韩胜利决定留下，没有出海捕鱼，当他把这个消息告诉老婆，老婆冷冰冰地回了他一句，还是那句说过一百遍的老话。那天晚上，他站在刑警队大门口，突然扯着嗓子吼了一声：“老子今天算不算放了一个响屁！”

几天后，各项证据基本搜集完毕。艳红死不承认，找了一些站不住脚的借口。办案的警察很恼火，觉得自己的智商受到了污辱，非常生气地给她办理了逮捕提请手续。现在的技术太发达，小孩儿在肚子里都能做DNA鉴定。老笨叔一开始还很担心这个问题。老笨叔很想知道艳红这么做的原因，想知道她是如何变坏的。警察摇摇头：“这女的复杂得很，一句两句跟你说不清，你知道她的网贷有多少？你知道她一场赌下来能输多少？小小年纪不学好，那玩意儿谁敢碰！”

“赵哥，少华跟你这么亲，干脆叫他认你当干爸吧。”少华妈试探着对老笨叔说，这个想法在她心里酝酿有一段时间了，她突然激动得嗓子眼儿发痒。

老笨叔石头一样沉默着，少华妈看出了他的伤感。她想，自己主动一点儿应该没啥错，就拍着少华的头督促他：“快喊爸，赵哥收你当儿子了。”

宋少华看看妈妈，又看看老笨叔，眼睛里出现了一种他们久违的神情。他突然一个坏笑：“肉蛋……爸！”

“你这臭小子，没大没小的！看我不揍你！”老笨叔做出要打人的架势，猛追了几步。还是上次住院落下的后遗症，右脚走路不太利索。他在少华妈的笑声中停下来，摇摇头，叹了一口气，心说：亲爸我都当不好，哪儿有资格去给人家当干爸？

【作者简介】赵文辉，男，1969年出生，河南省辉县人。中国作家协会会员，河南省文学院签约作家，新乡市作协主席。中专毕业后干过棉检员、超市经理、副刊编辑等，后以开酒店为生。在《北京文学》《小说月报·原创版》《长江文艺》等刊物发表作品若干，部分被《小说选刊》《中华文学选刊》《北京文学·中篇小说月报》转载，《刨树》入选《2011中国年度短篇小说》。曾获第一届河南省文学奖和第二届杜甫文学奖。

方舟征集者

禹　风

那是一段时隐时现的记忆，我的记忆力减退了，很难说明是哪年的阅历，它在我大脑皮层里浮沉……

海如此阔大，我不敢用个人的想象力召唤它的边缘。

我们所有人，无论肤色；所有活物，不计种类，都在一条大船上。我们坚信脚下的钢板尽管起伏，却不会沉没。我们在风浪中呕吐跌倒，抓住身边与我们一起上下颠簸左右摇摆的“固定物”，我们一边恐慌，一边拒绝恐慌。

偶尔大海风平浪静，所有人来到甲板和瞭望台上，看阳光、彩霞以及温柔的海水……人们彼此微笑，互相凝视，在时间的海洋里，温情是朵朵珊瑚……

身在船上，就是被拣选的明证。

当大海卷起怒潮淹没陆地，当大地被海水吞并，船上的人和活物，继续呼吸，继续思想，继续勾画生命的版图，而文明将被彻底改变……

一

那是邮轮上的深夜，视野里除了照明灯，一片漆黑。

我们的邮轮在太平洋上航行。今夜奇特无风，叫人感觉有点儿炎热。我们越来越靠近赤道，离印度尼西亚的岛屿不远。

旅客们乘凉后都进了客舱，船员除值班的以外也都安眠了。隐约的涛声证明航行并非我的夜梦。

我正是邮轮上那一小撮付最低套餐价住巨轮中央无窗舱室的独行侠之一。我在网络售票的最后一天冲进系统，认购之前长时间未能售出的最低价包餐舱室，并非出于偶然，乃是处心积虑。

我曾当过足够长时间的调查记者，如今我是自由作家。选中邮轮，是因为我需要一个假期，并且这也是我的工作。

邮轮上住满了各种肤色的人，邮轮上每个人都无所事事，乐意与陌生人倾谈；邮轮上的人互无关联，从前不认识，下邮轮后也就各奔东西；邮轮上的人不在乎说出自身某些秘密或不体面的经验……探求人性幽秘是作家的分内事，我是探矿者，邮轮必是富矿。

我决定每天尽可能多地逗留在大邮轮那逛不尽的公共区域，同尽可能多的陌生人社交。甚至我可选两个大泳池边的淋浴室完成每天的洗浴，使用咖啡馆宁静的厕所，回舱房倒头便睡，闹钟一响跳起来洗脸刷牙，马上离开这幽闭空间。既然如此，我能省为什么不省？省下的钱补贴我的交际。我是绅士，碰上女士和老幼，我会主动买单的。你看，我并非为省钱才觊觎最低价的包餐舱室。

此时此刻，邮轮驶近印尼南部，所有人已在邮轮上度过了整整一周。

之所以从这晚开始讲述我的故事，是因为在此之前我不晓得我的社交对象将就此超越我的预想范围：我旨在遍访邮轮上有趣的人物，像收集彩贝般窥看人物各种侧面。我倒没想过人类之外，没想过宇宙，此外一次也没想到过方舟“旧闻”……直到这晚，这晚我一反常态地睡不着了。

其实我没任何夜探邮轮的计划。我是个体面人，不至于三更时分摸到别人梦境边缘逡巡窥看。

可能晚饭吃多了？那夜的自助餐并非格外丰富，却出乎意料地对我胃口。船经过帕劳时曾放慢船速，厨师们坐着放下海的小艇，浮在平静蓝海上划桨，与岛民的轻舟碰头。我拿着望远镜在右舷眺望，见厨师们挑那种新鲜还泛着虹彩的鲯鳅买了好几筐。

鲯鳅？从前我到印尼潜水时尝过这种被当地人唤作“马依马依”的中型鱼，但凡烤得得法，配上好酱料，是极美味的食物。长话短说，这晚邮轮厨师们出色地烤制了鲯鳅，我是第一个跑到热气腾腾的鱼肉盘前的人。一个厨师困惑地看着我，在他的经验里，也许华人总是跑去生蚝盘前排队。我先取一小块在盘里，淋上柠檬汁，站在那里品尝，然后，我把我的餐盘堆成小山。我对吃惊的厨师说“马依马依”，他笑了，说“祝你胃口好”。

除了烤鲯鳅，这夜竟有法式奶油煮贻贝。我居住的城市把贻贝叫成青口，我生来喜欢这东西，不过，自从多跑了几次法国，我明白这东西必须交给法国人煮才好吃。船上的贻贝不是新西兰海岸的大货，是法国布列塔尼岛礁上的那种小巧的大西洋品类，我尝过，更柔嫩，和撒满莳萝细叶的奶油更搭调。我要了一小锅。

本来这些食物已突破我的胃纳，领班厨师又笑吟吟地送了我一大杯法国红酒，对我说了讨喜的恭维话。我赞叹着鲯鳅的鲜美，又在太平洋浪涛上吞咽大西洋的贻贝，竟很快将碟子和小锅吃空。

我意犹未尽，看见大家等待了好几天的中餐惊艳出锅，我又拿了些孜然爆炒羊肉和酸甜的糖醋排骨……

上邮轮后我第一次睡不着，打开床头台灯，我索性写起笔记来，把这些天遇见并聊了天的人编了个名单，在每个名字后记下聊天的话题，猜测每个名字代表的个性……干完这些毛茸茸的事情后我仍旧睡意全无。

我穿上衬衣长裤防风服，拿起手电筒，打开门，准备去甲板上走走，看一眼星空下的大洋……

我本是混到夜阑人散才回舱房睡觉的，此刻再踏出舱门，邮轮上的客人们早沉入了黑甜乡。我意识到舱门外的世界变了，恐怕已是邮轮上另一种居民的活动时间：它们白天躲开人群，这时候会跑来人的地盘找找食物。当然，我说的正是老鼠。

不过，客舱的蜿蜒回廊里没有老鼠的踪迹，绿色地毯被无数双鞋子踏过，已磨出了中看的沧桑纹路，有旧而不破的矜持。

我随着船体微微摇晃，像在走梦中甬道。我终于走到一层中部的聚合大堂，这大堂不算大，是留给船客临时下船一日游集合时用的，没什么陈设，若有人逗留，都站立着。我犹豫了一下，选择向右转，推开客舱右舷的玻璃门，登时凉风拂额，令我精神一振。

眼前已是夜海，船上灯火照亮了靠近船身的波涛，风有点儿大，白色浪沫翻涌，拍打我们的船壳。

我忍不住想象谁不慎落海，此时此刻，那会倒大霉，没人能及时发现。

我出门向左转，前面不远就是铁梯，顺铁梯而上，便是邮轮商娱层，游泳池、健身房、餐厅和咖啡厅都在这层。

大约三分之二的商娱层是邮轮中央三层高级景观舱的底层，由室内店铺、剧场、赌场、酒廊、各大餐厅、宴会厅和舞厅组成，而前部的三分之一除去一大一小两个游泳池，周围摆上了白色躺椅。晴朗艳阳的白天，躺椅上躺满享受太阳浴的欧美人（中国游客大多数穿长衣长裤，女人或打起遮阳伞，小心翼翼地走在甲板栏杆边，脸上有困惑或嘲弄的表情）。

凌晨一点半的游泳池，蕴蓄两池幽绿暗水……

白色躺椅已被服务生们重新摆放齐整，斜排成好看的线形，前后数十列。

这时辰，前甲板上一个人影也看不到……

我慢慢散步，走到甲板最前方的“岬角”。我伏在栏杆上，看大船劈开洋面直线前行。我们向着太平洋的东南方……

眼睛有点儿酸涩，这正常，我已连续十九个小时没合眼。我再沿着邮轮左舷往回走，看看左舷外洋面，同样海天俱黑。

忽然那种熟悉的惆怅又上心头，我总在一些难以预料的瞬间为自己的一切觉得哀伤。

当然，也可以把它当成一种慢性心理疾病，我已学会了与之共存。

我偶一低头看一层甲板的左舷过道，这过道就在全价有窗舱室的外侧。我眼一花，看见有狐狸跑过去……

我笑了，若再如此夜游下去，恐怕我还会看见大象从甲板往海里跳。

睡意有点儿上头了，而且我感到凉意。我扶铁梯下行到一层，仍推门走进聚合大堂，可令我疑惑的是，大堂向四周延展出去的各条走廊墙上的起始房号数字不对了。咦，难道我走错了，这不是我方才出舱的聚合大堂？

太平洋上的邮轮是庞然大物，被人称为漂浮的五星级城堡，我刚上邮轮没几天，走错是正常的，尤其正当夜半，人脑已部分休眠。

我挑了一条起始房号与我舱室号最接近的廊道，抱着自信又试试看的心态走进去。我想，推开某个连接点的玻璃门，会很快回到我出发的那个聚合大堂……

不过，当我推开我遇到的第一道装饰有点儿过于华美的镶木玻璃门，我猜想我误打误撞来到了邮轮上不鼓励我这样的经济舱游客接近的富豪天地。这应是那些高级景观套房的底层大堂。如何形容这里的豪华程度呢,像把巴黎丽兹酒店的大堂照搬到邮轮上了……

我感到紧张,非常犹豫,如果踏足进去,虽四下无人,也是相当冒失和容易导致误解的,个中势利眼不言自明。可这大船上谁不是没见过世面的人!

君子慎独,这句中国古话此刻约束了我,我没跨进那装饰华丽的大堂,我慢慢合上了玻璃门。

但我也讨厌走回头路,我想我可从甬道侧面的玻璃门走到甲板通道上去。或许在海风吹拂下,我能清醒点儿,找到最靠近我舱室的那个聚合大堂,它该在船身中部某个位置……

于是我推开侧面玻璃门,看过去。

一时间很难想明白:我眼前并非船体最外侧靠海的甬道,却是一条工作人员通道,舱壁上写着英文、法文和中文。中文意思比较直接:游客止步;英、法文却婉约解释:请勿随意进入船员工作区域,请从其他出口绕行。

作为一个同时懂这三门语言的人,我立刻觉察出一种潜在的含义:工作人员通道可能是捷径,除此全是"绕行"。

我已睡意蒙眬,实在厌恶走长长的回头路,我宁愿试试眼前的可能性。我的文明人习俗阻遏我进入高级景观套房大堂(那是不属于我票价支付的区域),但不代表我连借用工作人员通道以便早回舱房的勇气也没有。

我往前一步,首先让自己站进了"游客止步"区域,哦,我越过了"边境"!

二

左看右看,我觉得该往左转,大的方位应该不会错。

甫一左转,甬道尽头似乎闪过一个身影,我觉得我认识那身影,那身影有点儿弯曲,或说有点儿驼背。我想那是杰克。

杰克不是我的熟人,他是这艘邮轮上的老锅炉工,实际上已退休,他的这次航行是退役航行,船会在他家乡马尔维纳斯群岛短暂停留,以便让他在那儿永远告别他打了一辈子工的邮轮,告老还乡。

我并没主动去和邮轮船员们套近乎,认识杰克其实是一次尴尬的经历。那时我同他碰头时,我内心很愤怒。

那还是上船后的第二天,船刚刚穿过琉球群岛,朝关岛方向平稳行驶。每个舱房都收到一张漂亮的请柬,告知晚上将举行开航晚宴,请客人们于下午七点整准时到达佛罗里达宴会厅,由邮轮服务生为每个客人领位。同时,请柬下方有行小字,要求客人们着正装出席。

邮轮从我的城市始发时,我的城市正是盛夏,气温持续停留在37摄氏度之上。虽说我仔细打包了适合旅行目的地的四季衣服,不过,对于我这种摸爬滚打到处挖新闻的记者来说,"正装"这两个字的含义颇让我就此琢磨了一番。

已经上了邮轮,没熟人可请教,如果要买什么衣服,邮轮上的服装价格让我瞠目结舌,不可能考虑。我想了又想,目前邮轮经过的海域也是夏季,也许我不该穿着圆领衫和沙滩裤去赴宴。

保险起见,我找出了名牌法国鳄鱼T恤衫和美国某牌子的牛仔裤(我唯一带的长裤),穿上袜子,再穿上休闲式皮鞋。许多年来我从未比这样更"正装"过。出于礼貌,我还特意取出电动剃须刀,把脸颊刮青。

我提早十分钟来到佛罗里达宴会厅门口,像过节般拥向宴会厅的欧美男游客竟都穿上了笔挺的深色西服,系着各色领带,只有女游客才穿色彩缤纷的衣裙,但也是端庄的长裙或晚礼服。

我很识相,静静躲在角落里,等打扮庄重的客人一个个地先进场。门口侍者早就注意到我,眼睛却懒得朝我看一眼。我的微笑一点点僵在了脸上,等一拨客人进场完毕,我走上前去,把我的请柬递给了侍者。

侍者穿着合身的黑西服,戴一只红领结,他脸上嘲讽的意思过于明显:"先生,请穿正装出席晚宴。"

我很抱歉地对他讲:"这是我带上邮轮的最正式服装,我已经穿来了。"

"哈,"此君大声感叹,"哈!"

一股无名火在我肚腹间旋转,我兀自忍耐,一字一句地告诉他:"在上海,我这样去赴任何宴会都合适。"

忘了自己是侍者的此君立刻回答我:"这是邮轮,先生,不是上海。"

这时有群年轻人正嘻嘻哈哈着走近,我突然咄咄逼人起来,连自己都不曾预料。

我瞪着这侍者说:"我们的争议,要不要请其他人公正地点评一下?"

我紧接着加了一句:“我是亚洲人,西服不是我的服装。”

他噎住了，他朝走近的那群年轻人不安地打量，我已准备好向这些人求援。他看清了情况,一个转身,降低音调对我说:“请吧,先生,请随我来。”

就这样,我跟着侍者走进了宴会厅。大概有上百张长桌围着宴会厅的中心舞台摆放,我看见无数亮晶晶的酒杯,无数洁白餐具粉色餐巾和无数插在水瓶里的鲜切花……宴会厅的周围有很多粗大的罗马柱,这侍者僵硬地走在前头,我只好跟随他。他绕过一根大柱子,柱子后头有张小小的四方桌,同样有杯子、碟子和鲜花,他指指这张桌子,示意我坐下。

我回头看看,明确告诉他:“坐在这里,我看不见舞台。”

他眼睛慢慢瞪圆了,难以置信地瞪着我。我这时反倒幽默起来:“如果你如此安排,等一会儿船长发言,我就冲出去鼓掌。”

他看了一眼我的牛仔裤和休闲皮鞋,忽然哭丧了脸,摆出一副可怜相,说:“先生,请原谅,毕竟你没穿正装,这会害我丢饭碗。”

我正诧异,不晓得该不该施以恻隐之心,他倒灵机一动,微微鞠了一躬,说:“请跟我来!”

他轻快地带我来到舞台旁边,那里同样有一张小桌子,既和大部分客人的长桌分离,又能看见舞台侧面。桌边已坐下一个西方人。侍者舒心地看我一眼,拉开那西方人对面的椅子,对我微微欠身,赶紧溜掉了。

我没有更好的选择,我觉得至少这势利鬼没能孤立我。我一边坐下,一边向已坐着的男人问好。这是个瘦老头儿,面容显得特别劳碌,表情与众不同,他咕噜了一串我听不清的“英语”。

其实这就是杰克,他不是船上的宾客,是员工中的退休返乡人。按船公司规矩，他如今在全船宴会上享受宾客待遇。不过这待遇其实还是有些打折扣的,就算这样,他也是穿了一身旧西服的,不像我,我是蜻蜓堆里的那只豆娘。

我和杰克,本无缘相识,因为这个令人不快的晚宴,我俩不得不“相濡以沫”,在冗长的筵席上互相攀谈彼此解闷。

杰克是三十岁时从群岛上的船,一直以来只干锅炉工。他知道自己是阿根廷人,不是移民到群岛的英国人,人家也没把他当英国人看待。他换过两次船,可以说在三艘邮轮上度过了他的独身人生——如果大家把退休后的生活当可有可无的尾声。

“我什么也不太懂，”他很能喝酒，他也不停招手让侍者们给我们这桌续酒，“我懂锅炉，它是烫的。”

其实我觉得杰克没什么幽默感，他之所以显得有点儿幽默，恐怕是他组织语言的跳跃性：刚说完锅炉是烫的，他就告诉我他没结过婚，晚上他不像其他人需要暖一暖，他躺在床上需要凉快。

“你不该穿着牛仔裤来吃晚饭，孩子。”他这样对我摇着头，看我的那两只老眼有些混浊：“邮轮上从前用过很多华人当厨师，如果你想告诉船上的人你和厨师有区别，你就得穿上燕尾服，伸手给大家小费。”

我笑了，杰克几句话就说清了事实。我该伸手就给小费，这比正装更重要。施比受有福。

我站在深夜的工作人员甬道里，恍惚间觉得自己看见了杰克，他在甬道尽头一闪，不见了。

我加快脚步追上去，想让杰克给我指路，我该回自己舱房睡觉了，明天还有明天的工作。我跑起来，在甬道拐了个弯，我没看见他，反而迷路了。

周围不再是住着客人的舱室，我仿佛在载满人类的巨轮上同人类失去了接触，现在周围只有喷白漆的铁质舱壁，脚下的甬道不再铺有地毯，而是被踩花了表面的铁皮。抬起头，是白色铁质顶。我在一个无限狭长的铁皮长方体之中。我开始产生幽闭恐惧，害怕这里不是我该闯进来的地方。

差不多已接近凌晨三点了，我哪怕喊叫也不会有人听见，这是人类睡眠最深的时刻。我想回到半小时前我还拒绝重复走的旧路上去，绕道去我自己的房舱。可我迷路了，哪条路才是回头路呢？回头路变得可望而不可即。

我希望我是在做梦，这正是梦境发生的时刻。

面前终于出现了一道门，它静静镶嵌在丁字路口的转折点上，怪怪的。

我已无法遵守自己的谨慎原则，我无法抗拒打开门看一眼的欲望。也许这是出路，外面就是甲板。只要走到甲板上，我就能找到归途，哪怕绕邮轮甲板跑一圈，也值得。

门没锁，我推开它，果真，不再是舱内，我看见了密布天幕的群星，闻到了夜海的清新气息。

我欣喜地跨出门，发现自己站在两道楼梯中间的平台上，楼梯向两侧下行，到达一个有点儿破旧的铁底平台。平台上堆着黑乎乎的东西，我竭力分辨，大概率是煤块。

还没等我往下搜寻，眼角已瞥见一只活物。

我伏在平台栏杆上居高临下仔细看，那大概是一只刺猬！

它是一个深色的球形体，表面呈现密密的针簇，小针的尖端对着船上晕黄的风灯，闪烁着细微毫光……这东西在煤堆上慢慢爬行，像在寻找什么。难道煤堆里有它的食物？

更叫我惊奇的生物出现了：一只移动的“倒扣大锅”！

这次我差点儿叫喊出声，这他妈的是一只典型的巨型陆龟！它诡异地伸长脖子，在煤堆上踱步。

简直是闯进了黑暗动物园，我本想顺铁梯跑下去，现在我却谨慎了，谁知道这儿还有什么，说不定还有蝰蛇、巨蟒！

正这么想着，哗啦啦的振翅声中，夜色里落下一只灰暗大夜鹭，径直落到陆龟边上，像向来便厮混熟的。我简直要生气了，这只混迹池塘的怪鸟，它的现身，侮辱了广大无垠的太平洋。

我下决心走下楼梯，到船舷边观察自己的位置，好尽快脱身。我小心翼翼迈步往下，随时准备逃回那扇门，躲到舱内去。不过我多虑了，这儿并没储藏猛兽，我还没走到煤堆那头的船舷，就被人发现了。

那人也不吆喝，他比我看见的这几只鸟兽更敏捷，三跳两纵就到了我背后。

他拍拍我，我惊悚回头，还好是熟人——退休锅炉工杰克。

三

自邮轮出海以来，我抱着对人类的极大热情，趁自己年轻力壮，又暗中得意自己外语学得地道，就不分日夜地同邮轮上三教九流各种各样的人聊天，参与其中某些人的娱乐活动。在短暂的时光里，我算是交了些酒肉朋友。其中我个人最看重的是史密斯夫妻。

史密斯夫妻是在上海工作的美国人，他们还不能算人到中年，只是美国人长得比我们华人老相，他们的两个小孩一个十一岁，另一个才九岁。他们上邮轮是公司给的奖励，孩子们寄养到上海朋友家，他们夫妻可以有独处的假期。

怎么说呢，毕竟我当过新闻人，第一次在泳池边看见光膀子拿饮料的史密斯，我就猜出他是搞公共关系的。他一点儿也不嚣张，任由别人插队，等他自己端起饮料，又下意识差点儿把手里这最后两杯passionfruit juice（百香果汁）让给身后的我。

那天下午，船上养着的一个夏威夷土著跑出来表演燧木取火。这自称酋长的家伙长得有两个普通土著那么壮，光膀子穿草裙，浑身涂满了椰子油。

我想看清楚他的招数，这对我而言有点儿紧迫。我出门前计算过风险系数，尽管我这人洪福齐天，但不一定碰上有益的磨难。万一邮轮遭不世之奇遇，我们经过种种弄人造化，成为新时代的鲁滨孙呢？只要有百万分之一的可能性，我悄悄准备在行李中的荒野求生宝匣就能发挥其作用。当然，更好的是学到这酋长的手艺，那么，凭空生出一堆火，不谈生存机会，起码不怕湿漉漉冷冰冰冻坏了身子……

我下意识地往前跑，跑到第一排坐下了。

酋长肥大的褐色肚子就垂在我面前五米远的一块木料上。我向四周看，唯见那个取百香果汁的男人带着老婆坐在我身边不远处。

酋长看人来得不少了，就把别人替他编好的花冠戴到头上，活像编了柳枝戴光头上遮太阳的鲁智深。想必他已成百上千次说同样的俏皮话，他说得懒洋洋不平不仄的，叫人得吞咽一下才觉得好笑。他手里拿了根细木针，勉强还能自己盘腿坐到地上……

取百香果汁的男人喊了一声，问酋长是否需要扶一把。酋长摇头笑了，又举起那根木针向所有观众摇晃："我燧不出火时谁帮我？"

他嘴里喃喃有词，勉力站起来，故意摇摇晃晃，又装作很艰难地坐下，显然在回讽。我冷静地观察，觉得酋长吃得太肥了。

酋长开始鼓捣他那根木针，他肥厚的手掌灵活地支配着细细的木针，让它在粗皮糙肉间有生命似的飞速旋转，然后他一副筋疲力尽的样子停下来摇头，困惑地望着观众。他这样尝试了三回，站起来问谁可以帮他旋转木针。

当然，世上酋长们全是记仇的，他径直来到取百香果汁的男人面前，先装模作样地朝他的妻子鞠躬致敬，然后请他上台帮忙。酋长问："请问先生尊姓？"那男人摇着头，无奈地站起来，回答"我姓史密斯"。

史密斯逆来顺受地接受酋长的请求，想尽种种手势加快木针的旋转。那个木块上有个凹坑，里面放了一团干草，他的任务就是摩擦出火星，点燃这团干草。

观众随着史密斯的每一次筋疲力尽而大笑，他挠着头皮想办法，在自己妻子面前出尽了洋相。尽管他愁眉苦脸败下阵来，大家还是鼓掌热烈祝贺他。一个人，知道会出丑还尽了力，就能赢得邮轮观众们的尊敬。

酋长还没消遣够，他的两颗混浊的眼珠望向不远处，一转，眼神落到我脸上。我当即跳起来，不等他开口，一溜烟儿地跑出了观众席，引得大家跺脚狂笑……

当天的自助晚餐我去得早，拿了一大盘肉食在室外桌子上吃。才要反身去拿饮料，就见史密斯夫妻笑吟吟地朝我走来，一个替我拿了啤酒，另一个替我拿了还没尝到过的百香果果汁，说："嗨，朋友，你比我精明多了，晾了那燧火的大水牛！"

我和他们夫妻俩就这样交了朋友，他妻子叫瑞秋，说只有卡尔才愿意当小丑。

卡尔·史密斯点头问："你是上海人吧？肯定。我一看你转身就走，那样不给酋长面子，就猜你是地地道道的上海人。"

晚饭桌上扯着扯着，世界就越变越小：卡尔的女老板我认识，我刚当记者那几年跟她业务往来密切。他们的公司是世界上最大的几家商业公关公司之一，骑在媒体和跨国集团客户之间的暧昧围墙上，靠利用我们这些初出茅庐的小记者们挣大钱。

卡尔听说我和他老板合作过，就想搞清楚我是谁。我明白这是他的职业习惯，公关公司的人就喜欢刨根问底，他们在背后还把记者一个个编进媒体档案，不但记录你发表过什么相关商业消息，而且肆无忌惮地在电子档案里记录你的一切"特征"，包括你是否拿过他们的车马费，对他们是否友善……若有可能，还会记录你的性取向。

我很诚恳地玩了一个恶作剧，告诉卡尔他的女老板有次差点儿咬了我的钩。

其实真相是我搭她的车回报社，她是个金发美人，年纪也正是人间六月。

我赶回报社发稿，替她的客户发送可写可不写的商业讯息。她对我自然客客气气。

我那时英语说得勉强，介于懂和不懂之间那个阶段。她说下一周还有活动要请我参加，我答应了。快到报社时车有点儿堵，我就问我们约在下周几。问完后，她呼吸急促起来，水汪汪的眼睛看着我，不回答。

我感到奇怪，又追问一遍，她忸忸怩怩地说她有男友，在美国。可我觉得她差不多就要柔软到溶化了……我下车时，她更奇怪地看着我，像我同她开了什么玩笑似的。

我回到报社发完消息稿，开始边琢磨边怀疑自己的破英语，拿出英汉词典仔细查，才恍然大悟自己把“appointment（业务见面）”说成了“dating（男女幽会）”……

史密斯夫妻听完我的故事喷饭大笑，瑞秋笑得一个劲儿地抽搐，十分解恨的模样。

我想史密斯回到公司后就会把这故事说得尽人皆知，我如此悄悄报了被他老板尽情剥削之仇（他们知道不能贿赂媒体记者，但他们却常以安排媒体记者去新加坡采访作为回报。我想去美国开眼界，回绝了她多次安排我去新加坡的工作，最后还是没去成美国。想必她没做如此大的媒体预算）。

没想到船临时停靠塞班岛补充新鲜水果，我在船尾看厨师们钓鱼时，酋长特意跑来找我搭讪。

厨师们钓鱼不为打发闲心，那些住高级景观舱的宝贝们每天吵着要吃上好的新鲜鱼。我不晓得厨师们钓鱼用的什么魔术渔竿，反正我看呆了：换了便装的厨师们在低舷边坐成一长排，小腿垂在舷外的大海上，嘴叼纸烟插科打诨，不停地把上钩的各种海鱼往背后甩，两个菲律宾籍的厨房帮工拿着蛇皮袋跑来跑去捡鱼，装满了就扛起袋子往厨房奔过去，想必厨房里还有海水鱼缸……

我看见杰克也站在一边看钓上来的鱼，表情认真得像要鉴别鱼的品种似的。

酋长穿着中国制造的棉布中裤和短袖衬衣，像个篮球架子堵住了我的去路。大概他怕我误解他，一上来就把脸笑成了肉饼：“先生，他们说你能给我取个中文名字。”

“他们？”

“是的，他们，”他点点头，“我喜欢有个中国名字。我可以把它文到胸口上。”

“是为邮轮上的中国客人吗？中国人看见你把中文名文到胸上，就会跑来捧场的。”

“啊，那当然好。我喜欢中文名不为取火表演。你不觉得我沙老马有个中文名会特别酷吗？”他伸手从背后一捞，手里多了根木针，是用很不错的热带木料做的，虽细，看上去却坚硬又光润，像有了年纪，泛着一层包浆微芒，“这是给你的礼物，我可以教会你燧木取火！”

一阵欣喜溢满我背部毛孔，虽欣喜得幼稚，倒实实在在。

我答应替他想出个配得上他身材和才能的中文名，他则决定随时教我燧木取火，只要我和他都得空。我们郑重地握了握手，不是交朋友，是make a deal（达成交易），建立美国式关系。

酋长让我等等，他站到踏板边往下看，看厨师们甩上来的那些鱼。他喊叫某个厨师的名字，那刚钓到一条斑斓壮美怪鱼的家伙抬起头，又点点头，渔竿一甩，大鱼脱钩飞到空中，被酋长伸手接住，熟练地卡住鱼鳃拎在手里。

他让我看这条手臂长的大鱼，说这是澳大利亚海域最好吃的一种石斑鱼。他笑嘻嘻地邀请我：“去我的地盘，我烤这条鱼，请你喝点儿酒。”

我跟着他走船员通道，离开了游客区域。起先顺着船舷走，后来三拐两绕，我就失去了方向，跟他穿过那些餐厅的后厨，到了一个幽静角落。

“欢迎来邮轮上的瓦胡岛，”酋长得意地向四周指点，“这是我在这船上的国。”

他顺手把大鱼往一根削尖的竹棒上一拍，鱼被刺穿了，挂在上面扑腾。他打开舱室的落地玻璃门，让我看他那没有床的房间。他睡吊床过夜，舱房里满是夏威夷风格的布料和纺织品。他利落地拿出一把锋利鱼刀，一边介绍他独特的住地，一边像削苹果似的杀鱼，把内脏扔到竹篓里。他有个水龙头和水槽，他洗了鱼和手，仍把鱼身挂回竹棒上。这过程不过两三分钟。

“你真是个酋长吗？”我问他，“酋长不可能放下他的部落，一个人跑邮轮上挣钱。”

他笑了，笑得很野。他走进舱房，从小冰箱里取出六瓶瓶装的姜汁啤酒，放在我面前的小藤圆几上说：“中国人总问这种问题，你们以为我是印第安人。不，我们是波利尼西亚人，我是岛上的‘野人’。”

他突然用中文说“野人”这个词，脸上憋着笑，观察我的反应。

这肯定是他从中国游客那里捡来的搞笑称呼，他觉得自己被看成野人这事很好笑。

我点点头，我无所谓，我发现我对“野人”毫无偏见。

他让我坐在唯一一张藤椅上，他席地而坐，长长的上身让他的眼睛和我的眼睛在同一高度。他打开啤酒递给我，我们碰了碰瓶子。

“你是上海人？我还没去过上海，”酋长咂巴着嘴说，“我在邮轮上交过一个上海女友。”

是吗？我不太相信，我觉得这不太可能。

他看出了我的态度。

酋长笑了，说：“你们怎么都不肯相信，我说的是真的。我说的是女友，大家一起睡睡觉就是女友，我又没说我娶了她。”

这话题似乎是个禁忌，我不想很随便地应和他。我一向不搅和这种观念性的东西，因为我个人是说不好这种事的。

我想改个话题。不过，一下子改太生硬了。

他继续喝啤酒，他大概找我只是为说说这类事吧，找个上海人，说说“上海女友”，说说人类的艳遇？

“我有点儿想念她了，”酋长叹了口气，“我想去上海找她，她回去太久了。”

我喝我的啤酒，这姜汁啤酒有香根水的那种明亮滋味。“那么，去呀。”

酋长有点儿郁闷地摇摇头：“我不知道怎么找她，她没给我留地址。”

这就是我能理解的故事了，但我心里还是有点儿不明白，不过没必要交浅言深。

“现在，就轮到教你燧木取火了。”他也及时打住无趣的话头，从竹子后面掏出一个描花木墩子，让我用他送我的木针学取火。

他演示了一番，看来，我要学会的主要是快速转动木针，让木针在我手里发疯，往木墩子上又擦又钻，然后适时地把发烫的尖端搁到干草末子上，用力吹，看能不能吹出火星……

我对自己没抱太大希望，我这书生手无缚鸡之力，只有惹人嘲笑的份儿。但我学得认真，不但下死力，还拚命开动脑筋，意欲助自己一臂之力。

酋长看出了我的弱点，明白体能不是一时间可以改善的。他既然满心想教会我,就吐露了一些省力的诀窍,譬如摩擦角度,哪些节骨眼儿上该用劲儿,我正需要这些让我的脑力发挥作用,竟很快误打误撞燃着了一小把干草,酋长又教我吹火,把火星吹成火苗,点燃了他的烧烤炭炉。

我们把肥大的石斑鱼架到火炉上，鱼皮被火燎着，开始发出轻微的吱吱声。酋长从舱房里拿来一瓶法国红酒,拔掉瓶塞把酒倒在玻璃醒酒器里。这一切行云流水无比自然，他早不是什么土著，土著只是供他赚取眼球的商业形象。

“你想要一个什么样子的中文名？是招徕顾客的,还是表达情感的？”我喝着酋长的好酒,有点儿犀利地问他。

他把用竹签撑开成为一方厚肉的石斑鱼翻了个面，让鱼的内部接受火焰的炙烤。他思考自己的动机,有点儿低沉地说:“客人们会拍我,他们拍的照片到处流传,她也许会看到的。”

我的心颤了一下,我不相信这样一个高大的、外貌保持着原始特色的男人有这番心思。我觉得他倒是可以把这女友的名字刺青到胸口上,不过,我猜她就算给他留下姓名,那名字也只是一种暂用的符号。

其实不值得。

“你本来的名字就很好,发音可用中文写下来。”我一边说,一边拿起炭块在地上写:

沙老马。

“你明白吗？看上去字面意思是sand and horse。”

“Sand and horse？”酋长琢磨着。

“沙老马。”他模仿普通话的发音。“沙老马……”

四

不是不是,我不是那种专喜欢和洋人厮混的“二鬼子”。

我同洋人没语言障碍,平平常常就交谈过从,那是我的本事。但我从不排斥跟“自己人”来往,我对邮轮上遇到的中国人,尤其那些讲上海话的朋友,简直可以说是亲切,亲切到甜蜜的程度,完全是见面熟。当然,这不代表我和他们行为模式相似。

行为模式嘛，倒真是有点儿区别的。不过我没表现出看不惯别人的样子，哪怕时有腹诽。

偌大一个邮轮，几千人挤在海面这局限的漂浮“陆地”上，不经意地想象，耳边都会冒起蜂群盘绕似的嗡嗡声。

不过，出人意料，下午甲板上躺满晒日光浴的人，服务生奔来跑去送清凉饮料，泳池里如插烛似的插满了黑白黄棕各色人体，竟一片静谧。

人人都在享受阳光和海风，人人都悄声交谈。这是种习惯，也是礼仪。

在陌生人和陌生的文化面前，邮轮乘客们抱持谨慎自守的态度。我喜欢这种约定俗成，我身处其中十分自在……

“阿姐，侬快来，免费饮料，热撒，快来吃！”

“老李老李，快点儿，饮料免费，船里厢哪能没看见啦？不是人家旅行团订的哦？拿错了难为情！”

我正喝着冰镇木瓜汁看过期的《南华早报》，巴基斯坦恐怖分子从海上夜袭孟买，在泰姬陵饭店对国际游客大肆杀戮……

我抬头，看看聒噪着的同城老乡们，原来是两对中年夫妻。

他们互相离开不远，却还用叫喊的方式谈话，打碎了这里一大片宁静。

我放下报纸快步迎上去，告诉他们这里的饮料确实免费，每天下午这时候都敞开供应，所有人都可以喝，只要把喝过的杯子放进旁边木桶就行。饮料壶边那些倒扣着的都是干净杯子。

两个中年“阿姐”斜睨着听我讲，看见我那亲切的笑容，她们也启唇笑了：“哦哟，阿拉上海小顽(年轻男子)嘛，谢谢侬，侬一家头落此地做啥啦？”

我没做啥，我就是看报，挤在人堆里体会一份难得的安静。

我当然没如此回答她们，我说我一个人出来旅游，当然“一家头”待着，不像他们当中两个“阿哥”，成天被老婆管。

我这么一说，两个冷冷瞧我的中年男人笑了，夸我“聪明”“小滑头”。他们穿着长袖衬衫和长裤，戴了墨镜草帽，在大群脱光光晒屁股晒胸的西方游客映衬下，显出“误入藕花深处”的局促。他们的老婆只好跟着叫我“小滑头”。

我把我坐的躺椅让给他们坐下喝饮料，他们互相不再叽叽呱呱，也学着别人压低了嗓门儿。

一个阿姐讲：“怪哦？女人家全部脱得光溜溜，太阳下头暴晒，别的不讲，皮肤会晒出毛病来！”

“是呀，老了容易得皮肤癌。”她老公随声附和。

另一个阿姐瞟了一眼我光着的膀子和游泳裤，问：“侬也晒？还是在游泳？”

我不由得拿浴巾盖住自己：“哦哟，阿姐侬想听真话吗，你们几个才是船上的怪客。大家都晒日光浴，甲板等于天然海滩。你们几个混进来，穿得像上海法国梧桐上的皮虫，就差没撑伞了。人家都在笑你们！”

“哦，”上海中年妇女们登时头皮发麻，“啥人笑我们？我们可笑？我们穿连衣裙很正常咯。肯定是笑你们两个老头子，穿么穿得像领导到上海视察，眼睛么盘落墨镜后头贼溜溜朝外国女人看！”

哈哈，哈哈哈。终于同乡人找到了打破尴尬的捷径：戳破某些平时不戳破的窗户纸，让罪有应得的人出来没落场势。

如此，我认识了老陆和老田夫妻，他们从此就在自助餐厅门外候我，要同我一起吃饭聊天。陆太太坦言说：“上海小阿弟来了就赞了，啥都晓得，讲给我们听听。否则阿拉两对夫妻像四只菜粉蝶飞落麦蛾子堆，寻不着方向。”

“阿姐，为啥侬倒是雪白菜粉蝶，人家外国美女是麦蛾子？”我问。

“这个是她们自己跑太阳下鲜格格晒焦了，我没夸张。”阿姐酷酷地推推墨镜，撇嘴道。

老陆和老田嗓门儿大，一着急就哇哇叫，惹得周围各国吃客都看我们。我问：“两位阿哥耳朵不好？”

“怎么不好，蚊子叫我也听得到，昨晚半夜没睡。海上哪儿来的蚊子，难道还有海蚊子？”老田说。

“耳朵这么好，两位阿哥讲话轻点儿好，外国人习惯轻轻说话，我们声音响了，他们以为上海人吵架呢。”我没给两个老阿哥留面子。

“就是。”两个上海阿姐绷着面孔，像她们已提醒过老公一辈子似的。“两个‘巴子’，没本事就喉咙响，坍阿拉上海人招式！”

老陆和老田这时就真显出了上海男人的肚量，他俩恨恨地嚼食物，闷声不响。这样，他们引发我歉意，我跑出去找他们不会吃的奶酪来教他们吃，挽回我给他们带来的情绪损失。

到后来，两对夫妻同仇敌忾对准了我，阿姐们讥嘲道：“小阿弟这么机灵，怎么一个人出来白相？肯定是蹬掉了女朋友，暂时单吊。不如老阿姐帮你牵牵线，做件好事。”

我一开始还贫嘴，说那好，船上那么多金发姑娘，拜托两位阿姐了。

“洋妞好是好，不实惠！”阿姐们扭嘴。

“当心筷子落了铅桶里！”老陆说话便使坏，被陆太太一筷子打在手腕上。

“我们看见船上有中国姑娘的。”她们说。

“我比你们早看见！”我偃旗息鼓，只差打躬作揖。

接着我故意避开他们，不再和这两对老乡夫妻一起吃自助餐。

另有一对“国粹”跃入我视野，是长相很彪悍的两个中等个子壮男人，我见他们的国字脸就晓得是华人。

他俩天天穿着黑色练功服，绷着脸在甲板上并肩散步，像是活的“始皇帝兵马俑”。我一直有开他俩玩笑的冲动，他俩那种样子太搞怪，就像船上兵荒马乱，他俩行走于乱世中。

当然他们也到餐厅吃饭，我暗中观察他们喜好什么食物，不看不晓得，一看正如我所料——是一对肉师傅。盘子里高高堆起各种各样的肉，简直没绿色蔬菜的影子。不过他俩喝很多果汁，不喝酒。

文化差异是有趣的东西：老陆和老田看见这两位黑衣人便肃然起敬。老陆认为这两人练童子功，铜头金钟罩；老田以为他们是邮轮中央高级景观套房里某富人的私人保镖，“可能李嘉诚本人在船上”，他不由得浮想联翩。不过，欧美人可不这么想，史密斯一见这两个人联袂现身就忍不住从喉咙里“哦哟”一声，指尖伸到鼻梁，往上推眼镜；他老婆瑞秋恶狠狠地说：“这两个娘娘腔活像连体婴儿。”

我不信邪，机会终于来了。世上看着有武功的往往是骗子，真有武功的，大概全活不过1911年。

我忍不住想亲身检验自己的判断是否高人一筹：那天下午两个黑衣人竟目不旁视傲然走到游泳池边来了！我就在躺椅上盘着腿看书，我见他们过来，就动起了坏脑筋。

这两人走路的样子像两只鹅，左摇右摆，从不避让别人，连女士也不让，像要伸出鹅嘴去啄挡路人的屁股。尽管没手拉手，可我总觉得他俩就是手拉手，说不定手是连着的，确实是连体人类。

我的计划是冷不防推其中一个人下游泳池去，看另一个人怎么办。我这人，想好了要干坏事而不干的话，就得等到下回干出来才会舒服。

所以，我心里反复揣摩了好几回合，说时迟那时快，我嗖地蹿过去，到了他俩中间才回转身，装着收不住脚，抱住靠泳池边的黑衣男往深水区跳了下去。原以为我会挨上一铁掌，有可能从此半身不遂，可事实上我听见一声恐怖至极的惨叫，这惨叫不是我抱着跳水的男子发出的，而是留在泳池边那个。

谁同我一样低头到池水里去看那水下黑衣男，谁的惊讶就不会比我小。不要说什么武功，这男人连游泳都没学过。浸在池水里，他活像鱼儿上了岸。

我浮在水面看岸上那连体黑衣人，他跪在泳池边，捂着嘴，惊骇地望着水波，绝望地挥舞一条手臂，却不跳下水来救人。

我明白了，这两个壮男大概是干旱沙漠区来的，他们在邮轮上神情有异，多半为了板起脸掩饰心里对大海的巨大恐惧。

我扎一个猛子钻下水去，想把快溺水的黑衣人捞起来。他的黑衣膨胀在水里，显得他像条黑尾金鱼。

上岸后，那人并没什么危险，脸朝下趴在泳池边吐水，引起了许多人的好奇和关注，然后人们就笑了，感到滑稽，也许还感到自己笑得不厚道。

湿透的黑衣人捂着脸，没落水的那个扶着他匆匆走远，大概回舱房去了。

没人发现我的恶作剧，包括黑衣人自己，大家都觉得是场意外。我坐在躺椅上，用浴巾罩住自己的头。我感到后怕，我差点儿害了不相识的人。因为我的偏见，暴露了别人竭力遮掩的秘密。

五

退休锅炉工杰克在深夜拍我肩膀，我回头看时并没感到害怕。

杰克的神情平静，这是种强大的表情，仿佛此刻并非黎明前最黑暗的时刻，也不是全船人沉沉的梦境时分。

显然他认得我，认得和他坐过同一张靠边桌子的人。他没开口，只递给我一支褐色的烟，拿出打火机点燃了我的和他的。

奇怪的动物们在我眼前乱窜，我看见的仿佛是个被人废弃的小型动物园。此刻，爬到煤堆上的是条可怕的黑色蜥蜴，大概是来自马来西亚丛林的物种。

蜥蜴在光滑的煤堆上飞快划拉前肢,爬到了顶端,伏在那里,一心一意回头打量我这个生人……一条发黑但我看出本色是墨绿的小蟒蛇沿着煤堆底部爬了出来……

"它们是我的。"杰克说。

他吐出烟雾,他看那些怪异生命的目光柔和又充满慈爱。

"我从世界上各个角落赎回了它们,它们除了我这儿,没地方可去了。"杰克梦呓似的,大概是在对我做解释。

他要过我未熄的烟蒂,飞快跑到甲板尽头,用足力气把两颗烟蒂同时扔出去,烟蒂斜穿风带落进了海洋。他走回我身边,手里多了两只雨蛙,一只是黑的,像刚被浓墨涂遍,另一只红色,但不是血的红。

"你还有什么稀奇的宠物?"我问他,"带回群岛开动物园吗?"

杰克把雨蛙放回煤堆,对我说:"这些是出来透透气的。还有些只能暂时关在笼子里。"

他带我往被囚禁的畜生们那里走,我猜是被他关闭在舱室里的猛兽。我一个劲儿地猜会不会有老虎,当然啦,俄罗斯和南亚还是能搞到老虎的,当地人不会拒绝老虎能换的大笔美金。或有其他猛兽?也许有狼或熊……

走过散放煤块和木块的这片小天地,杰克拉开一个不起眼的舱门。

在随他走入舱门前,我抬起头再看了一眼南太平洋漫天的星辰,呼吸了一口凉凉的海风。

确实,进入舱门就感到了不同,这里头温暖如春,不,跟温暖如春不同,这里头其实是余热难散,有一股浓重的焚烧燃料的气息。

杰克耸耸肩说:"锅炉房就在前头,这边是属于我自由支配的空间。等到了我老家,这里的一切恐怕就不复存在了。"

他指的一切恐怕就是神奇地在蒸汽气雾里呈现在我眼前的一个巨大鱼缸。

这个大鱼缸恐怕有八九米长、三四米宽,且至少有五米深。

鱼缸里有照明灯,此刻照明灯显得昏暗,是夜晚的情调。我仔细往这独成一体的水体里张望,看见的是深夜里忙碌着的千奇百怪的水族生物。

"你收集了这么多海洋生物?"我吃了一惊。

杰克耸耸肩说:"是从世界各个角落的牢笼里救回来的,是热带种类,它们马上要回到自己的家乡去了。跟我一样。”

我和杰克对着大鱼缸坐下，杰克开亮了鱼缸其余的照明灯。我觉得像没背气瓶在潜水。鱼缸里的鱼，有些我认识，更多的我未曾见过，还有些龙虾、螃蟹、海参和奇特的海葵，应该不是鱼缸的装饰品，也是杰克从什么地方“救”出来的。

“杰克，这些东西哪儿来的？”我心醉神迷。

“有些从中餐馆的后厨里……”杰克说。我想他是在讽刺，仔细看看他，他却一脸沉静，像在陈述事实。

“另一些是从那些和各地水族馆签了协议的捕鱼船船长们手里……”杰克叹了口气，“我买的。”

“但是我没钱，只能买这些小东西。他们无所谓，他们有大货。他们主要经营鲸鱼、海豚和鲨鲼。”杰克黯然摇头，起身走开了，把我一个人撂在鱼缸前。

我看见鱼缸的中央有一条小型鲨鱼，看不清品种。我看见两条扳机鱼，一前一后游弋着，我们潜水时不敢惹这种鱼，它们会主动攻击，而它们的牙齿能咬碎硬珊瑚。

杰克端来热咖啡，还有一盘饼干。

“我在上海也去了水族馆和海洋公园，”他说，“很多鱼和被俘的海族正在那些堂皇的建筑里慢慢死去，但他们不愿意卖任何活物给我，他们非常警惕，他们不缺钱。”

我想起了家乡的水族馆和海洋公园，前者有一阵子我常去看，里头的品种逐年减少。后者我从没去过，买他们的门票等于赞助捕杀。

我喝着热咖啡，感到深夜未眠有深夜未眠的价值，老杰克是个沉默着做事的人，他做他自己认为有价值的事。

“你准备在哪里放生它们？”我热切地问。

他看了一眼大鱼缸：“不那么简单。它们的自然栖息地不同，不能随手往海域的任何地方一扔。”

他站起来，跑到这大舱室的一个角落，拿了一沓画册过来：“你愿意的话，可以对照画册，把栖息地相同的品种辨认出来。”

我翻了翻手里的画册：《印度洋太平洋海洋生物》《澳大利亚海鱼指南》《南太平洋岛屿海鱼图鉴》《自然奇观：海葵分类和珊瑚种类》，还有一本地方专著

《大溪地的海洋居民》。

杰克挠挠头说这些书有趣是有趣，不过让他有点儿头疼，他对分类学不太敏感，他眼前是一缸闹哄哄的鱼，却需要仔细找出互相关联的一群，放归到各自的海域。

我能体会杰克的苦恼，归根结底，他恐怕没上过学，他只是个邮轮锅炉工。邮轮老板对他很开恩，让他有个如此壮观的私人天地。

“我挽救过一艘邮轮，”杰克告诉我，“我纠正了大副关于锅炉房的错误决定，保住了那艘大船。”

我非但不再感到困倦，反而心里充满了奇特的激情，我很想换上潜水服，跳进杰克的鱼缸同他的水族们嬉戏一番。我对杰克说：“如果你不反对，我可以帮你分类，根据这些图册把你要放归大海的鱼分成不同组合。”

杰克听见我的话，竟然破天荒地笑了。他无声地笑，嘴角咧到腮帮子上，眼里有一阵热烈刺破了历来的漠然，他说：“那么，这些书以后就归你了，假如你喜欢。”

我兴趣盎然地读了杰克给我的海洋生物资料，同他大鱼缸里的做比较，还经过他允许跳进那鱼缸做了一个下午的自由潜水，就近看看他的水族。那条鲨鱼是条温驯的盲鲨，是不会攻击人的种类。

我把老杰克的鱼虾做了个登记索引，一共有五百多种，数量近七百只。对于一些在他提供的画册上找不到的品种，我日思夜想，忽然福至心灵。

沙老马在船上人缘不错，混得时间也不短，我同他喝酒，问他邮轮上为什么没有图书馆。我猜想那么大的船总有一个所在存放着比杰克收罗的齐全得多的鱼类图志。

沙老马点点头，图书馆当然有，还很高级，不过只对高级景观套房的客人们开放，就在高级景观套房的最高层中央。如果我这样的客人要去那图书馆，不是不可以，但恐怕要他沙老马出马替我运作一番。

我受了沙老马的恩惠，才得以接近邮轮上知识的宝库。

我还是慎重地穿上了赴宴的牛仔裤和有领子的鳄鱼T恤衫，穿上袜子和休闲皮鞋，按约定时间出现在高级景观套房底层的正门口，由一位衣冠楚楚的服务生带我直接去图书馆。

住豪华景观套房的神秘人物们很少出现在邮轮的大众消费场合，连赌场他们也有专用的豪华套间。只有到剧场观看演出时，大众才可仰望剧场两侧二楼的豪华包厢，瞻仰一番阔佬们隐在暗色中的侧脸。有些富豪级人物进出包厢，即便已是夜晚，依旧戴着墨镜。

图书馆索性搬进了豪华景观套房层，跟大众说了再见，可是，我眼前的图书馆里空无一人！我敢保证，正如阔佬们多半离天堂更远，他们也比大众更不需要图书馆。

我在一排排昂贵橡木制作的书架间徘徊，没中文书，这不出所料，但法语的海洋生物专著和画册多得超出我想象。法国人毕竟是发明潜水装备的民族，也是写作《海底两万里》的民族，他们又狂热于分类学，所以，这图书馆里英法语终于平分秋色。我喜出望外，搬了好多书在阔大的橡木阅览桌上，打开绿色灯罩的阅读灯，边读边记。我读到午饭时分，却正在佳境，我摇摇头忘了吃饭，像在画册里潜水，背上那肉眼不可见的气瓶无限制地供我呼吸……

我大约边记边译了整整三十页、两万来个汉字的资料，只可惜不能把鱼类图片同样记录下来，不过，我努力把对应学名的鱼类照片记在脑子里，应该能短期管用，至少能应对老杰克的放生计划。

我感到干渴，感到疲劳，终于决定当天就干到这里，若必要，再让酋长打招呼，反正这图书馆没人出入。我抬起头，吃了一惊，有个很老的白人老头儿正看着我，两眼放出奇特的亮光。

我下意识地对他笑一笑，出于礼貌，其实也是某种抗议。

他缓慢地点点头，开口道："你能读法语，也能读英语，你是中国人吧？这不奇怪。"

什么意思？我没回答，我仔细分辨他的态度。

"我是说，你们终究会进入任何有价值的领域，不是吗？忘我地记录和抄写。"老头儿郁郁寡欢地说。

我听出一点儿滋味来，这是个很老的老头儿，他的时代快要过尽了。他有发牢骚的自由。我继续不回答，一一合上那些法文书。

"你也住在这里头吗？"老头儿继续唠叨，"我没见过你。我见过另外一个中国人，他坐着邮轮，心里想着奴役海洋。你也是为奴役海洋而读这些著作？"

这实在很无礼了。

我收起我的笑容，不再理睬他，我把书一一放回书架上对应的编号位置。我干渴饥饿，我得马上去小餐厅点些吃的。

“你竟然按照编号把书放回原处？”老头提高了声音想吸引我，“这么看来你是个尊重规则的人？”

我不得不回头面对他，我想表现得落落大方不卑不亢：“先生，您对我说了很多话，我们彼此不认识。或许，将来有机会时再交谈吧？”

我转身就走，老头儿在我身后喊叫“等一等”。我只好再次转身面对他。

“年轻人，光掌握知识是不够的，要提防那些准备毁掉这海洋的人！”老头儿气喘吁吁，对我摇着枯瘦的手指。也许他是一个不甘隐退到黑暗中去的有钱人？

六

因为我帮忙调查大鱼缸里各色海鱼的种类和栖息地，杰克慢慢同我熟络起来。我们一起在他暖和的“鱼缸舱”里喝威士忌，反复辨认鱼缸里的每一条鱼（其他海洋生物暂时未能查找到从属，尤其海葵和珊瑚缺乏资料）；我还去参观他收留了准备带回群岛去的其他陆地动物，惊讶地发现他确实有一只红色狐狸；让我激动的是杰克主动拿出浮潜用的潜镜、呼吸管和脚蹼，邀请我每次停船都随他去看海下景色……

他其实不是在玩儿，他靠浮潜增加自己的感性认识，以确认他自己会把那些鱼放归最适合的海域。我们正经过巴布亚新几内亚、所罗门群岛和瓦努阿图的一些岛屿，不时地在风景佳美的地方停靠，让游客上岸或不上岸欣赏海岛或珊瑚礁景色。杰克是个老手，知道停船多长时间。他总提前约我在船尾见面，从厨师们钓鱼的低舷边跳下温暖的赤道海域。

我俩孤零零地浸在无垠的海洋里，靠着一双脚蹼获得游动的力量。我凭着对海盲目的热爱，抵御人天生的恐惧，我奋力扎猛子潜下水去，睁大眼睛在潜镜后搜寻热带鱼类和奇特的海洋生物。我们常常能发现绝美的珊瑚礁，从船上看，海面是有黑影的绿水；潜下去之后，就如置身一个个仙境般的生态系统。我从彩色珊瑚和小鱼群上方掠过，如龙从陆地上方云层下飞过……

盛大的海鱼放归仪式获得了邮轮管理层的恩准，定在斐济首都苏瓦港外的邮轮停泊处举行。邮轮上的每日讯息通报了海员杰克“荣归群岛”的退休消息，顺便提示有兴趣的客人届时可留在船上观看杰克放生他在世界各地“拯救”的海洋生物。不过,除少数行走不便的老年旅客,其他人还是选择登陆游览斐济。

放生鱼群前一夜我陪着杰克通宵不眠,上半夜我们一一核对了放生名册，欣慰地发现绝大部分鱼类和珊瑚海葵都将回归它们被捕捞的气候带，剩下的一些将换到小鱼缸,交给杰克的锅炉房同伴饲养,等邮轮回到温带海域再择机放归海洋。下半夜,我俩喝着威士忌聊天,杰克是睡不着,我则想听听杰克自身的故事。

喝了酒,他不再缄默,也不再被他那种结痂般的黯然束缚,酒帮他挣脱出来,好似一个旁观者,可以谈论他自己,连口齿也清晰了。他如今把我当成过客中的知己,向我一吐隐衷。

杰克是阿根廷渔民的后代,老家在布兰卡港,港外就是布兰卡湾。

祖孙几代人都跟着英国船长在大西洋里捕鲸为生。布兰卡湾外头就是巴西浅滩捕鲸场,再往大洋里去还有假浅滩捕鲸场。杰克父亲那年代追捕的是抹香鲸和露脊鲸群,一捕起来就赶尽杀绝不留种子。

杰克是吃着杀鲸的作孽饭长大的,等他二十多岁成了适合上船的新血液，群岛北面的抹香鲸和露脊鲸几乎绝迹了。杰克上的捕鲸船只好往南极跑,继续杀戮南极海域的长须鲸和偶尔遇见的蓝鲸……

对海里这些走投无路的庞然大物,杰克暗藏怜悯之情。他也曾赤足站在海滩屠鲸的血潮中,不过他憎恨自己的屠鲸人生。他在黑夜的海上听过鲸鱼的啸声,他泪流满面。他不明白肢解这些庞然大物为何能换来钱财,而大海目睹如此大肆的屠杀,为何不掀起报复船只的风浪。杰克相信那最后的风浪会来的。

他揣上几年积攒下的工资下了捕鲸船，跟着鲱鱼船出海捕鲱鱼。一九八二年,也就是战争爆发前四年,他运气好,赶上了一艘美国邮轮锅炉工缺员,就在海狮岛附近上了那艘邮轮。到我俩倾谈的这晚为止,他已在邮轮上待了三十年。

“在邮轮上,你有身在岛上缺乏的安全感？”我咂着杰克那漫长故事的滋味。

他安静地持续喝着威士忌,他的五官在夜里松开了,变得和蒙古人的脸相似。他叹了口气:“邮轮这么大,就像世界。邮轮上的人没沾海里的血,上帝不会倾覆邮轮的。那些鲸鱼,同我隔着厚厚的钢板。它们在海水里折腾,而我在邮轮上。"

是的,我想世人如今指责日本人偷偷捕鲸,却忘了欧洲人早就用成千上万吨鲜红的鲸血涂抹过大西洋和太平洋。

第二天邮轮开过早饭,乘客们密密麻麻地聚集在甲板上,等摆渡船一艘艘把他们转送到苏瓦游览。厨师们和锅炉工们拿来了一只只储藏淡水用的空桶,在我和杰克的辨认下从放掉一多半水的大鱼缸里捕捞那些要被放生的幸运儿,再把装了鱼的桶送到后舷边排列;对于无法装桶的那条盲鲨和一只巨大的海龟,锅炉工们做了帆布担架,三四个人一起把鲨鱼和海龟抬出去……

大副穿着制服前来观礼,他煞有介事地向杰克颁发了一个员工纪念铜像,并祝福杰克和杰克的鱼。等大副转身离去,杰克匆匆脱掉身上西服,里面已穿了泳裤。他和我们几个愿意浮潜送别鱼群的人跳进大约十五米深的浅海,戴上潜镜浮到海波上……

船上的锅炉工和厨师们哄笑着把一桶接一桶品种繁杂的鱼倒入海水中。我看见那些鱼落入大海的瞬间呆滞而迷茫,犹如中国古文所说,从"相濡以沫"顷刻间面临"相忘于江湖(海洋)",我猜所有这些住惯了狭小鱼缸的鱼都情绪崩溃了。然而大海不容它们考虑和犹豫,空间具有分散一切郁积能量的伟力:鱼儿们摆动尾巴游向空旷处,空旷包裹了孤单的身影,这是鱼的宇宙,而宇宙召唤着被囚禁过的灵魂……

我们从海水里抬起头,扯掉脸上的潜镜。我的前额流下海水,我抹掉水,露出灿烂的笑容;杰克举着他的潜镜,老泪纵横……

沙老马留在邮轮上,不过他可没来观看杰克的放生仪式,我离开杰克找沙老马说说早上的放生,沙老马递给我一瓶姜汁啤酒,自己也拿着酒瓶懒洋洋地靠在舱门上,脸上是惫懒的笑。

"我不会忘记那些鱼,"我说,"杰克真是倾尽了心血。他六十岁,后面十几二十年他还是孤单单一人,落在海岛上。"

沙老马以他能表现的最温和的方式笑了:"杰克,嗨,杰克,这个老糊涂虫子哟!"

难道大家到邮轮上来是犯糊涂吗?沙老马拍拍我肩膀说:"老弟,我不蠢,我每个月都到邮局把挣来的钱汇给我女儿。杰克?杰克花光了几十年的积蓄,做些类似放生流浪猫狗的怪事！”

他把粗壮的食指指向自己的太阳穴，搅拌和旋转空气，表示杰克的脑子搅成了一摊糨糊。

我咧嘴笑笑，我明白沙老马是个聪明人，买股票躺赢的那种人。对喽，燧木取火对远古的人们而言是生存的技巧，而每天把钱从游客口袋里钓出来是沙老马的技巧。

嗨，沙老马，不会亏待自己的沙老马，他自然也是我的朋友，另一种朋友。

沙老马提醒我暂时不要在邮轮上到处同陌生人搭讪，有个还没公布的秘密消息：有几个客人生病了，病得不太像样子，邮轮医疗组已经邀请了斐济的疾控部门到船上会诊。

沙老马说从前邮轮上也碰到过类似的状况，运气好的话，病人下船，邮轮继续航程。

“要是运气不好呢？”

沙老马摇摇头，不说什么，继续喝酒。沙老马是不会把丧气话首先说出口的人。

我回自己舱室洗完澡，倒头便睡了。等我醒来，已快开晚饭了。我想起沙老马的提醒，决定早点儿去餐厅，稍微吃一点儿就回来接着睡。等消息明朗再决定自己的行动。

我来到当晚供应自助餐的地中海厅，已有三三两两的客人等着厨师把菜盘端出来开饭，上岸游览的人正一批批由摆渡船送回来，他们在岸上消费过，大多数都填饱了肚子，直接回舱房洗浴休息去了，这就是为何自助餐改到小小地中海厅来的原因。邮轮虽大，若没有管理层这般精细化调度，就会造成浪费，赚不到钱。

我看见那两个黑衣人肩并肩坐在一起等开饭，他俩是上了岸没吃东西，省着钱回船上吃饭呢，还是根本没上岸？我对他俩仍旧心怀歉疚，我不由自主地走上前，大大咧咧往他们对面一坐：“你们好，上岸了吗？好玩不？”

没人回答我，两个活兵马俑齐刷刷用单眼皮的小眼睛瞪着我，好像我是兜售什么东西的黄牛。

我摊开手，让他俩看看空无一物的掌心：“我是从上海上船的，你们呢？”

“We don't speak Mandarin.（我们不说普通话。）”终于我得到了一句回答。

哦?!

太出乎我意料了！从一开始我就想错了？这两个国字脸朋友竟然不是中国人？

我立马换了英语同他俩对谈，他俩根本不像我之前想得那样自闭，虽不是很甜蜜，但也很有礼仪。原来他们是马来西亚华人，祖宗的语言是中国的某一种方言（我没听懂），他们在公众场合说带着浓浓马来西亚味道的英文。类似怎样呢？我只能试着学学：“董窝累，艾味欧忒开儿噢乌油。”如果把这组单字拖着长腔念，就是他们说的英语：“Don't worry, I will take care of you.（不用担心，我会照顾你。）”

嘻嘻……

“那么告诉我，你们为什么总穿着练功服？”

“我们穿练功服？这是宽松服。”

“那么，你们不会游泳？看见海水是不是很怕？”

“游泳，何必自己游？上海先生，难道你是游到这里来的吗？我们是来坐邮轮的。为什么要怕海水？没人会像你一样处心积虑要把我们推下水。”

哎呀，世上哪里有傻瓜？除了我之外！

原来他俩对我心知肚明！

我真的卡住了。你让我怎么说下去？

我悻悻然站起来，因为厨师摇铃开饭了。两个黑衣人也站起来，其中一个对我说：“你别走哦，回来还同我们说话吃饭。我们并没有怪你。”

我怪不好意思地仍旧同他们一起吃饭。他们吃饭时不像散步时那般孤傲，完全没有了“武林”气质。他们依旧酷爱肉食，以果汁代替蔬菜。

我索性打破砂锅问到底：“你们是马来西亚人，不过，大家都当你们是中国人，这个，你们没有不舒服吗？”

黑衣人自顾自咀嚼食物，抽空朝我笑笑：“人家又没来告诉我他们想什么，我们为什么不舒服？”

他说得有理。那么，也没人来告诉我他们想什么，我为啥要感到不舒服呢？我晓得肯定有人见了中国人觉得这里怪那里怪，不过又没人特意跑来告诉我那想法，我为什么不舒服呢？

吃了饭，他俩告诉我，他们一个是阿桑，另一个是阿礼。阿桑说：“谢谢你及时把我从水里捞起来。”

我告别这两个人，心里挺郁闷的，他们给我出了哲理和思维习惯上的双重难题。

我在甲板上散步，迎面碰到了我的上海朋友们。

老田冷面滑稽，好像一路没看见我，等走近了，却大声说：“喂，小阿弟，刚才你和李嘉诚的两个保镖一起吃夜饭了。”

老陆笑笑：“铜头金钟罩，童子功第三层。”

两个阿姐笑眯眯地说：“今朝没看见你上岸，斐济不看可惜的。”

“听讲了吗？船上有人生病了。”我对他们说，“不晓得是不是传染病，是的话，就糟糕了。我回房间去不出来，明天再说。”

老陆老田问三问四问个不休，盘问我消息哪里来的，好像家乡的公安局盘问谣言的源头。我有点儿恼，后悔看见同乡就报告小道消息。

“喂，阿哥哎，好奇害死猫好哦？你们爱信不信，我对得起你们，告诉你们内部消息。”我说了后，两个阿姐伸手到各自老公脑门儿上，敲一记“麻栗子”，骂他们“拎不清”。

自然，他们还有他们交的上海和其他中国朋友，后来据沙老马告诉我，调查结果出来前这两天，邮轮上的中国人简直都不出舱了，纷纷打电话喊送餐服务。

我倒没有喊送餐服务，我的无窗舱房对我而言比传染病更叫我无法忍受，我减少了同邮轮上人们的交谈，但我还是跑到餐厅一天吃三顿。

史密斯夫妻成了我眼中邮轮上的007伉俪，他们的情报又准确又及时。史密斯和瑞秋找我一起喝啤酒，史密斯说有八个患了急病的乘客经过邮轮公司同苏瓦市政当局磋商，已经下了船，住进了隔离病房。史密斯说这种病据说来自某种野生动物，不是人与人之间通常的传染病。有的人有抗体和免疫力，有的人却会中招。瑞秋说按照邮轮卫生条例，邮轮已经耽搁在苏瓦了。要苏瓦防疫部门得出结论并上报世界卫生组织，证实安全无虞后才能继续航行……

七

邮轮一共在苏瓦外海耽搁了三天三夜，从第二天起，游客被禁止登陆，一艘大船几千名乘客,只能像热锅上的蚂蚁,在甲板和舱室间来来回回,并开始彼此猜疑:谁会是病原体的携带者?

史密斯夫妻对我描绘了他们打听来的病人症状:全身起红色皮疹,发烧咳嗽,流鼻血,腹泻不止,人很容易脱水……

斐济疾控部门要求邮轮核实乘客和船员随身携带活体动物的现状。邮轮是登记过客人所带宠物的,当然仅限于猫狗和其他哺乳动物。万一客人有隐匿的活体动物随身旅行,邮轮管理方其实不容易证实,最多让打扫客舱的员工当当业余福尔摩斯。

我从自己行李中找出医用口罩,戴上口罩去看杰克。我走的是那夜迷路时走过的通道,白色的铁皮窄巷,头顶有我那夜没注意到的百叶通气孔。我推开那扇通往小煤堆和锅炉房的舱门,站到白天到过的铁梯平台上。

俯瞰下去,原来夜色是如此戏弄人的:这哪里有什么煤堆?眼前是一个废弃煤渣的小丘,小丘边还放着一些生锈的长铁锨。煤渣堆上已意外地生发了绿色草本植物,有多年生的也有一年生的,有些正在热带气候中扬花,我认出了白色的天蓬草。

杰克孤零零地坐在被清空了的大鱼缸边,剩下的少数温带鱼已移到了他工友们的公共舱室。杰克跟我打招呼,拿别人送他的龙舌兰酒和开心果招待我。他忧心忡忡,什么也吃不下。

"我手头那些动物都没病,和平时一样健康。"他着急地告诉我,"它们将和我一起到达群岛。"

"是啊,"我随声附和,喝了一口龙舌兰酒,不太适应,"你对你收留的生命负责。"

"不是,由不得我负责了,"杰克有点儿反常地恚怒,他从椅子里唰地站起来,右手握拳打在左手掌心,"船长要我交出所有动物,要把我的动物全部拿走。"

我有点儿吃惊,不过我能理解船长的心思:想想看,邮轮上有几千名乘客,疾控部门正调查病原体是否来自野生动物。

"他们要在斐济给这些动物做检验吗?"我问。

杰克走来走去,绕着干了空了的大鱼缸蹒跚;他向我转过脸,那脸上的神色其实已向我说明了一切。

“不是，嫌疑动物绝对不允许上岸。他们尽管没明说，但是下了狠心要杀光我的动物，以除后顾之忧。”杰克说，“但是，目前还没明说，我面临的很可能是个陷阱。”

我张大了嘴巴，合不起来。是啊，如果有阴谋，杰克看来只能逆来顺受，成为受害者，看着他收留的那些可怜虫们再次走向覆灭。我想起苍老的夜鹭、疲乏的蛇以及老得让历史显得无足轻重的陆龟……还有一只火红狐狸和五彩的雨蛙。

他的人生从杀戮鲸鱼开始，转向拯救各种动物，现在好像又筋疲力尽翻转回老路上，再次让杀戮成为主旋律……这一切真是命运的嘲讽……

“上海朋友，你有什么好主意吗？帮帮我，帮帮我的动物们，你是口袋里装满办法的人。”杰克忽然哀求起我来。

我立刻安慰他，不让他情绪失控。

这很正常，如果我是他，我也会受不了。

这些活物看似一些倒霉的畜生，死了也不会让人纪念，但对杰克来说，它们可能就是他的家庭成员，是他此生的兄弟姊妹或养子养女。

我们中国人口袋里没装办法，不过通常我们有锦囊妙计——中庸之道，我们善于提出中肯的想法来解决棘手的两难问题，目的是不让冲突产生。“和为贵”是我们民族文化的精髓。

“你不想你收养的动物死，但也不能妨碍邮轮起航。”我只能总结这一句给老杰克。这是原则，只要满足了原则，什么奇思妙想都是好主意，但是我并没有。

杰克琢磨我的话，猛喝龙舌兰酒，我像个开心果撬壳器，把他的开心果全部剥掉硬壳，排列在碟子里……

我放不下眼前这些事，邮轮还停在泊位上前途未卜，我让沙老马再次安排我去高级景观舱三层的图书馆，想查查类似症状的疾病可能有什么来龙去脉，我记得图书馆的某排书柜里全是医学著作。

奇怪的是图书馆里有个四十多岁的男人也在翻医书，仿佛同我有一样的企图。我冷冷打量这个住高级景观舱、和我们大众乘客隔绝的男人，他有着与我相似的东亚人的长相，戴着一副黄色合金框眼镜，若有所思地抬头看看我，不屑一顾，又看回自己的书。

我查我的，他看他的。我们互不交谈，互相漠视。这让我怀疑他是否是和我有同样文化背景的人。

渐渐地我忘怀了周围的一切，在我的逻辑推理中浮现一个模糊拼图：邮轮就是一个城市，不过更有运输功能，城市人的主要动机是牟取暴利，牟取暴利的一般都是有钱人……

我被自己惊醒过来，我寻找身边那个翻阅医书的东亚男子，他正在收拾书籍准备离开。

我鼓起勇气，不那么礼貌地问他："Excuse me sir, may I ask for your nationality?（先生，您是哪国国籍？）"

他错愕地瞪着我，像我有多么不礼貌似的。然后，他以不流利的英语回答我他是新加坡国籍，不过，我怎会听不出他那典型的某地口音！

我笑了，哈哈，果真做生意发大财的人都拥有了新国籍。我笑着摇摇头，继续看我的资料。这位有钱的阔佬带着吃暗亏的心情一声不响地走开了……

斐济是一个小小的岛国，我们的邮轮疫病事件给它增添了超过它承受能力的困扰。终于，斐济官方要求邮轮尽快离开，驶往澳大利亚布里斯班寻求更好的防疫援助。为了达成这个目标，斐济勉力组织了一群穿着花衫花裤的兽医逐一对乘客的宠物进行健康检查，以便排除嫌疑。当然，他们也在邮轮管理当局的安排下检查了杰克收养的所有三十多种陆地动物。

可邮轮仍没获得防疫部门离港前往澳大利亚的许可，我们滞留在南太平洋的某方波涛上，等待着不知道等待什么的未来。

其实我早就看出了邮轮对杰克这种人的歧视和轻蔑，否则他们怎会让杰克在起航的宴会上同我这个"衣衫不整"的经济舱旅客另坐偏席？旅客的宠物查不出确证便不能冒犯，但杰克收养的动物虽说查不出什么病原体，却依旧是高度怀疑对象。最简单同时也是最人道的方式是将这批从前倒过霉如今依旧是一副倒霉相的"亚健康"动物就地实行安乐死。那样，澳大利亚的港口将会更有信心接待并援助这艘邮轮，要知道，邮轮上有几千号人哪！邮轮可是浮动在海上的豪华宾馆，并不是动物收容所！

杰克并不傻，人家还没同他明讲，他已经喝上了。等大副当面同他谈了一谈，杰克就像得了刑事判决一般，整个人萎下来。

他采取了过激行动，把自己和自己收养的动物们反锁在那间有鱼缸的大舱室里。谁敲门都不肯开门，也不要求食物和水。

现在连乘客们都知晓了杰克的事，像谁有心鼓动来个全船公投以决定杰克动物们的命运似的。人们说着各种语言，热切讨论该不该保住“杰克的宠物们”。

自然，人们的意见是彻底针锋相对的。简单看，史密斯夫妻代表了“保宠派”：宠物是杰克的私人财产，如果不能要求乘客放弃未检出疫病的宠物，当然也不能独独对杰克的宠物下手。美国乘客大多数是这姿态。中国乘客的典型人物是我的朋友老陆和老田夫妻，上海人看问题还是有套路的。

老田太太讲：“吃柿子咯？捏牢个退休锅炉工，嗬嗬，代价比较小。杀了他的猫猫狗狗，报上去，好开路。”

老陆太太也讲：“闻闻味道也不可能是伊。上海小阿弟天天跟伊混，都没有生病。”

老陆摇摇头：“现在弄尴尬了。关起门对抗，退休工钿等于拿来赌博。要几只畜生，还是保自己身家性命啦？”

老田更干脆：“投票嘛，我弃权。不过，我要是这锅炉工，混到退休不容易，脑子要清爽。邮轮是大老板，胳膊拧不过大腿。”

我听了笑笑，一句话也不讲。阿拉上海人之间讲话不要面子，但道理一条条是硬的。我也没办法讲。

听说也有乘客发脾气，说全邮轮的人加起来，大家损失太大。

这些人要邮轮对杰克tough（粗暴）一点，措施到位，立刻开船！

这种声音不可能从我们天天混的甲板族喉咙里出来，多半是从高级景观舱里来的。阔佬就是阔佬，邮轮上连活动区域都划开分清了。

也不算出乎意料，船长和大副最后请出的说客是人民群众里的老干部——酋长。

沙老马自认和杰克交情不够，他竟然想到拉我一起出马去劝说杰克。

沙老马耸耸巨大的肩膀说：“说实在的，杰克真是个糊涂蛋。他一辈子积攒的钱，一缸子鱼放进大海，等于把钱打了水漂。还有比他更浑蛋的吗？虽说他没了爹妈也不讨老婆没儿没女，也不能对自己这样狠。不过，我是可怜他的，船长要干掉他那些活物，等于让他倾家荡产，怎能这么容易？所以，我替他跟船长谈了笔交易，只要他配合，钱会赔给他。”

沙老马满心欢喜自己做了件大好事，替一个脑子不好的退休工争得一份权益。

“喏，不管杰克是不是感谢我，我摸着良心替他谈下了条件！”此刻酋长心里一定把杰克当成了他的部落子民。

我和酋长带着大副给的波本威士忌去敲杰克的门，杰克听见是我，开了门才看见沙老马。沙老马傲慢地抬起脸，像天上下雨，他在察看雨势。

那些畜生都鬼灵精怪，大概晓得今日大限到了，竟都乖乖聚集在杰克椅子周围。陆龟当了他的脚凳，夜鹭站在椅背上，蟒蛇当他枕头，蜥蜴盘在椅子下，狐狸成了他膝头毯子，雨蛙在温暖的舱房里呱呱歌唱……

沙老马说：“我早就说过你是个糊涂蛋，但我酋长不糊涂。我替你开了个价，十万美金现钞。”

杰克捂住了脸，又放开手，喝我递给他的酒。他不但苍老，而且憔悴，简直无法面对他那些听不懂人话的畜生。

沙老马冷笑道：“回到岛上，不用再出海去吃苦。养老金加上十万美金，你从前糊涂玩掉的钱，我都替你找回来了！”

过了一晚上，第二天全邮轮都听见了杰克的回音。杰克央求船长把他和他的动物们放逐到苏瓦外海的无人岛上，给他两个星期的给养，如果两周后他和动物们都健康，再把他接回邮轮。他不要那十万美金，也愿意晚点儿回家。

八

自然，可以想象，杰克这种自我牺牲的举动瞬间感动了邮轮乘客。现代社会，愿意为了些回收来的无甚价值的“囚禁动物”去当鲁滨孙，哪怕说起来只是两周，这样的人也是凤毛麟角。没人相信他的动物们有传染病，即便如此，他面临的风险也不小。谁知道无人岛上会发生什么意外，到时候一切只能靠他自己，这么一个临到退休的、被邮轮资本榨得如同一摊渣的小老头子，唉……

不过我没想到沙老马会恼怒。沙老马找船上的刺青师把“沙老马”三个汉字文在了右胳膊上，到处找中国客人拍照合影，一个劲儿想让自己的影子找到那个子虚乌有但确实同他上过床的“上海女友”。他合影完拉住我说话，说杰克是个不懂好歹的东西，为一只猴子记他沙老马的仇。

那恐怕是十几年前的旧事，沙老马刚刚上邮轮，有点儿兴致勃勃，觉得可以发现更好的赚钱门路。他跟我一样也是半夜乱走，发现了杰克的微型“动物园”。杰克有一只猕猴，比较机灵，懂得人的意思。

那是杰克从上海上岸到苏州游览时在街上碰到了流浪耍猴人，本来施舍几个硬币而已，杰克却凑巧发现猴子被铁链锁住的脖子上有化脓的伤口，耍猴人喝得神志不清。杰克就提出买这只猴子，被人家讹了三只猴子的身价不止。要把猴子带上船，虽说是只没价值的猕猴，一路却又花了可观的买路钱。总之，这只猴子耗掉了杰克不少积蓄。

沙老马觉得猴子懂他的指挥，想试试把杰克的猕猴介绍进自己的演出，好有点儿噱头。杰克一开始不肯，架不住热情澎湃的沙老马哄他，就答应沙老马把猴子牵回去训练。中间冷不防过来察看几回，见沙老马对猴子很好，也就放了心。只要周末猴子还他，跟他那些动物们聚会，他不反对猴子做表演(沙老马自然也给杰克钱)。

不过，这猕猴可能跟着老主人学过坏，凡干过坏事的猴子都长着心眼儿，它看沙老马不提防它，就原形毕露，当起了梁上君子。

猴子把沙老马藏着的东西随手偷了，找个地方藏起来。

沙老马是个精明人，没过多久就发现了这猴子的蹊跷，他跟踪猴子，翻开它藏东西的煤渣堆，猴赃俱获。沙老马生气，偷偷把猴子揍了一顿。

那猴子周末回杰克那里，就种种样子做出来，告诉杰克自己受了虐待。杰克狐疑，暗里留心想抓住沙老马打猴子的证据。

大约就是这么一个故事，本来也没啥，换成一匹马一头牛，哪怕换成一只猫，都不会有什么了不起的后果。但那是一只猴子，跟人学过坏的猴子。

它继续顺手牵羊，把沙老马的手表偷了，藏到杰克的柜子里。后来又偷钱。

沙老马再教训猴子，被杰克逮住了。杰克不信猴子是小偷，骂沙老马下流，说他自己有暴力倾向，还嫁祸给一只可怜的被人奴役的小动物!

沙老马气坏了，却没法证实自己。

杰克带猴子回家，偶然发现猴子鬼鬼祟祟开他柜子，打开一查，竟然发现了沙老马的手表和财物。

杰克把东西还给沙老马，没说别的，等邮轮经过帕劳附近一个无人岛时，就自己划船,把那只猕猴带到了岛上……他回头看去,看见猕猴在沙滩上向他打躬作揖,翻筋斗游水要跟他回船……

沙老马嘴里的故事就是这样。

沙老马说杰克是个糊涂蛋,从此就对他不理不睬,好像是他害了这只猴子。

不过,沙老马还是觉得亏欠杰克,所以这回凭着自己跟船长私交好,好不容易才替杰克讨了十万美金。十万美金不是小数目,若不是船上有赌场生意,还拿不出这么大一笔钱来。其实大家可怜杰克,恨他一辈子混成这样丢邮轮的脸,才顺水推舟想让他有笔钱回家颐养天年。可你看看他这浑样,简直叫他沙老马、大副和船长都下不了台。

邮轮上还是有新病人出现,症状和前面的一模一样。不过,斐济方面不肯再接收了。邮轮必须马上离开,对斐济、对邮轮自身都好。斐济已应对好了世界卫生组织,协议邮轮清除嫌疑动物后前往澳大利亚,那里有更完备的防疫和医疗条件。看来,杰克的荒唐要求在特殊情形下还真有被邮轮采纳的可能。

史密斯夫妻闲得发慌,公关业操作层的人物一般是不能连续休假的,他们在极端情况下会认真数自己的头发来抵御无事可做的恐慌。

船上美国客人最多,欧洲人也不少,史密斯凭着三寸不烂之舌发起了一轮对杰克的募捐,一下子从大家手里募集到五万多美元!

这五万多美元不是要拿去送给杰克,史密斯永远能抓住事物的重点(否则何以解释国际大公司自己的鞭炮要付了钱让公关公司去放),史密斯代表乘客面见船长,要求船到澳大利亚解决问题后,能及时回来从无人岛上解救杰克。这五万多美元给邮轮,算是大家的公助。

老陆和老田一起晃悠,老婆们大概躲在舱室里。老陆一见我就说他和老田也给杰克捐了款:“杰克是小阿弟你的朋友,我们也表表心意。”

我谢了老陆,问他捐了多少钱。

老田见老陆语塞,就摊手说:“阿拉袋袋里钞票不多,每人捐一美元意思意思,改变世界还是要靠老外的。”

我笑笑说心意到了就好。哪怕没钱捐,邮轮也得开回来接杰克。他们本是拿他当个借口哄哄澳大利亚。

老陆说:“小阿弟,关照侬勠东跑西跑,毕竟有传染病,还是只跟自家人来往就好。”

“啥？”

“自家人嘛，阿拉上海人讲卫生，互相来往问题不大。阿拉人少看看风景够了，又不是出来混圈子。身体要紧！”老田讲。

拔锚启航，船行不多久又抛锚停下。

乘客们像看世界级风景一样拥出舱室看那杰克要下船暂避的无人岛。首先一带苍翠跃入眼帘，小小岛屿中央是一座海拔四五百米的小山，有峭壁也有缓坡，山下是草地，草地外围是卵石海滩，海滩入海后像维持着浅浅的深度，海水天蓝浅绿，到处是珊瑚，热带鱼在珊瑚丛里环游……

是个不错的地方，并非我想象中那般荒瘠。杰克还在舱房里准备，我去不了他那儿，船员们封锁了通道，一切由邮轮管理方处理。

我想了又想，我的心脏跳得越来越热烈，我觉得回到了十六岁。我飞快跑回我的舱室，把我不多的东西收拾在一起。

我背着包拎着袋子候着大副从驾驶舱出来，他来了，他是个英俊沉稳蓄着淡棕色小胡子的英国人。我走到他面前说：“大副先生好，我是杰克的朋友，我和他一起放生了那些鱼。请允许我和杰克一起上那座岛。两个人胜过一个人，可以互相照顾，减少邮轮的风险。”

大副惊诧地看着我，好像我来自另一个星球，他笑着说：“先生，谢谢您考虑邮轮的风险，我们已谨慎计算过风险。您是邮轮的客人，不该卷入邮轮事务。”

他朝我微笑，甚至伸出手在我肩头拍了拍，神气地走远了……

杰克两个多小时后才出舱，水手们已在那无人岛上替他搭起了两个宝蓝色大帐篷，并且在草地上用木桩圈了一个圆，大概是让他安放动物用。他们往小岛上不停地运送食物、淡水和使用蓄电池的设备，后者用来解决杰克的照明、取暖和通信联络问题。

杰克的动物们都装在笼子和纸板箱里，水手们神色端庄地把这些箱笼送到岛上去。杰克自己空着手，肩头立着那只老夜鹭。所有乘客都拿出照相机来拍摄这始料未及的故事，船上的摄像师也扛着摄像机在拍。老杰克至少会成为澳大利亚和斐济两国的新闻人物。

杰克困惑地站在摆渡船上仰望邮轮，他搜寻着什么，眼神闪烁，最后他举起手，向欢送他的人群挥舞……我想他一定也徒劳地找过我，我们失去了最后谈一谈的机会,要等他回到邮轮上才能见面。

啊,这是怎样的一个时刻?我觉得这时刻特殊极了:这是人类进入资本时代之后极稀少的个人对抗资本的英雄主义瞬间!老杰克不为金钱所动,他要保护受尽了资本虐待的一群幸存动物,并把它们带回安全的自然之地。为此,他不惜一切代价。

我发现邮轮上的船员们,包括我见到的大副,其实都在为这一瞬间感到高兴。这是一个不可宣示的事实,也是大家回避的秘密。

终于,水手们都回到了邮轮上,邮轮正轰隆隆地起锚,我们要撇下老杰克和他的动物们,航向澳大利亚了。

杰克坐在箱子上,抱着那只老迈的红毛狐狸,狐狸狡猾地装成懒猫,它眼前有太多的人,它绝不会在此刻造次。杰克向我们挥手,他只会挥手,他缺乏表达能力,他几乎是一个过了时的人,他是我的朋友……

我站在船舷边看杰克,我身边出现了那两个黑衣马来西亚人,如果只看他们的脸,绝大部分人会觉得他俩是中国人,这是某种分类学上的谬误。

"他的那些动物没事。"一个黑衣人对我说,看也不看我,他在眺望杰克。

另一个黑衣人也这样望着远方,靠到我另一侧说:"杰克下了船,事情就好办了。"

真是高深莫测,我冷笑一下,没理睬这两个奇怪的家伙。

九

史密斯夫妻成了船上的公众人物,杰克不在船上了,他们俩就仿佛成了这话题的代表。五万多美金是他俩带头募集的,交了这笔钱,邮轮公司不好意思扔下杰克不管吧?等杰克凯旋的那一天,邮轮上的欧美人准有一场大派对来庆祝。出来玩本是图个热闹,这个铁定的大热闹是史密斯夫妻发起的。大家喜欢这一对儿,何况,你看看史密斯,人还很低调,常年带着些愁眉苦脸的表情,让大家看了怪怜爱的。

现在不可能随随便便和史密斯夫妻聊天了,他俩周围总围着一群闹哄哄喝啤酒的美国人。史密斯瞥见我出现好几次,晓得我有事找他,就把老婆撇在那里公关,自己跑过来。

我俩晃荡着上了甲板最高层的小瞭望台，邮轮已穿越了瓦努阿图维拉港和法属新喀里多尼亚之间的海域，正调整航向直接往澳大利亚黄金海岸行驶。

“我们的航程已被耽误了好几天，到了澳大利亚会顺利吗？”我其实惦记杰克。一个人被独自扔在野岛上，会有很多意料不到的危险。

史密斯说他已把邮轮上的故事报告给了公关公司上层，老板想抓住机会让公司露露脸，所以别担心，“世界看着我们”。

“你们美国人为什么总觉得人家的事都是你们的事呢？”我问。

“噢，那是欧洲人的不是，”史密斯说，“你看那些旧大陆上的人，只管懒洋洋地睡过去，我们新大陆的就只好捡起这份责任。”

“没你们监督，这世界就好不了吗？”我问。

“这倒不是，”史密斯低调而温和地笑了，“我们美国把钱投得到处都是，很多钱表面看不出，背后也全是美国的钱。所以，我们不是管闲事，我们到处都下了注，得保证按我们同意的游戏规则来。否则我们不是成了傻×？”

我笑了，跟这哥们儿聊天很有意思，他在上海待久了，我们的思维方式他了解，能聊到一起。

“我听说船上的阔佬们也病了。”他转过身，抬头看着高级景观舱那四四方方的封闭式建筑。

“哦？阔佬们不是自闭得很吗？”

船到布里斯班，严格说是到布里斯班近海，被澳大利亚海关和防疫部门叫停在一片珊瑚礁边上。我们这邮轮是有疫情的船，当然不能进布里斯班港口。那么，我们到这里是为什么？求医、求检疫还是旅游的一部分？

不过，澳大利亚人很会办事，关注这艘邮轮的国际媒体太多，他们要注意舞台效果。于是，我们被通知好运来了：布里斯班清空了布里斯班对岸离岛汤加鲁马上的游客，让汤加鲁马负责接待这艘邮轮上的健康旅客。我们必须携带行李下船，但必须留下宠物在邮轮上，等待当地检疫部门对邮轮彻底检查消毒……

本来大家心情还很沉闷，下船一看汤加鲁马岛，个个心花怒放。这小岛本身漂亮得很，宾馆设施也齐全，比住在邮轮上舒适多了。蓝天白云，岛中间高坡地上能玩滑沙，沙滩上傍晚会来野海豚。还有浮潜和潜水俱乐部……

反正，我本人高兴得忘记了一切邮轮上的烦恼，下船接受医疗检查获得健康证后，当天晚上就报名潜水俱乐部出海夜潜……

天上有南太平洋的繁星，我们几个出海夜潜的人背着气瓶下海，吐出肺叶里的余气，缓慢沉到墨汁般的海水深处。我们跟着导潜的手电光，自己也打着手电继续扎猛子向下，到海下二十五米深处才平游。晚上是乌贼出没的时光，一只只显得色彩斑斓的乌贼从手电筒光柱里闪过；又来了水母，同样虹彩夺目……

回到分配给我住的度假村，还没来得及冲凉，老陆老田夫妻四个就把我拦住了："小阿弟，侬胆子忒大，黑乎乎的大海也敢潜下去？侬晓得哦，澳大利亚人抓走了一个华人呢！"

这还是晚上传来的最新消息，澳大利亚海关人员接到邮轮上的线报，突击搜查了高级景观套房里一个乘客的私人大套间，搜出其暗中携带的活体穿山甲六只，以及活体马来西亚长鼻猴两只……这是个动物走私嫌疑犯。

我直接去了沙老马的宾馆房间，沙老马和两个关岛厨师在喝酒，沙老马说那家伙没申报过携带的活体动物；两只长鼻猴都病了，症状和船上病人相似，怀疑病是从猴子身上来的。那家伙在新加坡打过什么热带病毒的预防针，没事。人和猴子都已被防疫人员带走了。

我心有所觉："喂，那个家伙拿的是不是新加坡护照，会说中文？"

是的，大家都点头，他们以为我也听说了。

我还是一阵心惊，想起那天邮轮图书馆里那查医学资料的男人。如果就是他，他恐怕早知道船上的病是怎么一回事。他眼看着杰克当他的替罪羊？

第二天没消息，大家都各自分头玩儿，我还是去潜水，这回参观了阳光下的玫瑰珊瑚园，这是一大片硬珊瑚的天然栖息地。在珊瑚园，我们还邂逅了海豚……大自然宁静、祥和又美丽，这里没有阴谋。

第三天，消息传遍了汤加鲁马岛，那走私动物的家伙是引发邮轮疫病的罪魁祸首，病原体在长鼻猴身上，是一种类似热带痢疾的毛病，重症患者若得不到及时救治，会有生命危险。嫌疑犯交代了走私情节，他狡辩说自己出于科研目的携带活体动物，目的地是智利首都圣地亚哥……

有一个次要情节倒是震动了我：嫌疑犯是个大佬，身价万亿，在亚洲很多城市有投资，在上海也投资了某某海洋乐园……

每天潜水出海，看云看鱼，我的心情越来越光明起来：要知道，任何米缸久了都有米虫，厨房久了也有蟑螂，这么大的邮轮上没几个恶形恶状的家伙是不可能的。除了绝大多数普通人，我们的邮轮上还有杰克！杰克是一只没被虫子蛀了心的苹果，是一个圣人，一个不为金钱所动的人，一个收留可怜动物并要带它们到天边的好人……

我思念起杰克来，日子过得飞快，我们已经在汤加鲁马岛上隔离了一周，还要隔离三天才能启航。

我不能相信自己眼睛的是遇到两个穿着奇怪藏青色制服的亚洲男人，身形粗壮，我仔细一看，捂住了嘴巴，这正是邮轮上那两个连体人般一起走动的黑衣人。

两个“黑衣人”朝我笑了，他俩的制服属于马来西亚海关，他们把制服锁在手提箱里，一路跟踪走私马来西亚长鼻猴的嫌疑犯……他们不再上邮轮，将直接从布里斯班飞回吉隆坡。

我从他们身上得到的教益是不能把所有看着像中国人的人都当成中国人。

当邮轮解除防疫措施并获得启航许可，所有人都热切地喊着“杰克”。大副遗憾地通知大家，邮轮决定星夜兼程驶往复活节岛，以便赶上我们的旅程，邮轮公司将另派船只前往斐济接杰克，并直接送他去他的家乡。乘客们的捐款将直接返还所有捐助人。

作为一个在上海待久了的人，我虽遗憾不能再见杰克和他搭救的动物们，但我体谅邮轮公司的决定。

邮轮是海上的庞然大物，一动就吞噬大笔金钱。绕道接杰克，绝非只是五万美金的损失。

我想一个人在夜深人静时到甲板上为杰克祷告，愿上帝保佑这么一个生性木讷的好心人有个快乐的晚年。也许，我能从大副那儿获得他在群岛的地址，过几年找机会去看看他……哦，邮轮下一站是复活节岛，那将是我们邮轮旅行的高光时刻！

邮轮从布里斯班启航不久，我坐在自己没有窗户的经济客舱里消化淡淡的伤感，听见外面有很大的声音。

我确认这不是机器声，不是涛声，是种有节奏的鸣放声。我有点儿担心，我在自己的客舱里从没有安全感。我把自己要紧的证件和值钱的东西放进背包，急急忙忙跑上甲板想看个究竟。

我才跑到甬道，就听清了人声鼎沸。我跑上主甲板一看，起码半船的游客们都聚集在游泳池边和餐厅外面的平台上。他们用英文和法文呼喊着请愿：掉转航向！去接杰克！

“杰克，天使；杰克，天使。”

“斐济，接上杰克；斐济，接上杰克。”

我热泪盈眶，是的，复活节岛可以放弃。我们还是先去接了杰克，一起送他去群岛吧！

一定是史密斯和他服务的公关公司在花大力气制造效果，我心里暗笑。

船长和大副都是明理的人，他们按程序向公司总部报告了邮轮的情况。然后，真的没过多久，邮轮获得了允许，先驶往斐济……

十几年之后的今天，我记忆力再衰退，也还能回忆邮轮接近无人岛时大家拥挤在甲板和船舷边看到的景象：

水手们为杰克搭起的帐篷和兽圈都不见了，面积不大的无人岛恢复了荒蛮的原状。我们第一眼没看见杰克和他的动物们，真是有点儿揪心。不过，船靠得更近，拿着望远镜的人首先欢呼起来，大家渐渐都看清了：

陆龟在最靠近海岸的地方爬行，老夜鹭在岛中间山地上方飞翔，杰克坐在山顶凤凰树的树枝上，手搭眉骨瞭望我们，他活像一只受过折磨又获得了安宁的猿猴……

我在那一瞬间觉得无人小岛才是一艘海里的船，邮轮倒是站满了人的陆地。

杰克驾驶着他的方舟，方舟上满是被世界遗弃的生命，是他从地球上各个角落征集来的。

我很想踏上这无人岛去拥抱我的朋友老杰克，但不晓得自己是否能得到允许……

【作者简介】禹风，小说家，上海人，PADI高阶潜水员，巴黎高等商学院硕士。著有长篇小说《静安1976》《蜀葵1987》《大裁缝》《巴黎飞鱼》《潜》《夜巡》等，作品多描写巴黎、上海及北京的城市人生。

女同事

刘庆邦

干了一辈子工作的人，会先后有许多同事，有男同事，也有女同事。随着时间水一样逝去，多数同事早已被淡忘得无影无踪，不可寻觅。却有少数同事，清晰的形象不时在脑子里闪回，让人难以忘怀。既然老也忘不掉，总有其原因，有值得回忆的地方。作为一个长期从事写作的人，我难免在自己的记忆里找来找去找人物，讨来讨去讨生活。当有的同事在我的回忆中一而再，再而三地不请自来时，把他们排除在外，忽略不计，是不是有些舍熟求生呢？是不是有些可惜呢？

好吧，我这次就写一写我的同事，一位多年以前的女同事，她的名字叫汪莹丽。

我第一次见到汪莹丽时，她还是一个刚从农场回到矿区的知识青年。那时我从农村到煤矿参加工作不久，正在支架厂里当工人。支架厂是新建的厂子，就地挖坑采石头，用地炉烧水泥，打成钢筋水泥支架，运到井下代替木头支架支护巷道。厂里只有一个茶炉房，干部和工人们喝开水，都是提着水壶或暖水瓶到茶炉房里去接。定时供应生水的一只水龙头，也是安在茶炉房里。厂里有的女工，会端着自己的搪瓷盆去那里接水洗衣服。我就是有一次在排队等着接开水时看到汪莹丽的，当时她正端着多半盆子泡着衣服的清水，从茶炉房里往外走。厂里的女工不多，我知道所有女工的名字。这个女青年是谁呢，我以前怎么从来没见过她呢?

女青年大概感觉到排队等着打开水的人都在看她,她低着眉,谁都不看,只看着自己盆里的清水,径直向外走去。都处在青春阶段,男青年对女青年是敏感的,我很想知道这个女青年是谁。我很快就从工友口中知道了,她叫汪莹丽,跟她妈一起住在工厂后面的家属区里。矿务局有一些被打成“走资派”的老干部,还有一些被认为政治上有问题的人,在厂里进行劳动改造。汪莹丽的妈妈是在抗战期间投身革命的老干部,不知是何原因,也从矿务局机关下放到我们厂,放在劳动改造之列。那两年,矿区职工子女下乡插队或去农场锻炼告一段落,开始被分期分批召回矿区参加工作。汪莹丽参加工作不在我们厂,她被分配到矿务局党校当讲解员。党校里办有阶级教育展览馆,展览模仿四川《收租院》的泥塑形式,塑造的是旧社会的矿工在地狱般的井下受苦受难的形象,以对现在的矿工进行阶级教育。汪莹丽的老家在河北,可能她家乡的人说话跟普通话比较接近,汪莹丽的普通话说得好一些,因此就得到了一份只动嘴就可以挣工资的工作。她当讲解员,不算是当干部,但与从事体力劳动的普通工人又有区别,当时有一个说法叫以工代干,说是有些人是工人身份,做的是干部的工作。汪莹丽等于一参加工作就跨越了体力劳动阶段,在向脑力劳动者靠拢。汪莹丽初中毕业于矿务局中学,有不少男同学和女同学。她的那些同学绝大部分被分配到矿上或厂里的基层单位当工人,只有她和极少数同学走上了矿务局的“上层建筑”,从事以工代干的工作。这样她就与绝大多数同学们拉开了距离,体现出她所处地位的优越。

我对汪莹丽加深了印象,源自她对我的一次拒绝。不是拒绝别的,是她拒绝我看一场电影。我有一位老乡,在矿务局电影队当放映员。有一天下午,那老乡悄悄告诉我,晚上要在矿务局党校的小礼堂放一场用于内部批判的电影,电影的名字叫《早春二月》。当时的文艺生活单调得很,不是看样板戏,就是翻来覆去地看那几部老掉牙的黑白电影。矿务局机关的干部大概也耐不住单调和寂寞,就以“批判”的名义开小灶,看一些普通观众看不到的电影。我曾听人说过,《早春二月》是一部根据柔石的小说改编的表现爱情生活的电影,由著名电影明星孙道临和谢芳主演,那是相当精彩。这样的电影让人无法拒绝,我渴望能看到这部电影。在还没有看到电影以前,我已经开始准备回头向工友们炫耀,心里稍稍有些激动。天刚黑,我见矿务局的机关干部一个接一个分头向党校走去，他们互相之间不打招呼，更没有成群结队，都是单溜。他们接到的是秘密通知，采取的是秘密行动，显得都有些神秘。党校大门口是两扇大铁门，右侧的大铁门上还开了一扇小铁门，大铁门关闭了，只开着一次只容一人进出的那扇小铁门。小铁门外面的门灯下立着一个把门的女青年，女青年不是别人，正是汪莹丽。看见她，我心中一喜，想到我见过她，她应该会顺利放我进去。可我刚走到小铁门门口，她手一伸把我拦住了，问我："你是谁？你不能进！"

我向她解释说："我在矿务局政工组帮助工作，帮助筹备即将召开的矿务局共青团代表会议。电影队的放映员是我的老乡，是他让我来的。"

"那也不行，我不认识你！"

我知道看这样的内部电影不是凭票，而是凭脸，汪莹丽不认识我这张脸，我能有什么办法呢！

电影大概快放映了，这时我看见矿务局办公室的周主任匆匆走了过来，他举手对汪莹丽打了一个无声的招呼，向小铁门里迈去。我认识周主任，周主任也认识我，我像是看到了救星一样，赶紧喊了一声"周主任"，意思是让周主任跟汪莹丽说一声，放我进去。让我大为失望的是，周主任只回头看了我一下，连一句话都没说，就自顾自地进去了。周主任的表现给我留下了深刻的印象，通过这样一个细节，我就认识了一个人的品性。

看不到电影，我还是不甘心，站在党校门口不愿离去。我对汪莹丽说："你不认识我，我可是认识你，我在支架厂里见过你。"

周主任不搭理我，也许更坚定了汪莹丽拒绝我入内的决心，她说："你认识我，我不认识你，你什么都别说了，说什么都没用，我说了不让你进，你就是不能进。"

这个汪莹丽，真够死心眼儿的。我说了一句"真遗憾"，就悻悻地走开了。

团代会开过之后，瘫痪了多年的团委又重新恢复了共青团的活动。因我参加了团代会的筹备工作，原本可以留在团委当一个干事，可因为我当工人还在试用期内，需要回到原单位转正、定级，就又回到了支架厂继续当工人。

煤矿上会挖煤的人总是很多，会动动笔写点儿东西的人却很少。因为我喜欢在业余时间写点儿小东小西，在支架厂的石坑里又打了一年多石头之后，我被调到了矿务局政工组下属的宣传组工作。矿务局有一座新建成的煤矿要投产，宣传组决定创办一份《矿工报》，将矿井投产作为喜讯加以宣传。办《矿工报》得有编者，于是宣传组的领导就把我调了过去。此前因恋爱的事，厂里有人说我有小资产阶级思想，把我狠狠整了一通，几乎开除了我的团籍。是宣传组的领导把我从困境中拉了出来，使我的命运从此开始有了转折。知恩感恩，多少年来我一直对那位宣传组的组长心存感激。

在编《矿工报》期间，有一天我收到了汪莹丽寄给《矿工报》的一篇稿子，是一首短诗。我认识汪莹丽，但我绝不会因为她曾拒绝我看电影，我就拒绝发表她的稿子。相反，我欢迎她给《矿工报》写稿子。加上她的稿子写得还可以，我马上打电话通知她，准备采用她的稿子。汪莹丽很高兴，多年以后她告诉我，那是她所写的稿子第一次变成了铅字印刷品。给她打电话时，我顺便告诉了她我的名字。她说"噢噢，知道，知道"。我不知道她是怎么知道我的名字的，也许是那次她拒绝我看电影后向别人打听到的。

过了一段时间，政工组所属的组织组和宣传组分开，成为两个部门，分别叫组织部和宣传部。我当然被分在宣传部，一边继续编《矿工报》，一边兼搞对外新闻报道工作。党校办的阶级教育展览馆时兴了一阵子，大概该受阶级教育的都受过了一遍，就不大时兴了。展览馆虽说没有关门，但里面矿工受苦受难的连组塑像已无人参观，变得冷冷清清，有些阴森。在这种情况下，没有了讲解任务的汪莹丽就被调到了矿务局宣传部，成了我的同事。我毕竟比汪莹丽早到宣传部工作，部长给汪莹丽安排的工作任务，是让她跟着我学习写对外新闻报道。这同时也是部长给我布置的新的工作任务，按当时流行的说法，叫以老带新的"传帮带"。这样一来，我和汪莹丽的同事关系就是一对一的同事关系。我们两个在宣传部见面时，脑子里都难免会闪现在党校门口关于看电影的那一幕，但谁都不会提起，那一幕像是某个电影镜头一样在脑海中一闪而过。

蜜蜂采蜜，必须到有花儿的地方去。在煤矿写稿子，就必须到挖煤的地方去。我和汪莹丽如果老是在宣传部的办公室待着，喝喝茶水看看报，风吹不着，雨淋不着，轻松倒是轻松了，可拿什么写稿子呢？于是，我就时常带着汪莹丽到下面的煤矿去采访。矿务局管着六座煤矿，有的矿在东边，有的矿在西边。比较近的煤矿离矿务局只有几里路，比较远的煤矿离局机关却有十几里，甚至几十里路。我和汪莹丽怎么到矿上去呢？比较近的矿，我们就沿着运煤的公路或运煤的铁道专线走着去。比较远的矿呢，我们只能搭运煤的敞篷大卡车过去。那时的司机属于吃香阶层，都牛得很。我们站在尘土飞扬的路边，往往要招好多次手，才能叫停下一辆卡车。司机的驾驶室里只能坐一个人，我都是让汪莹丽坐到驾驶室里去，我翻过车帮，站到后面的车斗子里。只要是运煤的卡车，不管车斗子里装没装煤，车一旦跑起来，车斗子里就煤尘飞扬，飞蚊一样打在我脸上。不记得有多少回了，我们只要搭运煤的卡车去矿上，我都像下了一次矿井一样，脸上、耳朵里、脖子里，都沾了一些煤尘。每回下了车，汪莹丽见我脸上沾了煤，都对我不好意思地笑笑，显得有些抱歉。我们去矿上带的东西很少，我背一只褪了色的黄色军挎包，里面装的是笔记本和稿纸。汪莹丽提一只灰色的人造革敞口手提袋，里面装的无非也是采访和写稿所用的文具，反正我从来没有看见她带过洗漱用品和化妆品。矿上那时候没有免费的招待餐，我们在矿上吃饭，都是自己花钱和粮票买饭票，去职工食堂排队打饭。每次采访结束，我都不让汪莹丽写稿子，还是我自己动手写稿子。稿子写完，我顶多让汪莹丽抄写一遍，我想让她通过抄写，知道新闻稿子应该怎样写。稿子在报纸上发表时，都不署作者的名字，不管谁写的，也不管多少人合写的，只署一个“本报通讯员”就完了。那时写稿一律不付稿费，更不存在稿费分配问题。

说是以老带新，我的岁数并不大，才二十三四岁。我是1967届的初中毕业生，汪莹丽是1969届的初中毕业生，她比我小两岁，也很年轻。两个青年男女，时常在矿务局机关同出同进，下矿时一路同行，在那个处处充满火药味的斗争年代，别人会不会有什么看法呢？会不会引起别人的议论呢？不会的，我相信不会的。我们二人之间一直保持着恰当的距离，甚至有些互相戒备。根本的原因在于我那时已结婚，是有了妻子的人。我妻子和汪莹丽是什么关系呢？她们是矿务局中学的同学，我妻子比汪莹丽高一年级。而且她们还一起在矿务局的毛泽东思想宣传队里唱过歌跳过舞，曾经是宣传队里的同事。从资格上说，她们是煤矿职工的“家生女”，至少也是煤矿职工的第二代。作为一个从农村被招工进矿的青年，我只是一个后来者，或者说是一个闯入者，先入为主的她们，有资格对我进行审视和评判。还有一个不得不说的原因是，我和妻子的恋爱经历了一些磨难，闹得妻子的同学们都知道了，汪莹丽当然也会知道。汪莹丽极少在我面前提到我妻子，我理解这是她对我的尊重。

“文革”结束恢复高考，汪莹丽也参加了。因她上初中时几乎没学到什么东西，知识基础差得太多，没能考上。我没有参加高考，一是我已经有了孩子，二是对高考缺乏自信心。等恢复高考头一年的作文题目出来时，我有点儿后悔，觉得就那个题目而言，我能写一篇不错的作文，说不定能得高分。还说不定因为作文写得好，我有可能考上某所大学的中文系。机不可失，时不再来，机会一旦错过就永远错过了。汪莹丽考大学不成，开始跟着收音机里的电台广播上电大。我没有上电大，我愿意在实践中学习。有人劝我，说上电大可以拿到大学文凭。我没有动心，对拿文凭不感兴趣。再加上我家没有收音机，没有条件天天跟着收音机听课。

汪莹丽岁数不算小了，有人张罗着给她介绍对象。我不知道别人给她介绍了多少个对象，反正她一个都没看上。全矿务局范围内的男青年似乎都不在她找对象的视野范围之内，有人又给她介绍了一个对象，她连跟人家见面都不愿意，说："呀，不行不行！"某矿团委有一个青年看上了汪莹丽，给汪莹丽写了一封求爱信，趁汪莹丽不在办公室的时候，把信偷偷塞进汪莹丽办公桌的抽屉里。我和汪莹丽在一个办公室，那个青年往抽屉里塞信的时候被我看见了。汪莹丽办公桌下面的抽屉是上了锁的，但抽屉上面有一点缝隙，那个青年是通过缝隙把信塞进去的。那个青年的情况我知道一些，他求着当团委书记不成，受到刺激，出现了精神分裂和不能自控的状况。他的主要表现是以团委书记自居，喜欢参加各种会议，听说哪儿有会议，他早早就到了会场。有些群众性的大会，他参加就参加了，没人管他。有些不该他参加的小范围的会议，他一去会议室，人家就毫不客气地把他赶了出去。除了参加会议，他就提着一只灰色人造革小提兜四处游荡。他多次游荡到我们宣传部的办公室，圆圆的大脸上带着微笑，一待就是半天。等汪莹丽来到办公室时，我告诉她，那个青年往她抽屉里塞了一样东西。汪莹丽了解那个青年的情况，她曾以开玩笑的口气，把那个青年喊作书记。也许正是因为她把那个青年喊作了书记，那个青年误以为汪莹丽对他印象不错，就向汪莹丽发起了求爱。汪莹丽打开抽屉，只把求爱信瞅了一眼，就像是受到了莫大侮辱一样，气得脸色发白。她骂了一句"神经病"，就把信撕成两半、四半，扔进脚边用铁丝编成的废纸篓里去了。她犹不解气，拎起废纸篓向门外走去。我估计她是要把撕碎的求爱信倒进厕所的垃圾堆里去。回过头来，汪莹丽对我说，希望我不要对别人说这件事。我让她尽管放心。

我也曾给汪莹丽介绍过对象。我觉得自己并不擅于为别人介绍对象，似乎天生缺少这方面的才能。可眼看汪莹丽的年龄越来越大，眼看她的同学们纷纷结婚并有了孩子，我觉得我有责任为她介绍一个对象。我给她介绍的对象是省日报社工商编辑处的一位姓苏的编辑。我和汪莹丽时常去报社送稿子，我们认识苏编辑，苏编辑也认识我们。苏编辑很有才华，他不仅通讯报道写得好，报告文学也写得极有文采。他父母都在北京的新闻单位供职，他一个人在河南工作。他岁数也不小了，比汪莹丽还大两三岁，不知是何原因，他一直没有结婚。我想，把他介绍给汪莹丽是合适的，应该能够符合汪莹丽找对象的标准。我没有直接对苏编辑说，而是通过苏编辑的一个同事，先探听一下苏编辑的意思。我也没有先跟汪莹丽说，倘若苏编辑有意跟汪莹丽谈一谈，我再跟汪莹丽说明也不迟。我探听的结果是，苏编辑没对汪莹丽做过任何评价，只说他的父母正准备把他调回北京工作，他就不在河南找对象了。多年之后，调回北京工作的苏编辑因写热点问题报告文学和电视专题片，成了炙手可热的知名作家。这时候，我才对汪莹丽提起，我曾想过给她介绍苏编辑。汪莹丽说："人家是大地方的人，哪里看得上我们小地方的人呢！"

出人意料的是，我比苏编辑还先一步调到了北京。我先是一个人在北京帮助工作，一年后就调到了北京。虽说调到北京工作，我却没走出煤炭系统，是在煤炭工业部所属的一家《煤矿工人》杂志社当编辑。同时，我妻子和女儿的户口也迁到了北京，我们全家在建国门附近的一个居民小区定居。如此一来，我和汪莹丽多年的同事关系就终结了。

写到这里我突然想起，以前还有一件事我忘了记一笔，请允许我简略补充一下。大约在1976年的春天，我被借调到省里的工业学大庆办公室写材料。矿务局宣传部和矿务局党校的部分工作人员，临时组成了一个学习小组，要去上海的工厂学习人家组织工人理论小组的经验。学习小组赴上海，需由省里相关部门开具介绍信才行。他们开不到介绍信，就找我帮忙。我在工业学大庆办公室的职责跟办公室的秘书差不多，开介绍信对我来说轻而易举。我明白矿务局的那帮人打的是学习的幌子，外出旅游才是真。于是我跟他们讲了一个条件，说让我帮助开介绍信可以，我得跟他们一块儿出去学习。他们不能拒绝我，只好同意让我跟他们一路同行。学习小组包括我一共六个人，五男一女，那唯一的女同志就是汪莹丽。在十多天时间里，我们先后去了南京、上海、杭州，还拐到了九江，登上了庐山，玩得十分尽兴。我们从九江乘江轮去武汉时，坐的是夜行船。我喜欢江风春水，夜里一个人抱了被子到舷窗外的甲板上去睡。没人干涉我的出格行为，仰脸躺在甲板上，我看着天上的星光，听着长江水东流的声响,竟想到了“浪漫”这个词,给我留下了美好难忘的印象。更让我难忘的是,天将明时,有人从船舱内向外泼洗脸水,一下子泼到了我头上,使我从“浪漫”的睡梦中惊醒过来,顿时变得有些狼狈。这一幕刚好被早起的汪莹丽看到了,此后,每每提及那次旅行,她都会把别人向我泼水的事当笑话说。

接着前面被自己打断的话说,我调到北京工作不久,汪莹丽也离开了矿务局宣传部,通过应聘调到《郑州日报》报社工作。我想,正是因为她在矿务局宣传部期间写稿子打下了底子,积累了经验,才顺利地走上了新的更高级别的新闻工作岗位。

那些年一切都在发生变化,而且是快速变化。比如说,以前各个单位都是一潭死水,在死水里,是鱼你得伏着,是龙你也得伏着。变成活水之后呢,龙很快腾起来,鱼也变得活跃起来。再比如说,以前各个单位的工作人员都是一副扑克牌,如今扑克牌在盒子里装着,早就不洗了。形势的变化使牌重新洗过,重新组合,不管大鬼小鬼,还是小三小四,都在发挥作用。拿我原来所在的矿务局宣传部来说,有的人调到市里当某区的区委书记去了,有的下矿当矿长去了,有的给市政府的领导当秘书去了,有的到学校当老师去了,也有的下海做生意去了。只几年时间,我在宣传部共同工作的那帮同事纷纷离开了原单位,各奔东西,各奔前程,走得一个不剩。所谓同事关系就是工作关系,没有了工作关系,同事关系随之不复存在。一般来说,当人们走上新的工作岗位,建立起新的同事关系,跟过去的同事就很少联系了,彼此像断了线的风筝一样。拿我自己来说,自从1978年春天调到北京工作,四十多年过去了,我和有的同事一次都没有联系过,不要说见面了,连电话都没打过一个。想起往事,我也很想念他们,很想和他们说说话,或见见面。可我的想念只停留在想念的层面上,想想就过去了。我想,我主动跟人家联系,也许会打扰到人家的生活,多一事不如少一事的好。有人说世界很小,远在天边的朋友都可以见到;有人说世界很大,离得并不远的朋友却很难见到。我说不清这个世界是小还是大,反正由于空间的原因、时间的原因,还有心理的原因,我和有的同事也许这一辈子都联系不上了,彼此存在跟不存在差不多。

让人感到欣慰的是,几十年来,我一直跟汪莹丽保持着联系。我们之间的联系也不是很频繁,都是在过年过节时互相打电话问候一下。我们都还在做新闻工作,虽然不是同事了,但仍然是同行。既然是同行,共同的关注点和共同的语言就会多一些。另外，我在做新闻工作的同时，业余时间还搞点儿文学创作，每出一本新书，我都会寄给汪莹丽看。我们写了东西，总希望有人读。但我常常不知道自己作品的读者是谁，有时甚至怀疑自己所写的东西到底有没有读者。除了我妻子之外，有一个读者是可以肯定的，那就是汪莹丽。汪莹丽读了我的小说不但有及时的反馈，有时还能指出某篇小说的生活原型是哪位。这样的读者是难得的，她不仅可以让我清楚地知道读者是谁，了解读者的层次，还可以激发我持续写作的积极性。这样的读者哪个作者不需要呢，哪个作者不愿意和这样的读者保持联系呢！

我所在的新闻单位面向全国，外出采访的机会很多，每年去的地方也不少。每次路过被称为铁路交通枢纽的郑州，或在郑州停留，我都会与汪莹丽联系一下。是的，我很少与别人联系，只与汪莹丽联系。在我的心目中，汪莹丽和郑州几乎成了一个同义语，汪莹丽代表着郑州，郑州也代表着汪莹丽。我到郑州一趟，如果不和汪莹丽联系，差不多等于没到郑州。有一次，我到郑州参加一个由中国煤矿文化宣传基金会召开的影视创作座谈会，开会的地方正是我原来所在矿务局的驻郑州办事处。一到办事处住下来，我就给汪莹丽打电话，说我到郑州了。我们刚说了几句话，汪莹丽就要我中午饭别吃会议餐了，她请我吃郑州的羊肉烩面。我们在矿务局宣传部一块儿工作时，多次趁往省报送稿时一起在郑州吃羊肉烩面，她知道我爱吃那一口儿。我说那好吧。中午时分，我们在汪莹丽指定的一家羊肉烩面馆里见了面。季节是初夏，路边绿化带里的月季花开得正盛，在阳光的照耀下，每一朵月季花都像是燃烧的火焰。面馆门前撑起了一些大伞盖的太阳伞，太阳伞下面放有餐桌，有的食客嫌面馆里面太热，就在太阳伞下面吃烩面。汪莹丽嫌外面过往车辆太多，声音太嘈杂，影响说话，我们还是在面馆里面找了一个人少的角落坐下了。除点了两大碗烩面，汪莹丽还点了两瓶啤酒和两盘下酒的凉菜。在烩面还没端上桌之前，我们先喝一点啤酒。我们喝了两口啤酒，汪莹丽用河南话叫着我名字的后两个字说："我还欠你一场电影呢，哪天有机会我一定请你看一场电影。"

我知道，她说的电影指的是《早春二月》。

我说："现在新电影那么多，想看过去的老电影恐怕很难了。"

她说："是的，许多事情都是这样，一旦错过机会，想再找回来就难了。"

汪莹丽从电影说到"许多事情"，我听出了她话后面的话，我觉得她把话说远了，也说重了。我的敏感和自律要求我不能顺着她的话说，如果顺着她的话说，有可能会落入男女之间的俗套。于是我说：“咱们不说这个了，喝酒喝酒。”

我听说汪莹丽终于找到了对象，终于结婚了。她没有主动对我说起她丈夫，我也没有问她。她要是愿意说起她丈夫，我倒愿意听一听。她不主动说，我不便多问。特别是在这个节骨眼儿上，我问起她的丈夫，倒显得我过于敏感，多心，好像故意岔开话题似的。我一时不知说什么好，仿佛话不由己，一开口还是岔开了话题。我说一到烩面馆，就想起了许多往事。我讲的一件往事是，我在北京帮助工作期间，有一次回矿务局，妻子到郑州接我。妻子接到我，我们就到二七纪念塔旁边的一家烩面馆吃烩面。烩面占不住我们的嘴，我们一边吃面，一边说话。等我们吃完了面，妻子才发现她挂在长条板凳一头儿的提兜儿不见了。提兜儿装的东西有钱包，还有一本她没有看完的《福尔摩斯探案集》。不用说，一定是小偷见我们两口子说话说得有些忘了身在何处，就把妻子的提兜儿顺走了。汪莹丽没说起她丈夫，我却说起了我妻子，也就是她的同学。我不是有意为之，不是拿妻子抵挡什么，只是在不知不觉间就说到了妻子。

汪莹丽也没有顺着我的话说。热气腾腾的羊肉烩面端上来了，太热，我们没有马上吃。汪莹丽问我：“那次我不让你看电影，你临走时说了一句话，你还记得吗？”

我摇头说不记得了。

“我还记着呢，你说的是‘真遗憾’。因为这句话，我一下子记住了你。全矿务局那么多年轻人，只有你说出这样的话，当时我就觉得，你和别的人都不一样。”

多少年过去了，汪莹丽竟然还记得我当年随口所说的一句话。我相信汪莹丽的记忆不会错，就我的性格和习惯而言，我应该会说出那样的话，面对一个女孩子，也只能那样说话。我该说什么呢？我不会再说“遗憾”那样文绉绉的话了，只能夸汪莹丽的记忆力真够好的。

若搁以往，羊肉烩面上桌后，我的全部注意力会很快集中在烩面上，一口气把一大碗烩面全部吃光，吃得大汗淋漓。可那天我们都有些走神儿，注意力一点儿都不集中，没有吃出羊肉烩面应有的香味。不管是面条，还是粉条，我们都是一根一根挑着吃，一碗面只吃了半碗，就把筷子放下了。

我原来所在的矿务局，属于国家煤炭部直接管理的国有企业，但因行政区划是在郑州市范围内，一些社会性功能也归郑州市管。也就是说，对于矿务局的宣传报道跟我有关系，跟汪莹丽也有关系，我们一块儿去矿务局是顺理成章的事。有一年，某矿举行庆祝建矿五十周年庆典，我和汪莹丽都去参加了。在晚间举行的舞会上，我第一次请汪莹丽跳了舞。汪莹丽说我跳得挺好的。我说刚学的。又有一年，某矿的原煤年产量比矿井设计生产能力翻了一番，邀我和汪莹丽去给他们写报道。在矿领导招待我们的酒会上，我和汪莹丽都喝了酒。借着酒劲儿，在众目睽睽之下，我第一次拥抱了汪莹丽。拥抱汪莹丽是我的一个由来已久的预谋，我把预谋得以实现的功劳推给了酒。我觉得汪莹丽也有预谋，我的预谋是拥抱她，而她的预谋是接受我的拥抱。这样说来，我们迟到的拥抱就不是不谋而合，而是有谋而合。在我们拥抱时，有矿上宣传科的人为我们照了相，之后汪莹丽一再向人家要照片，我知道她是想留一个纪念。尽管当晚喝了不少酒，但我仍不失理性，理性告诉我，拥抱一下我以前的女同事，带有一定的礼节性，同时也是我和汪莹丽交往的一个底线。我绝不会越过这个底线，永远都不会。有人说，连喝了酒都保持清醒状态的男人是可怕的。可怕就可怕吧，反正不管到什么时候，我都得管住我自己。

我妻子对汪莹丽也很好，她对我与汪莹丽的交往没有任何疑虑。有一次，汪莹丽带着她女儿到北京参加一个外语培训班，妻子热情地安排她们母女住进了我们家。回忆起来，我们到北京几十年，除了我母亲和我妻子的父母，以及我的兄弟姐妹在我们家里吃住过，在我们的同事和朋友里，汪莹丽是在我们家吃住多天的第一人，也是唯一的一人。从这件事可以看出，我们两口子对汪莹丽是多么友好。其实朋友之间的友好是双向的，汪莹丽之所以能在我们家得到特殊的待遇，是她愿意与我们保持友好的关系。听妻子多次说过，她有一个以前和她关系不错的女同学，头天听说她要调到北京工作，妒火中烧，第二天见面把脸一扭，就再不搭理她了。对于这样的人，就算你想跟她保持友好的关系，也只能是一厢情愿。

我和矿务局宣传部的绝大部分老同事都断了联系，不等于汪莹丽和他们也没了联系，汪莹丽和不少老同事都有联系。有些老同事的信息都是汪莹丽告诉我的，谁谁升官了，谁谁发财了，谁谁瘫痪了，谁谁出事了，汪莹丽都会及时告诉我。随着时间的流逝，原来宣传部的部长去世了，副部长去世了，新闻科的科长去世了，一位才五十多岁的老同事也去世了。汪莹丽每告诉我一个不幸的信息，都会把逝者妻子的电话告诉我，嘱我打电话向其表示悼念和慰问。同时，每每听到这样的信息，我和汪莹丽都会不胜唏嘘，感叹生命的短暂，并为自己还活着感到幸运。

汪莹丽退休后，担负起了照顾她母亲的责任。在汪莹丽年轻的时候，她和她母亲的关系不是很和谐，因一点小事，她母亲曾到我们宣传部大吵大闹，告汪莹丽的状。不承想她母亲到了晚年，她们母女相处得那么好。她母亲九十多岁了，耳不聋，眼不花，能大睡，能吃肉，身体好得惊人。我时常在她的微信朋友圈里看到她晒母亲的照片。在春天的花园里，她母亲在健身器材上锻炼身体。在秋天的阳光下，她母亲坐在室外的椅子上看报纸，竟然连老花镜都不戴。在纪念中国人民抗日战争胜利70周年之际，她母亲作为抗战老战士，得到了一枚国家颁发的纪念章，她把纪念章的照片发在微信上，很为她母亲骄傲。母亲身体好，说明他们家的长寿基因好，汪莹丽对自己的身体状况充满自信。我每次看见她，她都身手矫捷，似乎还充满着青春的活力。她说她母亲在向一百岁迈进，她前面的路更长更长。

说话到了2019年的年底，我的长篇小说《家长》获得了第二届“南丁文学奖”。我去郑州领奖时，因来去匆匆，未及时和汪莹丽联系。直到我登上返京的高铁列车，才给汪莹丽发了一条微信，请她谅解。她很快回信，说她看到了我获奖的消息，向我祝贺！因她生病住院了，才没有到颁奖会现场去看我。她在微信的最后说的是后会有期。

汪莹丽生病了，还住院了，这让我有些意外。一个女同事，我不好意思问她生的是什么病，只是祝愿她早日康复！

没有再收到她的回复。

2020年春节前夕，我禁不住又给她发了微信，说：“都快要过年了，您难道还没出院吗？真让人挂心啊！”

仍未收到她的回复。这让我有了不太好的预感。

整个春节期间，我都没有汪莹丽的任何信息。这不正常。在以往每年的春节，我都会与她互相拜年，互致祝福。在鼠年的春节，我给她打电话，无人接听；给她发微信，不见回复。这太不正常了。

到了正月初七，也就是2020年的1月31日，春节长假即将结束，上班的人又要上班。我实在忍不住，又给汪莹丽的手机上发了微信。这次发微信，我写的是汪莹丽女儿的名字。她女儿很快给我回信:刘叔叔,我妈妈今天上午十一点走了。

看到这样的消息,我一下子蒙了,有些头晕。我马上把消息告诉了妻子,说话时我喉头颤抖,几乎说不出话来。我妻子一听就哭了,她说:“莹丽才六十多岁,她不该走得这么早啊!”

我立即给汪莹丽的女儿回信:“得知你妈远行的消息,我和阿姨心情都很沉痛,阿姨都哭了。深切悼念你妈妈!她那么热爱人生,热爱生活,怎么说走就走了呢?实在让人难以接受!好孩子节哀珍重!并安慰你爸爸!”

天还在,地还在,山还在,水还在;矿区还在,郑州还在,汪莹丽却不在了,永远都不在了。汪莹丽是我与老同事们保持间接联系的信息枢纽,汪莹丽一不在,我再也得不到所有老同事的任何信息了。人的存在是相对的,汪莹丽不存在了,在与老同事联系方面,恍惚之间,我仿佛觉得连自己都不存在了。

好在汪莹丽的手机号和微信号还在手机上保留着,每次路过郑州,我都会想起汪莹丽,都会给她留言:我到郑州了,莹丽您在哪里?又来郑州,莹丽永生……

在天国的汪莹丽也许会看到我给她的微信,可惜她再也不会回复我了。

【作者简介】刘庆邦,生于河南沈丘农村。一级作家,中国煤矿作家协会主席,北京作家协会副主席,北京市政协委员,中国作家协会全国委员会委员。当过农民、矿工和记者。著有长篇小说《平原上的歌谣》《红煤》《遍地月光》《黑白男女》《女工绘》等十二部,中短篇小说集、散文集《走窑汉》《梅妞放羊》《遍地白花》《响器》《黄花绣》等七十余部。《刘庆邦短篇小说编年》十二卷。曾获鲁迅文学奖、老舍文学奖、南丁文学奖、孙犁散文奖、《小说月报》百花奖、北京市首届德艺双馨奖等奖项。根据其小说《神木》改编的电影《盲井》获第53届柏林电影艺术节银熊奖。多篇作品被译成英、法、日、俄、德、意大利、西班牙、韩国、越南等外国文字,出版有七部外文作品集。

来去兮

阿　占

坏女人

老房子是有毛孔的。毛孔大小不均，散布于墙壁和天花板，还有那条又黑又长的走廊。毛孔吞噬声音，吞噬温度和表情，吞噬男人的勃发、女人的柔软，吞噬老人眼里的最后一道精光。对于孩子也毫不留情。

王小鱼那年六岁，仍然觉得走廊骇人。她未必看得见毛孔，但是，巨大的密结的蛛网压下来，触角在里面扭动，并且露出了尖牙，这些她都能看见。大人们继续丢出杂物——原本是扫地出门的，丢到走廊却成了宝，再也舍不得往外丢，任其沿墙壁堆砌，生出幢幢鬼影，有时耸立，有时蛰伏，王小鱼屏住呼吸走过去，始终走不到尽头。

常有异响和莫名的气流在走廊穿来穿去。以王小鱼的年纪，自然不会知道那是锅铲在互怼，墙皮在脱落，老门窗在吱呀哀叹，它们一起构成了人间的疲惫。王小鱼问过祖母，什么声音？离海太近的缘故，祖母说，其实我们生活在海里的礁石上，你听见的是潮水声。

王小鱼信以为真。这里的确离海很近，只隔着一条马路，垂直距离不过百米。海雾扑上来，笼罩在斜坡的屋顶，与此同时，老城里回荡起哞哞的叫声。不出意外地,祖母又会扯到海牛那里,她说叫声是从海底发出的,有一只巨大的坏脾气的海牛,动辄起雾,让船只迷航、触礁。王小鱼听后愤愤不平,与雾团打斗起来,直到万物模糊不清。

走廊里的潮气始终不散,夏天越发泛滥,地面上汪汪的水渍,立秋以后才能干燥。立秋的早晨,祖母站在走廊里,忽然说,转北风了,满脸节日气氛。只一瞬间,还没等王小鱼反应过来,院子里已经斑斑驳驳晒成一片。祖母极矮,又是小脚,将被子抱成了山,一路着急,都是要摔倒的样子。

院子篮球场大小,每一寸空间都要紧,大人们不惜因此撕破了脸。女人为晾衣绳,男人为煤池子,抢夺的场面一度在王小鱼心里投下阴影。祖母把王小鱼往家里拽,不许看,大人的事情,小孩儿少掺和。

冬至过后,太阳光冷了,晾衣绳才能空闲下来,只晒几趟咸菜,偶尔也晒几条咸鱼、几根香肠。后面这两样,人畜都得提防。周遭一向野猫成灾。有时候,院子里响起谩骂声,似乎是猫惹的祸,再听,就又回到了人的身上。

走廊尽头是什么?六岁之前,王小鱼没什么印象。六岁那年,事态急转,王小鱼发现大人们都在冲走廊尽头甩脸色吐唾沫,悻悻地谈论着:坏女人回来了。

起初,人们只是竖起耳朵,蛮有把握的样子——坏女人家里定会发生海啸。她应该被自己的丈夫打残。吊起来打。再不济,她应该每天悲鸣哀号,深表忏悔。人们将耳朵竖了整整三天,却连一只碗碎的声音都没听见。太安静了,比之前更安静。

坏女人的家在走廊尽头。要想到达院子,汇入街道,消失于人群,淹没在市声里,又长又黑的走廊是必经之路。总要上班上学的,除了丈夫,她还有两个儿子。人们将门虚掩着,故意留出缝隙,一门心思地要看这家人的落魄之相,全然忘记了自己的疲惫。

结果仍是失望。坏女人一家素来沉默,不抢晾衣绳,不争地方垒煤池子,事情一出,就更无声无息了。她的丈夫天不亮出门,黑透了才回来。儿子们也是。想与尔等打上照面,难上加难。

事发之前,坏女人是橡胶厂的厂医,人们喊她云织。云织在遥远的城市北部上班,整日里早出晚归,走路极快,带着淡淡的来苏水味道。她夏天穿浅色衫、藏青裙子,露出的半截小腿过于白净,甚至有些刺眼。冬天是军用棉大衣,厚围巾裹得只露两只细眼,细长并且眼梢上扬,这也是她五官中最独特的部分。

二十世纪七十年代末期，那个橡胶厂是行业老大，职工多达三千人，工种辛苦，三班倒，可福利待遇也远超一般水平。厂医配备了十几个。医务室干净明亮，还有一种知识带来的压迫感，再粗野的工人，进得里面都会噤声。云织穿白大褂，脖子上挂着医疗听筒，伏案写方开单，长发用手绢束起。

下班回到家，云织就不再出门了。晒衣物、买白菜、搬蜂窝煤、倒垃圾之类的家务，都是丈夫做。丈夫高大，五官周正，一副好脾气的样子，院子里的女人都夸过他——真能干呀，老廖。

云织少了烟火气，就多出一种神秘感。一九七九年，大部分女人还没能漂亮起来，衣衫偏中性，无筋骨无廓形，亦无腰身。家务活儿做不完，在公共水龙头前洗涮，床单下水死沉，女人们伏腰撅腚，两手红肿。在院子里生炉子，在违章搭建的屋里做饭，眉头也是解不开的。孩子多，住房小，生活之维艰，命运之叵测，细腻和丰美很快消失了，悍妇、泼妇和刁妇被盘剥而出。唯独这个云织，竟然逃离了生活之重，绝无烟熏火燎的痕迹，且始终垂着眼帘，不肯与人对接眼神。女人们堵着气，被妒忌和自卑咬痛的时候，云织就出事了。

人们观察了三天，等待了三天。三天后，耐心全无，齐齐地恼火起来——

听说是跟一个小年轻技术员搞破鞋。

听说跑出去大半年呢，竟然一点风声也没漏，老廖真能忍。

听说跑到杭州，小年轻玩够了，不干了，把她扔了。

听说是从断桥那里跳下去的，还真把自己当白娘子了。

听说警察夜里把人送回来的时候，用担架抬着。

听说绝食，不配合治疗，虚弱得站不住。

…………

淫妇遭唾弃，也是最让人谈论不够的。越不知道真相越可以尽情想象，空间太大，唾沫星子逆光飞溅，抛物线异常有力，恹恹的日子忽然起了生趣。云织自此成了万劫不复的坏女人，再也没人肯喊她的名字，生怕脏了嘴似的。

王小鱼听不懂大人们在说什么。千言万语到了王小鱼这里，只汇成一句：不许到走廊那边去。祖母摆出少有的严厉模样，一旦发现王小鱼逾越界限，就会压低嗓音：鱼儿，回家。

这年祖母六十岁出头，总是将家里的钥匙挂在腰上。当祖母把钥匙捅进黑暗的孔道，精密起伏的金属齿边在内部摩擦、转动、咬合，粗大的锁扣有力地弹开——咔嗒，王小鱼便认为这声响无所不能。

一年前祖父离世了，这件事情，祖母想起来就要抹眼泪。王小鱼不解，又不好多问。祖父在世的时候，昂着冷脸，挺着腰板，对祖母视而不见，用冷酷和粗暴来形容并不为过。王小鱼怕祖父。祖父重男轻女，不待见女儿家，从未抱过王小鱼，零食玩具更是奢谈。祖母连生三女，单传一子，偏偏王小鱼的母亲也不争气，坐不住男胎，不停地流产，好不容易生下王小鱼，自此死也不肯怀孕了。

好像家里的每个人都欠了祖父的。唯有收声做事。王小鱼出生的时候，祖父随便丢下一个名字——小鱼，连看都没看一眼，转身就走。祖父嗜海货如命，却也只吃大鱼，开凌梭、春鲅鱼、秋海鲈。碰上银针和小黄花，祖父从不肯动筷子。端下去，他的话不容置疑。

倒也奇怪，对于外人，祖父一向好脸热心肠，出手也大方，故而赢得了威望。他是一家综合菜店的头头，物质匮乏年代，能买到猪下货、鸡蛋、鱼杂之类，这是有钱也难以办到的事情。至于祖父的死，很突然，绊了一跤，倒地后再没醒来。那一跤离徐寡妇家很近，鸡蛋碎了一地。

总之祖父走了以后，祖母才真正掌握了家族的话语权，日常打算、三餐内容、年货储备，从此说一不二。这回，将走廊尽头列为禁地，却是祖母失算，结果适得其反，王小鱼越发地控制不住好奇心，非要到那里看一看，恐惧感已经变得不重要了。

走廊尽头是个过渡空间，有一趟楼梯去往二楼，红橡木的，坚硬、沉实，也苍旧、斑驳。楼梯口长窗的玻璃早已碎掉，成了朔风和野猫的通道。秋天倒是好，干爽的气息从那里拐进来，阳光也会停下，走廊里因此光点跳荡，破镜子、铝片、铁钉，还有一些不知何物的反光体，都打起了精神。

坏女人的家就在楼梯旁。为了让日子熨帖些，赶在寒流之前，老廖会用塑料布将破窗封严。他攀附于窗台窗棂，叮叮当当，身手利落，女人们见了，又要说一句真能干呀，老廖。久而久之，这件事情有了天气预报一样的功能，每年破窗一封，天儿就要冷了。螺蛳壳里做道场的老廖，还间隔出一个让人羡慕的楼梯间，壁橱和床铺，都出自他的手工。从前大儿子睡在里面，坏女人回来以后，执意不进家门，以楼梯间栖身，准确地说，是藏身。

事实上，坏女人真的没脸见人了，橡胶厂已将她除名，丑闻昭著。两个儿子正读初中，相差两岁，渐渐懂事了，也不再开口叫妈。老廖黑着脸，手似铁钳，钳住儿子们的肩膀，似乎在说读好自己的书，天塌下来也轮不到你们。儿子们疼得龇牙咧嘴，反抗不得。

那天午后的阳光特别好，晴空无云，一绳一绳的被子和床单，层叠、迂回、交错，构建了一个光影强烈的迷宫。王小鱼和影子捉迷藏，额头上很快挂了汗。从院子里回来的时候，祖母午睡的鼾声已起，这说明不必急着回家，王小鱼被兴奋和紧张同时控制了，决定越过界限，探探究竟。

看见坏女人的一瞬间，王小鱼愣在幽暗的走廊中央。一开始，王小鱼什么也看不清楚——从过于明亮的地方到过于昏暗的地方，需要一个暗适应过程。等到适应过来，王小鱼看见走廊尽头有一个巨大的圆形光斑，坏女人恰好坐在里面。许是光线太强烈了，坏女人几乎透明起来，皮肤像纸一样薄，淡青的血管爬在她的手背、脖颈和额头上。

坏女人竟然坐在那里！这太出乎意料了，王小鱼的心咚咚狂跳，抬起的右腿僵在了半空，因为窥探秘密的秘密被发现了，小脸瞬间红涨起来。

鱼儿，过来。坏女人的手上似乎挥动着什么。

王小鱼已经无法收回举动。事实上，王小鱼已经变成了木偶，被一条线牵动着，是迟疑的，更是持续的，即便茫然无措，也终于在静谧的午后站在了坏女人身边。

这一头的汗，快擦擦。坏女人递来一条手绢，浅紫色的，洒满白色草花，混杂着花露水和药物的复杂味道，看上去很柔软。王小鱼没有接。

原来坏女人在叠手绢。笸箩里面，叠出来的兔子、小狗、风车、房子、花朵，无不栩栩如生。王小鱼瞬间大喜，完全忘记了一分钟之前的尴尬，只脱口而出，这么多啊！真好看。说完才用手捂住嘴巴，她意识到声音太大，走廊里似乎起了回音，说不定会惊醒祖母。

坏女人再次拿起一条手绢，图案是散落的樱桃。坏女人将手绢对折成三角形，又等角对折在三分之一处，将下端上卷三分之二，再将卷好的手帕两侧向后折回去……就这么折来叠去，很快完成了一只小老鼠。坏女人垂着眼帘，嘴里念念有词。小老鼠，上灯台，偷油吃，下不来。猫来了，害怕了。坏女人摊平手心，将小老鼠摆在中央。送你的，坏女人说。

接下来的中午，王小鱼都会绕过祖母顿挫的鼾声，到那个不该去的地方。走廊里浮动着耀眼的光斑，大的、小的，圆的、方的，还有菱形和月牙形，到处都是。周遭很静，没有异响，大人们在遥远的地方上班，想必海也退了大潮，风不知何时停下了。

坏女人一定坐在那里，坐在巨大的圆形光斑里，像舞台中央的独角戏演员。王小鱼希望时间消失，阳光不再挪移，祖母也应该偷偷懒，睡掉整个下午——可是，这种好事不会发生的。

坏女人手把手地教王小鱼。小手绢，四方方，天天带在我身上，干干净净真好看。坏女人哼唱着，又把一个印着七仙女的新手绢塞进王小鱼的口袋。还有两次，坏女人将手绢叠成糖果形状送给王小鱼，回家以后，王小鱼发现里面真的裹着糖果，一颗甜话梅，一颗大白兔。迅速拆开吃掉以后，手绢却再也叠不回去了，这让王小鱼愈加期盼明天中午早点儿到来。

王小鱼自此有了人生中的第一个秘密。她偷偷地欢喜，又深深地忧虑，生怕哪一天被发现了。人人都以为坏女人藏在楼梯底下，只有她王小鱼知道，每天午后的那一个小时，全世界都静下来的时候，坏女人会坐在圆形的光斑里，为她叠手绢。坏女人说，拿去吧，小鱼，都是你的。

独生女在那个年代并不多见。王小鱼的童年富足而孤单。所谓富足，只是没有兄弟姐妹和她争夺好吃的而已。孤单却是真的孤单。大部分时间里，王小鱼和野猫玩，和蚂蚁玩，和院子里的泡桐玩，也和雾玩，和雨玩。野猫家族占据了所有的屋顶，冷眼打量着一切。有时候王小鱼也会喃喃自语，把内心的独白偷偷藏在那只落地的德式钟表后，或是祖母陪嫁的五斗橱柜里。

最大的游乐场只能是海边。祖母撬海蛎子，挖蛤蜊，捞海菜，王小鱼被安置在沙滩上，用沙子垒起城堡和宫殿，等待着海浪来摧毁。总有一些时候，潮声消失了，整个海面一动不动，好像呆住了。祖母直起腰来，一边整理海货，一边说，潮已经涨到了头，大海在歇息哪。回到家，祖母开始做手擀面，用刚刚撬回来的海蛎子肉打卤，出锅前撒上韭菜末子，鲜亮的味道会飘满走廊。

认识坏女人以后，祖母再做蛎肉打卤面的时候，王小鱼便很想与坏女人分享一碗。礼尚往来对于孩子来说过于深奥了，但是，得到手绢，心里高兴，王小鱼觉得应该做一件让坏女人也高兴的事。如此说来坏女人算朋友吗？王小鱼觉得并不算。

和王小鱼一样，祖母也没有朋友，除了两个老熟人——收破烂儿的中年胖子、磨剪刀的黑老头。祖母与他们第一次见面的时候，就通过口音互认了老乡。收破烂儿的每隔七天来一次，时间固定在下午。祖母聚拢起生活中抖落下来的碎屑——牙膏皮、旧报纸、散了架的盒子、干燥的橘皮、铜、空酒瓶和罐头瓶，去争取它们最后的意义，换回卷皱的小额钞票。祖母收起毛票，王小鱼得到所有的硬币——这让她曾期望所有的金额最好都以硬币兑付。

磨剪子的黑老头半个月来一次。磨剪子嘞抢菜刀——老嗓嘶哑，顿挫，辨识度极高，祖母放下手中活计，拿着家什应声而去。黑老头必定在那里磨着什么，浊重的黄浆顺着磨石边缘流下来。这两个人都是祖母的老乡。谁来，祖母就站在院子中央和谁用家乡话拉呱儿，浓浓的令人费解的乡音在晾衣绳上跳动、回旋。

五步三座桥，还在吗？祖母问。

早就不在了。他们说。

收破烂儿的与磨剪子的从来没有碰上过，也不认识，答案却完全一致。祖母离乡已经半个世纪，再也没回去过，娘家那边早就没人了。祖母不是不知道，祖母只是不愿意相信。王小鱼看见祖母站在蓝天下面，风吹起了围裙一角，额前白发拂动，对于老乡的答案，满脸将信将疑。

于是，收破烂儿的中年胖子和磨剪刀的黑老头分别在不同的时间，问出了相同的话，怎么不回去看看呢？

同样的答案，祖母说了至少两遍：回不去了。

大约半个月以后，祖母发现了午后的秘密和那些手绢。还回去！祖母呵斥道。王小鱼不肯，大哭，耍赖。祖母用笤帚抽打空气。王小鱼死死地闭着眼，耳边都是飕飕的风声。祖母似乎非要把事情做绝。你自己去还是我去？王小鱼不知哪里来的勇气，哭到浑身打战，就是不松口。

又过了半个月。坏女人的事情在持续发酵，对于各种信息的整合，人们从未停止。下班回到家不急着做饭，倚着门框嘁嘁喳喳，不停地朝着走廊尽头努嘴翻白眼。走廊尽头一片死寂，像个黑洞，唇枪舌剑只能空投。当得知是坏女人主动勾引技术员的，群情达到了激愤程度——人家老婆怀着孕，回娘家保胎，她就乘虚而入了。技术员也被工厂除了名。技术员老婆抱着孩子去厂办求情，厂长差点儿就心软了。她当初还给技术员写过情诗呢！她竟然会写诗？呸呸呸。听说他们原本打算去莫干山隐居的，不要脸……

手绢没来得及还，坏女人已经活不下去了。这次是割腕。自然没死成，又一次被救活了。老廖抱起坏女人冲出了长长的走廊，留下一路斑斑血迹。这是死给谁看呢？人们不依不饶。

活过来以后，坏女人的脑子好像坏了。走廊里飘起中药的味道，浓烈古怪又悲苦。老廖用纱布滤出药汤，坏女人每天都要喝上几碗。午后，王小鱼照例偷望走廊的尽头，空空如也，除了那个刺眼的巨大的光斑。

就这样又过去个把月，仍是一个艳阳天，院子里床单飘荡，迷宫已经建好，王小鱼在里面跑来跑去，和影子做游戏，玩到额头挂汗。她从外面回来，眼前漆黑，经过一段光适应的过程，她下意识地望向走廊尽头，看见坏女人坐在光斑里，左手腕缠着厚厚的纱布。

王小鱼踩着祖母的鼾声，一步一步，朝着走廊尽头走去。坏女人眼神呆滞，头发依旧用手绢束着，白了一半。

你是鱼儿，我是云织。坏女人说。

我是来还手绢的，王小鱼说。坏女人不接茬儿。王小鱼想起对祖母的承诺，只好又说了一遍，我是来还手绢的。其实王小鱼手上空空，什么也没有，手指在背后绞来绞去，不知该如何摆放。

王小鱼怀疑坏女人的听力也失去了，一直不接茬儿，只兀自说着——你是不是要上学了？上学了每天都要带好手绢，漂亮干净的女孩子都有香香的手绢。做游戏也会用得着，大家一起玩“丢手绢”，到时候你可要跑得快一点，千万别让别人抓住。

上学以后，王小鱼迅速地忘记了坏女人。那些手绢让她交到许多朋友，即便如此，王小鱼也没能更多地想起坏女人。走廊里散发着呛人的中药味，一切都在不停地发霉，王小鱼受够了，她急吼吼扑了出去，将院子、街道、人群一一掠过，穿戴起阳光与新鲜海风，在校园里和男生踢毽子，和女生跳皮筋，每天兴致勃勃，有着做不完的游戏。

学校对面就是海水浴场，高年级的体育课在沙滩上进行，夏天游泳，冬天慢跑，春秋两季翻筋斗，王小鱼十分艳羡，恨不得一夜长大。祖母说过，长大是和涨潮落潮连在一起的，为此，王小鱼每天都要观望大海的变化，上课总是走神儿。同学们无限信赖地注视正前方，只有她在侧头望向窗外——和大海相比，黑板太无趣了。班主任发现了王小鱼的问题，奈何她功课样样都好，似乎也不便深究。

涨潮的声音一旦响起，班主任就犯偏头痛，她命令同学们把窗户关紧，否则要挨批评。一年级下学期，六月初，临近中午的时候，骤雨突降。下课铃早已响过，却也只能坐在座位上，饿着肚子等大风停。海上云头乌黑，恶风骑着海面盘旋，浊浪变成了怪物。几个女生吓哭了，王小鱼则和男生一样兴奋，两眼贼亮，脸颊通红，并且张开了嘴巴，发出啊啊的声音。班主任头痛欲裂，脸色煞白。大队辅导员赶来镇场子，王小鱼发现他有一个粗大的喉结和两道浓眉，额头上鼓着粉刺。

说也奇怪，不出半个小时，野兽般凶猛的风雨便停了，天重新亮起来。校园里到处都是积水，倒影纷乱，两棵槐树折了腰，槐花散落一地。同学们排好队，准备回家吃午饭。班主任平复如初，传达了下午停课的消息。

当年都是就近入学，以学校为圆心，人均两站地的距离。没有家长接送之说，各班按照学生的住址划分，归纳出东南西北四个路队，选出队长和副队长，整整齐齐地往家走，谁到了谁就出列。王小鱼之所以当选队长，不仅因为她最后一个到家，还因为个头高，胆子大，声音洪亮，走路飞快。

那天进了院子，王小鱼迎面碰上大人们在往外抬家具。走廊里早已乱成一片，堆砌物将走廊变成了死胡同，一只大衣橱被卡住了，正进退两难。老廖在研究角度，突围感和冲撞感令他满头大汗，眼神焦灼。

王小鱼问祖母，他们在搬家?

祖母答非所问。这么晚回来，是不是捣蛋被老师留下了?

大风大雨的，海都站起来了，树也断了，怎么回来? 王小鱼受不得冤枉，口齿越发伶俐。

可是，接下来，祖母却说，哪儿来的风雨，只是天暗了一阵子，喏，又晴了。王小鱼简直不能相信自己的耳朵。祖母不以为然，那是过云。云刚才没打这边过。云在天上，路宽；人在地上，路窄。说完长长地叹了口气。

坏女人真的搬走了，这时，王小鱼猛然想起那些手绢。手绢非但没还，还被转送了，她为此愧疚，也有些侥幸，这是一种超出年龄的心理体验，让王小鱼无心吃饭，番茄炒蛋也变得索然无味，放在平日里，这可是她最喜欢的一道菜。

走廊里的嘈杂声渐止。除了祖母和王小鱼，谁都不知道坏女人家搬走的具体时间。老房子再次显现出强大的吞噬力，将丑闻与陈年细菌一起藏于死角。

吕剧演员

有人搬出去，就有人搬进来。那个年代住房紧张，绝不会让房子空下来的。脚前脚后，新人家的粉刷工作就开始了，走廊里灌满油漆味，似乎在预告着另一个故事即将开始。

如此说来，老廖是和别人换了房。人言可畏，老廖表面上再能忍，内心早已经被摧毁了。他所能做的，只有带领全家人逃离，摆脱所有过往。彼时，换房正流行于坊间，这种做法充满了草根智慧，商量好了就换，各取所需。

新人家是星期天搬进来的。其声势大作，高声谈笑，逢人主动打招呼，一副邻里新气象。来帮忙的也多，亲戚朋友似乎全出动了，一个家被迅速安置好。

仔细听一听，新人家的动静多出自女主人。伊三十八九岁，披肩的大波浪，一张圆脸，两个梨窝儿，穿着紧身毛衣，胸前峰峦抢眼。丈夫则戴眼镜，清瘦，寡言，一看就是南方人。另有一对孪生女，脑后吊着马尾，穿同款连衣裙，看上去比王小鱼大几岁。

到了晚上，消息灵通的已获知女主人是个吕剧演员——怪不得，打扮得那么洋气，还涂了指甲油和口红。男人倒是不配。不配？别光看外表，堂堂的工程师，名牌大学毕业哩。走了一个，来了一个，好像都不是省油的灯。

人们偷偷观察着，谈论着，揣测着。王小鱼只对孪生姐妹感兴趣，她想与她们成为玩伴。

吕剧演员熟谙相处之道，几天工夫已经热络起来。见什么人说什么话，她说辞一套一套的，中间穿插着自嘲与互黑，毫无违和感。同女人聊天，她用老裁缝、烫头师傅打开话题，还会把自己身上的港台货脱下来，喜欢就拿去，到裁缝铺作样子，她说。同男人聊天就更简单了，她的爽快和漂亮好像没有哪个不喜欢。

与老太太也能攀谈起来。吕剧演员或许看出了祖母是个不一般的老太太。二人从家常菜聊到戏曲，祖母眉开眼笑。王小鱼觉得吕剧演员很有本事，祖母已经好久没笑了。祖父走了以后，祖母比以前更寂寞。姑妈们带着孩子回娘家，母亲嫌吵，挂着臭脸。小鱼今天画画了吗？小鱼唐诗背过了吗？母亲总是这样让人扫兴，表哥表姐们知趣地走开了。祖母为此来论理，母亲绝不让步，随后就是婆媳冷战。父亲夹在中间，一副佯装不知的样子。

祖母尤其愿意与吕剧演员聊戏，大约这样能找回一点儿从前的体面。说起来都快四十年了，以前码头上可是来过不少名角呢，就在华乐戏院，地方戏、海派戏，场场叫座。京剧名旦，你就数吧，黄桂秋、童芷苓、云燕铭，还有那个京剧老生王又辰，都来过。《封神榜》《西游记》《火烧红莲寺》《呼家将》，机关布景真神奇啊……祖母说得两眼放光，让吕剧演员险些插不上话。

祖母仍不过瘾，还要继续说些内行话。戏好学，神难描哪。那意思就是招数易记，难在气韵。

吕剧演员愈加觉得老太太不好对付，只能仔细接了，逐个回答起来。原来她是艺校吕剧科的第一届毕业生，十二岁学踢腿、弯腰、耍袖、绕翎、出手，吃了不少苦。这小半辈子都是台词啊眼神啊亮相啊，已经烦透了，吕剧演员抱怨，到外面演出还要卸车、装台子，苦啊。

戏呢？都是哪几出？祖母继续炫耀着自己的见识，光大戏就有《龙凤面》《朝阳沟》《姊妹易嫁》，折子戏也不少，《小姑贤》《借年》《柜中缘》，你唱的是哪几出？

吕剧演员的丈夫，人们尊称一声“林工”。那个年代，大学生属稀缺物种，何况是来自名校的老牌理工科大学生。尊敬归尊敬，他一开口，人们还是要忍不住地偷笑。林工祖籍广东福建交界的山区，乡音很顽固，声母zh、ch、sh与z、c、s是混淆的，前者永远读成后者，“飞”和“灰”、“热”和“乐”、“去”和“气”自然是不分的。量词的使用也常常让大家眩晕，比如，一条鱼说成一尾鱼，一个球说成一粒球……所以，林工通常金口不开，面部表情也极其平和，不笑不怒，不徐不疾，与吕剧演员反差极大。

夫妻嘛，性格要找补，才能过到一块儿去。人们为他们开脱。

吕剧演员真正赢得人心，大约因为三件事。一件，为冗长暗黑的走廊安装了电灯，据说是节能长明灯，林工研制，开关是多头的，各家自己掌控，走自己的电表，不花冤枉钱。走廊从此告别暗黑时代，王小鱼关于鬼影的幻觉彻底终结了。

再一件，为院子里的同龄女人分别做了一条直筒连衣裙，人造棉的，无袖无领无扣子，夏天居家，穿脱方便，也不乏美观。女人们要给钱，吕剧演员执意不肯，说百货商店的布头，便宜得跟不要钱似的，谁让经理是个票友呢。吕剧演员家里甚至有扒边机，扒完边，踩几条直趟，流水作业一般，五六条裙子就出来了。吕剧演员自谦，团里改戏服练出来的，手艺粗拉，不嫌弃就好。女人们乐开了花，穿上裙子不忘记还人情，有的端盘凉面，有的送个西瓜，邻里情深，空前高涨。

还有一件，意义重大，直接唤醒了人们的经商潜质。夏天，吕剧演员带头摆摊儿，卖起了酸梅汤。住在风景区，天赐的良机啊！瞧瞧，外地来避暑的越来越多，整条街却连个像样的小卖部都没有。卖酸梅汤也是方便游客，卖好了，还能赚条裙子钱赚顿肉钱。我们团已经有好几个下海的了，做生意不丢人，国家不是号召咱们奔小康嘛。吕剧演员总能自圆其说，且说来耐听，节奏也是生动的。

一张折叠饭桌，三个小板凳，两口大号饮水桶，数只沸水煮过的汽水瓶，无须额外投资，生活用品搬到马路牙子上，支起来就是买卖。孪生姐妹也乐得暑期勤工俭学，这让她们很有些特立独行的意味。出摊儿收摊儿，林工会搭把手，守摊儿却是不肯的。吕剧演员也不许，说大熊猫得重点保护。

吕剧演员的周日变得格外忙碌。凌晨四五点钟起床，开始在走廊尽头熬制酸梅汤。乌梅、甘草、陈皮、山楂，武火烧开，文火慢熬，三十分钟后，放入老冰糖。再煮十分钟。凉透，沉淀，倒进饮水桶。八点准时出摊儿，一直忙到天擦黑儿。自从卖上酸梅汤，她恨不得一年四季都是夏天。工作日也不休息。孪生姐妹做完功课，夕阳刚刚落在海平面上，二人抬起饮水桶，嬉笑着穿过走廊，留下洗衣皂与棉织物的干净味道。吕剧演员下了班直接赶往摊位，天黑前还能再守两个小时。很快地，娘儿仨都晒成了蜜糖色，笑起来，牙齿雪白而耀眼，闪着珠贝的光芒。

除了百货店经理，冷库经理也是票友，负责特供冰块。那些冰块用洗衣盆盛着，饮水桶坐在里面，名曰“冰镇酸梅汤”。逢天气暴热，买卖应接不暇，到了中午，吕剧演员会再熬上一锅，走廊里总是弥漫着诱人的酸甜味道。人们忍不住好奇，相互交换眼色，小声嘀咕，看来挺赚钱啊。

一九八一年，人均月工资三十五元，公交车票均价五分，王小鱼最爱吃的奶油冰糕也是五分，商店里的汽水一毛五一瓶，吕剧演员的冰镇酸梅汤卖一毛，一天卖五十瓶就是五元，一百瓶就是十元。成本才多少？纯赚啊！人们私下里帮吕剧演员算账，到后来恨不得帮着数钱了。

吕剧演员说，守着美丽的大海，总要做点儿时兴的事。这下好了，乘凉、看景、挣钱，啥也不耽误。她乐于分享酸梅汤的做法，其实也没多少花头，所以，倒不如说她分享的是一种状态、一种活法。在吕剧演员的带动下，至少有两家摆起了摊儿。当然，更多的人磨不开面子又眼馋那些钱，两种情绪彼此撕扯，禁不住说起了风凉话:到底是戏子脸皮厚啊。

跟风摆摊儿的有个老青年叫帆子,右腿微跛,走起路来忽高忽低,重活儿干不了,读书也难上道儿,就业无门,常年补差打零工,摆摊儿之后尝到了甜头,自此视为人生主业。除了酸梅汤,帆子还卖八分一碗的海凉粉,这种半岛传统吃食,样貌晶莹剔透,入口清爽Q弹,如情人的吻盈满口腔,外地游客来此必要尝鲜,壮汉连吃三碗,呼呼吞下肚,仍是意犹未尽。

海凉粉的原材料叫作石花菜,赭色藻类,浮荡在落潮后的石礁水系里,俯拾皆是。捡回来,去泥沙,淘洗数遍,加几滴白醋,熬煮至完全融化,一碗碗盛好,冷却后自然凝结成冻,倒入清水盆里浸泡保存之。吃的时候,捞出拦上几刀,加蒜泥、香菜末、咸菜末、醋和香油,既开胃又吊鲜,暑气大消莫过于此。

吕剧演员跟帆子说,你没有单位方面的顾忌,铆足了劲儿干下去,不愁干不成大买卖,到时候保你娶个漂亮老婆回家。

帆子嘿嘿笑着当了真。闯荡多年终成餐饮界高手,半个老城都有他的门面——当然,这些都是后话。

在孪生姐妹被晒成蜜糖的平行时间,王小鱼做了件出格的事,出格到可以成为她的童年代表作,以及叛逆青春期的索引。

事出自然有因。王小鱼羡慕孪生姐妹可以勤工俭学,整条街上的女孩子,数她们和别人不一样。冰镇酸梅汤,酸甜消暑,来一瓶?她们的声音如此悠长、清透。其实,即便不去卖酸梅汤,她们和别人也是不一样的,除了功课好,还是少年宫的台柱子,姐姐报幕,妹妹领唱。她们有无数条漂亮的连衣裙,均出自吕剧演员之手。她们马尾辫上的发带永远和衬衫配套,袜子也是。甚至连名字都让王小鱼羡慕——林晴、林朗。因为出生的时候天空分外晴朗。在有限的交谈中,她们曾经这样跟王小鱼提及名字的由来。那一刻,王小鱼自卑极了,一转身,眼泪就开始在眼圈里打转,心里升起一股恨意,恨自己的名字,恨给自己起名字的祖父。

人们夸奖林晴、林朗,毫不吝啬地使用了懂规矩、有气质之类的词语,相比之下,王小鱼就像个假小子,一头短发东倒西歪,刺刺棱棱,今天像海草,明天像乱枝,后天像鸟窝,几乎没有归顺的时候。每天早上祖母都要用热毛巾敷两遍,梳平整,才放她去上学。昨晚上做梦打旁练(侧手翻)了?昨晚上跟着曹操败袁绍了?睡个觉都不老实,比小子还野。祖母边梳理边责怪。

没用。王小鱼很有些油盐不进的意思。许是应了名字的咒语，王小鱼喜欢蹦跳着走路，肢体语言过于丰富，期末评语总是出现“戒浮躁”三个字。海边向左，老院子往右，放学以后王小鱼告诉自己不必急着回家，她好像听到了某种召唤，身体无意识地向左倾斜，终于毫不犹疑地来到了海边。二十世纪八十年代初期，还没有“打卡地”之说，夏天一过，海边就寥寥无人了，王小鱼尽可以对着潮退的大海尖叫。她在礁石之间飞跃，像一颗溅起的水珠。黏滑的海藻让脚下失去平衡，摔倒是常有的事，鲜血可以很快被海水冲洗干净，生命中最初的伤痕却留了下来。

王小鱼一定要赶在母亲下班之前回到家。父亲还好糊弄，母亲脾气暴躁，手掌扁平无肉，打起人来生疼。那些年纺织厂的繁重工作让母亲耐心全无。

祖母会把事情遮掩好，尽量不败露。处理王小鱼的伤口，洗掉脏衣服上的血渍污渍，祖母总有办法。祖母当然也生气，闷住声责问，脸上皱纹都在着急。

你为何要去海边？

小时候不是天天去吗？你带着我。

那是小时候。

现在我还想去，管不住自己。

你得管住。管不住自己的人，以后迟早要受大苦。

“以后”是什么，王小鱼感到一片模糊。“受大苦”她好像懂一些，坏女人应该算受了大苦吧？每天都喝浓黑刺鼻的汤药，大人们还说她死了好几回。被母亲体罚的时候，应该也是“受大苦”……总之祖母的话颇有震慑力，王小鱼决定管住自己。

可是她终究没有管住自己。或许天生反骨，或许不明所以——或许只是因为夏天过去了，走廊里湿浊之气顿消，乍起的秋风让身体轻盈起来，她的腋下生出了透明翅膀，美妙无以言表，这种时候，除了去海边，别无选择。

那天傍晚有火烧云，直到夜色轻拢，漫天的玫瑰金才消失。王小鱼没有跟祖母打招呼，并且偷偷地带走了手电筒。穿过马路之前，她看见林晴林朗正在卖酸梅汤，一个中年男人准备付款。快要到达海边的时候，迎面碰上老青年帆子，拎着一筐石花菜正要回家。涨潮了，别往里面去，他这样叮嘱王小鱼。

一开始，王小鱼不确定自己究竟要做些什么。她站在海边想了想，随后开始了自以为是的历险。祖母曾讲过月夜照螃蟹的故事。螃蟹昼伏夜出，从礁缝里出来觅食，哪儿有灯光就往哪儿爬，光一强，却又傻了眼，原地定住，只等着人下手。那晚月亮硕大，映得螃蟹盖子泛青，王小鱼如履平地般从容，她很想和谁打个赌，如此智勇双全的事，林晴林朗一定做不到。

她太得意了，以至于全然忘记潮水正在上涨，吞噬了回家的路。当她抬起头，四周环顾，才发觉自己被困在一块凸起的礁石上。换作别的女孩早就吓哭了，王小鱼却在窃窃欢喜——月银倾洒，浪花盛开，她分明看见海神捧起了珍珠王冠，即将经历的难道不应该是一场公主加冕礼吗？

后来，警察来了。被困的地方离岸百米，水不深，流却急，不敢用快艇，只好联系附近的小渔船救援。等待的过程中，王小鱼完成了人生中的第一次回望，她看见祖母在岸上哭泣，父亲暴跳如雷，还有一些邻居和远亲，围在那里轻轻地叹气。幸好，母亲在纺织厂上夜班，否则后果不堪设想。

这件事发生以后，林晴林朗对王小鱼有了明显的亲近感。她们喊她去院子里跳皮筋，甚至一起看了几场电影。她们问，那天晚上你不害怕吗？王小鱼摇摇头。潮水涨上来把你淹死怎么办？我可以游到岸上。你会游泳吗？不会——于是，三人约定，明年暑假一定要学会游泳。

九月开学，林晴林朗升入五年级，准备考初中了，功课异常紧张。当年没有电脑派位和就近入学一说，“小升初”就是场恶战，0.5分之差能倒下一大片。只有考上重点初中，日后才有机会上好高中、好大学。这人生中的首场厮杀，不知绊倒多少开窍晚的孩子。

吕剧演员和林工各司其职，一个打理生活，一个辅导功课。林工学霸出身，只要坐定于书桌前，一个男人在其他场域所欠缺的魅力立刻找补回来。每晚七点，方形的榉木餐桌准时变成书桌，父女三人各据一方。林工满脸平静，平静里透着威严，不怒自威大约就是这个派头。课堂题海战早已拦不住林晴林朗，她们考取重点初中毫无悬念。林工则认为，考上是一回事，考好是另一回事，考取前两名才是最终目的。

这种时候，吕剧演员会躲进楼梯间，专心做家务。咱没文化，任务就是伺候好人家爷儿仨。吕剧演员每每在人前自黑——这是她的认知，也是她的人设。

人们免不了一通赞美。林晴林朗永远是别人家的孩子。王小鱼听见了很不服气。她正读三年级，越发野性难驯，功课倒是好，个头也嗖嗖疯长，吕剧演员夸张地说，这孩子，催化肥了，真稀罕人。事实如此，王小鱼已经跟双胞胎一般高了。

寒流到来之前，楼梯拐口的破窗户同样被封了起来。吕剧演员把妹夫叫来，忙活了半天，严实倒是严实，就是活计不俊，参差不齐的，那种时候人们难免会在心里默念一声老廖。

日子一天天过着，母亲休息好了或者一直没休息好，都会发脾气，幸亏有祖母袒护着，王小鱼通常能躲得过去。林晴林朗再也不跳皮筋了，她们正朝着林工制定的伟大目标奋进。王小鱼落了单，一个人野蛮生长着。放学以后她很少走大路，而是跑到鱼肠子一样的小胡同里去“探险”。那些胡同都是荒乱的石板路，野草丛生。王小鱼爬上围墙摘一串槐花吃起来，无数片鲜嫩的叶子就在童年的咒语里凋零了。直到某天，她在胡同里遭遇到一个“暴露癖”，探险的游戏才不得不戛然而止。

半年后，邻里之间的友好气氛断崖式跌落，事态急转直下，几乎在一夜之间，人们又开始冲着走廊尽头甩脸子，努嘴巴，斜眼睛——知道她家为什么换房子吗？原先的地方住不下去啦。前几年她轧伙团里的一个武生，闹完离婚，一起过了两年，武生不肯结婚，她觉得不划算，这才回心转意，又复了婚，借口是为了两个孩子。原来和跳西湖的都是一路货色啊。不要脸，啧啧啧。

本来就是个丑角儿。演的不过是《龙凤面》里的继母、《朝阳沟》里的银环妈、《姊妹易嫁》里的张家大女儿……还有，《拾玉镯》里演刘媒婆。

就说她演不了大青衣嘛，一脸黑皮，牙还是龅的。

那个林工也真能忍啊。

不忍又能怎样。南方人，家不在这边，又是个书呆子。

祖母

二〇〇五年春天，祖母更老了，看上去皱巴巴的，像一块缩水严重的亚麻土布。阳光斜打的下午，她在西窗前挪步，映在墙上的影子歪歪扭扭。

夜里，她时常辗转翻身，每翻一次都要深深地叹一口气。在老房子高高的屋檐下，一声又一声的叹息，沿着四壁飞来飞去，冲撞着，也匍匐着，构成暗黑的低音区，只等微曦透亮了，方能渐渐平复。

叹什么气？

梦见你爷爷了，带着我和你姑去永安大剧院看戏。

哦？又是哪一出？

《白蛇传·断桥》，旦角折子戏……你爷爷都走了三十年了，怎么还不来接我？

九十岁以后，祖母时常责怪自己活得太久。该走的走了，不该走的也走了，怎么就剩我自己了？祖母说。人死像熟透的梨，离了树，就落了地，我也想早点落地。祖母又说。白日里，祖母总是自顾自地，在太阳下翻一本小人书——《西游记》。

这一年，王小鱼，不，应该是王若蓝刚好三十三岁。上大学之前，王小鱼怒气冲冲地去改了名字。问题是改名字容易改口难，全家人一直无法适应，更不消说亲戚和老邻居了。

祖母一点儿也没糊涂，问王小鱼，你怎么还不结婚？再不结婚，只能给别人做填房了。王小鱼气急败坏，说了多少遍，叫我王若蓝。

好好好，王若蓝，王若蓝。

我不打算结婚了。

胡说！哪有不结婚的理儿？你看看十二生肖，除了那条龙，没有不结婚的。

那我就做小龙女，哈哈。

胡说！龙是神仙，你是凡人。老话儿怎么说的，独阳不生，孤阴不长。

王小鱼在南京读完大学，继续往南，去了深圳，又辗转上海，直至再回到出发地，回到老城、老街、老院子以及老房子，这个跨度正好十五年。谁也不知道这些年到底发生过什么。表面上总是堂而皇之的，她做过文化公司的策划总监，积累了足够的业界资源和人脉。倘若剥开层层内里，就没那么好听了。她咬碎异乡孤独，经历职场碾轧，谈过几场不明所以的恋爱。她甚至经过了青春的坟墓，爬出来，抖落了满身泥土。

十五年间，以平均每年回来待上半个月计算，王小鱼愈加像一个过路人，一个旁观者。形象已经固化，她拖着巨大的时髦的行李箱，一头玉米烫，口红闪着绢缎的光，墨镜架在头顶，意大利短靴踩得噔噔作响，此番气势却难掩内心空茫。父母向来不会发现什么异样。母亲仍然沉浸在坏心情里，而父亲已经受够了，开始对抗，有时候吵到最后，他们同时忘记了事出因何。王小鱼实在忍不住，也会故意挑起事端，质问一句，既然如此为什么不早点儿离婚？话一出口，又难免懊悔，懊悔自己不解人间况味。王小鱼会忽然想起祖母的话，人要管住自己——是啊，这么多年，都没能管住自己。

跟父母赌上气，王小鱼曾经连续三年没回来。到了第四年，实在想念祖母，熬不住，中秋节就跑了回来。从院子拐进走廊，视觉上比以前疏阔许多，堆放的杂物显然清理过。王小鱼习惯性地朝走廊尽头张望，随着开门的声响，竟走出几个厨爷，都是粗脖子，圆肩膀，阳气虎猛，将走廊里多年的阴郁全部化解了，王小鱼不禁大吃一惊。

祖母说，你好几年不回来，早就变样了，现在里面住着帆子的人。

帆子付了二十年租金，把吕剧演员的房子租下，改造成员工宿舍。楼梯口的破窗也已换成塑钢的。林朗买了别墅，我姐过去享清福喽。帆子逢人就说。他一直对吕剧演员尊重有加，极力维护，张口闭口都是我姐。论起当年摆摊，确是得了吕剧演员的真传，帆子对此念念不忘。

出了老院子，帆子已是人们口中所称的帆总，在餐饮界风生水起，临街的店面或租或买，开了三家连锁海鲜酒楼——风帆、云帆、锦帆，无不俗艳华丽又生意兴隆。对于帆总来说，那条残腿早已不再是缺陷，倒像一个江湖道具，配以英国维多利亚时期的古董手杖，黑漆的硬木杖身，牛角杖角和镀金杖柄，帆总自带气场，前呼后拥。

至于林朗，电视台的当家花旦、著名女主播，王小鱼对此并不感到意外。林朗从小乖巧灵气又懂事独立，总能把事情做到最好。隔着屏幕，主持时政节目的林朗穿小香风，主持大型晚会的林朗一袭改良旗袍，台风稳重不失婉约，机智里透出亲和力。听说林朗嫁了个经济学家，政府智囊人物，上市老板们的师爷，遗憾的是一直没有孩子。王小鱼对此不以为然，医学都这么发达了，想要孩子，总会有的。

在帆子成为帆总、林朗成为城市之花、老院子物是人非的十五年里，王小鱼经历了南方地产业红利时代。新楼盘一夜建成，隔天卖光，文案策划要想写在穴位上，得懂户型、懂园林，还得会投标、会营销……只要甲方需要，随时顶上。

王小鱼打全场，不在话下。拼酒拼到去医院洗胃，她也经历过。唯一不擅长的是被潜规则，为此损失过不少发迹的机会。某老板曾流着口水说，若蓝小姐这样的“北地胭脂”，难得一见啊，难得一见。明年我们签个两亿合同，要找风水佳地，小梅沙一带怎么样，或者干脆开游艇去马来群岛，哈哈哈。

某老板则是另一套。我的若蓝啊，独自在异乡打拼不易啊，凭才华和气质，怎么着也应该是董秘起步……不如给我做私人秘书，一人之下万人之上。当然，事无巨细也难免辛苦，这样吧，先送一万原始股，算作聘礼，哈哈哈。

老板见惯江湖，也见惯美人，向来话中有话。若是当了真，便是真；若是不当真，他还在原地，颜面无损。他要的就是掌控于股掌的游戏感。“傻白甜”他看不上，因为没有难度。当王小鱼毫无幽默感地摔门而去，离去之前还要甩一句“本姑娘卖脑子不卖身”时，他仍然在那里哈哈哈地笑着，似乎一切自始至终不过是个玩笑，闹不起，是你王小鱼没风度。

三十岁以后，这样的事情渐渐少了起来。几个案例的小范围成功，让王小鱼在策划行当站住了脚。职场逻辑就是这样的，当一个人取得小成就以后，就拥有了更多的资本，更多的资本意味着更强的能力，更强的能力意味着更大的成功。王小鱼的身上已经有了甲胄，变成眼神复杂、难以猜透的女人，那些屡试屡中的撩妹技巧，到她这里，成了分分钟败下阵来的减分项——老板们开玩笑之前需要先冷静一下。

洁身自好如王小鱼，却也蹚了一次婚外恋的浑水。时间很短。过后她反省，对于这个男人的敬畏、仇恨和依赖，是祖父栽培下的。童年时不幸拥有的祖父形象——英俊、仗义、冷酷、自大，成年后必将努力去寻找——她要找到这种熟悉的味道，征服之，或臣服之，拼命相爱，又抵命撕扯，这在心理学上叫复制，也叫补偿。

南方每个漫长的夏季，王小鱼都绝望地怀疑过，城市是不是就要变成一块晒化的糖。霓虹泛滥的夜晚，她和自己的影子跳寂寞之舞，行于当街而倏忽忘记身在何处。高温溽热导致体重下降，与此同时，内心的某些地方，已经被南方毒辣的阳光灼伤。她原以为有朝一日会在南方扎下根，继而开枝散叶，心安之处是故乡……渐渐地她开始明白，浮华世界容易给人一种错觉，以为梦想永生，其实每个人，或早或晚都要接纳自己的平庸。

终于，王小鱼从南方全身而退。飞机越升越高，透过舷窗她看见南方的莹绿默片一样消失，心中滋味繁复。关于留还是回，她至少挣扎了一年。无论哪种选择，接下来，都不好对付。年龄不会再饶恕她的任何一种错误，她必须慎之又慎。

早春的海风是硬的，王小鱼真实地回到了北方。鲜少有谁会为这个游子拍拍肩头的浮尘，人们只好奇地问，小鱼，怎么回来了？一个人回来的？闯荡这么多年，赚到大钱了吧？王小鱼看见人们努力地做出吞咽动作，咽回去的话，不外乎——看来混不下去了。这么多年都没能把自己嫁掉。回来更不好找喽。

好在王小鱼自小叛逆，一意孤行惯了，且已学会硬撑和强笑，不开心时，来个深呼吸，不过是糟糕的一天而已，又不是糟糕一辈子。她将行李箱搁置起来，注册了创意工作室，幻想着开创城市文化IP，一战成名。真不错，她竟然还有勇气继续幻想。

恰在这个时候，父母用一生的积蓄买了套三居室，买在城市北部，周边有几个小山丘。母亲慢性支气管扩张，不停地咳嗽，她恨透了老房子里的霉味，还夸张地说走廊里的水渍能没过脚踝。真是嫁错了人，她一直将这句话挂在嘴上。现在好了，城北没有海，干燥的空气让她浑身轻松。

父母原打算全家搬迁，老房子出租。祖母不肯，非说老房子才是她的家，离海近，离戏院也近——戏院早就拆掉许多年了，祖母不是不知道。

王小鱼表态，要留在老房子照顾祖母。不知为什么，闻到熟悉的霉味，她仓皇的心忽然静了。王小鱼出钱为父母的新家精装修，购买全部家电，算是尽微薄孝心。老房子也一并装掉，祖母那间做了透明隔断，分离出一个简易厨房，兼作餐厅。她这间是书房也是客厅。老房子陈旧，面积也不大，挑高却极好，纵向里搭出二层，也算像样的卧室。洗手间在院子一角，是父母当年抢下的两个平方米，接了上下水，能洗淋浴。没办法，居住环境逼仄，家家户户都这样做。许多年下来，经过一轮轮违章搭建，院子早被分割得七零八落了。东南隅的那棵泡桐，因遮挡了人家的光线，有一半被砍伐了，现在像个断臂将军站在废墟之上。

小姑姑每周都会来一次，带着祖母嗜味的红烧鱼冻。我多做点儿，放冰箱，你忙起来未必有时间。小姑姑跟王小鱼说。小姑姑的性格最像祖母，周到、宽善。王小鱼因此亲昵地使用了叠字——姑姑，在大姑二姑面前，王小鱼是叫不出口的。

女儿来了，祖母的喜悦里透出几分得意和满足。通常是周末的下午，阳光漫过西窗，洒满半个房间，将一些影子拉长、幻化，将一些锐角打磨出弧度，这种时候，三代人的内心里都轻轻的、缓缓的，会有一搭无一搭地说些什么。窗前那盆胡椒木，密绿而婆娑，祖母掐掉几片叶子，碾碎了，辛香气弥散开来。祖母用力地嗅闻着，脸上褶皱略略舒展。王小鱼猜测这种植物或许有提振气血的作用，老人和老房子都喜欢。

姑侄二人常常背着祖母聊起陈年旧事。据小姑姑讲，祖父排行老四，家道如日中天的时候，在胶县古城南，祖父的父亲——曾祖父挣下了一百间瓦房、三十亩地，有金条有银圆，还有一水儿的梨木家具。曾祖父是独子，读私塾，习武术，考取了秀才，写得一手绝妙小楷。曾祖父生养了四个儿子，祖父最是仪表堂堂，十七岁考取了齐鲁大学，随身一只小号擦得锃亮。可是，命运没有放过他，入学两年，曾祖父病重，祖父的二哥又抽上了大烟，恰逢战乱，家道瞬间衰落。读书这事成了泡影，祖父只好跟着族亲出来闯码头……祖母这边，原是大户人家的闺秀，有条件读书的，怎奈多年老胃病把祖母变成了病恹恹的老姑娘，二十六岁身体有了好转，这才带上雄厚陪嫁，嫁给了没落人家……曾祖父出殡的钱都是祖母回娘家要来的，即便如此，也没能改了祖父的爷脾气。

现在，干瘪无牙的祖母，含混却又坚定地怀念着祖父，好像他们曾经深情相爱过似的——王小鱼为此不解、不屑、不快，她认为祖母丢失了作为女人应有的自尊，一辈子委曲求全。

日子总得过下去。过着过着，就忘了。小姑姑说。

这话太耳熟了，祖母以前经常挂在嘴上。父母吵架的时候，老廖原谅了坏女人的时候，人们背后揭短吕剧演员同时鄙薄林工的时候，祖母都说过这句话。从前不解其意，现在，王小鱼完全可以进行深层解读了：祖母说的也好，小姑姑说的也罢，无非就是不管经历有多痛，到最后都会渐渐遗忘，因为，没有什么能敌得过时间。

北方自然不比南方，卖创意着实吃力。甲方要求有人气、能传播、具有品牌效应、自成风格……达到以上所有条件的前提，当然是，花钱要少。

小姑姑说，你在外面这么多年，猛一回来，难免生疏，要不要跟帆子啊林朗啊建立个来往，毕竟他们人脉广、关系多。老邻居嘛，总是有感情的。

王小鱼将小姑姑的好意怼了回去。急什么？会有皆大欢喜的那一天，如果没有，说明还没到最后。王小鱼对过去有一种莫名的生疏，又有一种莫名的依恋，两种情绪彼此撕扯，令她莫名生硬。

老眼昏花的祖母，只要一看见林朗出现在电视上，眼神骤然就亮了。即便不是特写，祖母也能一口说出名字。林朗俊不过林晴。林晴的眉弯长，心宽阔，林朗眉头离得太近。老话说，多愁常虑，皆为眉锁印堂。

祖母的自言自语，把姑侄二人听得满脸讶异。就算林朗的眉头有些紧，也只是多了几根野眉毛而已，早就被化妆师清理干净了，祖母哪来那么多说法。小姑姑不爱听，揶揄祖母真是火眼金睛啊。随后就转了话题。

只要不提及林晴，其他的，姑侄二人并无禁忌。说起当年，小姑姑忽然年轻了许多，这条街上的姑娘眼眶子可高了，要知道，从前住在海边的，非富即贵，祖上都有些老钱，没钱的至少正经读过书，对别处的男人怎会瞧得上。同样，这条街上的小伙子娶媳妇也是挑挑拣拣，哪个姑娘不想嫁到风景区过日子呢？

只有母亲嫁给父亲是不得已。当年她已经跟一个帅气的穿皮夹克的飞行员订婚了，后来因为娘家成分不好，飞行员那边政审过不了，几年下来，疲惫不堪，最终决绝分手。母亲活不下去了，那个时候她的哥哥刚刚死在监狱，是个政治犯。母亲的美貌远近闻名，父亲一直穷追不舍，他觉得自己的机会来了。母亲或许为报恩，或许真的走投无路了，或许嫁到海边可以被高看一眼——婚后，母亲才发现自己忘不掉曾经的爱人，夫妻同房从来不肯开灯，出门逛街也不肯并行。父亲无论怎么做都是错。父亲其貌不扬，是个电影放映员，从小活在祖父的阴影里，战战兢兢、唯唯诺诺，除了爱老婆似乎再也没有什么专长，可母亲偏偏又看不上这份爱。王小鱼知道，许多年来，母亲和父亲过不去，无非是跟生活本身过不去，母亲思维简单，脾气硬，一直想活个样子出来。

祖父和徐寡妇的事情，小姑姑也隐秘地提起过。小姑姑使用的词汇非常中性，王小鱼也没有做出任何是非评判。姑侄二人似乎心照不宣：谈论老一辈的丑事总归是不恭的——可作为女人，她们又不能不好奇那些男欢女爱。或者说，她们的潜意识里，是想得到一个定论：生在这世上，没有一种感情不是千疮百孔的。

徐寡妇漂亮吗？

谈不上多漂亮，身量倒是高挑，将近一米七，收拾得也利落。

据小姑姑回忆，祖父和徐寡妇是综合菜店的同事。祖父在权力范围之内，给了徐寡妇一些关照，先是工作上的，进而是生活上的。丈夫死于炼钢厂的生产事故，留下个遗腹子，徐寡妇也够苦命的……小姑姑说徐寡妇很会做人，祖母每次去买菜，只要徐寡妇在柜台上，手中的那杆秤都会偏一偏的。

祖母知道他们的事情吗？

我五六岁那年，已经记事了。应该是个初夏的傍晚，不然天光不会那么长，迟迟不黑。你奶奶做完了饭,你爷爷没有按时回来,这已经不是第一次了。你奶奶说,走,我带你出去一趟。我们沿着海边走,过了三个路口,又往北折,爬了两段斜坡,最后是条马牙石路,尽头有个院子,院子里有两棵高大的乌桕,这在北方很少见。你奶奶拉着我的手,站在树后,朝一楼的窗户张望。我隐隐约约地看见你爷爷坐在桌前,对面是徐寡妇,他们正在吃饭。你奶奶在树下站了一会儿,跟我说,回去吧。

怀疑只要撕开了口子,就会像黑洞一样,不断地吞噬着信任。听着听着,王小鱼心疼起来,不知祖母撞破隐情的那一瞬间,会不会眼前一片黑暗,全身血液冷凝,内心充满绝望。

祖父那晚回来了吗? 王小鱼乏力地问。

回来了,我和你奶奶回家没多久就回来了。说是菜店卸货,干到这么晚。小姑姑的回答也是乏力的。

祖母没有揭穿他?

没有。什么也没说。日子照样过,该怎么伺候还是怎么伺候。你奶奶这辈子都没跟你爷爷争吵过……你爷爷后来被撸了下来,没有实权了,群众威信仍然很高。

哦? 祖母去单位闹过?

这个我就不清楚了。当时政治运动多,说出事就出事。后来你奶奶和徐寡妇还常有走动呢。

她们不应该是情敌吗?

你奶奶也许原谅了她。

徐寡妇什么时候死的?

你爷爷走后两年。

王小鱼

四十岁的王小鱼,依然单身。该急的时候已经过去了,四十岁反而心情舒缓许多,她自嘲,千帆已过尽,爱不起来了。

事业倒是越挫越勇,她成了策划界杀出的一匹黑马。人们开始打听其来头,南方经历一旦被传开,就免不了杜撰成分。有人说她在南方捞到了第一桶金；也有人说这第一桶金是南方某老板的分手费；还有人说她庙堂里有人罩着，如此才能拿下大项目。很少有谁愿意相信一个有样貌有才华的单身女子，其上升史是干净的、正统的。

王小鱼气定神闲，倒变成了看热闹的人。早在从南方回到北方的那天起，她就想明白了，只谈奔着结婚去的恋爱。北方是家门口，三代相守，顾忌脸面很重要，傻事做不得，烂桃花惹不得。照这个节奏，几年下来王小鱼只谨慎地谈了一场恋爱。整个过程很祥和，分手亦是朋友。恋爱对象是城里最著名的独立书店老板，人称小胡子，要学问有学问，要骨架有骨架，穿麻质对襟儿，养着讲究的鬓须。小胡子从不拒绝和这个世界保持着一定距离，偏执地认为简体字有违陈寅恪意愿，对先生不敬，这类出版物如果能在书坊买到，是他小胡子的耻辱。另外，《三国演义》没有毛宗岗的批注，不读；《金瓶梅》不是崇祯本的，不读；"经史子集"不是四库目录里的，不读。在他的书店里，孤本、善本、珍本另辟一间，恒温保存，捧读前须戴上白手套。

王小鱼和小胡子规规矩矩地约会，规规矩矩地上床，谁都认为二人登对，能相互成就，结果两年后他们分手了。小姑姑不解，你再也找不到比他更合适的了。王小鱼说，他的确合适，可我为何下不了决心结婚呢？既然不结婚，何必耗着。小姑姑还是不解，你这个年纪没有权利过分挑拣了。王小鱼说，我就是不想挑也不想拣，死心了。

谁知道，一年后，老宋出现了。

老宋是个天生的冤家，一过招儿，不好对付；再过招儿，欲罢不能。起因是这样的：王小鱼率团队通过招标拿下了国际海洋节VI（视觉识别系统）设计，主办方要求，海洋节Logo（标志）以残疾人现代舞团的开幕演出《鲸落》为设计元素。王小鱼非常敬业，提出先看排练现场，至少连看七天。那舞团的创建者便是老宋。

老宋其人，周身有一种僧侣般的气质，板寸、宽袍、阔裤。第一天，王小鱼提了几个问题，老宋话音低沉，语速极缓，仿佛连他身边的时空流速都变慢了，王小鱼觉得老宋装大尾巴狼。第二天，老宋在角落里发呆，排练现场只亮追光灯，把人影拉得好长，王小鱼跟助理说，搞什么搞，阴森森的。第三天，老宋带舞团凌晨四点摸黑出发，只为去浮山山顶看日出。王小鱼一狠心，爬山我喜欢啊，要不要一起把月亮也看了？最后真被王小鱼说中了。第四天，老宋编舞，即兴跳，他在台上不断折叠、打开、重复、变化，让人仿若看见了山川、天空、河海，生生不息，惊为天人。王小鱼跟助理说，即兴需要舞者对身体每个关节的极致控制，他做到了。第五天，在不断的重复与变化中，王小鱼感受到一种生命能量，由千锤百炼的美凝聚而成。第六天，王小鱼开始理解老宋。第七天，王小鱼得知老宋天生右耳失聪，是个孤儿，自幼被一对年迈的英国夫妇收养，老夫妇是“二战”遗孤，做了一辈子中学舞蹈老师，有生之年曾多次来中国支教……

舞团的演员，有的失去了听觉，有的失去了声音，有的失去了手臂，有的失去了双腿——老宋为他们编舞，让不完整的他们在艺术里找到完整甚至是完美的自己。安全是第一位的，老宋说。他们再也禁不起任何冒险。

不冒险会不会丢失一部分舞台张力？王小鱼问。我不认为现代舞必须通过身体极限去呈现艺术效果。老宋答。那是什么？王小鱼再问。情感极限应该更高级一些。老宋答。

老宋又说，要不我们换个位置，我到你的右边，用左耳听，它是好的，听起来更清楚。随后他们进行了第一次正式的、漫长的交谈。那天排练现场只开蓝色柔光灯，王小鱼感觉自己忽而潜于海底，忽而浮于海面，时间轻柔漫卷，潮水一般退去又回来，身体轻飘飘的，心里忽然有了一种久违的响动。

王小鱼特别难过的是，祖母没有看见老宋就走了。从前的那些男人不值得看，好不容易老宋出现了，祖母却走了。王小鱼捧着祖母的照片说，瞧瞧，我没有给人做填房，还找了个嫩的，我厉害吧？话没说完，已是满脸的泪。

祖母九十八岁离世，人人都说是喜丧。那时王小鱼已经走上正轨，创建了两个文创公司，分别叫作“若蓝若”和“小鱼小”，前者侧重影像传媒，后者主打文创开发，她同时爱上了自己的两个名字，这似乎意味着与过去的和解。房价持续暴涨，地产红利时代席卷了北方。围绕着新开楼盘，王小鱼主导的策划案也在噼里啪啦绽放。地产圈混熟了，对各大楼盘的底细了如指掌，王小鱼托人放了最低折扣，购入一套阳光房，虽说比不上林朗的大别墅，也是格局开阔，飘窗上镶嵌着满满的海景。

祖母生命中的最后两年，和王小鱼一道住进了新房子。每天早上，伴随着毛发和皮屑一同脱落的，还有祖母长长的叹息。老房子在新房子以西十公里的地方，祖母坐在阳台的躺椅上朝西边张望，念叨着与老房子相关的一切。祖母真的老了，再也不是那个能干的小老太太——祖母已经管不住自己了，不然不会说起林晴。

林晴的名字和一段悲惨往事相连，许多年来都是王小鱼内心的一块伤疤。祖母说，那年夏天经常有鱼鳞云，天现鱼鳞云，不雨风也癫，不是个好兆头啊……

那年夏天，林晴林朗双双考入了名牌大学，整条老街都沸腾了。与此形成反差的是，王小鱼没能被重点高中录取，母亲感到颜面扫地，咆哮声如飓风过境。王小鱼原本把握很大的，可她早恋了，无心向学，成绩断崖式下滑。

说单恋或许更准确一些。初二暑假，王小鱼在海边认识了某地质学院一位大学生，他刚刚结束了海洋地质调研，打算继续在这个城市逗留几日。立秋夜，大学生带王小鱼到岬角辨识星座。他说，快看，王族星座。王小鱼茫然地寻找着，除了盛大的蓝色幕布，什么星座也没找到。或许为了掩饰一种莫名的虚弱，王小鱼频频点头，佯装惊叹。他又说，王族星座包括仙王座、仙后座、仙女座、英仙座，而和王族星座有关的则是鲸鱼座和飞马座。“飞马当空，银河斜挂”，他的眼睛在黑夜里闪烁，是王小鱼能够辨识的唯一的星座。

第二天王小鱼邀大学生一起去游泳，在浴场碰上了林晴林朗。她们穿着漂亮的橘色泳衣，看上去就像同一个人。王小鱼让大学生猜猜看，谁是姐姐。大学生指了指林晴，脱口而出。王小鱼忽然有些忧伤，那刻起，王小鱼意识到爱上一个人是件具有爆发力的事情，基本上就是瞬间，像地震，来不及预警。

不几日，大学生就去格尔木实习了，对于王小鱼来说，那个地方比星座还遥远。王小鱼问过，你会给我寄明信片吗？大学生说，当然会啊，小妹妹。明信片是在中秋节前夕寄到的，两张。另一张注明转交林晴。给王小鱼的这张写着“小妹妹学习进步”，画面是格尔木独有的沙枣林，给林晴的那张写着“千里共婵娟”，画面是昆仑山峰峦之间一轮明月。王小鱼将林晴那张藏了起来，中秋节对着月亮大哭了一场，月饼也没吃。一个月后，大学生又寄来两封信：一封问候她的学习情况，预祝来年中考成功；另一封仍然是转交林晴，非常厚。王小鱼犹豫了一整天，还是打开了。这个举动让她心脏狂跳，脸颊涨红，后背湿透。信中并没有什么秘密，只是手抄了英国诗人艾略特的长诗《荒原》。信的末端附了一句话：“献给大地，送给林晴。”

王小鱼开始朝着大学生祝福的反方向发力，自甘堕落，一落千丈。一九九〇年夏天，林晴林朗成为天之骄女，王小鱼被挫败感淹没，脸上长满了青春痘，几乎到了毁容的程度。她把自己关了整整一个月。一个月后，再踏出家门，阳光如高音阶般刺目，一切茫然而不真实。这时迎面走来的第一个人便是林晴。林晴身穿白色连衣裙，脖颈颀长，腰肢挺秀，胸部已经发育完好，发梢儿飘在海风中，整个人都是鲜甜的、清亮的。

小鱼，你还好吗？林晴关切地问，开心点儿，没什么大不了的。

王小鱼不响，眼神茫然。

去看电影吧，《落山风》，我请客。

王小鱼觉得林晴在施舍，愈加不响。

或者，想看《小说月报》吗？最新一期的。

不，我要去游泳。王小鱼的茫然并无变化。

倒是林晴眼睛一亮，好像刚刚解开一道函数题，露出了胜利的微笑。好啊，我陪你。不过林朗去不成，她大姨妈来了，肚子疼。

两个少女，一个十八岁，一个十五岁，沿着惯常的线路——无数个夏天都要走上无数遍的线路，往海水浴场走去。出门前，祖母劝阻过，天文大潮就要来了，这几天浪头高，最好不要去。说着，祖母指了指天空，看见天边的鱼鳞云了吗？林晴说，放心吧王奶奶，有我呢。

是啊，从小到大，林晴都是值得信赖的：在学校里，是团支部书记；在艺术团，是团长兼主持人；在老院子里，是别人家的孩子……林晴太优秀了，就像那些碧空如洗气息明透的天气一样，好到让人心虚。

祖母不应该不放心。孩子们在海边长大，都有水性，游泳几乎是暑假里每天都要发生的事情。况且，王小鱼终于肯出门了，再不出门就要变成发芽的土豆了——祖母已经心疼了好久。

王小鱼轻飘飘地走在路上。知了声糊成一片，嘈杂并且坚硬，林晴在身旁说了什么，王小鱼根本听不见。海里游泳的比平日要少，很多人看见浪大，临时起意不下海了。林晴犹豫道，大满潮，我们别往里面去了，沿岸横着游吧。王小鱼一脸不服气，来都来了，怎么，你怕啦？

王小鱼转身穿过人群，沿着滚烫的沙滩，奔向了层层白浪，一个猛子扎了进去，没有给自己留下任何适应的过程。岸上燠热流火，海水仍有凉意，王小鱼有种被打醒的感觉，压抑了许久的力量迸发而出，一瞬间，腋下似乎生出了鳍，助她嗖嗖向前。林晴紧随其后。十几个浪头躲过，眼见着进入了无浪区，王小鱼和林晴停下划动，双脚踩着水，肩膀以上浮出海面，隔着两米的距离，相视而笑，并用右手抹了几把脸上的海水，想稍作整理。忽然间，王小鱼感觉自己被一种莫名的力量控制了，海面下似有一只恶兽，正在迅速将她拽入深海，她拼命划动，全然无用。她大喊林晴的名字，随后浪头扑了过来，又苦又涩的海水灌入口中；她似乎也听见了林晴的呼唤，小鱼小鱼，小……鱼……随后浪头便将一切淹没了。

这个时候，岸上有人喊起来，大事不好啦，离岸流！好像卷走了一个人，不，是两个！

王小鱼被救上岸时已经晕厥，海水引发吸入性肺炎，高烧四十摄氏度，她在医院住了一周。林晴被离岸流拖出五十余米，海水呛入肺部，窒息死亡。吕剧演员一夜白头，几日工夫便瘦脱了相，高耸的胸臀夷为平地，从此就跟换了一个人似的。林朗再也没有跟王小鱼说话，她的眼里都是恨。林工忽然强大起来，知识分子的素质在关键时候彰显，他同时处理诸多事情，且必须处理好，包括林晴的后事、吕剧演员的心病、林朗上大学的行李，等等。

整个老院子甚至整条老街都在哭泣。任谁说起这件事都要惋惜地哀叹。唯一的办法就是避之不谈。王小鱼出院后偷偷地来到海边岬角，烧掉了大学生寄给林晴的信件，当潮水将那些黑色灰烬带走，她默念着，林晴，对不起。又采来一把野菊，将花瓣揉碎，白的黄的，一起撒入了大海。王小鱼初次理解了生命的脆弱，她为此惊惧，又有几分不服，她冲大海哭喊，你再试试看！

祖母生命中的最后两个月，执意要回老房子。王小鱼照办。小姑姑、小姑父一起来帮忙。安顿下来，天色已黑，大家都累得够呛。王小鱼内心愧疚，觉得自己是不中用的女儿家，至今未嫁，从没能带回来一个肯出力的好女婿。那个时候，父亲中风后刚刚出院，正在康复期，母亲把所有精力都放在了这个不曾爱过的男人身上，婴儿式喂养加魔鬼式训练，祖母的事情难以分身。

回到老房子不久，祖母偶发谵妄，很快越来越厉害，完全认不得人了。饭也吃不下，随后连喝水也费劲。弥留之际，一旦清醒过来，念叨的都是老房子。王小鱼不解，凑到耳边提醒祖母，这就是在老房子里啊。祖母依旧故我。小姑姑恍然大悟，你奶奶是要回五步三座桥。

没有人知道传说中的五步三座桥。知道又能怎样呢，终究是回不去了。回光返照的最后时刻，祖母大声喊着，回去，回去。小姑姑紧紧握着祖母的手，轻轻地摇头，无助地落泪。

回不去也是正常的。哪个人在终老的时候不想回到老地方？可又有谁能真正回得去呢？念想总是携带着悬而未决的空茫。本该回不去的——故乡和老房子，不是毁灭在现实中，就是毁灭在念想里。

老房子西北窗外有一块空地，朝向不好，不规整，没人理会。许多年前，祖母沿围墙种下不计较光照的植物，都是可以吃的，香椿、扁豆、无花果，很快有了起色。早春的头茬儿香椿芽和鸡蛋一起炒，老了的用粗盐腌，剁成末儿拌老豆腐。仲夏的扁豆被切成丝，与青红椒丝、肉丝一起炒，再做上一大摞烫面单饼，卷着吃。至于那棵无花果树，它的青春期曾与王小鱼的青春期叠加在一起，她上初中的时候，它的旁逸斜出已经相当惹眼。秋初结满神仙果实，绿里藏着胭脂红，甜糜的气息覆盖下来，久久不散。

如今天命之年将至，像是应了某种指令似的，自然而然地，王小鱼开始操持起这些。从纷扰的工作中抽身，去看看泥土的天真，与植物相视而笑，貌似无用的事物会给她一些奖励——有时候是从心底涌起的善意，有时候是突然而至的灵感。

王小鱼已经爱上了自己的年纪。在经历了坏女人的年纪、吕剧演员的年纪、母亲和小姑姑的年纪之后，王小鱼不知道是否会去幸运地经历祖母的年纪。无论如何，在通往祖母的路上，她似乎已经学会了如何管住自己。很多执念已消，生活不能只要好的，好与不好，只要活着，就得全盘接纳。只有接纳，真正的、不被外界左右的幸福生活才会出现。王小鱼终于明白了这些道理，只是明白过来，人生已经过去了大半。

还好，没人相信王小鱼四十九岁了。一眼望过去，她乌发披肩，婆娑有光。几个往来密切的商业伙伴都是同龄人，见面时每每艳羡王小鱼的发质。王小鱼赶忙解释，怎么会没有白头发？都藏在下面呢。左后脑勺儿那里，一大把，右边鬓角也有。同龄人继续艳羡，能藏住就等于没有，我们早就藏不住了，只好染发。再过几年，染也不染了，到时候全身都撑不住了，还染个头发作甚。

王小鱼必须撑住。六年前做了高龄产妇，生下一双女儿，她不想就此成为一个中老年母亲，那样的话，女儿们会自卑。王小鱼要求自己每周至少运动二十个小时，跑步、爬山、瑜伽，做来全凭信念。

还记得预产期前后，医生让她选剖腹产的日子。又是高龄，又是双胞胎，顺产连想都别想，医生说。隔天便是夏至，王小鱼不假思索地定了下来。当医生得知选择夏至是为了起两个好听的名字，夏儿至儿，便一反职业常态，笑出了声。别人选日子都要算生辰八字良辰吉时，你倒是干脆，好！

从此以后，夏儿至儿的生日面与夏至面重叠在一起，仪式感够隆重的。坐月子的时候，一想到这些，王小鱼的产后抑郁症就极好地消退了。

三岁生日当天，王小鱼第一次带夏儿至儿去海边，就像祖母当年带着她那样。夏儿至儿听见了浪潮声，娇娇地说，妈妈，海的声音怎么这么大？

四岁生日当天，王小鱼第一次带夏儿至儿去堆沙碛，她们配合得很好，不一会儿就建起了宫殿，惹得游人来围观，拍照，称赞。后来涨潮了，她们吵着要把宫殿带走，结果一眨眼就被浪头吞噬了，她们站在沙滩上大哭。最美好的东西往往是用来毁灭的，王小鱼忍了忍没有说出口，她想过几年再说也不迟。

五岁生日当天，王小鱼第一次带夏儿至儿去抓蟹，穿上荧光色母子装，戴着事先网购的头灯。蟹有趋光的习性，哪里有灯光往哪里爬，光线一强，就变成了雪盲。王小鱼忙着科普，夏儿至儿在礁石之间蹿跳，她们的平衡感与王小鱼当年一样好。

六岁生日当天，王小鱼第一次带夏儿至儿去看银河系，母女三人坐在沙滩上，一起仰望星空。在北半球，只有夏季到来时，银河才会当空悬浮，明亮而璀璨。不久潮水满涨，白色浪花层层拱卫着礁石，王小鱼跟夏儿至儿回忆起被困的童年往事。

妈妈你不怕吗？夏儿至儿一脸崇拜地问。

不怕。妈妈会游泳。王小鱼说。

那，我们也要学游泳。夏儿至儿一脸坚定地说。

不着急，上学以后，体育老师会教的……到时候你们可要当心离岸流。

离岸流是什么？

离岸流就像隐形的刺客，悄无声息，很难被发现。

海边没有人。夏儿至儿摘下了口罩。只有摘下了口罩，她们才能在蓝紫色的星空下露出天真的表情。按照王小鱼所指，银河两侧有三颗明亮的恒星，牛郎、织女和天津四，构成了一个明显的三角形，夏儿至儿努力地找寻着，争论着，星空下晃动着童话般的剪影。

十米开外，老宋在练功。这是他陪伴家人的方式——每次一家四口出游，静则打坐，动则蛙跳，身与物化，意到图成，心中有舞蹈，随处都是他的练功房。王小鱼想，某一天女儿们长大了，会不会像自己当年审视父母那样审视她和老宋呢？女儿们也许会说，父亲是一个舞蹈家，与母亲姐弟恋，小了整整七岁，真不知道母亲哪里来的自信。父亲是一个不喜欢社会的人，在很热闹的环境下，他也愿意安静地待着。他天生有一份巨大的控制能力，控制身体，控制情绪，即便是醉酒断片儿，他的潜意识也会让他看起来和正常的时候没有差别……想到这里，王小鱼不禁哑然失笑。

时间真快，过完夏天一双女儿就读小学了，还是王小鱼当年读过的那所小学，校门口的大海，操场前的老槐，似乎一切都没变，又似乎面目皆非。前段时间，作为知名校友，王小鱼帮助母校策划了甲子生日云上庆典，若不是疫情耽搁，应该会有一个盛大的线下活动，遗憾啊。

妈妈，我找到牛郎星了。

爸爸，我找到织女星了。

天穹底下一双小小身影，愈加惹人怜爱。王小鱼轻轻地说，夏儿至儿，马上就要上学了，记得，不要太乖，不想做的事可以拒绝，做不到的事不用勉强，夏儿至儿的人生不是用来讨好别人的……

夏儿至儿完全没有听见，或者听见了也根本不会听懂。这些话只构成了后置的背景音，与风声、潮声、远处汽车的轰鸣声、商贩的叫卖声，还有一些不知名的声音，融合在了一起。

【作者简介】阿占，本名王占筠，中国作家协会会员，青岛市文学创作研究院一级作家。著书十余部，有中短篇小说入选重要年选与排行榜，曾获百花文学奖、泰山文艺奖等。

微醺时各怀心事

吕　魁

1.曼谷

素万那普机场最好吃的炸虾饼藏在国际航班到达层E区，购物街第三家商铺中。每次飞曼谷，无论飞机几点落地，我都不急于出机场，而是会先去那家泰式小吃店，要一大份炸虾饼，再在邻铺的星巴克点一杯美式冰咖啡，胃口好了还会搭一个椰子味的奶油冰淇淋，这是私属于我的泰式欢迎套餐。

做空中警察那几年，我飞东南亚的次数最多。多到我已经能分辨出东南亚各国首都滚滚热浪中的细微差别。新加坡的气味最好闻，桂花和鸡蛋花融合的香味，甜到让人会产生想恋爱的冲动。胡志明市到处都是烤海螃蟹的焦煳味，马尼拉的街道弥漫着炭烤猪肋排夹杂一丝胡椒的辛辣，只有曼谷的气味与食物无关，那是波本酒的泥煤味混着午夜潮湿的海风，危险中透着一丝暧昧。

这一趟泰国之旅的目的地是海滨小城华欣，曼谷中转一晚，去华欣取景，着重拍摄素有全泰国“最美火车站”之誉的华欣火车站和泰国皇室的拷汪行宫，再到七岩海滩抓拍日落，最后再录几个华欣夜市上的异域美食镜头，三天两夜，吃喝享乐间工作结束。待作品上传抖音等短视频平台，不管传播效果如何，我的账户就会有八千块的报酬进账，何乐而不为呢？这上等的美差要感谢我的同乡兼多年好友老任，京城投资圈素有“金手指”之称的任总。

入驻酒店天色近晚，从房间落地窗远眺，黄昏中的湄南河金光闪闪，如同三十岁的女人，柔情蜜意，最抚男人心。年轻人就是有用不完的精力，同行的“九五后”内容编导小李和摄影师小张放下行李就敲响我的房门，热情洋溢地邀请我一同去吃曼谷有名的海鲜自助餐厅，饭后再去全泰国最大的夜店玩。玩完要是还有精力，小李坏笑着说，那就再找个Gogobar（酒吧）喝一杯，没准能有一段异国艳遇。

这样的夜生活放在十年前我准有兴趣，现如今岁月不饶人，我这老胳膊老腿的，到不了凌晨就会困意袭来，哈欠连天。我随便找了个借口，婉拒了小朋友们的邀约，转身进淋浴间冲了个热水澡，换上短裤、T恤，出酒店步行了二十分钟，拐进一条小巷，那里有我之前做空警时，但凡到曼谷，都会去的一家越南人开的小酒馆。

算一算，距离上一次来这家店起码得有三年了，那一次和我同来的还有同一班组两个二十岁出头，刚入行不久的空姐。无论身材还是模样，那两个姑娘都称得上一等一的大美人。那天晚上我和她俩掷骰子玩到后半夜，美色当前，我喝了不少酒，虽和空姐的关系没有实质性进展，但也玩得开心。而如今故地重游，只剩我独自一人且又老了三岁，这反差未免让我多少有点失落。

我找了个靠窗的位子坐下，店内不设空调，头顶上方的老式吊扇卖力地旋转着，颇具年代感。或许非旅游旺季的缘故，店里食客并不多，除我之外，一张桌子围了几个黑人小伙，还有一桌坐着一对上了年纪，讲着意大利语的老夫妻。我点了两瓶泰国象牌啤酒，一份青木瓜沙拉，店内的越南女服务生似乎还记得我，她用英语问我是不是曾经来过？在得到我的肯定后，她低下头害羞地笑了，送了我一碟辣味虾片、一包豆制品，轻声对我说，要是不够，吃完可以免费再续。我谢过她，喝了一口冰啤酒，点燃一支薄荷味香烟，瞬间放松下来。一瓶啤酒下肚，我忽然来了兴致，连拍数张窗外的景色及桌上的美食，发送到由老任建的“西北男儿在帝都”微信群。

顾名思义，这个群里十几号人都是客居在北京的西北老乡。大伙当年都在家乡小城的同一所初中或高中读过书，年龄相仿，多数都已结婚生子，平时会在群里有一搭没一搭地瞎扯闲聊，分享社会新闻、搞笑视频。每隔一阵子，群里就会有人主动约饭局（通常都是老任组局），一帮同乡找个饭馆，喝酒吹牛，说说家乡话，追忆年少时的美好过往。

照片发出，我跟着标出了我所在酒馆的定位，特意@了老任，留言调侃他说，任总好，我已顺利到曼谷，开始为您效犬马之劳，为您来年在北京换豪宅而努力。五分钟过去，没收到老任回复，我猜他应该在忙。又过去十多分钟，群里没任何动静。我有点自讨没趣，正准备刷会儿抖音，看看美女跳舞，养养眼。这时微信上陈功的头像跳了出来，他问道，老马，难道此刻你也在曼谷？

陈功是我高中学弟，小我两岁，低我一届，我和他是在某一次老任组织的老乡聚会上相识的。我和陈功认识五六年，可我对他并不是很熟悉，算是普通朋友。主要是我之前的职业性质特殊，常年在外飞，陈功又在体制内上班，朝九晚五，周休二日，工作生活十分规律。他这个人性格也较内向，话少且轴，通常一场聚会下来他说不了几句话，但凡他抛出的，诸如人生在世是不是在渡劫之类的话题，通常都会导致局面迅速冷掉。除了老任这层关系，我和陈功并没有过多来往，一年到头也就能在酒局上碰三四次面。再加上前些年他娶了个重庆女孩，结束北漂生活，主动申请调去四川分公司，定居成都，我和他偶尔在群里聊几句闲天外，别无交集。

陈功是我们这帮老同学中公认的名副其实的学霸，当年他顶着“省文科探花”的头衔考进北京，研究生毕业后，顺理成章进入某知名国企。陈功业余还喜欢搞创作，他出版过中短篇小说集、现代诗集，以及历史通俗读物等五六本书，我们都叫他陈大才子。

陈大才子，我刚落地曼谷，请问有何指示？你不要说你也在啊。我回复陈功，末了添加了一个搞笑的表情。

真是太巧了，我也是今天凌晨到的曼谷。陈功秒回复我，真没想到你也会在曼谷。你一个人来的还是……我看到你刚在群里发的定位，我查了下离我住的酒店并不远。我下午睡了一觉，这会儿才醒，你忙吗？你要有空我过去找你，一起喝一杯。

我正好有点无所事事，又是他乡遇友人，便欣然同意。将酒馆的确切位置发送给陈功，他说他预计十五分钟后赶到。与此同时，老任也回复我语音电话，我与老任大致同步了下明后天的拍摄方案和脚本大纲。老任没提太多意见，只是开玩笑说，他有点羡慕我这工作，动不动就飞到热带岛屿，喝着冰啤酒，吃着生猛海鲜，时不时还能和比基尼女郎擦肩而过，不像他，成天有开不完的会议和无休止却不得不应酬的商务饭局。

我笑着说，任总，像您这种已经实现财务自由的人就别拿我这种底层loser（失败者）寻开心了。您年少有为，家大业大，三十岁出头就已是“中国40位40岁以下最具影响力的投资人”之一，再这么优秀下去，还给不给我们凡夫俗子留条活路了？

老任被我逗得哈哈大笑，爆了句粗口以示开心。即将挂电话前我顺口提了句，陈功那小子竟然也在曼谷，不一会儿就要来找我喝酒。老任忽然来了兴致，大声说，你们俩这也太他妈有缘了，北京见不到面，反而在泰国偶遇了，拍偶像剧吗？对了，陈功那点破事儿你都知道吧，你和他趁机好好聊聊，没准能给你日后创作启发些灵感。

陈功他出什么事了？

你是给我在装还是真不知道？电话那端老任阴阳怪气地说，我还以为他的事哪次我喝多了给你说过呢。既然你不知道那就算了，说起来也不是什么好事。我猜一会儿他见了你，多喝几杯肯定会主动讲给你听。

老任说得我云山雾罩，正要追问，让老任别卖关子直接说，他却以大领导的车来了为由，匆匆下了线。

等第三瓶啤酒见了底，陈功才出现，他满脑门都是汗，一屁股坐到我对面的藤椅上，整个人像是刚从水里捞出来一样湿透了。

我去，曼谷的交通简直就是个灾难，陈功一点也不见外，自个儿开启一瓶冰啤酒，一口气灌了大半瓶。地图上看我住的酒店离这个酒吧也就不到三公里，我出租车换TuTu，路上用了整整四十分钟，下车还跑了一截，这路况比北京的晚高峰还要恐怖。抱歉啊马山，让你久等了，我太失礼了，我自罚一杯啊。话音未落，一瓶啤酒就被陈功喝得一滴不剩了。

尽管我和陈功交情一般，但他客气得还是让我有些一时不太适应。转念一想，毕竟人家是研究生，读书人，有礼貌，讲道德，秉性温良恭俭让。哪像我这般俗人，出口成“脏”，烟酒不分家，活得粗糙不羁。我叫来服务生，用蹩脚的英文点了几道店里的招牌菜，又加了半打冰镇啤酒。陈功趁这工夫走出酒馆，走到不远处的夜市，买了件印有“我爱泰国”的新T恤套在身上，重新坐回我面前。他拿纸巾擦了擦眼镜片，顺手接过我递的烟，靠在藤椅上，呼出烟雾，问我此行来曼谷是出公差还是旅游。

我言简意赅地说了下手头工作的性质及内容，陈功看上去听得似懂非懂，但也没深入了解的意思，他随便问了我几个问题，便把话题引到老任和群里那几位我和他共同相熟的老乡身上，聊起群友们各自近况：谁升官了，谁出国深造了，谁找了个“九五后”模特小女友等八卦趣闻。我俩就这么有一搭没一搭地闲聊着，间或碰碰酒杯，气氛算不上热络，但也不至于尴尬，就是典型的普通朋友社交现场。

我和陈功显然都饿了，一桌菜很快吃完，该聊的也都聊得差不多了，我看了眼表，距离陈功到来也就只过了一个小时。我打着酒嗝，随口反问他，你来曼谷做什么？公干还是旅游？

陈功愣了一下，没有直接回答我，他又给自己倒满一杯啤酒，喝了一口若有所思地说，我这次来泰国，算是旅游吧。

我一听就乐了，我说大才子，你也太逗了，旅游就是旅游，什么叫作“算是”啊。

陈功转着桌子上的空酒瓶，不置可否地冲我笑了笑。我接了一通工作电话，又在群里回复了编导小李几条信息，刚放下手机，就看见陈功直勾勾地瞅着我说，马山，我听说你和唐诗诗离婚了？

这次换我怔住了，我又开了一瓶啤酒，倒满一杯说，真是好事不出门，坏事传千里。你这都听谁说的，消息够快的。对，我离了，恢复做快乐单身汉一年多了。

能知道是什么原因导致你俩婚姻破裂的吗？

离婚这事儿一两句哪儿能说得清，说到底还是我没本事呗，赚不下大钱，换不了豪车，更买不起北京的学区房，给不了她想要的好逸恶劳、不劳而获的贵妇生活。

她想要的生活是怎样的？能具体地说说吗？陈功看了我一眼，目光真诚。

我并不想在这样惬意的晚上聊起唐诗诗和我那段糟糕透顶的婚姻，便胡诌了几句，试图敷衍过去。没想到陈功似乎对我个人的感情经历十分感兴趣，他又要了四瓶啤酒，双腿盘在椅子上，身体前倾，像个记者一样追问我。

我记得你俩有孩子是吧，男孩女孩？几岁了？

女孩，离婚那年七岁，按照离婚协议跟她妈了。我拿出最后一丝耐心和陈功兜着圈子，心想他要再多问一句关于唐诗诗和我的婚史，我就起身走人，结束这惹人烦的对话。

陈功有了醉意，说，马山，我能问你几个比较私密的问题吗？当然，你可以选择不回答。

你这问得还不够私密吗？我也借着酒劲，当胸给了陈功一拳，他并不在意，扶了下眼镜，一字一句地说，当初你打算要小孩那阵子，你有采取什么备孕措施吗？

备孕措施？我哑然失笑，信口开河胡说道，没有什么特殊措施，就是仨月烟酒不沾，没事少睡觉，多做爱，一日三餐可着生蚝、韭菜、大腰子吃。

那这期间你有吃叶酸或者中药调理之类的吗？

那没有，哥儿们要孩子那时候还年轻，队里体测一千米年年拿第一，江湖人送外号“顺义第一肾”，猛着呢，根本用不着调理。

你们备孕了多久后嫂子才怀上的？

前嫂子。我纠正他，没多久，不出俩月吧，我记不太清了，最多一百天。不是，你喝多了？问这么细干吗？

那在你们备孕的这俩月期间，你和她夫妻生活频繁吗？大概一周会有几次？每次多长时间？为了能怀上，你们同房时会不会来点小情趣？比如让嫂子，不，前嫂子穿制服诱惑什么的提升兴致？

这个问题一问，我彻底气笑了。我指着手表说，大才子，这才北京时间晚上九点四十，你问的问题尺度未免有点过于“膻腥色”了吧？

马山你别误会，我绝对没窥探你个人隐私的想法，只是想纯粹地和你聊下这个事本身，我的问题是不是冒犯到你了？我再吹一瓶，你千万别生气啊。

陈功还算有眼力见儿，瞧我有点甩脸子，便没有再继续聊男女之事。他换了个坐姿，改说起他对美国大选候选人的看法，以及对比起北京和成都这两座城市各自的优缺点。或许是酒精的刺激，我只手托腮听他滔滔不绝地叙述着，仿佛置身大学课堂，听得渐渐有了困意。我正打算喝完杯中酒，起身同他告别，他却抢先开了口，山哥，你弟妹再有五分钟就到了，你稍等一会儿，我介绍你们认识一下。

一根烟没抽完，酒吧门口进来一位双手提着花花绿绿购物袋的女人，陈功快步迎了上去。我站起身，夫妻二人朝我走来，陈功轻咳了一声说，马山，这是我太太，汪晓雅，刚才她去商场购物去了，女人嘛，就喜欢买东买西。晓雅，这就是我给你多次提过的我的老乡，我高中师哥，马山。

马山师哥你好，叫我晓雅就行。汪晓雅热情与我握手，紧挨着陈功坐下，她拿起陈功的酒杯，仰头猛喝了两口，直呼渴死了。

昏黄光线下，我借着给陈功点烟，偷瞄打量汪晓雅。这女的个子不高，偏瘦，齐耳短发下长了一张高中女班长积极向上、相信未来的脸。要不是她化了点淡妆，打扮也算时髦，说是在校女研究生我都会相信。

陈功和汪晓雅两人低声耳语，不知在商议着什么，我翻看大众点评网，想着等下和他们夫妇告别后再去哪里喝碗冬阴功汤，暖暖胃。忽然间汪晓雅微微欠身，主动和我碰了一杯酒，操着川普柔声细语地问我，师哥，听陈功说你之前是空警，满世界飞，那曼谷你应该来过很多次了吧？

还行，十次得有了。我实话实说。

那师哥你对曼谷应该很熟悉了。

那倒不是很熟悉，之前我到曼谷一般都是中转，即便过夜也都会住机场附近的酒店，市区来的次数并不多。

那起码也比我们俩熟悉，陈功好歹前些年还来过一次泰国，我是第一次来，曼谷有没有什么好玩的地方推荐我们去的？

你要第一次来泰国，那大皇宫、玉佛寺得看，考山路上有很多小吃和饰品店，背包客多。你们俩要是时间充裕，赶上周末还可以去下安帕瓦水上市场，体验下曼谷老街区生活……

师哥，不好意思，打断你下哈，汪晓雅和陈功对视了一眼，像是征得了陈功同意后说，在成都时我们俩听朋友说，曼谷有个什么Gogobar很好玩，说是那里能有钢管舞女郎表演以及泰国著名的人妖秀，付费的话还能互动玩游戏，反正都是些少儿不宜的项目，你去那儿玩过吗？汪晓雅打断了一本正经介绍景点的我，如同在课堂上探讨学术问题般表情严肃。

这对夫妻是怎么了？先是老公兴致盎然，问我床第之欢的细节，紧接着初次见面不到半小时的太太就开门见山，找我打听成人夜总会。即便我算不上正人君子，身处在声色犬马的曼谷，这二人的直接奔放还是让我有些不悦。

我尽可能表情不猥琐，耐着性子回答汪晓雅，距离这酒吧地铁四五站有条街区叫牛仔街，那是曼谷有名的红灯区之一，几十家酒吧一家挨着一家，通常你买一杯啤酒或一杯饮料就可以随便推门进去坐一个晚上。至于你说的那些特殊表演项目，那得看运气，不是每家都会有，我三年前来曼谷，跟一个荷兰籍机长去过一次，说实话，真没多大意思，没网上传的那么神秘邪乎。都是大老爷们儿，看一会儿也就那样，也就花钱图个新鲜感。

马山，晓雅和我想去那儿玩玩，开开眼。毕竟到了趟泰国，错过挺可惜。现在时间还早，你对泰国比我俩都熟悉，我们一起去坐会儿吧，我请客。

我撒了个谎，称稍晚还要和国内同事开视频会议，婉拒了陈功夫妇的邀请。可任我好说歹说，这两人就是听不出我的话外音，到头来还是架不住夫妻二人一唱一和的兴奋劲，两个人一左一右把我夹在后座中间，乘出租车来到曼谷一家人气极高的酒吧俱乐部。

进了酒吧门一眼望去，数百平方米的舞池挤满了来自世界各地的寻欢者，不同肤色的年轻男女随着震耳欲聋的低音炮声，摇头晃脑，摆动肢体。陈功夫妇如同鲸回大海，候鸟归巢，一下不见踪影。我在人群中蹦跶了几下直犯恶心，就在角落处的一张高脚凳上坐下，点了一杯软饮。一眼扫去，不偏不倚看见DJ台正下方的陈功。他摘去了眼镜，生硬地晃动着脖子，眼神迷离，看样子已经醉了酒。他旁边的汪晓雅随着动感的节奏甩头比手势，舞姿狂野轻盈，一看就是常来夜店的老玩家。

时值舞会高潮，数十个穿着清凉，身材火辣的棕皮肤钢管舞女郎，一个个短裙网袜，从竖立在舞台四周的一根根彩色钢管的高处鱼贯而下，放眼望去，简直就是酒池肉林。顿时尖叫声、口哨声此起彼伏，不绝于耳。只见玩嗨了的汪晓雅，先是掏出一沓泰铢塞进离她最近的钢管舞女郎的胸口，接着和钢管舞女郎两人合力，连推带拽，把陈功架上表演台。收了小费的钢管舞女郎格外卖力，完全把陈功当成了人肉钢管，随着动感的音乐声，全身紧贴着陈功，上下扭动腰肢，先是主动后仰躺进陈功怀中耳鬓厮磨，电光石火间，一个翻身，双腿缠在陈功下肢，水蛇一般放肆地扭动身躯，眼神极度魅惑。陈功看上去明显身体僵硬，面露羞涩，手都不知道该放到哪里好。他频频朝汪晓雅所在的方向看去，却得不到她的回应。

劲爆的电子乐，炫目的灯光，空气中四散飘浮的可疑香味，催人上头的酒精，这些因素和陈功夫妇整晚诡异的言谈举止，共同构成了我无法定义的曼谷荒谬夜。我看了眼舞池中央，汪晓雅跟女土匪头子似的，带领四五个性感比基尼女郎围成一个圆圈，肆意将一瓶又一瓶香槟兜头盖脸浇在脱得只剩短裤的陈功身上。陈功不断地用双手搓脸，一副笑得比哭还难看的表情，闪躲求饶。我顾不上与他们夫妻道别，转身逃离酒吧，一头扎进爱欲丛生的曼谷浓浓夜色中。

2.北京

浪漫青春爱情电影中的男女主人公初次相遇，或是盛夏校园，栀子花开，长发飘飘、白裙如雪的女生，担心上课迟到，慌张奔跑在教学楼内，与身材高挑、面容俊朗的学长撞个满怀，继而拉开粉红恋情的序幕，或是高档写字楼内，毛手毛脚、蓬头垢面的女实习生搞砸了重要的商务洽谈会，却毫无逻辑地获得高冷俊美男上司的关注青睐，对其死缠烂打，“霸道总裁爱上我”，类似桥段编辑臆想得过于唯美，不接地气。现实生活中的邂逅，往往平淡无奇，满是人间烟火气，就比如我的金主老任和他的妻子，是在冬日校园外麻辣烫摊上拼桌相识的。再比如我与前妻唐诗诗，则是在商场公共卫生间外洗手池偶遇。

那一年我二十六岁，刚从事空警这一职业不到一年，新鲜劲还没过。那也是我第一次飞国际航班，趁着倒班休息日，应邀去朝阳门外一家Shopping Mall（购物中心）顶层的鲁菜馆赴老任的饭局（也就是在那个饭局上，我结识了陈功）。一圈喝毕，喝了太多啤酒的我尿急，一路小跑至楼层公用洗手间小解，轻松舒爽后在盥洗室内洗手，低头看到我左脚鞋带散掉，正蹲下来系着，一双踩着至少有十厘米高跟鞋的修长美腿打我眼前走过。我再不近女色，也禁不住这般人间诱惑。我本能地抬起头，目光追随那穿着黑色丝袜、灰色西装制服的倩影，直至消失在走廊拐弯处。回到酒局上好一会儿，那双匀称细长的黑丝美腿还浮现在我眼前，挥之不去。

饭局过半，喝开心的老任打电话临时叫了几个他生意上的合作伙伴过来热闹，眼看桌上的酒菜不够，我出包房门呼喊服务员加菜，应声走来的竟是那双美腿的主人。我装作一本正经地翻看精美菜单，用余光快速扫了眼她胸前的工作牌，知道她是这家饭店的副经理，也记住了她的名字，唐诗诗。

婚后唐诗诗不止一次提起，要不是那晚老任包间点的菜结了小五千块钱，她才不会把她的微信号轻易给到我，更不可能在她那么多有钱有势的追求者中，到头来便宜了我这个名副其实的穷光蛋。但生活往往就是如此幽默，处处充满戏剧性。我以日后预订包间方便为由，轻松要到唐诗诗的微信号，三不五时就在她发的朋友圈自拍照下点赞评论，一逮住机会就陪她闲聊，消磨同为北漂打工者的孤独寂寞夜。唐诗诗也许是一时被我朋友圈发的照片所迷惑,我没存心骗她,她也没主动问过我从事什么职业,却不止一次用羡慕的口吻对我说,一看我就是家境优渥的公子哥,一天天不是在塞纳河边喝咖啡,就是在普吉岛上吹海风,而她从山东老家来北京之前,去过最远的城市还是她读大专时,和同学一同毕业旅行去的上海。

和京城多数年轻上班族恋爱方式如出一辙,我会在我没有飞行任务的日子里,约同样调休了的唐诗诗,用优惠券团购米其林大餐、唱KTV、逛游乐园、看午夜场电影。等我用攒了两个月的工资和全勤奖,在香港机场的免税店买了当季新款的古驰包,当作相识一个月纪念日的礼物送给唐诗诗,才终于得到她默许,在五星级酒店的大床房内吻到她的红唇,搂上她的细腰,摸到那双让我终日魂不守舍的黑丝美腿。

老任说得对,我和唐诗诗开始就是个错误。要不是孩子的意外到来,唐诗诗早就目的明确去钓她的金龟婿了,根本不可能和我莫名其妙夫妻一场。那时我和唐诗诗正处热恋期,我用内部员工的年度家属免费票,带她飞了趟巴厘岛,那也是她活到二十五岁,第一次出国游玩。海岛椰林树影,水清沙幼,到了夜晚,皓月当空,海风习习,映着烛光的红酒杯,在这般美景下,吃完异国美食的我,怀中躺着穿着清凉、面若桃花的美女唐诗诗,自然就情不知所以,横刀立马,在毫无避孕措施的情况下,精虫上脑,做了爱做的事。

假期结束回到北京没多久,领我入行的前辈因为家中老人病危,临时和我调班,我没顾得上趁热打铁,与唐诗诗多缠绵几日,就替前辈飞去东欧,一圈下来再回到北京,已是半个月后。等我落地开机,正要给唐诗诗说两句迫不及待想见到她、想亲吻她之类的肉麻情话,却收到她七八个未接来电提醒,微信更是多达十几条留言,我逐一翻看,跳进眼睛里的是她一只手握着显示两条线的验孕棒。一秒钟,喧嚣的机场顷刻间静谧如深海,我呆立在吸烟室,好半天才回过神来,确定巴厘岛浪漫夜我竟然一杆进洞,她已有孕在身,而我是孩子的爸爸。

待几日后冷静下来,我从四个维度,罗列了六条理由,核心观点是劝唐诗诗不能将这个孩子生下。唐诗诗显然有备而来,她没有和我过多废话,面无表情地将产检报告甩给我,如同商场谈判般告知我,医生诊断她子宫有肌瘤,无论良性恶性,都不建议她做人流,否则她会有再也怀不上的风险。唐诗诗直截了当地告诉我,这个孩子她生定了,她让我承担男人和身为人父应负的责任。

怪我从小到大没经过事，一时吓昏了头，准备的理由一条也没说出口就败下阵来，我唯唯诺诺点头，成功被唐诗诗洗了脑。再说那时候我哪能想到，这个让我迷得神魂颠倒的美人，会利用我对她的爱意肆意欺骗我。一直到孩子快一岁，一次唐诗诗洗澡，我无意间查看她落在客厅的手机才知晓，她还没来北京，在山东老家就为她少女时期爱得死去活来的初恋男友堕过一次胎。她的子宫肌瘤良性得不能再良性，并不影响她任何，她只是担心短短三年内两次做人流，会导致终生不孕不育。

自打我答应唐诗诗我会调整心态迎接孩子的到来，我的人生像是被按了快进键，混乱无序，半点不由人。趁唐诗诗孕相还没那么明显，我俩在她任职的饭店，邀请了二十来桌亲朋好友，举办了简单的婚礼仪式，正式结为夫妻。礼成半年，女儿就如约来到这个世上，我与唐诗诗从萍水相逢，到一家三口挤在我那六十多平方米的五环外出租屋，前后也就一年半。这猝不及防的人生转折比坐过山车还刺激，容不得我有丝毫喘息。

我一度天真地以为，只要孩子出生，日子又能像以前那样随心所欲，起码我不用再自我谴责，背负道德的枷锁。可万万没料到，小生命的到来非但没有开启我和唐诗诗美好生活的新篇章，反而成了点燃我俩脆弱情感的导火线。先前恋爱，我和唐诗诗各自看对方都像眼睛自带美颜滤镜，从头到脚都是甜蜜的优点，怎么看对方都是天选之人，命中注定白头偕老。然而等两个人真在一起结伴过日子，朝夕相处，细水长流，彼此的性格缺点和生活陋习，在车子、存款、户口、房子等世俗纷争中不断暴露放大，感情断崖式冷却直至降到冰点。更不用说我和唐诗诗的工作性质都很特殊，她还在坐月子，我就出任务绕着国境以南飞了一周，每到一个城市，只要开机，准能在三分钟内收到唐诗诗近乎神经质般的几十条微信轰炸，抱怨我既赚不到几个钱，又没法照顾她的日常起居。她对我的态度已然超过愤怒，几乎可以说是敌视。而唐诗诗复工后，在孩子断奶的第三天，就陪饭店VIP客户喝到凌晨断了片，一进家门就趴在马桶上吐得翻江倒海。任凭宝宝在一旁啼哭不止，她一头栽倒在床上，醉得不省人事。

我和唐诗诗总会因鸡毛蒜皮的小事发生争吵，逐渐升级到相互谩骂羞辱、人身攻击，基本上每周都会有一两次，不是她把我气得摔杯砸碟夺门而去，就是我吼得她泣不成声，寻死觅活，恨不得同归于尽。最终致使我和唐诗诗撕破脸，双双决意离婚的，是我发现她和她那早已成家的初恋男友私下里仍藕断丝连，发语音打视频。而唐诗诗也留了后手，趁我一次喝醉，突击抽查我的手机转账记录，调出我微信好友里的异性，逐个问我何时认识，什么关系，未等我找理由诡辩，她取出早就在我的行李箱内翻出的一盒避孕套，咄咄逼人，质问我为何出差要带避孕套并且少了两个。

我与唐诗诗长达两年的情感拉锯战，末了还是以离婚告终。孩子跟了她，我仅有的那点存款和值钱的私属品都被她紧盯不放，以致我闹了一场，到头来仍旧净身出户。离婚后的第二个月，我不顾任何人劝说，鬼使神差又辞去做了五年的空警，没了经济来源，彻底成了孤家寡人，人生坠落谷底。那阵子我躲在昔日同事在京郊机场附近的合租公寓内谁也不见，整天靠酒精和手机游戏打发时间，混一天是一天，不想清醒去面对人生的下半场。后来还是老任，我生命中的贵人，又一次拯救了我。在一个周五的雨夜，老任来到我房间，把我从床上一把拽起，强行塞进他的奔驰车副驾驶位，不由分说，一脚油门，车开至三里屯一家英式精酿啤酒馆。老任点了十几杯啤酒，告诉我说今晚不喝醉别想回去。

老任和我高中时同级不同班，我俩起初是以球会友。高二踢校园比赛时，我是我方前锋，他负责盯防我，一来二去"友谊第一，比赛第二"，我和他成了朋友。再加上我和他那会儿都是国际米兰的铁杆球迷，每个周末我和老任都会挤在校门口的小面馆看意甲联赛，侃球侃得多了，关系越来越热络。高考后我去了天津，老任聪明，会考试，考上北京一所重点大学，读国际贸易。直到大学毕业，我入职了北京某家航空公司，一次聚会上又一次和老任相遇，也顺道加入了由他牵头组织的高中同学在京联谊会。

老任是我们这批同学中，最具经商头脑，永远被命运女神垂青的那个幸运儿。大四上学期他拿到多家知名大公司的Offer，最终选择去了一家外企，从市场部专员做起，不到四年就做到东北市场区域负责人，团队业绩更是在公司排名中年年前三。待智能手机问世，移动互联网时代来临，老任果断辞职，一头扎入互联网，带着大学读计算机专业的舍友，凭借几个精美的PPT和他那张能说会道的嘴，轻松融下一笔七位数的种子投资，做了一款成人私密社交App，赚到人生第一桶金。等效仿者反应过来，纷纷入局，老任及时抽身，将产品卖给了某上市公司，拿着套现的钱如法炮制，摇身一变成了有多年教育情怀的青年创业家，做起了在线少儿英语教育。恰巧赶上互联网教育的风口，他一年内拿到两笔大额投资，一下完成了阶级跨越，实现了财务自由。

那之后，老任不再亲自下场苦哈哈创业，他变换角色，从被人投资到“孵化”他人，不出两年成为享誉京城的天使投资人。老任是资本市场天生的好猎手，一个商业模式行不行，市场份额能有多大，他过遍数据分析，就十拿九稳。老任一旦决定投某个项目，下手稳准狠且胆量大。别的团队犹豫不决的标的他敢投，别的资本跟投的产品他领投。就这样，两年下来，什么共享单车、共享充电宝、网上问诊、社区团购、网红火锅、奶茶店等等，凡是国内能叫得上名的知名品牌，背后或多或少都有老任及其背后资本团队运作的影子。

那个三里屯雨夜，老任没给我灌心灵鸡汤，更没有说轻飘飘不负责任的话安慰我，他只是一杯接一杯地陪我喝着淡色艾儿啤酒。酒至三巡，微醺人醉，老任不再聊高中往事、北漂心酸史，正色给我讲起他是如何看好短视频、自媒体直播带货这个新风口的。老任从私域流量讲到内容为王，又从电商KOL（关键意见领袖）讲到流量变现。他一口啤酒入喉，一个新的名词概念抛出，我似懂非懂，像个相声捧哏演员一样，随声附和着他的激情。聊至尾声，喝尽兴了的老任说，他个人已经投了一个很年轻的“九五后”短视频创业团队，该团队拟孵化十几个主题视频账号做抖音矩阵，内容涵盖美女歌舞、人文故事、户外探险、都市情感、说车看房等。老任劝我不要继续无意义地丧下去，说这样用不了多久我就会废掉，被滚滚向前的时代车轮毫无怜悯地碾压。老任说他来见我之前就想好了，他自媒体公司的旅游达人、美食探店等几个短视频账号就交给我，由我写文案，企划运营、出镜主持人一肩挑。他说他想了一圈，这个事儿只有交给我做他最放心。

老任是这样对我说的，马山你做了五年空警，去过的国家和地区比我们哥儿几个加起来乘以二还要多，何况你小子到这个岁数了身材还能保持得这么好，长得又帅，乍一看跟演员邓超似的。我记得读高中那会儿，你写的作文不止一次被当作范文全年级传阅学习，到现在我看你发的朋友圈，那小文案或抒情调侃，或嘲讽，或冷幽默，金句频出，读你写的东西简直是一种享受。马山，我做投资这行虽说时间不长，但我看项目不会有大闪失，看人更不会错，你相信我，这几个视频号我亲自给你搭班子组团队，不出半年，只要你做出属于你自己的风格，你一定会成为短视频界的知名网红，到那时候你也可以像哥儿们我一样，香车豪宅，美女佳肴，人间值得，你根本不会再想起唐诗诗对你的那一丁点擦破皮的伤害了。

也不知道是我一时喝了太多的酒，还是老任舌灿莲花，描绘的美好前景戳中了我庸俗的内心，反正我在和他碰杯的清脆声响中，稀里糊涂地就满口答应，接受了他的邀请，在酒醒之前将往事翻篇，开启了我人生下一站的奇妙之旅。

3.大连

不得不说，老任确实有他的投资之术，眼光毒辣，看中的事儿真的就鲜有不成的。泰国华欣之旅仅仅是我们这个旅行自媒体账号拍摄的第十个作品，一经发布，立刻成为当日的热门推荐，短短两天，三千多条有效评论，涨粉十二万人，播放量更是破了三十万。特别是我在文案里写的那句“酒是这个世界上面积最小的游乐场”，被多个知名网红主播在其作品中引用，成为当周火遍抖音的金句。一时间，国内知名连锁酒店、同城新开饭馆、有产品推广需求的户外运动器材厂商蜂拥而至，纷纷发私信询问拍摄一条广告的宣传报价。看着直线飙升的各项数据，内部研讨会上，编导小李乐得都能看到后槽牙。小李笃定地说，按此趋势拍下去，再做四五个爆款视频，最多三个月，我们这个号就会成为坐拥百万粉丝的大V号。只要私域流量一起来，到那时候完全可以试水直播带货。届时什么广告费、直播佣金、坑位费，杂七杂八地播一场，收入六位数轻轻松松。

听闻此喜讯，老任特意在五道口一家日本料理店摆了一桌，算是为我们这个团队取得的阶段性成绩表示祝贺。席间我以下属身份，认认真真地敬了老任一杯酒，感谢他在我人生最低潮时雪中送炭之恩。老任也动了情，他搂着我的脖子，喷着酒气说，老马，我说什么来着，我就说这事儿非你莫属，必须你来做才行。我就知道，只要你小子用心去做，积极阳光拥抱生活，就一定能成事。你提笔成文，又放得下身段，咽得了苦，天生就是吃这碗饭的。哥儿们我一如既往地看好你，你放心，我会加大力度支持你们团队。要钱给钱，要人给人，我的资源和人脉你随便用，我一定会在最短的时间内把你孵化成你所在的垂直领域的头部网红。

喝收杯酒之前，微醺的老任车轱辘话来回讲，核心思想是叮嘱我和团队的哥儿几个一定要趁着流量起来，再接再厉，只有再连出几个作品上了热门推荐，粉丝量短期内破百万，才能算得上是该细分领域内真正的KOL。

移动互联网时代，流量为王，等粉丝量起来了，你才有变现盈利的可能性，我能向资本方讲的故事自然也就多了。老任与其说是提议，不如说是命令我和我的团队最好能乘胜追击，睡醒就买机票飞去大连，拍下大连国际车展，以及滨海大道那家他认为完全可以和巴厘岛顶级度假酒店阿雅娜媲美的悬崖酒吧。

我×，我在国内见过最美的海景，就是在那家悬崖酒吧上看到的。只要天气不差，能见度高，你们就能拍到全国，甚至可以说是全球最美的夕阳入海景。老任自信满满，马山，你相信我的品位，这趟大连之行你按我说的去拍，我敢保证，最起码有两个作品会上热门。我敢跟你打赌，要是点击量不破五十万，我给你五万块。不过话说回来，你要真的又拍俩热门作品，粉丝数噌噌涨，老马，就你这外形，到时候你肯定会被全国各地的大姑娘小媳妇垂涎三尺，疯狂给你点赞、送小红心了。老任说完，坏笑着钻进他奔驰车后座，扬长而去。

车展可以说是中年男人们拼死拼活追求成功的具象缩影。象征身份地位的豪车本身就已赚足男人的眼球，更别说车边上站着的那一排胸挺腰细大长腿的美女车模。二者组合在一起，完全成为男人们的视觉盛宴。我望着那些不断拍照的围观群众，一时间分辨不清，这一群大老爷们儿究竟是来拍车，还是借故偷拍美女车模的。编导小李走上前凑近我说，之前录的那一遍效果不是很理想，他建议我不要那么深沉，还得再放开活跃一点，面部表情和肢体动作再夸张一些，要不镜头感太沉闷，显现不出跑车的速度与激情。

我走到会展中心外吸烟，调整状态，迎面一个穿着某汽车品牌车模服，大高个儿长发披肩的女孩与我擦肩而过。她身上的香水味很好闻，看样子也有点眼熟。我并没立刻回头多追看她几眼。并不是她不够好看，只是现如今的姑娘们但凡有点姿色，五官或多或少都微整过，美得大同小异，不仔细看会误以为是同一张脸。我灭掉烟蒂，猛然间回过神，刚刚那个车模，怎么像是曾和我搭过几次机组的空姐何灿灿。我纯粹抱着好奇心，走到那家厂牌的展台前，还未靠近，就看到站得笔挺的何灿灿，她只手叉腰，朝四面八方的观众挥手致意，笑得很职业。

我得有两三年没见过何灿灿了，和我记忆中她的模样相比，何灿灿变得更好看，也更有女人味了，尤其是胸部，估计是有了孩子哺乳的缘故，比之前丰满许多。我做空警第二年，有一次飞韩国和何灿灿同一个机组，那时她刚入行没四个月，还是普通舱三级乘务员，见到同一机组的，男的叫哥，女的叫姐，嘴甜手快有眼力见儿，挺受乘务长待见。

何灿灿是土生土长的大连姑娘，私下里聊天，带有浓重的辽东半岛口音。我曾和她开玩笑说，好好的一个姑娘，就是长了一张嘴，一开口，靓丽外形、淑女气质全毁了。我记得那次飞行任务完成,回国前机组几个人在釜山海边的烤肉店聚餐,何灿灿透过落地窗望着大海,大呼小叫,不断向一众人感慨,釜山海边的景色和她的家乡旅顺简直可以说是一模一样。说来也巧,我和何灿灿在半年内同机组过五次,后来有很长一段时间没再见过她,偶然间同与她搭过班的空姐闲聊,得知何灿灿还没做满两年就主动提出离职,据说是没扛住大连本地一个家里做海参养殖生意的富二代今天送名牌包,明天送卡地亚钻戒的穷追猛打。何灿灿二十岁刚出头,就实现了打小爱看纯爱文学的小女生们梦寐以求的豪门梦,成了有钱人家的儿媳妇,过上了锦衣玉食、衣食无忧的少奶奶生活。

工作状态中的何灿灿专注而忙碌,她换了一袭银色长裙,前凸后翘,美腿毕露,任凭围观者闪光灯照个不停,也始终面带微笑,摆着pose(姿势),尽可能照顾到不同方位的观众拍摄。何灿灿自始至终都没注意到台下不远处的我,我倒想主动喊她来着,无奈人潮汹涌,我和她又多年没有联系,再加上编导小李电话催我去外场补拍几个镜头,索性作罢,当作什么也没有发生,悄然离去。

让我想不到的是,我和何灿灿这姑娘缘分还挺深,本已是人生中平行线上毫无交集的两个人,在一天内竟然两次相遇。继车展上见到她不到四个小时,我居然在抖音同城平台上刷到正在开直播的何灿灿。我一时不敢确认手机里的女主播就是何灿灿,便翻看她作品集里的短视频。随手点开几个,有她穿空乘制服讲网络笑话段子的,有她穿性感包臀裙跳热门舞蹈的,点赞最高的置顶作品,是她好身材一览无遗的泳装写真照。一圈看下来,别说豪宅名车了,哪怕是普通女孩子爱拍的五星级酒店下午茶、奢侈品衣物展示都不见踪影,丝毫看不出半点像是大户人家的儿媳妇。

我再次点击进入何灿灿的直播间,屏幕中的何灿灿还穿着车展上的那条裙子,只是多了一件外套披在身上。何灿灿妆容精致,笑着欢迎每一个进入她直播间看客的神情,恍然间让我想起当初她站在舱门内笑迎乘客登机的样子。我刷了个价值三十块的礼物送给何灿灿,她做一脸惊喜状,连声对我致谢。我忽然觉得有趣,她在明处我在暗,她并不知道我是谁,而我却能轻易看到她的一举一动。这微妙的心理致使我一时间接连又刷了几个虚拟礼物送她。何灿灿显然对我青睐有加,冲着屏幕,几近尖叫地向我表达谢意,直呼自己今天走了好运。

我正饶有兴致地欣赏着何灿灿独有的美,直播间内进来一个被何灿灿热情欢迎,尊称为大牛哥的ID账号。这个大牛哥上来二话不说,一通猛刷豪华礼物，我粗算了下，短短十分钟，这个大牛哥送出的礼物起码值两千块。看得出何灿灿和他已是老相识，何灿灿对大牛哥嘘寒问暖，一会儿问他近期睡眠改善点没？一会儿叮嘱大牛哥日常少喝酒，多吃保健品。两个人旁若无人地互动着，完全忽视直播间里还有包括我在内的十来个观众的存在。我不知哪来的醋意，一冲动充值了五百块，转手都给何灿灿刷了礼物。我这举动显然引起那个大牛哥的注意，他和我较起劲儿来，我刷一个气球，他就刷个飞机，我刷一辆跑车，他就紧跟着刷一个火箭。常看直播的一眼就能看出，这个大牛哥是何灿灿的"榜一大哥"，刷礼物纯粹是想引起她的注意，讨取她的欢心。

何灿灿还和当初我同她共事时一样嘴甜会来事，屏幕里的她感谢完她的大牛哥，就立马谢谢我，又是用手比出爱心形状，又是抛飞吻，既维护了她的"榜一大哥"，又不时地讨我欢心，做无辜可怜状，说某个新款礼物特效没见过，暗示我可不可以送给她。我根本不是大牛哥的对手，没多一会儿五百块钱就刷得精光，而大牛哥还在持续不断地给何灿灿刷着虚拟礼物，丝毫不把我放在眼里。我很快就在与大牛哥的PK中败下阵来，我关掉何灿灿的直播间，了然无趣地点着一支烟。好半天我才回过神：我刚才这是在干吗？何灿灿是我昔日同事，少女时期我都没对她动过心思，这怎么她出嫁了，成了他人妻，我反而鬼迷心窍，兴致勃勃地看她直播，还为她花钱刷礼物？真是有病。不过看来老任所言极是，短视频直播真的是未来几年最大的风口，播什么内容不重要，没什么门槛，只要主播稍微有点姿色，能说会道点，都能激起屏幕那端观看者的欲望，使其暂时失去理智，冲动消费。

我一时兴起，在微信通讯录中试着搜了下，还真找出了何灿灿的微信号。她朋友圈没有任何内容，我想了下，编辑了条信息，大意是多年不见，前阵子参加她前同机组乘务长的孩子满月会，还曾聊起她。我假装轻描淡写地说，我出差到大连已有几日，不知道你是否人在大连？有空晚上一起吃顿饭，叙叙旧，聊聊天。信息发出后，我又一次进入她的直播间，几乎同时，视频中的何灿灿低下头，双手在一台手机上快速翻飞，没多一会儿，她就又抬起头，冲着镜头继续甜美微笑，感谢大牛哥送她的新礼物。而我却收到她的回复，我的天啊，山哥，你这是从哪里冒出来的？你来大连了？好啊，我们一定要见一面。这会儿我在公司开高层管理会，稍晚我会和你联系。

该说不说，在我们这群直男中，老任的审美和品位还真是值得信赖，坐在城堡酒店顶楼的露天Bar(酒吧),海天一色,晚风拂面,惬意得让人能立刻原谅这个世界所有的不美好。当杯中的Negroni鸡尾酒顶多再有一口就要空杯时,何灿灿出现在我的视线中。她一眼看到我,冲我挥了挥手,朝我所在的方向款款走来。在邻桌几位男人的集体注视下,何灿灿在我对面的沙发上坐下,她嗲声嗲气地说道,哎呀,实在不好意思啊山哥,让你久等了,其实我很早就出门了,没想到还是碰上晚高峰了,今天又是周五,路上堵得一动不动,要知道我们大连现在也是大城市了,车堵得一点都不输于你们北京。

何灿灿一开口,熟悉的海蛎子味儿瞬间唤醒我关于她的全部回忆。我借着夕阳余晖,正大光明地看向她,何灿灿赴约的这一身装扮简约而不简单,看似普通的白色衬衣、球鞋、牛仔裤、单肩包,但每一件单品都是售价不菲的一线奢侈品牌当季最新款,更别说那反光刺眼的大钻戒了。

几年不见,你更漂亮了。

谢谢山哥,你也还是那么帅,不对,是更帅,更有男人味了。山哥,告诉你个藏在我心底多年的小秘密,算是送你的见面礼,何灿灿狡黠一笑,当年我们同班组的那几个空姐没少在背后讨论你,说你长得特别像明星邓超,尤其是有一次你剪了寸头,简直就和《烈日灼心》中邓超饰演的那个角色一模一样。据我所知我们班组就有两个空姐喜欢你,可惜那时你走高冷路线,对我们这帮小空姐都爱搭不理的,又酷又拽,我们都不敢和你搭话。现在我告诉你真相,山哥你后悔吧?是不是觉得很可惜呀?

何灿灿说着自个儿把自个儿逗乐了,放声大笑,红唇露出皓白洁牙。她从随身携带的爱马仕包里掏出根头绳,旁若无人地正对着我,双手高举,绑起马尾。何灿灿那本就很傲人的胸部瞬间耸挺得呼之欲出。我本能地瞄了一眼,抬起眼却撞见何灿灿那见怪不怪的目光。我赶忙扭过头,呼唤服务生点单,来掩饰一时的失态。

看得出这家城堡空中酒吧何灿灿经常来,她没有翻阅菜单,直接给服务生报了几道菜名。何灿灿主动要来几支冰啤酒,说我好不容易来一次,她要尽地主之谊,陪我喝点。

我记得你不是不喝酒吗?之前在韩国那次,一机组我们几个喝烧酒都喝醉了,就你喝的果汁,你不说你天生酒精过敏吗?我那会儿还信了。

别提了,那时候我还是个小丫头片子呢,多傻啊。何灿灿给我和她自己各倒满一杯，以前我是真不爱喝酒，觉得这玩意儿又苦又辣，有什么好喝的？后来我发现啊，和生活中的苦相比，酒都算甜的。你说我说的对不对？何灿灿面若桃花，身上散发出的香气沁人心脾，来，山哥，欢迎你来到我们浪漫之都大连，妹妹我先走一个。

何灿灿仰头利索地喝干一大杯冰啤酒，又迅速将杯子倒满，一连串的动作比她当空姐给乘客倒饮料还要熟练。我这才意识到，约何灿灿见面过于冲动，等真面对面坐着，完全找不到可以聊的话题。何灿灿礼貌性地向我询问，我和她共同相识的一个机长的近况，我告诉她，那位机长本来我就不是很熟悉，何况我也辞职快两年了，更不清楚他过得是好是坏。

山哥，你当初为什么要辞职啊？你们空警那工资多好赚啊，坐在那儿看看报纸杂志，什么事都不用操心。哪像我们空姐，又是端茶倒水，又是递毛毯拖鞋的。何灿灿只手托着香腮，眼睫毛扑闪地望着我说，我做空姐那两年，最讨厌乘客喊我服务员了，听上去“又土又Low”，但我又无力反驳，毕竟我们干的那点活和饭店服务员做的没啥本质区别，都是端盘子、倒雪碧，只不过我们是在飞机上做，看上去高大上而已。

我没有接何灿灿的话，毕竟和她不算熟，没有交心的必要。再说她聊的话题无论之于她还是我，都已是过去式了，聊多了也挺没劲的。我调整了下坐姿，身子后仰靠在椅背，点着一支烟对她说，灿灿，我听说，你是你们那一茬空姐中嫁得最好的，怎么样，做豪门阔太的感觉很不错吧？讲一讲，让我这种“穷屌丝”听一听，羡慕自卑一下。

何灿灿被我说乐了，咯咯笑个不停。山哥，别拿我解闷儿了，我哪是什么豪门太太，寒门儿媳妇还差不多。他家里呀说白了就是倒腾海鲜的，他爸有几条小破渔船，在獐子岛那儿包了一片海，等到开海季，运气好的话，海参、扇贝、虾爬子、小鲍鱼啥的能捞一网，卖给市区的酒楼饭店，一年到头赚不了几个钱。

我正要调侃何灿灿，只见她喝了一口啤酒，双手平放在桌面上，仰起头对我说，山哥，向你汇报个事，你肯定猜不到，我和那个海鲜贩子离婚啦，孩子给了他，我现在又是单身啦。

我没有表现出太过惊讶，心中暗想，何灿灿从结婚到有孩子再到离婚，这进展速度和我差不多。看来感情这事还真不分贵贱，并不是有钱人就能终成眷属。

我猜你一定好奇，想问我为何离婚吧？何灿灿自问自答，怎么说呢，挺绕的，说到底就是我和他三观不合，虽然我也没读过几年书，但他比我更可怕。别的我就不多唠了，他大男子主义非常严重，简直到了病态的程度，只要我一会儿不在他视线内，他的“夺命连环call”准会打过来，他会持续不断一直打，打到你接为止。如果我去见客户或约朋友谈正事，其中有男性在的话，那更惨了，他会非常生气，大发脾气，会反反复复盘问我对方是谁，做什么的，怎么认识的，只是吃饭？吃完饭去了哪里？只要我回答得有一点他不满意，他就会一直折磨我，不让我睡觉。他犯起病来特别恐怖，他让我当着他的面删除我手机里所有异性的联系方式，我要稍微解释几句他就说我不爱他，拿水果刀作势要自残。

何灿灿面无波澜地说着，就像在转述他人的事儿一样。有首诗写得好，“生命诚可贵，爱情价更高。若为自由故，二者皆可抛。”所以我就抛了，离婚了。不止一个朋友劝我，说婚姻生活没有容易的，让我忍一忍就过去了。我说谁愿意忍谁忍，反正我不忍，和那个变态控制狂我一天都过不下去了。再说，他家有点钱又怎样，和我没有半点关系，何况我也不差啊，我现在有自己的电商公司，和闺密合开了一家皮肤护理中心，下次山哥你再来，我带你去我占股份的日式烧烤店喝清酒，吃生鱼片。

我谢过何灿灿的邀请，祝她的生意顺风顺水，一路长虹。何灿灿又和我干了一杯，她拿起一只肥美的生蚝，优雅地放进嘴里，小口咀嚼。

夜凉如秋水，海风吹来，我也就有了三分醉意。我原本一时无聊，约何灿灿只是单纯想着有美女作陪，好消磨异地他乡的漫漫长夜，没想到反而莫名其妙做了一回树洞，听了一晚上现代都市家庭伦理剧。

何灿灿毫不避讳地当着我的面接听电话，我断断续续听到水光针、小红书、预订首尔狎鸥亭附近酒店等几个关键词，猜不出她和谁在聊着什么。等电话说完，她又拿起手机，飞速地敲着字，其间抬起头冲我嗔笑着说，不好意思啊山哥，我处理下公司的业务，会很快，麻烦你稍等我一下。

我以啤酒喝多为由，离开座位去了洗手间。小便时掏出手机，有一条抖音未读私信提醒，我定睛一看，竟是何灿灿的抖音账号发来的：小哥哥你好，很开心你来灿灿直播间玩。灿灿是东北女孩，身高173厘米，某航司退役小空姐，跳舞主播一枚，性格有时高冷御姐范儿，有时萌妹“小逗比”。感谢小哥哥今天为灿灿刷的礼物，哥哥破费了。期待小哥哥经常来找灿灿玩，看灿灿直播哟，灿灿一定不会让哥哥失望，祝哥哥每天都有好心情，“比心”。

这条并不长的私信我来回读了两遍，一时恍惚。待我再回到餐桌旁，月光下的何灿灿正用刀叉切割着惠灵顿牛排，像是在做一台外科手术般专注认真。

4.成都

就算给我十次机会，我也猜不出离婚后再次得知唐诗诗的近况竟是通过抖音。也不知道大数据是怎么算的，能推送得那么精准，在等老任来找我开新一季度数据分析会的间隙，我打开抖音消磨时间，跳出来的是一则娱乐八卦新闻：某知名笑星深夜与友人聚会，醉酒后携长发气质美女酒店过夜。尽管狗仔队偷拍视频像素不高，模糊不清，可我一眼就认出，那个被光头笑星搂入怀中，笑得花枝乱颤的女人正是唐诗诗。视频中她穿的灰色Burberry风衣，还是我在新加坡机场花一万八千块买的，送给她作为二十七岁的生日礼物的。

要我说，这事儿你根本不用放心上。老任看了相关视频，一巴掌拍在我的大腿上说，这个傻×笑星我和他打过交道，两年前，他眼看同行们一个个都转型自导自演电影，名利双收了，他也蠢蠢欲动，想跟着效仿，人托人，绕了好几层关系找到我，在我办公室，絮絮叨叨一堆，和我说什么理想啊、艺术啊、流量啊之类的屁话，末了这哥儿们也不立牌坊了，开口跟我要钱，让我多少投点。不是哥们儿我此刻安抚你情绪，刻意讨好你啊马山，说真的，他攒的那破剧本我捏着鼻子看了三页，写得烂透了，几个网络上陈年的段子瞎编滥造，一点都不好笑，人物关系更是毫无逻辑可言。那孙子的人品就更不要提了，差得要死，明明是他求我投钱，请我吃饭，敬我酒，我都把酒喝掉了，那大傻×偷奸耍滑，趁我不备，偷偷将自个儿杯中酒倒掉换成水，还装出一副痛苦不堪、不胜酒力的表情。老任跷着二郎腿继续说道，要说唐诗诗也是眼瞎，怎么和这货色走到一起呢。不过马山，你千万不要受影响，这说明当初你选择离婚是对的，像唐诗诗这种目光短浅、嫌贫爱富的女人根本不值得你付出，及时止损是最明智的选择。

我摆了摆手说，老任，你大可放心，这种破事我根本就不会走心，唐诗诗已经是我的过去式了，她爱和谁在一起就在一起，爱干吗干吗，别说找一喜剧演员了，就是和一获得终身成就奖、行将入土的老艺术家在一起搭伙过日子了，我内心都不会再起半点波澜。我只是刚看了这视频有点脏眼睛：恶心他妈给恶心开门——恶心到家了。

听我此言，老任放声大笑，看得出他对我的担心和在乎，情谊比金坚。那翻篇儿了，说正事啊，老任掏出他的雪茄盒，剪了一支燃着递给我，你们团队的新一季度各项数据都非常漂亮，尤其是黏性粉丝人数已经破一百二十万，远超出我和其他几个投资人的预期。经我们一致商议决定，从下个月开始，你可以做直播带货了，趁着热度把流量变现。这也是对你们这个小团队辛苦这一年最好的回报。老任语重心长地说，前三次直播的厂家我都帮你挑选好了，主要以功能饮料、酒水和户外运动品牌为主，等直播间人气起来了，我再给你对接更好的品牌资源，接更大的厂牌。你放心，在我们专业的市场团队的运营下，不出半年，你肯定能成为新一代的直播带货达人。

别逗了，任总，我你是了解的，打小我就怵人多的地方，读高中那会儿，你看哪次上讲台发言我能顺利地说下来？不是低着头脑门冒汗，就是磕磕巴巴引全班哄堂大笑。录制短视频我勉强可以，你让我直播带货，这不是毁你招牌吗？

马山，老任收起笑容，你不信我的判断力，你也得相信大数据。像我们这种职业投资人，不听故事，不信推论，只看数据说话。你们团队近半年数据漂亮极了，要再不抓紧做直播带货，错过了最佳变现期，那才是对我专业的不尊重。

我还想多辩解两句，老任不由分说打断我，不会直播没事，可以学啊，谁还没有个第一次？再说我都为你找好老师了，全网第一带货女神薇薇安知道吧？我和她一起开过几次私董会，有点交情，她现在的公司打“天使轮”起我就领头投，下个月不出意外的话就该融B轮了。来你这儿之前我就已经和薇薇安提前约好了，今晚八点她开直播，我带你去她公司，你偷师学艺下，等你首播她会和你连麦，帮你站台。所以你就放手大胆去做吧兄弟，祝你早日成为新晋的带货一哥，Try your best（尽力试试）。

薇薇安本人要比视频直播里好看得多，她是那种标准的人工美女，眼大嘴小鼻子挺。尤其是她的嘴巴，红唇一擦，完全可以用垂涎欲滴来形容。老任领着我在她直播间站着旁观了不到一小时，她就卖出了近百万的流水，不得不让人叹服。待薇薇安直播结束收工，老任向她介绍我并说明来意，薇薇安同我礼貌握手，指尖滑过我的指尖说，任大老板交代给我的工作，我保证完成任务，向我学习不敢当，一起加油呀！

我与老任、薇薇安三个人呈三角形状站在走廊寒暄闲聊，末了，老任主动约薇薇安一起去楼下的烤串店吃夜宵，薇薇安以近期在减肥为由婉拒，老任不依不饶地对薇薇安说，别逗了，大美女，你还需要减什么，你该瘦的地方瘦，该胖的地方一点也不小，再说你要减肥瘦错部位，下次开直播男粉丝跑光了，你可是要为我们投资方的血汗钱负责的啊！薇薇安用手背遮住嘴笑，娇嗔地推了老任一把说，去你的，像你们这种大叔最难搞，总爱撩人家，把人撩得脸红了你们又不负责。典型的只管起飞，不管降落，真烦人。

我的首秀直播定在五月十九日，直播主题取了当天日期的谐音“五一九，我要酒，大牌酒水夏季狂欢节”，这是那一晚在烤串店，老任撸着大腰子，喝着冰啤酒，扬扬自得时提议的。我和薇薇安一左一右吹捧着，夸他不仅多金，还才华横溢。老任看上去心情相当不错，也就四五瓶啤酒就喝到位了。他以为我也喝多了，就没有再顾忌我，趁薇薇安起身接电话，借道经过他身前时，老任伸出手，结结实实地摸了一把薇薇安那浑圆翘挺的屁股，一脸淫笑。薇薇安喝得似乎也有点飘，半瓶红酒不到，就一头栽倒在老任肩上，任由老任搂腰亲脸摸大腿。我装作眼瞎什么也没看到，借口喝多了去洗手间，心照不宣，提前买单离场。

我刚一落地成都，就主动发信息告知陈功，不到一分钟他电话就打了过来，听语气他对我来到他所在的城市颇感惊喜。陈功热情得有点过度，在我说明这趟是出公差后，他仍自顾自地反复邀请我在成都多玩几天，还提议我去青城山和都江堰耍几日，去大慈寺喝茶，再打几圈四川麻将，他全程陪同。我不得不再次给他讲明我此行来意，说和上次曼谷一样，只在成都过夜一晚，目的地是酒都宜宾，去和酒厂谈直播事宜。挂了电话后，陈功通过微信给我发了一家在成都本地非常有名的火锅店的地址，他扬言说，今晚我要能清醒地回到酒店，就算他没招待到位。

陈功外形的变化有多夸张？他都走到我眼前，我硬是盯着他看了十来秒都没敢认他。算起来曼谷一别也就一年多，眼前的陈功让我根本没办法将他和我记忆中的模样联系在一起。他剪短了头发，额头前的那一绺挑染成银灰色，乍一看还以为他操劳过多白了头。黑框眼镜也没了踪影，取而代之的是镶了一排细钻银边的渐变镜，看一眼就知道价格不菲。他身着纪梵希的T恤、古驰的短裤，戴着西铁城的手表，脚踩阿迪达斯椰子鞋，更不用说他往桌子上随手一丢的苹果最新款手机，全身上下加起来少说也有六位数。陈功看出了我目光中的诧异，他似乎见怪不怪，叫来服务员点了一桌子菜，掏出一支宽窄牌香烟递到我手上，咧着嘴笑，马山，你是不是看着我像个暴发户？实不相瞒，我如今还真成了暴发户，不过不是我自己有狗屎运，而是我老头子运气好。我爸半年前去世了，他就我这么一个儿子，一辈子打拼赚来的都给了我，我就成了现在这副鬼样子喽。

我和陈功边烫毛肚边闲聊，他热情得好似桌子中央的麻辣锅，不断给我碟子里加菜，灌我啤酒。陈功没让我怎么多猜，开门见山地对我说，老马，咱们俩没见面的这一年，在我身上发生了好多件事，你等我一件件说给你听。我从泰国回到成都没多久，我爸就去世了，心梗，老头和咱们俩现在一样，烫着火锅喝着冰啤酒，巴适惨了。吃饱喝足去茶馆找朋友打麻将，连着三把自摸，第四把牌还没摆好，说了句我不行了，一头栽到桌子底下。等牌友把他送到医院，人已经凉了，没有抢救过来。

说这话时的陈功脸上挂着一丝落寞，他自饮自酌地喝了一杯，接着说，我没给你说过吧，我妈死得早，我妈刚生下我那几年，我爸的煤炭生意刚起步，他天天在外找各种理由不回家，每晚不是在饭桌上陪人喝酒，就是去夜总会和别的女人搞在一起。我妈不像别的女人那样，找我爸争吵打闹，她把什么事都憋在心底，对墙发呆，暗自流泪。我妈最大的心愿就是盼我能有出息，长大了别像我爸那样不读书没文化，过俗不可耐的日子。初三期末考试，我考了全年级第一，我拿着考卷狂奔回家想给我妈一个惊喜，让她高兴下。可惜啊，可惜，我妈没看到我第一次有出息的样子，等我跑到小区楼下，看到闪着灯的救护车和围观的邻居叔伯阿姨，还不等我反应过来是怎么一回事，我舅舅一把把我眼睛捂住。就这样，我没有看到我妈最后一面，不过后来听围观的人说，我妈从我家八楼跳下来，脑浆摔得和豆腐脑一样稀烂。他们都说我妈是精神有问题，疯掉了才自杀，直到我上了大学，书读得多了些才懂得，我妈不是精神有问题，她就是当初和我爸感情破裂，再加上性格内向，心事重，大概率是患上了重度抑郁症，身边没有人听她说话，更没有人关心她，给她爱，带她从黑暗中走出来。实在是穷途末路了，痛苦不堪，走向了更暗的深处。

尽管陈功在说很悲伤的个人成长经历，但他对童年创伤的细致描述还是引起正在吃猪脑花的我的不适。我连喝了几口冰啤酒才压住反胃的恶心感，陈功并未察觉出我的异样，自顾自地接着说，我妈去世时我十五岁，今年我三十一岁，我用了十六年时间，才从丧母之痛中爬出来。这十六年我没有一天是开心的，没有一天我能真真切切感受我在活着。我妈走后，我再也没有看过喜剧电影。我不敢放声大笑，笑了我会觉得我对不起我妈。从读高中开始，我爸的生意越做越大，不知道他是出于愧疚补偿我，还是钱太多了没处花，总是隔三岔五几万几万地塞给我，但他的钱我一分钱都不动。我一年到头只穿校服不买新衣服，在食堂吃最便宜不带肉丝的盖浇饭，我不敢让自己过得太舒服，但凡舒服一下，比如夏天最热时我忍不住买一瓶冰镇可乐喝，我就会想，我妈不在了，我妈喝不到了，一想到这么好喝的东西她喝不到，我瞬间就陷入万劫不复的悲痛中。

我读小学时，我妈就嘱咐我好好学习，长大了去北京读大学，这就是我高中时玩命学习的动力，就好像只要我考不进北京，她都死不瞑目。待我考到北京读了大学，我妈也走了三年了，我以为时间久了，离家远了，我能好受点。可我非但没有好，反而身在他乡日日夜夜更思念她了。我总感觉她还活着，只是出了一趟远门，我一路过公交站、地铁入口就会晃神，等着她从车上下来，笑盈盈地望着我，叫我小名。马山，你还没有经历过至亲离世，那种痛苦滋味我说不明白，再怎么说，你也体会不到的。

我和陈功相识这么久，这还是第一次听他说这么多话。我试图改变这过于沉闷的交谈气氛，便开了个还算得体的玩笑，又自嘲了两句，仰头一饮而尽一大杯啤酒，以表我对他的理解和同情。陈功仍旧沉浸在情绪中无法自拔，他一只手拿着酒杯，另一只手重重地落在我肩膀上，目光坚定地和我对视，马山，我这么给你说吧，这些年我和女人在床上，我不行，一次没行过。这也是我和汪晓雅结婚这么久没有孩子的原因。我只要一碰到女人，一到关键时刻，我脑海里立刻就浮现出我妈的模样，她就那么笑盈盈，慈祥地看着我，这画面一出，我一下就不行了，手脚冰凉，全身出汗，该硬的地方它不硬。

听到这里，我一口酒差点没喷出来。我强忍笑意绷住脸说，老兄，这不是问题，现代医学多先进啊，这是病，能治好的。

陈功摇了摇头，这些年我没少治，我看过心理医生，吃过中药，也注射过激素，都不起作用。为了治我这病，汪晓雅一度没少费心，作为女人她能做的她都做了，不能做的也努力去做了，可我还是不行，关键时刻顶不上去。

我认真想了一下，才回想起，陈功口中的汪晓雅是我在曼谷见过的他的妻子。陈功咽下一片沾满辣椒的腰片，用纸巾擦去嘴角的油渍说，去年咱们在曼谷偶遇那次，你知道我去做什么了？马山，现在说出来不怕你笑话，汪晓雅在一些论坛上看帖子说泰国有些地方的酒吧玩得比较开放，她提议来曼谷寻找刺激，或许这样能对我起效，治愈我那毛病。类似这样的事她可真没少用心，更别说我俩在家里关上门了，她又是穿各种情趣制服，又是在网上学角色扮演，变着花样帮我。可不管她怎么折腾，到头来还是竹篮打水一场空。汪晓雅越是这样认真付出，我越是有心理负担，结果就越是不行。

陈功叹了口气，夫妻一场，汪晓雅对我尽心了，我也不能对不起人家。我知道她做的这一切，都是渴望早日能有个孩子，当上母亲，这样才算有个家。既然我不行，满足不了她的心愿，我就别再耽误人家，放她一条生路，也算我对她最后的成全，所以半年前，我和她协议离婚了，离得挺顺，没我想象得那么狗血。上个月我把公职也辞掉了，每天什么事都不做，继承了我爸留给我的那些房子、厂子、票子，彻彻底底孑然一身活在这个世界上了。

那个晚上，陈功喋喋不休，也不管我愿不愿意，敢不敢听，他从对两性关系的认知聊到金钱如何能换取人性层面真正意义上的自由，又从生而为人的孤独感说到人存活于世的虚无意义，总之聊的都是形而上，玄之又玄的话题，充分表现出一个读书人经济自由后的思想境界。那晚我变着法儿安慰陈功，基本上把我所知道的安抚人心的话都给他说了一遍，却没什么效果。到头来陈功还是成功地将自己灌醉，任我怎么连拉带拽阻拦，他根本不听劝，喝完一瓶又开一瓶，去洗手间吐了两回，一直闹到近凌晨，饭店打烊，他不依不饶，说什么都不肯放我回酒店，强行拉着我去了成都当地年轻人最喜欢去的夜店。

陈功订了舞池正中央最好的、当然也是最贵的卡座，他酒气熏天地搂着我说，自打他恢复单身后，他几乎每个晚上都会来，不醉倒在这里，回到住处也会睁眼失眠到天明。那是继曼谷之后，我又一次同他在劲爆的音乐轰鸣声中纸醉金迷。我和陈功之间坐了五六个身材高挑，散发浓郁青春气息的好看姑娘，一眼望去，一排短裙美腿高跟鞋。毕竟是在国内，也可能是陈功喝了太多酒，和曼谷之夜不同，没了汪晓雅的陈功不跳舞也不和DJ激情互动，他歪着身子斜靠在沙发背上，喝着调酒，刷着抖音。那一众姑娘轮番起身找陈功敬酒，他来者不拒，一口一杯。一圈喝完，他又坐回原处，玩起手机，时不时还咧着个大嘴，对着屏幕呵呵傻笑，视那些漂亮女孩如同空气。

5.三亚

我三十三岁生日过后的第二天，武汉因新冠疫情暴发而封城。我因短期内曾去过武汉，回到北京自然成为社区重点关注对象，被要求居家自我隔离。编导小李在线上视频会议中提议，疫情防控期间，趁着多数人都困在家中，我可以多开几场直播带带货，卖多卖少无所谓，关键是好不容易积攒起的粉丝数不能掉，以免影响人气。

漫长隔离期我终日无所事事，反正一人独居，干脆每天除了睡觉吃饭，其余时间都在线直播。我不是颜值主播，没办法像大多数女主播那样在直播间跳舞唱歌，搔首弄姿，也就只能耍耍嘴皮子，讲讲搞笑段子，和粉丝们天南海北瞎聊一气。有时还会按照私下里公司安排好的，与薇薇安等各路网红连线，打打PK。靠着每场直播粉丝刷的礼物，以及带货的佣金提成，一个多月下来竟也分到四万块钱，足够我应付交房租、缴付信用卡的花销。

在此期间，老任喜得一对双胞胎闺女，当了奶爸。他在自己的朋友圈很少再点评时政新闻、股市资讯，取而代之的全是他晒的宝贝女儿的逗趣照片、阖家欢小视频，一副不再过问江湖事的样子，隐居立起“女儿奴”的人设。唐诗诗与那个光头喜剧明星分手后离开了北京，至于去了哪里我不确定，也没兴趣知道。她微信好友将我拉黑，只有每个月追要小孩抚养费时会打电话催我给钱，其余时间人间蒸发般消失得无影无踪。

这个春天，全世界仿佛被按下暂停键，大街上空空荡荡，人们都安静了下来，肉体终于等到了灵魂。每天直播结束，我都会开罐啤酒，坐在阳台的摇椅上，望着远方的日落西山，自饮自酌两杯。想想人生海海，江湖阔处多奇遇，二十岁时若有人告诉我，我会因一时欲望和唐诗诗发生关系，继而有了一段姻缘，日后落于世俗生活，又开玩笑般地草草结束，一别两宽，形同陌路，我死也不会相信。在我人生最低谷的三十岁，若有人告我说，我辞职后非但没饿死，不出两年，我还会成为网络上小有名气的直播带货主播，粉丝数近两百万，月收入较之前做空警时翻了四五倍，我一定会认为说这话的人是个骗子。可当这一幕幕真在我人生中如期上演，身为男主角的我，除了无可奈何低声骂一句“这扯淡的人生”，能做的也只有一声不吭接受命运的安排，无论好坏。

待国内疫情得到较好控制时，已是盛夏，时隔近百天，我再次外出工作，远赴呼伦贝尔草原，应当地一家酒厂邀请，拍摄一组相关宣传视频，再开两场直播带带货。飞机落地开机，手机屏幕显示有两个陈功打来的未接电话，我回拨过去，陈功很快接通，彼此问候了几句，他直奔主题说，他要结婚了，在这个月的最后一天，婚礼定在三亚海边的度假酒店，他诚挚邀请我和老任能腾出时间参加他的婚礼，顺便在海边玩两天。

这疫情闹得人都憋坏了，你和老任有空的话来三亚吹吹海风，放松一下。

我祝福的话还没来得及说出口，只听到电话那端传来陈功爽朗的笑声，马山，还有个好消息和你分享，你肯定想不到。我爱人有身孕了，三个多月了，我很快就要当爸爸了。这也是我抓紧办婚礼的原因。

陈功二婚尚且在我理解范围内，他才三十岁出头，高学历，家底也厚，离异了再娶一个也说得过去。可他即将要成为人父这事儿着实让我有些猝不及防，一年多前在成都，他醉酒给我坦诚他生理那话儿不行，六七年努力造人都无法让前妻受孕，以至于离婚的那一番话犹然在耳，这怎么突然之间就好事成双，奉子成婚了？

我强压住我那颗蠢蠢欲动的好奇心，略为夸张地恭喜他说，大才子，你真是不鸣则已一鸣惊人，这是我近几个月内听到的最好的消息了，我为你高兴，今晚我一定要和蒙古族姑娘们多喝几杯，隔空为你庆祝。

我的话引得陈功哈哈大笑，他说届时酒店机票都会给我和老任安排好，新婚之夜一定喝他个天翻地覆、人仰马翻。

我又祝贺了陈功几句，以在机场要取托运行李为由，匆匆收了线。刚坐上接待方的商务车，我就急忙拨打老任电话，迫不及待想和他分享这个惊天大八卦。打了数遍，老任都没有接，我只好悻悻然收了线。微信提醒有一条陈功发来的未读信息，是他的电子结婚请柬。我随手点开，再次做新郎的陈功西装笔挺，面带抑制不住的幸福笑容。他身旁着粉色婚纱的新娘也可以说是美丽动人、高贵端庄，只是多看几眼，有点眼熟，像是在哪里见过。我逐页滑动翻阅请柬，末页底部的一行小字差一点让我讶异到无法呼吸：2020年7月31日，三亚海棠湾瑰丽酒店，新郎陈功，新娘何灿灿，期待各位亲朋好友爱的见证。

自恢复单身起，我就不喜欢再去海滨城市。两个人看海是幸福，一个人的海景只剩无边且具象的孤独，即便是身处三亚五星级酒店的私家海滩，也难让我有好心情。老任原本说好和我一道来三亚参加陈功的婚礼，起飞前一天却告知我，他临时出了点突发状况，有件棘手的事儿要处理，无法与我同行，让我将他的祝福和礼金一并带给陈功。我躺在沙滩椅上，喝着冰镇啤酒，吹着温润的海风，等待陈功的到来。正当我舒服得快要睡着时，陈功喊了声我的名字，沿着海岸线一路小跑而至。

疫情防控,咱老家那小地方到三亚每周就这一趟航班,亲戚们都集中在这会儿到了,我刚把我舅舅他们在酒店安顿好,不好意思啊马山,怠慢你了。

我摆了摆手说,都是自家兄弟,别客气,顺手递给陈功一杯啤酒,他迟疑了下,还是接了过去,与我碰杯。

恭喜你啊老陈,真没想到,这才几个月没见,婚姻梅开二度不说,还即将有小天使降临,这速度保持下去,用不了多久是不是就该要二胎了?说说呗,和新弟妹是怎么在这么短的时间内相识、相知、相爱的。

陈功用手背拭去额头的汗珠,解开衬衣衣领扣子,笑了笑说,我就知道你会好奇我的那点事,不过说真的,整个经过说出来我作为当事人都不太敢相信,一切快得跟拍电影似的,有时候我都怕眼睛一睁,一觉醒来一切都是幻觉。

陈功又开了一罐啤酒,喝了一大口接着说,她叫何灿灿,辽宁大连女孩,我们是在网上认识的,确切地说我是在她直播间看她直播喜欢上她的。说到这儿,陈功停顿了下看向我,我没有接话,用眼神示意他继续讲下去。

她有一阵子每天都会在抖音上直播几个小时,通常都是在晚上播,有时候白天没事了也播一会儿。她是舞蹈主播,跳的都是那种吸引男人眼球的性感爵士舞,后来我和她关系近了,就不许她再在直播间跳那一类舞蹈,她就改直播唱歌了。

马山,你也知道我爸刚去世那阵子我状态不好,成宿成宿地失眠。有一晚我喝醉了不想回家,一个人躺在酒店的床上刷抖音到凌晨五点,刚有点困意就刷到她在直播跳舞,男人嘛,有几个不爱看美女跳舞的。我就点进她直播间,这一看就入了迷。我和她的关系起初很简单也很纯粹,就是女主播和普通观众的关系。她是个小主播,每场直播又是换衣服,又是整道具,卖力地扭来扭去,播了好几个月粉丝都不到两万人。前期她的每场直播算我在内收看者也就十来个,好的时候不超过五十个人,除了我之外,很少有人给她刷礼物,说些鼓励的话。说实话,我看着她播有时候都觉得她挺可怜的。

我忽然想起来什么,打断陈功的话,试探性地问他,大才子,你抖音账户名叫什么?

陈功警觉了下,说他平常不怎么玩抖音,只弄了个小号,无聊时随手刷几下打发时间。我说我没别的想法,咱俩加个好友,互相关注下。陈功想了下,还是告诉了我他的账号名，我立即打开抖音搜索了下，果然不出所料，他就是我一年多前去大连偶遇何灿灿那次，在何灿灿的直播间里和我抢榜一的大牛哥。那之后我私下里还偷看过几次何灿灿的直播，每次大牛哥都雷打不动占据榜一位置，印象中他每场给何灿灿刷的礼物，没有一万，也有五千块，真没想到这个土豪榜一大哥居然是陈功，这也太有趣了。

陈功并未理会我，他侧过身子，面朝大海，喃喃自语，咋说呢，说命运对我仁慈吧，我十五岁没了妈，刚三十岁没了爸，彻底成了野娃子，在这个世界上失去至亲，也就没有了真正关心我、对我好的人。前些年我一心想要有个孩子，和前妻咋个折腾就是怀不上，索性和对方离了婚不耽误人家。说我命不好吧，我如愿以偿从咱那个小地方考到北京读了大学，研究生毕业没怎么费力又进入国企，也就是那几年我爸生意越做越大，但我和他之间基本没有沟通，一年到头说不了几句话，我曾认为他把我妈逼死，我还能认他这个老爹就够仁至义尽了。可真等我爹死了，火化后我抱着他的骨灰盒那一刻，我忽然放下了，不再恨他。

我爸是走了，他名下的那一大摊子却都留给了我，需要我去收拾打理，我曾用了十多年时间想和我爸撇清关系，讽刺的是，他却用突然死亡的方式解开了我对他的心结，还给我留下几辈子我都花不完的钱。很长一段时间内我都很害怕天黑，我根本不敢回家，其实我也没有家，有的只是个栖身的住处而已。亲人一个都没了，何以为家？我只要打开门锁，一进门，无边无际的悲伤从四面袭来，怪兽似的瞬间把我吞噬掉。马山，你父母双全，你不会懂得亲人离世，你孤身一人面对这个世界的那种时刻被撕裂的痛苦感。

陈功转过身来，脸上表情也随之舒缓了些。直到我在直播间遇到何灿灿，我的生命也随之发生了改变。起初我就是图她长得漂亮，舞跳得迷人，反正也睡不着，就瞎看个热闹，解解闷。何灿灿小我十岁，我把她当作妹妹，真心觉得她直播不易，想帮帮她。后来我失眠睡不着，和她私下聊了几次，我渐渐发现她和我之前遇到的女人，包括汪晓雅都完全不同。灿灿是个典型的东北女人，性格很耿直，有话就讲，从不让你去猜，比如说有阵子她遇到了急事需要钱，她就跟我开口直说，问我能不能给她转笔钱，她要用来解决什么问题，以及一时半会儿还不了我，但保证不会欠我。她就是这样的直接，说话想问题毫不兜圈子，也不需要你去哄去猜。这大大咧咧的性格换别人也许接受不了，但我很喜欢，我觉得她活得很真实，一点也不虚伪。

慢慢地我也愿意和她聊些我内心的话，越聊我越走心。有一个来月，每天晚上她下播后我俩各自抱着手机，一聊就是一个通宵。白天我什么事也不去做，困了打个盹，睡醒了和她继续聊。我们俩什么都聊，大到人生梦想、宗教信仰、彼此生而为人的底线，小到社会新闻、网络热点。灿灿和我有着差不多的人生经历，她也是小小年纪妈妈不在了，她爸爸整日酗酒赌博，对她不管不问。灿灿妈妈走了不到一年，她爸就又给她找了个开地下舞厅的后妈。以至于灿灿初中就离家住校，早早地学会独立，凡事靠自己。

灿灿就像是我专属的心理医生，我的喜悦开心、悲伤痛苦她都能很温柔、恰如其分地与我共情，说出的话语每一句都能不偏不倚安抚我的心。可以这么说，灿灿是我人生最黑暗的时候照射进来的那一束光，是她让我再次燃起对生活的热爱。对了，她也做过几年空姐，好像和你之前是同一家航空公司，没准你们俩还认识。

我矢口否认，说航空公司各类工种员工加起来上万，且流动性极强，何况每个班组都有各自固定飞的航线，我印象里没有认识过姓何的空姐。

陈功听我这么一说，觉得似乎挺有道理，点了点头表示认同，继续说道，我和灿灿在网上聊了近半年，赶上我刚好有个行业会议在大连举行，我和她才第一次见了面。她本人比直播间里还要漂亮，最主要还是性格好，我们俩有说不完的话。那之后我有空就飞去大连见她，一般都是一起过个周末。我们俩在一起也就只是吃吃饭聊聊天，滨海大道散散步，或者看场话剧、摇滚乐队演出。让人想不到的是，今年的头一个周末，我和往常一样去大连找她，那个晚上我和她都很开心，喝了不少酒，她没有回家，随我住到了酒店的房间，然后一点征兆都没有，一觉醒来，新闻里说大连因疫情扩散严重，我们俩被酒店方通知，当天就得自我隔离在房间不让外出，这一待就是十四天。后来的事我就不详说了，你我都是男人，只是我怎么都不会想到，之前我和汪晓雅折腾来折腾去，六七年都没有动静，而我和灿灿总共就那么三四回，且毫无任何备孕措施，我居然就当了爸爸。我做梦都不敢想的情节就这么真实发生了，电影都不敢这么拍吧。哦，对了，马山，我的那点事儿除了你没给其他人讲过，你要替我保守秘密。

你有什么事？你没任何事啊，你合法继承亿万身家，靠着自身魅力抱得美人归，又喜得贵子，我羡慕嫉妒你都来不及呢。

陈功很满意我的回答，他一饮而尽杯中的酒说，所以我和灿灿这没什么好说的了，孩子的到来注定了何灿灿和我今生有缘，我必须娶她，为她负责。她一从产检室出来，我在妇产医院停车场就向她求婚了，同时恳求她，无论如何，一定一定要把这个孩子生下来。灿灿真是个好女孩，她当下就答应了我。马山，我真不知道该怎么形容这几个月来我的感受，还是那句话，遇见何灿灿，我陈功相当于重新获得了一次生命，灿灿就是替代我妈，来到我身边呵护我，包容我，疼爱我的那个女人，是她让我懂得了生命的幽暗及宽广。

眼看着陈功又要展开说他对人生新的感悟，这时有人呼喊他的名字，我和陈功同时回头，打着一把太阳伞，戴着墨镜的何灿灿从不远处缓缓走来。陈功忙上前迎接，陈功与何灿灿十指相扣，一同走到我面前。像当初在曼谷酒吧介绍汪晓雅一样，陈功宠溺万分地望向何灿灿说道，马山，正式介绍下，这是我太太何灿灿，东北大连人。灿灿，这是陈功，我给你提起过的，我高中师哥。马山曾经和你一样都在天上飞，他做过多年空警，现在则是直播带货界的大网红了。

何灿灿嘴角上翘，朝我挥了挥手，活力十足地对我说嗨。和两年前在大连相比，何灿灿更加漂亮了，尤其是鼻子，又翘又挺，但脸上也明显有了孕相。陈功在一旁向何灿灿夸赞着我，说我是他为数不多能走心的挚友之类的话，我随着他有一句没一句地应着，脑子里却在想，网络真是神奇，怎么能把这两个生命中看起来完全不可能发生关联的人组合在一起？

何灿灿完全就是一副贤妻样，陈功每说一段的停顿处，她夫唱妇随，时而颔首点头，时而手捂住嘴唇做惊讶状，捧场得如同活动主持人。直到陈功接了个电话转身走去，何灿灿侧身回望，确定陈功离得足够远，她才摘掉墨镜，笑意盈盈地说，我的天哪，山哥，真的是你啊！之前老陈给我提起你时，我还半信半疑，以为只是重名，心想这世界哪会有这么巧的事，没想到他口中多年的好哥们儿，还真的是你啊。

我一时不知该怎么接何灿灿的话，干笑了两声。何灿灿站到遮阳伞下，停顿了下说，那个我和老陈的事你都知道了吧？

略知一二，这不陈功刚开了个头，你就出现了。我实话实说。

何灿灿娇羞一笑，山哥，我都不知道该怎么给你说这件事好。老陈人很好，对我也挺好，我从没想过我会这么快就又结婚了，更想不到会嫁给老陈。我和老陈怎么说呢，可以说是南极北极，天平的两端，要不是碰巧那天晚上我闲着无聊开直播玩，他刚好刷屏“路过”我的直播间，我们俩这辈子也不可能有机会遇见,更不可能走在一起,还有了宝宝。

何灿灿说着下意识地摸了摸还算平坦的小腹,她抬起头寻求与我对视,我赶忙弯腰拿起桌上的酒杯抿了口啤酒。片刻安静后,只听何灿灿说,那个,山哥啊,我之前的一些经历,有些事情呢我不太想让陈功知道,至少现阶段不希望他知道,以免引起不必要的误会。婚礼呢我除了近亲,朋友都没邀请几个来。那什么,嗐,我不知道该怎么说了,但我想山哥你应该能明白我想表达的意思吧?

我们不是刚刚通过你先生陈功介绍才认识的吗? 何小姐。

何灿灿又一次捂住嘴笑了,远处的陈功高声呼喊着何灿灿,招手示意她过去。

大网红, 谢谢你来参加我和我先生陈功的婚礼, 那就祝你这两天吃好喝好,玩得开心。何灿灿调皮一笑,背身离去。

我目送何灿灿走远,她站到陈功身边,很自然地挽住陈功的胳膊,与来宾一一攀谈,笑得落落大方。黄昏的海景唯美得如同一幅中世纪油画,我沿着沙滩走到不远处的海边,那座用玻璃搭建的透明教堂。婚庆公司的工作人员正忙碌却不失有序地布置着内场,明天在这里,陈功与何灿灿会得到来自亲朋好友的祝福,举办他们温馨且浪漫的海边婚礼。我拍了几张教堂内部照片,又录了一段小视频,通过微信给老任发了过去,毕竟他和陈功的交情在我之上,也算以此弥补他未能来到现场的遗憾。

几分钟后,新消息提示音响起,我以为是老任回复了我,打开手机一看,却是一组新闻类App的即时弹窗,标题内容几乎一致:直播带货一姐薇薇安发微博长文控诉,自爆曾多次遭国内知名投资人任某某性侵猥亵。

【作者简介】吕魁,男,1984年生,山西省运城市人。毕业于上海社会科学院国际政治专业,法学硕士。2005年至今,在《人民文学》《十月》《当代》《青年文学》《中国作家》《大家》《芙蓉》《山西文学》等文学期刊发表中短篇小说若干。多篇作品被《小说选刊》《小说月报》《中篇小说选刊》转载,部分作品被译成英文、法文。著有中短篇小说集《所有的阳光扑向雪》《朝九晚不归》《莫塔》《把那个故事再讲一遍》。入选“人民文学未来大家TOP20”,获第二届“人民文学之星”中篇小说佳作奖等奖项。

艾可喜家的乡村故事

李春平

1

艾可喜的牛丢了。牛丢了,艾可喜的魂就丢了。魂丢了,艾可喜的命就丢了。找牛,就是救命。

牛是在半岁时从养牛大户家买来的。牛从小到大没有离开过艾可喜的视线,他手机上的屏保就是小公牛的照片,他说这小牛有英雄气质,能给他带来好运。以前他喜欢开着二手红旗车上街,便于装东西。小牛成了他的新欢之后,凡是到镇上购物、办事,或是走亲访友,他都会把小牛带上,小牛会像宠物一样陪伴在他的左右。月河镇是个小镇,也是个古镇,小镇老而不朽,曾经是通向汉口的水路码头,依山而建,傍水而筑,一条水流湍急的月河滚滚东去,汇入汉江,将镇子一剖两开,两边都是曲里拐弯的街道、随坡就势的房屋,房屋与房屋之间的间隙都是曲径通幽之地,凡是拐角处都是引车卖浆者之流。镇上的诗人说这就是诗意。艾可喜说,如果这些街道全是直的,那就没有味道了。五十岁出头的艾可喜长相和善,并不像个农民,同龄人都是满脸沧桑,他看上去很年轻,很干练。他喜欢把自己收拾得干干净净地出门。春夏季节,穿着一件雪白的衬衫,胸前或背后总会有一抹黄土和草屑贴在上面,画龙点睛地昭示着他的农民身份。艾可喜就喜欢牵着小牛在诗意浓浓的小镇上穿梭。见到地摊上的菜，小牛就直接下口开吃。随和的摊主觉得它可爱，抚摸一下，开玩笑地说："你也太把我当自己人了，一点都不客气。"计较的摊主就要索赔，吃一口算五斤。带着它去一次，艾可喜就要给它交一次伙食费。为此，艾可喜每次出门前都会准备一些零钱，供小牛消费之用。他说他的小牛是镇上的动物明星，它一出场，总会引起围观，特别受到小朋友的狂热喜爱。于是镇上就冒出了一条顺口溜：月河镇，一大怪，公牛当成宠物带。镇子里那些遛狗抱猫的男男女女们，见到拉着小牛的艾可喜就忍不住笑，他们的狗狗会欣喜若狂地凑上去闻小牛的屁股，而小牛则一脸傲慢地置若罔闻。艾可喜则更加不屑地说："你们遛的那个玩意儿太小了，没劲。"有一天，派出所的警察出现了，对艾可喜说："大伯，你每次带你的牛上街，影响市容，也有安全隐患。"艾可喜不开心了，说："你凭啥不让带牛上街？"警察说："因为牛不是宠物。"艾可喜说："那牛是啥子？"警察说："牛是庞然大物。"艾可喜说："你拿文件来。文件规定牛不能当宠物，我马上把它牵回去。"警察若有所思地说："你不像是不讲理的人呀。"艾可喜说："不是我不讲理，是你没有说服我。"警察奈何他不得，吊着脸走了。不过，从此以后，艾可喜再也没带过牛上街了。牛慢慢长大了，不像小时候那么乖巧，庞大的体型成了交通的障碍物。五年来，在他的精心照料下，公牛长得肥肥壮壮的，要身材有身材，要力气有力气，家里的几亩地就靠它出力。

可现在，这头牛丢了。

最先发现牛不见了的是艾可喜的老婆。她听见母鸡咯咯地叫唤，知道它又下蛋了。母鸡们都有一个共同的习惯，一下蛋就为自己"歌功颂德"，唯恐他人不知，从鸡窝里迈出的步伐都散发着成就感。她就到牛圈去看鸡窝，一看鸡窝里有五个鸡蛋，蛋上还带着母鸡的体温。她喜欢这种收获的感觉，喜悦之际，忽然意识到不见牛的影子，拴牛的绳子大半断在木桩上，明显是挣断的。平时，牛就在圈内和圈外两处地方活动，不会跑到其他地方。现在，牛圈是空的。

艾小艺和艾可喜走过来，面对牛圈发愣。五年来都没乱跑过的牛，怎么会突然跑了呢？

在楼房的拐角处，80多岁的爷爷坐在藤椅上呼呼大睡，梦里见周公去了。藤椅上方的边缘垂着长长的丝丝银发，淡化了几分原有的仙风道骨，但依然还有神仙打瞌睡的感觉。两只蚊子重叠着在他的额头上作威作福，他也浑然不知。艾可喜走过去，先赶走蚊子，然后把父亲叫醒："你看到牛没有？牛不见了！"

爷爷睁开眼睛，说："我坐在这里抽烟时，它在吃草。"

"拴了绳子没有？"

"不记得了，"爷爷说，"那么大个儿东西，能跑到哪儿去？我算算，看它跑哪个方向了。"爷爷看看天色，眯起眼睛，煞有介事地动起了指头，俨然一个职业算命先生的做派。

艾可喜说："你莫算了，你就没有算准过。"

艾小艺的目光从爷爷脸上移动到父亲脸上，然后粲然一笑，脸上的小酒窝浅浅地旋转了一下，说："我早就说过，家里房前屋后要装个监控，你说爷爷就是监控。这下好了吧，监控失灵了。"

艾可喜见女儿眉飞色舞的样子，不解地瞪了她一眼，说："看你这样子，好像牛丢了很开心？"

艾小艺又嘻嘻地笑起来，说："不是不是。我也着急。"

艾可喜说："你这人着急很怪，着急得笑逐颜开。啥品种？"

艾小艺说："你要让我伤心才开心是不是？只要人好着，牛丢了算什么？《论语》讲：厩焚，子退朝，曰：'伤人乎？'不问马。这就是孔子的仁爱精神。"

艾可喜说："又给老子讲学问。"

艾可喜的老婆匆匆忙忙从屋子里出来，冲着他们直吼："你们父女两个，只晓得斗嘴。能不能正经一点？都是没大没小的。"

艾可喜说："你看我是正经人吗？"

艾小艺看着父亲怼母亲的样子直乐。

艾可喜歪着脖子问老婆："那你说，现在咋办？"

老婆说："赶紧找牛呀！"

2

艾可喜是月河镇新桥村的村民。祖上是书香门第之家，出过状元、县官。之后被划为地主。因为成分不好，艾可喜的父亲三十好几才找到对象，也是一个地主成分家的女儿。艾可喜母亲去世较早，是父亲把他们兄弟两个拉扯大的。他从小就很聪明，一直是班里的前三名。可家里只有父亲一个劳力，艾可喜长大之后，读书成了副业，劳动成了主业。勉强撑到高中，连高考都没参加，就回家务农了。学校满心希望他在高考中为学校争光，换来的却是一个意味深长的惋惜。小他五岁的弟弟艾可贺倒是更聪明更好学，有过目不忘的本事，初中时候就被省级重点中学掐尖要走了，还为他免去学费。送弟弟去学校的路上，艾可喜对艾可贺说："我们家的情况你都明白，父亲也是一把年纪了。我们兄弟俩不可能都在外面读书，把父亲一个人留在家里劳动，供我们上学，这是不对的。我俩应该各有分工。你负责好好读书。我负责养家糊口。如果读不好书，是你的责任；如果养不了家，是我的责任。"

艾可贺倒也争气，以优异成绩考上了京城名校，留校任教，娶了个博士媳妇，36岁便是大学教授了，是国家什么计划中的什么人才，学术头衔一堆。他每年带着老婆和女儿回来一两次，待两三天时间，看看父兄，看看山水。他在本地没什么同学和朋友，小时候认识的人，也基本上没有来往。艾可喜有一儿一女。儿子艾小我大学毕业后当了老师，刚刚工作就考上了博士。女儿艾小艺大学毕业后在南方打工一年，挣了一些小钱，觉得没意思，回家了。她说她骨子里有乡村情结，所以回来了。艾小艺学的是网络与新媒体专业，文学学士，房间里布满了陶渊明的山水田园诗，是一幅一幅的条屏。她说室外有山水画，室内有田园诗，她就生活在诗画之中。其实她回来也没有具体发展目标，平日就在镇子和县城里晃荡，跟同学一起玩耍嬉戏。抖音流行之后，她玩起了抖音，见到农村的什么都直播，起名"乡村故事"，一年内她就莫名其妙地成了网红，开始为本县的专业户带货，把这里的腊肉、蜂蜜、山核桃往外推销。收入不丰，但养活自己没问题，还可以支持哥哥读博士。

女儿有她自己的事，艾可喜和老婆只管种地，原本他家只有一亩多地，倒也弄得精致而高产。他有本事把各种庄稼都规划得井井有条，让土地成为一条不断成长变化的彩带。城里人来乡村旅游，看到他的庄稼总是别出心裁，有几分艺术匠心，就特别欣赏。女儿对游客介绍说："我爹这个人，种地都要精心构思。"

艾可喜则说："别人家的耕地种庄稼，我的耕地种风景。"

老婆说："你就会吹。"

艾可喜说："我种的风景就是风景，不是吹出来的。"

后来，邻居家在外做生意发了财，举家搬进了城里。两亩良田撂荒了。艾可喜觉得可惜，就跟邻居商量，你家土地几年不种一颗粮食，不如我给你一些钱，我来种。你随时想种，随时收回即可。邻居说，咱们祖祖辈辈的老邻居，说这话就见外了。土地闲着会变坏，杂草多了就成了瘦土。撂荒之后再耕种，得花几年时间恢复肥力。你种我的土地，就能保持肥力，我还得感谢你呢。突然增加了两亩土地，超出了他家的劳动能力。于是艾可喜就四处打听，买了这头小公牛。

小公牛那黄黄的毛发光泽极好，像是涂抹了一层油脂。女儿把刘海儿染成米黄色的时候，艾可喜对女儿艾小艺说："你那个颜色还没有我牛儿的颜色好看。"

艾小艺及时回应了一句："可它会叫你爹吗？它会给你端茶递水吗？"

艾可喜说："两码事。扯远了。"

父女俩在线下吵嘴，有时在线上也斗嘴。艾家有个微信家庭群，群名叫"一个充满爱的家"，群主是艾可喜。老爷子门下八口人，爷爷手机的功能不行，没有进群。所以家庭群里只有七个人。艾可喜这边四个，艾可贺那边三个，群里三个博士，说话不多。群里每天早晨有个习惯，艾小艺管它叫"群规"：晚辈都要向长辈请安问好，说几句闲话，然后各自去做自己的事，因重要事情不能问好在群里吱个声。如果某人过生日，就在群里过，以获取现场感。鲜花、蛋糕、祝福、生日礼物，样样齐全。所以，尽管七八口人分布在天南海北，艾可喜通过微信群把他们联结起来，群成了他们的网上故乡和精神家园。

这天上午，艾小我在群里说："今天怎么这么安静？"

艾小艺马上口占一条顺口溜回复哥哥：

刚刚发现丢了牛，
老爹满脸是忧愁。
十万大山何处找？
只见风景不见牛。

艾小我回复道：

妹妹赶紧去找牛，
要为老爹解烦忧。
十万大山皆有路，
风景里面藏着牛。

艾可贺的女儿艾小艾还在读高中，见哥哥姐姐说得欢，也加入进来：

遥知伯父丢了牛，
无力为之解忧愁。
独牛进山当自返，
家园最终是归途。

然后，发了一头大黄牛的照片。

3

一家三口迅速进入了"战时"状态，换衣服，换鞋子，拿木棍，戴草帽，找牛去。

丢了牛，对艾可喜来说是个闪失，是个生活小插曲。对艾小艺来说是个绝妙题材。她准备好了全套手机拍摄的设备，决定不忽略任何细节，一路跟踪父母去找牛。全家四口人，六部手机，爷爷用的是老人机，只能打电话。艾可喜的手机是自己买的。艾小艺妈妈的手机是博士妯娌妹妹送的。艾小艺一人三部手机。她原本只有一部手机，因为拍抖音的需要，教授二爹艾可贺送了一个，博士哥哥艾小我送了一个。艾可贺对侄女说，要用专业精神使用专业设备。艾小我对妹妹说，抖音制作者必须贴着生活的脚步走，从人间烟火中发现时代，然后生发意义和趣味，那就自成高格。

这里是巴山腹地，重庆、湖北、陕西三省市交界处，旧社会时是各种悍匪出没之地。前些年通了高速公路，与国道、省道和乡村公路连接起来，便是四通八达了。可是，艾家的四面都是茫茫大山，上哪儿去找牛？牛究竟往哪儿跑了？这是个问题。三人在房屋东侧一边张望，一边面面相觑。

艾可喜家住在月河边上，离房屋半里远的地方有一座桥，直通对岸。牛上公路到对岸去的可能性不大。

房屋的后面是山，左右都有路可以进山，艾可喜平时放牛最多的时候，是从右边进山，那里草木茂盛，食源丰富。艾小艺观察了一下地形，然后说："最有可能从这里进山了。"

艾可喜说："那就先从这里找找。"

三个人就从右边的乡村公路进山了。沿路前行，边走边看动静。他们像是巡山的，又像是游山玩水的。没有看出什么动静来，也没有看见牛的影子。

艾小艺沿途进行抖音直播。走在后面的她，镜头里全是父母的影子，还有叫不出名字的青枝绿叶，以及相互纠缠的荆棘丛。她说："爹爹的小情人不见了，爹爹的小情人是谁呢？就是我们家的公牛。中午在家里时丢失的。现在我们全家上山寻找。"

艾可喜的话进入了同期声："只要看到新鲜牛粪就有希望了，说明它从这里走过。"

艾小艺说："要是牛这几天便秘，即使它从这里路过，也不会有牛粪呀。"

艾可喜说："你以为像你？我的牛从不便秘。"

忽然间，举着手机的艾小艺发现不远处的小树在晃动，说："你们看，那里是不是有什么东西？"

艾可喜说："是的。盯住它。"

三人一齐聚精会神，目光聚焦于草木晃动处。只见一头巨大的野猪从树丛中钻出来，往另一个方向走去，后面跟着一群小猪。小猪身上全是绿色的线条，像是广告墙上的装饰品，看上去很美很萌。野猪一家子吓坏了艾可喜一家子。艾可喜紧张地说："不要动。不动它们就不会攻击你。"

都怕。都不敢动。野猪也没发现他们，径直走了。

艾小艺的心思全在抖音上，她拍到了最难得的镜头，野猪带崽全家出行，场面甚是壮观，尽管十多只幼崽仅仅现身十多秒钟，但那个生龙活虎的气势出来了。特别是小野猪身上那些浅绿色的条纹，把小野猪打扮得古灵精怪，看上去跟它们纯黑色的父辈就不是一个品种。就这一个镜头，她能圈粉若干。

找到黄昏时候，依然没有收获。眼看太阳正在往山下滑落，远处山影的大半截已是全阴，一家人都饿得唉声叹气的，糊着一身泥土扫兴而归。

只见堂屋里灯火通明，八旬老人正在桌前盘算着什么，前面放着易经八卦图，图上放着放大镜。这位年轻时候的"老巫师"，一生都认为世界在他的算计之中，他的指头就是事物的真相。一看儿子孙女空手而归，他咧嘴一笑，说："我就晓得你们找不回来。你们出门的时辰不对。"

艾小艺说："爷爷，我给你准备一套行装，打扮打扮。明天你到镇上算命好了。"

爷爷很得意地说："早年我唱端公戏，全镇数我唱得最好。"

老婆七手八脚把饭做好，艾可喜也没心思吃，吃几口，停一下。他的魂让牛牵走了。

艾小艺说："不是有个口号吗？有事找警察。要不，我们向警察求助吧。"

艾可喜伸出一只手来，左右一挥："不行。就为这牛，我把警察都气走了。现在又向他们求助，没面子。"

艾小艺呵呵笑了一声："人家也许早就忘记了，就你记得。"

艾可喜灵机一动，拍着大腿说："有办法了。我们的女县长不是公布了办公电话号码吗？有困难找县长。我要试试，看看是不是作秀的。"

这时候，远在京城大学工作的艾可贺打来了电话，他说刚刚知道家里的牛丢了，问找到没有。艾可喜告诉弟弟，牛还没找到，正准备找县长帮忙，不知合适不。艾可贺告诉他："第一，找县长帮忙，可以试试。第二，万一找不回来，我给买一头牛便是。区区小事，不要着急。不就是一头牛吗，它能值多少钱？"

艾可喜在电话里大声说："这不是钱的问题，是感情问题！牛非找回来不可。哪怕悬赏两万，我也要把它找回来！"

艾小艺在旁边大笑："不明就里的，听上去好像你跟牛有什么说不清的情感纠葛。"

艾可喜说："感情上的事，你不懂。"

艾小艺说："爹，你这话太伤人，鄙视我没谈过恋爱，我还是谈过一回的。"

4

艾可喜终于要办一件大事了。他要找县长，请县长帮忙找牛。

他不知道有没有效果，也不知道是不是冒险。反正全县人民都知道，县长是把她的电话号码公之于众的。当初他记下这个电话号码时，并没想到会派上用场，因为他根本没事找县长，更没有添乱的想法，只是觉得好玩，就随手记手机里了。你当县长的，既然要公开电话，就不应该是说着玩的。如果打不通，或者关机，或者打通了不接，那就说明这是官员作秀。

艾可喜郑重其事地掏出手机，他用酒精棉把手机擦拭了一下，把音量开到最大，环顾了一下左右，仿佛要做一件很神圣的工作，连细节都很用心。艾小艺摆好拍摄支架，打开了手机的录像开关，随时录像。

艾可喜拨通了县长的电话，但他迅速挂掉了。艾小艺问：“为啥挂掉？”

艾可喜说：“这应该是县长吃饭的时候，别人吃饭的时候打电话，不合时宜。”女儿抿嘴一笑，不置可否。艾可喜补充了一句：“我可是有文化的农民。”

正在收拾碗筷的老婆说：“你文化高得很。”

他侧目看了老婆一眼：“比你高。”

老婆说：“我同样是高中毕业，咋了？”

“高中生与高中生是不一样的。”艾可喜说。

老婆说：“你认的字我都认识。”

艾可喜随手给老婆写了一个字“砎”，上面一个“大”字，下面一个“石”字。他问：“你说这是什么字？”

老婆看看，笔画倒是很简单的，就是认不出。她把目光投向女儿，艾小艺也直摇头。

老婆拿来字典查找，没有找出这个字。无奈之际，终于承认自己不认识，说：“这个字我真认不得，字典里没收进去。”

艾可喜得意扬扬地笑起来。

老婆说：“说说，它念啥？”

艾可喜说：“它念巨。意思是大石头。”

艾小艺说：“看来也不是常用字。可能是淘汰的俗字。”

艾可喜说：“当然不是常用字。是我造的。字典来不及收录。”

老婆气急败坏，毫不留情地一巴掌打在他腰上，女儿也跟上来，和妈妈一起揍了爹爹几下。艾可喜在老婆和女儿的拳头下连连认错。

老爷子嘿嘿直笑，幸灾乐祸地冒出一句话来：“活该。”

闹了一会儿，他们又重新回到正题上，给县长打电话的事情。艾可喜纠结了好久，到了晚上八点多，他再次拨通县长的电话，可他又挂掉了。

正在拍抖音的艾小艺只好停下来，艾小艺说：“怎么又挂了？”

艾可喜紧锁眉头，沉思着说：“突然给县长打电话，会不会有点鲁莽？我可不想听见农民素质低的闲话。”

艾小艺说：“你想多了。”

很显然，口口声声说要给县长打电话，但事到临头，艾可喜还是有点发虚，甚至有点莫名其妙的紧张。在女儿面前，他始终想做一个真正的男子汉，可他还是掩饰不了内心的慌乱。那年他跑短途运输发家致富,请他到县上传授经验,上台讲话时就是这种感觉。腹稿打得好好的,脑子里天朗气清,一上去就乱了阵脚,清醒的脑子顿时乱云飞渡。

艾小艺哼了一声,说:“唉,还是认㞞了。”

艾可喜对女儿的态度表示不满。他再次打通了县长的电话。那边响起了音乐,但很快停止了。这次不是他挂断了,是对方挂断了。

艾可喜盯着手机的目光有些空洞,心头一片茫然。

看到父亲失望的样子,艾小艺说:“可能此时此刻人家真不方便。”

艾可喜说:“我一会儿再打,总有方便的时候吧。”

艾可喜准备抽支烟再说,刚刚把烟点燃,手机就响了,是女县长张学而打来的。张县长说:“你好,是你刚才打电话的吗? 请问你是谁? ”

艾可喜说:“我叫艾可喜,是个农民。今天中午,我家的公牛走丢了,那可是我的命根子。一家人找了一个下午都没找到。我想请县长帮忙。”

张学而县长说:“牛多大? 公的母的? 是从家里走失的,还是从山上走失的? ”

艾可喜说:“是头很漂亮的公牛。从家里的牛圈走失的。”

张学而县长说:“你编一个短信给我发过来,把你的姓名、地址和牛走失的时间说清楚。我来安排。你不要急,总会找回来的。”

挂了电话,艾可喜一阵狂喜,哈哈大笑起来,大声说:“女县长要帮我找牛了! 你们说,是我牛,还是牛牛? 还是县长牛? ”

老婆说:“都牛,都牛。”

艾可喜说:“三牛为犇。”

艾可喜严肃认真地编了一条短信。

尊敬的张县长:我是福平县月河镇新桥村一组村民艾可喜,全家五口,四人一牛。今天上午十一时许,五岁公牛从牛圈走失,寻找一天未果。万般无奈之际,恳请县长大人帮忙找回。不胜感激。如有打扰,十分抱歉。艾可喜敬上。

手机迅速收到张学而县长的回复:呵呵,知道了。不客气。

5

次日早上十点来钟,艾可喜老婆正在张罗着做饭,艾可喜突然接到一个陌生电话，称是派出所的，有事找他。艾可喜说了自己家的位置。没多久，一辆警车开到了屋前的院子里。从车上跳下来两名警察，他们自报家门，说一个是派出所朱所长，一个是警员小李。

朱所长说："昨晚我们接到公安局局长电话，说你家公牛丢了。"

艾可喜说："正是我家。"

朱所长说："我们就是来帮你找牛的。"

艾可喜一边招呼他们进来坐坐，喝口茶，一面瞅着门前的警车。艾可喜笑了，说："你们准备用警车把牛装回来？就两个人，能找到公牛吗？"

朱所长说："我们试试，毕竟没遇到过这种事。"

小李说："艾大伯，我知道你是极喜欢你的牛。你忘记没，那年在镇上，我还批评过你，让你不要把牛当成宠物。你让我拿文件来，我又拿不出文件，让你气走了。"

艾可喜说："原来那个警察就是你呀。不过，从那以后，我再没把牛牵到集市上了。我不能做一个让别人讨厌的人。"

小李说："你做得很好。"

艾可喜一定要请他们吃中午饭，可两个警察说他们是吃了饭才出门的。艾可喜一家吃饭的时候，警察就在外面看风景，晒太阳，闻闻庄稼地里的泥土气息。朱所长告诉小李，古人说聪明有种，这可是真的。这个家庭看上去很普通，可是全县最有文化的家庭之一，听说祖上出过状元，现在出教授、博士。一家人情商智商都高。这个老艾，从不说自己的弟弟是名校教授，儿子是名校博士，将来肯定也是教授。小李说，难怪呢，这个老艾看上去有几分儒雅。

要去找牛了。艾可喜和艾小艺父女俩也不知警察怎么一个找法，只管跟他们一起坐上了警车。艾小艺把一头长发绾了起来，没喷香水，而是喷上防止蚊虫叮咬的风油精。她全副武装，把拍摄设备带齐了。朱所长打量着这位漂亮的女孩儿说："你要拍我们上抖音？"艾小艺说："警察为我们找牛，值得宣传一下吧。"这么一说，朱所长也不好阻止了。开车的小李说："要是找不回来，那不是很丢人吗？"艾小艺说："警察的工作也要允许失败呀。何况，我坚信你们能找回来。"朱所长说："你真会说话。"

警车沿着昨天艾可喜家找牛的山村道路前行，从房屋东头往右走。阳光极好，全世界都在发亮，泥土和石头、树枝和树叶一齐泛着光泽，物体与阴影之间形成了黑白分明的界线，头顶的蓝天和山上的绿色遥相呼应，形成了完美对称的上下两层。满山撂荒的农田被大片大片的杂草不由分说地占领着地盘，盛气凌人地茁壮成长，姿态凌乱且横行霸道。

警车在山脚停下来。小李说："你们下车休息去吧，我们开始工作了。"

朱所长、艾可喜、艾小艺陆续下车了。艾可喜下车后有点蒙，小声对艾小艺说："他们要干什么？"

艾小艺摇摇头。只管对着警车，架起自己的拍摄设备。

警车上的高音喇叭突然发出了巨大的响声，是牛的叫声。

艾小艺吃惊地说了一句："牛叫?"

艾可喜说："是母牛叫。"

艾可喜和女儿对视一下，呵呵笑起来。

母牛的叫声还在继续，绵长持久地在山谷中回荡。声音有些沙哑、混浊，说不清是哀怨，是哭诉，还是呼唤，一般人都能听出是牛的声音。但只有艾可喜这种爱牛人士，才能分辨出声音的性别来。

太阳越来越大，朱所长他们从警车旁边转移到树荫下。朱所长在接电话，艾可喜在玩手机，艾小艺在拍摄。

满山遍野都是母牛的叫声。

十分钟过去了，二十分钟过去了。

小李下车，抬头向山腰张望。

半小时过去了。艾可喜的脚下踩扁了五六个烟头。

艾小艺把镜头对准上山的小路。她隐约感觉到上面有动静。

"它下来了！"

公牛就是在这时候出现的。它在公路上方的树丛中露出头来。艾可喜连忙往上跑去，一只手拉住牛鼻子上的短绳，另一只手去抚摸公牛的脸庞，像是找到了久别重逢的故人，表情上混合了激动、酸楚和喜悦。公牛朝公路上看了看，发现自己上当了，眼前并没有什么母牛，只有一辆黑色的警车。公牛也没有反抗，十分顺从地跟艾可喜走了下来。

到了公路上，艾可喜仔细检查了公牛的全身，看它受伤没有，有没有摔倒划破的地方。山上野猪多，害怕它受到攻击。放心之后，他对公牛说："你以为有爱情了？是警察骗你的。"他又扭头对朱所长说："还是你们手段高明。太感谢了。"

朱所长说:“能找回来就好。”

艾可喜说:“是不是公牛想找女朋友了?”

“不是的。这是它母亲的声音。”朱所长告诉他,昨天晚上接到公安局局长电话后,派出所连夜召开会议,研究找牛方案。这么大的山,这么茂密的森林,如果满山寻找,难度太大,花费的人力多,也几乎无从下手。于是就想到了录制母牛的声音来引诱它回家。正好有个警察以前听说你这公牛是在他亲戚家买的,他亲戚就是养牛大户。今天大清早我们就出发,找到了你当年买小牛的那家人。这牛的母亲还在,可母牛平时不会叫的。我们想方设法让它叫了,就把声音录了下来。

艾小艺一边挪动拍摄位置,一边说:“原来是牛想妈妈了。”

朱所长说:“母爱的力量。”

艾可喜很感动。他知道警察费了很多心思,说了几句由衷感谢的话,一定要警察在他们家吃个便饭,不然他心里过意不去。朱所长说有事忙着呢,说完上车走了。车子卷起的滚滚尘土像粘贴在后面的车轮上一样,持续升腾着飞扬的活力。

艾小艺说:“爹,你可以给县长报喜了。”

艾可喜马上给张学而县长发了一条短信。

尊敬的张县长:在你的热心帮助和悉心关照下,我家公牛已经下山回家,月河镇派出所朱所长亲自出马,用公牛母亲的声音将其召回。我代表全家老小和牛向你表示真诚感谢。

张县长回复:不用谢,应该的。并向你全家老小和牛问好。

6

艾可喜牵着牛顺着公路往回走,向牛诉说他在牛出走之后的焦虑和不安。他也不管牛能不能听懂,只管说。女儿尾随其后。路上,艾小艺给镇上电子器材公司的朋友打电话,让他们送三个监控过来,一定要质量最好、像素最高的那种,用于室外。还请他们带上工具,一并安装到位。

艾可喜说:“你真要给家里装监控?”

艾小艺说:“已经有教训了,装了监控心里踏实一些。再说,爷爷年龄也大了,我们都没时间成天陪着他,他到外面走走,我们随时知道去向。”

艾可喜说："那就装。你妈没事的时候，就坐在家里看监控玩。"

父女俩回到家，电子器材公司的人已经先到一步，几个纸箱放在门前还没拆封，人在屋子里喝茶聊天。这也难怪，小镇上装监控的人极少，街道上也很少有地方装监控，电子器材公司的摄像头生意一直很清淡。艾家一次买了三个摄像头和一台监控电脑，是他们为数不多的一单大生意，热情被调动起来，上门服务就特别积极。

艾小艺给他们讲她的监控布局。第一个，监控家庭世界。对着家门和院落，守护家人安全。第二个，监控动物世界。对着牛圈，牛圈里还有鸡窝，几只母鸡跟牛生活在一起。它们和谐相处，互不抢食。如果有黄鼠狼偷鸡或者野猪上门，就能看个明白。第三个，监控外面世界。安装的位置较高，广角拍摄，对着马路和月河大桥。这样一来，里里外外，进进出出都一目了然。

安装调试好，前后花了三个多小时。八十多岁的爷爷起初不相信监控的能耐，让他在门口走一圈回来，再让他自己看录像里面的自己，这下相信了，满脸堆笑地说："科学真是了不起，了不起。有这东西看家护院，比狗好，比人强。"

监控装好，艾小艺少了一桩心事。艾小艺连夜编辑整理抖音素材，及时发布出去。抖音上的粉丝数一夜涨了五万。这对她来说是从未有过的暴涨。

在她的"乡村故事"中，艾可喜意外丢牛、县长部署找牛、警察现场找牛、公牛下山回家、县长和艾可喜的短信交流等几个内容连贯的抖音视频，被抖音爱好者频频怒赞并疯狂转播。他们留言称，好牛遇到好农民，好农民遇到好县长，好警察萌生大智慧，大智慧产生好故事。还有人说，这是抖音中的极品。

找牛事件在持续发酵。电视台记者来了，报纸记者来了，除了本省，还有大老远跑来的外地传媒。一接到电话，艾可喜就着急起来。开始觉得新鲜，可是，有几家之后，他就感到了某种压力正在从一些未知的地方悄然而至。他就搞不懂他的电话别人是怎么知道的。他给弟弟艾可贺打电话求助。艾可贺说："哥哥，应对传媒是个技术活儿。用得好就好，用得不好就有副作用。你们还是少说话吧，一定要少说话。你们每个人说的话，都要统一口径，要前后一致，不能矛盾。不要把我和艾小我牵连进来，如果有人提到家里有教授有博士，你们要说并不清楚我们的工作和学习情况，也不要提供我和艾小我的电话。传媒来了，让他们主要采访县长和派出所。丢牛只是事件的源头、起因，核心内容是县长对农民问题的关心，以及派出所在找牛过程中所做的富有智慧和富有成效的劳动。"

艾可喜感叹起来:“我就是丢了个牛,怎么会弄得这么麻烦!”

艾小艺说:“麻烦什么呢。不是很好嘛。”

“你当然好。你由小网红变成大网红了。”

艾小艺说:“不喜欢‘网红’这个称呼。总觉得又俗又难听。”

艾小艺真不喜欢“网红”这个词,但她又十分无奈。恰恰是网红这个身份,让她心情特别好。她把闺房收拾得清清爽爽、香气宜人。除了陶渊明的田园诗条屏,屋子里还挂着陈年的艾草,也会散发出一些香味。编辑视频累了,就往床上一躺,听音乐,看抖音,为别人点赞,为自己加油。她发现她抖音里的粉丝数,每一分钟都在悄然增长,加上以前的铁粉,目前已突破两百万。五六天时间,她的“乡村故事”仿佛全国人民都知道了。

艾小艺每天晚上都要与哥哥艾小我通话。正在完成博士论文的艾小我都会很耐心地与妹妹交流。艾小我要求艾小艺每次出镜时要打扮得精致一些。既要有乡村女孩儿的特质,尽可能地保留与生俱来的本色和朴素,同时又要有知识女性的现代性与时代感;感情上要有物哀之美,外表上要有侘寂之美,行为上要有自然之美。但凡自己创作的需要出现在抖音上的文字,艾小艺都是自己先起草,然后发给哥哥审阅,哥哥修改润色后,她才敢发出去。若看到让她拍案叫绝的文字时,她会奖励哥哥五千元或一万元。两三年来,哥哥读博士的费用几乎都是她出的。她知道,哥哥目前还是消费者,读书期间没有固定收入。帮导师做课题虽说也有收入,那也是从导师的蛋糕上切一点边角给他,是不够生活开支的。为这事,艾小我曾想去兼职,被妹妹断然阻止了。她要求哥哥一门心思做学问,挣钱的事她负责。对这对儿女的表现,艾可喜很是得意,他说:“你们兄妹的感情,很符合艾家的家教传统,兄弟姐妹之间、长辈晚辈之间,从不闹矛盾,谋私利。要互相帮衬,走正路,走大路。谁把路走偏了,就要纠正过来。两百年前的家训就是这样讲的,你们要好好传承。”

有天早晨,艾小艺正在化妆,被爹爹撞见了,艾可喜忽然冒出一句:“又在臭美。”艾小艺拿着唇膏,顽皮地往爹爹脸上蹭,艾可喜闪开了。艾小艺问爹爹:“你说我是不是美女?”

艾可喜一本正经地说:“现在嘛,只要是女的都叫美女。依照这个性别标准,你肯定是美女。”

“我是问你,我到底漂亮不?为什么有那么多粉丝?”

艾可喜说:“粉丝与相貌没有必然联系。善良的人都不丑。但是,说你漂亮,还真不是夸你,关键要看你爹是谁。”

艾小艺的妈妈不服气了,说:“不是我咬牙切齿把你生出来,你拿啥漂亮去?”

艾小艺说:“妈你这话也太狠了,咬牙切齿地把我生出来,我待在肚子里跟你有仇呀?”

艾小艺妈妈说:“没有仇也有怨。反正在肚子里又不上学,你成天没事就使劲儿踢我。”

艾小艺说:“你不是说有胎教吗?”

艾小艺妈妈说:“有。每天带着你下地劳动,在白菜地里生下了你。你说你有啥乡村情结,就是这种胎教的结果。”

艾小艺说:“我的妈耶,你这种胎教也太危险了。”

抖音“乡村故事”的热度在稳步升高,平和淡泊的生活被彻底打乱。一个月里,请她带货的公司竟然达到十家。如果说仅仅是当地农产品倒也罢了,南方一家鞋厂的老板居然请她带货登山鞋,而且要求她和父亲就在找牛的那个山上进行现场拍摄。经过反复考量,以最可靠的产品为首要标准,她最终选择了为五家公司带货。合同签订后,几天之内收入定金三十万。全年带货下来,收入百万以上。

这段时间,艾小艺忙得昏天黑地。全家人都因她而忙碌起来。妈妈清早就要下地劳动两个小时,从地里拎回带着露水的新鲜蔬菜,然后忙着做饭,接待各地奔来的访客。艾可喜开着二手车在县城和家里来回穿梭,要找质量检验部门协助艾小艺检验带货产品,还要帮她聘请法律顾问。人手太少,杂事太多,肥沃的农田里,各种野草都在阳光下茁壮成长起来,跃跃欲试地跟庄稼一争高低。

有一天,艾可喜忽然意识到不对劲儿,对女儿说:“我好像成了你的雇工,全家人都在围着你转。这样下去,我们家的农田不是也要撂荒了吗?”

艾小艺说:“你应该感到高兴呀。”

艾可喜说:“高兴是高兴,但庄稼地不能荒。这么好的农田都不种,还是啥农民。”

艾小艺说:“种地才是农民,那是不是太狭隘了?新时代的农民应该是丰富多彩的。我应该算是新型农民吧。我拍抖音,反映的也是农民生活。”

艾可喜说:“你说得有道理,但要是放弃了土地,就是罪过了。”

艾可喜让她请个助手,把自己解放出来,回归到土地上。只有土地才是他的立足之本,也是他扎根之地。艾小艺担心找不到合适的助手,用起来不顺手,弄不好还不愉快。艾可喜让她慢慢来,总会找到合适的帮手。

7

平时的日子,月河无浪,水面无波。刚刚入夏就开了个坏头儿,一连几天大雨,月河不再温和,真正成了大浪之河。波涛滚滚,洪流泱泱,河边的朽木、杂草、树枝和白色垃圾瞬间变成了水上漂浮物,悠悠荡荡地随波逐流。河中有大块大块的隆起,一股一股地扭动着前行,爆发出低沉而厚重的吼声,豪迈而壮观。

艾可喜总是担心牛圈漏水。牛圈曾经是猪圈,几十年来,他每年都要养两三头猪,厕所则是人畜共用。有年夏天,艾可贺带着妻子女儿从外地回来,女儿嫌猪圈气味太重,完全破坏了她对老家的好感,每次去看猪都要捂着鼻子,表情极为不适。她说老家固然山清水秀,景色优美,但田野的芳香不敌猪圈臭气熏人。侄女好不容易回来一次,弄成这样,艾可喜很是难受,索性不再养猪了,就拿一块地方改造成公用厕所,方便门前路过的外地过客使用。再装一个栅栏,专门堆放农具,角锄、板锄、犁铧、背篓、笆篓、提篮、连枷、弯刀、斧头。旁边放着带着泥巴的草鞋、靴子、蓑衣、草帽、斗篷。大部分地方空余下来,后来就给牛住了。整个牛圈三十多平方米,砖墙为体,上面盖着不规则的石瓦。石瓦是艾可喜自己盖上去的,房顶斜面坡度大,一片一片的自上而下地衔接,呈鱼鳞状。衔接得不好的地方,大雨来临时流通不畅,就会导致雨水渗漏,滴滴答答往下滴。有时半夜大雨,艾可喜也要打着雨伞和手电出来查看一番,他才放心。他心疼他的牛,万万不能让牛吃亏。

这天晚上艾可喜从牛圈进屋,腿上溅了些雨水,身体让这冰凉的东西一激,一下子睡意全无了。他就点支烟,坐在监控器前看监控。突然看到月河大桥上,一辆卡车停在了大桥中段的桥边,大灯熄灭。只见从驾驶室跳下来两个人,他们爬上卡车,从车上往下搬动着什么,好像是类似油桶的圆柱体。因为下雨,又因为桥上的路灯稀少且光线昏暗,隐隐约约看得见有人影在桥边晃动。艾可喜睁大眼睛看,也没看明白他们到底在干什么。大约过了三十分钟,卡车重新亮起了大灯,掉头返回了。

艾可喜疑心顿起,觉得太诡异了。半夜三更,又是下雨,河水暴涨,卡车到桥上干什么?如果是运货,大桥中段绝不是它的目的地,它应该径直向前。如果是车辆抛锚,它不应该关掉大灯。如果是外地车辆迷路,它会在桥上或其他地方直接掉头返回。总之,在大桥中段停留这么久是不正常的。

次日早上,艾小艺起床后,艾可喜就告诉她昨晚发现车辆的事,艾小艺眼力好,让她好好查看一下昨晚的监控录像。艾小艺匆忙洗漱一下,也不化妆,泡上一杯清茶就打开了监控。她把昨晚卡车的那段录像调出来,尽管光线昏暗,但也能看明白。有两个人从卡车上搬下桶状物,移动到桥边,往月河里倾倒东西。倒完之后,又将空桶搬到车上,动作娴熟,干净利落。艾小艺数了数,上上下下搬了二十来次。也就是说,有二十个桶里的东西倾倒在了月河里。因为河水暴涨,流速加快,河面基本上不会留下任何痕迹。

艾小艺身子往椅子上一靠,说:"反正这辆卡车没干好事。我真想把它发到抖音里。"

艾可喜说:"慢!"

艾可喜让她把监控复制下来,然后发到家庭微信群里,让大家看看,卡车到底在干啥。

艾小我看了说:"我猜测,他们可能是倒工业废水或废料。这恐怕是化工企业干的。"

艾小艺说:"纯粹在干坏事。敢不敢发在抖音里?"

艾小我说:"你再等等。多了解一些情况再说。"

艾可喜说:"你哥哥做事就比你稳当。有的事不能急。你查查前几天晚上的监控。"

艾小艺就查了前几天下雨时的监控。从晚上十二点以后的时间段开始查看。这一查看,就查出了连续三天晚上一点左右,都有一辆卡车停在桥边,然后熄灯,然后几个人从车上搬下桶状物,站在桥边,向河里倾倒东西。

艾小艺把这三个晚上的录像又发到了家庭微信群里。"一个充满爱的家"很快热闹起来。大家的环保意识都很强,纷纷谴责这种向月河偷倒工业废水废料的不法行为。但是对于是否在抖音里公开这些视频资料,大家却有着不同的意见。艾可贺教授说:"如果公开这些资料,会引起有关部门的重视,环保部门应该会调查处理。但地方保护主义比较厉害,我们那里本来企业就非常少,弄不好会有人打击报复。"

艾小我认为:“月河镇离重庆只有两个小时车程，离湖北只有一个多小时车程。是不是本地企业干的,还很难说。还有,企业的这种行为,是初犯,还是惯犯?如果是初犯,可能是企业环保意识不强,环保部门介入即可。如果是长期的惯犯,造成环境污染的,那就要严肃整改,甚至停产处理。这里面情况很复杂,什么可能性都有。”

艾小艾是最小的群成员,她义愤填膺地说:“强烈支持艾小艺姐姐公布视频。我们要团结一致,不怕邪恶,坚持正义。坚决保护家乡的绿水青山!”

艾小艾的妈妈教学科研任务很重,平时很少在群里说话,此时她说话了:“不要小看这条视频,它是可以引爆很多社会问题的。我倒是有句忠告:我们需要义正词严,也需要明哲保身,至少不能引火烧身。假如我们装作什么都不知道、什么都没看见,也就什么事都没有了。”

艾小艾说:“妈妈,你平时可不是这样教导我的。你总是对我说,要做一个堂堂正正的人,任何时候都不能回避矛盾。现在你怕了?”

艾小艾妈妈说:“不是怕,是与我们自己的生活没有关联。”

艾小艺说:“二妈,你的意见我不能认同。我同意妹妹的观点。”

群成员吵了一个多小时,无果而终。安静下来,各自做事去了。

监控视频到底发不发抖音?这是个问题,更是一个艰难的选择。

8

持续一周的阴雨终于停止了。有一些农作物受到影响,但不至于受灾。艾可喜在地头查看一番,菠菜、莴苣、豆角、白菜、蒜苗、玉米、麦子,一棵棵全是清水出芙蓉的样子,无一倒伏。艾可喜带着一腿泥泞回来说:“我家的庄稼长得结实。对大雨耐受。”

老婆说:“凡是你做的事,啥都好。”

艾可喜看了老婆一眼,说:“这话有点饿人。”

说话间,突然手机响起了短信消息的声音。他翻开看了看,是张学而县长发来的:

老艾,你在家没?我下午来看看你家人和牛。顺便在你家吃饭。我们大约六个人。

短信让艾可喜大喜过望，回复道：欢迎县长大驾光临。大约几点到？

张县长说：四点。

艾可喜举着手机一阵大笑。

老婆见他怪异的模样，朝艾小艺房间大叫道：“艺儿，过来一下，你爹突然变傻了！”

艾小艺跑出来，问：“爹怎么啦？”

艾可喜还在笑。

艾可喜老婆说：“他接到一条信息，就变成这样了。”

艾小艺问：“谁的信息？”

艾可喜说：“你猜。”

“二爹的？还是哥哥的？”

艾可喜说：“你再猜。”

艾小艺想想说：“真猜不出。”

艾可喜说：“张县长的。”

“她给你发信息干什么？说什么了？”

艾可喜把手机递给女儿，艾小艺看了看，又给妈妈看了。艾小艺对父亲说：“你还是有点魅力嘛，美女县长居然说要来看看你。”

艾可喜说：“不光是看我，还要看望你们，看望牛。”

艾小艺说：“估计是来镇上检查工作，顺便来看看。不要太当真。”

艾可喜说：“顺便来看看也要当真。我们祖上出过知县的。但从来没县长来过咱们家。一个县长想到要见一个农民，大小是个心意。”

艾小艺说：“还带了一群人。”

艾可喜把头伸向女儿，神秘地小声说：“如果她专门来看我，会一个人来。那，那意味着什么？”

艾小艺一阵狂笑。当然她知道父亲喜欢开玩笑，喜欢乱说。艾小艺说：“你想多了，想得太多了。”

艾可喜对女儿和老婆提出要求：“县长要来，一定要以礼相待、以诚相待。咱们家三个博士、一个网红，虽不是人中龙凤，但也算一个优质家庭。不能傲慢，不能太无所谓。那样的话，就会遭人闲话，说咱们没教养。说到底，咱们就是个本分农民。还有，一定要在下午四点钟前把一桌大餐备好。客人来了，不能弄得手忙脚乱。

艾可喜老婆提着竹篮，连忙下地割菜。艾可喜杀了鸡，又去剁猪蹄子。爷爷闲不住，就坐在院子里择菜，一根一根地清理，用剪刀剪掉根须和发黄的菜叶。80岁之前，他喜欢对家人的行动指手画脚，清规戒律奇多。80岁之后，就不许他下地干活儿了，让他“退居二线”，专门养老，百事不管，有时只做一些力所能及的农活儿。现在让他坐在门前，他还进屋换了身衣服，感觉自己还有些威武，就让孙女艾小艺给他拍张照片。艾小艺给爷爷拍了照片，就发在家庭群里了，都说老人家好帅，气色太好了。然后，艾小艺给爷爷展示，说都在夸他。爷爷看了微信群，极不满意地说：“我是不是艾家的老大？”

艾小艺说：“爷爷当然是老大。没有你，就没有我们。”

爷爷说：“这个群建了几年了，为啥没有我？”

艾小艺非常吃惊，原来他们平时说话做事，爷爷全知道，连微信群他都知道。赶紧对爷爷解释说：“爷爷的手机是老人机，只能接电话、发短信，没有这个功能。”

爷爷说：“那就给我换个好手机。换成跟你们一样的。”

艾小艺连忙答应：“爷爷爷爷，你莫生气，明天就给你换手机。拉你进群。”艾小艺说完，亲了爷爷一口，爷爷笑了。爷爷说：“你是我抱大的。”艾小艺突然有点难受，她知道自己是爷爷抱大的，可是，真的已经忘记了。她抱了爷爷一下。爷爷说：“你忙去。”

艾小艺真的忙。这天要负责全程录像，上传抖音。词都想好了：“家里要来客，饮食全绿色。虽是家常饭，营养都不缺。”

艾可喜把猪蹄子剁好洗净，就开始打扫院落前后的卫生了。他平时把院子前面的那块五十平方米的地方叫作艾家广场，他要把艾家广场上的泥土、树叶、草茎、鸡屎全部清扫干净，再用高压水枪冲洗一遍。冲洗干爽了，放一张桌子和几把椅子，客人来了可以在外面坐坐，看看对面的大树、大山和大桥。最后一个程序是清扫牛圈及卫生间。先给牛擦洗身子，牛身上总会有一些污渍，要用毛巾擦洗。他一边擦一边对牛说话，像是在哄小孩儿：“你看你多牛，美女县长都要来看你了，咱们要干干净净地见县长。哪天有空了，我带你去见你妈妈。让你们母子团聚。”牛不语，只是很友善地看了他一眼。他觉得这一眼就是牛对他最好的应答。擦拭完毕，牛的全身都油光闪亮、柔和顺滑，牛角泛着金属般的光泽，带着弧度上扬的弯勾，看上去有着刺破蓝天的坚硬和力量。艾可喜抚摸着牛背说：“你是一头幸福的牛。”

张县长到来之前，艾小艺特意化了一个淡妆。红衫白裙，两侧金耳钉，白颈小玉坠，不骄不媚，却很优雅。妆化好了，自拍一张发到家庭群里，艾小艾说："姐姐漂亮，赏心悦目。"看到几个点赞之后，艾小艺心满意足地忙活去了。她要去把拍摄的机位架好。她想得比较周全，如果来人较多，楼下就不会有她拍摄的位置，她提前在二楼选好了角度，又在门前的树干上绑了一个摄像机，直接对着院落。手机还可以随时随地跟踪拍摄。这样一来，无论来多少人，整个场面都能纳入摄像范围。

80多岁的爷爷是个"人来疯"，来人了喜欢乱窜。怕他跌倒，艾可喜特意给他讲："今天下午有贵客来，人多，你不要乱跑，你就坐在门前抽烟喝茶。"爷爷很听话，就坐在大户人家放狮子的位置，前面有个小桌。爷爷就坐在那里，像一尊门神。他叮嘱孙女说："你拍抖音，不要忘了拍我。"

艾小艺说："你是爷，我怎么敢忘记呢。"

张学而县长是下午四点多来到艾家的。随行两辆车，有副县长、办公室主任、月河镇的书记和镇长，还有县电视台和融媒体中心的新闻记者。女县长风采卓然，一身职业装打扮，黑西服，白衬衣，平底鞋。一下车就直奔站在院子里的艾可喜，两人握了手，张县长说："看看你家人。"艾可喜指着正在旁边拍摄的艾小艺说："这是我女儿艾小艺。"张县长向前一步，牵着艾小艺的手说："网红嘛，我还是你的粉丝呢。你的抖音做得很好，乡村故事都是满满的正能量。以后要做得更好。"

艾可喜指着门口的老人说："这是我父亲。"张县长走到老人面前，老人站了起来，对张县长说："你来了，我们都很高兴。我上午还说呢，我们家出过知县，县长却是第一次来。"张县长说："您老人家不简单啊，'耕读传家，诗书继世'，所以儿孙个个有出息。"老人哈哈一笑，谦逊地说："县长过奖了，他们只是都能自食其力而已，不给社会添麻烦。"张县长说："您老人家耳聪目明、思维敏捷。一定要把身体搞好，活他个一百岁。"老人把手机拿在手上晃了晃，说："他们欺负我，给我买老人机，功能单一。我孙女说了，明天就给我换手机。换了手机我就可以玩微信了，我要加您为好友。"张县长大笑起来，说："好好好，一定加您为好友。"张县长看看随同人员，说："老人家太可爱了。"老人连连说："县长才可爱，县长才可爱。"

转过身，张县长问艾可喜："老人家说了，你们欺负他，给他用老人机。是不是真的？"艾可喜说："莫听他的！老人机是他自己坚持要买的，他说那个便宜，省钱。"张县长说："手机你就不要给他买了。这个任务交给我。"张县长说完，把办公室主任叫到身边，小声说了几句什么，办公室主任就离开了。一会儿，停在路边的公务轿车疾驰而去。

在艾可喜的带领下，张县长走进了他们家的三层小洋楼。楼顶种的是花花草草，一片绿茵。三楼是贮藏室，堆放着粮食、腊肉、香菇木耳竹笋等，另一间放着各种各样的农具。第二层是艾可喜夫妇的卧室和女儿艾小艺的卧室。还有两间空着的卧室，是艾可喜的弟弟艾可贺一家人回家时用的，每年住那么一两次，平时也收拾得干干净净。一楼是客厅、厨房、餐厅，还有一间老人的卧室。客厅侧面的一面墙做成了图书室的模样，大约有两千册图书。有国学读物，还有关于现代农业技术、家常菜、多媒体制作、现代传播技术的书，种类还算齐全。张县长从上到下查看一番，问艾可喜："这客厅也是个家庭读书室嘛。"

艾可喜说："主要是书没有地方归纳，只好放在这里了。"

张县长说："看来你们都有读书的习惯。"

"农闲的日子就看书。"

"房子有四百多平方米吧？"

艾可喜说："差不多。四百多一点。"

张县长问："全是自有资金修建的？"

艾可喜说："房子是十年前建的。建房时，我弟弟给了十万。"

"你们村有多少这样的楼房？"

"全村六七十户人家，多半人的房子都是这样的。"

张县长说："小日子过得不错呀。"

艾可喜说："还好。"

张县长说："你还有什么打算？"

艾可喜说："我想当地主。"

"想当地主？"

艾可喜说："我们村上，在外打工的、做生意成功的，挣钱之后都不回乡务农，在城里安家落户了。全村有一百多亩耕地撂荒，谁都不管，太可惜了。这些肥地两年不种庄稼就荒废了。所以我想，把撂荒的土地都租过来，请人种粮食。"

张县长说："你是个很敏锐的人。'空心村'的问题，确实是个很现实的问题。我们县很严重。县委县政府也打算出台一些政策，让有能力耕种的农户租用过来，或者采取其他方式把闲置耕地利用起来，不至于浪费。"

艾可喜说:“一代一代人会长大,一代一代人会去打工,乡村的人口总量在减少,到处是城镇化,对耕地没有兴趣的农民越来越多,我们一个村撂荒上百亩耕地,都是慢慢积累起来的。依我看,你出去打工,就要把自家的耕地安排好,不能荒着不种,可以交亲戚朋友托管,可以交村委会临时代管,你打工回来,耕地还是你的。你不回来,耕地也有人耕种。总之一句话,农民永远要跟土地捆绑起来,不能占着茅坑不拉屎。政府要尽快出台一些政策规定。”

张县长说:“你说得很对。还有什么建议,你可以直接提出来。”

边走边聊天,从三楼说到一楼。张县长在一楼看望了正在做饭的艾可喜老婆,看了看厨房的设备和卫生情况,称他们像城里人过的日子。然后就去看望他家的公牛,张县长见到牛就笑。张县长一笑,牛就往后退。艾可喜连忙说:“它没见过县长,怕生,怯场得很。”张县长说:“这是你家的好劳力。”

来到客厅喝茶,张县长与镇上的书记、镇长座谈,又问了关于乡村振兴、乡村旅游、农副产品进城、脱贫户再度返贫等很多关于“三农”的问题。艾可喜说得头头是道。张县长夸他思路很清晰。

后来,张县长宣布:以后全县要在各镇设立“三农”问题观测点,现在就要定下来,回去研究一些办法和措施。艾可喜家里就是一个很好的观测点。观测点的任务,就是疏通农民与政府之间的沟通渠道,让农民参与政府决策,表达农民意愿,集中收集、分析和反映“三农”问题。

谈到晚上六点,大家都饿了,只是没人敢说。直到张县长说有点饿了,大家才点头。艾可喜就邀请他们进餐厅。碗筷、酒杯都摆好了,只等客人入席。艾小艺成了临时传菜员,神采飞扬,活力四射,笑嘻嘻又不失优雅地穿梭在餐厅和厨房之间。每端上一个菜就要用标准的普通话叫喊一声:“各位领导,上菜啦,请让一让,给盘子一个位置。”香气弥漫开来,充满了屋子的各个角落。张县长瞅着艾小艺,目光柔和而温暖,里面全是爱怜。她对大家说:“这家人太可爱了,每个人都讨人喜欢。幸福得让人羡慕。”

正在这时候,一个多小时前开走的那辆车回来了。张县长的秘书走到她身边,把一个精致的纸盒子交给她。张县长接过纸盒看了看,对艾可喜说:“这是我个人给老人家买的手机,华为的最新款。说清楚,不是公款消费,是我个人的心意。”

艾可喜连忙推辞:“不可以不可以,怎么能让县长破费呢。”

张县长笑道:“今天这顿饭我们也不付钱,是我用手机换的。”

艾可喜说:"这可不是等价交换,我赚大了。"

"听你说话,你就是个不像农民的农民,"张县长说,"跟你交朋友,还能受到很多启发。"

艾可喜看着张县长说:"你应该出身书香门第吧?"

张县长问:"何以见得?"

艾可喜说:"《论语》的开篇就是《学而》,你名字可能就是这么来的。"

张县长说:"你还真说对了。我生下后,半岁了都没有合适的名字,有一天父亲整理书房,一本破烂不堪的《论语》掉落在地上,正好翻开了第一篇。他灵机一动,就给我起名张学而了。"

艾可喜说:"学而优则仕嘛。所以你当了县长。"

张县长高兴地大笑起来。

9

老爷子有了新手机,如获至宝地把玩,正面,反面,侧面,上端,下端,仔细端详,总是看不够,每一个细节他都觉得是人间极品,稀世宝物。他的满头银发与手机的现代感之间,形成了跨越时代的强烈对比和对话现场。艾小艺把爷爷把玩新手机的过程录了下来,她觉得爷爷一丝不苟的专注神态充满了美感,值得欣赏。可爷爷对手机的很多功能都不了解,艾小艺把常用的程序都下载下来,字号设置成大号的,然后手把手地教爷爷。爷爷毕竟是识文断字的人,反复训练,一天工夫就学会了使用微信,输入法设置成简体手写,爷爷就可以在上面自由自在地写字了。爷爷加入了家庭群"一个充满爱的家"之后,像首长一样跟晚辈打招呼:后生们好!后生们辛苦了!顿时群情激昂,子孙们一齐欢呼爷爷的加入,各种祝福的图片纷至沓来,爷爷看得眼花缭乱。现代工具成了爷爷玩微信的最大帮手。爷爷把放大镜放在屏幕上面,图片一下子就清晰多了。艾小艺给爷爷收集了很多动图,帮爷爷回复他们。喧嚣过后,艾小我郑重提出由爷爷当群主,替换父亲的群主职位。但艾可贺教授煞有介事地建议说,老人家当总顾问最合适。一锤定音。各位群成员就把爷爷的头衔改成了"本群总顾问(老爷子)"。接着艾小艺帮爷爷加了张县长为好友。不过,爷爷的好友中只有张县长一个人。爷爷自嘲地说:"好友不在多,在于精。"

艾小艺发出的抖音视频"美女县长来了"再次获得好评。她摘录了县长看牛，县长和爷爷交流、和父亲交流等几个细节，处理得恰到好处、朴素大方、真实可信。县长的气质表现得也很到位，既有领导风范，又有淑女品格。网友对张县长的评价很高，留言称她是一位求真务实，心系"三农"的好县长。

粉丝数越来越多，带货的效益也越来越好。带货对于艾小艺来说，早已轻车熟路。视频可以在家里拍摄，也可以进城拍，背景资料由厂商提供，带货视频链接着产品供应商，用不着她去劳神。她只需要每隔几天把带货视频重新发一遍即可。如果有新产品，再重新拍摄一次。登山鞋的视频是她和爹爹上山拍的，多拍几次，选择一个效果最好的就行，厂家也满意。在爹爹的帮助下，她忙完一段时间，就有空闲，然后帮爹妈下地劳动。晚上，通常是妈妈做完家务就看电视，爹爹就抽烟喝茶看手机。艾小艺待在自己房间里做文案，准备下次的拍摄计划。

连阴雨过后的天气持续向好，艾可喜每天上午把牛从圈里拉出来，拴在门前地里的大树下，给它放足草料，让它可以享受阳光，又可以获取阴凉，还可以躺一会儿，站一会儿，日子过得很惬意。但毕竟是动物，不能总是在原地不动。所以，艾可喜每隔几天都要去放一次牛，把它牵到后山的草坪上溜达，这是牛最喜欢的事情。如果时间允许，艾小艺就会陪同爹爹一起去放牛，她可以拍视频，可以坐在光洁的岩石上发呆，可以攀在古树的巨枝上卖萌，接各种业务的或非业务的电话。爹爹便用手机记录女儿的闲适生活。画面无须修饰，自然漂亮：美女，古树，岩石，草坪，公牛，苍松翠柏，蓝天白云，永远望不到尽头的绵绵巴山。小视频往家庭群里一发，下午就惹了麻烦。艾可贺的千金艾小艾缠着爸妈暑假期间回老家去，到姐姐玩的地方去玩，她说那才是她的理想国。艾小艺在群里遥相呼应："妹妹你回来，我陪你玩。你的房间我提前给你装修布置一下。"艾小艾的妈妈说还有一年就高考了，计划暑假要补习功课呢。艾小艾说："城里待腻了，回老家补习功课岂不更好。"她爸妈只好暂时答应。

有天晚上，艾可喜突然想到几天没查看夜里的监控了。像往常一样，他把时间锁定在深夜十二点到两点的区间内。他看到了非常清晰的画面：一辆卡车开到月河大桥上停下来，然后熄灯，然后有人从卡车上搬下桶状物，向月河里倾倒东西。此时皓月当空，万里无云，路灯和月亮的光线叠加起来，足以让车辆和人物的行动真实地呈现出来。艾可喜骂了一句："妈的，月河成了他们的垃圾桶了！"

艾可喜把女儿叫下楼，让她把监控内容复制下来，分成十段发到了家庭群里。群成员一片谴责之声，艾小艾、艾小艺、艾小我三个年轻人都要求公开举报，绝不能让一江清水的月河变成垃圾桶。艾小艾的妈妈和艾可喜二人持同样的观点：公开举报是件非常慎重的事情，我们县工业基础薄弱，好不容易培育了几个像样的企业，国家对环保这块的处罚力度非常大，这一公开举报，可能就把多年的功劳葬送了。所以，年轻人，不要冲动，更不要惹事。你们要考虑，通过什么途径来举报，既达到你们所期待的效果，又不能让本地企业垮掉。要相信，地方政府是有保护本地企业这个意识的，他们也不想让工作陷入被动。晚辈们在群里谈论得热闹，久不作声的老爷子发出了一声感叹："我也很心疼。月河养活了沿河两岸的无数人，我们是吃这河里的水长大的。"

热议一阵后，大家各自做事去了。初夏的乡村夜晚吹来阵阵凉风。艾可喜把大门打开，透透气，让屋子里的烟雾散去。然后关了大门，来到二楼阳台上抽烟。老婆见他闷闷不乐的样子，说："人家倒垃圾又没倒在我们家里，把你气成这样。"

"你先睡。"

10

上午，太阳刚刚爬上山头，天蓝得有些失真，像是刚刚出厂的玻璃幕布挂上去的。艾可喜把牛牵到大树下拴起来，让它在半阳光半阴影的地方吃草，旁边放着一个厚重的木盆，里面装满了水，以供牛饮。十米开外处，老婆在玉米地里拔野草，一些野菜鱼目混珠，也跟着庄稼一起生长。老婆拔了一堆野草和野菜，拎过来，扔在牛面前，说："给你吃。"牛看看她，低头嗅嗅，似乎没有兴趣。艾可喜说："牛不理你。"

老婆说："我不计较。你不理我我才计较。"

艾可喜说："看来我在你心中的地位比牛高一点。"

这时候，一辆白色轿车开到了院子前停下来。从车上跳下来几个人，径直进了艾家。老人家走到院子边缘，朝艾可喜大叫："家里来人了！"

艾可喜对牛说："来客人了哟，我不陪你了。"转身往家里走。

走进院子一看，白色轿车上写着"环境保护"四个大字，可能是环保局的专用车辆。客人已经在客厅里坐着，艾小艺在给他们端茶递水。交谈中得知，来人是市县两级环保局的技术人员，以及公安局和交警队的执法人员，他们是来提取监控视频证据的。他们说，张县长给他们提供了向月河倾倒垃圾和工业废水的监控视频，县长要求他们掌握更多的第一手材料，由公安部门负责调查车辆来源和涉事单位，将依照环境保护法，坚决查处，绝不手软。他们对艾家安装监控和提供视频的做法表示感谢。

艾可喜让他们自己调取监控录像，然后安排老婆做饭，招待客人。

执法人员的到来让他们感到十分突然，还有几分莫名的不安。为了让客人专心工作，不打扰他们，除了在厨房打理的老婆，其他人都离开了屋子。艾小艺举着手机拍摄环保局的车辆，艾可喜端着茶杯在院子里走动，老人家若有所思地看着停在院子里的车辆。

艾小艺觉得蹊跷且魔幻，一脸诧异地问爹爹："他们是怎么知道的?是你举报了？"

艾可喜说："我没有来得及举报。我还怀疑是你干的呢。"

艾小艺说："不是我。真不是我。"

艾可喜也很纳闷："我们家的视频资料，是怎么传到张县长手上去的？"

这时候，正在藤椅上抽烟的老爷子走了过来，自告奋勇地说："是我发给张县长的。我把群里的视频全发给她了，还把群里的对话内容全部截图发给她了。"

艾可喜一听，哭笑不得。而父亲此时还有几分得意之色。

老爷子说："你们有顾虑。我怕啥！"

艾小艺亲了爷爷一下，说："爷爷，你比我们勇敢。"

【作者简介】李春平，陕西省紫阳县人。小说家。陕西省宣传文化系统"四个一批"人才，安康学院文学与传媒学院教授，陕西师范大学硕士生导师。著有长篇小说《上海是个滩》《步步高》等十一部、长篇报告文学《辞海纪事》等，发表中篇小说三十余部。十多篇作品被《新华文摘》《小说月报》《小说选刊》《中篇小说选刊》《作品与争鸣》等刊物转载。多部小说被改编拍摄成电影和电视剧。中篇小说《玻璃是透明的》改编的电影，作为2000年中宣部十大国庆献礼片之一，获得第八届北京大学生电影节多个奖项。中篇小说《郎在对门唱山歌》被改编成我国第一部实名制电影，在第十四届上海国际电影节上斩获"最佳编剧奖""最佳女演员奖"等五项大奖。

玉米地里长鲫鱼

第代着冬

省城有家报纸。报上有个副刊，叫《百合花》。百合花是省城市花，评出三十多年，人们早忘了，报纸副刊还没忘，一直叫《百合花》。《百合花》每周四出刊，一期八千字，分别由四五篇散文、三五首诗歌和一个刊头瓜分。

最初计划《百合花》每周一期，事实上很难实现。遇到要闻版打挤，或临时有任务，《百合花》就停刊，把地盘让出来，为其他版面做贡献，编好的稿子挪到下期。有时挪着挪着，稿子再也挤不上去了，编辑常常白编，得到用稿通知的作者也空欢喜。大家怨气很重，报怨副刊像块农村边角地，谁都可以上去挥两锄。

等到余其年接手编辑《百合花》时，他发誓要办出一点名堂。余其年是省作协会员，有副高职称，长得胖胖的，笑容也很和善，像个好人。实际上他也确实是个好人。十五年前，他到副刊上任，像个精通权谋之术的官员，很认真地烧了三把火。第一把火，全面改版，副刊文风为之一变，有些随笔竟能让人笑出声来。第二把火，网罗人才，他到处甜言蜜语，煽风点火，弄得副刊一时洛阳纸贵，连文学大咖也以成为副刊座上宾为荣。第三把火，设立年度文学奖。这把火烧得有点麻烦。余其年设立年度文学奖，绕不开他们总编。他们总编是报界老油条，有两条长腿，走起路来像只鹳。总编把两手一摊，很诚恳地对余其年说："老余，你的想法很好，但我没钱。"

"如果你给政策，我自己去拉赞助。"

“你让我很感动，”总编见余其年答应自谋出路，不找他要钱，很慷慨地把瘦胳膊往下一劈说，“老余，我答应你，只要有赞助，你可以用报社名义设立年度文学奖。”

自从在副刊设立年度文学奖，时间一长，余其年养成两个习惯：买报纸和买雨伞。买报纸是职业习惯使然，路上见到有风格迥异或版式美观的报纸，他会买上一份，作为他山之石。买雨伞则是被逼无奈。为了拉到赞助，余其年不得不跟赞助商在酒楼周旋。他酒量不大，三个回合下来，一般会被搞成醉汉。一旦成为醉汉，又赶上下雨天，他多半会把雨伞忘在酒楼。

那几年，余其年巧舌如簧，到处游说。靠他那条三寸不烂之舌，每年都能说动一个商人掷下一笔钱，买下副刊年度文学奖的冠名权。从余其年接手副刊开始，十五年时间，一年不落地颁发了十四届《百合花》年度文学奖。代价是到了下雨天他经常丢伞，不得不买新伞。

到余其年买第十五把雨伞时，正是《百合花》副刊第十五届年度文学奖颁发前夕。赞助文学奖的是一家药企，主要生产一种痔疮膏。起初企业想用他们的主打产品痔疮膏来命名文学奖。这名字太可笑了，余其年坚决不干。争执到最后，双方各让一步。杯名用企业另一款药命名，叫“一针灵杯”，赞助费用上打了点折扣，比预计收入少了三分之一。钱少了，加上新冠疫情防控，“一针灵杯”年度文学奖改为线上举行。本来是件很热闹的事，少了餐饮助兴，只好草草收场。

历年获年度文学奖的，有不少县作家协会主席。大家把赴省城领奖当成要紧事，仿佛在家玩命写作，就是为了春暖花开时，能赴省城领取《百合花》文学奖。领奖回来，少不了要在本县作协会员群里晒获奖证书和颁奖照片。会员群里本县作协会员一般都有三五十人：主席得了奖，大家自然要一拥而上，比大拇指，献花，年轻一点的就说“牛×”。

第十五届颁奖典礼在线上举行，大家感觉少了很多味道，有不少获奖者没在群里晒证书，仿佛是“一针灵”把大家搞得格外低调。也有例外，比如扈远秋，他除了一如既往地在县作协会员群里晒获奖证书外，还不辞辛苦地写了条五十多字的消息，冠以“重磅”二字，发到了会员群里。

扈远秋是西垣县作家协会主席，实际上他的本职工作是银行职员。他们行长不喜欢职工一心二用，误以为凡是有业余爱好的，都属于不安心本职工作，经常在会上指桑骂槐。他批评业余打麻将的、钓鱼的，也批评搞文学创作的。他批评有人在单位连信息都写不好，业余时间却把自己的文章写得很通顺的时候，又有些忌惮扈远秋对号入座，此地无银三百两似的自我解脱说："当然，我们单位不存在这样的人，我讲的主要是隔壁单位的事。"

行长常常在会上含沙射影，扈远秋不为所动，仍然把县作协那个职务当成大事，一有空就在微信群里吆喝大家搞创作。西垣县作协会员群名字叫"诗和远方"，里面有会员四十三人。四十三人中，有不少真心实意替文学卖命的，夜夜在家为文学事业着急，一心想搞出一点名堂。也有不少是来看热闹的，加入作协的初衷就是想跟着出去春游。"作协不是耍耍组织，"扈远秋在群里恨铁不成钢地说，"要耍去别的地方耍。"

"主席，如果不是为了耍，你组织春游干什么？"

"那不是春游，是采风。"

"不都是去看桃花吗，有什么不一样？"

"春游是干耍，采风要写文章。"

别看扈远秋说得很严肃，实际上他是个耳根子很软的好人。大家知道他文章写得好，只要遇到写字的事，都喜欢找他帮忙。扈远秋来者不拒，替人写过讣告、证婚词，也写过民事起诉状。但把这些麻烦加起来，也不如他老家的麻烦多。扈远秋是荒狗坪人。荒狗坪位于西垣县东北角，自古是苦寒之地，从来没出过管事的人。老家的人听说扈远秋在县城当了主席，误以为荒狗坪出了个大家伙，一有麻烦就来找他。他们不知道，主席有大有小，扈远秋那个主席其实很小，小到在县城吃酒都不能坐上席。但没人给他们解释，解释了他们也不听，坚信荒狗坪出了个大家伙。扈远秋是热心人，见不得乡亲们遇到麻烦，一旦有人来找他，他就在信贷那条线上捋关系，多少能捋出点名堂。

邓乾进到县城做胆囊切除手术，扈远秋就是靠捋信贷的关系，捋到了县医院副院长，又通过副院长，找到了县医院消化科可以做微创手术的主任医师。邓乾进不知道，做手术要打麻药，打了麻药谁都不痛，他以为只有自己不痛，回到荒狗坪到处宣传说："远秋管用，如果不是远秋，我早痛死了。"

"也可能跟用麻药有关。"

"不是麻药的问题，"邓乾进气呼呼地说，"人家在县城当主席，管事，没得话说。"

邓乾进的夸张宣传像花朵招来蜜蜂，从荒狗坪为扈远秋招来不少麻烦。有找他帮忙替孙子找好学校读书的，有让他帮忙讨薪的，有让他帮忙打官司的，也有老婆跑了让他帮忙寻人的。扈远秋知恩图报，知道荒狗坪的人不容易，一旦接到要解决的麻烦事，他就在信贷客户上捋关系，只要不违反政策和原则，他一般都能帮上一些小忙。几年时间里，他除了做自己的正经职业，抽空当作协主席，主要精力在各种麻烦中杀进杀出，很快在荒狗坪名声大噪。

在线上领完第十五届《百合花》年度文学奖那天是个双休日。扈远秋一早起来写了条重磅喜讯发到作协会员群里，不等消息被别的消息淹没，他提上一只保温杯，腰上挂了一大坨钥匙，"叮叮当当"一路响着，到县文联办的文学内刊编辑部去当考官。

双休日本来该好好休息一下，扈远秋也觉得自己缺睡眠。但他没时间，要想多一点时间，只能暂时牺牲一下双休日。扈远秋的主业是放贷款，业余时间被他分成三份，一份用来当作协主席，一份用来帮荒狗坪的人解决麻烦，一份用来给县文联办的内部文学刊物当编辑。他想弄点时间来当作家，多在余其年办的《百合花》上发点文章，只有辞去编辑职务。他去县文联诉了一阵苦，县文联主席同意了，但有个附加条件：让他帮忙物色一个兼职编辑。

第十五届《百合花》年度文学奖颁奖前，扈远秋在县报和会员群里发了个小广告，很郑重地替刊物承诺，如果应聘者真的是个文艺人才，可以考虑长期合作。周六一大早，他带着保温杯和那一大串钥匙穿过两条马路，爬上一面陡坡，去县刊编辑部当考官。

考官除了他，还有两个熟人。熟人已经在群里看见了他的"重磅喜讯"，提出让他请客。这是个麻烦。平时家里老婆管账，扈远秋手里没钱，手机钱包里也只有一百元零钱。扈远秋不好意思承认自己没钱，又不能直接拒绝熟人善意的玩笑，他把一张胖脸笑得像朵向日葵，找些理由来东拉西扯。在第一个应聘者进来之前，扈远秋一直在处理自己拒绝请客的麻烦。正当他感觉快要推不掉时，还好，工作人员带着第一个应聘者进来解救了他。

那是个上唇长有绒毛的年轻人，他进来自我介绍说他酷爱文学，长项是能熬夜，对其他问题一概报以羞涩的微笑。扈远秋觉得再问下去也没戏，他客气了几句，让工作人员把年轻人领走了。

第二个进来的是个退休教师，擅长古体诗写作，他不等扈远秋发问，反客为主，以攻为守，进门就训斥起办刊人不懂平仄。他掏出几本前几期的内刊，在上面指指点点，告诉扈远秋什么是《如梦令》，什么是《沁园春》。扈远秋试图证明自己是考官，应该由他发问，而不是他来回答问题。似乎对方不吃他这一套。有很长一段时间，扈远秋处于被训斥的位置。另外两个熟人大概很享受这个荒诞局面，一言不发，笑眯眯地看着扈远秋处理眼前的麻烦。

折腾了一上午，见了九个人，没一个合适的。扈远秋水喝多了，不停地跑厕所，等他从外面回来，人都走完了，只有他的空杯子还在办公桌上。他用左手握着空杯子，在空中甩来甩去，想象自己在扔手榴弹，右手则提起桌子上的座机，给文联主席打电话。文联主席是个小个子，会唱阳戏。其实他的主要特点不是个子小和唱阳戏，而是狡猾。他不亲自来当考官，就是知道找不到合适的人，才让扈远秋自己找。听说没找到合适的人，他嘻嘻哈哈蛮开心地说："远秋，你看，不是我不让你脱身，是你自己找不到接替的人哈。"

"我也尽力了。"

"关键是结果，总归是没找到人，下一步怎么办？"

"我只有再编几期，等找到人再说。"

"远秋，我就等你这句话，你是专家，交给别人我还不放心。"小个子在电话里笑得胃都痉挛了，他说，"远秋，过来，我请你吃酸菜鱼。"

"算了，"扈远秋说，"我还要回去处理一笔贷款。"

"那就改天，来日方长，合作愉快。"

扈远秋提着空保温杯，先到单位把事情处理好，回到家，发现老婆带着孩子去他岳父家了。他在冰箱里翻了一阵，才在茶几上找到几块饼干。他热了一杯牛奶，把饼干吃了，躺在凉床上，想睡上一觉，他觉得自己急需休息。

凉床是荒狗坪木匠和篾匠联袂打造的杰作，里面藏有机关，能收放自如。折起来是沙发，打开是凉床。刚从荒狗坪将凉床拉回县城时，扈远秋很卖力地表演给老婆看，将凉床一会儿打开，一会儿又合上。他老婆一脸不屑，告诉他商场里的凉床都是多功能的，比他手里的凉床精致多了。扈远秋不这样认为，他反复强调，这是荒狗坪木匠和篾匠搞的，对他们来说，属于超水平发挥，相当于一个做鞭炮的师傅做了一枚火箭。

躺在凉床上，扈远秋耳朵里全是噪音。他的房子紧邻县城主街，关上窗子也能听见汽车的咆哮声和流动小贩的喇叭声。扈远秋闭着眼睛，假设自己是个发明家，发明了一种能反射声音的窗帘。他顺着这个思路，一点点地往下滑，来到梦境边缘,一阵猛烈的拍门声又把他给惊醒了。

“哪个?”扈远秋语气生硬地说,“拍门的是哪个?”

“一个熟人。”

“我的熟人都在睡午觉。”

“侄,我听出你声音了,我,荒狗坪的郝万安。”

郝万安是荒狗坪的名人。他出名不是因为会写文章,而是他有两口鱼塘。鱼塘离郝万安家不远,出门左拐,走两百米,有一个小山湾。山湾顶部是他的两口鱼塘。郝万安的鱼塘里养有数千尾鲫鱼,巴掌大小,整整齐齐,很适合乡下办酒席。鲫鱼被卖到四面八方,郝万安的名气也传到了四面八方。

郝万安很高兴能顺利地找到扈远秋。他认为一个主席,肯定很忙,来一次不一定能见得上。他计划跑三次,没想到第一次就把扈远秋找到了。意外收获让郝万安兴奋过了头,他一进门就东拉西扯,毫无逻辑,令扈远秋应接不暇。扈远秋给郝万安倒了一杯开水说:“郝叔,别急,慢慢说。”

“找到你我就不急了。”

“为什么不打电话呢?”

“侄,这事太大了,”郝万安想喝水,发现太烫,赶紧把水吐掉,“嘘嘘”地吸了一阵气说,“非你亲自出面不可。”

“什么事?你说。”

郝万安终于平静下来,用衬衣的前襟扇了一阵风,开始说他的正事。由于郝万安的鱼塘位置不好,加上挖塘时欠缺考虑,鱼塘主要靠自然泄洪。每年发桃花水时,鱼塘都会翻一两次塘。郝万安鱼塘下面,是扈远秋远房幺叔扈永丞的玉米地。只要翻塘,一定会有不少鲫鱼跑进扈永丞的玉米地里。本来,过去相安无事,郝万安和扈永丞是邻居,关系融洽,等洪水过去后,郝万安提着鱼篓,到玉米地里把鱼捡回去,再给扈永丞一点补偿,事情就过去了。可不知为什么,今年忽然变了。

“怎么变了?”

“你幺叔说,鲫鱼是他玉米地里长出来的,他把鱼吃了,剩下的全部做成了鲊鱼。”

“玉米地里怎么可能长鲫鱼?”

“我也是这样说的。”

"他怎么说?"

"他说那请你证明一下,玉米地里为什么长不出鲫鱼。"

"这不是耍横吗?"

"是呀,"郝万安又激动起来,语无伦次地说,"侄,你在县城当主席,威信高,他只听你的,你想法让你幺叔玉米地里不要长鲫鱼。"

"好,你莫急,我给他打个电话。"

"侄,电话不得行,事情太大了,你务必回去一趟。"

送走郝万安,扈远秋去街上给岳父试了一双皮鞋。他的脚跟岳父的脚差不多大,试鞋的时候,露出了袜子后跟一个破洞。看见服务员掩口失笑,扈远秋有些不好意思。他忘了脚上的袜子有个洞。他老婆几次想借他的脚用一下,替她父亲买双皮鞋,扈远秋一直不得空。现在,他得表现主动一点,以便他老婆同意取消端午节外出旅游的计划,好让他回荒狗坪去解决玉米地里长鲫鱼的事。

他身上没钱,试好鞋,他直奔岳父家,让老婆来买鞋。扈远秋走拢就虚张声势地夸那双皮鞋。他的吹捧让老婆很受用,仿佛是他的吹嘘才让她的孝心有了光泽。不出所料,等他晚上开口说要回荒狗坪,老婆很痛快就答应了。他倒有些愧疚,像一个有良心的下套人。他觉得对不起老婆。他老婆倒是比他大度,说有疫情,最好不出去给大家添麻烦。

端午节天气晴朗,山冈上卧着几朵镶了金边的白云,虚幻而漂亮。扈远秋一早把车从县城开出来,想起自己是个文人,不能像个吝啬鬼那样只顾赶路,他把车停在一个山嘴上,对着宜人的初夏景色"啊"了几声,引来几个徒步的人对他侧目。荒狗坪离县城五十公里,一般耗时一个小时,那天扈远秋一路游山玩水,走走停停,到中午才到达荒狗坪。

他家老屋还没通公路,只有一条硬化村道。他把车停在公路边的一棵桐梓树下,沿村道步行回家。在路上,他遇到一只推着粪球的蜣螂,蜣螂倒立着黑得像木炭一样的身子,用后腿蹬着粪球,技术熟练,像个杂技演员,转眼就把粪球推进了草丛。

"你怎么一个人回来了?"他父母对他的出现既兴奋又遗憾,不断往他身后张望,仿佛孙子就跟在后面,"孙子呢?"

"他要补课,"扈远秋撒谎说,"我想家了。"

"你回来也好,"他母亲欢天喜地地拿出菜刀说,"我去割一块腊肉。"

“吃的不急。”

“吃的都不急，你急什么？”

“我先去看一下幺叔。”

“你去看看也好。”他父亲把叶子烟杆取下来在鞋底磕了磕。他父亲长着一张狐狸似的尖脸，面相谨慎。事实上，他为人处世格外小心。他平生最骄傲的不是扈远秋在县城当主席，而是他曾亲自坐过一回飞机，知道那个会飞的家伙上面能屙尿。他父亲慢慢磕完烟杆，继续说，“你都不知道，你幺叔家玉米地里长鲫鱼了。”

从扈远秋家去扈永丞家，要路过郝万安的房子。郝万安和扈永丞是邻居，两家中间只隔着一条一米宽的巷子。听到扈远秋的声音，郝万安知道他为什么来，假装没听见，闭门不出，只在窗帘后面露出一只眼睛，盯着事态的发展。

扈远秋进门时，扈永丞和他老婆都在家，他们很高兴端午节见到在县城当主席的远房侄儿，后者还给他们带了两瓶白酒作为礼物。扈远秋等他幺婶将两瓶白酒提进屋，才有一句没一句地跟扈永丞聊天。他像一只偷食晒席里谷物的鸟，假装在远处聒噪，眼睛却盯着晒席。他先引经据典地讲了一通大道理；接着，他讲了远亲不如近邻的寓言故事，重点讲那只被打死的猪猡；最后，扈远秋见他远房幺叔窘迫地反复摩挲头上那丛乱发，感觉火候到了，才直奔主题，说到郝万安鱼塘里的鲫鱼。

“侄，我只能这样说，我现在聋了，什么也没听见。”

“幺叔，连娃娃都知道拾金不昧，何况你捡的是邻居家的鱼呢？”

“话既然说到这个份儿上，多说几句也无妨。”

“我很想听听。”

“侄，我知道你在县城当主席，位高权重，不是我不给你面子，这事没得商量，我没捡别人家的鱼。”

“那你玉米地里的鱼哪儿来的？”

“我玉米地里长的。”

“幺叔，你真会开玩笑，玉米地里怎么可能长出鲫鱼？”

“侄，你见多识广，我问你，哪个规定玉米地里不能长鲫鱼？”

“那它过去为什么不长呢？”

“我也奇怪，玉米地好端端的，今年像发疯了一样，突然长鲫鱼了。”

端午节，扈远秋不在家过节，花了很长时间坐在扈永丞家里，跟他讨论鲫鱼的问题。本来，扈远秋是想跟他讨论怎么还郝万安的鲫鱼，没承想，扈永丞早有准备，给他挖了一个坑，让他一上来就跟自己讨论玉米地里到底能不能长鲫鱼。日头偏西时，扈远秋感觉自己很挫败：荒狗坪的人居然也可以不给他面子。

晚上躺在床上，荒狗坪像星空一般的安静让听惯了县城噪音的扈远秋很不适应。他在床上辗转反侧，一直在想扈永丞玉米地里长鲫鱼的事。到了子夜，整个荒狗坪终于落入了群蛙之手，它们在黑暗深处大声呼喊，兴奋莫名，像一群酒鬼在猜拳行令。想到酒鬼，扈远秋想到了他幺叔的软肋。扈永丞喜欢饮酒作乐，只要有人喊他喝一杯，即使千里迢迢他也要前去赴约。扈远秋决定请幺叔吃酒，等他吃饱了酒，可能就不认为自己的玉米地里会长鲫鱼了。

第二天，天空继续放晴，气温升高，空中有蝴蝶和蜻蜓乱飞。临近中午，扈远秋由两只白色的涨水蛾引路，走过郝万安家的院坝，去请他幺叔吃酒。扈永丞听说扈远秋来了，假装躺在床上生病，不出门见他。扈远秋的幺婶像个称职的传令兵，屋里屋外，跑进跑出，负责扈远秋和扈永丞之间的联络。扈远秋的幺婶说："侄，你幺叔说了，如果吃酒是为了说鲫鱼的事，他身上还是很痛。"

"不，不是说鲫鱼的事。"

"那你想说什么呢？"

"我写文章在省城得了个奖，"扈远秋早有准备，对答如流地说，"我想请幺叔去吃杯酒庆祝一下。"

"那我得去祝贺，"不等扈远秋的幺婶进屋传话，扈永丞边扣衣襟纽扣边迈出房门说，"侄儿得了奖，我拄着拐杖也要去吃一杯贺酒。"

酒过三巡，扈永丞脸颊绯红，神情变得欢乐。鼎罐下面的火燃得很欢，白色的灰烬顺着上升的热气飘起来，在空中左右摇晃。扈远秋又劝了几杯酒，他发现，扈永丞喜欢吃酒，但酒量不行，几杯酒下去，马上酒酣耳热，不用扈远秋旁敲侧击，扈永丞主动敞开心扉，与他侄儿共享藏在他心中的秘密。

"你知道我的玉米地里为什么能长鲫鱼吗？"

"不是因为郝叔鱼塘翻塘吗？"

"不，是因为我和郝万安房子中间的那条巷子。"

"那条巷子怎么了？"

"因为那条巷子，我玉米地里开始长鲫鱼了。"

借着酒劲，扈永丞开始说那条巷子。扈远秋记得，那条巷子一直都在，两家好端端的，也没闹过什么纠纷。通过扈永丞断断续续的讲述，扈远秋终于听明白了：去年年底，郝万安在外面打工的儿子回来修建新房时，扈永丞曾告诉过郝万安，把他们相邻的那条巷子留宽一点。那时扈永丞的大水牯还没卖，牛圈在屋后，他的水牛个子大，巷子窄了进出不方便。结果等他们修好新房，扈永丞发现，那条巷子还是很窄。从那时起，他的玉米地里就开始长鲫鱼了。

扈远秋很高兴找到了他们矛盾的症结，他像老中医摸到了病根，乘着酒劲开了一个药方。他的药方是张英让巷子的典故，扈远秋重三叠四地说，让他三尺又何妨？他的酒话重复太多了，引起了扈永丞的警觉。原来，侄儿请他来吃酒，还是想说鲫鱼的事。一个激灵，他肚子里的酒被吓醒了一大半。扈永丞借口回去消化一下侄儿招待的酒，没等散席，提前离开了。

午休时，扈远秋很高兴。他感觉自己摸到了一团乱麻的线头，解开是迟早的事。他心里想，如果郝万安能为巷子的事情道个歉，认个错，或许两家会和好如初。想到这里，扈远秋不想睡午觉了，他起床给郝万安打电话，让他来自己家。

"侄，"郝万安听了扈远秋让他道歉的要求，痛苦地说，"不是郝叔不给你面子，实在是你幺叔太占强啊。"

"这事怎么怪他呢？是你答应留一条宽巷子的哦。"

"我为什么答应了又不给他留宽巷子呢？"

"我也想知道呀。"

"不说了，我跟你幺叔当邻居太难了，他的麻烦事我一双手指头加上一双脚指头都数不过来。"

"你说一个。"

"好，我说一个，你知道我去鱼塘路边那几块石头长高了半尺吗？"

"郝叔，石头怎么会生长？"

"如果遇到贪心的人，石头就会生长，"郝万安义愤填膺地说，"侄，你幺叔假借铲杂草，一年挖一点土，一年挖一点土，他的地是变宽了，可路只剩下半边，原来埋在地里的石头也长高了半尺。以前我去鱼塘可以开三轮车，现在只能走路。我是答应过把巷子留宽一点，可你也不想想，你铲路的时候呢？"

扈远秋这时才发现，自己落进一个很大的麻烦里。他原以为，捡鱼还鱼，天经地义，矛盾不难解决。等他回来把事情的来龙去脉捋了一遍，居然从一个矛盾捋出另一个矛盾，又从另一个矛盾捋出下一个矛盾。这有点像鸡生蛋，蛋生鸡。荒狗坪给他出了一道考题，一点都没给他留面子。

夜里睡得不是很安稳，扈远秋做了很多不连贯的梦，他梦见了瀑布、悬崖和小路。令他困惑不解的是，半夜三更，他居然还梦见自己第三者插足，发生了一段风流韵事。天亮后，扈远秋十分庆幸自己只是在做梦，没真的在生活中欠下一段感情债。

吃过早饭，扈远秋准备回县城。临行前，他去村委会看阮时俊。阮时俊是县招商局的干部，参加了乡村振兴工作队，长驻荒狗坪。阮时俊属于县城比较受欢迎的男人之一，长得帅，身材好，为人和善。在招商局工作时，他比较注意形象，把头发梳得整整齐齐的。因为口齿伶俐，文笔好，扈远秋一度想把他发展成县作协会员。在村委会再见到阮时俊时，扈远秋大吃一惊。阮时俊身材倒是没变，不过黑黑的，像个下力人。头发也不服帖了，像被风翻开的鸡毛，很激动地乱成一团。阮时俊误以为扈远秋是来要求他写文章的，他说："你也太敬业了，可我现在不得空写文章。"

"你想多了，"扈远秋说，"我被一件事情难住了，想来讨教一下。"

"你那么聪明，有什么事能难住你？"

"事情倒是不大，"扈远秋把玉米地里长鲫鱼的事说了一遍，末了说，"我本来不想管了，可是乡里乡亲的，又不忍心。"

"你没发现他们两个像齿轮上的轮齿吗？"

"什么意思？"

"一个问题咬着一个问题，一个原因咬着一个原因，你如果刨根问底，会把上一代的麻烦都给翻出来。"

"也不能看着他们矛盾激化呀。"

"所以我们正在搞乡风建设，准备弄个村规民约。"

"你启发我了，"扈远秋说，"你搞你的村规民约，我来搞次采风。"

"什么意思？"

"就说有作家要来写不遵守村规民约的反面典型，一旦写进书里，祖宗八代都跟着丢人。"

"你这样搞行不行啊？"

"你放心，我是荒狗坪的人，出不了事。"

扈远秋回到县城后，荒狗坪就盛传扈主席要带人回来找反面典型。他父母不断打电话来，提醒他家丑不可外扬。扈永丞和郝万安都很担心，如果把荒狗坪的丑事传到外国去了，怕是没得脸面去镇上赶场吃酒。

玉米刚扬花，扈远秋就带着一群男女来到荒狗坪。他们戴着渔夫帽或者遮阳帽，戴着遮住半个脸的墨镜，挎着照相机东游西逛，一看就是一些不好惹的角色。扈远秋把余其年也请来了。余其年腆着大肚子，像个领导，他的省城口音让荒狗坪的人确信，这次来的真有大家伙。大家表现得很礼貌，也很热情，很乐意向大家介绍荒狗坪的变化、自己在种养殖业方面的发展。扈永丞没什么好介绍的，他就向大家吹嘘自己胆子很大，他说他能在伸手不见五指的黑夜里飞奔。人们晓得他是在吹牛。扈永丞没骑过马，却长着两条罗圈腿，明眼人一看就知道，那两条腿不可能在黑夜里飞奔。

扈远秋从阮时俊那里听说，扈永丞和郝万安担心自己成为不遵守村规民约的反面典型，在采风的人到荒狗坪之前，已经和好如初了。扈远秋等扈永丞把牛吹完，将他拉到一边悄声说："幺叔，听说你的玉米地里不长鲫鱼了？"

"玉米地里自然长玉米，哪能长鲫鱼。"

"以前不是能长鲫鱼吗？"

"侄，我也想当个好人，年底像你一样得个奖。"

"我和你幺叔说好了，"跟过来的郝万安接话说，"以后如果鱼塘翻塘淹了他的地，我请他吃鱼。"

"以前那些搞嘴事情呢？"

"像天上的云一样，跟着风飘过去了。"

【作者简介】第代着冬，男，1963年生，中国作家协会会员，重庆武隆人。1983年开始发表作品，作品被《小说选刊》《中华文学选刊》《新华文摘》《小说月报》《长江文艺·好小说》等刊物转载；入选《中国年度短篇小说》《21世纪年度小说选》《中国当代文学经典必读》《中国短篇小说100家》等选本及教辅读物。曾获《中国作家》年度优秀短篇小说奖、《民族文学》年度优秀短篇小说奖等文学奖。

印象城

曹军庆

一

那男子刚从地铁站由自动扶梯从地下升出地面，身穿灰色夹克，秃顶，举着手机。他嘴唇没嚅动，显然不是在打电话，一定在听着什么，仿佛退休老头儿举着袖珍调频收音机听新闻、听时事、听戏曲。从前的老头儿都这样，边走路边听收音机，眼下都听手机、听音乐、听书。邱凤仪老远就看见他了，他个子高，大眼睛，又像是从地下冒出来的，一眼就看到了，他一脸严肃，步子缓慢，正朝这边走来。

这里是和平公园大门口，马路对面有座商业楼，叫印象城，印象城后面的小区叫和平印象。外面人来这里，都把印象城跟和平公园当作地标，比如一个人跟另一个人说“去印象城吧”，或者“待会儿在和平公园门口见”，说的人听的人都知道是哪里，谁也不会弄错。和平印象也好，印象城也好，都被统称为印象城，住在小区里的人，少数是城里的老居民，多数是和平钢厂的退休职工。至于和平公园，有人走进去玩，也有人就在门口玩，这是因为和平公园门口有块足球场般大小的平台。这一块平整的场地跟马路隔开了，地势也高，走上来还要踏上十几级台阶，到这里能直通公园内部。此地繁华，交通也便利，5号地铁线刚刚开通，地铁站在和平公园左边，有两个出口，一个AC出口，另一个BD出口，AC出口在马路对面，正在印象城下方,BD出口在公园这一侧。

邱凤仪看到那个举着手机的男子,正是从BD出口走过来的。

上午十点,公园门口场地上开始聚集起很多人,全是老人,男女都有,他们聚集在这儿跳舞。跳舞的人组成集市——混乱嘈杂的舞蹈集市,没有组织者,谁爱来谁来,谁爱走谁走,来来去去、进进出出的人都是舞者。我们见过花卉集市,见过植树节来临时的树苗集市,也见过跳蚤集市,那些来集市赶集的人都带着售卖的物品,来这里跳舞的人却不出售什么,没有买卖,只有跳舞,但热闹程度一样,真像到了集市一般人头攒动。在一团乱麻似的混乱中,形成了若干个小圈子,人们各自带着音箱,放着不同的音乐,有维吾尔族音乐、藏族音乐、傣族音乐、朝鲜族音乐,还有其他民族音乐和西洋音乐。与这些音乐相匹配的是异彩纷呈的民族服装,舞者们脱下外套,穿戴上少数民族服饰:帽子、围巾,甚至叮当作响的银饰。四周凌乱摆放着挎包、背包。他们大都是从前的工人,很多人是和平钢厂的退休职工。和平钢厂曾经是这座城市最大的工厂,有几万名工人。他们还化妆,为了赴舞蹈集市,女人化妆,男人也化妆。女人脸蛋儿搽上胭脂,嘴唇上涂抹口红,把花白的头发染黑,梳向一边。男人在腰间束上一根带子,多为红色,也有绿色,腰板一下子就挺起来了——不能塌着腰,一旦塌腰,很明显就跟装束不搭,皮带紧紧勒着,可以让肚子变小一些,头皮油光发亮。

女人们都有固定舞伴,邱凤仪以前的舞伴叫袁从良,他们跳朝鲜舞。跳过一段时间,袁从良又跟另外一个女人配了对,那女人叫何丽琴,一直是邱凤仪的闺密。

邱凤仪没了舞伴,很屈辱,也很愤怒。这么多人一块儿跳舞,天长日久,跳着跳着,内心里其实都有一杆秤,都有一较高下的心理,都在比着谁跳得更好。本来邱凤仪认为何丽琴比她跳得差,但是现在,何丽琴居然抢走了她的舞伴。在跳舞的人当中,男人明显比女人少,所以他们才可以在女人中做选择,邱凤仪也因此瞧不起袁从良。

自此邱凤仪一个人跳独舞,很想再有个舞伴,昨晚袁从良给她发来微信:邱凤仪,明天我再和你跳行吗?邱凤仪拒绝了他,然后直接在微信里将他拉黑,她想:好马不吃回头草,袁从良,你以为你是谁呀。

今天早上又见面了,袁从良黑着脸,跟何丽琴跳得更起劲,边跳边耳语,邱凤仪仍然跳着独舞。也就在这个时候,她看见那个男子举着手机,从地铁站出口往这边走来，他穿着灰色夹克，一脸严肃，身材高大。

那男子走过来，就像来到了混乱的集市，各种音响，不同的人跳着不同的舞蹈，相互干扰又相互不干扰，好像每个人只能听到自己的音乐，也只跳着自己的舞蹈。他很惊奇地看着眼前这些人，可能是噪音影响到他听手机，他把手机从耳边拿开，握在手中，若有所思地看着大家，在旁边台阶上坐下来。

邱凤仪走到那男子身边问："你会跳舞吗？"

他说："我不会。"

"那么，"邱凤仪说，"如果你愿意，我可以教你。"

那男子很奇怪地看了邱凤仪一眼，问："你为什么要教我？我又为什么要学跳舞呢？"

邱凤仪说："你的身材很适合跳舞。"

那男子笑着说："什么样的身材适合跳舞？"

"应该就是你这样的。"

"可是，"那男子突然说，"这些男人为什么要粘上假睫毛？"邱凤仪转过身去，看了看那些跳舞的男人。"还有，他们为什么要搽胭脂？他们为什么要涂口红？"

原本似乎很正常的事情，听了那男子这么一问，邱凤仪顿时也感到奇怪，身上还莫名其妙地起了层寒意。是啊，他们为什么要这么做，大家原来都一样，都是无所事事的老人，化妆是不是想拼命抓住些什么呢？确实可笑。跟他们比，那男子要真实得多。邱凤仪转过头来，发现他已经离开，正往和平公园里面走去，背影快进入公园大门了，他重新把手机举起来，但他显然不是在打电话，而是在听着什么。

快到中午，大家陆陆续续准备回家了，他们从音乐中退出来，从民族服装和那些雕饰中退出来，被重新打回生活原形，好多人要回家做家务，买菜做饭。何丽琴这时凑过来跟邱凤仪说话，一副巴结的嘴脸，她说："你认识那男人吗？"

邱凤仪没理她，何丽琴把袁从良从她这里抢走了，他们两个人正在练习新疆舞，很有可能从舞者中脱颖而出，并有望成为他们公认的"明星"。

"那男人是流浪汉。"虽然邱凤仪没理她，她还是补了这么一句。

退休前他们都是工人，那个时候邱凤仪和他们还是同事，何丽琴热爱文艺，喜欢舞蹈，爱看《红色娘子军》，袁从良喜欢足球。邱凤仪曾经听说袁从良是个胆怯的男人，热衷于告密，打小报告，搬弄是非。他向领导告密，哪些同事犯了什么过错，偷了什么东西，出工不出力。同时他还向一些同事配偶告密，告发他们的配偶和谁谁有什么不三不四的事情。所有这些都只是传说，不知为什么邱凤仪现在都记起来了。她不明白，为什么一开始会选择袁从良做舞伴，当时为什么忽略了他品行上的诸多污点。想来何丽琴把他抢走，难道不是一件很幸运的事情吗？即使他舞跳得再好，也是那样一个人，此时想起袁从良的往事，可能的原因是刚才那个男子给了她某种提示、某种提醒，他往这里一站，从这里走过，就是一种对比。但是何丽琴说他是流浪汉，她不屑于回答何丽琴，难道我们所有的生活只为跳舞，我们要一直活在化了妆的面具后面吗？

邱凤仪提前离开了，她必须赶快回家，早上出门，她用两只紫砂锅炖了两个汤。一个排骨莲藕汤，一个山药鸽子汤。刚进家门，她就闻到了浓郁的香味。她卸了妆，暗想明天跳舞再不化妆了，可是，那个萍水相逢的男子随便说了一句话，她真就不化妆了吗？卸完妆，站在镜子前看着自己，她发现自己确实老了，同时她也看见了马文浩。

马文浩就在她肩头上方，也正从镜子里对视着她，那是她丈夫。“你比我年轻。”她对着镜子里的马文浩说，“你永远都比我年轻。”转过头来，马文浩的照片就挂在镜子对面的墙上，她在卧室里挂着马文浩的照片，在洗手间也挂着马文浩的照片。卧室里一躺到床上就能看到他，洗手间一照镜子就能看到他。马文浩看上去十分英武，嘴角露着讥讽的微笑。

邱凤仪给马小雪打电话，让她过来吃饭：“汤炖好了。”

马小雪好半天才接电话，懒洋洋地说：“我不想过去，我不想动。”

“你为什么不想动？”

“我就是不想动。”

“好吧，那我送过去。”邱凤仪说着，把汤分装在两只保温桶里。她自己会开车，但因为拎着汤不太方便，她决定打车过去。邱凤仪住在和平印象，马小雪住在另外一个小区，之间的距离也就公交车两站地的路程。

二

她运气好，刚一招手就有的士停在身边。司机看着像是凶残的歹徒，就像这辆车不是他的，而是抢来的一样。他开得很快，像是跟谁赌气，或是准备快速逃逸。他抢红灯，奇怪的是一次也没闯红灯。外表会迷惑人，虽然司机看上去凶残，但也说不定是个很和善的人、很温和的人。但是她不敢多跟他说话，她心里在想着马小雪的事：马小雪怎么了？她知道自己女儿，她当然知道，马小雪是个很坚强的女孩，活泼开朗，活蹦乱跳，怎么突然间就说不舒服呢？

昨天晚上到十一点了，马小雪给邱凤仪打电话。她已睡着了，被电话铃声惊醒。她没开灯，见是马小雪，赶紧接听。

马小雪调皮地说："妈，你没被吓着吧？"

邱凤仪恨恨地说："你还说没吓着，就是吓着了，你有什么事？"

"没事就不能给你打电话吗？"

邱凤仪悬着的那颗心放下来了："当然可以打，什么时候都可以给妈打电话。"

"我就想跟你聊聊天，在夜深人静的时候，跟妈聊聊天。"

"好啊。"邱凤仪已经不记得，她们母女有多长时间没有在深夜里聊过天了。马文浩就在卧室墙上，在那里看着她们，看着她们母女聊天，她们说了好长时间的话。

马小雪一有机会就调侃邱凤仪，她说："你和那个叔叔，那个叔叔叫什么名字呢，对了，好像叫袁从良，你和他会有结果吗？"

"有什么结果？"邱凤仪说，"我们已经分开了。"

"你说的分开是什么意思？"

"我说的分开是我们不在一起跳舞了。"

"除了跳舞，你们以前还有别的事吗？"

"没有，从来没有别的事。"

马小雪一直在怂恿妈妈，希望邱凤仪有个伴，一个真正的伴。她撮合母亲，可是她又是爱自己父亲的，邱凤仪比谁都知道，女儿爱她爸爸。马文浩退休后，组建了一支暴走团，他是江滩暴走团的首创者，穿橙色服装，在他之后又出现了紫色暴走团、红色暴走团、蓝色暴走团等等好几个。晚上七点到九点，他们在江滩、江边暴走两小时，统一着装天天坚持。团员们排成两列纵队，最前面的人举着橙色旗帜，旁边有人放着音乐。那之前，马文浩跟邱凤仪说过："我们都找点事做吧。"

他找到的事是暴走，邱凤仪找到的事是跳舞。此时，她看着黑暗中的马文浩，他仍然在墙上，他们相互看不见。她告诉他，现在江滩上活跃着好多暴走团。在橙色暴走团之后，其他的暴走团都是马文浩的追随者、模仿者。邱凤仪对马小雪说："就算你要给妈妈找个人，也不能总提袁叔叔啊，他是个软男人。"

"哈哈哈，"马小雪笑起来了，"软男人是什么意思？"

"就是软弱，从来不是个男人，哪像你爸爸。"

"你这么说我就懂了。"母女俩一直聊着，差不多聊到凌晨一点。这时，马小雪跟邱凤仪说："妈，我有点不舒服，你明天给我炖点汤好吗？"

"不舒服是什么意思？你生病了吗？"

"没有没有，我没生病，就是有点累，有点疲惫，想喝妈妈亲手炖的汤。"

"好吧，我明天给你炖，一次给你炖两个汤。"

马小雪住着两室一厅的房子，一个人住，不大也不小。她在附近一所大学教书，平时忙，请了个钟点工，每周两次打扫卫生，如果需要的话，还可以请做卫生的阿姨做饭。她平时吃食堂比较多，有时也吃外卖，母女俩住着两套房子，相距不远，但平时很少来往。马小雪嬉笑着说："妈，我们各自保留自己的空间。"她们可以搬到一起住，但是谁也没这个打算。马小雪是独生女，她跟邱凤仪打趣，要妈妈找个人，可其实邱凤仪更希望女儿能找个人再婚，却从来不敢跟马小雪打趣，她不敢触碰这个。马小雪有过一段短暂的婚姻，不到两年就离婚了。

邱凤仪有马小雪家的房门钥匙，马小雪也有她的，她不用敲门就进屋了。马小雪没一点不舒服的迹象，满面笑容，早用电饭煲蒸了米饭，还炒了一碟青菜，饭菜都搁在桌上，她说："就等着你的汤呢。"

邱凤仪见状，问："你不是说不舒服吗？我还以为你病了呢。"

"没有，我哪那么容易生病。"

马小雪过着很精致的生活，她给母亲倒了杯红酒，是很好的外国名酒，还是公孙城当初留下来的。

"怎么，还喝酒吗？"

"你喝点。"

"你喝吗？"

"我不喝。"

"为什么你不喝？"

"我看着你喝。"

母女相对而坐，马小雪喝汤，邱凤仪喝红酒，她说："刚才那个出租车司机脸色好难看，简直像个劫匪。”

马小雪笑了一下，说：“你说得那么夸张，哪有什么劫匪，酒的味道还好吧？”

“挺好的，你要不要也来一口？”

“我不喝。”马小雪仍然笑着。

“公孙城和你有联系吗？”

“没有，我们从不联系，但是我知道他的消息。”她和公孙城离婚已经五年了，五年时间，公孙城现在有了两个孩子，听说他还准备生第三胎。

邱凤仪不愿意听到这些，她从来都认为这个女婿无可挑剔，她把他们的离婚看作一场真正的悲剧。对于离婚后的公孙城，她既希望他能有好结果，然而，她又不愿意他有好结果。公孙城出生于一个低调秘密的显赫家族，但家族人丁不兴旺，从公孙城往上数，三代单传。他和马小雪由相遇到相爱，简直是一则完美的童话。那是一段天真烂漫的时期，他们在欧洲和日本度假，在一起阅读诗歌。两人都受过很好的教育，有时候用英语交流，这是他们生活当中的某种点缀，他们想要的生活异于常人。常常在马小雪说话的时候，公孙城坐在一边，呆呆地崇拜地看着他的女孩，但是婚姻只维持了两年半时间。两年半后，他们和平友好地分手了。那时候马文浩还活着，他和邱凤仪一样吃惊不小，不知道发生了什么，后来他们才知道原因。

公孙城是个说一不二的男人，尤其在结婚后，两人的生活基本是由命令和服从构成的，这些都是马小雪告诉他们的。公孙城处于支配地位，从来都是发出命令的那一方，而马小雪则处于服从的位置。恋爱时，公孙城从没露出过凡事下命令的那一面，马小雪也没想到，自己居然是个特别愿意服从的人，婚后出现了一种马小雪从没想过的局面，但却非常和谐。公孙城乐于命令，马小雪乐于服从，无论大事小事，都是公孙城说了算。公孙城说，看电影吧，他们就去看电影；公孙城说，游泳吧，他们就去游泳；公孙城说，我想做爱，她就跟他做。他的意志变成了马小雪的意志，马小雪没有觉得这有什么不好，她很舒服，在舒适中渐渐放弃自我。她放弃自我意志，放弃自我爱好，一切听从公孙城安排，而公孙城的安排，事实上从来都是那么尽善尽美，他是一个完美丈夫，也是一个完美情人。他的安排总是那么令人满意，那么周到，马小雪愿意就此度过一生，那可能是她最想要的结果。公孙城家里特别有钱，马小雪都不知道到底有多少钱，也不知道那些钱的来源，她只知道，丈夫公孙城是独生子；公孙城的父亲，也是爷爷的独生子。有一天，公孙城在马小雪耳边轻声说:"我们永远不必为金钱发愁。"

但公孙城绝不是浪荡子,他勤勉、节俭,他的身份是某科研所里的研究人员,他对自己的职业讳莫如深。如果愿意,他可以从事另外的行业,比如做行政工作。他也可以做个官员,至于能做多大,谁也不知道。但是他放弃了,他不愿意做行政上的事务,更愿意做研究,至于他到底在研究什么,他从来也不曾告诉过马小雪。

邱凤仪喝着酒,看着女儿大口大口喝汤,她好像一点也不害怕长胖。可是以前她害怕长胖,在吃上面很节制,可能发生了什么。她又提起了从前经常说到的话题,她说:"我一直觉得奇怪,到现在也不了解公孙城的家庭背景,不知道他的来历。"

"他真正的来历到底是什么呢? "

"我也不了解,"马小雪说,"只知道公孙家根基很深,应该不是一代两代人的事情,好几代以前,不知从哪一辈祖先开始,公孙家的人就开始有了广阔的盘根错节的各种关系。要把这些关系理清楚,几乎是不可能的,从祖先那时候开始布局,一代一代经营,到现在公孙家总能得到各种意想不到的机遇,如有神助。即使在不同时代里,他们公孙家也是要风得风,要雨得雨。公孙城自己也不知原因何在,只知道他们家要办任何事情都易如反掌,这近乎是个奇迹。"

"但也不能排除另一种可能,那就是公孙城故弄玄虚,他们家的财富很可能来历不明,不光彩,甚至可能还有另外不为人知的黑暗背景,然后他故意把水搅浑。"

"可是他为什么要这样做?"马小雪说,"我们早就切割完了,离婚五年我们已形同陌路。"

"他不是还给你留了一大笔钱吗,如果哪天有风吹草动,如果他家被追查,会不会顺着某条线索,就查到你这里来了呢? "

马小雪扔下汤勺,她不明白母亲为什么说这种话。"他是给我留下了一笔钱,可是会有什么风吹草动? 有谁来追查他? 他们的钱到底有什么问题? "即使在他们离婚的时候,公孙城也是爱着马小雪的,这一点确凿无疑,他爱她,甚至还比从前更爱她,但是他必须离婚,所以他给马小雪留下一笔钱。

他告诉马小雪:"我不能让你跟我离婚后过次等生活。"

"次等生活是怎样的生活? "

"我是指金钱的原因," 公孙城当时流着眼泪, 他说,"我不能让你因为没有钱，只能过次等生活。”接着，他又送了一笔钱给邱凤仪和马文浩，他对他们说：“这笔钱就算是小雪给你们的养老钱。”这笔钱在邱凤仪看来可真的不少，她和马文浩都是工人，退休金十分有限，钱对他们来说极其重要。公孙城还请求他们不要把这件事情告诉马小雪。“这是我的个人行为，”他说，“也是我的个人请求。”

事实上邱凤仪在马文浩去世之后，还是把这事告诉了马小雪，马小雪起初沉默不语，好半天才犹豫着说：“金钱到底意味着什么？”

“我不知道，”邱凤仪说，“但是它让我和你爸解除了后顾之忧，我们在退休后真正过上了我们自己想要的生活。”

马小雪的脸色突然变得凄惨：“那才是他想要的结果。”

“那么，”邱凤仪问道，“你的意思是公孙城马上就有第三个孩子了，是吧？”

“应该是的，我也是听说的。”

“他最重要的事情，就是多生几个孩子。”

“这也是我们离婚的原因，他需要打破家族魔咒，多添男丁，但是我已经把他从心里抹掉了。”

三

覃国安怎么看都不像乡下人，毕竟他在武汉待了四十年，但他怎么也没想到酒店在这一天把他辞退了。在覃国安打工生涯的后十几年里，生活比他刚来武汉时更艰难。他四处漂泊，找零活儿干，干得长的能有几个月时间，干得短的只有几天时间，有时候一天找一件事做，有时候好多天找不到事做。五年前，他在汉口北打工时认识的老板，把他介绍到一家酒店，一家五星级酒店，他在那里做水管工，工资不高，但环境好，至少可以有个落脚点了。晚上住集体宿舍，在地下室，覃国安想过，这里大概是他此生最后工作的地方，他愿意一直干下去。可是这天，酒店人事处的人把他叫去，告诉他，酒店不得不辞退他，因为他身份证上的年龄已经到了六十岁，酒店不能聘用六十岁以上的人，否则违反公司规定。当年登记身份证，他莫名其妙少登记了一岁，事实上他今年已经六十一岁了，而不是六十岁，可是水电工这一行他还干得动，他身体素质好，完全可以干下去。于是他说：“我可以继续干。”

人事处的人说：“我们知道你身体好，能干下去，也愿意聘用你，可是有公司规定。”人事处的人指着电脑屏幕说:“大数据有显示,这是你的身份证,不能再聘用你了,一天也不行。”

覃国安失业了,被这家五星级酒店很客气地劝退了,他没地方可去。儿子的家虽在武汉,他不愿意去那里,他发过誓,打死他也不会再去覃世涛那里,尽管那所房子就是他买的,可他就是不去。覃国安想,这么大的武汉,我能去哪里?他坐上地铁,这座城市的地铁真是四通八达呀,平时他经常坐地铁,以前他有目的地,可现在他坐在地铁里毫无目的,不知道自己能去哪里。他无聊地坐在地铁车厢里面,一条线坐到终点站,又转到另一条线,又坐到终点站。他在地铁里转悠了五个小时,后来才到五号线,车厢内有时人多,有时人少,不是太嘈杂。他看到过很多地铁故事,这些故事都是在抖音上看到的,他在地铁上一次也没遇到。覃国安好生无聊,打开手机开始听书。他年轻时有读书的爱好,后来为生活所迫,漂泊辛劳,读书这些念头,渐渐也就断了。在酒店做了水电工,因为不住家里,住在酒店相对清闲,覃国安又有时间读书了。他平常跟工友下棋,打扑克,但他更喜欢读书,又不愿花钱买书,所以就想能不能在手机上听书,可怎么听,听什么书呢?他给覃国建打电话,堂兄弟俩在电话里寒暄了一阵子。

覃国建说:“哥你好长时间不给我打电话了。”

覃国安说:“我怕你忙啊。”

“有事吗?”覃国建问。

“没事,”覃国安磨磨叽叽地说,“我现在有点空闲了,人老了,想在手机上听听书,就想问你,听什么书好?”

覃国建笑着说:“你呀,在手机上下载‘喜马拉雅’就可以听了。”

“这个下了,听什么书好呢?里面书太多了,不好选择。”

“我知道你小时候喜欢看书,喜欢看小说,跟我现在不一样,我喜欢政治方面的书籍,估计你不一定听得进去,那么听什么呢?”覃国建想了一会儿说,“你就听《堂·吉诃德》吧。”

“什么?你再说一遍。”覃国安说,“我没听清楚。”

覃国建说:“你听清楚了也不一定明白,我待会儿写给你,你按我写的名字在手机上搜索。”

收到覃国建发来的信息,原来是本外国书,覃国安想:我一个乡下人,农民工,怎么还能听外国书?可又一想,听就听吧。刚开始听,整个人都蒙了,那名字是人的名字吗?那么长,还有地名,也那么长,那么长的地名有时候还和那么长的人名连在一起,比如什么什么地方的谁谁谁,听得覃国安脑子发晕。他听不下去,心想:怎么还有这种书啊?他咬着牙又听了几次,渐渐地居然听出味道来了,那就不管人名吧,也不管地名,单就故事来讲,还真是很搞笑,还真是很有意思。听完这本书,覃国安被迷住了,又听了第二遍,现在他在听第三遍。覃国安不用耳机,举着手机使用外放功能听,从远处看他举着手机的样子,就像是举着袖珍收音机。他把手机贴在耳边,在地铁车厢里,有时候听得很清楚,有时候听得很模糊。五号线是新开通的地铁线,以前没来过,天应该快黑了,手机显示的时间是晚上七点多钟。他肚子饿了,随便在一个站下了车,来到街上,路灯五光十色。他在一家小店里吃了碗襄阳牛肉面。这个晚上,他没地方可去,不能回到覃世涛那里;他也不想见到老婆,老婆甘秀枝太卑贱了。他甚至都没有通知他们,到现在都没告诉家里人,他已经被就职的酒店赶出来了。他来到江滩,站在江边,看着黝黑的江水。他手上还有点儿钱,手机微信也可以支付,虽不多,但还有点儿,可他不愿住酒店,不愿花冤枉钱,心想:随便在哪里找个地方过夜吧,像流浪汉,像乞讨的人那样露宿街头吧。打定主意,覃国安重又回到地铁站,他决定就在这里过夜。他和衣而卧,在地铁站角落,倚着墙根对付了一夜。他继续听书,手机断电了,他拿出准备好的充电宝,又给手机充上电。把手机关机一会儿,他去了两次洗手间,一次是小便,另一次是洗漱,他是个讲卫生的人,即使睡在地上,也要把自己洗漱干净。

凌晨,覃国安有些头昏脑涨,可能是没睡好的缘故。他拍打着脑门儿,已经有旅客来挤地铁了,人流不断。覃国安出了地铁,从地下来到地面,阳光让他眯起眼睛,接下来这一天怎么消磨? 他又打开手机,举在耳边,听《堂·吉诃德》,那可怜、可爱,又是多么勇敢的老头儿啊!覃国安漫无目的地往前走,他看到了一座公园,大石头上写着“和平公园”几个大字。公园门口有很多人跳舞,男男女女,穿着花花绿绿像舞台表演服一样的服装。在外面跳舞的人,特别是跳广场舞的人,覃国安见得多了,可是像他们这样穿着表演服装,还都化着很浓的妆的人,他还很少见到。那些人都是工人,做什么事情都讲究气势,讲究场面,讲究先声夺人。覃国安并不了解他们的底细,他站在那里,好奇地看着他们。

邱凤仪老远就看到他从地铁站往这边走来,他身上有某种东西吸引着她。他不是我们这样的人,他是另外的某种人。邱凤仪后来还会想,他身上隐藏着某种让女人心疼的那种东西,他可能过得很不好、很潦倒,至少他遇到了什么不好的事情，这很明显，但他不会让你瞧不起他，相反，所谓过得不好，还会让你心疼他。她主动搭讪覃国安，她说：“我还以为你举着收音机。”

“不是收音机，”覃国安说，“是手机。”

这时她还看到，他背上背着双肩包，因为他肩宽，从正面看不到他背后背着包。覃国安被酒店辞退了，他不多的随身物品都收在这只包里。她听到覃国安说话的声音里夹杂着外地口音，便问他：“你刚来到我们这座城市吗？”

“我一直在你们这座城市里，我在这儿已经四十年了。”

“那么，你会跳舞吗？”

“我不会。”

“如果你愿意，我可以教你。”

“我不跳舞，可是你们为什么要化妆？那些男人也化妆，太奇怪了。你们又不登台，又不演出，就是自己跳着玩，为什么要化妆呢？”

四

覃国安也不知道自己为什么要说这些话，说完他就转身走掉了。他从大门走进和平公园，公园里人不是太多，没门口那么热闹。手机里的声音听得很清晰，堂·吉诃德正向理发师发起挑战，他把理发师的洗脸盆抢过来做头盔。每次听到这里，覃国安都会忍俊不禁。此时，在和平公园，覃国安也想做一件这样的事情，像堂·吉诃德那样荒唐，他甚至想抢劫，不是做英雄，就是做罪犯。天哪，我一生奉公守法，一生做好人，到头来又怎样呢？想到这里，覃国安突然想大哭一场，就在这阳光下面，双手捂着脸，呜呜地大哭一场。可是他哭不出来，他感到饥饿，这才记起自己还不曾吃过早饭呢。

有人跑步，也是个老头儿，正从对面向他迎面跑来，他看上去很结实，个头矮小，呼哧呼哧喘着粗气，满头大汗。覃国安想跟老头儿发生冲突，他像是无意间撞上老头儿，那老头儿很灵巧地躲闪开了。覃国安又在路中间移动着，再一次堵着他，老头儿又躲开了。覃国安又堵，老头儿便转过身往回跑，覃国安本想跟老头儿打一架，或者激怒他，让他把自己打一顿。可是就连这样的目的也达不到，人家压根儿不把他放在眼里，压根儿不理他。

还有人在水边钓鱼，覃国安坐在地上，往水里扔石头，正好扔在漂着浮标的地方。钓鱼的人转头看他，见他脸上挂着恶意，明显在找碴儿。钓鱼的人没说话，收起渔竿，到另一个地方钓去了，覃国安好生没趣。

快中午了，他才从公园出来，随意在街边找了个廉价小餐馆。早餐中餐一起吃吧，他想把自己灌醉，他想大醉一场。才十一点多钟，餐馆老板在看电视，他长着很尖很尖的下巴，正在看一个很奇怪的电视频道，好像是讲彩票的。覃国安瞥了一眼，他看到老板很紧张地拿着一张纸片，正对照着看纸片上写的数字，并竖起耳朵倾听。

"给我来盘回锅肉，再来一杯散装酒。"老板没理他。

"你在干什么？"他走过去看着老板，老板慌忙捂住手上的东西。覃国安这才看清楚，在纸片下面还有几张彩票，彩票是机器打印出来的。他紧张什么？是不是他马上就要中奖，得到一笔巨款？电视里有很多小球在滚动，主持人的声音很有磁性，极具诱惑力。那种装置就像实验室里的，一只小球被挑中，然后沿着管道缓缓移动，小球上面有醒目的数字，老板一直没理覃国安。

"你不想做生意吗？"覃国安又问道，老板还是不理他。

这时电视节目结束了，老板狠狠抽了自己一耳光，他用右手打自己右脸，接着又用左手打自己左脸，啪啪，他一共打了自己两记耳光，非常响亮。"他妈的，他妈的，又只错了一个数字，就只错了一个数字啊，最后一个数字是三，可是我他妈的选了二，三跟二隔得多近啊！"他激动地收拾着纸片和那几张彩票，仔细放在钱夹里面。他嘟哝着说："我早晚会中奖的，早晚！就差那么一点点，就像考试一样，我离录取分数线就只差那么一两分。"

覃国安把双肩包卸下来，放在椅子上，拿出充电器给手机充电。老板像是从大梦中醒过来了，腼腆地望着覃国安说："不好意思，你点什么菜？"

"给我来盘回锅肉，再来一杯散装白酒。"

"好嘞。"

老板嘴里念着神秘数字，进厨房炒菜去了。回锅肉很快被端上桌子，味道不错，价格也还算便宜。覃国安在这个小酒馆消磨了整整一下午，他喝完一杯散装白酒，又要了一杯，这一下午，他一共喝了五杯酒，老板又给他上了一盘回锅肉。这是个小店，只有一间门面，中午先后有四拨客人进来吃饭，吃完饭都匆匆走了，只有覃国安还留在这里。他喝了酒话多，想跟人说话。

他跟老板说："我和你一样。"

老板说:“你和我什么一样。”

“你买彩票的运气和我高考的运气一样,就差那么几分,或者就差那么一点儿。”

老板不想和他谈这个。“彩票的事情太神秘了,有些事情不能说破。”他说,“喝你的酒吧,我不想说。”

店里就老板一个人,他既是老板,又是厨师,还是伙计,其他客人都走光了,就剩覃国安一人了。

老板说:“你慢慢喝,我睡会儿。”他把两张饭桌归并在一起,在角落里把一张躺椅支开,就在店里躺下来,很快就发出呼噜呼噜的鼾声。看来老板有理想,梦想彩票中奖,只要中奖就能暴富。他的这个理想就像是要把一块石头扔到月亮上去那么困难。覃国安一边喝酒,一边看着熟睡中的老板,不禁对他心生怜悯,但是又想:我有什么资格怜悯他? 谁又来怜悯我?

店里又走进一个人,他不是走进来的,是闯进来的,这个粗壮汉子已喝得酩酊大醉。他摇晃着,一屁股坐在覃国安对面,指着覃国安大声说道:“我刚才是在这里喝酒的吗? ”

“不是,”覃国安解释说,“你刚才没在这里喝酒。”

“那我是在哪里喝的酒? ”

“不知道,你可能在另一个酒店喝的。”

醉汉皱着眉头说:“我怎么觉得你很可疑,我怀疑你身上藏着刀子。”

“我没有刀子。”

“那么我怀疑你腰上绑着炸药。”

“我也没有炸药。”

“你长得很像恐怖分子。”那醉汉继续说道。

“我不是恐怖分子。”

“你不用狡辩,我要将你绳之以法。就现在,我要逮捕你。”

覃国安这时候已经喝完了三杯酒,也有几分醉意,说:“你怎么逮捕我? 你没有手枪,也没有手铐,你拿什么逮捕我? ”

“我这里有逮捕证。”醉汉从口袋里掏出一沓过期彩票,一张一张翻弄着,“这些都是逮捕证,我随便在哪张逮捕证上,只要写上你名字,就可以逮捕你。”

他很可能是老板的同伙,或者是老板的同道中人,也热衷购买彩票,但是现在他醉了，他误以为那些过期彩票就是逮捕证。

覃国安冷静地说道："你可能弄错了。"

"我怎么会弄错？"醉汉非常愤怒。

老板这时在争吵声中醒来，他推搡那粗鲁醉汉，说："你又来闹事了，快回家去吧。"

醉汉显然已经认出了老板，他说："你没听我的，后悔了吧？我给过你一个数字，你记得吗？我专门给过你一个数字，可是你不要，你不信我，现在准是后悔了吧？"

"快回去，你这个蠢货。"

"可是我要逮捕他。"醉汉指着覃国安说。

"你不能逮捕他，他是我的客人。"

"我得到过命令，我必须完成任务。"

"好吧，现在我命令你离开，你的任务交给我来完成。"醉汉被老板推着走向外面，他在经过覃国安身边时，出其不意地给了覃国安一拳。踉跄着的醉汉那时候站得很稳，好像非常清醒，那一拳打得十分有力，直接打在覃国安面门上，覃国安的额头被打破，鼻子也被打得鲜血直流。

醉汉被推走了，老板向覃国安道歉，他说："我这里没酒精，就用酒帮你消消毒吧。"他把酒擦在伤处，"我也没有纱布，只有创可贴。"老板在覃国安面门上贴了五块创可贴。"对不起，这是个可怜的家伙，可怜虫，你别找他麻烦，找他麻烦也无法给你赔偿。今天这餐饭、这顿酒你就不用付钱了，算我倒霉吧，我不收你钱；另外，我再给你上一盘回锅肉。"

这已经是第三盘了，覃国安说："我不怪你，你再给我一杯酒吧。"覃国安被打，却不觉得疼痛，或者说疼痛让他心里好受了一些。他想喝醉，离开店时已经是下午五点多了，他又回到地铁站，在昨天睡过的地方倒头便睡。

第二天，他又按照昨天的路线往和平公园走去，在门口，他又碰见了那个女人，那女人吃惊地对他说："怎么，你受伤了？"

五

送走了邱凤仪，马小雪就陷于郁郁寡欢中，她最想告诉母亲的那句话，终究没说出口。在外人看来,邱凤仪就像马小雪的姐姐,一是说她年轻,再一个是说母女俩亲密无间,她们在一起嘻嘻哈哈,勾肩搭背,可是那句话她没说。为什么?说明她和母亲还是有隔阂,并不真像姐妹,她让母亲炖汤给她喝,是因为她的生活中发生了一件大事,几乎是奇迹:她怀孕了,已经八周了。起初她有些怀疑,不敢相信,到医院做了检查,确认怀孕了,得知这一消息,她百感交集,又高兴又惭愧又害怕。但她仍然不相信,又过了两三周,再次去医院做孕检,也就是昨天,又一次得到确认,的确怀孕了,并且胎儿正常。把消息第一时间告诉谁?萧维斌吗?她不想跟他说;母亲?那么只有告诉母亲,可是,跟母亲怎么说?她会问怎么怀孕的,问孩子父亲是谁,这是多么复杂的事情啊,一两句话如何说得清楚。至于怎么怀孕的,马小雪自己也弄不清楚,只能说是奇迹,是没有答案的奇迹。她要告诉母亲,母亲来了,她却没说这件事,相反母亲再次跟她谈起公孙城。邱凤仪不知道,马小雪早已有了另一个男人,这个男人是萧维斌。母亲离开后,马小雪给她发了条短信:妈妈,我怀孕了。

邱凤仪接到消息,马上给她打语音电话,马小雪拒接了,再打,还是拒接。

邱凤仪只好发短信:我很快回来。

马小雪回复说:你不用回来,我已经离开家了。

怎么回事? 我想知道。

我会告诉你的。

马小雪和公孙城离婚,整个人都崩溃了,她直到这时候才知道,她有多么依赖这个男人。公孙城生活有严格的计划性,就像一台精密钟表,什么时候做什么事情都有严格的规划。马小雪早就习惯了什么都不操心,什么都听公孙城安排。现在全完了,他们协议离婚了。他们的情感没有破裂,离婚唯一的原因是马小雪不能生孩子。一直怀不上孩子,两人反复检查,发现是马小雪的原因,医院的结论是马小雪因为一种罕见的遗传缺陷,导致她无法怀孕。马小雪对这一医学结论深表怀疑,她认为这是不可能的事情:既然是遗传,她母亲怎么能生下她呢?既然母亲能生育,不能生孩子的缺陷又是从哪里遗传给她的呢? 医院解释说,可能是遗传中的变异,总之医院的结论无法被推翻。公孙城最重要的责任便是生育,这是他个人的责任,也是家族的责任。马小雪记得公孙城那天脸色苍白,泪水长流。“我知道不可思议,都什么年代了,还有人因为这个原因离婚,太不正常了,太野蛮了,也太陈腐了,可我就是不行,我们家族不行。”

马小雪痛苦地问道:“你们到底是什么家族?为什么这个责任一定要落在你肩上?”

“不要问这个,你问这个我也回答不了。”

“就因为我不能生孩子,你就抛弃我?这和古时候的女人有什么区别?”

“我离不开你,这你比我更清楚,我甚至设想过另外的可能性,比如我不和你离婚,就在外面找女人生个孩子,生几个孩子。但我不能这样做,那对你太不公平,对你伤害也太大了。还是离婚更体面,至少能保存某种东西。”

公孙城净身出户了,离开时他给马小雪留下一大笔钱。他说:“我不想在我离开后,你不得不过上次等生活。”

马小雪接受了离婚的命运,也接受了公孙城留下的那笔钱。后来她一直想,什么样的生活是次等生活,什么样的生活又是上等生活,这等级是如何划分出来的?很显然,公孙城哪怕离开她了,仍然在安排她的生活,安排她的命运,但是她不可能再接受他的安排,她要有自己的想法,反叛他的安排。她在大学教书,是讲师,很快将升为副教授。她在家躺了几天,以泪洗面。生活可以这样划分吗,什么叫次等生活,什么叫上等生活?那么,在次等生活之下,是不是还有更次等甚至更下等的生活呢?以她在大学里就职的薪水,还有公孙城留下的那笔钱,她这一生将衣食无忧,但是她已经被确诊为不可能怀孕,她在这个世界上将无法留下自己的骨肉,她的肉身将不可能在另一个肉身中存活,她的生命也不可能在另一个生命中延续。以前她从来不曾想过这方面的事情,公孙城对她的身体进行了全面检查,并最终以这个原因抛弃她,才让她也思考起这些问题,她不能无动于衷。我活着,或者我将怎样活着,难道不是我自己的事情吗,你要我继续过上等生活,我偏把自己抛到次等生活中去,我偏要去过那种最下等的生活。

她到学校请了两年病假,附近街上有家足疗店,马小雪路过时见过这家店。足疗店好像在招工,门口招牌上有招工启事。她进去报名,做了名洗脚工。第一天上班,她像是有了脱胎换骨的感觉:我这是在干吗?一个大学教师现在成了洗脚工,我这是在羞辱自己,还是在羞辱公孙城?

洗脚工有男人也有女人,男人偏多些,洗一个人拿一份提成。马小雪和他们不一样,她来做这份工作不是为了钱,而是为了在精神上虐待自己,她从虐待中获得某种快感,获得某种安慰,以及仿佛在对公孙城施加某种精神迫害。她以为越是在肉体上糟践自己,便越是能在精神上迫害公孙城。她并没有忘记,他们已经离婚了，虽然离婚了，但是她仍然认为他们之间保持着某种联系，这种联系还是有效的。所以公孙城一旦知道马小雪现在的处境，他就一定能感受到这种受迫害的滋味。也因此，马小雪比那些单纯为了赚钱的同事更努力工作。只要有顾客进来，她就抢着迎上去。店里女性洗脚工话少，男性洗脚工大都油嘴滑舌，尤其当他们接待老年男性或中年女性时，他们都会尽情表演，尽情表现自己。对老年男人，他们喜欢开暧昧玩笑，比如说泡脚能帮他们壮阳；至于中年女性，他们更殷勤，更百般讨好，有时候还撒点娇，卖点乖。男性洗脚工都是年轻男孩，他们撸着袖子，露出健壮的胳膊，嘴上说话像抹了蜜一样甜，中年女性和老年男人大都吃这一套。女性洗脚工不怎么说话，马小雪话更少，她缄默不语，沉默寡言。

这天，萧维斌出现了。他戴副眼镜，额头光亮，斯斯文文，三十几岁，应该快到四十岁了。马小雪看到他，就像在店里看到了自己的同类。如果说他是高校里她的同事，她不会觉得奇怪。他很疲惫，心力交瘁。已经是晚上八点多钟，他面色发青。马小雪给他搓脚，他始终闭着眼睛，但他并没入睡，仅仅在假寐。其间他的手机响过两次，一次显然是家人问他为什么还没回家，他懒洋洋地回答说："太累了，我先泡个脚，之后就回来。"另一次可能是他领导或上司打来的，他立马振作起来，眼睛在镜片后面睁得很大，然后声音响亮地说："是的是的，已经都弄好了。"后来马小雪得知，萧维斌在机关工作，是副处长，为了一份很重要的材料加班，忙完了还没吃晚饭，实在太辛苦，路过这家店时进来洗个脚。在那之后萧维斌又来过几次，相隔时间大约两周左右，都是在晚上八点到九点之间，也都是因为加班，没吃晚饭。几次洗脚，马小雪从没跟他说过多余的话。第三次，也可能是第四次洗脚时，萧维斌突然低声跟她说了句话，他是用英语跟她说的。翻译成中文，大意是：你为什么要做洗脚工？你肯定是有来历的。马小雪听懂了他的话，心想：看来这个人也有很高的学历，英语说得很流利，他为什么要用英语跟我说话？一定是在试探我。马小雪本不想回答他，可是脱口也说了句英语，大意是：我能有什么来历？

萧维斌用英语跟她说话时，旁边几个人正在大声讨论什么，他们因此注意不到，也听不到这两个人正在用英语交谈。这足以证明萧维斌是个聪明人，也很狡猾。

"怎么会没有来历，你和他们不一样。"萧维斌又用英语说道。

"你是在勾引我吗，用你这种方式？"马小雪直截了当用英语问道。在经历了和公孙城的婚变之后，她还会在意男人什么呢，她又会被什么样的花招儿打动呢。

萧维斌的脸这时候突然变得通红，就像是一下子被人泼上了鲜血，他突然间的脸红让马小雪意想不到，也让她愣了一下。她根本没想到，这个聪明狡猾的男人居然会脸红，而且红得这么厉害。他们接下来都没说话，旁边那些人的争论好像也平息下来了。

六

覃国安是第一代农民工，在这座城市里生活了四十年。1978年他从木头镇高中毕业，高考只差十几分；他复读一年，再次高考，仍然差十几分。然后他放弃了，不再高考。他的同学继续复读，都考上了不同的学校，比如师范学校、财贸学校，那些同学毕业后，有的当老师，有的做行政工作。他来到武汉，跟着舅舅在一家事业单位后勤部门工作，做水电管道工。覃国安心灵手巧，比如电工水管工什么的活儿，他一看就会，再加上勤劳，干劲也足。他二十岁就结婚了，把老婆带过来，租住在一间棚户屋里。覃国安说，这四十年来，他一直居住游走在城市缝隙里，棚户屋在他看来就是城市缝隙。他白天上班，早上天不亮，还要陪着老婆炸油条。后来覃国安又换了其他工作，做过很多种工作，都是些上不了台面的事：搬运工、电工水管工，全做过。

三十岁时，覃国安有过一段风光的日子，当时他在小工厂就业，因为勤劳，舍得出力气干活儿，手艺也好，深受老板信任。他受到重用提拔，老板让他做了厂长。那是家很小的工厂，类似手工作坊，在城郊，坐落在汉口北，他每周工作六天，周末才坐长途汽车回到城市缝隙里跟甘秀枝相会。这一干就是十多年，十几年光景渐渐有了些积蓄，覃国安也因此对他的城市生活有了某种信念。他的同学念了大学，可以留在城市生活，他自己虽然没读大学，凭他的双手，也可以在城市里活下来，他有这个能力。

覃国安厂长成了他那个村子里的榜样，他有三个弟弟、一个姐姐和一个妹妹，过年时他游说他们都来到武汉。在大城市随便找点事做，都比种地强。他们到了武汉，围在覃国安身边，散落在各个不同的缝隙里面。刚来时都要覃国安帮忙拿主意，有时不得已还找覃国安借钱，覃国安乐意帮他们，他们所走的道路基本和覃国安的路径是一样的：当保安、做早点、当水电工，各自租房子，都是最便宜的棚户屋。他们都把家里的地荒了，房子因为没有人居住也逐渐破败。覃国安对此毫不在意，他觉得只要能在城里扎下根，只要在城里有了房子，如果能让后代生活在城里，成为城里人，那么老家的房子实际上无关紧要。覃国安的房子最先破败坍塌，弟弟和姐妹们的房子后来也渐渐破败坍塌了。他们很少回去过年，就在武汉相聚，每年清明才回去祭祖。

但是汉口北那家工厂破产了，老板和覃国安喝了顿酒，洒泪而别。老板哭了，覃国安也哭了。

老板说："我想办下去，可是我实在撑不下去了。"

覃国安说："我知道你的难处。"

"可惜了你的才干，如果有资本，如果有机会，你是能干成一番大事业的。"

老板这番话让覃国安叹息了好几天。覃国安确实有头脑，确实很能干，可是老天不给他机会。读高中时覃国安的作文常常被老师拿到班上当范文念，同时作文被当范文念的还有他堂弟覃国建，覃国建跟他同村，但是人家后来考上了大学，现在也在武汉。人和人真是不一样，都在武汉，覃国安给人家打工，覃国建却是国家干部。

覃国安有了儿子，也算武汉人了吧，他还可以再要一个，因为他是农民工，按计划生育政策，可以再生一个。可是他不愿意再生了，他把所有希望都放在这个儿子身上，培养他读大学，让他发展。覃世涛果然读了大学，虽然只是三本，三本也是大学。堂弟覃国建上大学改变了命运，覃世涛也一定能改变命运。覃国安买了一套房，他拿出所有积蓄，还借钱交了首付。

几个兄弟姐妹都过得穷苦，从没有发达过，但日子能过下去，有口饭吃，只要勤扒苦做，人是饿不死的。小弟覃国强后来算是过得最好的了，他们的起点都一样，当初覃国安和甘秀枝做早点，炸油条、磨豆浆，覃国强也做早点，在大哥早点摊旁边支了个摊位。不同的是，覃国强不久后在棚户屋旁边又搭了个简易棚子，做小便利店，卖些零零碎碎的小东西。覃国强老婆付中翠从中看出了商机。虽然城管大队把便利店小棚子拆了，但他们又在旁边租了间房子，继续开便利店，夫妻俩辛苦劳作，给附近居民单位送货上门，有叫必应。那时候付中翠像个母夜叉，成天对着覃国强大呼小叫，就像从前的地主折磨长工那样，支使得他像推磨的驴，不停地转圈。他们忙来忙去，有时候忙到深夜才记起来吃上一顿饭。房东来过几次，看见房子被弄得乱七八糟，堆放的货物杂乱无章，但是他们按时交房租，从不欠账。房东因此不好赶他们走，又不想收回来，说实话他也瞧不上这点房产，付中翠乘机提出要求，把房子买下来。房东也没多想，就折价卖给他们了。覃国强正是从这时候得到了机会，后来棚户区改造、拆迁，这里是城市中心的城中村，覃国强得到了两套还迁房。

付中翠虽是女人，却整天忙碌，从不停歇，生活又没有规律，得了高血压自己还不知道。还迁房正在建，还没有赔付到他们手上，付中翠有一天栽倒在地——脑溢血，送到医院后马上进了ICU病房，再晚一点就没命了。她在ICU病房住了一个多月，医生下了几次病危通知书，许多人都劝覃国强放弃治疗，就连付中翠娘家人也劝他放弃治疗。他们都说，在城里挣点钱不容易，因为这场病，很可能把家底全都赔进去，但是覃国强坚持要治，无论如何也要治。

覃国强说："人要是没了，要钱做什么？再说，那些钱不都是付中翠挣来的吗？"以前被付中翠吼叫，被她骂，被她赶着做这做那，都是他心甘情愿的。他知道自己脑子不好使，相信付中翠的主意，有了她，他们才有了自己的房子，站稳了脚跟。他们有两个孩子。女儿在香港读大学，马上要读研究生；儿子读小学，很快升初中。

好心有好报，付中翠活下来了，她腿脚不方便，像中过风的病人那样，说话口齿不清，但她捡回了一条命。他们在武汉有两套房，为治病卖了一套房，还有一套房，另外还有间门面房；门面房出租给药房，每个月能得到租金。覃国强现在不再送货了，每天到麻将馆打麻将。付中翠也不管他，她说："要不是他，我早死了，是他救了我，他想玩就玩吧。"

覃国安想，小弟的结局大概是他们覃家人所能想到的最好结局，除了像他这样生活，怎么可能还有更好的生活呢？

覃世涛从三本大学毕业，找了份工作。他不是不努力，可是学历偏低，人又太老实，不太可能找到多好的工作。世事难料，他这时候和覃国建那时候早不是一回事了，就算找到工作，也做不长久。他在短时间内换了好几份工作，但他如期结了婚，在应该结婚的年龄结了婚。新娘子叫贺又又，也是农民工的女儿，贺家能看中覃家，是因为覃家买了套房子，虽然房贷还没还清，毕竟有套现成的房子。贺又又父亲比覃国安晚两年进城，到现在还没弄到一套房，仍然租住在城中村。

次年，贺又又生了孩子，覃国安让甘秀枝帮他们带孙子，跟着他们住。那时候贺又又还在上班，覃国安偶尔回家，也过去住，全家人其乐融融。但是好日子不会长久，生活总会出差错，贺又又不久也辞了工作，她说每天上班，在路上花一两个小时，太辛苦，薪水又太低，这是甘秀枝了解到并且转述给覃国安的。而贺又又在覃世涛面前所说的话却是另一个版本，她说她实在无法容忍老板，那家伙一有机会就吃她豆腐，是个猥琐的家伙。“老板既如此，肯定不是多好的公司。”覃世涛说。

贺又又辞职，一时找不到其他工作，也在家带孩子。之前她上班早出晚归，对婆婆带孩子还有几分感激。现在不上班，实际上家里就由婆婆和她两个女人带孩子，她一下子发现，家里空间变小了，婆媳矛盾也越来越明显。她嫌弃婆婆普通话不好，嫌弃她用乡音跟孩子说话，也嫌弃她的卫生习惯。以前贺又又不知道的那些不好的东西，现在都被发现了。她开始指责婆婆，甘秀枝一开始还忍气吞声，后来慢慢觉得不对，开始反驳儿媳，小小的口角渐渐变成争吵。贺又又在覃世涛面前抱怨婆婆，并且暗示他，既然她在家里，婆婆就没必要留下了，她应该走开。覃世涛老实、懦弱，从来没把贺又又这层意思转告给覃国安或自己母亲。因为贺又又没工作，收入只靠覃世涛一个人，家里的开支变得捉襟见肘，生活质量以前本来就不高，现在更是急剧下降，孩子在夏天想吃一个冰激凌都很困难。贺又又觉得婆婆在家里是多余的人，觉得她碍手碍脚，婆媳矛盾便更加深了。

但甘秀枝是个特别孝顺的人，她对覃国安的父母亲，以及对自己的父母亲都非常孝顺，那也是她从小受到的教育，对老人孝顺在她看来是理所当然的事情。贺又又也应该像她这样才对，也应该对老人孝顺。她开始觉得儿媳对他们不够孝顺，这是不对的。贺又又是在城里出生的，对婆婆那一套完全不以为然，所以在跟甘秀枝争吵时从不让步，说一句顶一句。更过分的是，她有一次还骂了婆婆，骂甘秀枝是老不死的。这下婆婆不答应了，找覃国安告状。覃国安也觉得儿媳不对，想把甘秀枝接过来，可是他住在集体宿舍，无法安置她。甘秀枝说，她想回老家，可是老家已经没有房子了，也没有地。覃国安说，他给覃国强打电话，让她暂时到小弟那里住几天。甘秀枝不同意，她觉得这种家庭矛盾太丢人现眼，她才不愿意让覃国强知道他们家里的事情，毕竟覃国安是大哥。

覃国安说：“那你就忍气吞声住在那里吧，等贺又又找到事情做，上班去了，你就好了。”

甘秀枝只好回到儿子那里，过了一天，却发生了更大的事情。甘秀枝像往常那样，拿出一枚一元的硬币给小孩玩，孩子把硬币含在嘴里，鼓着腮帮子，贺又又在看手机，忽然发现孩子的嘴里含着什么东西，让他吐出来。一看，竟是枚硬币，贺又又特别恼火，对婆婆说："跟你说过多少次了，这很危险，让你不要给他玩硬币，你为什么还给他玩？"

"我跟他说过了，"甘秀枝说，"让他不要吞下去。"

"你让他不要吞下去，他就不吞下去了吗？"

"我是你婆婆，"甘秀枝说，"不是你儿子，请你对我说话客气点。"

"这跟儿子、婆婆有什么关系呢？道理就是道理。"

有关这次争吵，甘秀枝后来承认，是她先开口骂人的，她骂贺又又没有家教，还骂了儿媳妇她妈。贺又又在盛怒之下还嘴了，也骂了婆婆，至于骂了什么，甘秀枝坚决不告诉覃国安。"反正她骂我了。"这还得了，甘秀枝上去抽她耳光，却被对方推了一把，扑通一声栽倒在地。她的左眼睛撞到孙子的玩具上，眼皮被撞破，鲜血直流。甘秀枝认为贺又又不光骂她，还打她，她收拾好两件东西就走了。

七

邱凤仪心慌意乱：马小雪怎么就怀孕了？仔细想想，也有迹可循。她说不舒服，让我炖汤给她喝，这是从没有过的事情。至于怀孕，邱凤仪想不通，她和公孙城离婚不就是因为不能怀孕不能生育吗，怎么又可以怀孕了？当时言之凿凿地说是医院的权威诊断，要么是他们一起作假哄骗邱凤仪，要么是医院的检查出了问题，有漏洞。更要紧的是马小雪跟谁怀上了孩子，她在跟谁交往，怎么就神不知鬼不觉怀上孩子了呢？

这么大的事，吃饭时不说，等我回来，发那么条短信，打她电话又不接，这不是故意急人嘛！

邱凤仪住在印象城五十栋一单元三十五楼，上午跳舞，下午做家务做卫生。她有洁癖，必须收拾得干干净净，一尘不染。晚上她安心追剧，永远有她在追的剧，一集一集往下追，一部一部往下追，每每看得泪水涟涟。何丽琴住在一栋二单元，是三十楼。正在邱凤仪追剧时，何丽琴来了，在她这里大吐苦水，不停地说袁从良的坏话。袁从良爱打扮，把自己打扮得油光水滑，但他没能力，经济条件差，习惯吃软饭，想尽办法从女人那里揩油水。邱凤仪正色说道："你说的这些谁都知道，我们只不过让他做舞伴，又不要他做老公。”她暗中观察何丽琴表情，心想，她是不是因为从我这里挖走袁从良而羞愧，觉得对不起我，才在我这里说他坏话，把他往污泥里踩，说他做男人毫无价值。她这么说可能是想让我觉得，失去这样一个舞伴并没吃亏，还是我得了便宜。“可是不管怎么说，”邱凤仪继续说，“他舞跳得真不错。”

何丽琴沉默了一会儿，说：“这个确实，在那些跳舞的男人中他最出色，因为说到底他就是个不要脸的男人。”

“不要脸和舞跳得好有关系吗？”

“当然有关系，你认真想想。”

“我想不出来。”

“还有，”何丽琴压低嗓音说，“他好像还有偷窃习惯，手脚不干净，有小偷小摸的毛病。”

“这话不能随便说，你有证据吗？”

“证据倒没必要说，又不是一次两次。”

“你要说他对女人动手动脚，我听说过，也见识过，可是说他偷东西，我不相信，毕竟大家都是同事。”

“算我没说。”何丽琴走到门口，又退回来说，“至少他偷过我家水果，偷过我家香肠，这些我绝对没冤枉他。”

邱凤仪半天回不过神来。袁从良住在何丽琴楼上，他们是邻居。有段时间他们关系很紧张，那时袁从良是邱凤仪的舞伴，现在他们是舞伴，从表面看，他们关系和谐。为什么突然扯出这种是非，她不想深究，但又想：女人有点小虚荣，有点小心机，她可能还是觉得自己不地道，所以老想在我这里做些补偿，哪怕诋毁一下袁从良，也是在委婉地安慰我。

何丽琴跟袁从良跳舞，丝毫看不出二人之间有什么隔阂，他们跳得很流畅，风生水起。谁也看不出来，更不会怀疑女伴前一天晚上还说过男伴坏话，没人相信她会说他是小偷。此时，她正欢天喜地跟小偷共舞，邱凤仪不明白这是个什么样的世界。她一个人跳舞，缺舞伴，有时她把手抬起来，搁在空中，好像搭着某个人的肩膀，或者搭着某个人的手臂。

这时，昨天那个男子又走过来了，几乎在相同时间里，他沿着相同的路线走来。他还没走到这里，邱凤仪就停下了。她眼神好，老远就看到男子跟昨天有区别:他脸上有伤,贴着什么东西。

邱凤仪几乎迎着男子走了几步,站在他面前,她问:“你受伤了?”

覃国安说:“没有,我没有受伤,我只是摔了一跤。”

创可贴贴着的地方已经结痂了,边沿处还在渗着紫黑色的血。“你这样处理太潦草了,小心感染,本是小事情,别弄出大事。”

“没什么,”覃国安咕哝着说,“这不算啥。”

“我帮你再弄一下吧。”

“你怎么帮我弄?”覃国安讽刺地说,他环顾四周,看着那些化了妆,打扮得像鬼魂一样正在起劲跳舞的人。

邱凤仪也发现这里没办法弄,便说:“到我家里去吧。”

“我这个样子怎么能去你家里。”

“没关系,我住得近,就在对面,看到没,和平印象,我就住在那小区,而且我刚好有事要回去,走吧。”

覃国安想着:我可能碰到了好心人。

没走一会儿就到了,进了家,她拿出小药箱,里面有碘酒,有消毒药水,还有包扎伤口的纱布。

“你是医生吗?”

“不是,都是常备药。”她看了覃国安一眼,“我这儿还有速效救心丸,我备了好多急救药品。”

屋子很干净,特别干净的环境给人一种清凉的感觉。这份清凉让人安静,不会慌乱,不会无端恐惧,也不想逃离。邱凤仪轻手轻脚帮覃国安清洗,又揭掉创可贴,擦去污迹,重新包扎好伤口。

“你是流浪汉吗?”邱凤仪望着他放在角落里的那只双肩包,“不好意思,我同事说你是流浪汉,可我看你不像。”

覃国安突然觉得很委屈,鼻子嗓子眼儿都堵得很难受:“我不是流浪汉,可是我在地铁站里住了两夜,我想喝点什么,可以吗?”

“你要喝什么都可以。”

“给我一杯水,或者给我一杯酒。”

“但是你身上已经有股酒味了。”

“我昨天喝醉了。”

“喝醉了就要跟人打架吗？”

“我没有打架，只是摔了一跤。”

“你为什么要撒谎？这明明是打架留下的伤痕。如果是摔跤，不会伤成这个样子。”

覃国安没再狡辩，邱凤仪给了他一瓶矿泉水，还给他泡了杯红茶，都放在茶几上。覃国安喝了水，准备告辞离开，可是他头昏得厉害，眼冒金星，他感觉站立不稳，往前走几步，说不定真能摔倒。不知什么原因，他只在外面待了两个晚上，怎么就衰弱成了这个样子？他请求邱凤仪：“我可以在沙发上躺会儿吗？我知道这个要求太过分，虽然你是个好心人，但我不能利用你的好心。可是我现在真是无法行走，如果我还在外面，可能不是这个样子，正是到了你这里，我好像突然卸掉了精气神。如果不行的话，就让我在那儿坐会儿，或者如果你担心我把沙发弄脏，我可以就在地板上睡会儿，就一会儿。我恢复过来了，马上离开。”

邱凤仪没来得及卸妆，脸上还化着妆，就像个戏剧人物。她没觉得覃国安的要求有多么过分，倒觉得他一大段话说得入情入理，她说：“好啊，你就在沙发上睡会儿吧，我还得继续去跳舞，等我回来了你再走。”

“好吧，你放心，我不会拿你们家东西。”

“行了，你睡吧。”

邱凤仪重新回到和平公园门口跳舞，她每天跳舞时间是三到四个小时，时间上要达到一定的标准。当初她跳舞，马文浩暴走，他们都给自己规定了每天必须完成的运动量，邱凤仪跳舞不是艺术，而是运动，达到规定的运动量是给自己定下的死任务。他们那时候对健康有一种歇斯底里的，甚至是走火入魔般的追求，认为健康才能长寿。但是她怎么能把一个陌生男人留在自己家里呢？她边走边责怪自己：我可以这样信任一个陌生人吗？他怎么看也不像坏人，这是我的直觉，他一定有什么难处。和平钢厂的工人骨子里都很善良，都有股江湖义气。邱凤仪和从前的马文浩更是如此，只要碰到需要帮助的人，就会出手相助。现在已经没有办法了，总不能再回去把人家赶走吧。邱凤仪怀着忐忑不安的心情回到舞场。

覃国安很快睡着了，沉沉进入梦乡。他太累了，毕竟六十一岁了，不像年轻的时候。两个晚上都在地铁里，加上白天，消耗太大了。睡眼蒙眬中，他模模糊糊感觉到，好像那女人又回来了，那女人叫什么名字，他还不知道。她打开门，蹑手蹑脚走进来，很快又悄悄退出去，把门反锁上了。但是他并没有醒过来，不知道是不是真有这回事，或者这也只是他睡梦中那些怪异情节中的一个细节。他没有纠结这些，醒过来时，上了趟洗手间，他看到洗手间墙上挂着一个男人的照片。男人很英武，是覃国安喜欢的那种样子，阳光开朗，心无芥蒂，应该是这家的男主人，不知道为什么把照片挂在洗手间。他照了照镜子，发现自己很憔悴，而那个男主人就在他肩头，看上去好像和他并排站在一起，他真以为身边有个人，转头看了看，但是没有人，这才意识到镜中那个人，实际上就是照片上的男人。这个时候他可以离开，可又觉得这样离开太无礼了，他要等女人回来。这么想着，他又在沙发上躺下去，不一会儿又睡着了。再次醒来，发现女人已经回来了，而且卸了妆，显得很干练，也很好看。在她这个年纪，她算是很好看的了。可能是因为跳舞的原因，她保持着非常好的身材，脸上也有光泽，是那种心地善良的女人自然而然放射出的光泽。

“你醒了。”她笑着说，“你睡得可真沉啊。”

“不好意思，”覃国安一下子坐起来，“给你添麻烦了，我这就走。”

“你去哪里？”

“我先离开你这里，再找地方。”

“等会儿，先吃点儿东西吧，我已经做好了。”

八

覃国安睡梦中感觉到进来了一个人，不是错觉，也不是梦境，而是真实发生的事情。进来的那个人不是邱凤仪，是马小雪。马小雪也有家门钥匙，她想把自己的事情告诉母亲，来到母亲家里当面跟她说。她知道邱凤仪这时候还在跳舞，打算在家里等着。当她打开房门，意想不到的是，她看到沙发上躺着个男人。她呆呆地站在房间里，认真端详覃国安。他是谁，从年龄看应该和母亲很般配，长相也还可以，但是她不清楚这个睡梦中的男人到底是什么人。他不像城里人，也不像乡下人；不像是一个饱读诗书有知识的文化人，也不像是一个干体力活儿的工人；不像是一个四处游荡的浪荡子，也不像是一个严谨的有家室的居家男人。因为太突然，马小雪没注意到墙角的双肩包，如果看到双肩包，她可能会想到这是个突然闯进来的男人，可是因为没看见，她以为这是个一直存在的男人，是母亲生活当中的男人。她悄悄退了出去，锁上门，下楼走了。

马小雪很伤心,此时她是个特别软弱的女人,这个世界,似乎所有人都有内心中的秘密,哪怕是自己的母亲,哪怕她们是母女,母亲也有秘密。她并不怪邱凤仪,甚至很多时候她还希望说服母亲,对她说:你的生活中应该有个男人,这个男人可以填补父亲马文浩的空缺。可是她无法容忍,不能理解,让她感到痛苦,感到被伤害的是,她居然不知道母亲的生活中已经有了这样一个男人。马小雪的泪水流了出来:对母亲而言,她不是也有自己的秘密吗?虽然她现在是来告诉母亲的,可是此前,母亲难道不是一无所知吗?她有什么理由责怪母亲?关于那个男人,她又渴望知道些什么呢? 也许什么都不重要。

离婚后,马小雪交往过一个男友,叫小刚,那是一段彼此都轻松的经历,因为那不是爱情。她在一开始就知道她不爱小刚,小刚也不爱她,他们的关系可以单纯定义为身体关系。小刚是个转业军人,然后那段关系草草结束了。马小雪其实很愿意这样,她愿意在漫长的余生当中,一次次建立这种关系,没有任何负担,没有任何负累,但可以保证身体的正常需要。在不同时期经历不同的故事,这可能是小刚带给她唯一的启示,也是她对未来的规划。

但是,她的这种规划显然已经落空了,在小刚之后,她还没来得及交往另外的男友,萧维斌正是在这时候出现了。经历过公孙城,马小雪没想到,她居然还有力气重新爱上一个人,她几乎不需要重整旗鼓,不需要重新聚集力量,突然间如此凶猛地爱上了萧维斌。她为此自责过,曾经想过:这是不是意味着她对公孙城不忠?“不忠”是一个非常奇怪的让她长久发笑的词。跟小刚交往时,她从没想过是对公孙城不忠,更何况她跟公孙城早就离婚了。而且从本质上讲,这次离婚是公孙城抛弃了她,但她还是想到了“不忠”这个词,这说明她真心爱上了萧维斌。她后来想爱上萧维斌的那个起点,可能就是那次他脸红了,他脸红得那样厉害。油嘴滑舌的男人绝不会那样脸红,老实巴交的男人才那样脸红。但他绝不是个老实巴交的男人,他看上去沉稳持重,应该是受过很好的教育,也应该很有能力。并且他很善于变通,比如他在那个时候用英语跟她对话,既私密,又测试了她,说明他心思细腻,善于使用手腕。他长着很正派的外表,可又绝不是正派那么简单,如果需要,他肯定会去做规则之外的任何事情,他很可能是个正邪混合体。但一般说来,他确实很正派,这是不言而喻的,因为他的正派,从本质上说,是为了保护他自己。

他们的第一次性爱发生在她家里,他脱光了衣服,没有脱掉袜子。马小雪一直记得他脚上那双袜子，他身体单薄，肤色苍白，但是他单薄的身体里面似乎蕴藏着强悍的力量。他脸上的眼镜，在他们接吻的时候有时候有点碍事，他也没摘下，只是把碰歪了的眼镜再次扶正。结束后，他抽了支烟，她等他把烟抽完，然后让他走开，并且告诫他一句话也不要说。

“你走吧，这就离开。”

萧维斌很听话，真没有再说一句话，就这样走开了。马小雪相信，她已经重新开始了。此时，他什么话也没说，他还会再回来，她也还会再要他。马小雪刚刚开始的是一场严肃的爱情，不是一场逢场作戏的性爱游戏。她需要好好想想：他没有脱掉袜子，也不愿摘下眼镜，除了这些，还有另一个至关重要的细节。之所以说至关重要，是因为从中可以看清这个人的本质。这个细节是萧维斌没有提议使用安全套，也没有咨询马小雪要不要使用安全套，他直接进入了她的身体。这件事情太可怕了，完全没有安全方面的考虑。他应该不是这样草率的人，他看上去那么沉稳。也许他特别自信，相信自己的直觉，也相信他的判断，比如说他相信自己是个干净的人，他的身体没有传染性疾病，也相信马小雪是个干净的人，相信她的身体也没有传染性疾病。这样想说得过去，风险能降到最低，或者，如果他确信的话，几乎可以说没有风险。但是所谓安全，还有另外层面的考虑，那就是他有没有想过，马小雪会不会因此怀孕。当然马小雪自己知道，她的身体不可能怀孕，所以只要他们都没有病，他完全可以不使用安全套。但是萧维斌应该不知道她这方面的事情，他至少应该问一下，或者在他快到高潮那一刻，他是不是应该问一下马小雪，他可不可以就在里面，可是他没问。她因此认为萧维斌是个自信的人，同时也是个自私的人，还是一个危险的人。

一个月后，马小雪直接问过萧维斌，她说：“在我们第一次做爱时，你都没问过我，要不要采取什么措施。”

萧维斌淡然说道：“我想过，但是我相信你。”

“我也相信你，可你知道我说的不是这回事，我想问的是，你就不怕我怀上你的孩子？”

“是啊，你会吗？”萧维斌坦率地告诉她，回去后，他也曾有段时间很恐惧。

那么，他到底恐惧什么呢？萧维斌自己没说，她也没问，类似于这些细节方面的追问和思考，并没有损害马小雪对萧维斌的爱，相反更增加了对他的爱。如果萧维斌是个完美无缺的人，她可能不会爱他，正因为他有比如说自私、比如说盲目自信这样的缺点,马小雪才会更爱他,因为这意味着他是个活生生的人。

萧维斌有野心,雄心勃勃。他是从乡下考出来的孩子,读过本科,读过硕士。在机关,他学历没有问题,能力也没人怀疑。可是在其他不便言说的方面,他起点太低了,没有任何稍微好点的最起码的基础,但这并不影响萧维斌渴望进步,他比谁都更想上进。他结婚了,有一对双胞胎儿子,父母在乡下,妻子代素红在银行工作,也忙。夫妻都忙,只能请母亲过来照顾孩子,帮忙做家务,他还有个弟弟,在郑州,也有孩子了,父亲便到弟弟那里,帮弟弟带孩子。萧维斌觉得对不起父母,在他们年老需要相互陪伴时,把他们拆开了,这不道德,可又无可奈何。他痛恨时间不够用,生活就像打仗,他在透支自己,不光要圆满完成自己分内的工作,同时他还主动承担另外一些工作。他还年轻,年轻就是资本,应该做更多事情。他绝不违法乱纪,绝不接受任何不应该接受的东西,更不会伸手讨要不应该要的东西,因为他没有承受风险的能力,他要能立得住。人们的眼睛是雪亮的,组织的眼睛也是雪亮的,他必须一步一个脚印地往前走。这也正是马小雪欣赏他的地方,她一开始就认为他是个正派人。

他们经常讨论萧维斌机关里的人事关系,主要是萧维斌在说,马小雪只是听,偶尔,她会说出她的见解,提出一些建议。尽管马小雪说得很少,萧维斌却很看重,只要是她说的意见,他都牢记在心,之后再见面时,他再提出来,再和她讨论。

有一次,马小雪说:“你的工作、生活无可挑剔,没人能抓住你任何把柄,可是你想过我们的关系吗?”

“你为什么说出这种话?”萧维斌两眼喷出火来,他可能被吓住了,从床上翻身下来。马小雪当时以为他是不是要钻到床底下去。他到处走动,目不转睛地看着她说:“这确实是我最害怕的地方,是我的软肋,我们的关系无论多么隐秘,只要有人来查,立马就会现形。”

尽管萧维斌说的是事实,他的反应还是让马小雪很失望:“你有必要如此胆怯吗?既然你如此害怕,那你走吧,再也不要回来。”

“我是胆怯,是害怕,你别嘲笑我,可是这种恐惧,既是害怕毁掉我自己的前程,同时也是害怕失去你。你知道吗?你很可能是我生活中最后的堡垒,你是我生活中最后的稻草,我必须牢牢抓住你。”

“你这么说不是实情,事实上即使没有我,你依然过得充实。你那么忙碌,为家庭，为工作，你是饱满的，也是充实的。”

“没错，我的确过得充实，过得饱满，我虽疲惫不堪，却并不虚无。可是在那些东西之外，我还需要另外一块，属于我的另外的东西，我也不知道那是什么，也许只是一处避难所，也许是一种救赎。”

“可是我们的关系难道不是一种罪恶吗？难道你要从这种罪恶当中来寻求你想要的救赎吗？或者以此得到你想要的避难所吗？”

这其实是无法说清楚的事情，他们两人在萧维斌的婚姻之外组成了另外的婚姻，并且在他的生活之外建立了另外的生活。他需要正常的生活，却又舍弃不了正常生活之外的非正常生活。

马小雪从邱凤仪家里出来后，给萧维斌发短信说：“见个面吧，我有事跟你说。”

萧维斌回话说：“我晚上过来。”随后又加了一句，“我可能只有半小时。”

“好的。”马小雪回复他。

自从和马小雪好上，萧维斌的家庭关系更稳固了，以前劳累疲惫，也没有对不起代素红的地方，所以对她一些微小的需求是忽略的，不在意的。现在他变得小心翼翼，揣摩妻子的表情，想知道她需要什么，对什么不满意，她是否怀疑自己，他因此在各个方面都做得更好。代素红有一天很感动地对他说：“你变了。”

“我哪里变了？”

“说不清楚，可是我在你这里变得重要了。”

“你在我这里一直都重要。”萧维斌悲伤地说道。

九

甘秀枝简单收拾好两件衣物离家出走了，覃国安得到消息后，拼命打电话，她已关机。问其原因，覃世涛含混地说，母亲跟贺又又吵架了。覃国安知道她们的关系，知道她们经常吵架，也知道贺又又骂过甘秀枝。这回一定是事情闹大了，要不然甘秀枝不会离家出走。覃世涛没告诉覃国安，贺又又动手打了母亲，他不在现场，只是根据贺又又的描述，他为此感到羞愧。可是他从来不敢对贺又又说什么。他性格软弱，怕老婆，贺又又瞧不上他，说他是窝囊废。贺又又长得漂亮，经常说以自己的长相，可以找到更能干更能给她安全感的男人。“可是，你能给我什么？”贺又又对覃世涛说。覃世涛因此在她面前挺不起腰杆，在婆媳矛盾中只能和稀泥。

覃国安发动弟弟姐妹们到处寻找甘秀枝，可在她可能去过的地方都没找到，踪影皆无。他们担心出意外，于是报警。警察立案后调取摄像头监控，发现了她的踪迹：她离开家，先上了712路公交车，又换乘68路公交车。在一些街区看不到她，她的影像后来出现在府河高速公路入口收费站。她企图走过闸门，只身走上高速公路，被拦下了。工作人员耐心地跟她解释什么，可能是告诉她不安全，阻止她进入高速公路。她显得很失望，垂头丧气地离开。然后她顺着收费站旁边的小路，沿着高速公路方向往前走去。

三十二小时后，警方接到报告，有人在高速路上发现了一个老年妇女，正是甘秀枝。发现她的时候，她刚好倒在地上，没被什么车轧死，真是老天在保佑她。她没吃东西，没喝水，又饿又累又渴，虚脱了，软软地倒在地上。跑长途的大货车司机老远就看到了她，他不明白高速公路上怎么会有行人，还像喝醉了酒一样踉跄。当时是白天，视线很好，如果在夜里情况肯定不一样。司机老早就减速了，踩着刹车，在距离她一百米的地方，他亲眼看到她倒在了地上。司机停下车，打了报警电话。

甘秀枝想回老家，准备走回去，她从小路翻过栏杆，进入高速公路，但她走错了一道岔口，正往西安方向走去，照这样走下去，无论走多久也走不回去。覃国安在医院见到她，两人抱头痛哭：“傻女人傻婆娘，你回得去吗？就算你回到我们老家，也没地方住啊。你能住在哪里？我们已经没有老家了。”

“没地方住，我搭个草棚子也行，我不能再跟他们住了。”

“为什么？到底发生了什么？”

“她以前骂我，现在动手打我了。”

“什么，她打你？”覃国安说，“我去找她，这回我绝饶不了她。”

“你饶不了她又能怎样，公公还能动手打儿媳吗？她是儿子的媳妇，他们是一家人，好歹不能拆了他们家是吧？”

“那你也不能再去他们家，跟我走吧，我不住集体宿舍，去租房子住。刚来武汉时，我们不就是租房子住的吗？”

他拉着甘秀枝往外走，医生不让走。医生说：“还要留下来观察两天。”覃世涛和贺又又也来到病房，覃国安愤怒地瞪着儿子。儿子真是不争气，他不想认这个儿子，更是正眼也不瞅贺又又。覃国安离开医院，第二天再去，发现甘秀枝不在，医生告诉他，病人已经出院了。

甘秀枝打来电话，告诉覃国安，她已经原谅了他们，跟他们回去了。她说，贺又又跟她道过歉，儿子求她回去。他们有难处，离不开她，毕竟是自己孩子，母亲不帮他们谁帮。

覃国安正在跟邱凤仪讲这件事，这件事虽然过去了，但他不能原谅甘秀枝，这也是他不能住到那里去的原因。随后发生的另一件事是，他被酒店辞退了，失去了工作，他现在无家可归，也没有老家了。甘秀枝有很严重的糖尿病，覃国安担心她死于糖尿病并发症，可是她还在给儿子儿媳当牛做马。“这好像是我们这代人揽在自己肩上的责任，我们愿意为儿女当牛做马，但他们对她不好。我的儿媳骂她打她，她答应跟我走，不再回去，可是听到他们几句软话，又回去了。我没想到会这样，也没想到我会失去工作。我宁愿流浪，也不去他们那里。不想再工作，我早已心灰意冷。我是第一代农民工，在这城里干了四十多年，到头来仍然一无所有。我曾经把所有希望都放在儿子身上，以为有儿子就有一切，可事实并非如此。他们没有出生在乡下，而是出生在这座城市里面，但他们不是城里人，问题是他们也没有把自己当作乡下人，不再遵守我们从前一直遵守的礼仪，也不再讲究我们一直讲究的孝顺。是啊，他们都很叛逆，难道叛逆只能是年轻人和小孩子的事情吗？我老了，老年人就不能叛逆吗？我也要叛逆，我就不回去，就不去他们家。”

邱凤仪听了事情的来龙去脉，说：“你还真是个流浪汉啊。”

“我想做流浪汉。”

“你不像。”邱凤仪想，总会有解决办法，“我建议你回去，回到儿子家里去。”

“不，我不回去。”

正说着话，覃国安手机响了，他一看名字，对邱凤仪说：“这个电话我得接，他是我堂弟。”

覃国建说：“哥，你们家是怎么回事，先是嫂子离家出走，闹了那么一场，差点死在高速路上，接着是你，也要离家出走吗？”

“我没离家出走，只是没地方可去，我被那家酒店辞退了。”

“我知道。”

“你怎么知道的？”

“还不是覃世涛告诉我的！他说酒店找不着你，其他地方也找不着，打你电话都不接。你怎么跟嫂子一样呢？嫂子都急死了，哭过几场，你还是回去吧。”

“我不回去，他们那样对你嫂子，我还有脸回去？”

“你有什么打算？”

“我没什么打算。”

“要不要另给你找点事情做？刚好有个朋友问我，说他一个朋友的别墅需要可靠的人去做保安，你愿意做吗？”

覃国安以前瞧不起做保安，现在不同了，什么都愿意。他说：“可以，只要有个住的地方就行了。”

“好吧，我先跟他联系再给你回话。告诉我，你现在在哪里？”

“我在一个好心人家里。”

覃国建半天没吱声，突然哧哧笑着说：“是不是你也有一个相好？”

接完电话，覃国安问邱凤仪：“你能听懂我们老家土话吗？”

“如果说得慢，我大体上能听懂。”邱凤仪有了一个大胆的决定，“要不，在你新工作落实之前，你就暂时在我这儿住两天吧。也不用睡沙发，我有两间房。”

“我不能给你添麻烦。”

“不麻烦，就住这里，你刚才不是跟谁说我是个好心人吗？那我就做一回好心人吧。”

马小雪给萧维斌发完信息，接着就去了她供职的那所大学，来到人事处要求复职上班。做洗脚工时，马小雪也能做得很称职，可是她从内心里厌恶给别人搓脚，这是毫无疑问的，她之所以要做下去，就在于她刻意给自己泼脏水，故意在自己精致的生活当中安排一段不堪回首的流放生涯，仿佛是给自己判了一段刑期。当她得知自己怀孕了，觉得这段刑期应该自动终止。她不能让自己的孩子，无论是儿子还是女儿，知道他们的母亲是个洗脚工。她可以让公孙城的女人做洗脚工，但不能让自己孩子的母亲做洗脚工。即使他们还没有出生，即使还在娘胎里，也必须让他们得知，他们的母亲不是洗脚工。

下午邱凤仪打来电话，马小雪抢先告诉她：“我到学校了，马上回学校上课。”

“这就对了，”邱凤仪说，“你不要再胡闹了。”

“我要回归正常，”马小雪说，“我的生活以前不正常，我受过很好的教育，却在虐待自己，我现在要重新做个正常的女人，过上正常的生活。”

邱凤仪更想知道马小雪怀孕的前因后果，于是她拦住马小雪的话头，问：“你知道我不是要跟你说这个。”

“我知道你要说什么，我会找机会原原本本告诉你的。你是不是也要告诉我，你什么时候给我找了个后爹呀？”

“后爹，我没给你找后爹。”

“那你家里那个男人是谁啊？”

“原来你回来过，你看到他了？他不是你什么后爹。”

“那他是谁，你一个单身女人家里怎么随便睡着一个男人？”

“怎么说呢，他是个农民工，遇到了困难，我让他暂时在我这里住几天。”

“好吧，就算是，看来所有人的生活，对别人来说都是秘密。”

“我没秘密，小雪，你刚才说到了正常的生活或不正常的生活，以及正常的女人和不正常的女人，我赞成你说的话。你在小店给人洗脚是不正常的，回到大学教书才是正常的。但同样的道理是，如果你未婚先孕，如果你生下一个不知道父亲是谁的孩子，同样是不正常的生活。”

“这个我不认为有什么不正常。”

“虽然我没有问过你，但是我相信你会把孩子生下来。”

“当然，我的孩子一定会生下来。”

“可是孩子的父亲是谁，你能公开吗？”

“不能，孩子的父亲不能公开。”

“为什么？”

“因为孩子的父亲有自己的家庭，还有自己不能公开的身份。”

“也就是说，他也不能做你丈夫。”

“是的。”

“小雪，这件事情我认为很严重，我们必须好好谈谈。”

“我在和你谈话之前就已经知道你想说什么。”

“尽管如此，我们还是要谈谈。”

“可是这个时候我不想和你谈，我想和父亲谈。”

“你这么说真让我伤心，小雪，我想这也不是你父亲想听到的话。”

马小雪挂了电话，她明白，自己已经伤害到了邱凤仪。

十

公孙城离婚时留下了一只箱子，那是只精致好看的箱子，上面挂着一把锁，公孙城跟马小雪说：“等你将来有了丈夫，请把这个转交给他，这是我赠送给他的礼物。”马小雪一直觉得这很可笑，太做作，太虚伪。

“你和他有什么关系？他为什么要接受你的礼物？你为什么要赠送给他礼物？”

“我希望你能碰到像我一样爱你的男人，做你丈夫。我会尊敬他，这礼物便是表达我内心里的这份尊敬。”

马小雪不予理睬，她仍然认为这是在安排她的生活：他企图在我未来的生活中占有一个位置。我未必能重新爱上谁，也未必能再嫁人。如果我重新结婚了，他是不是想在我未来那个丈夫心里，以这份礼物的形式得到某种存在？

公孙城把箱子和钥匙一并交与马小雪。马小雪好几次想把这些东西扔掉，可终究没扔。她一次也没打开过箱子，钥匙在她手中，她随时可以打开，却一次也没打开。她一点不想知道箱子里装着什么。有很长时间，她全忘记了，不再记得家里衣柜里面还藏着这么一只箱子，但是在和萧维斌约好今天见面的这个日子里，她忽然想起来了。她把箱子拿出来，箱子表面已蒙上灰尘，她将箱子擦拭干净。钥匙在梳妆盒里，她注视着小箱子，心想里面装着什么呢？她忍着没有打开，她想：那不是给我的东西，我不能看。它是萧维斌的，等会儿送给他。她爱着萧维斌，身体里怀着他的孩子，正是这一事件让她确认，萧维斌就是她丈夫，这个即将降生的生命把一切都改变了。她以前没这样想过，虽然以前她也爱萧维斌，但是从没想过萧维斌也是她丈夫。既然她想萧维斌就是她丈夫，也便记起了公孙城留给他的这份礼物。

萧维斌还不到八点就来了，比他以前来得都早。“我顶多只有半个小时。”他一进门就说。

“这个你跟我说过。”

“我答应过代素红，今天早点回去。”

马小雪警惕地问道，“今天是什么特别的日子吗？”

“也没什么特别，”萧维斌嗫嚅着说，“今天是我们的结婚纪念日。”

“这还不特别吗?”马小雪心里像被刺了一刀,但她笑着说,“我不会占用你太多时间,你早点回去吧。”接着,她告诉萧维斌,她要回学校教书。

萧维斌很高兴,说:“我一开始就不相信你是洗脚工,我知道你有来头,虽然我说不清楚是什么,但你肯定是有来头的。我记得用英语问过你,我问你的来历是什么。”

“我也记得,你那次用英语向我提问,是我们好上的开始。”

“你混在沙子里,仍然不是一粒沙子。”

“你想说我是金子吗? 还是珍珠? ”

“我不知道,可就算蒙着尘,你也不是尘。”

“我不想讨论这个问题。”马小雪有点垂头丧气。他们说话的方向不对,不在一个频道上。“你还在强调身份、职业,你可能觉得大学教师比洗脚工更高贵。”

“这也不是。”

“我有东西要给你。”马小雪说。

箱子涂着黑色油漆,色泽沉郁,锁是老式精巧的铜锁。“这是什么?”萧维斌身上有点发毛,“不会是什么遗嘱吧? ”

“你想哪儿去了? 这是我前夫送给你的礼物。”

“送给我,为什么? ”萧维斌连声发问。

“他不知道你,也不认识你,”马小雪把从前的事说了一遍,“我前夫留了一份礼物,声明说要送给我后来的老公。”

“这个太诡异了,天底下好像不会有这等事。再说我也不是你老公,我们有共识,我们不可能结婚。”

“是啊,我们不可能结婚,我也没打算跟你结婚,可我还是认为你是我老公,你是我没有领结婚证的老公,所以我想还是把它转交给你。我前夫说这是他对你表达尊敬的一份心意。”

“他为什么要尊敬我? ”

“你还是先打开吧。”马小雪把钥匙递给萧维斌,“里面有什么我不知道,我没看过。”

“那我能请你走开吗?我倒想一个人看看你前夫送给我什么礼物,然后……”

“然后什么? ”

“我叫你再过来。”

马小雪去了另一个房间，箱子里有封信，信封没写姓名，没写地址，也没封口。萧维斌抽出信纸，信纸上面只写了几行字，没有称呼，实际上就是一份清单：1.鸡血石吊坠人面狮身护身符；2.皮带；3.手表。

萧维斌请马小雪过来，他坐在沙发上，喝了口咖啡，咖啡有些凉意。他沉思着说："你前夫是个厚颜无耻的人，他做的这件事也是厚颜无耻的事情。"

"他厚颜无耻吗？"

"是的，太厚颜无耻了，看看这封信吧。"萧维斌把信纸递给马小雪，"你不能说这是封信，它就是一份礼品清单。他为什么送给我，也就是送给你后来的老公这些礼物呢？他要把你托付给谁？然后再贿赂被他托付的那个人。他以为他是谁，即使离婚了，你仍然归他所有。就像这手表这皮带一样，你是没有列入清单的另外一份东西，是这个意思吗？"萧维斌脸色苍白，他残酷地讥笑着："他一定是这个意思，这不是什么礼物，这是一种仪式，一种移交，一种转送，包括你。你没有被锁在箱子里，你是箱子外面另一个被他送出的东西。用你的话说，他对我，也有可能不是我，也就是对接受这些东西的人表示尊敬。并且要对你好，要善待你后来的生活，这是他所做的安排。"

"你想多了，"马小雪说，"这是他的习惯。他一直是这个样子，喜欢给他尊敬的人，或者给他喜欢的人赠送礼物。"本来，马小雪还想告诉萧维斌，告诉他自己怀孕的事情。因为她怀着他的孩子，所以才把他当成老公；因为把他当成老公，所以才想起这份应该由她老公收下的礼物。但是他显然还没有做好准备，他不认为他是她老公，她因此也没必要告诉他。她突然想：我可以不告诉他，我怀上孩子，原本就是上天赐给我的奇迹。我是不能怀孩子的，这是一个意外。应该是我们两个人的事情，但也可以只是我一个人的事情。可是，他为什么要骂公孙城厚颜无耻，这手表皮带吊坠都是奢侈品。

"吊坠是表达祝福的意思，我就收下这个吧，其他东西我不要。"萧维斌只取了吊坠，重新把铜锁锁上，再把钥匙还给马小雪，"我得走了。"

"你不能留下来吗？"

"我不能。"他看了看时间，"我快迟到了。"

马小雪没把怀孕的事情告诉他，她想：她爱上他是不是个错误？前夫送给他的礼物，他没有全都收下，只取了吊坠。他只看重吊坠的护身符意义，只想保护自己，也只在乎祝福的意义，别的他不在意。

代素红做了一桌菜等着萧维斌。“你今天准时回来了，我很高兴。”她说。

“我以后尽量准时回来。”

“不要，你忙你的事吧。”他们喝了点酒，说了很多贴心知己的话。

代素红是理解他的，明白他的，一直在支持他。他告诉代素红，他以前的处长，现在的巡视员，一个很好的大哥覃国建马上要退休了。覃国建很欣赏萧维斌，前几天来找他，好好谈过一次。“他可能有意为我指点迷津。”

覃国建曾说：“兄弟，你工作做得不错，能力强，学历高，但是你要在其他方面动动脑筋。我不是让你在领导那里走门路，那是歪路，也特别困难，特别有风险。我建议你扩大视野，增加一些外围的必要的应酬，所谓‘功夫在诗外’。”

“外围应酬，”代素红说，“是啊，你确实需要有一些外围应酬。”

覃国建说他现在的身份不那么敏感，偶尔带他出去走动走动，也不会惹出太多事情。有个很重要的人物，据覃国建说，他本人并不是官场中人，也不是商场中人，他的身份很模糊，说不清楚，但他是个德高望重的人，不定期在他的别墅里主持聚会。参加聚会的人当然也很重要，这就不用说了，但是，他的聚会一向低调，从不对外张扬，几乎可以说很神秘。主人年纪已经很大了，现在基本上是他儿子出面。他有时出来跟大家喝杯茶，简单寒暄几句；有时候不出来，只由他儿子代表他向大家问好。这种聚会一般都没有什么实质性内容，就是务虚的清谈、喝茶，有时也喝点酒，不讨论具体问题。

萧维斌很惊奇，不知道还有这样的聚会，从不曾耳闻过。他请求覃国建带他参加，覃国建答应了，说他一定想办法引荐。今天覃国建跟萧维斌说，他的引荐好像起作用了，下周有一次聚会，覃国建认为萧维斌很有可能会得到邀请，萧维斌说：“在这个结婚纪念日里，这是我收到的最好礼物。”

代素红拿出一个小盒，从小盒里取出一个物件，也是吊坠，木制品。萧维斌生肖属兔，这是只可爱的小兔。

“送给你，亲爱的。”

“你还给我礼物。”

“不值钱，才五十块钱，好玩。你愿意戴就挂在脖子上；不愿戴挂在车上也可以，放你办公室抽屉里也行，或者偶尔挂在手腕上。”

萧维斌接过来。“我很喜欢，”他说，“我一向都没给你送礼物。”这时他想起从马小雪那里拿到的吊坠，“巧得很，我也给你买了个吊坠。”他从口袋拿出吊坠来送给代素红。

代素红拿在手上，喜不自禁。“这色彩，这纹理，太棒了，真是好东西。还是狮身人面，有什么讲究吗？”

“我也不懂得，没有什么特别的讲究，就是个护身符。”

“是不是值很多钱？”

“值不了很多钱，也很便宜。”萧维斌含混地说。其实到底值多少钱，他也不知道。

代素红让萧维斌亲手把吊坠戴在她脖子上，萧维斌这时想，他当时怎么就只拿了这只吊坠呢？在潜意识里他是不是当时就已经想好了，要把它当作送给代素红的结婚纪念日礼物？这么做是不是太卑鄙了？用他当时骂马小雪前夫的话来说，是不是也厚颜无耻？

“你什么时候能去参加那神秘聚会？要不要提前谋划一下，把功课做在前面，比如……”代素红摸着吊坠说，“你要不要给那神秘主人也带一份礼物。”

“你的意思是见面礼吗？”

“对啊，见面礼，不要太值钱太夸张，不要让人感觉到你在巴结人家，不要让人有负担，好像在贿赂人家，有什么意图，却能让人产生好感，让人愉悦。”

夫妻俩开始讨论礼物问题，他们的生活和消费能力限制了他们的想象，不知道这样一个神秘的，既没有官场职务又没有商业名分的重要人物，初次见面时送给他什么东西比较合适。这样一个人物既能对官场施加影响，也能对商场施加影响，按覃国建的话说，几乎是无所不能。萧维斌又想起马小雪那只小箱子，想起那块手表、那条皮带：能不能把它们转送给他呢？两件东西可以送两次，都是奢侈品，送出去不掉价，拿得出手，也很贴心，都是男人随身用得到的东西。

十一

覃国安不能原谅甘秀枝，她都差点死在高速公路上了，却又那么快住到儿媳家里去了。不像他现在居无定所，盼着覃国建快点通知他离开，早点去做保安。

他跟邱凤仪说：“我在你这里住了三天了，不能再住下去，我要离开。”

“没关系，你继续住着吧，等你新工作有着落了再走不迟。”

“有句话我想问你，可又不敢问。”

"问吧,你想问什么? "

"不知道照片上那个男人是谁,我每次在洗手间对着镜子刮胡子,都跟他肩并肩,我看着他,他也看着我。"

"他是我老公。"

"我想到了,他是个好男人。"

"他不在了,如果他还活着,我不是这个样子。"

"你这个样子不好吗? "

"我这样子不好,连个说话的人都没有。我拼命跳舞,你以为我喜欢那些跳舞的人吗? 我不喜欢,一个也不喜欢。你以为我看得惯他们化妆吗? 你以为我愿意给自己化妆吗?我看不惯他们那样,正像你跟我说的,画得跟鬼魂一样。可我只能做这些事情。我不缺钱,我有钱花,可是我没有一个可以说话的人。跳完舞,回到家,我只能看着电视里的人说话;我能听他们说话,却无法跟他们说话。一个人如果没有可以说话的人,如果没有可以说话的地方,那这个人活着还有什么意思呢?我跟老马年轻时在厂里都是劳模,什么事情都会做到前面去;退休后,他组织了一个暴走团,我跟着他们跳舞。我们每个人选定一个爱好,他暴走,我跳舞,也想做到前面去,也想做劳模,我们不停地给自己加码。老马有个团队,他是那个团队的头儿,他为团队制定作息时间,包括什么时候集合,行军路线怎么规划,什么时候解散,播放什么音乐,保持怎样的队形,谁在前谁在后……队列要整齐,还要好看。男女之间、高矮之间、年龄大小之间怎样排列组合,走到哪里呼喊口号,保持怎样的节奏,呼喊什么口号,马文浩这些都要操心。我们以前是老黄牛那样的劳模,从来没做过领导,现在他操起心来就像是领导。他还比他们团队里的其他人走得更多,他要起到带头作用。手机上他有自己的步数记录,无论刮风下雨还是下雪,他的步数每天都要增加。我劝过他,我说:'你走路就像股票,有涨也要有落,你每天的步数不能只涨不落。'他跟我说:'你不要拿股票打比喻,你要打比喻,就拿房价打比喻吧! '他要保持步数一直往上增长,所不同的是有时增长多点,有时增长少点,他太拼了。有一天他走完了,回来的时候满头大汗,像是喝醉了酒,满脸通红,身上的汗水就像淋了一场大雨。我让他先休息一会儿,可是他很兴奋,像醉酒汉子那么兴奋,跟我说了几句意味深长的话,可又指向不明。然后他把自己关在洗手间里冲澡,我听到流水哗哗直响。从洗手间出来,他有些失魂落魄,他说他好累。我说,那你去休息。他躺到床上就不行了,是心梗走的,走得很快，如果发生在现在，也许还有救，因为我现在知道心梗发作的病人应该怎样急救。可当时我一无所知，我亲眼看着他走的。我先打了110，而不是120，等120急救车来到时，他已经不在了。我从来不相信他是因运动过量造成心梗，我了解他的体魄，再大的运动量也不可能压垮他，他一定是身体里隐藏着另外我们不知道的疾病。”

“太不幸了。”覃国安说。

“我女儿让我减少运动，跳舞跳少一点，我坚决不同意。”

“还是小心为好。”

“没什么需要小心的。我终于想清楚了，如果必须要走，像老马那样走，可能是最好的方式。他走得毫无痛苦，没有折磨自己，也没有折磨别人。”邱凤仪在哭，无声地淌下泪水。覃国安从茶几上扯了几张餐巾纸递给她。她接过纸巾，擦了擦眼泪：“老马走的时候，包括给他料理后事的时候，我都不曾哭过。在女儿面前，我也不曾哭过，可是这时候跟你说起这些，我却哭了。你知道我为什么要哭吗？”

“我不知道，是不是因为我是陌生人，你才能哭出来。”

“陌生人只是一个方面，另一方面，也不知为什么，我觉得能够信任你。刚开始认识你，我就信任你了，所以才让你住在我家里。”邱凤仪说，“还有一个我一说起来就会哭泣的原因。我给马文浩料理后事，整理遗物时发现了他的一个秘密：那段时间，他正跟一个女人好着，那女人是他们暴走团的旗手，就是每天走在队伍最前面，举着旗帜的那个人。她身体健壮，体能好，能一口气快步走上几个小时。她也是我们从前的同事，口碑极佳，从不曾有人说过她的坏话。她是个寡妇，独身十几年，养大了儿子，寡居期间保持着非常好的声望。但是在他们一同组织暴走团时，她和老马非常热烈地相爱了。我从老马手机上了解到，他们爱得热烈，旗手想嫁给他，她催促马文浩跟我离婚，然后娶她。老马坚决拒绝跟我离婚，但是禁不住旗手反复祈求哀告哭诉。老马口气在软化，答应她慢慢想办法。旗手无法容忍哪怕是跟他短暂的分离，那段时间，老马遇到了他这一生从来没有遇到过的最困难的事情。他本来是个果断的男人，可是在寡妇和我之间，他变得优柔寡断。他很痛苦，但是他从没在我面前流露过什么，我什么也不知道，从来不曾想过这个跟我生活了一辈子的男人，在他临死之前居然背叛了我。我销毁了所能看到的所有证据，从来没有告诉过我女儿。我要让老马在女儿心目中永远是个正派的父亲。虽然我也知道，女儿不会因为这件事情而看轻她的父亲，她不会从道德上贬损或否定老马，但我还是愿意维护她父亲的形象，这也是在为我自己保存一份颜面。而且在寡妇面前，我也假装什么都不知道，她来为老马守灵，我为她当时流下的泪水而难过。她不能像我那样大放悲声，她一边流泪，还要一边隐藏真情。她只能像普通同事那样流泪，而不能像情人那样号啕大哭。她真正的痛苦要在她离开这里之后，当她独自一人的时候才能尽情宣泄。后来，我们每次见面都客客气气的，我们彼此心照不宣。我以为是这样，而她却没有这么明确，她一定很疑虑，她甚至可能并不知道我已经知道了他们的私情。至少老马还活着时，她知道老马没有向我捅破这层窗户纸。”

说完，邱凤仪好像很累，覃国安倒了杯水，递给她喝。“我以为会承受不了，可事实是过了两年，什么事也没有，生活还在继续。其实无论怎样的打击，都能承受下来，唯一需要的就是时间。”

“现在你是唯一听我讲过这个故事的人，”邱凤仪的眼睛闪闪发光，“你给我递来一杯水，我很感激你。你还有另外一种选择，那就是抱着我，我没有别的意思。”

覃国安听懂了，走过来，正要抱她。

“可是现在不必了，”邱凤仪说，“我教你跳舞好吗？在你重新做事之前，你就陪我跳舞吧。”

“可我不会。”

“我知道你不会，所以我才要教你。”邱凤仪打开音乐，“来吧，我教你，慢慢来，一步一步跳。”

覃国建打来电话，他问：“你还住在相好家里吗？”

“还住在她家，我要告诉你，我们不是相好，她就是个陌生的好心人。”

“好吧，好心人，你运气不错。另一个好消息是，人家答应要你，可以住在那里，很大的别墅。不止你一个保安，还有个保安，你跟他轮流值班。我忙完事就开车过来，把你送过去，你到时候给我发个定位。”

“好啊，太好了！真希望这是我能做的最后一个工作。”

十二

代素红在银行工作，有个关系很好的同事，平时喜欢了解各种奢侈品牌。她看到了代素红的吊坠——是代素红有意给她看的，说是老公送的结婚纪念日礼物。同事看了特别吃惊，告诉她这是某个品牌的奢侈品。代素红不相信，同事告诉她确凿无疑，还拿出图片给她看，果然一模一样。

“会不会是赝品呢？”

“不是，”同事说，“绝对正品。”

代素红试着问了下：“值多少钱？”

同事说了个价格，吓得她直吐舌头。

“有那么贵吗？”

“难道你会不知道？”同事说，“很正常啊，这就是它的身价。”同事说出品牌名称和价格，“这是男人佩戴的饰品，是你老公的吊坠，你故意戴出来玩，对吧？”

代素红脸红了，随即变得苍白，她说：“是的，戴出来玩一下。”她记得很清楚，萧维斌给她时，曾语焉不详地说不值钱，是在街边随便买的便宜货。

晚上，代素红问萧维斌：“这吊坠真的不值钱吗？”

萧维斌说：“你怎么还在计较这个？”

“我就想知道是不是便宜货。”

“当然是便宜货，我在街边小摊上随便买的，就是颜色鲜艳点。”

“我知道了。”

“喜欢吗？”

“我喜欢。”

“喜欢就好。”

代素红没吱声，她知道老公在骗她，如此认真如此坚定不移地欺骗她。她不知道原因是什么，不知道吊坠里面藏着怎样的秘密。代素红每天比萧维斌走得早，在他前面上班去了。

萧维斌起床时，发现脖子上的吊坠不是小兔，变成了狮身人面像，以为代素红弄错了，或是故意恶作剧，便打电话问她。

代素红说：“你可能弄错了，你买的时候，摊主可能没告诉你，那是男人戴的吊坠，不是女人戴的。我昨天晚上还给你了，你当时睡着了，我没弄醒你。你还是自己戴吧，小兔子我拿走了。”

说完，代素红挂了电话。什么意思？这不是彼此交换的礼物吗，怎么又物归原主了？如果萧维斌认真想想，他会发现里面有蹊跷。可是他没太在意，他在想另外的事情。

覃国建跟他说定下来了，下周末那个聚会，公孙先生已经邀请他了。对了，覃国建告诉他，那个神秘的主人就是公孙先生，住在郊区别墅，很安静。公孙先生的儿子住在市区，是研究所里的学者。每到周末，作为学者的公孙城先生会带着妻子和两个儿子来到别墅陪父亲母亲。他有两个儿子，听说还要生第三胎。覃国建说他听到一种传说，好像公孙家前面几代都是单传，但是到了公孙城这一辈，却可以生三胎了。如果公孙城还可以生，公孙先生希望他继续生下去，希望公孙家能生很多孩子。在这方面，公孙先生和公孙城保持着一致的想法。覃国建又说，现在公孙先生身体不太好，主持聚会的多半是公孙城先生。公孙城先生虽然很健谈，但话不多，总把说话机会让给客人。这次聚会的主题是兰草和围棋，多半会聊这方面的话题，现场有名贵兰草供人品鉴。萧维斌很委婉地问覃国建，他是第一次参加聚会，也算是拜访公孙先生，他不太明白，也不太懂是否需要带点什么礼品。覃国建说不需要，人熟了，从来不带什么礼品。但是他仔细想了想，又说："你们第一次见面，随手带点什么很小的男人物品，好像也没什么不合适。"

"什么样的男人物品呢？"

"我也不知道，不过像什么钱包呀、剃须刀呀、皮带什么的好像都可以。"

萧维斌脑子里又浮现出马小雪家里那只小箱子、那条皮带、那块手表……那些东西应该都是覃国建口中的男人物品。

刚跟覃国建分手，萧维斌就接到了马小雪的电话。最近一段时间，常常出现这种巧合，只要萧维斌意念中出现谁，忽然就能接到谁的电话，他刚想到马小雪家里的小箱子，结果她的电话就打来了。

"我正想到你呢。"他说。

马小雪说："我给你打电话就是想告诉你，希望你不要以为是我前夫侮辱了你。如果你认为那是一种侮辱，那也不是他故意的。他并非有意让你得到受侮辱的感觉，那可能只是他表达善意的方式。他喜欢用金钱用物品表达他的善意，他一直是这样的。"

萧维斌不打算反驳她："看来我们是不同世界的人，我从来都没有办法用金钱、物品表达我的善意。"

"那是他的事情，跟你我无关。我早已放下他了，我爱的是你。当时你说他厚颜无耻，我就想到你一定是觉得受到了侮辱。我没有当场解释，我担心你更加愤怒。我选择几天后才给你解释，把你当老公，所以才转交他送给你的礼物。""你很快要做我孩子的父亲了。”这句到嘴边的话,她仍然没说出口。

“你是想让我接受礼物吗?”

“接不接受是你的事情,我只想解释一下,只要我解释清楚了,这件事情也就结束了。”

“好吧,我愿意接受。”

萧维斌从没问过她的前夫是谁,他对她那段经历毫无兴趣。

当他把那只精致的黑色小箱子搬进汽车后备厢,马小雪一下子轻松了,仿佛那是她生命中的不祥之物,怎么看都像个黑色小棺材,放在家里早晚会带来噩运。以前为什么没这么想呢?直到萧维斌抱着它出门时,她突然想到,它就是不祥之物。萧维斌赶时间上班,正从马小雪这儿路过,就顺手把小箱子搬上车了。

马小雪坐在副驾驶座位上,说:“我想再陪陪你。”

“真是没时间。”

“我不耽搁你,就坐这里陪着你。你开车,到办公大楼我下车,再坐地铁回来。”马小雪想:这可能是最后的机会,如果我不告诉他怀孕的事,那么我以后永远也不会再告诉他了。可是如果告诉他,又会是什么结果?她看着萧维斌,萧维斌的脸是她爱过的脸,他有权知道这件事。于是她开口说道:“萧维斌,我怀孕了,怀上了你的孩子。”

萧维斌来了个急刹车,后面的车差点追尾,司机愤怒地按着喇叭。萧维斌把车开到路边,打着双闪,停在那里,他要平复一下自己的心情,他脸色发白。

“这是不可能的事情,你跟我说过,说你此生不会怀孕。”

“我是跟你说过,那是医院的结论,可现在的事实是,我怀上了。”

“多长时间了?”

“八九周了。”

“赶快打掉吧,把胎儿打掉。”这是萧维斌第一时间说出的话,马小雪就像亲眼看到他举着刀子刺向一个婴儿,而那婴儿就是他的亲生骨肉。他眼神慌乱,马小雪想过他会有很激烈的反应,但是没想到是这种反应。

“我不会打掉胎儿,我之所以告诉你,是想让你知道我的决定:我会把孩子生下来,这是上天赐给我的。”

“这不是上天赐给你的,这是我们关系中出现的不可理喻的结果,出现的一次疏忽、一个错误。要么你以前告诉我不能怀孕的话是假话,是在骗我,要么是一种计策。总之，这件事情很可疑，你让我很被动，难以自拔，你可能会毁了我。”

马小雪想：这个男人真是我爱过的男人吗？他现在想的全是他自己，完全没有替我着想，也没有替我们的孩子着想。

“我曾经跟你说过，你也知道的，我是个没有污点的人，什么时候我都没有污点。我唯一担心的就是我们的关系，我怕这种关系被人攻击，一旦遭到攻击，它很可能是我的阿喀琉斯之踵，那是我的弱点所在。如果我们能隐蔽得更好，尽量不被人发现，即使被发现，因为年轻，也许还有可能被原谅。但是如果你生下了孩子，那算什么？非婚子、私生子，或者重婚罪。”萧维斌惨笑着说，“那事情就大了，不要说什么美好前程，我现在的位置都不一定保得住。谁要搞我，整我，分分钟的事。”

马小雪没等他说完，拉开车门跳了下去。她不能再听他说话，再听他说话，她会呼天抢地大哭一场，她会呕吐。她将离开他，彻底离开。她要生下孩子，跟自己的孩子相依为命。此时，爱情困扰着她，她就爱过两个男人，却都分开了：公孙城是因为她怀不上孩子离开了她；萧维斌则是因为她怀上了孩子离开了她。最好的爱情都是跟死亡连在一起的，比如梁山伯与祝英台，马小雪这时候想到了父亲马文浩，他因为心梗骤然离世，这使得他和母亲的爱情画上了完美句号。她和这两个男人，无论哪一个，只要在他们还爱着的时候她死去了，或者他死去了，也许他们的爱情才能称为爱情，而眼下，无论怎么看都太狗血。

十三

覃国安是个聪明人，从来没跳过舞，跟着邱凤仪学了一天就学会了，还能做出有一定难度的动作。他还跟着邱凤仪到和平公园门口去跳过一次，但是他坚决不同意化妆。不得已，邱凤仪也只好不化妆。

见他们来了，何丽琴赶紧过来问邱凤仪：“你怎么没化妆？”

“起来晚了，来不及。”

何丽琴又对着她耳语：“我记得这个人，好像是个流浪汉。”

“他不是流浪汉，他马上就会住进别墅。”

“哦，这样哦，那倒让人刮目相看。不过，他脸上的伤疤好像还没全好。”

“很快就能好了。”邱凤仪想，他确实会住进别墅，但她没告诉何丽琴，他只是别墅里的保安。她看到何丽琴羡慕的眼神，望了望覃国安，明白这就是话术的魅力。在他们跳舞时,她的眼睛一直望着这里。

覃国安说:“她和你可真亲密。”

“那当然,这里的人都知道,我们是最好的朋友。”

袁从良又穿了套新衣服,却有些没精打采,即使化了妆,也显出营养不良的样子。他条件差是公认的事实,可是每天下午照常到棋牌室打牌,如果运气好,赢点钱倒还罢了,但是听说他很倒霉,总输钱。这使得他的生活入不敷出,常常借钱度日:关系好的人三番五次借,关系差的人借得少一些,可是关系再好也禁不起三番五次借。

邱凤仪当时有个办法,就是在他借钱的时候声称:“不要你还,这钱是我给你的。”这样一来,表面看是对他好,是大气,实际上却堵住了他的嘴,让他不好意思再开口借钱。正是在他第一次跟她借钱,而邱凤仪又声称不要他还钱的时候,他们成了舞伴。后来何丽琴的舞伴重新回到暴走团去了,她便一个人跳着。邱凤仪有时候主动让袁从良去陪她跳,袁从良在跟她跳舞时,很巧妙地诉苦,讲到自己的家庭困难,何丽琴主动接济他,时间一长,他们就跳到一起去了。邱凤仪跟覃国安说过,她跟何丽琴的友情是一种特殊的友情,她们这样的友情和其他女人之间的友情不一样:她们分享只属于她们的秘密,另一些秘密则没有袒露。何丽琴曾经很坦率地跟邱凤仪说过,她把袁从良挖走是一桩义举,她说袁从良品行不端,将给她带来很多问题,让她蒙羞,这样的人谁沾上谁麻烦,会让她在财务上蒙受损失,还会给她的名誉带来损害。

覃国安说:“这么说她是在帮你。”

“大概是这个意思,她宁愿自己吃亏。”邱凤仪笑着说,“这就是我们友情的部分内容,虽不是全部内容,却是很重要的内容。”

覃国安告诉邱凤仪:“明天覃国建来接我,送我去上班,那边的事情都定下来了。”

“恭喜你。”

“谢谢你收留我好几天,我怎么感谢你才好?”

“以后休息的时候过来看我吧,也是缘分。”邱凤仪又加了一句,“谁活着都不容易。”

覃国安和邱凤仪又跳了一次舞,这个晚上是他在邱凤仪家里的最后一夜。邱凤仪早早进了卧室,没和覃国安打招呼,什么也没说。覃国安也早早在客房睡下了。半夜，覃国安一直睡不着，他睁着眼睛，想起覃国建在电话里说："你是不是还住在相好家里？"这个词在这最后一个晚上让他全身火烧火燎，"相好"是个卑鄙的称呼，也是一个让人欲火中烧的称呼，他不知道为什么会有这种不好的想法。他想过去，进到她卧室去。在这之前，他还一次也不曾进过她的卧室，就今天晚上，他想进去。他从床上爬起来，光着脚，穿着内衣，轻轻打开客房房门，蹑手蹑脚穿过客厅。他没开灯，小心翼翼地不发出声音。他在客厅里站了一会儿，心跳得特别厉害，又想退回去，退回客房，可是不甘心。他继续往前走，走到邱凤仪卧室门口，他的手指都已经触碰上了房门。他没有推门，也不知道邱凤仪有没有把门锁上。如果门没有上锁，只是虚掩着，那么他轻轻一推就能推开；如果门锁上了，他可不可以敲门呢？但是他既没有推，也没有敲。他往回走，到了客房门口，他不愿意进去，不愿意进到客房里去，他又站住了。站了一分钟，他又走向卧室……来来回回走了好几个来回，他徘徊，徘徊着，叹息着。其实，邱凤仪也没睡着，也睁着眼睛，卧室的门没有锁上，门只是虚掩着，轻轻一碰门就开了，但他下不了决心。邱凤仪能听到他的脚步声，虽然极其轻微，但是她能听到那微弱的犹豫的胆怯的脚板触碰地面的声音，邱凤仪听得一清二楚，还有他的喘息声，伴随着的叹气声也都能听到。覃国安可能需要帮助，邱凤仪假如能帮他一下，可能这个夜晚就将变成另一个夜晚，可是邱凤仪没有帮他，也许她自己也需要帮助。勇气、道德，以及弥漫在黑暗空气中的性欲，实在令人伤心，也实在令人着迷。覃国安去了一次洗手间，他打开灯，在这里又看到马文浩。他从镜子里和马文浩的眼睛对视着，这一下，他打了个哆嗦，恨不得抽自己嘴巴子。

天这时候快亮了，覃国安没有走向卧室，也没有走进客房，就在客厅沙发上躺下。这是他第一次来到这座房子睡下的地方。

覃国建将要在约定时间来到这里。邱凤仪从卧室出来，眼睛红肿着，覃国安诧异地看着她，说："你没睡好吗？"

"你不用管我。"她说。

"你说过，让我以后休息的时候来看你。"

"你还记得？"邱凤仪背过身去擦眼睛，"到了那里，空闲时多给我发微信，语音视频都可以，也可以拍照片。发视频这些你都会吗？"

"我会的。"覃国安说。

"你还听书吗？听什么书？"

“我在听《堂·吉诃德》。”

邱凤仪递给覃国安一副手机耳机:“管你听什么德,听书时戴着耳机吧,别老举着手机,像老头儿举着收音机。”

“嗯,好吧。”

覃国安背着双肩包出去，邱凤仪说:“我就不送你了，我不想让覃国建看到我。”

“不送不送。”覃国安说,“他看到你又要乱说。”

“他乱说什么?”

“没什么。”

“他说我是你相好,是吧?”覃国安假装没听到,匆忙出门,走了。

十四

覃国建在路上说:“那是户好人家,家境特别好。对了,人也好,给你的薪水也不会太少。”覃国建说自己下个月就退休了,工作一生就这么到头了,说这话好像有点凄凉。他为人厚道,一生能做到这个位置也不容易。听他说,他现在是巡视员,不是实职,是个虚职,副厅级,也就解决一个待遇问题,退休后可以拿副厅级工资。“以前没帮过你,现在要退休,才主动跟公孙先生提到你,还好,他们很给我面子,接受了你,我今天把你送去,你就正式在那里入职了。我下个周末可能还要来做客,你以后在这里做事就知道了,他们家聚会多,都是很重要的聚会,来的客人都是很有来头或即将有来头的人。你就做你的事情,看到我也不必打招呼,还是装作不认识比较好。”覃国安心里头没来由地打了个寒战:怕我丢覃国建的人吗?但是他说:“我记住了。”覃国建又说:“他们会安排休假时间,休假时,我建议你还是回到嫂子那里去,他把甘秀枝叫嫂子,他比覃国安小一岁,正好今年退休。“没必要太决绝,”覃国建对覃国安说,“我认为嫂子是对的,家人之间何必计较,何必记仇?嫂子能原谅儿媳,原谅儿子,是长者风范。”

覃国安闷闷不乐地想:覃国建这是在教育我,他因为给我安排了工作,就可以教育我吗?

“你是不是认为我在教育你?你是不是想,我因为给你找了份事情做,就自以为有恩于你,就可以教育你?不是的,哥,我就是觉得嫂子太难了,你知不知道嫂子给你打电话，你不接，她就给我打。她给我打电话就哭，她要我劝你回去。我跟嫂子说，这需要一个过程，你最终是会回去的。”

“我回去，我能回到哪里去？那是儿子的房子，我们没有房子，没有家，也没有老家。”他不想在覃国建这里提到老家，“将来老了，不能动了，我们人在哪里？我倒是愿意陪伴甘秀枝，可是我们在哪里相互陪伴？”

马小雪在手机里把萧维斌拉黑了，所有联系方式全都删除。萧维斌发了疯似的找她，可怎么也联系不上。他来敲门，使劲拍门，马小雪在屋子里，就是不开门。他脸色发青、焦黄，他知道自己即将崩溃，随时都会歇斯底里地发作。他无法容忍马小雪把孩子生下来。他要当面警告她，并且告诉她他的决定：如果马小雪执意生下孩子，如果马小雪执意想做母亲，那么她可以另外再找一个男人，她从他这里已经得到证明，她可以怀孕，那么她就可以另找别的男人去怀孕。她不能生他的孩子，那样的话，私生子重婚罪，这些罪名随时都能安到他头上，这孩子就是潜藏在深水里的炸弹，不知道什么时候就会爆炸。马小雪从锁孔里看着他，心想：看来我不能再住在这屋子里了，她想回到母亲那里去。我就住到母亲那里去吧，他应该不知道我母亲的家。这个男人一定是疯掉了，他找我没有别的事，就是要撕破脸皮，逼着我打胎。

这个周末，萧维斌要和覃国建去参加那个聚会，他得到了公孙先生的邀请，覃国建马上就要退休了，所以才把萧维斌介绍进来。至于礼物，萧维斌准备把皮带送过去，他在网上查询过，那条皮带价值两万多块钱。他觉得把它作为见面礼送给公孙城先生应该是体面的，拿得出手。他衡量它的价值，估计和公孙城先生相匹配。如果不是马小雪把她前夫送给他的礼物转交给他，他还没有办法以合适的礼物相赠呢。他勤勤恳恳，不是一个擅长钻营、擅长结交的人，但是这一次，他希望能给公孙先生和公孙城先生留下好印象，保持好谦卑的姿态。覃国建说过，公孙先生欣赏谦卑的人，厌恶傲慢的人，他把谦卑正派和勤勉这一类品德看得很重。

覃国建还说，公孙家有深度，有厚度，是一个非常有历史的家族，其历史厚度深不可测。正因如此，萧维斌作为后来者，一个有理想有才华的青年俊杰，当然更希望得到公孙先生的青睐。

但是他必须清除一个障碍，马小雪肚子里的孩子，就是他前进道路上最大的障碍。他必须想办法，无论用什么办法，是啊，无论用什么办法都必须解决掉这个障碍。我在这个世界上，不能有一个私生子，这是不能被允许的，这可是灭顶之灾。她拉黑我也好，不和我见面也好，无非是想生下孩子。她太幼稚，太单纯，可能还不了解这种事情的危害。我能找到她，好在还有时间，如果她说的话是真话，那么八九周，时间还算短，我们还有时间。

十五

覃国安在别墅里已经上了几天班，总算安顿下来了，也熟悉了环境。有空时，他除了用邱凤仪送给他的耳机听书，便是给邱凤仪打语音电话。他告诉邱凤仪，别墅的主人挺好，有时坐轮椅，有时拄拐杖。还听说主人的儿子住在市里，周末才能回来。父子俩都很温和，和蔼可亲。覃国安说，就是管事的老王特别凶。别墅里专门有一个管事的人，叫老王，管着保安、花匠、保洁和厨娘。“老王说我形象还行，但是他要我守规矩。他特别强调规矩，我们这里的保安和别处的保安不一样，老王解释说，大家要特别守规矩，特别讲礼貌，说句不好听的话，做这里的保安，我们在内心里要把自己当成仆人。你们记住我的话，守住这个规矩就行了。既然有规矩，我就守规矩吧。覃国安跟邱凤仪聊天，还给她发照片，有别墅外面的照片，也有内部照片。

邱凤仪看到了墙上的照片，她从照片里看到了前女婿公孙城，但是她没跟覃国安挑明，也永远不会挑明。她想这个世界很可能是个循环着的世界，人也好事物也好，都在循环，弄不好什么时候就循环到一块去了。

他们有时候用语音聊，有时候通过视频聊，覃国安在别墅里的事情，他做保安的这份工作，慢慢都聊完了。好像再没别的话题可聊，又聊起从前的事，他在邱凤仪家住过那几天的事。他回忆说，在他离开那天晚上，差点就要敲邱凤仪的门。说出这句话，覃国安的脸顷刻发烧了。

邱凤仪说：“你终于说出来了。我当时听到你在客厅里走来走去，走了整个晚上。”

“你都知道了？”

“我当然知道，我还可以告诉你，我卧室的门并没有锁上。”

覃国安几乎有些哽咽：“为什么？为什么我什么都不知道？我太蠢了。”

邱凤仪笑着说：“没什么，这样不是挺好吗？”

"这样不好。"

"我还要告诉你另外一个事情。"

"什么事情,你想和我说你那个闺密吗?"

"是的,她叫何丽琴。"

"我知道,她就是和你老公好上的那个女人,那个举着旗帜走在暴走团队伍前面的旗手。你丈夫走了之后,她就从暴走团转过来跳舞了,大概是这样的吧?"

"你怎么知道的?"邱凤仪大惊失色。

"那天早上跳舞,在你换衣服的时候,她在我耳边问我,问你有没有跟我说过她和你老公的事,我回答说,你什么也没对我说过,于是她就把前面的话告诉我了。"

话说到这里,马小雪进来了,邱凤仪看到女儿,迅速把电话挂掉了。

"你在跟谁打电话?"马小雪站在门口说。

"一个新朋友。"

"妈,我可能要住在你这里了。"

"好啊,你不是怀孕了吗?我正好照顾你。"

"照顾我还不是最重要的,最重要的是我在躲避一个人。"

"你在躲避谁?"

"躲避一个正在追杀我孩子的人。"

"谁呀?"

"我孩子的父亲。"

"你知道你在说什么吗?"邱凤仪大叫着说。

"我知道,我知道我在说什么。"马小雪望着她母亲,泪流满面,两个女人这时候紧紧搂抱在一起。

【作者简介】曹军庆,生于1962年,出版过多部长篇小说和中短篇小说集,共计三百余万字。短篇小说《时光证言》获十月文学奖,中篇小说《会见日》获长江文艺双年奖,曾获储吉旺文学奖、湖北文学奖、屈原文艺奖和滇池文学奖等奖项。中篇小说《云端之上》入选中国小说学会2015年小说排行榜,多篇作品被各种选刊和选本选载。

黑森林

陶丽群

那条巷子很深，也很窄，大石头块铺的路面被行人的脚步磨得光滑发亮，面对面站满巴掌大的小店铺，卖酸嘢小吃、女生饰品、手工艺品、民族服饰、小挂件、小件银器和水晶饰品、刺绣等等。在小巷最里处右侧倒数第二家是卖糕点奶茶的小铺，店名叫“奔月”，里面有一种草莓口味的黑森林蛋糕，是我一直刻骨铭心的。在小学四年级下学期的一个周六下午第一次吃以后，一直到高中毕业，假如没别的意外，我每个月都会光顾两次，进入小巷就直奔“奔月”，点一块半个巴掌大、四根手指那样厚的草莓味黑森林蛋糕，坐在店里仅有的两张小圆桌中的一张，小心翼翼却又迫不及待地吃起来。那缕甜美中带点酸的草莓味，简直让我像中蛊般欲罢不能。

高中毕业后，我就再也没去过了，就连这条巷子里那家几乎所有初中高中女孩都喜欢光顾的小熊女生饰品店也不再光顾。我有种隐隐的怨恨，并非怨恨这条巷子。说实话，我有好多次无意或有意经过这条巷子口时，差一点点就要拐进去了，但最后总是决然转身离开，带着满腹的委屈和怨恨。也就是从那时候起，我再也没见过我爸。是我躲着不见他的，我的委屈和怨恨缘于他的离开。

师范毕业工作一年半后，我爸几经辗转给我递了张纸条（他一打听到我的电话号码，给我打第一个电话后我就会立刻换掉号码，我为此先后换了四次电话号码），说他非常想见我，并约我在这条小巷里的“奔月”糕点铺见面。没错，以前光顾“奔月”总是他陪我来，不知道他是如何发现这座城市里如此偏僻而老旧的小巷的。

我正在谈恋爱，恋爱的甜蜜让我觉得这世间万般美好，并产生了原谅一切的宽容。我把纸条看了一遍又一遍，他读过高中，钢笔字写得极好。我给他发了条短信，答应了。他一直没换号码，大概怕我找不到他吧。

出发之前我思忖良久，到底应该以什么面貌出现在他面前，才能让决绝离开的他产生愧疚。在镜前摆划好几件衣服，对着镜子，渐渐地，我却看见我爸离开那天的情景。那时我高考刚结束，分数还未知，我爸和我妈便结束了他们十九年的婚姻。我爸是上门女婿，从县城郊区的农村入赘到县城老区里。老区其实很破烂，房子比我爸村庄里的更破旧，门脸也窄，狭长，走进去深幽幽的，又阴又凉，通常需要点灯才能看清屋里的摆设。但白天点灯，对于老城区的人们来说是不存在的，灯火只有在天光散尽时才能亮起来，你认为抠门儿也罢，勤俭节约也成，反正事实如此。房子通常是二层半或三层半的砖瓦房，最上层那半间盖瓦片。每年临近雨水季节，家家户户都得翻修屋顶上的瓦片，以免在雨水连绵的雨季中漏水。条件稍好的人家在外墙抹上一层石灰，条件一般的就裸露着。就是这样和邻居墙壁贴墙壁的狭长的小楼房，通常挤着三四代人。

这片老区不知是不是坐落在好风水之上，老人特别长寿，几乎家家户户都有九十甚至百岁老人，七八十岁还上街摆地摊的比比皆是。一到冬天阳光温暖的午后时分，这些百岁老古董就穿着厚实的黑色棉衣棉裤，从黑洞洞的门里出来，聚集到一处宽敞地晒太阳，身上散发着强烈的风湿止痛膏气味。他们也不说话，只安静地晒太阳，远远望去，极像一群黑乎乎的老乌鸦。我也有一个祖祖，我八岁时祖祖就九十四岁了。成年的儿孙是不愿意靠近这帮老货物的，只有还不懂事的曾孙子们靠近，也并非很爱这些老家伙，而是打他们厚棉袄里藏的那几张破烂不堪的票子的主意，讨个三毛五毛，买些零嘴吃。他们往往会缓慢地动起来，抬起头拿迷茫的目光瞅你，等他确认是自家曾孙了，便摸索进黑棉袄里，哆哆嗦嗦摸出几张软塌塌的票子或陈旧的钢镚儿，一张张一枚枚数给你，递给你，每递一次就瞅你一次，不断确认。我通常会飞快地朝我的祖祖飞奔过去，从背后扑向他，有时他能把得住自己衰老的身体，晃了一下后稳稳接住我，有时我们祖孙便一块儿滚到地上了。那堆老家伙也不吭声，只是静静看着。给我钱。等从地上爬起来，我便朝九十四岁的祖祖喊叫。祖祖给我钱时从不一次次确认我，在这个家里，对我最好的就是他，其次是我爸。祖祖当然也如同老城区其他人那样又抠又精明，他之所以每次都痛快地给我递钱，主要是因为我爸每个星期都会帮他洗两次澡。别家的老家伙可就没这待遇了，饭桌上能有你一副碗筷就不错了。而多半时候这些老东西常因为身上散发出来的酸馊味而被赶下饭桌，单独在一边的小饭桌上吃饭。他们只是活着，而活得怎么样并没什么人去关心。壮年的儿孙们都忙着挣钱糊口，实在没什么精神头儿去关心他们。

老城区的居民显然才是这座城市真正的主人，但他们的本事不大，多是平庸之辈，这座城市的真正建设者是那些外来人，从周边县乡进城工作生活的人。老城区的人大部分都是小摊贩，卖米卖菜居多，男的去学个汽修美发，当汽修工美发工，女的去学个美甲美容，要不就进超市当导购员，总之没什么出息，祖坟冒了青烟的就是出了小学或中学老师，仅此而已。所以几年前我考上一所不错的师范学校时，街坊邻居都很吃惊。也就在那时，品性飞扬跋扈的我妈似乎才发觉和我爸的婚可能离错了，理由显而易见，我妈他们家世代以来就没一个读得好书的，我读书好的基因绝非遗传自他们家，多半遗传自我爸这边，而彼时他们的婚姻破裂还不到一个月。

我记得那个炎热的六月下旬傍晚，我爸把他的四季鞋袜衣裤都装进两只蛇皮袋里，身上背着沉甸甸的帆布工具包。他分别将两只鼓囊囊的蛇皮袋从楼上往下扛（只要稍微重一点的东西，他总喜欢往肩上扛，为此我妈总是讥讽他说这是农村人的习惯，不断提示他是农村人，以此来提高自身的优越感）。楼梯很窄，光线又很暗，扛第一只袋子时，他在楼梯拐角处踏空了，趔趄了一下，人和肩膀上的袋子一起扑到墙壁上了。那时我爷爷奶奶还在街上守他们的绿豆芽摊，我妈在厨房里嗑南瓜子，我站在楼梯下看着我爸从楼上下来，而祖祖坐在大门口。当我爸把扛下来的蛇皮袋倚靠在门框上时，祖祖从门的一边挪过去，用一只骨瘦嶙峋的手抚摸那只扎了口的蛇皮袋子。他老了，但并不糊涂，他明白所发生的一切事情。对于我爸的离去我有种很深的怨恨感和委屈。在我眼里，离开家就是不要家，他离开，当然意味着他不要这个家了，不要我了。对于他们的分开，他只给我一句话："你跟你妈好，有住处，爸目前没这个条件。"他就这样带着他的全部家当——两只蛇皮袋子和一只帆布工具包离开他待了十九年的家。他最后递给我两百八十一块钱，其中有七个一块的硬币。我就这样在六月的黄昏里，看着他肩膀上扛着一只蛇皮袋，右手臂下夹着另一只，渐行渐远，最后消失在拐弯处，消失在我的视线里。他那天穿一条棕色长裤和圆领黑色短袖T恤，脚下穿的是一双鞋帮已有些开裂的姜黄色布鞋，没有绑带的那种。我还看见他的眼眶有些潮湿。那天晚饭我们很晚才吃，对于我爸的离去爷爷奶奶并没说什么，我妈把消息告诉他们时，他们只是彼此朝对方看一眼。他们当然无话可说，因为这个家并未真正接受过我爸，在他们心里，我爸是高攀了他们的。少了一个人，饭桌变得很空，不，那天晚饭，祖祖并没上桌吃饭。

我不知道我爸能去哪里，回农村老家是不可能的。我祖祖从那以后身上也开始有酸馊味了，我爸离开后的第二年，祖祖便因一场春天的感冒引发肺炎而离开了人世。

我爸一直跟着人搞室内装修，也不知当初他是怎么干上这行的，整天背着工具包骑摩托车在县城奔忙。而我妈很清闲，她干过很多买卖，都干不长。没动手之前总是把所要做的事情前景想象得十分美好，可以让她日进斗金，很快暴富，干了之后不久就厌倦了。这些年来，家里积压的她所做过生意的货物一大堆，童装、成衣、棉服、鞋袜，甚至还有一款儿童智能枕头。这枕头里设有会讲一百零八个故事的装置，在给孩子讲故事开发智慧的同时还能起到哄孩子入睡的作用。但最终一个也没卖掉，五十只枕头原封不动码在二楼的杂物间里。当然，这些本钱毫无例外都是我爸掏的。我爸走后一段时间，爷爷奶奶和我妈开始睚眦相待，他们说无法养活三个人：祖祖、我、我妈，他们要我妈交生活费。我妈也不是什么善类，张牙舞爪翻老账，说这么多年来实际上都是她的男人在养家，如今这才几个月就忘本了。那时我才知道，这个家这么多年来的日常开支都是我爸挣的。

在我爸和我妈的婚姻存续期间，自从我懂事起，我记得我妈闹过三次绯闻，对象都是老城区里的，一个开电脑修理店，一个在县政府当小车司机，一个是跑运输的，事情都被老城区的人们知晓并当作茶余饭后的笑料。我爸擅长忍耐，这大概和他的入赘有关。而他的忍耐则被我妈当成懦弱，至少在我看来是如此，不然她不会一而再，再而三地犯同样的错误。她长得不错，有一张不显老的娃娃脸，但为人轻浮，年轻时也是玩多了名声不好，才找了我爸入赘。

我爸离开后，我见过他一次。那还是我考上师范时，他在老城区往家必经的一个路口等我。他穿一身皱巴巴的迷彩服，裤腿上沾满灰白的石灰浆，背着他那只沉甸甸的帆布工具包。其实我早就看见他了,只是在远处张望他。我想念他,但他背着蛇皮袋毅然决然地离去伤透了我的心。我在远处的人流中望了他好一会儿,最后担心他等不耐烦走掉,才朝他走过去。我绷着脸,但见他一瞧见我便咧开嘴笑的模样,我就忍不住流泪了。我朝着他走,到了他跟前也没停下,和他擦身而过走掉了。我爸紧紧跟在我旁边,一个劲儿地和我说话,他说他没办法,他在那个家实在待不下去了。他说他知道我考上师范了,很高兴,他会努力给我挣学费和生活费。我一句话都没说,只是流泪,一直到我快要拐进靠近家的那条小巷,他才一把拉住我,并将一张银行卡和写着密码的纸条塞给我,叫我拿好,还说以后他会将学费和生活费按时打进去。然后他放开我的手。我就这样头也不回地走掉了,一如他当初的离开。其实我很想问他离开家后住在哪里。高考结束后,我和几个要好的女同学把所有的课本和堆积如山的各类练习册、大大小小的模拟卷送到了回收站后就开始疯狂地玩,每天早早出家门,到晚饭时间才回。其实也没地方去,只是在城里的大街小巷像幽魂一样游走,也去郊区,甚至郊区外的垃圾场都不放过。高中三年,我们过着囚徒般的生活,每个人心里都压抑着莫名其妙的仇恨,如今终于到了宣泄它们的时候了。但我并不开心,我看见那些在街边翻垃圾桶寻找空矿泉水瓶,甚至是吃别人扔掉的半腐烂的水果,还有席地而睡的流浪汉时,我都会心惊肉跳地想到我爸,都觉得他们就是我爸。他不知道我有多爱他,假如他问我会选择和谁在一起,我一定会毫不犹豫地选择他。这一点可能他从来都不知道。

我不知道我爸在我和他擦身而过走掉时,在我身后站了多久。那次其实我并没看清他。远远的,泪水就模糊了我的双眼,一直到他走到跟前和他擦身而过,我一直在流泪,我根本不清楚他离开的这段时间是不是瘦了,他脸上是什么表情,他看我的目光是什么样的,我一概不知。

后来我就离开家去读师范了,有三个暑假我没回来,在打暑假工。我买了手机,只有少数几个关心我的人知道号码,这些人中有我和我爸共同认识的人,我不知道自己是不是潜意识里希望他联系我。而当他真的获悉号码并给我打电话时,我却又快速地换掉了号码。我想让他痛苦,想折磨他,这种折磨的背后其实隐藏着自己对他深切地想念。每个月15号我都会去银行查询银行卡上的钱,那是他打钱给我的日子,我想看见有一笔钱打进来的那个时候,我爸在那一刻一定在想我。我只在意这个,我太在意了。

在镜前换了好久衣服，我忽然难过起来：我为什么一定要打扮成春风得意的样子去见他？我想向这个不被老婆爱不被女儿待见的失败男人证明什么？我拥有的已经很多了。我指的是凌。师范毕业回来的动车上，他帮我把行李箱托到行李架上，然后我们相视一笑，因为发现彼此穿的是同一所学校的毕业生白色短袖棉T恤，只是所读的专业不同而已，更巧的是我们的家还在同一个市。我们当年就读的高中不一样，所以当年并不认识彼此。凌在单亲家庭长大，和他的妈妈相依为命，他人极开朗，大概是耳闻目睹他妈妈作为女性的艰辛，他很懂得照顾女生。似乎一切都水到渠成，谈恋爱成了顺理成章的事。我把自己的任性、脆弱、敏感、依赖全给了他。有时候他为我忙一些琐事时，额头上忙出一层细密的汗珠，我居然有种很熟悉的感觉，无法确定那一刻我是把他当成爱人还是当成我爸……我和他谈过我和我爸的事情，他什么都没说，很宽容地笑笑。

小巷依旧深而长，熟悉的门店有的还在，有些已经易主换营生了。那家卖桂花糕和糯米甜酒的小店不见了踪影，和一段时间一起成了永恒的过去。与外面的繁华喧嚣相比，这条巷子多了一层显而易见的落寂，并不是什么人都喜欢这样的落寂，因此顾客也稀少。我最后穿了一件直筒浅蓝色牛仔裤和白色短袖T恤，也穿帆布鞋，扎一个马尾辫，在唇上涂一层有点发亮的无色润唇膏，尽量还原最后一次我爸见我时的模样。我当然明白自己其实已经改变得太多了，没有人能在流逝的时光里保持一成不变。五年半，我们整整五年半没见过面了。我忽然发觉自己是一个心狠的人，我不知道一个被自己的女儿拒绝了五年半的父亲会有什么样的感受，譬如他也一无所知当初留一个决绝的背影给我时我的感觉。

走在小巷里，心里忽然慌起来，假如那家“奔月”不在了呢？我们的见面、我们隐隐的期待又该安放何处？但很快我便安然了，我爸一定是来看过的，不然他不会建议我们在这里见面。

我妈这几年变得安静了许多，再也没闹过什么绯闻。她去考驾照，成了一名出租车司机。我爸还在的时候，像她的鞋子，他离开了，她就变成了一个光脚走路的人，料想她一定被生活中那些看见抑或看不见的锋利且坚硬的石子，甚至是玻璃碴子扎破过双脚。她每天早出晚归，并且告诉我的爷爷奶奶，假如他们嫌弃，她可以搬出去住。爷爷奶奶慌了起来，他们只有两个女儿，我的姑姑远嫁，指望不上，往后只能靠我妈养老。他们权衡了利弊，不再坚持让她交生活费，在她面前也变得小心翼翼起来。我毕业回来出去工作后就从家里搬出去了，我妈再搬出去，这个家就真四分五裂了。这时候他们才明白，一直被他们不待见的女婿，才是这个家真正的顶梁柱和凝聚力所在。可惜他们明白得太晚了。

远远地，我就看见了他。他看起来消瘦很多，单薄地站在狭长的小巷中央朝来处张望。迷彩裤子、灰色圆领T恤，背着双手，板寸头。阳光很明亮，中秋的阳光不算太热，他就那样站在闪亮的阳光下。我多么熟悉这样的姿势，读小学时，放学时间他通常就这模样站在学校门口等着接我，待我蹦到跟前，他便迅速从工具包里小心掏出我喜欢吃的零食。有时候我和他有一种类似朋友般的情感，高中时还能攀着他的肩膀招摇过街。很多个周末下午，他不知从哪里的工地回来，背着工具包一身灰尘地在学校门口等我，我的很多同学都认识他……

我快步朝他走过去，居然有一种和他第一次来这条小巷时的激动心情，此刻我才明白我其实无时无刻都想见他。

“小妖！”老远他就朝我扬起手臂，将熟悉的口音朝我传递过来。我的嗓子一紧，泪水一下子糊满眼眶。五年多了，我惩罚了他五年多，又何尝不是在惩罚自己五年多。我感到后怕，也有一种充满感恩的庆幸，至少在这五年多里，老天都让我们平安活着，才有今天相约而至的相见。我放慢了脚步，毕竟已经是成年人，我想把漫上来的泪水逼回去，但最终满眼泪水走到他跟前，站定的那一刻，泪珠无可救药地落了下来。

他还像我小时候哭时那样，握着拳头跷出大拇指，用大拇指肚给我擦泪水。

我想叫他一声，却怎么也叫不出口，便别扭地低下头，泪水又滑落下来，他的大拇指肚再次拭过我的脸庞，有些粗粝。

他确实瘦了很多，精瘦那种，脸上棱角分明，也黑了不少，不过看起来还是挺精神的。我隐隐感觉到他有些什么变化，但又一时说不上来是什么在改变。当然，五年多了，足够改变很多事情，我难道就没变吗？

我爸提着我的双肩包，我想捉住他的手臂，却不能够再像以前那样自然而然地伸出手，高中时代搭着他肩膀走路的亲密与洒脱一去不返，只好伤心地跟在他身后走进“奔月”。还是那位白胖而话少的老板娘，她显然认出了我们，朝我们点头微笑。店里的摆设和五年前的一模一样，就连墙上挂的世界地图都没变，两张黄色的小圆桌靠墙而立，桌面上贴有加菲猫的卡通图片，那种熟悉的感觉一下子跨过五年的时光走到跟前。真要感谢这个小店，它将我们带回了熟悉的往昔氛围里。

就我们两个客人。一张黄色小圆桌上放着我爸的帆布工具包，一块草莓味黑森林蛋糕盛在洁白的小圆盘里端放在桌面上，旁边搁一把装在塑料套子里的塑料叉子。

“吃吧！”我爸帮我拉开椅子说。他不知道，其实我对甜食早就没了五年前的兴趣。和凌交往后，他费尽口舌让我戒掉甜食，而在这之前，我的包里从没缺少过德芙巧克力和甜到掉牙的奶糖。这些甜味能让我在瞬间获得多巴胺产生的快乐。凌给我列举了种种甜食的坏处，最后诚恳地说，可以把他当成甜食，我便屈服了。我爸离开后，再也没人这样在意过我。在我爸眼里，我大概还和五年前一样，也许我永远是五年前那个我。他坐到我的对面，一副又惊又喜的样子。他眼角的鱼尾纹又深又密的，脸上的皮肤也粗糙许多，针眼儿般的粗毛孔分布在他的鼻翼两侧。我鼻子又酸起来，望着他又怕被发现眼含的泪水，低头又担心它滑落下来。他帮我撕开塑料叉子的包装膜，迫不及待地想让我吃，仿佛只有吃了他才能放心，才能使他确认坐在他面前的是失而复得的我，是还没闹别扭的五年前的我。

还是那个不变的味道，香甜的气息中带着草莓的些许微酸，只是如今觉得过于甜腻了，牙根隐隐发酸起来。我咀嚼着，那缕甜蜜从味蕾慢慢散开，蛋糕很快融化，香味溢满整个口腔。

他紧紧盯住我。

“好吃！”我只好说，感觉鼻腔有东西在往下流淌。这时我猛然惊觉，发现过去，也就是从小学四年级到高中毕业，我们无数次光临“奔月”，印象中我爸从没吃过一块草莓味的黑森林，二十六元一块的黑森林。我从未想过也许那些年他挣的钱全部落到我妈手里，从未想过他很可能常常身无分文，从未想过隔一个星期就带我吃一次黑森林的钱他是怎么积攒下来的。忍了忍，泪水还是滑落下来，从眼角流进嘴里。

他又朝我伸过手，跷着他的大拇指。我蓦然发现他左手的小拇指少了一截，在第一指关节那里只剩下一个短而圆的秃头。一瞬间我仿佛看到了喷射而出的鲜血，看到掉到地上的一截鲜血淋漓的指头。

“这是怎么……弄的？”我扔下叉子，捉住他的手小声问，使劲憋住哽咽声。他从桌上的纸盒里抽了张纸替我擦掉泪水，不吭声。

“说呀，怎么弄的？”我咬着牙问他。

“割地板砖时碰的，没事，早就好了。”他说。

“什么时候的事？”我一边说，一边望着那截短而秃、丑陋得令我骇然的小指。

“早就好了。”他又重复了一次。

我放下他的手，把那只盛黑森林的白色碟子推到他面前，叉子也塞给他。

“你吃，我要看着你吃！”我赌气似的说，仿佛这块黑森林能弥补回来所有的失去，包括那截小指头。

他眼角的皱纹又皱起来，笨拙地拿起那把小巧的塑料叉子。他的生活中缺少这样小巧而细致的东西，太多沉重且粗粝的东西占据了他的生命。

“吃呀！”我说。

一小块黑森林颤悠悠地叉在塑料叉子上，他一只手举着叉子，一只手护着叉子，小心翼翼朝嘴边送去。

“原来是这个味！”慢慢咀嚼，像尝什么稀罕的佳肴似的，他不好意思地笑笑。

“你走了以后我不知道你住哪里，我老认为你会钻桥洞睡觉。”我说。想到他猫腰钻进桥洞的样子，又心疼又觉得滑稽，忍不住笑了起来，又滑下一串泪水，我抽了张纸使劲按着双眼，把泪水吸干。

“怎么会呢？”他放下叉子。

“你吃完！”我说，有一种将他据为己有的霸道。他是我爸，不应该是属于我的吗？

他又拿起放下的叉子。“你这孩子，变得这么蛮，是不是谈恋爱了？”他盯着我问。

我不想隐瞒他，想着他这半生的际遇，也许我妈根本没给过他作为一个妻子应该给予一个丈夫的爱与尊重，因为我无数次目睹我妈将他的衣物从楼上的房间一股脑儿扔到黑乎乎的楼梯下，并对他破口大骂，他总是一边收拾一边好言相劝：不要当孩子的面这样做。我还想起每年大年初二，按照风俗他要带我妈和我回他的老家拜年，但我妈一次都没去过，总是我陪他回去。他把我放在二八自行车前杠上，后座驮着拜年的礼品。买了摩托车后，我便从自行车前杠挪到他后面，仍然只是我陪他回去。他的老家离县城并不算远，骑自行车大概需要一个小时，摩托车就更快了。我记得途中我们需要经过一片颇大的荷塘，冬天的荷塘水早就放干了，荷花也早已枯败，而荷塘周边种植的杧果树却还一片繁茂。我爸驮着我和过年的礼品到达这个地方时总会停下来。

“歇一会儿。”他总是这样说，然后支好自行车，将我从前杠上抱下来。那时候车还很少，又逢过年，荷塘边上的公路几乎没有车辆来往。他让我在他的视线范围内乱跑，而他则坐在荷塘边上。我们一般是吃过早饭后接近中午才出发的，到达这片荷塘时，冬日的阳光又暖又明亮，微风吹拂，草尖轻轻摇摆。旷野的空气很清新，从邻近的村庄传来零星的年炮声。常年待在局促逼仄的老城区里，这阔大的旷野在我眼里实在太妖娆太让我欢喜了。我通常会沿着荷塘边缘的小路先蹦一圈，踢倒那些插在路边菜地边歪歪扭扭的竹篱笆，让躲在其间的草虫惊惶四处乱窜。我太眼馋那些像饭碗那般硕大的莲蓬了，可惜它们离岸边太远，荷塘里没什么水，但有一片烂泥。我远远望着我爸，他一动不动坐在那里，明亮的冬日阳光洒落在他身上。冬天他老是喜欢穿一件黑色拉链夹克衫，因此他看起来像是阳光里的一小片阴影。我望着他，琢磨这塘烂泥会淹没到他什么部位，然后暗自摇摇头，也许会到他的腰部的。只好作罢。我在岸边抓起土块朝那些莲蓬掷过去，以解爱而不得之恨。我爸远远看着我，嘴里咬一截草根，不吭声。我们的自行车立在他身后不远的路边，车的后座上绑一只鸡笼，里面的玉米鸡毛色光亮，很安静。我在荷塘边上捡拾到不少被我当作宝贝的垃圾，捧回来给他看。他看也不看，细心摘掉沾在我衣裤上的骆驼刺。后来有了摩托车，我们还是会在这里停一停。那时候我已经上初中了，穿着校服去他老家拜年，额头上开始零零星星长青春痘，开始会顶嘴，我妈、爷爷和奶奶全不放在眼里，但和我爸的关系却变得更好了。每次到池塘边上，我便开始缠他教我开摩托车。我爸把挂在后座上的礼品取下来，让我坐到他前面，他在后面双手围过来和我一起抓住车把，告诉我右手轻轻拧油门。但我下手太重了，摩托车一下子猛然向前蹿出去，一头扎进路边的排水沟里。幸好是冬季，水沟早已干涸了，而且沟也不深，我们和车一起摔在沟里，算是有惊无险。到初二时，从池塘往他老家去的路基本上就是我开了，他在后边一个劲儿地叫我松油门，但我非常迷恋开快车时风从脸上刮过的麻酥酥的感觉，由他在后边心急火燎地叫喊。高中时我对摩托车又不感兴趣了，开始像坐自行车那样，歪着只坐一边，一路嗑瓜子，让冬日上午冰凉的风猎猎招展我的头发。我们依然会在荷塘边停下来，我爸一成不变地坐在荷塘边上，我选一处干净草地摊开四肢躺下，让阳光暖暖流淌在年轻的脸庞上。那时候我并不知道他为何老喜欢在半途停下坐一坐，但我已经开始会在心里体恤他了。他在家里几乎不说话，我看到了他的隐忍与孤独，愿意陪他做一些我所不理解但能让他高兴的事情。上高中后我也变得日渐不爱说话了，尤其是和我妈，常常半个月都说不上一句。在黑暗而狭窄的楼梯上相遇，她会本能般地贴着墙壁给我让出地方，让我先过去。我隐隐感觉她对我有种忌惮，不知因何而来的忌惮，更不知她忌惮的是什么……在与他断联的这些年，我常常会想起我们在途中碰到的那片荷塘以及荷塘边的一切，他安静地坐在荷塘边的模样。我甚至独自去过几次那片池塘，池塘还在，但荷花已了无踪影，只剩下一片浩荡的水面，在离公路最远的池塘一角边上，搭建有两个用竹席当围墙的棚子，是两个养鸭棚。午后，一群白毛鸭子挤挤挨挨浮在棚子下，阳光落在池面上，微风一吹，池面一片金光闪烁，没有车经过时，那里的安静能让人滋生出无限的忧伤……现在想一想，乡下的家他再也回不去了，城市的家他又融不进去，也许只能在乡下与城市的中间地带稍作停顿，喘一口气，像一只忧伤的老兽暗自抚慰自己。

我不想在他面前炫耀我的幸福，和凌交往后，我明白了爱人之间的坦诚与真心相待相惜程度足可决定一段情感的幸福度。而我爸，他似乎从没得到过这些。

“没谈。”我说，盯住那截光秃秃的手指。

“没谈谁把你惯成这样？谈了要好好待人，不能仗着人家对你好就刁蛮任性。”他说。我一阵心酸，不知他是不是有感而发。对于他和我妈的婚姻，直至他离开，我也未见他说过什么。

“我攒了些钱。”他又说，把那碟蛋糕堆到我面前。

“我不吃，都是你的口水。”我笑着说，又推回去给他，想让他吃完这块黑森林。“我不要你的钱。”我又说。

“以前你还在学校，我只打给你学费和生活费，担心你乱花钱，都攒起来留给你成家了。你拿的那卡，记账号的纸片我弄丢了，我搬了新住处，钱我存在新的卡里了。”他自顾自地说。

“这些年你都住哪里了？”我问他，没接他的话。

“住工地嘛，搞装修的哪里会没地方住。”他笑起来。

“一直这样吗？”我立刻想到他扛着蛇皮袋四处搬迁的狼狈样，这些年过年时他又是怎么回乡下老家的？这么一想，感觉自己这些年刻意断掉与他的联系，简直连牲口都不如，可我又实在忘不掉他决然离去的背影，那种被抛弃的绝望太让我痛苦了。

“去年不再到处搬了，有了个固定住处。”他的声音低了下去，目光从我的脸上垂落于面前的碟子上，像要掩饰什么。他拿起叉子叉了一小块黑森林，却并不吃。

“在什么地方，我要去看看，等下你就带我去。”我不容置疑地说，急切地想要知道他如今的生活状况，最好的办法就是去看看他的住处。而且，我理所当然地认为他的一切都是属于我的，他没有任何拒绝我的理由。

他抬头看了我一眼，目光又飞快地移开，落在我身后的什么地方。

“过一阵子吧。”他又低声说。

我默默盯住他，不说话。他当然对我的性情了如指掌，每当我执意要做一件事情而遭到反对时，我通常用沉默来表示我的不满。

他沉默了一会儿，眼角的皱纹慢慢聚拢，又慢慢舒展开去，一个似笑非笑的表情挂在他的脸上，混杂着犹豫与一种我无法形容的表情。我从来未见过他这副犹豫不决的模样，不然他绝不会做到给我留下一个决然离去的背影。

从门外进来两个初中生模样的女孩子，穿一身一模一样的衣服，都是宽松淡蓝色牛仔裤和淡黄色短袖棉T恤，很青春干净的样子。两个女孩一个扎马尾辫一个留短发，留短发的是个圆脸女孩子，刘海从右往左由高到低剪了一个斜弧，样子很新颖，倒也适合她的圆脸。两个女孩子在柜台前争执要黑森林还是珍珠奶茶，最后两个人每人一杯奶茶和一块黑森林，是扎马尾辫的女孩子付的钱。短发女孩捏了女伴的脸庞一把，告诉女伴她是她的甜心。两个女孩提着奶茶和蛋糕看了一眼我们旁边的另一张小圆桌子，那上面放着我爸的帆布工具包。我爸立刻站起来，将工具包提起放到脚边的地板上，两个女孩却打闹着出了店门。女孩子们的快乐让我一阵恍惚，中学时代那些自由自在的日子一下跋山涉水而来，但只能回忆了，再也回不去了。

幸好，我和我爸似乎再度回到了从前，我相信我们父女之间的爱在以后只会更加深厚，我已经长大了，具备爱他的能力了，我不会让他像前半生那样在孤独和隐忍中度过的。

店里又安静下来，他还是那副犹豫不决的样子。

“我谈了个……阿姨！”良久，他才低声说。他显然在“阿姨”这两个字上颇费心思，声音很轻，几乎被模糊掉了，而实际上我听得最清楚的就是这两个字。他飞快瞟了我一眼，目光一闪而过。我触电般猛地抬头直视他，但他避开了我的目光。我的心脏开始剧烈地跳动起来，从心底弥漫而来的尖锐剧痛像五年前那个傍晚瞬间击中了我，而且比五年前更强烈。我怔怔望着他，喉咙一阵紧，心中的疼痛像一把利刃游走到那里，一阵乱刺。我低下头，有一种从三伏天坠入冰窟的感觉。

“你又不要我了？”我低声说，听得见自己的声音像被鞭子抽打般颤抖。这是我无论如何都想不到的。我想得到我妈再嫁人，但我想不到，或者说不愿想到他会再找个“阿姨”。

“不是的，小妖！”他连忙着急地说，放下手里的叉子。

“你就是不要我了！”我望着他，双眼渐渐蓄满泪水，他在我面前又像他离开后第一次回来见我时那次，变得模糊起来。我抽了张纸按住双眼，吸去盈眶的泪水。我看见他脸上一片茫然无措的神情，将那碟黑森林缓缓推到我面前。一个毫无意识的动作。果然推到我面前时，他才像从迷茫中惊醒了，将那碟黑森林重新拉回去。

“我想吃柿子！”我忽然恶作剧般地说。

“什么？想吃什么？”他说，脸上带着得了救般的惊喜。

“柿子！”我说。我何尝不知道这个季节根本就没有柿子。

“你等等，坐在这里别动。”他满口答应，站起来，根本没考虑到这个季节会不会有柿子。

他转身出门那一刻，我有一种整个人迅速往下坠的感觉，对于这次见面的所有期待和欣喜瞬间化为深深的失望和刺痛。我安静地坐在椅子上，我爸的帆布工具包没带走，还放在他椅子脚下。那块黑森林只吃了不到一半。屋外的行人并不多，阳光安静地绽放，在这美好的安静里，我却如四分五裂般，无法感觉到一个完整的自己。我想到了凌，如今，我只有他了。我慢慢弯下腰，把帆布工具包拎起来放到我爸的座位上，结了那块黑森林的钱。

“你爸还没回来呢。”老板娘说。

“他常来吗？”我问。

“个把月总来一次吧，每次只买一瓶水，也不喝，就坐着，一会儿也就走了。我告诉他想坐就坐，不用买水，他还是买。”她说着，笑了起来。我点点头，告诉她我要先走了，包我爸会回来取。

这一走会不会又是一个五年，或者两个五年？

我其实也并没走远，而是拐进“奔月”斜对面一家专门卖云南饰品的小店里了。店门是一扇落地玻璃窗，上面挂满了层层叠叠的色彩鲜艳的民族布包，还有各种造型夸张的吊坠耳环、手串。店主是个留着长直发的小姑娘，面相很友好，正在做一幅手工刺绣，她叫我随便看。我逐一看那些挂在墙壁和玻璃窗上的布包，然后停在落地玻璃窗前，透过那些层层叠加的布包缝隙，留意对门的“奔月”。这期间，又有三个学生模样的女孩子进“奔月”，拎着蛋糕和奶茶又很快出来。我在店里逗留了很久，女孩很友善，抬头朝我友好地笑笑，也不问我买不买东西。过了大约半个小时，我才透过层层布包间隙看见我爸急匆匆进了“奔月”，手里晃着一个白色塑料袋子。里面当然不会有柿子，因为那形状并不是水果的形状，但肯定有东西，我不知道那是什么。他在店里和店主说着话，然后和店主要了一个一次性小塑料盒子，打包桌上剩下的半块黑森林，拎起帆布工具包立刻出来了。他站在小巷中央，朝小巷来处张望。静静张望了一会儿，他垂下头，瞧着那只塑料袋子。挨着“奔月”的右边是一家卖各类银饰品挂件的小铺，两家店之间有巴掌宽的一条缝隙，那里有一个表面已经被磨得光亮的石礅。他朝着它走过去，将帆布工具包放到地上，坐在那个石礅上。

他将那包塑料袋搁在两个膝盖上，又扭头朝小巷来处张望了一会儿。也许他认为我只是暂时离去，过不了多久就会回来。

那种尖锐的刺痛又从我心底弥漫上来，我们永远无法掌握生活的确定性，瞬息万变是它的本质。他将塑料袋打开，从里面拿出两袋东西，原来是两袋真空包装的柿子饼。我没想到他会买这个，也不知他是怎么想到的。他垂着头盯住两袋柿子饼，捏着它们，那小半截光秃秃的小拇指如此突兀醒目。接着，他又打开盛那半块黑森林的塑料盒子，拿起那把小塑料叉子。他的脸这时候皱了起来，脸部的表情往下垮塌，慢慢地，脸也涨红了。他叉起一小块黑森林，慢慢往嘴边送。明亮的阳光打在他的脸上，我看见那里闪烁着湿润的光芒。他几口就把那半块黑森林吃完了，嘴里咀嚼着，用手掌快速抹了一把脸。我以为他很快就会离去，但他一直垂着头坐在石礅上，两个肩膀耷拉着，轻轻捏膝盖上的两袋柿子饼。他旁若无人的样子，使我想起了那些年他呆坐在池塘边的模样，不同的是，此时他显得更孤单了，因为那时候他的身边还有我。我再也受不了了，悄悄走了出去。

他一直就那样垂着脑袋坐着，根本没有注意到我。我走进"奔月"，买了两块黑森林，打好包后出来，走到他身边。他蓦地抬起头，双眼红红的，看见是我，脸上既惊又喜，捏着两包柿子饼慌忙站起来。

"小妖！"他急促地叫了一声，神情有些紧张地盯住我。

"给你们的。"我说，把装着两块黑森林的袋子递给他。

【作者简介】陶丽群，壮族，广西百色人，文学硕士。作品散见于《人民文学》《民族文学》《广西文学》《山花》《青年文学》《芙蓉》等，作品多次转载于各选本并入选年度排行榜选本。曾获广西文艺创作铜鼓奖、广西壮族文学奖、广西少数民族文学创作花山奖、《广西文学》年度优秀作品奖、《民族文学》年度作品奖、《北京文学·中篇小说月报》优秀作品奖、《安徽文学》优秀作品奖、全国少数民族文学创作骏马奖等。现供职于百色学院文学与传媒学院。

中年少女

君　婷

1

糖糖度过了三十八岁的生日。

她给自己在网上定制了粉色火烈鸟形状的蛋糕，又刷信用卡给自己买了一身上千块的Lululemon瑜伽服。其实，三十五岁生日后，什么“老阿姨”“大婶”“中年妇女”的恐怖标签便开始如影随形地在身后追她，但糖糖绝不会让它们成为自己人生的定语。就好比她一直坚持让周遭都叫自己“糖糖”——这个自幼的昵称，连她自己都渐渐忘了她那个刚硬的、男性化的三个字大名。每当有同龄女生向她哀叹抱怨年华易逝时，她总千篇一律、言之凿凿地说“自己早忘了年龄”，而且“当下就是自己最好的年龄”，噎得对方无言以对，口水直吞。三十八岁的糖糖喜欢自拍，更喜欢发朋友圈，只可惜颜值稍有欠缺，所以她要么就发三分之一个脸庞，要么就用手颇具技巧地捂住半张脸。其实，她在心里也惊雷一般自问——怎么会三十八了呢？明明，自己向来都管朋友叫“盆友”；只要上网打字，都把好吃打成“好呲”，她不仅是用网络谐音的个中高手，而且，自己手机里至少有五百个随叫随到的小表情，一个赛一个喜人，一个赛一个嗲得可以。重中之重的一点是，糖糖跑过“半马”，是个不折不扣的“runner”。每周末，她都会约“跑友”在奥林匹克森林公园里一口气跑上十公里，然后秒速在朋友圈晒出自己的路线图，再配以一串小表情和谐音难破译的文字解说。糖糖有两身紧身高弹跑步服，分别是嫩粉色的一身和嫩绿色的一身，还佐以两双跑步鞋——嫩粉色的一双和嫩绿色的一双。

公司领导找糖糖谈话的这天晚上，她狠狠扎起马尾，蹬上嫩粉色的那双跑步鞋，一往无前地跑进了夜色里。一口气，又是十公里。只是这次，她头一遭，仿佛要通过不断交替前行的双腿和有力的摆臂，甩掉那个默默爬上她后背，叫作“中年”的行囊。

2

领导是这样开头的。

“以后你去杭州，负责‘云课堂’吧。”

虽说这句话以“吧”结尾，但丝毫没有商量的余地。

“可我一直都是做‘一对一名师’的啊，都做了十年了。”糖糖快哭出来了。

“这块业务我们调整后会暂时交给……”

糖糖没有在意领导提及的那个女生名字，只是在心头清晰闪过对方只有三十一岁的事实。

杭州的什么“云课堂”是公司尽人皆知、多年扶不上墙的冷门，且自己的整个人生与圈子——尤其是跑友们，都在北京啊。

“如果是这样，我辞职。”

领导难掩正中下怀的欣喜，极力掩饰上挑的嘴角说：“不再考虑考虑了？”

夜风在糖糖的耳际呼啸，如一个说话落井下石言辞犀利的家伙；她的长马尾向着她奋力前行的相反方向扯着她，又仿佛一个下定决心拖后腿的家伙。糖糖听着自己马力泵一般的心跳，每跳一下，都闪出一次自己捉襟见肘的存款数字，还有信用卡欠费的账单数额。她脑中细数着自己衣柜里每一次冲动过后买的包——糖糖买包的逻辑向来是真的假的混着买——买一个两万块的真货，再夹杂俩一千块的A货。然而现在，无论是真是假，她只想把它们都卖掉。

还有，车子。她刚刚才办的贷款，换掉了自己的旧车，买了一辆超高端品牌、超低配置的酒红色小车。

还有自己那不让人省心的妈。人眼瞅着七十岁了，还在孜孜不倦、励精图治地搞各类欺骗老年人的传销，吓得糖糖把家里的房产证等各类证件都藏在自己几乎都找不到的地方，谨防老太太脑袋一热去抵押或注册公司。搞不好，还要给老太太擦屁股还债。

还有，卵。对，卵子，冻卵。糖糖已经做了半年调研，对比了美国、日本和马来西亚，决定在不久的将来——她自己也不甚清晰那会儿是什么时候，去马来西亚冻卵。冻卵可不是买冰棍儿，那可是要真金白银往里砸钱的。没个二三十万下不来。

还有，结婚。结婚一定要用钱的，不过好在——不该说“好在”吧，糖糖边跑边苦笑——好在对方还没离婚。那边婚都没离，这边和自己的婚期就遥遥无期。

钱，钱，钱。

要不是嘴里弥漫开的浓重血腥味，糖糖真想再跑上十公里，一直跑到天尽头，跑进月亮里。

她狼狈地弓腰，扶着膝盖大口喘气。胸腔如要炸裂，热血都涌向耳朵。

明天，必须找工作。

3

然而，明天的明天又是明天，糖糖足足等了三个月的明天，才等来了一次面试机会。

这天，她隆重地穿上七厘米高的细跟鞋、垂坠感一流的阔腿裤和丝绸质地的无袖V领黑衬衫。要去面试的公司是个业内知名的互联网公司，而且创始人刚刚不幸过劳死，舆论引起过一番轩然大波。

在公共区域等了许久，也不见接应的人来。糖糖有些失去耐心并愠怒了起来。此时，快步走来一个小丫头，看上去二十七八岁的样子，留着波波头，画着极不符合职业身份的浓妆，贴着假睫毛，还穿着一条破洞牛仔裤。糖糖不禁撇嘴。

“这边来吧。”

小丫头竟然对自己发话了。估摸着是个跑腿儿的，糖糖从鼻孔里哼了一声，带着业内资深人士的笃定与威风，跟在小丫头身后。

不一会儿，小丫头将糖糖引入一间仅能容纳三个人的会议室。而后，她毫不迟疑地坐在了主座上。

"这样吧——"小丫头看了一眼自己新做的指甲,"你先说说自己过往的经历。"

糖糖气得直喘粗气,公司怎么让这样一个不职业的小丫头来面试自己,岂有此理!

糖糖憋着火,仅用一分钟敷衍了对方的问题。

小丫头涂着牛血色唇膏的嘴微微一笑,说:"经验挺丰富的啊。前一段,我帮着老周出自传的时候,他也说,我们得多招些复合型的人才,不用非得是互联网背景的。"

老周。

谁都知道,老周就是公司的CEO,大老板。

糖糖傻眼了。这小丫头原来来头不小。

"你这个职位呢,虽然是汇报给我的,但是按我们老规矩,还是要'交叉面试'的,"小丫头说道,"待会儿,我让其他几个team的leader都和你见下,简单聊聊呗。"

糖糖点头称是,可心里已经凉了半截。自己的年龄,乍看起来都能给这小丫头当小姨了。

不一会儿,其他几个团队的负责人走马灯一样一个一个进来,虽然长相各异,但穿衣风格基本都是破洞牛仔裤——难道这公司是丐帮文化?面试在极不轻松愉快的氛围下进行,最终小丫头竟然说了句"我们对你挺满意,挺合适的"。

糖糖不知道该哭还是该笑。看着自己一身高调精致的着装,似乎应该高高在上命令对面这几个都去"搬砖"才对。

走出公司,糖糖足足开了五十公里车才回到家。手握方向盘的她,流下了两行清泪。这是她记忆中人生第一次无声地哭。而且泪唯有两行,再无多余液体涌出。

公司太远了,单程五十公里是要死人的。她必须再拿出一笔预算,在办公室附近租房。

就这样,糖糖又有工作了。

4

糖糖坐在男友车里,两人一时无话。糖糖不住地打着呵欠,泪水瞬间充满眼眶。

男友以为又是自己做错了事，惹女人哭泣了，忙不迭地开始道歉：“对不起啊，这几天忙得没顾上——这不是来看你了嘛。”

车子停在糖糖的公司楼下，大楼里依旧是一片灯火通明。汽车仪表盘旁的钟表显示已是晚上十点半。

糖糖想着工作间里那些依旧对着电脑屏幕飞速打字、制作着PPT的同事，当然，也包括穿破洞牛仔裤的“小丫头”领导。自从履新，糖糖顿觉自己是上了一艘贼船。每天雷打不动工作十二个小时，作为每天战战兢兢最早下班的一个，她拿包蹑手蹑脚起身时也每每已到九点半。而在她下班的时候，其余员工依旧都在“恋战”，全无退意。此外，这公司实行什么“大小周”——大周是双休，而小周周末只休一天，周日便开始上班，一直上至次周的周五。

男友今日破天荒不辞劳苦开车到她公司楼下慰问她，她却丝毫提不起半点兴致。

两年前是糖糖的本命年，她在前公司遇到男友。彼时，男人手腕上戴着本命年红绳。两人相视一笑，男人竟将自己的红绳摘下，送给了糖糖，并亲自为她戴上。所谓的办公室暧昧就是这样开始的。戴着男人的本命年红绳，糖糖顿觉有种“是他的人”的错觉。然而，男人有老婆。这点从倒霉的本命年开始便是事实，一直到三十八岁生日，依旧是雷打不动的事实。

“她最近又病恹恹的，说是得了巧囊（巧克力囊肿），唉，”男友抱怨，“快烦死我了。”

他口中的她，是他的发妻。他说必定、肯定、一定要和她离掉的，但只是时机始终没有找到。

用男友的话说，他老婆“毫无半点独立生存能力”——自从嫁给他，便一天没有工作过，无论是生活还是工作都重度依赖老公。

“我们没有孩子。因为我觉得我已经养了一个巨婴，不能再有一个了。”这是当年暧昧阶段男友对糖糖坦言的。

似乎在男友口中，他老婆就是一个流着哈喇子的大傻子、白痴、智障，大事小情都没主意，事无巨细都赖着身边这个男人。男友对她而言，既是父也是兄。

“如果离开他，估计她可以原地把自己搞死的。”这也是当年暧昧阶段男友对糖糖坦言的。

糖糖当然不明白男友为什么要和一个无独立行为能力的人生活在一起，更不明白“离婚”的节点为何遥遥无期。自然,过去吵也吵过,闹也闹过,但结局依旧是男友养着一个口水横流的巨婴。

如今的糖糖更是没有精力再顾及这许多了。方才在男友抱怨的时候,她已经飞快地用手机给自己点了外卖。想到外卖和自己稍后将同时到家,她不禁心潮澎湃,比见男友要激动多了。

“去你那儿?”

“累了,巨累。你给我送到楼下,你就回吧。”

男友摸了摸她的头,搞乱了她的头发,她心中一阵不悦。

本命年的红绳她依旧戴在手上,这似乎是二人之间仅剩的、唯一的一点悬系了。

上了楼,回到自己租住的一居室开间,外卖果然后脚便到。那是一大包小龙虾口味的乐事薯片和一瓶冰镇的“零度”可乐。饮食男女,饮食于她,似乎早已大过男女。她迫不及待脱去衣服,换上睡衣,舒舒服服地躺在沙发椅上,开始和钟爱的零食“颠鸾倒凤”的快活时光。

只有这睡前的半小时,她才能把面具摘下,把一颗心搁下,享受一会儿作为高智慧生命——人类的乐趣。其余一整天的时光,她都度日如年地盯着电脑屏幕右下方的钟表,感觉自己的生命在屁股下的转椅上一点点腐烂、败坏。

她的平级是九八年的,另一个小丫头。

而穿破洞牛仔裤的小丫头告诉她,她没有招实习生的权限。

她每天要做三份工作汇报。

部门里似乎每个穿破洞牛仔裤的小年轻都可以对她吆五喝六。

她感到被强奸,且自己每天主动解着扣子。

她感到被骑在头上拉屎,且自己默默用手纸擦拭。

可乐中的碳酸与薯片里的油脂在她胃里一拍即合,她连着打了三四个极为惬意的、绵长的嗝儿。

这一刻,她才是活着的。虽然腰部已经开始滋生“游泳圈”,但可乐与薯片是糖糖为自己找的唯一出路。哪怕肥胖起来,也不能丢了出路。

在当下微妙且片刻的满足感,以及对明日挥之不去的倦怠感中,糖糖睡着了。

5

“你给我滚出这个家！”

糖糖听着自己野兽般的嘶吼，而嘶吼的对象，是自己七十岁的老妈。

这是一个“大周”，糖糖回家了。可一进家门，她就看到一个四十来岁、文着眉毛和眼线的女人已经坐在自家沙发上，嗑着瓜子。这是糖糖老妈做传销发展的第一个下线，也是这两年她给自己认下的“干闺女”，二人早已母女相称。

糖糖厌恶这种感觉，有种不知道回的是不是自己家的感觉。虽然她也知道，这干闺女对老妈的确不错，几年下来，也证明她不是骗子。糖糖的警惕心早已卸下，可厌恶感始终高企。

糖糖的嘶吼，来源于卫生间一面墙的铁架子。话说，这整栋房子是糖糖三十五岁那年精心重装过的，每一处都匠心独运，尤其是主卧卫生间的设计，更是自己的得意之作。然而，老太太却和干闺女一合计，说是那卫生间风水不好，必须安装一面墙的铁架子。

糖糖看着那突兀、粗陋的铁架子，感觉自己若是再老一些，一定是要爆血管的。

一股狂怒攫住了她。她不顾一切地尖叫、大喊。

“如果你们这周不把这些破烂儿拆了，我一辈子都不会再回来！”

干闺女自然是和事佬。“糖糖不生气啊，这是我们请大师算过的，不好不信的哦。”

“不拆掉，就你俩过吧。我和你——”糖糖用冰冷的目光看着老妈，“咱们母女就这样了。”

“至于吗？”过了半晌，神经一向大条的老妈才默默吐出这么一句，而后转身回房了。

“啊！”

糖糖尖叫，蹲下。过了几分钟，她用手机屏幕照自己，发现眼睛已布满血丝，四肢在麻痹感中不住震颤。

她不是不内疚，她不是不心痛。妈妈已经七十岁了。她更不是不怕不孝所带来的报应。然而，忍下这口气，的确很难。似乎她生命中积攒的毒液已经爆表，而她必须冲着一个人喷洒。而这个人,只能是老妈。

她三下五除二扒了衣服,换上嫩绿色的跑步服,狠狠扎起马尾,一个箭步跑出了公寓。

我还能跑步。除了跑步,我一切都不再在乎。

随她去。随他去。

糖糖想着自己生命里一切让自己脑仁儿疼的男他女她,而后嗒嗒嗒加快了步伐。

6

正在写工作周报的糖糖收到了一条陌生号码发来的短信。

“我一直知道你在,见面聊聊吧。”

是男友的老婆。

糖糖不禁皱眉。对方发来的见面定位距离自己快七十公里远了。

“我下班很晚,不介意的话,这家居酒屋见吧。”

最终,糖糖定了一家距离折中的居酒屋。

见面的这天,糖糖破天荒也穿上了破洞牛仔裤,还有印有机器猫和任意门的短款T恤衫。她把马尾扎得老高,又涂了带有彩色亮片的车厘子色指甲油。

在办公室等下班的煎熬中,糖糖想,若真给自己一个“全职男友”,自己其实是吃不消的。工作时间战线拉得这么长,若有一个人能偶尔给点肌肤之亲,并且聊两句天,就算理想。何必要一个什么诉求都能满足的“十全大补丸”呢。部分满足,难道就那么不可行吗?

走进居酒屋,糖糖看见一个女人独坐在那里,她便自然地坐在了对方对面。

女人有些三白眼,双眼无神,鼻子塌塌的,但嘴唇嘟嘟的,显得低幼。

两个女人相视尴尬一笑。

糖糖点了烧酒和毛豆,兀自吃喝起来。

她的年纪一定是比自己小的。这顿饭肯定是自己结账的。她来找自己,男人是不知情的。

糖糖任由脑回路里电流乱窜着。

“你手上的红绳,是我送他的。”

"哦。"

大段的沉默,糖糖不停地嗑着毛豆。

"我来是想说,我支持你们。"

糖糖听罢一下把嚼碎的毛豆吸入了气管,她不断地咳起来,脸憋得通红,似要将五脏六腑都吐出来。

"我支持你们。我也懂。红颜的、蓝颜的知己,都可以的。"

糖糖看外星人一样看着这个男友口中似大傻子、白痴、智障的女人。

"我大专毕业,而后没有工作过一天,什么都是他照顾。离开他,我就是死路一条。"

女人幽幽地看着糖糖背后的墙说:"只要你俩不扯证,知己啊什么的,当去吧。"

糖糖突然感到一种不可遏制的愤怒。自己每天十二小时的工作是穿破洞牛仔裤的小丫头施舍的,自己的男友现在也是嘟嘟嘴的小丫头施舍的,而就连自己的妈,也已经和文着浓重眼线的什么干闺女好成了一个头——她俩盘算着糖糖亲自装修的家的风水,而糖糖却蜗居在公司附近的一居室里。

"我没有要和任何人结婚,"糖糖将桌上的毛豆推远,"我也不知道——您在说什么。"

话毕,她豪气地拿出两百元纸币放在桌上,而后大步流星地离去。

这一晚,外卖和她又将同时到达。薯片与可乐将精准灌入她下腹的游泳圈,而她将拥有长达半小时的欢乐。

7

"我这边要帮老周出他那个书的续篇了哦,"穿破洞牛仔裤的小丫头轻描淡写地说,"这里有一个五十六个词条的list,你逐一做一下research,今天COB(下班前)给我。"

糖糖接过那轻飘飘的一页纸,上面密密麻麻,行间距都是单倍的。

"是这样——"她嗫嚅着,"我今天还有两个PPT要交,您看能否给我调拨一个——实习生,给我打个下手,一起做一下这个list的research。您看……行吗?"

糖糖都讶异自己言谈间那份陌生的恭敬。可无论牛仔裤上有没有洞,领导就是领导。

“你现在处在试用期，实习生对你是不available(可用的)的哦。”小丫头的嗓音好不甜美，似乎在撒娇，但那里头的权威不容置疑。

曾几何时，在上一份工作中，糖糖赫然是中层。她曾自己一个人带一个十五个人的研发团队。若不是最终被架空和逼走，她又怎会游到如今的浅水中遭虾戏。

小丫头转身便欲走掉。

糖糖将马尾狠狠扎起，像是要跑十公里的架势。而后，她拍了拍小丫头的肩。

“领导，请问实习生——都不可以吗？”

小丫头看怪物一样看她：“噢哟——我刚才说得够清楚的吧？亲。”

“别叫我亲。”糖糖怒目圆睁，露出三十八岁女人的沉稳与峥嵘。

“领导，我刚才说的这个工作量，还有你给我的这个list，您觉得今天COB能完得成吗？如果是你自己做，你能做完吗？”

“那是你对COB的理解不对，”小丫头耐着性子道，“Close of Business——我们公司可以晚上六点半close(关门)，也可以晚上十二点close——总之，你今天之内做完难道有问题吗？”

“有问题。做不完，”糖糖继续说道，“而且交给你，你也一样做不完。”

“我话已经说得很清楚了，再有问题，你自己安排吧，是你自己的事情。”

“不是我自己的事情，是你给我——找了一堆做不完的事，是你的事情。”

小丫头如看三头怪一样看着糖糖，空气中似乎飘着她的腹语——这老娘儿们反了。

“给我一个实习生，或者，给我招聘一个实习生的权限。”

“说过的话，我不会再重复。”

“那么就我重复——我要一个实习生，或者，给我招聘一个实习生的权限。”

小丫头看了眼自己的指甲：“我相信老周如果知道公司有这样的员工会非常失望的，to be clear(要清楚)，我现在、此刻就非常失望。”

“创始人过劳去世的事情全中国都知道了——正是因为你们太容易失望，让今天必须做完的事太多，才会有人，有更多的人猝死。”

“你他妈咒谁呢！”小丫头终于按捺不住火气，失态了。

“给我一个实习生，或者，给我招聘一个实习生的权限。”

小丫头向上翻了一个意为“难以置信”的白眼，而后扬长而去。

办公室开间静静的，原来四周看客已经很多，但被糖糖一盯，便都作鸟兽散了。九八年的那个平级，尤其用不无钦佩的目光望着她。

糖糖看了眼那个有五十六个词条的list，而后将它细细撕碎成五十六条。

如此顶撞顶头上司，就是等于当面把辞职信甩对方脸上。破洞牛仔裤不会大事化小的，糖糖要准备卷铺盖走人了。

8

夜色里，开着自己酒红色的小车，糖糖抚摸着副驾驶位上的大包薯片和听装可乐。她将单间出租屋转租了出去。她要回家了。

北京的街灯如潺潺流水淹没了她。她将两侧车窗和天窗都开到最大，而后一口可乐，一口薯片。她觉得自己像个独自买醉的大男人，有种爱谁谁的潇洒。尽管这潇洒的代价极大，时长极短。

回到家中，老妈和干闺女正一起坐在沙发上看电视剧。糖糖压抑着心中的抵触与不快。

"我回来了。"

"哦，小妹回来了。"干闺女嘴倒是很甜。

糖糖第一件事便是来到自己的卫生间，而后，看见那一面墙的铁架子赫然稳稳地待在墙面上。

她冲进客厅。

"你们两个没文化的蠢蛋！为什么不拆？那是我的卫生间！是我一点一点装修的！"

"哎哟——"老妈发话，"大师的话咱们可不敢不听。你看你这几年倒霉的——你是想厕所漂亮，还是自己转运呀？"

"我要厕所漂亮！"糖糖面目狰狞地说道。

"哎哎——我们不讲这些破坏和气的话，"老妈的干闺女忙说，"对了，小妹，后天我和妈去外地看看产品、进点货，和你说一声。你也得清静自己在家住几天呀。"

当老妈的干闺女说出那个"外地"的地名后，糖糖的脑袋"嗡"的一声。

"那是现在疫情最严重的地方，刚有十例本土新增，你们两个老女人疯了吗？"

"没事啊，又不是不戴口罩。我们去进点'黄金被'，我跟你说啊，这个被子可神奇了……”

“不——准——去！”

糖糖快要气疯了:“你知不知道自己七十岁了,属于易感人群。你要是得了传染病,是要死的,知不知道?如果你坚持要去,你就去,这个家我以后不会再回!咱们母女就这样了！”

说罢,糖糖突然觉得这话耳熟,原来自己每次的威胁都是这句,而且每次的威胁都等同放屁。

就在这时,老妈突然捶胸顿足:“哎呀,我没福！我没福！”

干闺女则将她搂在怀里,两人的样子好不温馨和谐。

这已经不是自己的家了。

糖糖感受着自己的指尖不住地颤抖。她迅速回屋,换上嫩粉色的跑步服,而后箭步跑出了这个充斥大呼小叫的屋子。

还有没有比嫩绿与嫩粉更青春、更美好的颜色呢?如果有,糖糖想,自己一定再买一套。她需要这样的色彩。好比薯片和可乐,这些都是她靠一己之力可以办到的美好。而这样的凭一己之力可办成的事已寥寥可数。

9

“在哪儿呢？”

男友的声音从电话里传来。

“跑步。”

“我去找你一趟,等着我。”

“好。”

跑了十公里后,糖糖一身大汗。她坐进男友的车里,感到异常憋闷。

有那么好几分钟,两个人像演哑剧一样,默默无语。

糖糖大概知道了接下来的戏码,她很想辞演,回家——但那个精心装修的、有妈的地方已经不算是自己家了。而公司附近的小开间也已经住进了新房客。

“结束吧,咱们。”男友声音小得似蚊蝇。

其实不结束,他俩仿佛也没在进行什么。自从糖糖工作压力骤增,他俩已经不再做爱,见面聊天的时间也被压缩得少之又少。

“她找过我。”糖糖坦陈。

“我晓得。”

“你不是说，她是大傻子、白痴和弱智吗?怎么，她脑子的毛病让你治好了?夫妻琴瑟和谐了？”

“我累了。我照顾这个巨婴已经习惯了，而她没我就是被判死刑，”男友闪烁其词，“而你，最近几乎次次拉张长脸，仿佛有人欠你一万块钱，你自己知道吗？”

“我拉张长脸？对，是因为我四面楚歌，是因为我身边没人把我当巨婴照顾。这个回答你满意吗？”

糖糖边说边摘下左手腕上的红绳，递还给了男人。

其实，她本想把话说得更难听一些，难听一百倍一千倍，但她也累了。

巨婴的父亲是正厅级干部，虽已退休，但余光普照。男友给她当“爸”的原因多半还在于她爸。不然呢?

糖糖心里是有充足的对爱情的向往的——那种彼此折磨、彼此黏腻、彼此离不开打不散的恋爱。然而，现实就是这样骨感——没有谁足够喜欢谁。自己若提出分手，对方就会顺坡下驴。若对方提出分手，自己也毫无异议。

她更知道，作为女人，自己有多么普通。宽宽的鼻翼和鼻头减半了自己的颜值。虽然自己按月去种假睫毛和打水光针，但依然改变不了自己不是第一眼美女，甚至不是第五眼美女的事实。

王八和绿豆看对了眼也没有多么一往情深。而现在，王八和绿豆终于各自掉头离开。

10

三十九岁生日就在一周后。生命的时长如被按下了快进键，而且是“×32”倍速的。

糖糖没有履行诺言，她依旧常常回老妈家，尽管时不常看着那干闺女在沙发上嗑瓜子，她也忍了，一如她忍了自己卫生间一面墙的铁架子。她突然意识到，这个世界上和自己有血缘关系的，只有这个不断被各路骗子骗钱、日渐昏聩的老太太了。

她很怕她有天突然倒下。尽管这一天她也深知不会太遥远。

父亲走的那年，她只有十八岁。但她从未想过，而后的二十年，主旋律竟是彻头彻尾的孤独，一镜到底的孤独，不见起色的孤独。

她依旧回到一家大型互联网企业任职，平级与上级年轻得都像是开玩笑。她的着装也不再妥帖精致，而是运动裤，甚至睡裤上身。那些穿破洞牛仔裤的小丫头依旧是一个个位高权重，还常常陷入彼此如火如荼的“政治斗争”。只是这次糖糖不同了，她再也不会说出半个字来顶撞——让干吗干吗。不是五十六个词条吗？我干到夜半歌声时，交给你六十五个词条。

三十九岁生日这天，她哭了。

她突然发现“爱自己”是句知易行难的屁话。一个人要“爱自己”，就不可以在内心不断审判和否定自己，而应该做自己最好的朋友和盟友。可是，糖糖自问：我为什么这么不想和自己交朋友呢？

放眼望去，她感到自己的多余。世上没有任何一个人需要她，或因她的存在而幸福——老妈为了少受气，宁愿她不回家；公司仅视她为随时可替换的蝼蚁；没有哪个男人等她归家对食；更没有血缘的延续渴望着她的母爱。

爱自己。她从未如此不爱自己。

生日的当晚，她穿上了新买的水蓝色跑步服和纯黑跑鞋。她一口气跑了十五公里。她低头看表，还有半小时，薯片和可乐会如约抵达她的出租屋。

如同三十八岁生日那晚，她站在路灯下，自上而下四十五度角为自己拍了一张自拍照：一只做了美甲的手，艺术地挡住了半张脸，显得新潮又遮丑。

有了图，当然还要配文，她说：

“谢谢今天所有小伙伴和盆友们的祝福哦，晚上回家还有吡不完的好吡的耶……”

言毕，自然有无数美好的表情紧随其后。

【作者简介】君婷，生长于北京，早年曾在教学机构教授英语及西班牙语。后辗转于媒体、文娱等领域从事文案、宣传、投资者关系与战略等不同岗位。业余坚持写作十余年，作品曾发表于《当代》《小说月报》《青年文学》等文学刊物。代表作包括《女神牛开丽》《大西洋上的胡会计》《西京园》《我忍无可忍的青春》等。